郑海婷 著

问题

problems

与

intervention

介入

江苏大学出版社
JIANGSU UNIVERSITY PRESS

镇江

图书在版编目(CIP)数据

问题与介入/郑海婷著. —镇江：江苏大学出版社,2020.4
ISBN 978-7-5684-1266-7

Ⅰ. ①问… Ⅱ. ①郑… Ⅲ. ①中国文学－当代文学－文学研究 Ⅳ. ①I206.7

中国版本图书馆 CIP 数据核字(2019)第 290568 号

问题与介入
Wenti yu Jieru

著　者/郑海婷
责任编辑/吴小娟
出版发行/江苏大学出版社
地　址/江苏省镇江市梦溪园巷 30 号(邮编：212003)
电　话/0511-84446464(传真)
网　址/http：//press.ujs.edu.cn
排　版/镇江文苑制版印刷有限责任公司
印　刷/镇江文苑制版印刷有限责任公司
开　本/718 mm×1 000 mm　1/16
印　张/22
字　数/400 千字
版　次/2020 年 4 月第 1 版　2020 年 4 月第 1 次印刷
书　号/ISBN 978-7-5684-1266-7
定　价/58.00 元

如有印装质量问题请与本社营销部联系(电话:0511-84440882)

前　言

　　问题意识和主体介入意识是学术研究的两大要件，是马克思主义文化理论的基本品格，学界对此也有充分的共识。尽管如此，面对纷繁芜杂、快速变化的现实，如何在学术研究中形成问题意识、贯彻问题意识，这仍然是一个难题，讨论也并不到位。近年来随着马克思主义和泛左翼文学理论的复兴，"介入"问题再次成为西方人文学界关注的热点。福柯、德勒兹、齐泽克、奈格里、巴迪欧、朗西埃和阿甘本等人都不约而同地关注了文学艺术的政治性和介入问题。这些新的理论资源的导入也进一步打开了文学介入论的空间，使文学介入论变得逐渐丰富复杂起来。新世纪以来，文化研究的声势愈发浩大。随着全球化的推进，文学理论多元化发展的同时，也开始努力探讨文学理论中国化的议题，重建学术与现实社会的互动关系成为理论界的共同诉求。文学理论从"概念研究"逐步转向"问题研究"，理论视角向当下现实延伸，对话当代中国成为核心关切。近几年国内召开的几个重要的文艺理论学术会议就体现了这种关注：中国文艺理论学会近几届的年会主题有"中国当代文艺理论建设""批评理论与当代文学生产""大众传媒时代的文学生产"等；中国中外文艺理论学会的年会主题有"当代中国文论的创新发展""当代中国文论的话语体系建构""面向时代的文学理论与批评"等。学界寄希望于通过对现实问题的关注，形成具有中国特色的文论话语体系，文学理论的介入性成为学界的共识，文学介入理论又重新回到文论场域。这些思考带出了一系列关联性的问题，诸如：什么是介入？文学如何介入？介入、形式与主体的关系如何？如何重建介入的主体？如何理解当代文化场域的复杂性？当代审美介入的形式、路径与策略为何？这些问题必须放在当代理论和文学、文化实践相结合的视域中重新予以审视和考辨。

　　这本小书名为"问题与介入"，"问题"和"介入"构成本书文学理论和文化产业研究的出发点与聚焦点。如何在文学理论研究和文化产业应用研究中贯彻问题和介入意识，这本小书展示了笔者的一些探索和对上述问题的初步思考。

　　文学形式是文学介入现实的独特中介，在文学或艺术内部，如何把形式和内容搭上边？也就是说在拒绝了形式/内容二分法之后，如何思考形式和意识形态的联结？进一步说，这样的联结是不是只能作用于形式本身？艺术的介入是不是只能落实在审美层面上，无法落到实处，与社会和政治扣连？这是本书的主要问题意识。

　　法国当代理论家雅克·朗西埃对上述问题做了相当诚恳的思考，本书第一章就聚焦于他的文学形式观。朗西埃主张通过感性的重新分配和分享来实现艺术的介入，这个思路打破了政治外在于艺术的传统构想，重新激活了艺术的政治潜能，提供了艺术介入的一种重要范式。本章从福楼拜的经典小说、戛纳获奖纪录片、19 世纪的工人档案等材料入手，考察朗西埃对这些文本的政治性解读。

　　第二章"文学形式与批评实践"以俄国形式主义学派为样本考察文学形式概念及其在理论史上的演变，重点关注文学形式与政治之间的张力和互动。结合对网络耽美文学创作和唯美主义代表性作品的评论，逐层递进地分析和论证审美形式的政治性及其可操作性。思考如何在写作中制造歧义，积极地回应现实、参与历史。

　　应用研究也离不开这样的问题意识。在地的文化经验以一种更加切近的方式参与历史，与此同时，这些经验的有效性也需要接受更加直观的审视。第三、四章集中观照福建地域文化和文学书写。第三章探讨闽派批评和福建当代文学创作相关问题，并收入了对闽派学术和闽派文学创作的两位代表人物刘登翰和林那北的评述。第四章从地域、行业等不同角度进行文化产业的个案分析，并梳理了闽派文化视野下传统美术和音乐戏剧的传承与历史演变。这些研究同时也附上了相关数据和图表，尽可能地收集了大量资料，从数据和事实出发，用图表化的方式直观地呈现一时一地的文化发展样貌，勾画出建设和发展的脉络，在此基础上发现问题，探讨问题，展开进一步的解读，在理论阐释之外提供实证分析。

　　本书的讨论涉及文学理论基础问题研究、文学文本分析、文化史梳理和文化产业个案研究，既不够系统也不够深入，一些文字仅是初步的观察报告与感想。谨以此作为一个阶段的学习汇报。不当与疏漏之处，敬请批评指正。

目录
CONTENTS

第四章　地域文化与个案分析

第一章 雅克·朗西埃与感性分配的文学介入观

法国当代左翼理论明星——雅克·朗西埃，1940 年出生于阿尔及利亚。他的政治和学术活动从"68 学运"开始；他是阿尔都塞的学生，跟他的老师合著了《论资本论》；他是"68 学运"的积极参与者，是学生运动的排头兵，办刊物、写文章、上街游行，都有他的身影，并从此与老师分道扬镳；又恰恰是这段经历，让他入了当时如日中天的米歇尔·福柯的法眼，"68 学运"后福柯受命组建索邦大学的哲学系，接纳了包括阿兰·巴迪欧和朗西埃在内的几个运动积极分子，这样，继大师阿尔都塞之后，朗西埃又有了与福柯和德勒兹两位大师共事的机会。这些经历对朗西埃政治和美学理论的成型都产生了重要影响。

　　考察了过往的文学政治理论之后，雅克·朗西埃对"政治"做出了全新阐释，继而提出了作为感性分配的文学介入观，认为在艺术的美学体制内，通过实现感性的再分配，文学得以介入，做文学就是做政治。朗西埃把介入问题理解为分配问题，并结合感性这个切入角度，把分配问题放在感性的微观层面上重新思考和阐释，提示了一种新的分配政治的可能性。他从文化视角对共产主义观念进行反思，认为一个真正的共同体并不是每个人与他人意见都相同的共同体，而是感性一致的共同体。在这一共同体中，一种共同生活的感觉体现在日常生活的各种场景之中。由此，他研究了工人运动的档案资料、各类型的电影纪录片和现代主义革命时期的文学作品等，认为感性的重新分配是解放政治的微型演练。

第一节　进入朗西埃，进入感性分配

一、在阿多诺停止的地方，朗西埃出发了

阿多诺的否定协议之后，美学，或者艺术如何抵抗？批判理论的新一代思想家们都认为需要重新开启介入的讨论；在艺术界，也有社会参与式艺术的蓬勃兴起及批判艺术的大潮与理论界的思考互为映照。

哈尔·福斯特[①]在其编辑的《反美学》一书的序言中有一段精彩的评述：

> 美学界的历险事迹构成了现代性波澜壮阔的叙事之一：从美学自主的时代出发，途经为艺术而艺术，终于抵达必然进境于否定范畴的美学局面，对世界现状展开批判。令人难以割舍的就是最后这个（西奥多·阿多诺妙笔生花所着墨的）时刻：这时候的见解是，美学具有颠覆性，是少了美学就会沦为工具挂帅的世界中的一个批评间隙。然而，我们必须考虑的是，这个美学空间也遭到侵蚀——或者，说得恰当些，美学界的批评火网如今大体上是虚幻的（所以也是工具性的）。在这样一个关系重大的时机，师承阿多诺的策略，即"否定的协议"的战略，或许得要加以修订或放弃，得要构想

---

① 哈尔·福斯特（Hal Foster）是普林斯顿大学艺术与考古系教授，他同时还是在美国当代艺术评论界影响最大的两本刊物《艺术论坛》和《十月》的编委；在国内他最为人熟知的是编辑了《反美学》一书。

一个新的（和葛兰西有关的）干涉战略。……当然啦，这样的战略，如果察觉不出自身的局限——那些限制在当前的世界确实如影随形——的话，就只有浪漫以终的份。然而，我们显然不能掉以轻心：身处一个四面八方都是反动势力的文化，实有必要坚持抵制型的实践之道。①

根据福柯的权力网络的理论，每个现代社会的主体都是被权力所规训的，权力无所不在，压迫也无所不在。阿多诺由此得出的结论是普通老百姓已经深陷消费主义陷阱，不具有革命性，由此他遁入艺术，认为革命只能在艺术内部发生。而朗西埃则由权力无所不在、压迫无所不在推导出"反抗也同样无所不在"，从而把革命的基础覆盖到最大多数的人。在消费主义和全球化波及范围更加广泛的今天，朗西埃进一步落实了福柯的思考，提出了他的城市游击理论：今天的反抗，要从边缘和底层——这些不被主流所接纳的部分开始——在这些人身上才保有更多的革命潜能。这样，他对政治和美学之间的联系进行持续的思考，提出了"无分之分"② 和"感性分配"③ 的概念。雅克·朗西埃无疑是思考美学介入的一个新兴力量，被齐泽克和巴迪欧等理论家引为同路人和知己。

与阿多诺完全不同的"反抗无所不在"如何推导得出？这其中隐含的线索是，阿多诺认为在行政化的世界中，主体是被装置（此处笔者借用福柯术语）所捕获的，通过装置而获得的主体性不过是一种虚假的主体性，装置或者规训告诉你你是自由的，使你以为你是自由的，而实际上你不过是被规训的，是在装置之中的。这是一种十分悲观的认识，僵化的主体无法行动。不同的是，经过了结构主义和后结构主义的理论洗礼，朗西埃和阿甘本一样，将一种游离的动势注入活生生的存在和装置之间，这样，主体性的确立

---

① 哈尔·福斯特：《反美学：后现代文化论集》英文版序，吕健忠译，台北立绪文化事业公司，1998 年，第 45 - 46 页。

② "无分之分"（the part of no part）是朗西埃的专用术语，指的是那些不被计算在内的部分。在政治上可以指那些没有选票的，或者被议员所代表了的人群；在文学上可以指那些极少被书写、被观照到的部分。

③ "感性分配"的法文是 Le Partage du sensible。其中 sensible 在法语里作为形容词指"可感觉的、能感受的、感性的"（《法汉大词典》，上海译文出版社，2002 年，第 3122 页），目前汉学界多译为"可感性"和"感性"；Partage 则同时具有"分割、分配、分享、瓜分"的意思（同上，第2527 页），不论取哪一个意义都不能完全言尽其义，目前可见有译为"分配""分享""分割"的，而在美学讨论中，朗西埃较经常使用的是"分配""分享"这两个含义，所以也有学者译为"分配/分享"。

就来自存在和装置的无休止的斗争。这样子生成的主体就既是权力关系的，又可能是逃逸于权力关系的。在这种主体涌现的瞬间我们可以看见解放的可能。①

朗西埃的美学理想是席勒式的古希腊时代悠闲的自由状态："使生活、宗教和艺术搅在一起，不光是人聚在一起，在聚合中找到新的共同尺度，而且是平等地在一起，在自由中，才能找到这种共同尺度。这是席勒眼中的古代希腊，在那里，艺术不再是生活之外的另外一种单立的东西。"② 而现代艺术追求艺术自律，艺术与生活被拆分，是一种抵抗式的政治："阿多诺的艺术之社会功能，是一种无功能。那一平等主义式的潜能，是包含于作品的无感性中的，属于自治领域，无意于改造社会或点缀平庸生活。政治先锋派与艺术先锋派是合拍的，就因为他们之间的这种缺乏连接。我们当代处于后一种政治形式里，我们今天所说的解放，也就是要从后一种政治形式里走向前一种政治形式中。"③ 从艺术要重新走进生活这个面向来看，朗西埃在阿多诺停止的地方重新出发了。

这样，朗西埃就进入了文学介入理论的考察视野。他提出了作为感性分配的文学介入观，可称之为"感性分配的文学介入"。朗西埃认为，政治内在于文学，正是文学提示了做政治的方式，一种元政治：通过实现感性的重新分配和分享，文学介入了。这个思路打破了政治外在于文学的传统构想，为我们打开了新的思考空间。但目前国内学界特别是文学研究界的相关研究尚处于起步阶段。朗西埃和他"作为感性分配的文学介入观"仍然有待进一步的倾听。

二、对几种艺术政治理论的批评

> 文学的政治并非作家们的政治。……它假设人们不必去考虑作家们是应该搞政治，还是更应该致力于艺术的纯洁性，而是说这种纯洁性本身就与政治脱不了干系。它假设在作为集体实践的特殊形式的政治和作为写作艺术的确定实践的文学之间，存在一种固有的

---

① 此段文字一定程度上受下文启发：《什么是装置？》，吉奥乔·阿甘本著，王立秋译，网址：https://www.douban.com/note/72501189/.

② 陆兴华：《电影就是政治：朗西埃电影理论研究》，《文艺理论研究》，2012 年第 6 期。

③ 同②。

联系。

——雅克·朗西埃《文学的政治》①

朗西埃反驳了关于文学介入的另外两套论述，不是社会外在于文学，也不是文学内化了社会，这些都只是"解释事情的一种方式，但这不是最有意思的方式"，与其如此，"更应该去寻找共同的成分"。② 他倾向于在文学和政治之间寻找共同，打破文学和社会的边界，使二者前所未有地紧密结合：艺术中的政治是"本然存在的"。③ 自律或者他律的任何一方都不是事实："艺术的美学体制并非单指艺术的自律，而是指自律与他律的和谐；它也不单单指艺术自由的愿景，它要求这种自由能够承受无意识、被动和偶然性的重量。"④ 从这种观点出发，自律与他律的区分就不重要了，重要的是，艺术的政治性的理念是哪一种。朗西埃考察了几种关于艺术政治性的不同观念，除了萨特和阿多诺之外，主要还包括了罗兰·巴特和利奥塔的相关论述。

首先是"行动的文学介入"，表现为艺术的他律。这种观念认为要真正实现艺术的政治只能奉行一种直接的政治艺术的逻辑：这是在试图"改变世界"，而不是在做艺术。以对福楼拜文体的分析为例。萨特在《什么是文学？》里把福楼拜排除在介入作家之外，因为他认为介入的文学要与意指过程打交道，而福楼拜的"石化"的文体像诗歌一样不指意。进而萨特指出福楼拜是以文学语言的石化为资产阶级的虚无主义战略服务，被当成反对民主（即当时刚兴起的无产阶级）进攻的武器。朗西埃指出这种阐释模式属于"症候性阅读"，即一种"使信件返回给寄信人的做法"，这是"轻而易举而又徒劳无益的"。这种阐释学将自身定位为科学和真理，从而失去了阐释的丰富性，于文学不过是一种"思想的重压"。⑤

在"介入"问题上，罗兰·巴特是跟萨特针锋相对的理论家。他关于真实效果的分析当然不属于萨特的脉络，但是朗西埃认为他在某种程度上犯了和萨特同样的错误。例如巴特在解读福楼拜《一颗简单的心》中那个既

---

① 雅克·朗西埃：《文学的政治》，张新木译，南京大学出版社，2014年，第3页。

② 雅克·朗西埃：《图像的命运》，张新木、陆洵译，南京大学出版社，2014年，第135页。

③ 雅克·朗西埃：《审美革命及其后果》，赵文、郑冬梅译，汪民安、郭晓彦主编《生产·第8辑》，江苏人民出版社，2013年，第214页。

④ "Deleuze Fulfils the Destiny of the Aesthetic：an Interview with Jacques Rancière"（2002），http：//blog. urbanomic. com/num/archives/2005/02/20th_century_sp. html.

⑤ 同①，第6、10、30-32页。

没有任何功能角色也没有任何戏剧角色的气压计的时候，认为这个多余的气压计的存在是在制造一种真实的效果，烘托出一种真实的气氛，让人感受到作者笔下的空间就是现实的空间。这是现实主义小说所惯用的叙述策略，用一种貌似笨拙的、朴实无华的还原现实的方式，制造出"真实的幻觉"。由此出发，巴特对现实主义文学进行了批判。但是，朗西埃指出，巴特这种解读与再现诗学的逻辑是一致的，巴特进入了与他所批判的现实主义写作一样的回圈。

其次，巴特和萨特犯了同一个错误——没有认识到"图像的沉默及其言说之间的可逆的平等关系"。这里存在着尖锐的对立，而二人都无法自圆其说："一方面，意义是一个需要进行解释的文字，即一个需要解释的沉默的符号，而对之进行解释的人需要站在其位置上揭示其内在真理。另一方面，意义内在于事物本身，它拒斥了一切外来的解释的声音，让其沉浸在自己不可逆转的沉寂之中。"①

接着是"不介入的介入"理论。它之所以被纳入考察视野，是因为这个路径思考的同样是关于文学介入的问题，并且也提出了一定的介入主张，例如阿多诺认为自律性和社会性是文学的两大特点，主张以不介入的方式介入。在朗西埃看来这里有两套方案，都是以抵抗作为手段。一个是阿多诺等人将艺术作为解放的承诺，另一个是利奥塔将艺术作为抵抗。

艺术作为解放的承诺，这里的批判对象主要是阿多诺，有时也包括格林伯格。阿多诺的论断是："真正的艺术也是人类对现实彼岸的'另一个'社会的渴望的最后保存者……在社会矛盾被现实地消除之前，艺术的乌托邦和谐必须一直保持抗议成分。"② 同时，"艺术通过反对社会而成为社会的，而只有自律艺术才具备这种反对性。"③ 以对勋伯格无调音乐"费解、断气、不悦耳"的风格分析为例，阿多诺的解释是："它烙印着世界所有的黑暗和罪恶，它从承认不幸中搜寻幸福，从禁制美感外貌追求美感。"④ 通过不和谐音程使作品自身的感知变得不可能，从而使"被编排进艺术作品之中的经

---

① 加布里埃尔·洛克希尔：《美学的政治：政治史和艺术解释学》，蓝江译，网址：http：//blog. sina. com. cn/s/blog_542ef2b20100ny3k. html.

② 马丁·杰伊：《法兰克福学派史（1923—1950）》，单世联译，广东人民出版社，1996 年，第 205 - 206 页。

③ Theodor W. Adorno. *Aesthetic Theory*. Trans. and Ed. Robert Hullot - Kentor. London；New York：Continuum，2002，p. 225.

④ 陈瑞文：《阿多诺美学论：双重的作品政治》，台北五南，2014 年，第 48 页。

验形式构成了异化生活的经验形式之对立"。作品的"'政治'不是发生在作品的自主性上,而是在它无法达到的失败上"。① 也就是说,借助这种"作为自主艺术的现代艺术概念"来证明"即使社会革命被没收,在艺术上也保持了决裂的纯粹性,伴随着解放的希望",要"从根本上把艺术从政治中分离出来,以保持其政治潜能"。② 换言之,"艺术只有以打破承诺为代价才能使承诺永存。就是将持久的伤痛、将存在于每一个从现实到美丽的美学表象的美化中的未解决的矛盾铭刻在自身。"③ 这种否定辩证法,在朗西埃看来虽然做到了对抗和歧义,但是由于拒绝了沟通,实际上区分了艺术和观者的层级,暗合了社会的等级制。"若推到某个限度,它的政治性恐怕有自我抵销的隐忧。"④ 总之,一方面不能忽视阿多诺运用的复杂辩证法所保留下的解放的希望,另一方面也要认识到阿多诺理论中本身就存在拒绝沟通的问题,他这种精英式的艺术品位造成普通民众在论述中的缺席,无法贯彻艺术所根存的政治可能性。

利奥塔所代表的崇高派的后现代主义就是把阿多诺的批判方法推向极端的例子。这一派同样认为政治上的极权主义和无孔不入的商品化潮流带来了极大的破坏,艺术需要透过崇高所带来的震撼力量将人们抽离庸俗的日常。有两种做法,一种是通过让艺术呈现灾难的场景来唤起社群的共同感受;另一种认为灾难的场景不可呈现,艺术只是去"见证不可呈现这个事实"。利奥塔本人就倾向于后面这种做法。⑤ 但在朗西埃看来,两种做法的本质是一样的,都是让艺术成为灾难的见证,让灾难的记忆长存——这不过是一项塑造共识的伦理任务。

"这种艺术的政治性才开始发挥抵制功能时,那功能就抵销了。"⑥ 在这种"作为抵抗形式的艺术"中,"形式通过将自己与世俗世界的任何介入形式相区分而实现了其政治性。艺术不必成为一种生活的形式,相反,正是在艺术中,生活得以赋形。……平等主义承诺在于作品的自足之中,在于其对

---

① 贾克·洪席耶:《何谓美学?》,关秀惠译,《文化研究》,2012 年第 15 期。

② *Dissenting Words: Interviews with Jacques Rancière.* Ed. and Trans. Emiliano Battista. London; New York: Bloomsbury Academic, 2017, p. 134.

③ Jacques Rancière. "Dialectic in the Dialectic". In: *Chronicles of Consensual Times.* Tran. Steven Corcoran. London; New York: Continuum, 2010, p. 27.

④ 纪蔚然:《别预期爆炸:洪席耶论美学》,INK 印刻文学,2017 年,第 131 页。

⑤ 同④,第 106 – 107 页。

⑥ 同④,第 133 页。

任何特别的政治目标的超然之中，在于其拒绝涉足于世俗世界的装点之中。"① 抵抗的艺术不停地将他者法律的压迫记录在各种艺术形式之中，他们不是对暴行言听计从就是自我满足于商业文化的奴役，不是摩西的法则就是麦当劳的法则。它会导向"伦理"（在朗西埃这里伦理指向共识体制），导致对美学和政治的共同镇压。② 简单说来，朗西埃认为"利奥塔所做的并未真正脱离普遍受害者的宏大叙事，而恰恰是以一种回溯的方式重构了这种叙事，以便重新利用它"。③ 这事实上是向共识臣服，很容易陷入"伦理的相对主义"之中。

　　正如朗西埃所指出的，以上每一种关于文学介入的理论都有其固有的矛盾，然而提出这些理论的学者对其矛盾之处一般也都心知肚明，他们经常给出的解答是把这种悖论当成是为了艺术或为了政治而不得不偿付的代价。朗西埃自称他所支持的政治艺术或批判艺术就是处于这些"介入"理论的张力之中，去建构一个作为感性分配的艺术政治。④ 于是他首先是打破了这种长期以来关于艺术和政治的传统分野，通过把艺术和政治都看成是感性分配的形式，都看成是对共同的划分，二者变成同质的了：文学必然是政治的，因为通过文学，感性得以重新配置，既定的政治秩序被打乱了，不可见者变得可见，不可听者变得可听，文学的过程是感性重新配置的解放过程，是不断去验证平等的民主过程，文学必然是政治的，同样，文学也必然是介入的。朗西埃指出他本人的研究是对特定情境的介入，并且在《感性的分配：美学的政治》（2000）及此后的一系列美学著作中都在关注这个问题⑤，并将这条思路延展到对电影和当代艺术的考察。

---

① 蒋洪生：《雅克·朗西埃的艺术体制和当代政治艺术观》，《文艺理论研究》，2012 年第 2 期。

② Jacques Rancière. *Aesthetic and Its Discontents*. Trans. Steven Corcoran. Cambridge：Polity Press，2009，p. 105.

③ 雅克·朗西埃：《思考"歧感"：政治与美学》，谢卓婷译，《马克思主义美学研究》，2014 年第 1 期。

④ Maria Muhle：《〈可感分配〉德文版导论》，大金译，网址：http：// www. douban. com/group/topic/18708523/.

⑤ Jacques Rancière. "A few remarks on the method of Jacques Rancière". *Parallax*，15：3（2009）. p. 114；p. 116.

三、文学的政治：从关键词谈起

鉴于朗西埃理论的自成一家，有必要简单介绍几个被朗西埃重点"观照"过的概念：感性分配、平等、歧感、政治，正如穆勒所言，这些概念在美学和政治上都同样具有"生产性"。①

作为朗西埃的专门术语，"感性分配"是艺术之所以介入的根本原因，也是艺术能够介入的直接操作方式。洛克希尔断言："雅克·朗西埃毫无疑问将会在他的每个特定的研究对象上留下自己不可磨灭的记号，这就是：'感性的分配'。"②感性分配是"不证自明的事实"，"揭露共同事物的存在，也界定着各个部分和位置"，它规定了参与的部分、空间、时间及行动的方式。并且，每个时代的艺术实践与政治共享着同一套感性的分配逻辑。③

而"平等"则是朗西埃政治思想的核心追求。④朗西埃在 2013 年访华时，特地向中国读者提示了他的平等观："我认为平等是一种预设，就是讨论很多事情或者做很多事情之前先要把这个原则预设在那里。"⑤可见，相较于有待实现的目标或者理想，"平等"在朗西埃的理论中毋宁说是一个不证自明的公理和理所当然的作为预设的前提。政治活动就是永无止境的对平等的验证过程。换言之，平等是为了实现歧感，是为了维护这种异质性的产生和存在。由此，政治也就产生了。他进一步强调："政治唯一的原则就是平等……"⑥

---

① Maria Muhle：《〈可感分配〉德文版导论》，大金译，网址：http://www.douban.com/group/topic/18708523/.

② Gabriel Rockhill. "Translator's Introduction". In：*The Politics of Aesthetics：The Distribution of the Sensible*. London；New York：Continuum,2011,p. 6.

③ Jacques Rancière. *The Politics of Aesthetics：The Distribution of the Sensible*. Trans. Gabriel Rockhill. London；New York：Continuum,2011,p. 12；p. 13.

④ Todd May. *The Political Thought of Jacques Rancière：Creating Equality*. Edinburgh：Edinburgh University Press,2008.

⑤ 雅克·朗西埃：《结合"艺术、理论、哲学"看"平等"》，网址：http://news.artron.net/20130620/n465425.html.

⑥ 贾克·洪席耶：《歧义：政治与哲学》，刘纪蕙等译，台北麦田，2011 年，第 65 页。

"歧义""歧感"或"异见"① 是与平等密切相关的概念，与共识相对。在朗西埃看来，"政治的本质是非共识"。② 歧义并不是你说黑我说白，而是持有共同理据的人拥有不同的观点："歧义并不是指一方说白色而另一方说黑色的冲突，而是另一种冲突，也就是双方都说白色，但是所理解的却完全不是同一件事，或是完全不理解另一方以白色之名所说的同一件事。……歧义的情况是，在争执说话内容的意义时，已经构成了话语情境之理性本身。"③ 在美学中，歧感强调的是感知与感知的冲突。朗西埃用了"阶级斗争"来作类比："阶级斗争不是经济利益对立的群体之间的冲突，而是关于什么是'利益'的冲突，是那些自视有能力管理社会利益的人与注定只能繁衍生息的人之间的斗争。"④

　　朗西埃关于"政治"的概念是十分独特的。他区分了治安⑤（police）和政治（politics）。"police 意指一套组织体系，具有建立感觉分配之坐标，以及将社会区分为不同群体、社会地位与功能的法则，这套法则也决定了什么人可以参与此社群，什么人不能够参与。这套区分逻辑也就是决定了可见与不可见、可听与不可听、可说与不可说的美学原则。政治，politics，则是一种干预此感觉分配之体系，使原本在此感知坐标中无法被看见的人得以介入。"⑥ 制造歧感是为了实现"感性分配"，这就是朗西埃的"政治"。治安是进行感性分配，政治也是进行感性分配，但是，治安是划定可感性的范围，政治是给出新的分配：政治是对治安秩序的扰动和反叛。

---

　　① mésentente，英译为 disagreement 或 dissensus。中译为歧义、歧感、异识、异见、异感等，与"共识"（consensus）相对。一般在讨论美学时，采用"歧感"的译法。可参阅《思考"歧感"：政治与美学》一文谢卓婷的译注（《马克思主义美学研究》，2014 年第 1 期）。具体到文学论述上，朗西埃有时用"误解"（misunderstanding）来替代"歧感"，因为文学中的政治是微观的、分子式的。（见《文学的政治》中《文学的误解》一文）

　　② 刘纪蕙：《后记·感受性体制、话语的理解与歧义、理性与计算、"空"》，《歧义：政治与哲学》，台北麦田，2011 年，第 240 页。

　　③ 贾克·洪席耶：《歧义：政治与哲学》，刘纪蕙等译，台北麦田，2011 年，第 11 – 12 页。

　　④ 雅克·朗西埃：《思考"歧感"：政治与美学》，谢卓婷译，《马克思主义美学研究》，2014 年第 1 期。

　　⑤ 朗西埃强调他的"治安"一定程度上参考了福柯生命政治中的"治安"概念，但是二者并不相同。福柯的"治安"指的是控制个人和集体生命、身体的机制；朗西埃的"治安"指的不是权力机制，而是据以界定策略和权力技术的感性分配。参见 Jacques Rancière. *Dissensus：On Politics and Aesthetics*. Ed. and Trans. Steven Corcoran. London；New York：Continuum, 2010, p. 95. 以及《歧义：政治与哲学》后记，第 251 页。

　　⑥ 刘纪蕙：《杭席耶、巴迪乌与克莉斯蒂娃的二十世纪与当代：拓扑学式的展开》，网址：http://www.doc88.com/p – 9367126559596.html.

朗西埃对艺术政治性的思考主要是："政治歧感并非具有利益和价值冲突的说话者之间的争论，而是谁说话与谁不是说话之间，以及什么只能被当作痛苦的呻吟，而什么则必须作为正义的论证来听之间的冲突。"① 因为冲突的双方都处在既定的感性分配之内，而政治是要挑战这个分配，所以必须从外部开始，也就是从"不是说话"的"谁"开始。艺术如果写出了这个原先被认为只能发出噪音而不能说话的人说话，那就是制造了歧感，就扰乱了既定的感性分配秩序，就产生了政治。

　　此外，政治发生的时刻正是歧义的时刻，朗西埃借用福柯的术语，称之为"异托邦"（heterotopia），就是一种不以习惯看法来看待事物的方式，可以理解为一切等级关系的悬置，"它并不为伦理构造所形塑的各种习惯看法多增添一种习惯看法。相反，它创造了一个点，在这里，所有那些特定区域及其所界定的对立都被取消。"② 换言之，政治不会产生于现有的共同体之内，不是让不能说话的人拥有说话的能力之后进入原先说话人的群体，使得说话人的群体不断扩大；而是创造一个迥异的、平等的对话空间，在此空间之内，任何人都可以说话。朗西埃的政治行动导向的是以平等为前提的、全新的共同体。

　　更进一步看，朗西埃引入了多元的观点，不是对和错的二元对立，否则我们就陷入了永无止境的相对的环圈中，要跳出来，在二元对立中制造裂隙，寻找自己的位置，形成对话的空间。也正是在这个意义上，首先要去质疑既存的分配体制，质疑一切的分类和界限，把平等作为预设，政治才有可能发生。

　　在这种理论视域中，艺术和政治是同质的，二者都是感性分配的方式，也都保有感性再分配的可能。所以，做艺术就是做政治，政治内在于艺术之中。"'文学的政治'这种表述势必包含如下含义，即作为文学的文学介入到这种空间与时间、可见与不可见、言语与噪声的分割。它将介入实践活动、可见性形式和说话方式之间的关系。正是这种关系分割出一个或若干个共同的世界。"③ 简言之，文学的政治就是一种感性的再分配。然而，事情

---

① 雅克·朗西埃：《思考"歧感"：政治与美学》，谢卓婷译，《马克思主义美学研究》，2014年第1期。

② 雅克·朗西埃：《美学异托邦》，蒋洪生译，汪民安、郭晓彦主编《生产·第8辑》，江苏人民出版社，2013年，第206页。

③ 雅克·朗西埃：《文学的政治》，张新木译，南京大学出版社，2014年，第5页。

没有这么简单:"艺术上震惊了,意识上就理解了,政治上也行动了。哪儿都没有这么天衣无缝的因果联系。"事实上,我们可以期待这种转换的效果仅仅是它"暗示着我们从现有世界进入另一片领地,在那里,'能'与'不能',宽容与偏执之间的区别和既存的界定方式完全不同。……这种断裂打乱了让我们可以老实待在'我们的'位置上的具体构造和事物状态"。①

朗西埃认为,理想的愿景和不理想的现实之间的矛盾总是存在于文学中,因此之故,我们不能在做艺术之初就预定一个结果,只能一边做一边发现,只有做了,才知道。"很多事情是我们不得不做的,但是怎么做和做什么其实还不知道,我们还有待发明做事情的目标、手段,这是我对平等概念的解释。"② 所以,那些声称要直接介入,要走上街头的艺术,尤其要警惕"变成对自己宣称的效果的拙劣模仿"。③

显然,文学与政治相隔绝的看法在朗西埃这里是站不住脚的。因为"美学的艺术承诺了一个它无法满足的政治成就,并因此种暧昧性而不断成长"。④ 审美恰恰就是"思考矛盾的能力"。毕晓普(Claire Bishop)对此作了如下的理解:"对于朗西埃来说,无须为了社会变革而牺牲美学的维度。因为,美学本身就内在着变革的进程。"⑤

同样是基于这种视野,朗西埃追求的并不一定是"好的"文学或者"美的"文学,而是最能体现"感性分配"的政治的文学。面对朗西埃的理论,我们不必以审美的标准来要求批判艺术,而是应该从"介入"的角度去理解,齐泽克如此评价朗西埃:"在左翼迷失的时代,他的写作是告诉我们要怎样继续抵抗的为数不多的连贯性的观念体系之一。"⑥

---

① 雅克·朗西埃:《政治艺术的种种矛盾》,杜可柯译,网址:http://www.360doc.com/content/14/0725/14/919919_396965676.shtml.

② 雅克·朗西埃:《结合"艺术、理论、哲学"看"平等"》,网址:http://news.artron.net/20130620/n465425.html.

③ Jacques Rancière. *Dissensus*: *On Politics and Aesthetics*. Ed. and Trans. Steven Corcoran. London; New York: Continuum, 2010, p. 148.

④ Jacques Rancière. *Dissensus*: *On Politics and Aesthetics*. Ed. and Trans. Steven Corcoran. London; New York: Continuum, 2010, p. 133.

⑤ 詹妮弗·罗施:《社会参与性艺术 批评与不足:访克莱尔·毕晓普》,小C译,网址:http://www.798space.cn/pinglun/41571.html.

⑥ Slavoj Žižek. "Afterword by Slavoj Žižek". In: *The Politics of Aesthetics*: *The Distribution of the Sensible*. London; New York: Continuum, 2011, p. 79.

四、现代美学革命与文学介入

在《感性的分配：美学的政治》（2000）里朗西埃提出了艺术的三种辨识体制①，分别是影像的伦理体制、艺术的诗学/再现体制和艺术的美学体制。第一种是影像的伦理体制，柏拉图是其代表人物，认为艺术的判断标准是真实和效用，艺术甚至没有独立的意义。在现当代文学中，一种社会主义革命文学，借助美学进行人性革命，走到了取消形式革命的极端，一切都融入即将到来的集体生活，这种艺术就属于影像的伦理体制。而很多试图调动观众积极性的艺术、走上街头的艺术，反其道而行，认为艺术必须离开自己的世界，才能在现实生活中发挥作用，事实上也仍然是遵循了同一套的逻辑。第二种是艺术的再现体制，亚里士多德是其倡导者。亚里士多德主张把现实组织为因果关系的联结，并要求以叙述形式、故事或者情节的合理性来感动观众。他区分了史诗和悲剧，史诗描写高贵人物，悲剧描写低贱人物，确立了艺术独立地位的同时也确立了艺术的等级制。它的现代样式就是一种教学型的批判艺术，以为用塑料复制一个商业偶像符号就能催生对"景观"的抵抗，事实上却只是一厢情愿的艺术再现。朗西埃关注的是第三种类型——艺术的美学体制，康德、席勒、黑格尔都是其倡导者，直至福楼拜，才真正从文学创作上突破了艺术的再现体制，确立了美学体制的文学类型。朗西埃的著名论文《为什么要杀死爱玛·包法利?》就形象地说明了这个问题。它的当代样式被认为是一种批判艺术。首先，朗西埃对介入的难度有充分的认识，他认为当前的批判艺术不是"伦理直接性"（ethical immediacy）就是"再现中介"（representational mediation），做到"介入"的并不多。②根据朗西埃的分析，《包法利夫人》通过描写细节、微末小事、无关重要的地点和人物等，打破了再现体制中的严格等级规范，开启了作为小说的民主的美学体制的先河。但是，此后的一系列小说中，等级制仍然是无比顽固地

---

① régime，李洋对这个概念做了简单梳理，他指出：朗西埃用它表示管治所有艺术的基本方式，指艺术作品不同语言和形式之间的秩序法则，学界多译为"体制""制度""政体"或"制域"，鉴于它具有一定的政治内涵，又最好与常见的政治概念有一定区分，译为"体制"似更妥帖。参见：http://www.douban.com/group/topic/17251609/.

② Jacques Rancière. *Dissensus：On Politics and Aesthetics*. Ed. and Trans. Steven Corcoran. London；New York：Continuum，2010，p. 137.

存在着。大量的分析表明，18 世纪、19 世纪的许多欧洲小说都是殖民主义的附和者，"一般的畅销小说即藉由刻画一个无知的野蛮人，令其不能也不愿成为现代人，让他永远是'他'者，为文明社会立下稳固的边界。"① 实际上，大量的文学创作都是在为既存的感性分配制度添砖加瓦，能够动摇这一秩序的只是微乎其微的例外。而好的小说，恰恰要揭示出这种人们"表面上视而不见，实际上却根深柢固的种族优势信念"。②

在艺术的美学体制中，文学的政治发生了，朗西埃常用的一个说法是"美学的革命"。此处朗西埃对"美学"又做出了非常"朗西埃式"的解释："美学不是一个学科，而是一种思考模式，它诞生于法国大革命之时，它以自己的方式质疑层级制度的秩序。"③ 朗西埃抛弃了鲍姆加登和康德对美学的解释："美学不是艺术领域的新名称，也不是一般意义上归于'诗学'概念下的新领域，而是这个领域的一个特殊构型，标志着思考艺术的体制的转换。"④ 所以，美学不是感性学或者艺术作品的实践，美学是进行艺术体制转换的革命，是一种感性的分配和艺术特有的识别体制。原来的再现体制把不平等体现在感觉世界的建构中，而美学就要对这个建构发出挑战，达成新的分配。

朗西埃认为，从亚里士多德这里开始，严格的艺术等级制被建立起来了，也就是"艺术的诗学/再现体制"。例如亚里士多德《诗学》要解决的问题是："关于诗的艺术本身、它的种类、各种类的特殊功能……情节应如何安排……"⑤，他主张把现实组织为因果关系的联结，并要求以叙述形式、故事或者情节的合理性来感动观众。此后的经典美文都处于这个框架内。再现体制在确立了艺术独立位置的同时，也将艺术和其他活动对立起来，并渐渐产生了更多的对立：技艺和非技艺、形式和材料、知识和感觉、精致和野蛮……浪漫主义文学是文学的解放运动，它们开始发动一场美学革命，其口

---

① 南西·阿姆斯壮：《小说如何思考》，李秀娟译，刘纪蕙编《文化的视觉系统 I：帝国—亚洲—主体性》，台北麦田，2006 年，第 64 页。

② 同①，第 67 页。

③ 《我们从来不需要向一个工人解释什么是剥削》（朗西埃访谈），sabrina yeung 译，网址：http://sabrinayeung.blogspot.com/2013_12_01_archive.html.

④ Jacques Rancière. *The Aesthetic Unconscious*. Trans. Debra Keates and James Swenson. Cambridge：Polity Press，2009，p. 7.

⑤ 亚里士多德：《诗学》，罗念生译，伍蠡甫主编《西方文论选》（上卷），上海译文出版社，1979 年，第 50 页。

号是："万事万物都归结为诗"，诗人"解开一切束缚"，"它（小说）表现不可表现的东西，它看到看不见的东西，它感觉到不可感觉的东西等等"。[1]到了19世纪中期，这种反模仿、反等级的浪漫主义精神被以福楼拜为代表的小说创作发扬光大，开启了小说的现代性，也开始了"艺术的美学体制"的真正实践。

理解朗西埃，不能被思维定势所左右，他的方法论总是独特的："反模仿的革命从不意味着对相像的抛弃。模仿并不是相像的原则，而是相像的某种编码和分配。"由此，如果说"诗歌不再模仿绘画，绘画不再模仿诗歌。这并不是说：文字是一方面，形式是另一方面。这意味着完全相反的情况：即分配原则的废除，这个原则给各方分配位置和方法，同时将文字艺术和形式艺术分开，将时间艺术和空间艺术分开。这就意味着一个共同表面的建立，以取代分开的模仿领域"。所以现代美学的革命并不在于对旧的东西的抛弃，而在于新的维度的引入——平等的维度，从而让文学进入多声部的喧嚣中，进入感性的重新分配，于是不可见的变得可见，不可听的变得可听，一切都活跃起来了。在这个意义上，如果说美学的新政确实抛弃了什么，那就是内含了各种"等级制"的艺术体制。从而，朗西埃区分美学的两个阶段的用意也就凸显出来了："现代美学的决裂……这是与某种艺术体制的决裂……现代的美学革命……它废除了过去让艺术等级向社会等级看齐的平行主义，肯定了没有高贵或低贱之分的主题，一切都是艺术的主题。但是它也废除了那个分离原则，这一原则将形式模仿的实践与日常生活的物体相分离。"[2]

福楼拜成为一个上佳的例子。朗西埃关于福楼拜的分析有意思的地方在于：在历来的阐释中，已经将福楼拜定位为纯艺术的开路先锋，是"为艺术而艺术"的旗手。但朗西埃通过具体的文本分析，指出了福楼拜小说的政治性，将它定位为"民主的里程碑"。

福楼拜宣称："形式技巧越纯熟，同时也愈在消弭自己。……从纯艺术角度看，几乎可确言，主题本身并无高低上下之分。风格只是艺术家看待事

① 诺瓦里斯：《断片》，高中甫译，绿原校，中国社会科学院外国文学研究所、外国文学研究资料丛刊编辑委员会编《欧美古典作家论现实主义和浪漫主义》（二），中国社会科学出版社，1981年，第393—397页。

② 雅克·朗西埃：《图像的命运》，张新木、陆洵译，南京大学出版社，2014年，第139、141—142页。

物的方式而已。"① 从这里，朗西埃解读出一种"激进平均主义的程式……风格的绝对化是平等民主原则的文学程式"。② 并不仅仅是艺术的可表现领域扩大了，"而且还对行动和生活之间的对立重新提出质疑。这种稳定持久的对立既是诗歌的对立，也是社会的对立。"③ 再现体制是将社会上的等级制表现在文学作品之中，而美学体制是从文学领域发起一场革命，首先瓦解这种等级制。

朗西埃首先扫除了两个障碍。

其一，针对那些一直表示福楼拜是艺术纯粹派的批评家们，朗西埃指出，这里不是自治，而是双重的他治："如果包法利夫人必须死去，那么福楼拜也必定消失。首先，他必须让文学感知接近于无感觉之物——鹅卵石、贝壳或尘埃的感知。为了做到这一点，他必须使他自己的言说与他人的言说、日常生活的言说达到无法分辨的同一。"④

其二，针对福楼拜小说语言的"石化"特征，朗西埃拒绝了旧有的阐释。19 世纪的批评家认为福楼拜文体的等量齐观和冷漠态度是民主的真正标记，而萨特认为是反民主；然而，正如前文论及，"萨特和十九世纪的批评家们都一样，即他们都只是将文学话语的解释看成是潜在的政治意义的象征。"⑤ 这种阐释同时也消除了艺术的审美特性。

之后朗西埃进入了对《包法利夫人》的再解读。

通过分析爱玛为自己买的哥特式脚蹬、爱玛在修道院参加弥撒的感受，以及爱玛对莱昂萌生爱意时福楼拜对头发、昆虫、阳光、水滴的细致描绘及诸多的小细节，朗西埃得出结论：包法利夫人生活在自己的浪漫幻想之中，她将生活与小说等同起来了。进而，他指出：包法利夫人的死亡是两种观念对抗的结果，一种是爱玛·包法利将艺术滥用到生活中，另一种是福楼拜把生活的题材变成艺术。在爱玛身上，"表达和反映了欲望、憧憬与某些阶层、

① 福楼拜：《福楼拜文学书简》，丁世忠译，北京燕山出版社，2012 年，第 76 页。

② 雅克·朗西埃：《文学的政治》，张新木译，南京大学出版社，2014 年，第 14 页。

③ 同②，第 75 页。

④ 雅克·朗西埃：《审美革命及其后果》，赵文、郑冬梅译，汪民安、郭晓彦主编《生产·第 8 辑》，江苏人民出版社，2013 年，第 224 页。

⑤ 加布里埃尔·洛克希尔：《美学的政治：政治史和艺术解释学》，蓝江译，网址：http://blog.sina.com.cn/s/blog_542ef2b20100ny3k.html.

某些能力和某些生存方式的社会分配割裂的情况"①，文学表达人们的欲望并做出反思，让人知道并看清欲望只是欲望，可以是艺术的，但不能是生活的，由此进行一种社会病症的治疗。这就是福楼拜小说的"政治"。可以说这种从众多细节导向"政治"的方式恰恰印证了朗西埃的文学政治观："小说的平等并不是各民主主体的整体式平等，而是众多微观事件的分子式平等，是个性的平等，这些个性不再是个体，而是不同的强度差异，其纯粹的节奏将医治任何的社会狂热。"② 也就是说，在朗西埃看来，福楼拜的艺术实践之所以是一种文学政治，是指福楼拜通过操作微观分子介入了既定的感性分配，使不可见的东西变得可见，不可听的东西变得可听。这就是朗西埃的介入观。

美学革命为文学引入了平等的维度，活跃了感性的分配，实现了文学的介入。在这里，朗西埃的视野是既小又大的。一方面，感性分配使他关注文学中的微观事件和它们的相互关系，对诸如福楼拜、马拉美等人的作品都做出了深入而精彩的再解读，剥离了 19 世纪文学革命"纯艺术"的外衣。另一方面，绝对的平等使他的关注没有边界，从文学到电影到当代艺术，无不涉及，在穿梭于各个艺术门类之间的时候，他的分析通常也是相通的。这也正是朗西埃开启的新风景：以"置身其中"的方式来到文学的现场，细致解读文本的形式策略，并以"感性分配"的核心观念搭建起文学与政治关系的全新维度，展现了文学介入的另一种可能。

① 《我们从来不需要向一个工人解释什么是剥削》（朗西埃访谈），sabrina yeung 译，网址：http://sabrinayeung.blogspot.com/2013_12_01_archive.html.
② 雅克·朗西埃：《文学的政治》，张新木译，南京大学出版社，2014 年，第 35 页。

第二节 感性再分配的形式策略

一、朗西埃的形式观

朗西埃的书写关注作为"无分之分"的弱势，思考由不可能变为可能的课题。这种思考并不新鲜。书写弱势，是要让他们从不可见变得可见，这一点应该大家都有共识。但是，弱势的不可见是因为他们自己没有言说的能力，从而需要他者代言吗？写的人和被写的人位置分别在哪里，二者关系如何？谁说话或谁不说话，谁有份谁无份？很显然，这里"谁"的位置和权力是在权力结构里的社会场域中辩证生成的。以此看来，所谓为弱势代言不过是另一种权力压制的方式，甚至，由于代言者在这里获得了一种良心上的安慰，而更进一步巩固了既有的权力结构，"它们也就等于协助了国家机器与统治阶层，巩固了更大的控制力"。① 所以，审美化的代言文本所能取得的效果很可能就是带来对认识的遮蔽，并进一步抑制了行动。

这也是苏珊·桑塔格所提示的，要警惕所谓人道主义摄影对于少数和弱势的一种形象的窥淫癖，"由照片来确证现实和美化经验"，结果走入了美感化的局限："摄影使我们觉得这个世界比事实上更好把握"。② 那么，是不是就如郭力昕所言，在纪录片中呈现出分析和叙述的维度，透过表面，"让

---

① 郭力昕：《真实的叩问：纪录片的政治与去政治》，台北麦田，2014 年，第 36 页。
② 苏珊·桑塔格：《论摄影》，艾红华、毛建雄译，湖南美术出版社，1999 年，第 35 页。

观众看到这些材料的语境，得到一个比较复杂一些的、结构性的理解"①，这会是纪录片的某种形式的介入？

需要警惕的是，当我们在纪录片中拉出分析的维度，呈现事情背后的脉络时，能够表现出来的也仅仅是我们自己的认识，愿望是美好的，但是这也有可能造成误导或者另一种遮蔽，因为我们认为仅仅只是我们认为：经过纪录片的解说，好像事情就真的成了我们所说的样子。这样的解说似乎也"屏蔽掉了另外的各种可能性"，使观众"无法忠实于自己的上下文"。② 那么，难道不需要深度？

鲍德里亚的后现代主义观点认为，平面之下一无所有，虚无主义泛滥成灾。但是，平面正是朗西埃所追求的一种范式，他指的是马拉美式的平面——"平面是不同空间之间的滑动地带"③，异质空间之间的滑动可以让平面也拥有"深度"："理制（logos）表面的规划空间与分布其上的准确定义，无法提供流变的可能性。唯有创造出时间、概念或感性的深度来模糊一切意涵，才得以流变为他者。"④ 在郭力昕诸人所推崇的媒体和纪录片的深度之外（朗西埃认为所谓追求深度的左派批判主张有着建构与共识性的治安逻辑相一致的空间的风险），不妨回到那个不稳定的平面。"问题在于懂得，为了扰乱平面和深度的正常功用而建构何种平面。"⑤

进而，有没有可能彻底摆脱这种看与被看的二元对立的困局让纪录片去达到真正的介入？朗西埃的回答是：不要再现，要表现，要展演，让弱势者自己说话。就像萨义德的思考："人类——男男女女——创造出自己的历史。正如同事物是被创造出来的（made）一般，它也可以被拆解（unmade）和重新创造（remade）。"⑥ 反复的再现会生成一种刻板印象，可以通过对再现的重新书写进行一种对抗和平反的努力，"反抗被描写"（鲁迅语），产生出

① 郭力昕：《真实的叩问：纪录片的政治与去政治》，台北麦田，2014年，第21页。

② 陆兴华：《自我解放：将生活当成一首诗来写——雅克·朗西埃访谈录》，《文艺研究》，2013年第9期。我这里并不是要在郭力昕和朗西埃两位解释者之间区分出高低上下，他们的论述都有各自的在地语境，我这里的探讨更多只是一种思辨性的探索。

③ 雅克·朗西埃等：《可能性的艺术：与雅克·朗西埃对话!》，蒋洪生译，《艺术时代》第31期，2013年5月。

④ 黄建宏：《感性分享：一段哲学—舞剧—电影的滑步》，《中外文学》第32卷第2期，2003年7月，第209页。

⑤ 同③。

⑥ 薇思瓦纳珊编《权力、政治与文化：萨义德访谈录》，单德兴译，生活·读书·新知三联书店，2006年，第486页。

和旧式书写具有对话力量的另类叙事。

关于看与被看、观众和表演舞台的关系，朗西埃以三个理论家作为代表。

布莱希特的间离理论主张制造陌生化，让观众不沉迷于剧情，能够自主思考，这是关于观众位置的再分配。阿尔托的残酷美学主张通过形塑在场的不同身体之间的共同感受去建构一个共同体。这二人都认为要消除剧场的距离。朗西埃并不赞同这种观点，他主张的不是距离的消除，而是距离的强化和绝对化，因为他的理想是形塑一个歧义的共同体，在这个共同体之内，每个人都是"解放的观众"，都有他自己的思考。

还有德波的景观理论，他跳出来去看，断言当代社会是景观社会，少数人制造和操纵着景观的演出，而芸芸众生只是被动观看，被期望和想象成一无所知也从来不行动；所以，情境主义者要求每个个体通过建构自己的生活情境实现自我解放，从而改造景观社会。我们发现，面对观众和表演舞台的分离，景观理论的策略是先不去管这个分离，先要跳出来去建构和改造个人日常生活，然后才能改变观众的被动状态。朗西埃认为这种跳出来的做法，无视外在的力量，主张个体先自我解放，所以仍然是自律形式的解放乌托邦。他机智地反问：

> 如果不是预设了主动和被动之间的根本对立，又怎么能够断言坐在位置上的观众是被动的？如果不是假定了观看就意味着无视影像之后的真实和剧场之外的现实，去以影像和表象为乐，又为什么会把凝视和被动性等同起来呢？……通过破除词语道成肉身和观众变主动的幻觉，了解词语只是词语和景观只是景观，可以帮助我们更好地理解词语和影像、故事和表演是怎样改变我们生活的世界的某些事情。①

朗西埃指出：表演舞台和观众的分离就已经是在呼唤行动了，我们不需要跳出来，而是要尽力在二者分离的张力之中去寻找解放的答案。

这就扣连到其关键概念——由异议所推动的感性再分配。"就如同共识并不仅意味着协议一般，异议也不意味着冲突。异议对真实的支配性寡占进行了质问，并建构了另一些'真实'或'常识'的形式，这意味着对时空

---

① Jacques Rancière. *The Emancipated Spectator*. Trans. Gregory Elliott. London；New York：Verso，2009，p. 12；p. 23.

所进行的另一些配置，这意味着由词与物，意义和知觉所构成的另一种共同体的常识。……进行虚构意味着颠覆躯体在其中被框限，被决定有能力及无能的可见性和可理解性政体。"① 什么是真实，什么是虚构？先来瞧瞧我们自己的生活吧，在生活中，"我们总试着在这个存在的世界中插入一个不存在的世界"。这么看来，我们的所有行动不就是虚构？由此看来，真实和影像/虚构之间的对立是可疑的。朗西埃主张破除这种对立，"问题在于界定一种观看方式，这种方式并不预先规范观众的凝视。……解放是观众凝视的可能性，而不是预先编程的结果"。② 介入的艺术不是表现无分者的苦难生活，这是可见的苦难；介入的艺术要表现的是无分者本身："是非人而不是尸体展示引起了怜悯或恐惧。"③ 正是从这里入手，才需要艺术，因为艺术就是试验场和展演的舞台，现实中的无分之分，在艺术里可以有平等的权利和能力去展演自身。按朗西埃的看法，艺术现在已经是"资本主义全球生产的一部分"，它不一定能够激烈地改变当前，但能够"帮助我们做出全新的感性分配"，从而"去建构不同的形式，去知觉我们的当前"。④ 所以，艺术如果要具备介入性和批判性，就必须对当前的既定程序进行反思，不能够"以陈规老套来批判陈规老套"。"创造性形式证实着每个人的能力与我们内在的抵抗力量。……无论如何，这种从其触发能力而非其传达的意象，与大众文化或者反文化相关联的方式，对我来说，才是当下真正的政治议题。"⑤ 由此，感性再分配的形式策略要考察的就是这些创造性形式，那么，朗西埃的形式观又如何呢？

首先，只有歧感性的形式才是真正的创造性形式。考察的关键不是艺术的形式本身，而是这个形式是否及怎样打乱既定的感性分配，艺术的政治性就在于这样的感性再分配。例如社交媒体上的自拍自展，是在重复生活本身，没有什么意思；再如杰夫·昆斯的作品《迈克尔·杰克逊与黑猩猩巴伯

① 贾克·洪席耶：《影像的政治》，杨成瀚译，《文化研究》第 15 期，2012 年秋季，第 398 - 399 页。

② 雅克·朗西埃等：《可能性的艺术：与雅克·朗西埃对话！》，蒋洪生译，《艺术时代》第 31 期，2013 年 5 月。

③ 雅克·朗西埃：《电影影像与民主》，米歇尔·福柯等《宽忍的灰色黎明》，李洋等译，河南大学出版社，2014 年，第 145 页。

④ 陆兴华：《自我解放：将生活当成一首诗来写——雅克·朗西埃访谈录》，《文艺研究》，2013 年第 9 期。

⑤ 同②。

尔斯》（1988），是在"以陈规老套批判陈规老套"，和现在流于形式的景观批判一样，虽然声称是在批判，其实不过是以壮观的景观和装置谴责景观社会，最终什么也不会改变。而参与式艺术尤其是关系艺术最遭朗西埃诟病。按照尼古拉·布里欧的关系艺术，"艺术是产生特殊社交性的场所"，"作品邀请观众参与新的社会关系形式的创建，也就是参与共同体的建设。"这就是关系艺术所标榜的政治性之所在。朗西埃认为，这是一种"艺术有效性的教学模式"，它"不仅不政治，反而是对真正政治的抹杀"。关系艺术"企图恢复一种社会连接和共同体的感觉，以此对抗资本社会中人际关系的崩解"，说到底，还是一种"排斥'歧感'，建造和谐共识的'共识艺术'"。[1]就关系艺术来说，我们不妨提问它们之间的关系如何发生？它们相互扣连的惯用或者正常方式是什么？感性再分配所要挑战的就是这种惯常。

其次，按前面的观点，一切既定的形式都可以也应该被反思，没有一劳永逸的做法。例如戈达尔电影中惯用的蒙太奇式拼贴，朗西埃结合不同的文本会给予不同评价：透过异质性碎片的拼贴并列，有可能像《中国姑娘》一样，超出故事性本身，制造更大的意义张力，形成辩证蒙太奇；也有可能像《电影史》一样，制造的是熟悉感，形成象征蒙太奇。[2] 朗西埃表示："从来就没有什么颠覆性艺术的本来形式；只存在一种为着界定艺术形式可能性和任何人的政治潜能而进行的永久游击战。"[3] 所以，朗西埃这里没有权威，他选择了许多经典论述作为对话对象，从柏拉图到马克思、布迪厄、利奥塔、奈格里等等，不一而足。

再次，朗西埃的形式总是关乎具体文本的，借用李洋的话："他在'影片分析'中把'具象'看作超越内容与形式、再现与表现、记录与叙事、本体与喻体等二元对立的'感性团块'，以阐述'艺术的美学体制'的思想。"[4] 不论是在历史、文学还是电影分析中，朗西埃都不是德勒兹那样从

---

① 蒋洪生：《关系艺术，还是歧感美学》，《艺术时代》第 31 期，2013 年 5 月。

② Jacques Rancière. *The Future of the Image*. Trans. Gregory Elliott. London；New York：Verso，2009，pp. 56－58. 需要注意的是，朗西埃对戈达尔的评价比较复杂，此处列举的《电影史》朗西埃认为辩证蒙太奇和象征蒙太奇二者皆有，但是象征蒙太奇占了上风，戈达尔这部作品具有共识化的倾向。

③ 雅克·朗西埃等：《可能性的艺术：与雅克·朗西埃对话!》，蒋洪生译，《艺术时代》第 31 期，2013 年 5 月。

④ 李洋：《法国思想与电影》，米歇尔·福柯等《宽忍的灰色黎明》，李洋等译，河南大学出版社，2014 年，编者导言，第 10－11 页。

理论到理论的纯粹的哲学家，概而言之，把握内在的张力逻辑，去作细致的文本分析，这是朗西埃写作的一大特色。

二、悬置的总策略

所谓美学距离（aesthetic distance），并不是指醉心于对美的近乎狂喜的沉思，进而狡猾地掩盖了艺术背后的社会基础，最终放弃在"外部"世界的具体行动。相反，美学距离最初指向一种悬置（suspension）。它悬置了艺术家的意图、在某个艺术自留地里发生的行为和观众凝视的目光以及群体状态之间的明确关系。说到底，这也是"批判"本来的意思：分离（separation）。①

朗西埃的论述涉及工人运动、历史、文学、电影、当代艺术等诸多领域，由于其爱好进入文本内部作细致分析的旨趣，为读者提供了许多美学体制的场景，生动地阐释了感性再分配的形式策略。这些策略中万变不离其宗的是悬置的总策略。他说："我想通过艺术所特有的精简程序和悬置意义来反对一些公式化的没有价值的东西。"②"美学革命所描绘的场景，就是提出将美学对统治的支配性关系的悬搁，转变为没有统治的世界里的生成性原则。"③ 通过悬置产生新的可能性的空间，这种思路与阿多诺一致。但朗西埃比阿多诺更加形而下了，他的悬置与经验生活始终扣连。朗西埃承继康德和席勒，通过打造歧义的剧场，把既定的感性分配体制悬置，进入一种自由游戏的状态，引入生生不息的生命之流，构筑可见、可思、可感的经验生活的新景观，意即"感知的共同体"。

朗西埃列举了司汤达《红与黑》结尾处看似不和谐的一个段落：底层青年于连奋斗失败后被执行死刑之前在监狱中所经历的状态，他放下了种种算计，回忆着爱情的甜蜜，感到了幸福。

在法国大革命之后的混乱社会中，底层青年有机会通过各种钻营和奋斗

---

① 雅克·朗西埃：《政治艺术的种种矛盾》，杜可柯译，网址：http：//www.360doc.com/content/14/0725/14/919919_396965676.shtml.

② 雅克·朗西埃：《电影影像与民主》，米歇尔·福柯等《宽忍的灰色黎明》，李洋等译，河南大学出版社，2014年，第150页。

③ 雅克·朗西埃：《美学及其不满》（2004年法文版第54页），蓝江《美学的龙种与政治的跳蚤——朗西埃的作为政治的美学》，《杭州师范大学学报（社会科学版）》，2015年第3期。

跻身上流社会，从而逆转原来的等级分配；还有一种摆脱身份束缚的方式就是悬置，像席勒所说的游戏状态，只关注纯粹的乐趣，就比如于连最后的选择。正是在这悬置的时刻，生活重新变得可感，"这时人只感到他完整的存在，既不为过去而承受痛苦，也不为将来而忧心算计。"此时，"各种细微小事，即便是最单调乏味的生活，也能让人看到生活深刻的底层"。并且，正如康德的共通感，这是可以共享的时刻。与人共享的一刻，给我们带来单纯的幸福。于连与雷纳尔夫人情意相通的那一刻就是这样的时刻。

文学的无为，让社会失效了。比如于连在最后面临的只有死刑。他不再去设想什么抱负野心，同时也让其他人在他身上的一切谋划失效。此时，社会在他身上就不能起作用了。"这样的小说，也就不用再给人指明那些因果联系，不用再去推导个人和社会的变化。"① 这样，小说中所呈现的这种悬置的时刻，就不同于马克思所描述的社会进步的革命图景，一切都止于文本，"文学凭着写作的无限可能所提供的新社会的图景也是一切皆有可能"②，换言之，文学以其无限的可能性让历史的宏大叙事相形见绌，从而"揭示出社会理论的反面：它把新生的社会理论开放给自由的未来，它把新生的哲学献给无需欲求的生命意志，与此同时，它也彻底瓦解了过去社会和言说的那些层级"。③ 这是一个典型的感性再分配的场景。

朗西埃的感性再分配是建构主体化的过程："政治攸关主体，或者毋宁说其关注的是主体化的模式。借由主体化，我们理解到主体乃是一系列在既存的经验场域中无法被指认的身体行动与发话能力的产物，而其指认必须伴随着经验场域的重新配置。"④ 很明显的，悬置是朗西埃所选择的介入的时刻。如果说居伊·德波等人的景观理论发现了资本主义对人们生活的每时每刻包括闲暇时间的控制，那么，朗西埃则故意选择了例外的时刻，就是把控制关系悬置，去发现行动的人。所以，他选择了消费社会还不发达的 19 世纪，去发现工人阶级闲暇之时在干什么；选择了死刑犯临刑之前的几天时间，去发现一切社会力量都对一个人无效的时候他在干什么；选择了导演放

① 雅克·朗西埃：《底层青年的梦》，nani 译，网址：http：//www.douban.com/group/topic/75589602/HYPERLINK "http：//www.douban.com/group/topic/75589602/".

② Jacques Rancière. Aisthesis：Scenes from the Aesthetic Regime of Art. Trans. Zakir Paul. London；New York：Verso，2013，pp. 51–52.

③ 同①。

④ 贾克·洪席耶：《歧义：政治与哲学》，刘纪蕙等译，台北麦田，2011 年，第 71、73、74 页。

弃摆弄演员的特权，让演员自己去表演自己的生活的时候呈现了什么……

三、工人的政治和解放的动力学

1968 年"5 月风暴"和中国"文化大革命"的经验使得法国知识分子反思工人主义和对工人的崇拜。连萨特也不禁怀疑："文化是否必然有倾向性（即具有资产阶级意识形态的倾向。统计资料表明，工人们最喜欢的书是资产阶级的畅销书）。"① 朗西埃同样关注这些问题，他选择从日常生活批判的角度切入，分析 19 世纪法国工人档案中所呈现出的工人日常生活。他发现迄今为止对工人解放运动的论述很大程度上被共产主义或马克思主义给收编了，历史被作了大量删节，而真相却未必如此。

柏拉图对理想国的设计要求人们各安其分，规定了身份和职业的阶序在共同体国家中的位置。工人只能做符合天赋能力的工作，也只能把时间花在工作上。他们必须白天工作，晚上休息（休息是为了更好地工作）。与之相似，经典马克思主义的观念坚持阶级主义，认为工人阶级受到了最深度的剥削，于是他们可以义无反顾地奋起反抗，是推动社会变革的决定力量。

这些都是朗西埃反思的对象。这些理论的预设都是把工人禁锢在工人的位置上。而朗西埃政治理论的基本观念主张以普遍平等作为解放的预设，也就是说，政治行动，首先来自摆脱个人社会出身的枷锁。恰恰是 19 世纪的工人档案，让他有了这个发现。朗西埃说道："在阅读那些工人档案时，我发现了一个非常不同的景观：那些给予工人运动坚实支持的，不是工人阶级的文化和传统，而是工人首先质疑自己的工人身份这个思想。"②

朗西埃多次援引一位细木工人为雇主的豪宅铺设木地板时的情形：

> 他相信自己是安处于自己家中。他喜欢也欣赏起这个房间的摆设，以至于他拖延了铺设地板的工作。如果窗户打开会面向花园，或者展现一个图画般的景色，他会暂时歇下他工作的臂膀，遁入这空间视野的想象里。享受它，甚过于邻近地拥有此视野的其

---

① 让-保罗·萨特：《辩证理性批判》，林骧华等译，安徽文艺出版社，1998 年，第 59 页。
② 《我们从来不需要向一个工人解释什么是剥削》（朗西埃访谈），sabrina yeung 译，网址：http：//sabrinayeung. blogspot. com/2013_12_01_archive. htmlHYPERLINK "http：//sabrinayeung. blogspot. com/2013_12_01_archive. html".

他人。①

工人在工作时间没有专心工作，而是在享受，像主人一般地享受；欣赏花园的景色，像画家一样发现它的美。由此，朗西埃"发现他们对文学性语言和其他文化的迷恋，希望和其他个体存在一起，分享同一个世界"。② 在这个悬置的时刻，这个偷闲的工人摆脱了工人阶级的出身，拥有了一种和所有人一样的人类公民的思维方式。进而，朗西埃指出，没有必要去规范什么工人诗歌或工人创作，工人也可以写诗，写和诗人一样的诗。

朗西埃特别说明："我没有极端地否认社会阶级出身这个元素。我只是在简单地说，没有一种社会颠覆的形式，不是在抵抗社会出身这个命运。"③批判思想的许多论述都把无产阶级捆绑在他的阶级里，实际上，恰恰是这种论述限制了解放的可能，只有当工人不被他的出身所限制，他的解放之路才开始。朗西埃不是完全否定社会出身的影响，而是提出社会出身可能并没有那么重要，那么具有决定性，在某些时候也许是那样，但是尤其在当代，如果社会出身就决定了一切，那工人和穷人就什么都做不了，什么也都不会被他们改变。思维模式与生存模式不是一一对应的关系——正如爱幻想的爱玛·包法利给我们所指示的政治——一个农家女可以幻想贵族的生活。

朗西埃还研究过 19 世纪巴黎城墙外的小酒馆，它是工人阶级的娱乐场所，历来的解读有两个方向，一是它恰恰符合了资产阶级对工人文化的想象："酗酒、纵欲但又充满挑衅"；二是在经典马克思主义的脉络上，"将这类的小酒馆文化视为对于工厂规训以及中产阶级道德化的反抗"。朗西埃则追踪其娱乐性，在小酒馆里工人们也会去模仿当时商业剧院的娱乐表演："真正去挑战当时检查制度的，反而是布尔乔亚剧院当中的娱乐表演，产生于对于工人文化想象的通俗内容，实际上搅动了布尔乔亚的道德部署。"④这么看来，工人阶级对剥削他们的资产阶级情感复杂，实际上并不仅仅是深恶痛绝，还有对他们那样的生活的憧憬。朗西埃发现，工人解放最大的问题是：尽管他们对自己的处境有所认识，他们还是不愿意去改变现状；因为强大的国家机器和资本宰制使他们怀疑自己是否有能力去改变。换言之，根本

---

① 贾克·洪席耶：《何谓美学?》，关秀惠译，《文化研究》15 期，2012 年秋季，第 347 页。

② 雅克·朗西埃等：《Jacques Rancière 访问：解放是每一个人的事》，sabrina yeung 译，网址：http：//www. douban. com/note/317906551/HYPERLINK "http：//www. douban. com/note/317906551/".

③ 同②。

④ 杨淳娴：《导读》，贾克·洪席耶《历史之名》，魏德骥、杨淳娴译，台北麦田，2014 年。

的是动力学的问题。所以，他的理论陈述一般是乐观的，首先要让无分者看到解放的可能，成为新的行动主体；而不是沉湎于虚构的民主，为共识体制添砖加瓦。

"艺术实践并没有超出工作的范围，而是工作的移置替换的可见性形式。民主的感性分配使工人成为双重的存在。"① 这样的工人除了在既定的体制之内安分守己地工作，还多了一重可以和所有人平起平坐的艺术性/想象性身份。朗西埃关于工人解放的书写，首要就是工人从既定身份转移的想象，通过这样的移置替换，松动既有的感性分配体制。并且思维模式和生存模式的既定关系的打破，并不会取消二者的扣连，而是会生产出动态的无法捕捉的联结，通过多样的扣连形式带来丰富的可能。换言之，通过越界，工人获得了轻盈的姿态，工人不是我们认为的工人，他可以是任何人。这才是工人的解放。

四、影像的政治和解放的观众

朗西埃电影美学分析的核心概念是电影的"矛盾寓言"。从"矛盾寓言"这个提法也可以看出朗西埃钟情电影的原因。"寓言"主要指亚里士多德所谈对悲剧的情节安排，要逼真，要有结和解，最后演变为古典主义的经典叙事模式。而"矛盾"则是"因为尽管电影以'再现—情节'为核心，但影像始终无力消除'表现—外观'的在场"，也就是说，电影作为讲故事的视觉艺术，最集中体现了美学体制的固有悖论——再现和表现的冲突。孙松荣给这个寓言做了精准的定位："寓言的矛盾就来自于影像叙事意义其中的停滞、空白与游荡所呈现的穿透力，是使叙事悬宕而让'纯粹感性影像'得以迸发。"②

朗西埃的电影分析一方面强调了电影作为综合艺术的特点——它最集中体现了跨艺术类型的流动与生成力量；另一方面把它和浪漫主义诗学的平等原则相勾连——重点关注电影中的再现体制向美学体制的转换及其张力。换言之，在朗西埃的视域中，作为文学之后的电影，因其跨界性和流变性突出

---

① Jacques Rancière. *The Politics of Aesthetics：The Distribution of the Sensible*. Trans. Gabriel Rockhill. London；New York：Continuum，2011，p. 43.

② 孙松荣：《〈电影寓言〉导读》，于昌民记录、整理，网址：http：//www. douban. com/group/topic/8624147/HYPERLINK "http：//www. douban. com/group/topic/8624147/".

展现了艺术美学体制的矛盾张力。他说："电影的生命力与联结诗学矛盾的责任息息相关。安德烈·巴赞让'不纯性'（impurity）成为电影的一个积极属性，但是，艺术的纯与不纯的属性本来就是由艺术的美学体制所联结的。"①

戈达尔的电影实践在这方面一直为朗西埃所津津乐道。

戈达尔十分明确地取材于政治的电影《中国姑娘》（1967），表现了20世纪60年代法国左派青年对毛主义的迷恋，其中的"红"就来自贯穿全篇的两件红色物品——毛语录"红宝书"和法国青年毛主义团体出的刊物《马克思列宁主义者手册》。传统的分析认为影片表现了资产阶级青年对毛主义的迷恋，并进一步追问这样的迷恋是歪曲了这些青年的真实形象还是很有先见之明地预见了1968年的"5月风暴"，揭示了迷恋带来的后果。朗西埃对这样的分析不以为然，他认为影片的分析要从形式层面入手，直接置身其外地去提取所谓的政治意义是没有什么意思的。

他首先指出，这部影片中马克思主义或毛主义的存在有两种方式：一是讲了如何看、听、说、读《语录》和其他毛主义刊物；二是讲了如何用这些理论来理解事物。问题来了：马克思主义是以一组文字的形式出现的理论，而电影要呈现出来的现实是一组图像。所以，电影要表现马克思主义，就必须重新建立起二者的联系，把文字图像化。先来看影片的一个细节："采访女佣人 Yvonne 的镜头……这个普通百姓家的女儿回想她在农村长大的各种艰难，她讲的这番话立刻形成一种图像。……在这里插进的镜头，不是女佣人的话给我们看到的典型农村场景，而是他对百无聊赖的农村的两个取景：农场房下跑过一群鸡仔，苹果树园里站着几头奶牛。"

要表现农村的艰难生活，惯常把文字图像化的方法是直接去拍农村场景，用图像直白告诉我们农村如何艰难。戈达尔不然，他让人来说、来演，把文字直接变成图像。这是他的一个策略。策略之二，他也用了农村的图像，但又恰恰相反，不是表现艰难的生活，而是表现了农村的安详恬淡。这两个策略区别于寻常套路，造成了感知的断裂，电影的矛盾寓言即美学体制的悖论就体现在再现的叙事逻辑的中断，并由此把观众的注意力都转移到形式的表现上（例如演员的身体动作和语言）。这也体现了该影片的政治：

---

① 雅克·朗西埃：《电影影像与民主》，米歇尔·福柯等《宽忍的灰色黎明》，李洋等译，河南大学出版社，2014年，第140–141页。

"文字和图像的互相说明永不停止，形成一套完美的比喻，把秩序稳定的世界展示给我们的感官；是政治和艺术，切开这个说明的循环，编排出新的文字和行动，让人们用身体的行动来演出文字、讲出文字，重新给出什么可说、可见。"①

　　同样，汉弗莱·詹宁斯的电影《倾听不列颠》（1941）表现的是战争，但最终目的是为了号召尽可能多的人去参加退敌战争。詹宁斯不直接表现战争场景或废墟，而是去表现战争准备时刻的和平生活、士兵的闲暇时光，这么做是要让民众摆脱对战争的恐惧和厌恶，说明所谓战争的特别状态和平常生活的普通状态没有什么两样。如果说整部战争电影是一种虚构，那么其中间或体现的平和片段就是悬置的时刻，正是这些平和的片段展现了直白的真实，一种生命中无意义之事物的真实，这种真实的片段辅助全片的虚构，建构出了行动和故事的逼真性。

　　另一位朗西埃的电影"红人"是葡萄牙导演佩德罗·科斯塔②。其纪录电影"方泰尼亚三部曲"关注底层人的生活，科斯塔采取一种边界模糊和角色穿越的策略对困难现实进行审美化的处理。他也并没有像参与式艺术的那伙人一样放下艺术，去当泥水匠，去过穷人生活。我们可以这样思考：一般认为表现苦难就要远离审美，就要纪实，但是，经过长期的反复操作，这样的共识程式是不是反而掩盖了苦难的某些部分，这些被掩盖的不可见部分能不能通过审美化的处理表现出来？

　　"方泰尼亚三部曲"的二、三两部都是用普通 DV 拍摄的。第三部《回首向来萧瑟处》（2006）的主角范杜拉是一位来自非洲佛得角的黑人移民，曾经的泥水匠。影片开头，他刚进新居，"一边讲自己的身世，一边好像就在建构自己的故事。……镜头下，他突然就像古典悲剧人物那样庄严起来，

----

　　① 雅克·朗西埃：《〈中国姑娘〉的红——戈达尔的政治》，nani 译，网址：http：//www. douban. com/note/161871726/HYPERLINK "http：//www. douban. com/note/161871726/".

　　② 葡萄牙导演佩德罗·科斯塔 1959 年生于里斯本，作为一名唯美主义者和激进分子，其作品被认为兼具美学和政治感，这使他在一众同时代的导演中显得特立独行。他的代表作是以葡萄牙首都里斯本周边的著名贫民区方泰尼亚地区底层人的生活为底本所拍摄的方泰尼亚三部曲。三部曲的第一部《骨未成灰》获 1997 年威尼斯电影节最佳摄影奖，第二部《旺妲的房间/范黛的小室》获 2002 年戛纳电影节法国文化奖，第三部《回首向来萧瑟处/少年前进》获 2006 年戛纳电影节提名金棕榈奖。三部曲第一部还带有一定的故事性，越往后，越沉默，直至人们难以分清它是纪录片还是艺术片。以上这些特质都深深地吸引着朗西埃。

说着自己的苦难生活，但又好像是在背诵伟大的悲剧台词"。① 接着，朗西埃选取了镜头从贫民窟到美术馆再回到贫民窟这个段落来分析。美术馆是范杜拉曾经参与过的一个工程。在美术馆外面，晚年范杜拉望着一排建筑发呆，他的几位工友就是在这个工地上发生事故丧命的。范杜拉代表"那些冒着他们的生命危险盖那些他们无权消受的房子的人们"，影片中还有一个场景就是美术馆的员工，同时也是范杜拉的朋友，用手帕擦去地板上范杜拉站立的脚印。一般的分析都说这是表现了资本主义的剥削和底层的苦难。朗西埃不这样，他着眼的是"审美化"的段落，因为他认为正是这种审美化才使"范杜拉的形象溢出了那些被剥夺其劳动成果的劳工形象"，例如通过"空间中的光线震颤、墙壁的对比色差、画外音"，使得美术馆中鲁本斯名画里的花瓶对比穷困劳工陋居中的花瓶不占有任何优越性，这样的平等体现了穷人的财富。科斯塔从这样的感性财富中提取出言说或梦想的力量还给穷人。"在第一层意义上，它意味着使再现模式与它所再现的状况和人们相称的部署的瓦解。在第二层意义上，它颠覆了艺术生产制度的装饰和穷人的装饰间的正常关系"——这是朗西埃指认的该影片的双重政治。②

可以发现，对于表现底层的影像，朗西埃关注的从来不是苦难的展现，而是如何把底层人变得可见的策略。由此，摆脱被秀的匿名受害者的形象，他呼唤这部分人和观众的解放："把故事据为己有，使它成为他们自己的故事……一个解放的共同体是一个叙述者和翻译者的共同体。"③ 与当代走入困境的景观批判相对的，朗西埃称之为"影像的'非教学式'政治"："它向那些并不认为比艺术家自身更无知或更被动的观众进行了倡议……这是积极的观众向其他积极的观众所倡议的某种对共同空间的重构。换句话说，这是某种并不期待其效果的政治。"④

实际上，以前面分析的《回首向来萧瑟处》为例，朗西埃从审美化电影中所拉出的政治维度并不容易被大家所看到，一般的批评家都只意识到美术馆是对劳工劳动成果的侵占和劳工无能为力的叹息、静默，而朗西埃指出

① 陆兴华：《自我解放：将生活当成一首诗来写——雅克·朗西埃访谈录》，《文艺研究》，2013 年第 9 期。

② 贾克·洪席耶：《影像的政治》，杨成瀚译，《文化研究》第 15 期，2012 年秋季，第 402 - 404 页。

③ Jacques Rancière. *The Emancipated Spectator*. Trans. Gregory Elliott. London；New York：Verso，2009，p. 22.

④ 贾克·洪席耶：《影像的政治》，杨成瀚译，《文化研究》第 15 期，2012 年秋季，第 401 页。

其政治性更在于对此种批判的批判。这么看来，朗西埃所预设的观众必须是十分具有反思意识并能够进行深入思考的人士——连好多学院影评人都被排除在外了，也显然不能够包括普罗大众——那么，只有极少数人能够读解的意义和政治向度又能有多大的介入力度呢？就算仅仅把这种介入定位在感性再分配的美学层面上？朗西埃只能回答我们不预设任何观众，也不预设发言的结果——这个答案虽然十分诚恳，但是也不能不被认为是避重就轻的遁词。介入的艺术能产生什么影响？极可能的答案是它只影响了做艺术的这个人。这种悖论的根源仍然是来自雅各脱的智识平等的预设："朗西埃对文章的读者漠不关心——他认为读者要被平等地看成和他一样聪明"。[1]

五、文学的政治和反面的现代性

文学的历史特殊性不取决于语言的某种状态或其特殊用法。它取决于语言权力的一种新的平衡，一种新的方式，该语言以让人看到和听到的方式行事。简言之，文学是一个识别写作艺术的新制度。一种艺术的识别制度是一个关系体系，是实践、实践的可见性形式和可理解方式之间的关系体系。因此，这是对感性的分割进行干预的某种方式，而这种分割确定着我们所居住的这个世界：世界对我们来说可见的方法，这种可见让人评说的方法，还有由此表现出的各种能力和无能。[2]

在朗西埃看来，文学无疑是感性分配的一种存在和体现方式，文学本身是一种装置或者部署（dispositif）："即作为识别写作艺术的历史制度的文学，作为词语的意指制度和事物的可见性制度之间特殊纽结的文学。"[3] 和"分配"一样，"dispositif"是福柯在考察可说与可思问题时的重要术语。福柯用它"表述社会结构中无形的权力系统网络中众多微观权力的'部署'"；也"通过该词来指称监狱、医院、社会制度、国家机器、知识建构，乃至于技术手段、艺术技法、身体姿态等一切承载并表达权力'部署'的'物质性结构'"。不难发现，朗西埃的这一术语直接沿袭了福柯的用法，如果说

---

① 索朗·盖农："访谈前言"，米歇尔·福柯等《宽忍的灰色黎明》，李洋等译，河南大学出版社，2014年，第137页。

② 雅克·朗西埃：《文学的政治》，张新木译，南京大学出版社，2014年，第8页。

③ 同②，第11页。

福柯用它使现代艺术场域中不可见的权力建构关系变得可见①，那么，朗西埃用它说明了文学的介入是对我们共享的感知系统的介入，进而提出了在"纯"与"不纯"之间摆荡的文学现代性———一种现代性的反面历史。

通常关于艺术现代性的论述与艺术的自律自主紧密勾连，认为现代主义"为艺术而艺术"的自律模式是反再现（anti-representation）的革命，不再讲故事，转而专注于形式的操练。朗西埃不以为然，现代主义并非如此：所谓"纯粹"的现代主义的观念是"有意在拒绝认知艺术与其他集体经验之关系的转变"，艺术的美学体制是一个复合的配置，现代主义无法清晰地与这种复杂性划清界限。② 现代主义之"新"并不是孤立的，与语境（包括历史）决裂的，而是提出和语境（以及历史）的新的联系方式。此外，"再现"也不应这么理解。他把"再现"定义为自亚里士多德以来文学中常规的艺术表现体制，一种诗学/模仿体制，再现体制规定了什么能被看见，什么能被说出，以及它们之间的关系。这一体制一方面将行为的因果合理性与生活的经验性相对立，主张行动高于生活，从而在几种体裁中区分出高低上下（贵族和英雄对应高贵的悲剧，普通人对应低俗的喜剧），这实际上是以"高贵的行为"来规训人民；另一方面，诗学体制发展到极端，就变成对形式的严格强调，变成形式主导材料，作者统摄、思想先行。这样的等级秩序都是美学革命所反对的。因此，朗西埃认为有必要写出一部艺术现代性的反面历史：恢复在诗学体制内被行为的因果合理性所压制的生活之经验性的地位，艺术的现代性恰恰在于把自律艺术的形式转化为兼收并蓄的生生不息的生命长流，艺术形式与生命形式趋于一致。可以形容为艺术的"下降"。

这种反面历史，并非完全摒弃主流解释，而是把纯艺术的解释看成是美学体制内在矛盾的一个方面。美学体制的核心问题是表现性语言和再现性语言的博弈以及由此带来的张力："美学体制断言艺术的绝对独特性并同时破坏孤立这种独特性的一切使用标准。"③ 也由此，美学现代主义开启的问题并不是自律艺术对再现艺术的胜利，而是在美学现代主义之后的经典文本中，时刻都存在着自律和他律的博弈。在 19 世纪文学现代性的

---

① 赵文：《可述与可见：福柯的艺术装置之思》，《文艺研究》，2015 年第 4 期。

② Jacques Rancière. *The Politics of Aesthetics：The Distribution of the Sensible.* Trans. Gabriel Rockhill. London；New York：Continuum，2011，pp. 25 –26.

③ 同②，p. 23.

发生史上，确实有艺术的独特性和自主性建构的一方面，但与艺术自律同时发生的还有艺术向非艺术的扩张。换言之，生命维度的引入和艺术的自律一起参与了现代性的建构。文学话语的政治力量其实是立基于这两个方面的张力。也因此，没有一成不变的艺术现代性，艺术现代性的建构就已经说明艺术可以向非艺术借力，动荡不安的边缘地带是艺术不断生成的场域。

"我以艺术的美学体制之名试图理论化的，就是这种悖论的一般形式，在这种悖论之中，正是在什么是和什么不是艺术的疆界被消除之时，艺术被界定和制度化为一种共同经验的领域。"① 可以发现，不论是在影像还是文学的论述中，朗西埃都是从美学体制的悖论中发现美学时代艺术的张力，正是这种张力建构了艺术的政治之维。值得一提的是，艺术的政治之维立基于美学形式的结构性和发生性矛盾，朗西埃把这个形式与席勒的自由游戏相联系："现代性主义（modernatism）范式是从艺术美学体制的形式而来的识别形式……根本上这种识别是美学'形式'的结构性和发生性矛盾的特定解释。"一方面，这个形式"作为存有的分配的一部分"，具有"控制和支配"的意涵，意即艺术自律的规定，"思想的主动性对抗感性物质的被动性"。另一方面，"这个概念也界定了一种双重取消的中性状态，思想活动与感性感受变成单一的现实。它们构成了某种存在的新的领域——自由游戏和显现的领域——使关于物质直接性的平等设想成为可能。"②

以福楼拜的小说创作为例，朗西埃的提问是：为什么要杀死爱玛·包法利？对这个问题，可以有两个方向的解读。一个解读指向人物与作者权力的博弈，人物站在民主一边，作者站在支配性一边。福楼拜终究还是没有放过不守本分的爱玛·包法利，作为一个农民的女儿，一个小镇医生的妻子，怎么可以幻想着过那些贵妇人的生活？她甚至还想将之整个儿付诸实践。福楼拜放任了爱玛一段时间之后，断定这种民主过度了，于是他收回了曾经赋予爱玛的权力，他杀死了小说中的爱玛·包法利。

另一个解读与此恰恰相反，爱玛·包法利变成了反民主的一边，为什么呢？因为她将自己的生命寄托于模仿，要去模仿浪漫贵妇的生活，这是不是

①《可能性的艺术：与雅克·朗西埃对话！》，蒋洪生译，《艺术时代》，2013 年第 3 期。

② Jacques Rancière. *The Politics of Aesthetics*：*The Distribution of the Sensible*. Trans. Gabriel Rockhill. London；New York：Continuum，2011，pp. 26－27.

又陷入了再现体制之中呢？当然，这样子的革命或者解放也并不彻底。

于是，这里的问题变成：底层可以不去模仿他人，而是真正活出自己吗？

福楼拜的中短篇小说《一颗简单的心》成为又一个例子。小说的主人公是个老仆人，为一位稍有资产的寡妇服务，终身未嫁，对工作兢兢业业，为东家操劳一生。小说开头描写主人家一楼正房的布置时，福楼拜写道："晴雨表下方的一架旧钢琴上，匣子、纸盒，堆得像一座金字塔。"① 如果说旧钢琴还能说明主人家的身份和资产现状，那晴雨表、纸盒这些又说明什么呢？这个不为整体服务的细节，这个不服从首脑的肢干是不是完全多余的物件呢？朗西埃和罗兰·巴特就此做出了完全不同的分析。

罗兰·巴特的分析主要见于 1968 年的文章《真实的效果》（收入文集 *The Rustle of Language*）。罗兰·巴特从结构主义的方法出发，认为这些多余的细节在结构当中自有其分位，它的意义就在于破坏能指和所指之间的自然组合，从而具备了一种与逼真的法则相冲突的"真实的效果"。

在亚里士多德的诗学论述中，历史是事实的记录，诗是行动的模仿。由此，现实主义的写实首先必须遵循逼真的原则。巴特反对这样的写实，但是，他又承认了另一种真实，一种历史性的真实："真实应当是自足的，它足够强大而得以去否认任何虚构的观念，它的宣布无需整合到结构当中，事物的'已然存在'是它们得以被说出的充分条件。"巴特实际上是用"绝对特异性"（"真实就是真实"，情节—结构的纯粹化）来对立"叙事结构之虚构合理性"。朗西埃认为这种对立是可疑的。巴特的分析中一切从属于结构的安排，部分服从整体，要寻求符号的意义，这样的支配性范式显然还是再现的逻辑。

而朗西埃对这些多余细节的解读是，诸如晴雨表这样的多余物件确实没有推动小说故事的发展，它是小说主人公——一个勤勤恳恳的老仆人——所需要的物件，所以，"问题不在于真实，而在于生命"，这是作为"赤裸生命"的老仆每天关注的阴晴风雨，是她的日常生活的惯例，也体现出这个完美仆人的特点——"她的服侍超出了诗学的逼真逻辑及好仆人的责任。她热爱服侍……"此处，老仆的热情是超乎寻常的强度。所以，"重点不是存在着太多的事物。重点是存在着太多的可能性，且赋予任何人使用任何事物作

_____

① 福楼拜：《福楼拜文集》第 4 卷，艾珉主编，刘益庚译，人民文学出版社，2014 年，第 5 页。

为热情的对象。"① 晴雨表确实不说明什么意义，但是，它完全可以成为一个沉默的符号，是"从意义王国里解放出来的物体那自由的呼吸"。这个多余细节是作为无分之分的老仆现身的场域，说明了她每天关注阴晴风雨，以便更细致周到地为东家服务。所以，这是一个将自己的生命热情全部投入到服侍工作的老仆。晴雨表体现了老仆对服侍主人这份工作的热忱之心，在这里，这个卑下的人物不再是一张白纸、一个空名，而是一个有着深刻热情的活着的生命。这里的关键不是对一切物件的无差别关照，或者平铺直叙的写实，关键是这里体现出了生命的维度，这是有活力的人物，是有生命强度的生活，原先的无分之分从赤裸生命状态走向活着的生命：这不是解放，又是什么？因此，真实效果，毋宁说是平等的效果，是文学的民主，一种"无理由事物状态的分子式民主"："小说的平等并不是各民主主体的整体式平等，而是众多微观事件的分子式平等，是个性的平等，这些个性不再是个体，而是不同的强度差异，其纯粹的节奏将医治任何的社会狂热。"② 这种无意义的意义也就是朗西埃所说的"艺术的绝对力量"③，福楼拜称之为"风格"——"观察事物的一种绝对方式"④。

从真实到生命的转换，是美学的元政治，这生命逻辑面向的挖掘，提示了两种感性分配模式的对立。这是现代文学革命的关键点，以区别于纯粹派的观念。重点不是能指与所指的断裂，有意义或无意义，而是感受性体制的转换，不再是语言和行动——对应的诗学原则，而是"建构起基进平等的感觉能力，使艺术与生命成为同一件事"⑤ ——这就是现代主义的意义。

朗西埃表示，重写艺术现代性的历史，重视生命的维度是在与艺术终结论唱反调。因为他的分析表明，在艺术现代性的发端，艺术就是与非艺术紧密联结的，并且是二者之间的联结与互动才保证了艺术的生命力。所以，不必因为商品文化的泛滥挤压艺术的生存空间而悲观，艺术自来如此，并且还会吸纳异质之物为己用，更加蓬勃发展。"美学时代的艺术在重新觉醒曾被耗尽的感性可能的同时，从未停止过对每种媒介和其他种媒介混合之可能性

---

① 贾克·洪席耶：《虚构之政治》，陈克伦译，《文化研究》第15期，2012年秋季，第370、373页。

② 雅克·朗西埃：《文学的政治》，张新木译，南京大学出版社，2014年，第34、35页。

③ Jacques Rancière. *Figures of History*. Trans. Julie Rose. Cambridge；Malden：Polity, 2014, p.19.

④ 同②，第13页。

⑤ 同①，第385页。

的效果发生影响、扮演角色和创造新形象。新技术和其他助力为这些变形带来空前的可能性。因此，对影像的思考不会就这么停止。"①

当然，朗西埃的信心主要还是来自对"文学性"的重新定义，正是这种文学性与政治性紧密联结。

> 人是政治性动物，正因为人是文学性动物，此处"文学性"动物是指语词的力量使人从"自然"目的转移。……文学语法抓住身体，使身体从其目的转移，直至它不再是有机的生命体，而成为类身体（quasi - bodies）。……所以，这种身体不会生产出集体性身体。相反，他们向集体性身体中引进断裂与解离（disincorporation）。……确实，这些类身体的流通（circulation）导致对共同体共同感官知觉的修正，以及对语言与空间、日常的感性分配关系的修正。以这种方式，类身体构成不确定的共同体……有助于政治性主体的形成，挑战给定的感性分配。事实上，一个政治集体不是生物有机体或者公社的身体。政治主体化的通道不是想象性的认同，而是"文学性"的解离。②

所以，朗西埃对文学共同体的理解是：小说要让人物不受限制地按个人的意愿充分地活着，体现出每一个个体的生命强度。这才是在今天，小说作为未来更好生活的演练的意义和价值所在。

当然，不局限在文学范围之内，而是跳出来看的话，这种追求诸众联合的歧义性的共同体实际上非常难以抓住现实生活中具体的政治序列，这后面的问题更多涉及朗西埃的政治哲学思想，这是我的另一篇文章所要探讨的问题了。

综合来看，朗西埃的形式策略主要是破除艺术自律论所框定的艺术界限，抛弃了"文学性"这样的形式主义概念，以无特征作为艺术的特征，引入外部的维度促进艺术的政治活力迸发，以感性的重新分配作为解放政治的微型演练，"构筑不同的形式，可以帮助重新知觉我们的当前"。他遵循席勒的思路，认为"美虽然是形式，因为我们观赏它；美同时又是生命，因为我们感觉它。"通过理性与感性的接合和一体化，美在形式与生命之间搭起桥梁，这就赋予审美话语解放政治的维度，于是人人均可为之的审美成为政治解放的起始。

---

① Jacques Rancière. *The Emancipated Spectator*. Trans. Gregory Elliott. London；New York：Verso，2009，pp. 131 - 132.

② Jacques Rancière. *The Politics of Aesthetics*：*The Distribution of the Sensible*. Trans. Gabriel Rockhill. London；New York：Continuum，2011，pp. 39 - 40.

第二章　文学形式与批评实践

第一节　形式—手法—功能：俄国形式主义对"形式"的阐释

　　"形式"，作为文学学科的一个基础概念，在文学批评、文学理论及其他各类文章中的出现频率都非常之高。赵宪章论述道："在美学、文艺学和艺术批评的历史上，没有哪一个概念能像'形式'这样被广泛地使用，也没有哪一个概念能像'形式'这样曾经引起如此之多的歧义。……这一方面表明形式概念对于美学和艺术具有何等程度的重要性，同时也表明对这一概念进行彻底清理已非可有可无。"[①]

　　这样的一个高频词，大多数的文学关键词或术语词典都免不了给它一个定义，然而，显而易见的是，这样一个源远流长、意涵丰富的概念并不可能被几百字甚至几千字的介绍所概括，只能尴尬地保持模糊笼统的状态。而这，也正是任何一个下定义尝试的悖论，特别是当要被下定义的这个对象含义深广的时候。所以，公认的博学大师雷纳·韦勒克在他的著名论文《20世纪文学批评中的形式与结构概念》中也只能发出这样的感慨："人们很容易从当代批评家和美学家那里找到数以百计的关于'形式'和'结构'的定义，并且表明这些定义根本就互相冲突，让人觉得最好不用这两个名词。在绝望中人们很容易放弃努力，宣称这不过是似乎可以作为我们文明特征的语言上极度混乱的又一个实例。"[②] 同样的，国内研究形式主义美学的学者也有相似的际遇，不断有人感叹尝试去为"形式"或者"形式主义"下定

[①]　赵宪章主编：《西方形式美学》，上海人民出版社，1996年，第3页。
[②]　雷纳·韦勒克：《批评的概念》，张今言译，中国美术学院出版社，1999年，第50页。

义只能是一件费力却又不讨好的事情①，事倍功半倒是其次，竹篮打水一场空成了可以预见的结果。有意无意地，在他们的论述中都不进行这项不讨好的工作，都回避了给"形式"下一个定义。

但是，这同时也说明了一个问题：正由于这个概念历史悠久，意涵丰富，在它漫长的演变脉络中，它并不是一个一成不变的稳定形态。对它的阐释更是见仁见智，我们几乎可以肯定，绝不会比对莎士比亚的解读少。如此，从学理的操作层面上来说，我们可以努力的方向便是梳理清楚"形式"在不同论者、不同流派中的生存轨迹，它的演变及演变的内在机制。这么看来，说要迎难而上、雄心勃勃地给"形式"下一个通用的定义，反而是不科学的。需要注意的是，当我们给这个术语框定了一个范围——文艺学中的俄国形式主义流派的时候，"形式"还是有一定边界的，那么，它的边界在哪里？边界之外和边界之内有些什么？这些都是本文要努力回答的。

一、进入俄国形式主义

作为 20 世纪现代文学理论的发端，俄国形式主义活动与后来的布拉格结构主义有直接渊源，甚至也是影响甚巨的法国结构主义运动的先驱之一。三者共同关注文学作品的"形式—结构"问题，构成了 20 世纪文学理论发展的主流。其中，俄国形式主义活动作为先行者，可能也是发展最不成熟的一个环节。它真正的活动时间不过十年，活动的领军人物是几位二十岁出头的大学在读学生，他们身上有着俄罗斯白银时代文学的浪漫特质，也有着这个时代的不拘小节。

20 世纪初期，象征派统治着俄国文坛，传统学院派的文艺学更是一路奉行着折中主义，方法驳杂，没有一块专属于诗学本身的净土；文学看起来什么都是，可以是文化史，可以是社会学，可以是历史学，却独独不是"文学"。奥波亚兹②的这批年轻人不满于此，带着一篇篇"讨伐檄文"，以战斗的姿态登上文坛，向以波捷勃尼亚为首的象征派发出征战宣言。因此，他们的理论不免口气过大或者偏激，就像宣传口号。这样的言说方式，使他们在

---

① 刘万勇：《西方形式主义溯源》，昆仑出版社，2006 年，第 1 页。
② 俄国形式主义的发祥地主要是圣彼得堡"诗歌语言研究会"和"莫斯科语言学小组"，其中"诗歌语言研究会"的俄文缩写就是"奥波亚兹"（音译），文艺学上一般以"奥波亚兹"代称整个运动。本书出于对"俄国形式主义"学派成员意见的尊重，采用"奥波亚兹"这个术语。

登上文坛之初，就给人留下了深刻的印象，发出了振聋发聩的声音，很快在象征派的丛林之外取得了一席之地。按艾亨鲍姆的观点，由于考虑过分周到而丧失原则，是因噎废食。维·什克洛夫斯基认为，艺术就是争论，没有争论便无所谓艺术："当你捍卫自己的作品时，不要辩护，要进攻。否则你们就会把有意义的东西输掉。"① 这样一种斗争姿态也决定了他们理论的不成熟。令人无法忽视的是：在一次次吹响战斗号角的时候，奥波亚兹脚下踩着的土地却并不坚实。在奥波亚兹成员的言论中常有自相矛盾之处，这种情况不仅出现在不同成员的著作中，甚至也出现在同一个作者的不同论文中。同时，在俄国形式主义这里，许多概念都是模糊或者没有定论的，正如布洛克曼所言："形式主义理论起源于一种持续的意见交流，不仅与它的许多反对者，而且也在形式主义者彼此之间（他们彼此互相反对和批评）进行交流。于是我们就遇到很不一样的观点。"② 在形式主义学派内部，成员间既是伙伴又是论敌，这种状态贯穿俄国形式主义活动的全过程。

首先，"形式主义学派"这个称呼便是值得商榷的。奥波亚兹成员一向对此颇有微词。俄国形式主义活动的目的在于认识文学作品的生产规律，"形式"仅仅是它的研究对象或者说研究材料，更遑论尾缀"主义"二字，"形式主义"在马克思主义的理论语境中似乎总是一个反派。在奥波亚兹后期为马克思主义所围堵之时，"形式主义学派"成了不折不扣的贬义词。奥波亚兹成员因此都难逃"反动"之名，为此更是吃足了苦头。纵观整个奥波亚兹活动始终，成员们尽管偶尔会用到"形式主义"这个称呼，也仅仅是出于战斗的考虑，为了振聋发聩、引人注目而表现出的一种极端的姿态。事实上，他们一再声明自己不是"形式主义者"，如果说在活动早期他们对这个名称还不是那么排斥的话，那么到了马克思主义统领文化界之时，他们就愈加要极力撇清与这个过于"反动"的称呼的关系了。当然，这不仅是出于政治上的考虑，从科学的角度来看，奥波亚兹确实也与西欧传统上的重形式而完全无视内容的形式主义并不一致，他们讨论的问题甚至不在一个层面上。

"形式主义其所以获此名称，并非它本身提出了一种新的方法，而是它局限于由'形式'这个旧术语所决定问题的范围（实质上是带有否定性质

---

① 维·什克洛夫斯基：《散文理论》，刘宗次译，百花洲文艺出版社，1994 年，第 88 页。
② J. M. 布洛克曼：《结构主义》，李幼蒸译，中国人民大学出版社，2003 年，第 32 页。

的术语）。这个名称不是按方法的特点而是按其材料的特点运用的。"鲍里斯·托马舍夫斯基接着说道："形式主义者是反对'形式'这个概念本身的，因为把它作为某种与内容对立的东西，仿佛并不完全与这种提法相符合。"由此，他把"形式主义方法"这个称谓定位为"词语的感染错合"，认为它是一个"拙劣的诨名"。① 可见，托马舍夫斯基对这个摆脱不掉的"诨名"是深恶痛绝的了。同样的，奥波亚兹当仁不让的领袖维克多·什克洛夫斯基终其一生都不承认自己是形式主义者，可以是"未来主义者"，可以是"形态学家"，甚至可以是"材料鉴定家"，却从不是"形式主义者"。他在晚年回忆中说："我不是形式主义者，我只不过是个关于这个问题写过许多信的人。""我并不放弃'形式主义'一词，但我赋予'形式'一词以作家赋予它的意义。"② 也就是说，尽管也会使用"形式"的概念，但是在奥波亚兹，这个概念可以完全看成是他们自己创造并赋予其意义的新词，在他们看来这是一个充满了创造可能性的词语，就像作家杜撰的故事一样，它与传统意义上的"形式"已经是大不相同了。

其次，论及俄国形式主义的"形式"概念，不能以内容/形式二分的先入之见来质疑形式主义的形式本体论，这样会妨碍我们进入形式主义的真正话语场域。内容/形式的传统二分法可以简单区别为"写什么"与"怎么写"，"形式"仅仅是容器，"内容"是酒水、是情节，"形式"仅仅是作品"内容"的可有可无的装饰物；在俄国形式主义看来，这种二分法是不科学的，只是人为的抽象。毕竟，作品进入读者的视野时，总是内容和形式相融合的，离开内容无所谓形式，离开形式也无所谓内容，无形式的内容和无内容的形式都是不可想象的。"在艺术中不存在没有得到形式体现即没有给自己找到表达方式的内容。同理，任何形式上的变化都已是新内容的发掘……""如果说形式成分意味着审美成分，那么，艺术中的所有内容事实也都成为形式的现象。"③ 故而，日尔蒙斯基进一步论断说：形式和内容的传统划分不仅苍白无力而且也含混不清。

---

① 托马舍夫斯基：《形式主义方法》，扎娜·明茨、伊·切尔诺夫编《俄国形式主义文论选》，王薇生译，郑州大学出版社，2005年，第140－143页。

② 维·什克洛夫斯基：《散文理论》，刘宗次译，百花洲文艺出版社，1994年，第101－102页。

③ 日尔蒙斯基：《诗学的任务》，维·什克洛夫斯基等《俄国形式主义文论选》，方珊等译，生活·读书·新知三联书店，1989年，第211、212页。

按艾亨鲍姆的理解，真要说的话，应该是内容与范围对应，形式与实质对应，并且，奥波亚兹所说的也并不是这个与实质相对应的"形式"。在他们看来，"形式'是一种动态组合和支配原则，而不是什么外壳或装饰'"。① 他们的"形式"概念包涵甚广。

可以说，俄国形式主义采用"形式"这个词，完全是旧瓶装新酒。在初期，这种移用使他们的观点比较容易被外界理解，但是当他们的理论逐渐成熟以后，"形式"这个通常带有贬义色彩的词往往就让人误解了。无疑，"形式"是一个陈旧的术语，这个词给人的外围联想总是太多，在后来已经深刻影响到人们对形式主义学派理论的接受，这样一个负重的概念在俄国形式主义的阐释空间里逐渐丧失了它的阐释效力。专门的、更纯粹的理论话语的出台显得迫在眉睫。

后来，特尼亚诺夫就认为这样"按旧现象来指称新事物"只能是徒劳的，"是一种反动的怀旧情调的表现"。② 于是，特氏后来便逐渐放弃了"形式"的概念，以"功能"取代之。因为，在被奥波亚兹不断深化扩充之后，他们所指的"形式"与旧"形式"愈行愈远，原先的"形式"概念已经不堪重负了。这也是俄国形式主义向布拉格结构主义过渡的一个重要征兆。从"形式"到"手法"再到"功能"，正体现了奥波亚兹的文学进化观：一切都是改变的、动态的，唯一不变的就是进化这个事实。"文学的每个理论术语必须是具体事实的具体结果……术语是具体的，概念在进化，如同文学事实本身的进化一样。"③ 特尼亚诺夫在《文学事实》一文中将"形式"理解为：在一定的结构原则指导下，结构原则（比如诗歌的韵律）和材料的相互作用。其中，结构原则及材料的应用关系是变动的，故而形式也是变动的。也就是说，结构原则与材料的融合就是特尼亚诺夫认定的"形式"。

艾亨鲍姆基本上沿用了特尼亚诺夫的这种定义："形式主义者曾赋予形式概念以完整的意义，从而把形式和艺术作品的统一的形象混合在一起，以致除去和其它没有审美的形式特点对比外，它不再需要任何对比。"④ 在他

---

① 张冰：《陌生化诗学》，北京师范大学出版社，2000年，第91页。

② 维·什克洛夫斯基等：《俄国形式主义文论选》，方珊等译，生活·读书·新知三联书店，1989年，第61页。

③ 尤·迪尼亚诺夫：《文学事实》，张冰译，《国外文学》，1996年第4期。

④ 茨维坦·托多罗夫编选：《俄苏形式主义文论选》，蔡鸿滨译，中国社会科学出版社，1989年，第47页。

看来，"形式"这个概念已将"内容"包含在内，新的"形式"已经将旧的"形式"和"内容"包含收纳，新"形式"是独立自足的，是构成性的，处于不断的运动和演化之中，并且形式的变迁仅仅是出于形式自身的原因。什克洛夫斯基说："形式为自己创造内容。"① 在这个意义上，奥波亚兹更倾向于以"材料/手法"②的区分来取代之："在确定'文学性'本身的情况下，内容（我们非常特殊的完整的感受）的成分基本上来自观察；与此同时，'形式'这一术语便失去了自己主要的最初的意义（共同表现形式的方法和方式的总和）。与其这样，区别无意识的中性材料（情节、情况等等）和图式的手法倒是完全合理的。"③

"按照形式主义者的解释，'材料'是指粗陋的文学材料，它期待审美效应，也就是说，材料只有经过'手法'的中介和转换，才有资格进入文学作品的结构，成为审美客体。'手法'是艺术的'点金术'。"④ 与此同时，"手法是将非审美材料转变为艺术作品、并赋予其以形式的那种东西"⑤（什克洛夫斯基语），"材料"必须统一进"手法"里，服从"手法"的需要。在这样的话语场域里，他们将目光投注在"手法"之上，这是消化吸收了"材料"之后的"形式"，是作者结构一部作品的方式，他们研究作者将材料用什么样的手法结构成作品。也就是在这个意义上，奥波亚兹提出："形式"克服或者说取消了"内容"。

可以这样理解：艺术中，所有因素都服从结构因素，并被结构因素所变形。同时，各种因素之间又是相互作用的，并且它们并不相等，这就是艺术的动态形式。结构中，每个因素都是能动的，它们各不相同。唯其如此，它们彼此间的关系才是相对的，它们才相互作用，并且相互渲染其意义。结构，强调的就是各因素之间的相互关系。什克洛夫斯基宣称："文学作品是一种纯形式，它不是东西，也不是材料，而是材料之间的一种关系。"⑥ 特尼亚诺夫和艾亨鲍姆对什氏的理论创见加以升华，他们赋予"形式"动力学的特征。

---

① 维·什克洛夫斯基：《散文理论》，刘宗次译，百花洲文艺出版社，1994年，第35页。
② 手法、程序和技巧源出同一个俄文词，中文译法不同而已，本节采用"手法"一译。
③ 斯米尔诺夫：《文学的科学方法和任务》，扎娜·明茨、伊·切尔诺夫编《俄国形式主义文论选》，王薇生编译，郑州大学出版社，2005年，第131页。
④ 张冰：《陌生化诗学》，北京师范大学出版社，2000年，第91页。
⑤ 同④，第167页。
⑥ 同④，第278-279页。

值得注意的是，奥波亚兹的许多概念和理论口号都是由领袖什克洛夫斯基提出的，然而，什氏论文的逻辑性稍嫌不足，宣传口号的意味太过浓重，多有矫枉过正的嫌疑。这就有待于更加严谨的特尼亚诺夫和艾亨鲍姆对其理论进行补充和发展了，这二位并不像雅各布森虽然逻辑严密却拘囿于语言学，他们尤其是特尼亚诺夫，是俄国形式主义文论的集大成者，被学界认为是代表了整个奥波亚兹文论的最高水平。于是，在本文力求给俄国形式主义文论的"形式"概念作一番梳理之时，是以特尼亚诺夫和艾亨鲍姆的相关论述作为基础材料的。

当然，此中日尔蒙斯基的相关论述也不应忽略。这位持中派立场的学者在 1922 年之后就与奥波亚兹分道扬镳，他的观点不能代表奥波亚兹的观点，但是无疑是俄国形式主义文论更加中庸和调和的一种表达，也更容易为多数人接受。虽然游离于团体之外，但由于与奥波亚兹关注着同样的问题，他的观点在一定程度上是对奥波亚兹的补充和完善。在对俄国形式主义学派的"形式"概念作梳理和评价的时候，日尔蒙斯基的论述是极具参考价值的。

二、奥波亚兹的形式观：重"形式"却并不排斥"意义"

（一）形式本体论

推翻"形式/内容"这对传统的二元对立，奥波亚兹坚持的是更为复杂的一元论的形式本体观，不再是与内容相对举的形式，也不是与材料相对举的形式，而是独立自足的"大形式"，形式本体论——这是奥波亚兹形式主义文论的认识论基础。理解奥波亚兹，首先就必须从方法论上进行彻底的转换，从二元论中完全跳出来，进入以形式为主导的这个一元论统治的话语场域。

因为谈的始终是文学和语言的问题，排在首位的就是要厘清这个认识——"文学是语言的艺术"。这话在我们今天看来已经是司空见惯、老生常谈了，但是唯有把它提到本体论的意义上来认识，我们才能开始与俄国形式主义有价值的对话。

去掉其中"艺术"二字，我们不妨这么理解：文学就是语言。俄国未来派诗人赫列勃尼科夫就多次宣称"诗歌即语言"。① 奥波亚兹认为：诗性

---

① 雷纳·韦勒克：《近代文学批评史》（第七卷），杨自伍译，上海译文出版社，2005 年，第 439 页。

的语言在文学中居于本体的地位，它就是实体本身。什克洛夫斯基说"词语的复活"，也就是要让语词回归到它造字之原初的生动模样，找回诗性，从而重回本体。其中，要采用的就是"陌生化"手法，要给人眼前一亮的新奇之感，而不是平平淡淡的感觉，什克洛夫斯基借引托尔斯泰的日记，点明：如果存在不曾留下任何印记，那就相当于没有存在过，故而，文学的存在就是为了使人能够感知到，必须不同于平常。于是，"陌生化"应当成为文学语言的本质属性，因而也成为文学的本质特征。什氏断言：语言艺术作品"本身即手法"①。

1. 置于前景的"形式"

奥波亚兹向来是就文学谈文学，反对将文学与文学之外的任何东西挂钩，什克洛夫斯基一句颇为人诟病的口号代表了这种倾向："艺术从来都是独立于生活之外的，在它的颜色中，从未反映过城堡上空旗帜的色彩。"②19 世纪伊始，西方的形式主义文论以形式自身为目的，"'形式'在此成了作品实现自治、强调以其自身存在方式为标准的一种保障，用克莱夫·贝尔的话来说：'把物体看作纯形式也就是把它们自身看作目的。'"③

奥波亚兹是同意唯美主义"Art for art's sake"的纯艺术论宣告的，奥斯卡·王尔德更是这批年轻人周末聚会的常谈话题。艺术是无功利或者说是去功利的，它无涉任何道德评价，只需要为艺术本身负责，而不必去回应社会的要求，作为一种自我表现，如果说艺术有目的性的话，那么被欣赏和被感觉就是它唯一的目的。早期，这种艺术独立自主的论调在奥波亚兹的著作中屡有出现，后来雅各布森对此作了修正和补充说明："无论是特尼亚诺夫、什克洛夫斯基、穆卡洛夫斯基和我，都不是鼓吹艺术自成一体，而是说明艺术是社会大厦的一部分，是同其他要素相联系的要素，是可变的要素，因为我们在艺术同社会结构其他部位的关系上，始终可以看到辩证法。我们所强调的东西不是艺术的独立主义，而是审美功能的自主性。"④ 关于文学系列与其他系列的关系，特尼亚诺夫在他发表于 1924 年的重要论文《文学事实》

---

① 维·什克洛夫斯基：《作为手法的艺术》，扎娜·明茨、伊·切尔诺夫编《俄国形式主义文论选》，王薇生编译，郑州大学出版社，2005 年，第 211 页。

② 维·什克洛夫斯基：《马步（选译）》，张冰译，《俄罗斯文艺》，1989 年第 2 期。

③ 徐岱：《形式主义与批评理论》，《杭州师范学院学报（社会科学版）》，2003 年第 4 期。

④ 尤·波利亚科夫编：《结构—符号学文艺学》，佟景韩译，文化艺术出版社，1994 年，第 300 页。

中作了更为详尽的阐述。特氏在文章中以体裁系统位移理论和文学史的进化论展现了一套动态的结构文学观。

文学艺术是社会结构大系列中的一个小系列,它自身独立为一个小系列,永远处于动态的发展演变中,它又与周边的其他系列相互联系、相互作用;在文学艺术这个小系列中,审美功能统治着作品中的其他因素,是占主导地位的功能,也是艺术最突出的特征和文学性之所在。

另外不可忽视的一点是,文学系列的事实和非文学系列的事实之间的关系是"由于文学事实本身的改变而改变"① 的。文学本身的改变决定着文学与周边其他系列关系的改变,那么,仅仅是文学有这种功能吗?其他系列本身的改变会否影响到这个系列与文学系列的关系?我想是肯定的,只是当我们只把文学作为主语,作为研究对象,那便一切都是从文学出发了,更何况,奥波亚兹的整个研究都是在以形式自身作为目的。

为了确立文学科学独立的学科地位,奥波亚兹提出了"文学性"的概念,因为这才是使一部作品真正成为文学作品的东西。"我们过去和现在提出的基本主张,都认为文学科学的对象应是研究区别于其他一切材料的文学作品的特殊性"②,艾亨鲍姆如是说道。

既然提出了"文学性"的概念,那么文学与其他学科有何区别呢?

只有"文学性",而非这些其他学科也可涉足的"作品内容"等,应该成为文艺学的唯一对象。他们又发现,文学性不是构成作品的一个要素或者平面的组成成分,而恰恰存在于人们对构成作品的诸要素的使用之中。故而,奥波亚兹的理论焦点就在文学作品的结构方式,亦即"形式""手法"。由此,语言成了奥波亚兹理论的前沿。

奥波亚兹之所以推崇"形式"是有它的时代原因的。当是时,奥波亚兹初登文坛,他们发现:人们封闭了自己对文学的感官,词语是苍白无力的,面对词语,人们没有丝毫的新鲜感,习以为常,只是一味地麻木不仁。究其根源,是因为文学没有突出"文学性",没有突出它得以安身立命的与其他学科区别开来的东西,而错误地将注意力集中于对作家生平的考察及其写作时候的心理状况的发掘,这样,文学成了文化史和社会学诸学科的附

---

① 艾亨鲍姆:《文学和文学生活》,扎娜·明茨、伊·切尔诺夫编《俄国形式主义文论选》,王薇生编译,郑州大学出版社,2005 年,第 276 页。
② 茨维坦·托多罗夫编选:《俄苏形式主义文论选》,蔡鸿滨译,中国社会科学出版社,1989年,第 24 页。

庸，而没有获得自己独立的学科地位。为了改变这一现状，打出文学的招牌来，使文学科学特殊化，为艺术争取到一块纯净的、专属于自己的独立领地，奥波亚兹便将"形式"推向前台，并且要通过种种过激言论的"包装"来极力强化它，"像某种正好是缺少它便不存在艺术的特殊的事物一样"①。要理解艾亨鲍姆的这种说法，我们可以打出这样一个连等式：文学性＝陌生化＝手法＝形式。雅各布森更是有着这样的说明："如果文学科学试图成为一门科学，那它就应该承认'程序'是自己唯一的主角。"②

诸如文化史、社会生活等都不是唯有文学研究所能观照的领域，奥波亚兹区分了"材料"和"手法"的概念，将原生态的、未经任何人工雕琢的素材定义为"材料"，而手法就是对材料进行加工的手段，是文学作品所要完成的内容，也是作品的本身，手法是作家真正能够施力的领地，它蕴含着无限的创造性可能，也是文学魅力之所在。"艺术即手法"，作品就是作品当中用到的所有手法的总和，这是奥波亚兹对形式本体论的又一个诠释。

艺术的目的就是要被欣赏和被感觉，是要吸引人的目光驻留，如若石头仅仅是石头，这样是不够的，不被感觉到，人们只是习以为常的话便不成其为艺术了，在奥波亚兹理论家的眼中，艺术是为了被感觉到才存在的。故而艺术必须想方设法打破人们的认知定式，与无意识和自动化做斗争，增加感受的难度和时间的长度，因为真正的艺术之路从来不是平坦的，它是曲曲折折的。奥波亚兹呼唤词语的复活，呼唤文学给人以新鲜感，打破思维和反应定式，这就需要在手法上做文章了，其中最重要的就是"陌生化手法"或称"奇异化手法"。

什克洛夫斯基在论文中多次明确宣称：艺术是要使人感觉到事物，而不是认知事物。对于眼前的事物，我们明明看见并且知道它，却往往对它视而不见，对它没有感受，这是非常可怕的。这时，如果艺术不能完成自己与生俱来的使命——被欣赏和被感觉，那么艺术又将情何以堪，我们还能称它为艺术么？"那种被称为艺术的东西的存在，正是为了唤回人们对生活的感受，使人感受到事物，使石头更成其为石头。艺术的目的是使你对事物的感觉如同你所见的视象那样，而不是如同你所认知的那样；艺术的手法是事物的

---

① 艾亨鲍姆：《关于"形式主义者"问题的争论》，扎娜·明茨、伊·切尔诺夫编《俄国形式主义文论选》，王薇生编译，郑州大学出版社，2005年，第257页。

② 维·什克洛夫斯基等：《俄国形式主义文论选》，方珊等译，生活·读书·新知三联书店，1989年，第362页。

'陌生化'手法，是复杂化形式的手法，它增加了感受的难度和时间长度，既然艺术中的领悟过程是以自身为目的的，它就理应延长；艺术是一种体验事物之创作的方式，而被创作物在艺术中已无足轻重。"① 这里，"体验事物之创作的方式"是奥波亚兹的理论焦点，其实，也就是我们在后文中要尝试去梳理的"形式"概念。

作为陌生化手法的一个比较完整的解释，什氏的这段话经常被引用。此处，"感觉"和"认知"的区别有必要提出。试想：如若仅仅是要使人认知事物，用通俗晓畅的实用语就可以了，又何必用诗语呢？这样，文学的各种修辞手法、作者的苦心构思，岂不都成为笑话？诗语之所以区别于实用语，就在于它是以审美性为第一要务，而非交际功能。那么，首先要做到的就是把人的注意力吸引过来，好奇好新是人的天性，王安石《游褒禅山记》就有言："入之愈深，其进愈难，而其见愈奇。……世之奇伟、瑰怪、非常之观，常在于险远……"这种艰辛跋涉之后的美妙发现是足以弥补前面的辛苦的。日复一日的生活、平平淡淡的日常用语……从这一切陈规套式中脱身，进入文学，我们需要不一样的东西。文学要吸引这些或疲惫或麻木的心灵，使我们的感觉长时间驻留于文学文本上，就必须打破常规，这是文学之为文学，必须给予读者的回应。这个意义上，可以这么概括俄国形式主义的基础认识：

> 文学并不是对现实的反映，而是一种被从符号化方面组织起来的对现实的能指系统。文学文本趋向于使现实陌生，趋向于将我们对现实世界的习惯性接受方式打破，使之成为新颖的关注客体。总之，正是这种使通常我们用以接受世界的方式陌生化的能力，使得文学有以别于其它陈述方式。②

2. 独立自足的"形式"

"尼采在论及形式和内容时是这样说的：'作为艺术家，其价值就在于把非艺术家称为'形式'的东西，作为内容、作为'事物本身'加以把握。'"③ 尼采认为，在作品中，"形式"是作家要着力的主要和根本的方面，奥波亚兹的理论家们同样对文学作品的形式方面情有独钟，他们是如何在形

---

① 维·什克洛夫斯基：《作为手法的艺术》，扎娜·明茨、伊·切尔诺夫编《俄国形式主义文论选》，王薇生编译，郑州大学出版社，2005 年，第 216 页。
② 张冰：《陌生化诗学》，北京师范大学出版社，2000 年，第 165 页。
③ 杜威·佛克马，易布思：《二十世纪文学理论》，林书武等译，生活·读书·新知三联书店，1988 年，第 20 页。

式本体论的基础上推出独立自足的"形式"概念的呢？

（1）"大形式"

首先，便是一个"大形式"概念。如果说在奥波亚兹活动的始终他们都没有完全放弃使用"形式"这个术语，那是因为他们已经完全将"形式"自动自发地理解为"大形式"。

其次，在奥波亚兹建构一门独立的文学学科的努力中，他们言说的出发点是艺术不同于生活。不同的基点就是"文学性"，它使文学有别于其他系列，因为在文学这个独特的系列中，审美功能占据着主导地位。当奥波亚兹把一切关注都放在"形式"上，传统的"形式"概念便渐渐不足以满足他们的理论野心了。他们需要人们也把关注重点从作品的意义、作者的传记等转移到"形式"上，所以，早期的奥波亚兹将作家不能作为的"内容"打发进坟墓，从而专攻作家可以尽情驰骋的领域——"形式"。明显，这里的"内容/形式"是与传统意义大相径庭的。"形式"将传统上大部分的"内容"因素都包括在内了，我们说，这是一个"大形式"概念，也就是"手法""功能"。

（2）"陌生化"源于形式自身的对比

作为使文学有别于非文学的特质，"文学性"根植于文学作品，它不存在于作者或是读者身上，更不在作品所要传达的意义里，因为这些都不是文学所特有的；它只为唯有文学才能说的东西服务，这就是文学作品的结构方式，就是"形式/手法"。什克洛夫斯基说："文学作品即其所用各种风格手法的总和"[1]，这与后来者结构主义提出的每一部文学作品都仅仅只在讲述这部作品本身的形式和结构的看法不谋而合。什氏还论证道："作品以外的任何力量都无助于提高小说作品的潜能。"[2]

奥波亚兹以"手法"来表示"大形式"，而陌生化又是与文学性紧密相关的最重要的表现手法，甚至在奥波亚兹的理论表述中成了作品排在第一位的审美指标，当我们说"陌生化源于形式自身的对比"，其实也就是在说"形式与形式的对比决定形式的优劣"。据此，艾亨鲍姆提出"艺术作品的创作和接受，不是以生活，即'其实际所是的那样'为背景，而是以其它惯用的艺术表现手法为背景下进行的。"[3] 手法的演变发展只和手法本身或

---

① 张冰：《陌生化诗学》，北京师范大学出版社，2000 年，第 287 页。

② 同①，第 246 页。

③ 同①，第 262 – 263 页。

者和其他手法相关，而与手法之外的其他东西、现实指涉等无关。

又回到了陌生化的问题，新奇和独特是该手法的要义。文学演变的动力来自自身——对陌生化的追求。什克洛夫斯基这样表述："艺术中的变化不是日常生活变化的结果，而是事物永恒石化，永远在从可感接受退回到认知的结果。"① 前文已经论及，陌生化是艺术自身的需求，因为艺术是以被感觉到为目的而存在的，感觉之外便无所谓艺术了，作家的工作目标就是要延长人们的目光驻留在作品上的时间，尽量给人以巨大的感官冲击，让人留下深刻的印象，艺术无论何时何地都必须能动人心魄。这就要求艺术必须通过陌生化来唤起人们总是习惯于不断走向自动化的感官，与自动化做斗争，这是艺术永恒的追求。更新、更难，不走寻常路，而非一路平坦、直线向前的康庄大道，才是真正的艺术之路。

"文学作品即其所用各种风格手法的总和"②，至于手法的"陌生"与否，如何判定呢？奥波亚兹给出的答案是：通过与其他惯用手法的对比来呈现。观照"陌生化"，对照原则是始终的标杆，新旧与否、难易与否都只能通过与其他形式的比照才能判定。没有其他作品作为参照物，我们永远不会知道该作品形式的独特性。原来，独特是一个如此暧昧的词语。

"形式主义则认为，文学同想象或作者意旨的含义没有什么关系，在他们看来，某一部文学作品和一般的文学有关，而和其作者的个性无关。"③ 艾亨鲍姆说："文学作品恰好不是作为一种孤立现象被感觉的，它的形式是在和其它作品的联系中而不是从它本身被感觉的。"④ 同时，一切艺术作品都超乎情感之外，无关任何道德臧否，艺术作品的一切主题也都没有高低上下之分。不是作品意义的不同，不是作品社会背景的不同，不是作者的不同，也不是读者的不同导致一部作品使我们感到"陌生"。因为甚至普希金也仅仅只是一个"文学匠人"，正像没有哥伦布，美洲也必将被发现，形式自身的演变到了一定阶段就必定会产生新的形式，不是普希金，也必定有其他人创造出"普希金体"。所以，我们被一部作品所吸引，认为它的手法

---

① 张冰：《陌生化诗学》，北京师范大学出版社，2000年，第203页。

② 同①，第287页。

③ 安纳·杰弗森，戴维·罗比等：《西方现代文学理论概述与比较》，陈昭全等译，湖南文艺出版社，1986年，第13页。

④ 茨维坦·托多罗夫编选：《俄苏形式主义文论选》，蔡鸿滨译，中国社会科学出版社，1989年，第36页。

"陌生"，肯定是因为它不同于其他常见作品，它的手法不同于其他惯用的手法。在一个手法集会的大背景上，才能呈现出新手法的"鹤立鸡群"。如果面前只有一个单一的手法，我们永远不能判定它的优劣，所谓"优劣""独特""陌生"，从来就离不开与他者的对比。从对象内部来给对象下定义从来就是不可能的。就像巴赫金的对话理论所揭示的，自我的建立离不开他者的对照和参与，自我与他者是互为建构的关系；就像围棋棋盘上的棋子，单个棋子从来不表示意义，唯有与周围其他棋子相互关联，从整体的棋面布局上才能判定一步棋的好坏，离开关系，无所谓围棋。

可能甲的身高只有一米七，你会根据常识说甲不高，但是甲身边的乙和丙，他们的身高都不足一米七，那么，无疑，在甲乙丙三个人中，甲是高的。这里有必要提一下索绪尔的说法，他说当我们看到某件事物的时候，是刹那间感受到整个系统。亦即，虽然从理论上来说必须全部一个个都比较过去，但事实上我们从来没有这么做过，没有把全部比较都完成却能够得出大致不差的结论，这正是因为人们"刹那间感受到整个系统"，结构内突然有一个结构，大致上我的视野就局限在这个结构内。所以，看到一个身高一米九的人我们会立刻说他高，那是因为他比我们大多数人更高。

如此看来，对比，离不开他者；对比，必须有一个范围的限定。要不然，永无止境的对比如何成为解构主义突破结构主义的阿基琉斯之踵？那么，"陌生化"的比照范围在哪里呢？

在于此前出现过的，已经自动化而成为人们认知定式的所有手法。当然，这个范围的划定是见仁见智的。每个人的知识面不同，认知的背景也不同，故而在不同人的视野中的"惯用手法"也是不同的，这是"语言的牢笼"。但是，总是有一些公认的东西的，否则社会便无法运作了。当然，仅仅凭大众共同认知如果还不够严谨的话，"陌生化"与否就有必要通过该手法的使用效果进行再验证了。

这点，我们从雅各布森对何谓诗的解答也可见一斑："诗歌性表现在哪里呢？表现在词使人感觉到是词，而不是所指对象的表示者或者情绪的爆发。表现在词和词序、词义及其外形式和内形式不只是无区别的现实指证，而都获得了自身的分量和意义。"① 在奥波亚兹看来，"陌生化"源于形式自

---

① 尤·波利亚科夫编：《结构—符号学文艺学》，佟景韩译，文化艺术出版社，1994年，第300–301页。

身的对比，并且也只指向形式自身。

可能我觉得它陌生，而你觉得它不陌生，但这没关系，文学本来就是个人的事情，在我，它是陌生的，唤醒了我沉睡已久的知觉，这就足够了。

（3）演变：独立自主

需要注意的是，文学的演变也是完全依赖于自身的，是独立自主的，与任何外界因素无涉。文学系列的发展是根源于自身的演变法则的，是不断的斗争夺位的过程，从旧文学到新文学，从旧形式到新形式，它有着自己的传统。马克思主义哲学的理论基础之———运动是事物的永恒状态，俄国形式主义文论同样将它作为基础认识。什克洛夫斯基有一个著名的论断："艺术中的新形式之所以出现，为的是取代已经丧失艺术性的旧形式。"① 特尼亚诺夫在什克洛夫斯基的艺术发展脉络"不是父子相承而是叔侄相承"以后更加深刻地揭示了文学发展的一般规律。其主导原则还是"陌生化"，即"陌生化—自动化—陌生化"的线索，不断循环往复。

按奥波亚兹的解释，文学的延续是"人们看到从被摒弃的某一点开始形成的开端……文学上的一切延续首先是一场斗争，也就是摧毁已经存在的一切，并且从旧的因素开始进行新的建设"。② 自动化以后人们不能感觉到的旧形式被新鲜的、能给人生动感觉的新形式所取代，一段时间过后，新形式变成旧形式，又有其它的新形式冒出来取代它……这是一个连绵不止的循环往复，文学的演变被设想为形式的辩证延续，所谓"新形式的辩证的自我创造"③。据此，这是一种不受人为和其他任何外来影响的演变。期间，"被击败的支系并没有被消灭，它依然存在。它只是不再成为顶峰，而降到等待时机的境地，但它可以像永远觊觎王位者一样东山再起。实际上，由于居主导地位的新形式不是旧形式的简单复兴，而后起的其它流派和以前的形式遗留下来的特点又使它更加丰富，所以事情就更加复杂……"④ 所以，不是简单的取代，后来者很多是由先前存在的元素变化发展而来的。当然，这种演变模式难逃过于简单之嫌，实际情况无疑是远为复杂的，形式的演变是一场无比复杂的博弈。一切概括都难逃这种宿命，不是吗？对此，艾亨鲍姆解释

---

① 维·什克洛夫斯基：《马步（选译）》，张冰译，《俄罗斯文艺》，1989 年第 2 期。

② 茨维坦·托多罗夫编选：《俄苏形式主义文论选》，蔡鸿滨译，中国社会科学出版社，1989年，第 51 页。

③ 同②，第 52 页。

④ 同②，第 52 页。

道："这只是演变的一般雏形，是受到许多复杂的保留意见保护的演变。"①

特尼亚诺夫在《文学事实》中提到的"体裁"其实也是一种"文学事实"，同样在奥波亚兹的"形式"范畴之内。他描述的体裁变革图谱同样能够作为文学发展和形式变革的参照，也正是根据这个变革图谱，特尼亚诺夫将文学定义为"动态的语言结构"②。在特氏看来，体裁的变革"不是有规律的进化，而是跃进；不是发展，而是位移"。③换言之，文学体裁（形式）的变革是横轴上的某一点/任一点上的出奇不意的发现，不是改变，也不是进步或者发展。当我们谈到"体裁系统的位移"，这个位移是有条件的：原先的大结构中就有各种系统，它们本身是动态的，同时彼此之间又相互作用，作用的结果就是它们各自在大结构中的地位不断改变。当然，这些系统本身从未消失，故而只能说是位移。原先的系统不论是因为斗争失败被其他系统所吸纳，或是成为一个弱势的系统，或者是成为其他系统的残余，总之，作为系统中的一个成分或一个弱势系统，它总是存在着，并且，随时可能改头换面卷土重来。在这个系统位移的过程中，新的结构因素（可能是外来的，或是原先某系统中分裂出来的）若要进入，就必须能够参与它们的相互作用，能够与原先存在于系统中的这些元素产生对话；否则，静止的、无效的、沉默的结构因素是不被系统所接纳的。

一个比传统远为丰富的"大形式"概念，以形式自身的对比来作价值判断的"形式"概念，以新形式对旧形式的取代来呈现发展脉络的"形式"概念：我们说，这是一个建立在形式本体论基础上的独立自足的"形式"。形式的发展根源于自身，形式的优劣评判也在于与其他形式的对比，形式的存在不需要任何外在的东西来证明。

另外可以补充说明形式"独立自足"的一点就是诗语的"价值自足"。不仅仅是大的形式，甚至是构建形式的小分子——语词，都是独立自足的。为此，奥波亚兹聚焦于"诗语"。用什克洛夫斯基的话来说就是，诗中的"树"不是日常生活中所见到的任何一棵树，诗中的"血"也不再是血淋淋的了。诗语都是指向自身的，而不是任何现实的指涉物。"诗中的语词，不是任一客体的能指，而是客体本身。诗中的语词是价值自足的，是不依赖于

---

① 茨维坦·托多罗夫编选：《俄苏形式主义文论选》，蔡鸿滨译，中国社会科学出版社，1989年，第53页。

② 尤·迪尼亚诺夫：《文学事实》，张冰译，《国外文学》，1996年第4期。

③ 同②。

诗之外的现实而存在的。"①

（二）不排斥"意义"

1. 过度的理论表述

传统认为俄国形式主义独重形式而排斥内容、排斥意义的看法，现在看来只是门外汉们对奥波亚兹自以为是的粗浅理解，这些人并未真正进入奥波亚兹的话语场域。奥波亚兹最年轻的成员，被什克洛夫斯基亲切地称为"小兄弟"的罗曼·雅各布森对这些人嗤之以鼻："人们在讨论'形式主义'时，总是把这一流派的开拓者们自负而天真的口号与其科学工作者创新的分析和方法混为一谈。"② 实际的情况恰恰相反："形式主义对'形式'的强调并不意味着放逐'内容'，而只是试图以这种立场来捍卫艺术的自治性，让文学艺术从由来已久的对于伦理、政治、宗教等社会文化形态的依附关系中摆脱出来。"③ 正像什克洛夫斯基关于旗帜色彩的名言，其实他不是在说艺术完全脱离于生活，他的言说重点在于：艺术不同于生活。

当然，理论表述的"过度"是前期奥波亚兹理论话语的一个共有特色。我们不得不认为这也是一种"陌生化"手段：以过激的极端言论唤起人们的关注，甚至不惜让人打上自己并不喜欢的"形式主义者"的标签，只为突出自己所要强调的。也正因此，不断地对理论进行修正成了奥波亚兹摆脱不掉的宿命，也在一定程度上给外人造成了其理论前后不一致的印象。不应漠视奥波亚兹活动的时代和文化背景，这只是迫于当时文坛形势而不得不为之的战斗姿态，战斗的语言难免激烈。为此，后来的很长一段时间内，成员们不得不一次又一次地对前期的言论进行修补和解释。其实，很多时候不是奥波亚兹前后观点不一，事实仅仅是前期的他们为了快速打开局面无暇他顾。所以，在"过度表述"这个问题上实不应对奥波亚兹过分纠缠。

但是，这种表述及后期的修补一定程度上造成了奥波亚兹在一些重要问题上的观点模糊，却又是毋庸置疑的，这时，好好地对他们的观点进行一番清晰的梳理，则是势在必行的了。"重'形式'却不排斥'意义'"恰恰是这么一个需要厘清的问题。

---

① 张冰：《论"无意义语（诗）"的外延和内涵》，《外国文学评论》，1996 年第 3 期。

② 茨维坦·托多罗夫编选：《俄苏形式主义文论选》，蔡鸿滨译，中国社会科学出版社，1989年，第 2 页。

③ 徐岱：《形式主义与批评理论》，《杭州师范学院学报（社会科学版）》，2003 年第 4 期。

"不必把对文学文本的技巧或构造原则的探索归纳为与摒弃意释的做法互不相容的行为。俄国形式主义学派不希望'摧毁'文学文本，或以低劣的形式再现之。他们只要合理地谈论文学文本据以写成的原则。"① 佛克马这么解释。是的，奥波亚兹只是要集中全部注意力于作品的结构方式上，并且他们也几乎都在谈作品的结构方式问题，他们眼中的文学史，也仅仅是"形式"的变迁史。因为关于"内容"的问题在几百上千年来的美学史上的论述已经是多如牛毛了，但是恰恰是"形式"问题，真正文学性之所在的"形式"问题却乏人问津，特别是在当时的俄国文坛，普希金成了家庭的日常用品，文学作品已经不能打动人们的心灵，为什么？千篇一律，毫无新意！纵观古往今来的文学史，内容、题材基本没有什么变化，那么，问题就是出在"形式"上了。于是，奥波亚兹借"文学性"和"陌生化"两个概念在"形式"上大做文章，以致给人造成了轻内容的印象。

2. 所谓"无意义语诗"

此中，对重内容轻形式的极端产物——"无意义语（诗）"作一个辨析看来是必要的。

诗歌，作为"文学性"最佳的载体，无疑也是"手法"发力的最佳场地。所以，研究伊始，奥波亚兹就首先区分了"诗语"和"实用语"。实用语的目的在于交流，以让人容易接受为佳，要把意思传达清楚，"在尽快达到目的的前提下，节省材料是实用语的决定性因素"②，所以多用平白的、模式化的惯用语；反之，诗语的目的在于审美，在于诱发人的感受，就要不平铺直叙，打破常规，不断创新，以"陌生化"为最高准则，增加感受的难度和时间的长度，遵循"阻缓原则"。③ 而"无意义语诗"正是诗人们本着诗语至上、语词自足的认识进行的自由化诗歌实验的成果。

实际上，正是在"无意义语诗"中形式最典型地成了内容，一切内容都通过形式的组合和变换来实现："诗歌形式和外在的和难于结合的内容不是对立的，而是被当作诗歌话语真正的内容来对待的。"④ 因为，在"无意

---

① 杜威·佛克马，易布思：《二十世纪文学理论》，林书武等译，生活·读书·新知三联书店，1988 年，第 17 页。

② 日尔蒙斯基：《抒情诗的结构》，维·什克洛夫斯基等《俄国形式主义文论选》，方珊等译，生活·读书·新知三联书店，1989 年，第 267 页。

③ 黄玫：《韵律与意义：20 世纪俄罗斯诗学理论研究》，人民出版社，2005 年，第 17 页。

④ 艾亨鲍姆：《"形式方法"的理论》，茨维坦·托多罗夫编选《俄苏形式主义文论选》，蔡鸿滨译，中国社会科学出版社，1989 年，第 44 页。

义语诗"中，不遵循传统的格律要素，而仅仅遵从于诗歌语音效果的次要特点也可以写出诗来。

那么，"无意义语诗"是什么概念呢？

这个词由未来派诗人赫列勃尼科夫和克鲁乔内赫在1913年提出，他们宣称"一个语词要比它的意义更宽广"，这是"超越理性并且处在思维之外的语言"，这种观点的前提是："每个语音和每个字形都很重要"，每个语音都是有意义的。① 很多时候，节奏的组织就成为诗歌的主要结构手法。

那么，"无意义语诗"的意义是如何生成的呢？

前文已经说过，在诗歌中"形式"是自足的，语言亦如是。既然语言仅仅只是语言，仅仅指向自身而非任何身外物，语词本身并不带有任何外在联想，不附属于任何外在客体而存在，那么，语言的意义就应该是自己产生的，是独立自足的，它的字形、它的语音都来共同承担这个"表情达意"的使命也就不足为怪了。据此，未来派和奥波亚兹认为诗中的语词是一个"具有主权的王国"，而诗人正是这个王国的主人，他可以在诗中尽情驰骋、任意妄为。

而实际上，如何的任意妄为都是有一个基础的，无意义语正是由日常的实用语充分变形后得来的，也并非全然的凭空捏造，从它的字音字形背后你仍能找到最初的实用语的影子。否则空对空的言说除创作者本人之外将无一人能明白接受，那就与创作的初衷大相背离了。至于语音能够被用来表意，更多的是指象声词或者拟声词，与说话时的语气也不无关系，更何况，语词不是孤立存在，语音更加不是，它们共同服从于整首诗的风格因素的统治，使原先不独立表达意义的成分能够表意。

首先，诗人和读者都不是"白丁"，每一个语词也都有它的历史，无意义语诗有着创作接受的文化和社会背景，诗人在创作的当时，面对的从来不是一张白纸。有这些已知的东西为基础才有可能创造出未知的东西，正所谓由"熟"而"生"。雅各布森说："唯有在熟悉的背景下，人们对不熟悉的事物才能理解，模仿。"②

其次，语境，亦即上下文，单独一个无意义语可能令人费解，当你将它

---

① 张冰：《陌生化诗学》，北京师范大学出版社，2000年，第114－117页。

② 雅各布森：《现代俄罗斯诗歌》，扎娜·明茨、伊·切尔诺夫编《俄国形式主义文论选》，王薇生编译，郑州大学出版社，2005年，第322页。

和上下文联系起来，充分理解到它在文本中的存在情况，那么，正如英文考试中阅读理解题的猜词一样，并不难猜出它的意思。因为：普通的语词一旦进入诗歌，意义就不同以往了，因为受到整首诗歌风格的影响和诗歌结构因素的作用，它整个被新的语义环境所包围，将产生出新的意义，不能以常理待之。

正因为不存在完全被孤立的词，无意义语诗能够被我们所阅读、所理解。原本被认为不具表意能力的"形式"因素——语音和字形也具有了独立表达意义的能力。这进一步证明了语词的独立自足和"形式"的独立自足。

比如果戈理《外套》的主人公阿卡基·阿卡基耶维奇，这个名字的单词本身是没有任何意义的，前后发音上的相似造成了它的不同寻常，加强了滑稽的印象，就像是滑稽的有声动作。这种效果根源于艺术的假定性，艺术不同于生活，也不是生活的简单投射和反映，在艺术中作者有绝对的自主权，不必听命和受限于现实生活中的任何准则，他可以自由创造，可以夸大那些原本没有意义的东西，而轻视那些原本重要的东西。无意义语的产生源自作者的绝对权力，也验证了作者的绝对权力。原来艺术是一个可以任人如此自由徜徉的天地，也难怪一向畏畏缩缩的弗兰茨·卡夫卡宁愿在地洞中写作，从最深处挖掘自己。

张冰在他的专门文章《论"无意义语（诗）"的外延和内涵》中总结说："'无意义语（诗）'并非真的无意义，而是在已知的背景之上，创生出某种朦朦胧胧，只可意会而不可言传的意义。"[1] 什克洛夫斯基是这么解释的："某些特殊的、通常不具备确定语义的语音常能在离开其意义的情况下，最好地表达自己的感情。"[2] 既然诗歌的目的就是为了传达感情，那么这样的诗歌无疑是什氏推崇的样式。

这么看来，既然连最有争议的"无意义语诗"都并不完全否定内容，更遑论其他呢？"简单地说，诗歌并不割裂词和它的意义，倒是往往令人吃惊地成倍扩大适用于这个词的意义范围。"[3] 霍克斯如是评说。在文学作品的具体场域中，词语的意义变得不受控制了，它参与到新的语义系列的作用

① 张冰：《论"无意义语（诗）"的外延和内涵》，《外国文学评论》，1996 年第 3 期。
② 张冰：《陌生化诗学》，北京师范大学出版社，2000 年，第 122 页。
③ 钱佼汝：《"文学性"和"陌生化"——俄国形式主义早期的两大理论支柱》，《外国文学评论》，1989 年第 1 期。

中，产生出新的和不同寻常的意义，所以针对具体文本中的某个词，离开它的关联域（上下文）来谈它的意义是不可能的。

3. 为"形式主义"辩护

后期奥波亚兹的动态形式观认为，文学作品永远处于动态的建构过程中，是一个未完成式。传统"形式/内容"的静态的空间划分被取缔，当奥波亚兹谈到形式，它就是一个动态的形式，在这个形式里，不存在静止的、不作用的因素。不能忽视文学作品本身的建构力量——文学性，这是一种魔力，作用于欲参与到作品中的每一个元素。艺术中，所有因素都服从于结构因素，并且被结构因素所变形。所以，作品中的树不是现实生活中的任何一棵树，作品中的鲜血也不是血淋淋的。关于这种"魔力"，雅各布森举了"沙丁鱼"为例。他将文学性比喻为食用油，你不能去单独食用它，但是一旦放入锅里和食材一起煮，食物就不是原先的食材了。正如在捷克语中新鲜的沙丁鱼和油渍的沙丁鱼是两个不同的词。① 汉语里的"龙眼"和"桂圆"也是一个例子。

一味说奥波亚兹忽视内容是不合适的，因为任何内容要素若要进入作品这个结构中，只要作者对它不是无能为力，还能加以改变，那么，这些内容要素就会被改变，成为作品结构的一部分，成为"形式"。故而，奥波亚兹所研究的"文学作品的结构方式"其实是将传统归属于"内容"的大部分元素都包含在内了的。当然，那些不改变或无法改变的"内容"就只能作为作品的题材或者背景，而不成为作品的审美成分，确实不在奥波亚兹的考察范围内。

艾亨鲍姆早在1918年就表示过："在文学作品中，任何一个句子本身都不可能是作者个人感情的直接'表现'，而始终是结构的手法。"② 可见，在文学作品里，"形式"和"意义"并不是互不相容的。每个句子都参与了作品的建构，通过手法呈现出来，作品不是作家情感的直接投射，也不能从作家的作品中去寻找或者建立一个作家的形象，不能把里面所描写的感情、所表现的哲学观点等和作者本人完全等同起来。文学作品是有魔力的，一切因素要参与到作品这个结构中就必须被改造，甚至作者本人也不能控制。就像

---

① 安纳·杰弗森、戴维·罗比等：《西方现代文学理论概述与比较》，陈昭全等译，湖南文艺出版社，1986年，第19页。

② 茨维坦·托多罗夫编选：《俄苏形式主义文论选》，蔡鸿滨译，中国社会科学出版社，1989年，第202页。

列夫·托尔斯泰只能眼睁睁地看着笔下的主人公安娜·卡列尼娜卧倒在铁轨上，而托翁本人虽心不甘情不愿却不能作任何干预。作品情节的发展有它自己的逻辑，不同于现实生活的逻辑，甚至连这个王国的主人——作家也难以改变。

奥波亚兹从未将艺术与生活对立起来，也不是反对谈论"文学与生活之间的关系"，只是在强调文学的特殊性，强调文学不同于生活，在他们的视野中，提"文学与生活的关系"这样的问题是不妥当的，这只是一个伪命题：生活作用于艺术的是我们的实践意识，实践意识具体到文学中就是语言和词，具体来说就是文学作品的"材料"，是文学作品必要的构成部分，是作品结构的重要因素。特尼亚诺夫又一次为"形式主义"辩护："凡是生活进入文学之处，它就成为了文学，并且要像文学那样进行评价。"[1]

再如，什克洛夫斯基就认为"文学的'形式，即语意的多样性，即矛盾'。"[2] 可见，在什氏看来，"形式"与"意义"是紧密相关的，文学性就产生于语词的含混多义，给读者的接受制造障碍，这与他推崇"陌生化"是一脉相承的。他说："艺术是无同情心的——或超越了同情心——除非被唤起的怜悯之情用作艺术结构的材料。"[3] 我们不应该只看到什克洛夫斯基关于艺术超情感这种从唯美主义旗手戈蒂耶和王尔德那里照搬过来的陈腐论调而对这句话后面的定语视而不见。请注意：只要这种被艺术所唤起的感情参与了作品结构的建构，它就是作品这个大系统中的一个能动元素，是一个结构因素，是"形式"的一个部分。内容不是完全不变简单地被引入，而是经过了形式的改装和变形。也正是在这个意义上，奥波亚兹多次宣称：作品的内容被形式所吸纳，内容变成了形式。同样，只要能够参与作品结构的建构，意义、主题等传统的"内容"因素同样将成为"形式"的因素。

既然文学是独立于其他社会系列之外的单独系列，是有着自己的独特特性和发展脉络的独立体系，那么，它的重要特质就应该有专门的术语来说明，这些专为文学所用的术语的产生也是文学学科独立和文学科学成立的重要标志。像"阶级""意识形态"这些词是不应该在文学中过多出现的，因

---

① 茨维坦·托多罗夫编选：《俄苏形式主义文论选》，蔡鸿滨译，中国社会科学出版社，1989年，第95页。

② 张冰：《白银悲歌》，中国电影出版社，1998年，第120页。

③ 维·什克洛夫斯基：《斯特恩的〈商第传〉》，拉曼·塞尔登编《文学批评理论——从柏拉图到现在》，刘象愚等译，北京大学出版社，2003年，第277页。

为，它是其他学科的术语，不专属于文学。对此，艾亨鲍姆论述道："使用别的哪怕是相近的学科上的术语和概念，应当抱着慎重和老实的态度。文学这门学科花了那么大的气力从文化、哲学、心理学等学科的历史服务地位中摆脱出来，并不是为了成为法律学和经济学的附庸，过着补充政论作品的极其可怜的生活。"[1] 是的，术语使用上的不明确和含糊暧昧只会造成奥波亚兹在理论上的倒退，特别是在他们尚未于文坛上站稳之时。自己的理论体系尚未完全明晰，这个时候再引进一些对己方主体理论的建立不是非常重要的"旁枝末节"，喧宾夺主尚是其次，吃力不讨好、两头空却是必然。所以，为了打响第一炮，对术语的使用和说话的语气都务必决绝，他们拒绝使用"阶级、社会生活、意识形态"等马克思主义的常用语，这也在一定程度上给人造成奥波亚兹"排斥内容、排斥意义"的假象。

甚至，在谈论文学演变的独立自主的时候，奥波亚兹也并没有把社会生活完全排除在外。特尼亚诺夫说："文学演变的研究并不摒弃社会主要因素的主导意义，相反，只有在这个范围内才能全面地阐明意义。"[2]

与此同时，我们不应该忽视奥波亚兹成员们对"形式主义"这个称谓的反感和为自己正名的努力。不应该忽视他们终其一生都在努力摆脱这顶帽子，不承认自己是"形式主义者"，不承认自己坚持的是"形式主义方法"，因为这个名称将他们的形象扭曲得过分极端，与他们的观点是不相符的，只会带来误解。

巴赫金在他的《文艺学中的形式主义方法》中对奥波亚兹轻视内容和意义的做法颇有微词，在他看来，诗歌是音和义在艺术结构的平面上的遇合[3]，二者在诗歌里是不能分离的，而奥波亚兹却将内容当成可以完全从作品中分离出来的死物，与"形式"无关，这在巴赫金看来显然是不合适的。然而，事实果真如此么？若如是，那就是完完全全无视内容，真正坐实了"形式主义学派"之名，奥波亚兹就没有必要一次次声明否定这个名实相副的称谓了。事实上，出于战斗的需要，奥波亚兹可能不像巴赫金那样看重意义，也确实有厚此薄彼的倾向，但绝对不是完全无视意义，因为，奥波亚兹

---

[1] 艾亨鲍姆：《文学和文学生活》，扎娜·明茨、伊·切尔诺夫编《俄国形式主义文论选》，王薇生编译，郑州大学出版社，2005 年，第 278 页。

[2] 茨维坦·托多罗夫编选：《俄苏形式主义文论选》，蔡鸿滨译，中国社会科学出版社，1989 年，第 115 页。

[3] 巴赫金：《周边集》，李辉凡等译，河北教育出版社，1998 年，第 241 页。

的大形式概念早早地就把绝大部分的"内容"要素收纳在内,甚至作品的主题等也是可以为陌生化手法改造后成为"形式"的。绪论中就引过托马舍夫斯基的这种观点:内容和形式不可分割,我们无法想象无形式的内容或者无内容的形式。奥波亚兹一次又一次不厌其烦地为自己正名、为非"形式主义者"的身份所做的解释,如今看来,巴赫金并没有完全接收到。

多年过后,雅各布森在谈到他的诗功能时,仍然没有放过对这个问题的解释:

> 我们不想孤立地将文学作品从这样或那样的情景中抽离出来,在分析诗歌作品时,我们不应该忽视生活情景与作品之间本质的、经常性的呼应关系,特别是在一个诗人一系列作品中都存在的确定的总的特征和创作这些作品的共同的地点和时间;同时,我们也不应忽视生平经历等条件。情景是言语的一部分,诗功能对情景所进行的改造,就像改造语言的其他成分一样,有时将它提到台前,作为有效的表现手段,有时又压制它的出现;但无论情景在作品中是如何表现的,作品对它从来都不会持无所谓的态度。①

对于生活情景,作者从来不是无视它,而总是慎重认真地对待它们,通过种种手法将它们改造成为作品的审美成分,能动地参与到作品结构体系中。

归根结底,奥波亚兹的一切努力都只是在为文学争取唯有文学所能说的东西,从而建立一门独立的、不附属于其他任何学科的文学科学,出于这般考虑,他们将目光集中于文学作品的结构方式上,也就是"手法""功能"。

三、形式、手法和功能

前文论述过,传统认为"形式/内容"等于"酒杯/葡萄酒"的观点在把形式/内容完全割裂开来的同时,将形式完全看成了死物,无论精致美丽与否,它只是一个酒杯而已,不必对它投入过多的关注;而酒杯中的葡萄酒——内容也是历史和心理学等的老生常谈,这些内容进入文学甚至与它们在其他学科中的存在形态没有任何改变,这样,文学就成了其他学科的附庸,只是这些老牌学科的婢女。

---

① 黄玫:《韵律与意义:20世纪俄罗斯诗学理论研究》,人民出版社,2005年,第51页。

既然奥波亚兹要建立一门独立的文学学科，首先就要使文学摆脱这种婢女的地位，那么，它的内容必须不同于以往的内容，也就是说这些素材进入文学作品之后必须要改变；同时，要摒弃形式的容器概念，摒弃它由于静止而产生的自我封闭性，它不是酒杯，而是一个可随作者意志任意变形的"百变魔法杯"，甚至可以与内容杂糅。显然，这样的形式和内容的概念与以往大相径庭，在这种情况下，仍然大肆采用旧有概念，只会造成概念的混淆和人们的误解。

　　于是，当奥波亚兹尝试去建立一门独立的文学学科，当他们提出"文学性"的概念之后，"形式/内容"这对边沿模糊，甚至本身就是错误提法的概念已经完全失去了阐释效力并且不再适用，奥波亚兹以"手法/材料"取而代之，后者甚至不再是一对二元对立，其意义的内涵和外延也与前者大不相同。这时，问题的重点不再是形式和内容的区别，甚至内容本身已经变得不再重要，他们把关注的焦点转移到了文学作品的结构方式上。文学是一个自足体，这个自足体中材料的运用决定材料本身的特点，这样，内容就不再说明任何问题了。奥波亚兹只考察手法，材料的问题只有当它成为手法的一部分的时候方才进入他们的理论视野。艺术的创作就是发现形式的活动。

　　正如特尼亚诺夫所说，这是适应事实的改变而做出的术语的进化，在文学中不存在静止的概念，有生命力的语词从来不会是静止的，更换术语的根本原因也就在这里："文学的每个理论术语必须是具体事实的具体结果……术语是具体的，概念在进化，如同文学事实本身的进化一样。"[1] 术语是严谨的，术语是变化的，文学事实的不断变化决定了它的变化。

　　那么，文学事实又是如何变化的呢？这一时期被看成是文学作品的东西在另外一个时期可能就不是，反之同样。比如司马迁的《史记》，它的创作初衷只是一部纪传体通史，两千多年后的现在它是大学中文系学生的必读书，被认为是"史家之绝唱，无韵之离骚"；比如《诗经》里面的许多诗篇，原先也只是歌词。文学是一个动态的语言结构，文学事实一直在变化，而文学术语作为文学事实的反映，肯定也是变化的。当文学事实已经急剧变化，术语若然仍旧"冥顽不灵"地负隅顽抗、拒绝改变，这显然是不合时宜的。作为"具体事实的具体结果"，"与时俱进"无疑是术语必备的素质

---

① 　尤·迪尼亚诺夫：《文学事实》，张冰译，《国外文学》，1996 年第 4 期。

之一。于是，"形式／内容"的传统类比被打破，"形式"的概念具有了新的意义。

（一）前期"形式"概念的演变

1. "形式"的变迁

文学性不表现在文学作品内部的各个构成要素里，而体现在它与其他非文学的东西的比较中。拿什么去比较呢？内容？不行，因为它不是文学所独有的东西，历史学和社会学、文化史等都在讲着同样的题材。这就要求人们把目光转移到文学作品的结构方式亦即作者对作品内部各构成要素的利用上，因为文学作品的独特性正是存在于它的结构方式上。奥波亚兹称它为"手法"。所以说，"手法／材料"的提出是与"文学性"概念相伴而生的。严格意义上，我们不能说"手法"是前期所用的"形式"概念的替代，但是若说"手法"从"形式"衍生而来，我看是不会有争议的。那么，"形式"这个陈旧的术语在奥波亚兹这里，在这些理论家们尚未用"手法"来"替代"它的这段时间里，经历了怎样的旅程呢？

当什克洛夫斯基在最早的宣言性论文中说"'艺术'的认识……中，感觉到的是一种形式（可能不只是形式，但形式是必定的）"[1]，他是用来说明艺术一旦丧失形式便不成其为艺术，说明艺术中形式的重要性。此时，这里的"形式"已经不同于旧义（承载内容的容器，它的外壳），形式分为两类：可以感觉到的形式和不可以感觉到的形式。不可以感觉到的形式是没有生命力的形式，不能吸引人的目光驻留；而要改变目前词语僵化、死气沉沉的现状，可感的形式才是艺术应该努力的方向，一切艺术手法的目的就是为了使人感觉到形式，感觉到"词"。这篇《词语的复活》让人把目光从"内容"转移到了"形式"上。

同样出自什氏之手的《作为手法的艺术》被认为是奥波亚兹真正的纲领性文件，文章中正式提出了"陌生化"手法的概念。手法作用于艺术所必须达到的效果就是让人第一眼看到它的时候就被吸引，为此，艺术就得变得不同寻常，变得陌生，因为对习以为常的东西人们总是习惯视而不见，这样，晦涩和延迟成为艺术的普遍规律。什氏提出："文学作品即其所用各种风格手法的总和"[2]（《罗扎诺夫》，1921），艺术就是手法，离开手法无艺

---

[1] 维·什克洛夫斯基：《词语的复活》，李辉凡译，《外国文学评论》，1993年第2期。
[2] 张冰：《陌生化诗学》，北京师范大学出版社，2000年，第287页。

术。这样，他就将手法置于前景，提高到了本体的地位。我们注意到：这里"手法"的语义重点在作品的结构和组织方式上，不同于传统上作为容器的静止和死气沉沉的"形式"概念。

随后，在写作于 1919 年的《情节编构手法与一般风格手法的联系》中，什氏进一步确立了形式独立自足的本体论地位。其表现之一就是"形式自生"：形式的发展取决于形式本身的变迁而不取决于任何形式之外的因素；同样，对某一形式的评价取决于它与其他形式的关系而不是任何非形式的东西，新形式是为了取代自动化了的、不再能够激发人的感受从而丧失了艺术性、不再具有审美功能的旧形式而产生的。这样，形式开始有了动态的特点。并且，"情节"也从传统的内容范畴被转移到"结构"范畴，它不再是故事，不再是故事的发展，从而，形式也多了"内容"的因素，不再是完全独立于内容之外的抽象外壳了。艾亨鲍姆总结说："形式的概念增添了新的特点，逐渐摆脱了抽象性，甚至因此失去了论战的重要性。"①

在后来奥波亚兹的诗歌研究中，形式进一步成为一个整体的概念，这时，这个整体更多的是以"功能"结构统合起来的，形式就是艺术作品被人感受到的统一形象。因为在诗歌中形式就是内容。有前面分析过的"无意义语诗"为证。可以列出这样一个等式：诗歌＝形式。所以，艾亨鲍姆说，形式就是形式，它已经含纳了足够多的东西，它不是而且也不需要与材料相类比。因为在一部作品里，材料的因素必然为形式所改造所吸收，材料已经变成诗。这样，材料不是与形式相对举的一对概念。奥波亚兹又在阐述他们的形式一元论思想了。动态的结构文学观是这种认识的理论支撑。

2. "情节""本事"

我们通常将情节设想为"故事情节"，这就将它划入了"内容"的范围里，奥波亚兹杜绝这种看法。他们是在新"情节"概念的基础上构建自己的小说理论的，并且将它同小说整体的结构方式结合起来。这点从什克洛夫斯基一篇文章的标题就能看出："情节编构手法与一般风格手法的联系"。

"情节的传统形象也发生了变化，情节不再是一系列动机的组合，而且被从主题要素一类转移到加工要素一类里。"② 这里，"加工要素"就说明了

---

① 艾亨鲍姆：《"形式方法"的理论》，茨维坦·托多罗夫编选《俄苏形式主义文论选》，蔡鸿滨译，中国社会科学出版社，1989 年，第 33 页。

② 同①。

情节已经成为形式的成分，情节就是作品某一段落的结构。情节，不是传统理解的故事，或是故事的发展，而是结构。

情节不等于材料，"本事是组成情节的材料"，本事＋手法＝情节，"情节指的是一种结构"。① 托马舍夫斯基解释道："本事就是实际发生过的事情，情节是读者了解这些事情的方式。"② 情节不是事情，而是了解事情的方式，亦即作者讲述事情的方式、本事在文本中展开的方式，这样"情节"就被归入了形式和手法的范畴里，必须将它理解为完全的艺术性的结构，理解成作者在创作作品时需要创造的一个方面，而不是像"本事"那样是自然的原生态的取自外界的材料或者出自作者的杜撰。

正是因为这种与原本人们传统观念里的意义的分歧，方珊和王薇生在他们的译作中都遵从传统的理解将"本事"译为"情节"，而将"情节"译为"情节结构"或者"情节建构"，这也不失为一个好的处理方式，只是这样，奥波亚兹理论的尖锐性和新颖性减色不少，故而，出于与奥波亚兹一贯文风统一的考虑，本书还是采用蔡鸿滨先生"情节"和"本事"的译法。

回到情节和材料的区分上，可以这样理解，情节作为结构，是本事在作品中被表现出来的时序或形态，是作者对原材料的加工或操作，在小说中，作品的手法就体现在作品的"情节"上，所以，情节是需要作者加工的要素，在"形式"的范畴内，并不属于"内容"的要素，不同于被动和纯自然原生态的"本事"。既然引进了"本事"的概念，那么，在分析一篇小说的时候，"内容"这个暧昧含混的古老概念就变得不再是需要的了③，什克洛夫斯基如是断言。这样，"形式"概念不再适宜（它有着太多无关的外围指涉），"内容"概念不再需要（"本事"更加合适），"形式/内容"就完全被奥波亚兹打入冷宫了。

与此同时，"本事/情节"虽是两个相互伴生的概念，却不应该被看成是与"形式/内容"相类的一对互举的二元对立，以先入为主的传统套路来观照全新的概念是不恰当的。总之，它们一个是材料，一个是材料的组织方式；不是互为建构或互补的东西，也不是非此即彼的对立的东西。

---

① 艾亨鲍姆：《"形式方法"的理论》，茨维坦·托多罗夫编选《俄苏形式主义文论选》，蔡鸿滨译，中国社会科学出版社，1989年，第38－39页。

② 托马舍夫斯基：《主题》，茨维坦·托多罗夫编选《俄苏形式主义文论选》，蔡鸿滨译，中国社会科学出版社，1989年，第239页。

③ 维·什克洛夫斯基：《散文理论》，刘宗次译，百花洲文艺出版社，1994年，第64页。

（二）从动态的文学结构观看几个重要概念

1. 动态的文学结构观

特尼亚诺夫认为，文学作品形式的动态表现在"结构"这个概念里。此处，我们不妨说：形式＝结构＝体系。不同于后来的结构主义者，奥波亚兹并未对"结构"和"体系"的概念加以区分，通常的情况是，奥波亚兹在不加区别地将二者混用。所以，不像在法国结构主义中成熟运用后的鲜明区分，在这里将结构和体系之间画上等号应是不至于产生异议的。

是尤里·特尼亚诺夫首先将动态的文学结构观带进了奥波亚兹的理论话语中。他在《结构的概念》（1923）一文中提出了这种模型：

> 作品的统一不是对称的、封闭的整体，而是展开的动态的完整；它的各个要素不是由等号或加号联系起来的，而是用动态的类比和整体化符号联系起来的。
>
> 文学作品的形式应当被感觉为动态的形式。①

我们要将这种"动态"理解为结构内部各构成要素之间永无休止的争权夺位的斗争。请注意：这里我们讲"构成"而不讲"组成"，因为"组成"是静态的，而"构成"则指向动态。只有以动态的文学结构观为基础，才能理解"大形式"的"包罗万象"。

后面我们将谈到"手法"是作品的结构要素，各种手法的交织构成作品的"功能"。这么看来，斗争在作品的结构里是普遍存在的，永远存在于某一文学作品这个大系统中的各种"手法"之间。

与此同时，这种"动态"也被奥波亚兹运用于对文学史的考察上。文学史的发展同样是一条动态的演变脉络，不是直线式的前后相继的发展，而是各种文学流派之间不断的斗争—上位—起义—斗争，如此不断循环往复的过程。当然，在这个过程中，也会不断有新的因素试图进入战场，只要它是有活力的能够参与到战斗中的，能够与原先存在于战场上的其他因素进行互相厮打的，这个新的因素就会被纳入。前文论及文学史演变的问题时已经说过，由于战斗是永无休止的，原先被打败的旧的因素也有可能休养生息，改头换面之后卷土重来。这种情况下，旧因素前后也已经发生了很大的改变，毕竟，它是由主战场周边的众多小战场中拼杀出来的，期间必定融合了其他

---

① 茨维坦·托多罗夫编选：《俄苏形式主义文论选》，蔡鸿滨译，中国社会科学出版社，1989年，第98页。

的因素，使自身的能量不断增强，以至于有一天能够回归主战场夺取那王者之位。

奥波亚兹描绘的文学演变的图景不是不断完善的过程，不是进步，它甚至可以说是无所谓好坏。那难道它是群魔乱舞？没有一个导向性的规则吗？有！奥波亚兹将它称作"功能"。

2. "形式"的后续发展："手法"和"功能"

其实，细细考量会发现"材料/手法"在奥波亚兹不是一对相对的概念，艾亨鲍姆在他的总结文章中明确表示过："形式的概念……并不要求有其它任何补充的概念，也不要求有任何类比。"① 他特别反对将"材料/形式"当成取代"内容/形式"传统二分法的新的二元对立。在奥波亚兹看来，不是二元对立，而是"形式"的一元论本体观才是他们建构形式主义诗学的哲学基础。

艾亨鲍姆在同一篇论文②里联系"手法"和"功能"的问题来考察"形式"概念，对这个概念在奥波亚兹理论中的变迁作了一番梳理。也就是说，要弄清楚"形式"所为何物，"材料""手法"和"功能"三个概念都是我们要厘清的。

（1）材料和手法

先来谈谈"材料"。其实如果打破"小说"文体这道篱笆墙，在"材料"和前文论述过的"本事"之间是非常接近的，它们都是组成文学作品的素材。此外，"材料"除了"本事"之外还包括"语词"。一个等式：材料＝本事＋语词。本事是"实际发生过的事情"，是作品指向的外部世界和现实领域。那么语词呢？

说到语词，这就涉及前文谈及的诗语和实用语的差别。平常语词进入诗歌之后就成了诗语，以审美功能为第一要务，不同于它在实用语中的存在形态了。这时，它"被新的语义环境所包围，它不是和一般的语言联系在一起被感觉的，而是和诗歌语言联系在一起被感觉的"。③ 艺术作品中语词的意义不同于它通常所用的意义，甚至二者会大相径庭，因为艺术作品中的语词

---

① 茨维坦·托多罗夫编选：《俄苏形式主义文论选》，蔡鸿滨译，中国社会科学出版社，1989年，第29页。

② 艾亨鲍姆：《"形式方法"的理论》，茨维坦·托多罗夫编选《俄苏形式主义文论选》，蔡鸿滨译，中国社会科学出版社，1989年，第19—56页。

③ 同①，第46页。

与作品外的一般语词无关，而只和该作品中的其他语词相关，除了艺术自身的逻辑它不需遵循任何其他的逻辑，换言之，每一个文学作品都是一个独立的语义系列。诗歌中的语词经过陌生化手法的改造，已经从它惯常所在的语义系列或者生活事实系列里逃逸出来，不同于日常语词的简单明了，诗歌中的语词是含混多义的。所以要理解诗歌作品中的单个语词不能以常理度之，不是从字典里找定义，也不是按通常的用法去理解，而应该放在整首诗的语境里联系上下文来确认。艾亨鲍姆认为这种对语义的玩弄是诗歌语义学的主要特点。特尼亚诺夫将它定义为"变形语义学"①。

需要再次着重声明的是"材料"一旦进入文学作品，就成为文学作品结构的能动构成要素，就成为"诗"。进入文学作品这个结构里的永远不会是死物。材料同样是作品的结构要素。

材料分为审美材料和非审美材料，即便是非审美材料进入文学作品之后也会被"手法"改造成为审美材料。因为"手法"正是"将非审美材料转变为艺术作品、并赋予其以形式的那种东西"。②

艺术作品的精髓就是对自然材料的创造性变形。也就是说，非审美材料到审美材料的转变是一个陌生化的过程。有一点可以肯定：就"材料"而言，奥波亚兹强调的是对它的工作方式，到头来还是"手法"。

总体来说，奥波亚兹将文学作品内部的构成因素区分为材料与手法。如果以烹饪来作比的话，材料是原始的食材，而手法是烹调方式，作家作为厨师就是要通过各种手段将原始食材烹调为一道道美味佳肴。至于食材如何，不是厨师所能决定的，他可以挑选食材却不能改变食材。这样，做出来的菜品如何，就单看厨师的烹调功力了。所以，奥波亚兹考察的就是这个"功力"，它在文学作品中表现为作家采用的"手法"。

（2）辨析：作为"形式"的"内容"

特尼亚诺夫和雅各布森在他们合作的重要论文《文学和语言学的研究问题》中，提出了"功能"和"共时的文学体系"的概念。"共时的文学体系"包括了同一时期的文学作品亦即时间上接近的作品与被吸收到这一体系中的国外作品或过去的作品，其中，不同作品的地位是不同的，这取决于它

---

① 张冰：《陌生化诗学》，北京师范大学出版社，2000 年，第 151 页。
② 维·什克洛夫斯基：《马步》，张冰《陌生化诗学》，北京师范大学出版社，2000 年，第167 页。

们各自的功能。也就是说它们在同一个时期内具有不同等次的意义。对文学作品的"材料"，同样也应该从功能的角度来考量，亦即考察它的活性，它在结构中的活动能力有多强："我们只有从功能的角度来考虑文学中所利用的材料，不论是文学的材料或是文学之外的材料，才能把这些材料引进科学研究的领域。"[①] 从这个角度来考察，也就不难理解何以材料也成为形式的东西了。

如何正确地看待"材料"在形式建构中的作用？特尼亚诺夫有如下断语：

> "材料"的概念超不出形式的范围，材料也是形式的东西；把材料与外在于结构的要素混同起来是错误的。[②]

为什么这么说呢？

按特尼亚诺夫的解释，材料全部都是作品中的结构要素，它们存在于作品的动态结构中，互相斗争、博弈，争取成为作品的主导要素。当然，在一个特定系统的某一段特定时期内，有些材料活跃一些，参与结构建构的程度就更深；有些材料安静一些，"入局"就不是那么深入了。但无论如何，"相对安静"都不是"毫不做声"，它或多或少都发出了自己的声音，因为根据要素在结构系统中的活动规则，丝毫参与不了结构作用的要素是不会被结构接纳而成为结构中的成分的。所以，"动态"不仅指向作品这个大系统，也指向大系统中的每一个要素。材料从来都是内在于结构的要素，这无疑是在奥波亚兹"大形式"的观照域之内。

同时，要素进入结构内部之后与它之前外在于结构时的面貌是不一样的。同样一个东西，前后不可同日而语。它被新的语义环境所包围，与新结构内的其他因素相互作用、相互改造，同时，这种结构内部各要素之间的相互作用也在一点一滴地逐渐改变着它们存在于斯的结构。

传统的"内容"因素，比如戏剧中的对话如果只是讲述一件事情的话，它是只有故事性而没有戏剧性的，而一旦参与情节的建构，对话也可以变成"结构"的因素："有时这些对话采取一种纯戏剧的形式，它推动故事情节展开的功能更多，而通过答对描绘人物特点的功能较少。因此，对话变成了

---

① 茨维坦·托多罗夫编选：《俄苏形式主义文论选》，蔡鸿滨译，中国社会科学出版社，1989年，第116页。

② 同①，第96页。

结构的基本要素。"① 这时，它就不再单纯只是叙事的了。

当我们更深入一步问：结构的这种"魔力"来自何处？奥波亚兹的回答是：来自艺术对"陌生化"的追求，这是艺术的天性。因为艺术存在的目的就是为了被人感觉到，正如"舞蹈是为了被感觉到才进行的行走"，不出人意料、不能打动人，艺术就失去它存在的理由了。在艺术作品的结构里，从功能角度来看，审美功能是占据主导地位的功能。艺术作品正是有着这样的让非审美材料带上审美的特点转变为审美材料的"魔力"。这也正是"文学性"所要说的。当然，具体如何施放魔法？哈利·波特的魔杖就是"陌生化"手法，它有着点石成金的能力。所以，一切艺术都必然以"陌生化"和"文学性"作为永恒的标杆。也就是说，这"魔力"是文学作品结构与生俱来的特质。

正是因为文学作品有着这种"魔力"，奥波亚兹才提出这个初看起来颇令人意外的观点，他们说：作品中的材料都要转变为手法，作品中的内容也已经被形式所消灭。有必要事先说明的是：当奥波亚兹说"内容被形式消灭"的时候，内容指的是旧的、传统意义上的内容；而形式却是经过他们的理论话语重新改造过的"大形式"。

就这种观点，艾亨鲍姆关于悲剧的理论是一个很形象的说明。他认为观众透过悲剧所生发出的怜悯之情是作品结构作用的产物，根源不在"本事"，而在"情节"，也就是说是手法造成的结果。悲剧中人物的痛苦遭际是悲剧艺术结构的素材，它们参与悲剧结构的创建，成为这个结构的一个形式因素，观众接受这个接纳了痛苦的悲剧结构，其实是在"享受怜悯感"。怜悯感是艺术结构的结果。反过来说，观众是在透过这个怜悯感来接受整个悲剧的结构方式亦即它的手法的。观众观看悲剧，不是为了看这个故事本身（事实上他可能已经对整个故事烂熟于心），而是想看作家用以唤起他们怜悯感的特殊手法，他要接受的不是"内容"而是"形式"。所以，艾亨鲍姆说这里是"形式消灭了内容"。如此，席勒在《论朴素的诗与感伤的诗》中的这句话就被艾亨鲍姆奉为圭臬：

　　艺术家的真正秘密在于用形式消灭内容。排斥内容和支配内容的艺术愈是成功，内容本身也就愈宏伟、诱人和动人；艺术家及其

---

① 茨维坦·托多罗夫编选：《俄苏形式主义文论选》，蔡鸿滨译，中国社会科学出版社，1989年，第174页。

行为也就愈引人注目，或者说观众就愈为之倾倒。①

（3）要素和功能

什克洛夫斯基宣称："文学作品是一种纯形式，它不是东西，也不是材料，而是材料之间的一种关系。"② 这里对"关系"的强调已经蕴含了特尼亚诺夫后来引进的"功能"概念的种子。

那么，"功能"具体应如何理解呢？

既然"文学是一个动态的语言结构"，那么"形式"这个传统上被定义为"酒杯"和"衣服"的静止概念显然已经不能说明问题，正是为了打破"形式"概念的这种自我封闭性，奥波亚兹引进了"功能"的概念。如果将艺术作品中的各种艺术手法比如节奏、韵律包括情节等认定为要素，那么功能就是要素在艺术作品这个系统当中所处的关系网络，即一要素与它要素的相关性。"功能"这个概念总是基于关系来谈的，甚至功能本身就是关系。简言之，功能就是作品的结构原则因素，是将作品中所用的各种手法统合在一起的东西。从这个意义上来说，功能只与手法直接相关，它直接统合手法，而对于"材料"却只是通过手法起一个导向性的作用。直接作用于材料的是手法，直接作用于手法的是功能，而功能对进入作品结构体系的材料的统治是通过手法来完成的。"文学性"决定了在文学作品中居于主导地位的功能永远是审美功能，作品结构中的任何一个要素都要服从于审美功能的需要和调配。并且，审美功能也将对每一个进入到结构中的元素如"材料"等通过各种艺术手法进行变形。

在结构中，不存在静止的因素。在审美功能主导下，作品成为一个动态的统一体，任何一个因素要进入文学作品都是一个新的相互作用，或多或少都会对整个作品结构产生影响。所以，不是简单地引进，不是相等或者相加，相等的话它的引进就不能产生新的作用，相加的话它就没有与其他因素发生相互作用；而是一种"相关和统合的法则"，是在功能统领下的相互斗争、相互生发。如果斗争不再进行，结构中的各种要素不再活跃，那么，文学也就走向了自动化。

这里，特尼亚诺夫将作品结构中的因素区分为两类："能属的和结构的

---

① 埃亨巴乌姆：《论悲剧和悲剧性》，维·什克洛夫斯基等《俄国形式主义文论选》，方珊等译，生活·读书·新知三联书店，1989 年，第 34－40 页。

② 张冰：《陌生化诗学》，北京师范大学出版社，2000 年，第 278－279 页。

因素"及"从属的因素"。① 在不断争夺上位的斗争中，那些胜利者，即在某段时间内处于主导地位的因素就是"能属的和结构的因素"，反之，战败者就是"从属的因素"。胜者为王，当它接过"功能"手中的权杖，"能属和结构的因素"同样能够使那些"从属的因素"根据胜利者的意愿变形，以统一于这个新的结构系统的功能。文学作品的魅力就产生于"能属"和"从属"的不断斗争中。

就"功能"而言，作为作品中手法的结构，它是动态的吗？手法演变了，它是否也在跟着变化？可是我们又知道在每一部文学作品中审美功能都是最高标准，是至上的统合原则，如此，若然"功能"是动态的，它的演变还有发挥空间吗？

这里，从根本上树立一个观念，问题就解决了，即：不要想当然地把文学性当作一个绝对或者永恒不变的东西，文学和非文学之间的界限是变动不居的。"文学性的所有者，并非某一个或某几种拥有某种不变形式属性的固定的文本实体，而是一种存在于文本之间的特殊的和不断变化中的关系。"②

托尼·本内特认为："文学性非存在于文本之中，而存在于文本之间和文本内部相互性质的关系"③，"文学性"的基点在于文学的动态系统中，而它本身也是一个动态结构。说是"关系"，尽管看似抽象，其实它从未能脱离于具体的文本及文本之间的相互关系。

从文学史上不难找出这样的例子：今天是文学的东西，明天就不是文学了，或者今天不是文学的东西，明天却成了文学。

功能就是手法的结构，一个"大手法""大形式"，它同样具有动态性。我们发现，到了这个阶段，也就是特尼亚诺夫提出"功能"概念的1923年以后，奥波亚兹的术语脉络又发展出了新的一环：从"形式"到"手法"再到"功能"："功能意义的概念逐渐发展成为第一位的，并且包括了手法的最初概念。"④ 其中的每步发展无不是为摆脱传统"形式"概念的静态性所做的努力：动态性亦即不稳定性和变化性是奥波亚兹"形式"概念的根本特点。

---

① 茨维坦·托多罗夫编选：《俄苏形式主义文论选》，蔡鸿滨译，中国社会科学出版社，1989年，第98页。
② 张冰：《陌生化诗学》，北京师范大学出版社，2000年，第112页。
③ 同②。
④ 同①，第49页。

综观"手法""功能"和"形式"这三个概念在奥波亚兹理论中的生存脉络，我们发现：奥波亚兹各成员的写作风格并不统一，像什克洛夫斯基在术语的使用上就明显不如雅各布森和特尼亚诺夫来得严格。所以，即便在后期，奥波亚兹也并没有完全放弃"形式"这个术语，而是让"形式"逐渐囊括了越来越多的东西，变成了"大形式"，为了不引起概念的混乱，那些严谨的奥波亚兹理论家就更多地采用"手法"和"功能"的概念。

不一定是说"手法"和"功能"能够完全取代"大形式"，而是说"手法"和"功能"这两个新词很多时候比"形式"这个总是容易引起人们不合时宜的外在联想的负重的概念更具理论阐释力，更能说明问题。这也正是奥波亚兹引进新术语的初衷。自己做的东西当然更适合自己，但是它有一个为人接受的过程，故而前此采用通用的东西来暂代一番，无疑是一个暂时的折中应对办法，即便它不是那么贴切，但是我只是要让我要提出的问题进入人们的视野，之后再让人慢慢接受我自己的东西，那么这个通用的东西可能已经足够说明问题了。不可否认的是，这种做法很多时候是造成奥波亚兹理论困境的根源。当你所要说的东西还未完全进入人们的视野，你就急不可待地推出了自己的东西，结果前后所用的两个东西在接受一方混淆起来了，人们对奥波亚兹的"误解"便是根源于此。这也是"旧瓶装新酒"的方式难以摆脱的弊端。

四、结论

我们可以这样归纳：艺术中，所有因素都要服从于结构因素（功能），并被结构因素所变形；同时，各种因素之间又是相互作用的，它们之间并不相等，也不是简单地相加，而是以"相关和统合"的法则（或译作"动态的类比和整体化符号"）联系起来，这就是艺术的动态形式。

正因为"形式"在奥波亚兹这里是一个如此意涵深广的概念，他们才敢将所有的注意力都投注于"形式"上，并且只论"形式"而不顾其他。日尔蒙斯基说过："如果说形式成分意味着审美成分，那么，艺术中的所有内容事实也都成为形式的现象。"[1] 我们一再说明，只要是进入作品这个动

---

[1] 日尔蒙斯基：《诗学的任务》，维·什克洛夫斯基等《俄国形式主义文论选》，方珊等译，生活·读书·新知三联书店，1989年，第212页。

态的结构体系中的要素，无一不是审美成分，"内容"也是如此。只要文学还要自称为文学，这一点就不会改变。

从这方面来说，奥波亚兹所讨论的文学的范围其实是比较狭窄的，它仅仅把目光锁定在那些有着生动形式的作品上，而拥有老套形式的作品就不在他们的考察范围内。所以，比起《堂吉诃德》来，奥波亚兹更推崇斯特恩的《项狄传》，因为后者是一部形式至上的小说，是一部以形式来表达内容的小说。然而事实上呢？恐怕大多数人都不会下此断语。《项狄传》无异于一块手法的试验场，我们读来会觉得不知所云，这是不是违背了小说写作的初衷呢？奥波亚兹回答说：不是的，小说写作的初衷不就是为了让人感受到吗？斯特恩不但做到了而且做得非常好。难道这种杂乱无章的形式试验就代表着小说艺术性的高下？这显然是不合适的。艺术作品欲要被人感受为一部艺术品仅仅这样是不够的。从读者接受的角度来说，他们会需要形式相对统一和稳定的作品。形式可以新颖、可以不同凡响，但这一切都必须以不从根本上影响人们对艺术品的接受为前提。比如海明威的"电报体"小说，它们虽然只露出了冰山在水面上的八分之一，其他八分之七都在水面下，但是只要读者细细去阅读了，都会通过不同的路径到达那艺术性的彼岸。从这点看来，《项狄传》显然还是有不够成熟的地方。对它的推崇很大程度上源于奥波亚兹对形式的孤立考察，我们前面论述过"大形式"概念已经将大部分的传统"内容"要素囊括在内，但是其实当"内容"的要素全部处于从属的地位，奥波亚兹也确实忽略了一些原本应该很重要的"内容"。

奥波亚兹理论的集大成者艾亨鲍姆在 1922 年就自信满满地宣告："理论会灭亡，会变化；而借助理论发现并证明的事实却将存在下去。"[①] 俄国形式主义确实有不成熟和不严密的地方，然而毋庸置疑的是，他们做出的理论贡献已经深刻影响了后来者，影响了整个 20 世纪文学批评的走向。

---

① 维·什克洛夫斯基等：《俄国形式主义文论选》，方珊等译，生活·读书·新知三联书店，1989 年，第 296 页。

第二节 反叛与再现——作为历史的文学

文史在原初阶段是不分家的，二者有着太多的纠葛，牵扯不清。长期身为史学的附庸，文学在作为历史的叛逆者的层面上具有了独立的意义。然而，二者的区分就是如此简单吗？历史等同于真实吗？文学拥有真实吗？当然，我们考察的重点是与历史相近的叙事文学。

一、作为叛逆者的文学

亚里士多德认为：文学比历史高明的地方在于它所揭示的是普遍性，而历史仅仅是千万种可能性中偶然的一种。这种观点广为人知，无疑有力地促进了文学的自觉。

历史是经过权力选择的产物，它是胜利者的书写，我们难以从中区分出个体的意志。而文学曾长期依附于历史，成为史学的附庸。对于历史上的正统文人来说，文学是不务正业的业余消遣。文学自诞生之初，就是作为叛逆者出现的，它的虚构性明显地对抗着史学的实录传统，文学在虚构中对历史中心主义进行解构，以再现历史的无限可能。

或许这种倾向在早期的文学作品中并不明显，但随着文学独立地位的逐步获得已经愈加凸显，在 20 世纪的文学理论中甚至被标榜为文学的最重要特性。现代主义的小说拒绝成为对一段历史时期的说明，对一个社会的描绘，对一种意识形态的捍卫，只为"惟有小说才能说的东西"服务。俄国形式主义提出：艺术的手法就是使事物陌生化的手法，艺术永远独立于生活，不与政治挂钩。"艺术尽管有其肯定的意识形态的特征，它毕竟是一个唱反调的力量。"① 马尔库塞对文学的这种叛逆性深信不疑，他断言：文学比历史更加接近真实——"只有在'幻想世界'中，事物才显得是它本来有和可能有的样子。"② 从数千年的历史的重压下解放，文学的反叛性格外激烈，正好可以采用李欧梵用以解释政治的"边缘的反中心模式"来说明，它逐步将中心解构。"其实把中心的东西变成数个中心的时候，它的那种独一无二的权威性就被减弱了。""当中心分散以后，它事实上已经和边缘连在一起。边缘基本上是一条线，中心是一个点，线连起来就变成网。"③ 这样，又回到了亚里士多德对文学和史学的区分：文学可以不断发现并书写"未实现的可能性"。

也许有人会认为这种网状结构是一种折中的方式，文学的反叛并不彻底。姑且不论彻底的反叛完全攻占历史的生存空间是否是有益的，我们必须始终认识到：在强大的意识形态威压之下，历史作为胜利者的书写的地位并没有改变，文学的生存空间也并不是无限自由的。这种状况下，文学的功能是尽可能地传达沉默的大多数的声音，要解除历史的压抑，解救胜利者的历史所掩埋的东西。

这里需要注意的是：在文史不分的时代，甚至是极晚近的时期，文学家的历史意识并未觉醒，他们没有察觉到古今在基本上是迥异的。于是才会普遍存在借古喻今、以史为鉴的规训，甚至把它们作为历史和文学的重要功能之一。在这样的时期，不存在真正有意识的"文学的反叛"。

二、文学与历史的统一

当我们承认"作为叛逆者的文学"的时候，就是事先认可了这样一个论断：历史是非常霸权式的、闭锁式的、压迫式的论述模式。然而，这个论断是否经受得住这样的质疑：难道历史就这么简单吗？一切仅仅是语言吗？再者，是否需要防范文学霸权？

同样，当我们把"实录"作为历史的重要特性的时候，心中难免惴惴。实际上，我们都知道：即便是历史，也不可能完全真实，对过去的现实的"再现"只是虚妄之说。（可以说有现场录像，但是这只是机械复制。而且也存在拍摄取景的问题。你可以看到听到重要人物的行动和讲话，但不包括

---

①　马尔库塞：《现代美学析疑》，绿原译，文化艺术出版社，1987 年，第 7 页。
②　同①，第 36 页。
③　李欧梵：《徘徊在现代与后现代之间》，上海三联书店，2000 年，第 162 页。

重要人物当时面对的其他次要人物，而且固定的一个重要人物也不可能每时每刻都被镜头盯着……）这样看来，"一切历史都是当代史"还不够充分；从作者和读者两方面来说，还要补充一句"一切历史都是个人史"，于是，历史的真实性更难以考证。

同样的原因，导致了一战后的历史主义危机："人们不再相信有客观的历史知识，以及历史过程的意义。……我们所有的是许许多多不同的历史，而不是一部整体性的历史，同时我们所能了解的也只是属于我们自己的文化的历史。……所谓历史的，其实就是相对的。"①

历史是荒谬的，也是相对的。在海登·怀特看来，历史的"真实"是相对于其他话语类型而言的，进而，摆在目前的历史真实也是难以把握的。在虚构的层面上，历史和文学取得了一定的一致性："所有的诗歌中都含有历史的因素，每一个世界历史叙事中都含有诗歌的因素。……历史不具备特有的主题，历史总是我们猜测过去也许是某种样子而使用的诗歌构筑的一部分。"②

怀特坚持：历史不是镜像，历史必须通过叙述，而这种叙述是一种"变形"。他对叙事给予了充分的重视："叙事能力的缺失或对它的拒斥必然意味着意义本身的缺失或遭拒斥。"③

可以把怀特的观点看成是历史向文学的低姿态的回归。我们不禁要问：离开了真实，历史还能是什么？

文学是艺术的乌托邦，是个体想象的天堂。然而，作为"文学虚构的历史本文"也并非全然如是。历史的实在的指涉对象和文学的虚构的指涉对象之间毕竟存在本体论的差别。历史的虚构是存在诸多限制的。相比之下，文学家则是天然的被授权的"说谎者"。

怀特下面的一段话也许可以稍解人们对历史前途的担忧：

我试图证实的正是对实在事件（历史话语的正当内容）之任何叙述记述中的这种内在性本质。这些事件是实在的，并不是因为它们发生了，而是因为，首先，它们被记住了，其次，它们能够在一个按时间先后排列的序列中找到一个位置……为使一个事件有资格作为历史的事件，它必须能够容许起码两种对它的叙述。……历史叙述的权威正是实在自身的权威；历史记述

---

①　张京媛主编：《新历史主义与文学批评》，北京大学出版社，1993年，第292页。

②　同①，第177页。

③　同①，第2页。

赋予这种实在以形式并在其过程上强加一种只有故事才具有的形式一致性，从而使实在成为一种称心如意的东西。①

三、文学的"真实"

既然历史最终还是要回归真实，那么作为其反叛者的文学，是一味地虚构吗？它的真实性是否存在？存在于何处？

从根本上来说，文学是与真实背道而驰的，文学只能提供给人真实感，让人觉得就像真的一样，却不可能是真实的。相反，它必须是虚构的，是现实矛盾的想象性的解决。

我们选择从世界和价值两方面来论述文学的"真实"。

（一）作为世界的文学

历史作为"现实"，只是文学所要表现的许多可能性中的一种。据此，有人结论说：文学的真实高于历史真实。事实是：何为真实？是对现实生活的确切记载吗？若然如是，现实生活永远都只是实现了众多可能性中的一种，如此看来，文学比之历史多出的那无数种可能性就是虚构，是臆想，没有真实性可言。可是当今的现实又是如何呢？现在的人们对历史不再有虔敬之心，可以戏说乾隆、大话三国、隋唐演义，所谓天子皇权在今天的人们看来就是狗屁不通……我们的整个社会正在肆无忌惮地消费着历史，真实的状况是："只有将'历史'改造为寄寓人们欲望的白日梦，这些'历史'才会赢得市场，赢得消费者。"② 如此，我们又何必在原本仅仅用于消遣的文学的真实性问题上吹毛求疵呢？毕竟，虚构是作家的特权。

这样，作家在创作上有着许多自由，相形之下，读者就被动许多，毕竟，作家才是他创造的那个世界的国王，读者被作家牵着鼻子走，一旦进入作品的世界，读者的感情流向便为作家所牵引。

但是，作家也并非万能，他笔下的世界其实也并不全为他所控制："浅薄的作品也许更容易为作家所控制，把作家的意图表现得十分清楚，而深刻

---

① 海登·怀特：《形式的内容：叙事话语与历史再现》，董立河译，文津出版社，2005年，第26－27页。

② 南帆：《消费历史》，《天涯》，2001年第6期。

的作品却往往超出作家意图的范畴。这好像瘦弱的驽马任人驱策，而奔腾的雄骏却很难驾驭。诸如但丁、托尔斯泰、曹雪芹这样的大作家，他们都企图在作品中宣扬种种宗教或者道德观念，但是，他们的伟大之处恰恰在于冲破了原有意图的束缚。"①

或许我们可以这样认为：虚构的人物性格也有他自己的逻辑。作家笔下优秀的人物并不是木偶，他们是真正有生命力的。唯此，形成了璀璨的文学世界。故而，作为世界的文学，时时刻刻向我们演绎着精彩，它的真实，无须赘言！

（二）作为价值的文学

历史作为"现实"，只是文学所要表现的许多可能性中的一种。据此，有人结论说：文学的真实高于历史真实。同时，文学是对现实中可能存在或是已经存在的矛盾提供虚构性解决的办法："叙事既是真的，又是假的。一方面叙事是一系列的谎言，编造出一个英雄；同时叙事又是解决这些矛盾的方法之一。"② 因此，成功的叙事作品应该具有真理价值。

作家"构造出一个幻想的世界，对此他是如此严肃对待——即他在这个幻想的世界上付出了极大的热情——同时他又将其与现实严格地加以区分。"③ 不说什么文学是呕心沥血的创造，起码在创作者这里，他的认真严肃的创作态度保证了文学作品在他心目中的地位，在那里，文学存在着。

作家在创作过程中在做着白日梦，同样，读者在阅读接受过程中也在构建自己的白日梦。叙事性文本是一个开放性的文本，读者走在一个"小径分叉"的丛林中，他在每个时候都做出自己的判断。这样，同样的文本在不同的接受者手中是不同的。

在阅读过程中，观众似乎也经历着作品中人物那不平凡的人生，想象着自己也成为一个英雄却又不承受任何实际痛苦。他就是通过这样的渠道来获得满足，尽管他知道：这在现实生活中是永远不可能的。他完全不必自我责备或是难为情。

正是受到读者肯定的作品的序列构成了今天的文学史。这就是作品真实性的彰显。文学的历史是作为价值的历史，以此区别于纯粹的历史著作的作为事件的历史。

---

① 南帆：《文学批评的转移》，《东南学术》，2002 年第 1 期。
② 杰姆逊：《后现代主义与文化理论》，唐小兵译，北京大学出版社，1997 年，第 140 页。
③ 弗洛伊德：《论文学与艺术》，常宏等译，国际文化出版公司，2001 年，第 99 页。

第三节　网络耽美小说的美学语法

一

"耽美"涉及禁忌之爱，多指男性尤其是男孩之间的爱情故事（BL，boys' love），有时也包括女孩之间的同性爱情（GL，girls' love）。在中国大陆主要的网络小说流量网站"晋江文学城"上，耽美，即纯爱类型作品与男女言情类型作品的数量比例为 1.78 : 1，耽美类几乎是传统言情的两倍。从题材类型来看，古代题材中，耽美：言情 =0.8 : 1；现代题材中，耽美：言情 =3.06 : 1；衍生（同人）题材中，耽美：言情 =3.26 : 1，除了古代题材，在现代和同人题材上，耽美类都占据了绝对优势。[1] 唐七公子《三生三世十里桃花》的抄袭事件在网络上闹得沸沸扬扬，被抄袭的苦主就指向晋江大神"大风刮过"的耽美小说《桃花债》。可以说，耽美小说是中国大陆网络言情小说的主要类型，更有流行的段子云："把耽美类排除掉，就没有网络小说了。"[2]

现今在我国网络上声势浩大的耽美小说最初是受到日本耽美文化的影响。日本早期的耽美作品主要有连载的漫画、小说，后来又发展出动画、广播剧、游戏这些不同类型。这些作品延续了近代以谷崎润一郎为代表的耽美

---

① 据 2017 年 9 月 7 日晋江文学城实时数据统计。晋江文学城：http://www.jjwxc.net/,2017 年 9 月 7 日。

② 毛尖：《资产阶级二代的美学语法》，《文艺理论与批评》，2017 年第 3 期。

派文学的风格，沉溺于美，声称"反对暴露人性的丑恶面为主的自然主义，并想找出官能美，陶醉其中追求文学的意义"，主题多为虐恋，结局也多为悲剧。又与耽美派以男作家为主不同，许多当代日本耽美大家性别为女，其读者也多为女性，被归类为"女性向"作品，在男女地位分野明显、女性饱受压抑的日本社会，女性渴望通过对男性之爱的描写，获得像男性一般的强硬姿态；但往往又不得不正视现实的残酷，她们笔下的爱情故事凄美、充满矛盾，也流露出对现实的绝望。对中国作者和读者影响较大的是创作于20世纪80年代末90年代初的一批作品，包括：竹宫惠子的《风与木之诗》、尾崎南的《绝爱》、吉原理惠子的《间之楔》等，这些作品描写豪门公子与贫穷少年的爱情，在同性禁断之爱上再加阶级的绊脚石，为主角的爱情制造更大的矛盾和冲突，结局模式也相对统一：主角到最后都仍然坚守他们的爱情，但是，这样的爱情并不被允许，其中的一方只能以死亡来完成爱情，向现实宣誓。正如吉原理惠子《间之楔》所言："知道间之楔吗？原本中间就不可能存在爱，却被无形的楔子合而为一。也许别人可能称之为爱，但他们却受到了无法愈合的伤害……处在两个极端的人之间的爱，也只有死亡才能够给予……"

除此之外，2000年前后中国台湾出版的，以及在鲜文学网上连载的一批商业化倾向的耽美小说也对中国大陆有相当影响。包括凌豹姿的"吉祥兽"系列、"高家风云"系列，晓春的《冲撞》《豪门焰》，易人北的"大亚皇朝"系列、"与兽同行"系列，风弄的"凤于九天"系列，黯然销魂蛋的"今夜哪里有鬼"系列等。相比早期日本作品，这些小说叙述上更为轻巧，不走悲情路线，多为喜庆的"合"结局，主角之间除了强弱分明的霸宠模式，还有强强对抗的互攻模式，题材风格上更加多样。

进入新世纪，随着经济的发展，中国大陆电脑和网络迅速普及，以网络空间为载体的耽美小说创作也蓬勃发展起来，迅速摆脱了对日本及我国台湾地区作品的依赖，在极短的时间内就完成了从模仿到创作的跨越。迄今已沉淀出一批公认的经典之作，包括暗夜流光的《十年》、筱禾的《北京故事》（电影《蓝宇》的原著小说）、蓝淋的《双程》《迟爱》（作者当时为厦门大学学生）、天籁纸鸢的《花容天下》《十里红莲艳酒》、冠盖满京华的《唇诺》、月下金狐的《末世掌上七星》、墨香铜臭的《魔道祖师》（被改编为电视剧《陈情令》）等。这些作品故事架构丰满，情节完整，人设上不落俗套，发展出了各自的风格。

二

网络的低门槛催生出数量庞大的耽美作品，这些作品中优秀者寥寥，我们近来更多听到的是批评的声音：层出不穷的抄袭，千篇一律的套路，还包括被商业化裹挟。毛尖教授的文章《资产阶级二代的美学语法》就是比较有影响的一篇。针对流行的鲜肉耽美剧，她提出这些作品体现了资产阶级二代的美学语法，是"资本的面具演出"。[①] 文章行文流畅，文笔老辣，读来酣畅淋漓，但其中的逻辑硬伤和过分的武断也让人如鲠在喉，不吐不快。

首先，来看看最炫目的所谓"资产阶级二代的美学语法"。近几十年来，随着社会经济的高速发展，中国大陆有一大批新兴资产阶级崛起，在获得一定的经济和社会地位后，这些人试图通过各种手段进行政治和文化身份正当性的建构。按照毛尖教授的分析，网络耽美文学中的美好世界不过是资产阶级二代以自己的生活为样本来塑造的，这种修辞套路就是"资产阶级二代的美学语法"。撇开这个词，这一整套的分析并没有超越语文教材中题旨分析的水平。比如《荷马史诗》体现了奴隶制时代的生活场景；理查生的家庭小说体现了英国资产阶级上升期的社会情状。有新意的地方就在于网络耽美文艺被认为是新兴资产阶级夺取文化权力的重要空间——工具与时俱进了。问题是：在当代社会，哪股想获取文化权力的势力能够不重视互联网呢？

其次，姑且不说此处提出"资产阶级二代"是否恰当，资产阶级二代也不是能够用毛尖教授的所谓"霸道总攻"的标签来涵盖的。难道富二代只有"霸道总攻"这一副面孔？估计中国的"资产阶级二代"们都得感谢毛尖教授对他们的美好想象。有人土肥圆，有人性格软弱，有人天生小瘦，这些都与富二代的背景没有关系；即便是街头的小混混也可以性格霸道、攻气满满，即便是富二代也可以勤奋谦虚、彬彬有礼，当然，也可以猥琐阴暗。富二代与霸道总攻之间没有先天或者后天的必然联系。显然，毛尖教授为了文章论述的方便只选取了富二代的美丽面孔，同时也刻意无视了广大读者对耽美小说的接受。

再次，为什么说耽美小说就体现了资产阶级二代的美学语法？毛尖教授

---

① 毛尖：《资产阶级二代的美学语法》，《文艺理论与批评》，2017 年第 3 期。

认为，与白手起家的一代不同，资产阶级二代的美学语法，就是剥离掉血腥的资本积累史前史，直接进入伊甸之初，只给人展示获得资本之后的美丽新世界。耽美标榜对社会现实的隔离，挂上一副与世无争只管审美言情的面孔。一个是耽美的纯净世界，一个是资产阶级二代的美丽新世界，白纸一片的新世界成为主角们为所欲为的绝佳场所。资产阶级二代作为金钱和权势的可爱一面的代言人，在耽美作品中他们的华丽演出就是资本的美化剧。她写道："今天的种种鲜肉耽美剧，几乎都是资本的面具演出，资产阶级公子们的优美胜地。"①

因为要批判耽美作品的资本化，就把耽美的主角都归类为"资产阶级二代"，这是相当粗浅和生硬的联系。为了体现资本的力量，就要描写在资本市场翻手为云覆手为雨的主角？显然难以成立。如果以市井小民为主角，描写他们的日常生活中资本无孔不入的渗透和主宰，不也是可行的方式吗？反过来看，描写王公贵族、豪门世家、宫廷侯爵的故事，也并不必然就是为资本洗白。

"资产阶级二代""资产阶级公子"这种纯粹的社会学命名，在毛尖教授天马行空的文学式想象之下，和"耽美小说"这个网络轻文学题材联系到了一起，无缝嫁接——美学趣味与阶级地位直接对应起来了。事实上，审美趣味是多样的，并不完全由阶级出身来决定。从康德的审美共通感、席勒的审美解放，再到布迪厄的社会学研究、朗西埃的智识平等，无不在阐发这一点。资产阶级二代本身就不是只有既定的或固化的一套美学语法，相应的，耽美小说的读者们也不是只有穷屌丝。这种联系的合理性和巨大的跳跃性并不在毛尖教授文学思维的考虑之内。

毛尖教授窥一斑而见全豹，不论是耽美写作本身，还是耽美小说的读者，都被看成是高度统一的铁板一块。首先，在毛尖教授的论证模型中资本畅通无阻，如此轻易地把资本作为最终答案缺乏实证的支持；其次，这样一条道走到黑的视角不能不让人怀疑是行文之前就下了片面的结论，然后在行文过程中不断地用零星证据来佐证这一结论，结果就是为批判而批判，既无视了网络文艺创作的复杂性，也无视了耽美小说读者的分化性。

粗略地说，这种方式属于以霍克海默和阿多诺为代表的法兰克福学派文化批判的路线，站在精英立场对大众文化持否定态度，对广大的耽美小说受

① 毛尖：《资产阶级二代的美学语法》，《文艺理论与批评》，2017 年第 3 期。

众也持悲观认识。但是，不同于毛尖教授一棍子打死的策略，即便阿多诺也还保持了对作为民主主体的大众的渴望，他写道：那些"嚷嚷着大众不成熟"的人忽视了"大众非常活跃的自主及自发潜能"。① 更进一步，文化研究的另一重镇伯明翰学派则对大众赋予更多的信任。他们认为，在大众文化中同样隐含了批判的能量，与之相应的，大众文化的受众也有消极受众和积极受众之分。从这个脉络来看，我们对耽美小说亦不应一味持否定和悲观认识，而是应该思考它们是否有另一种可能？是否可以刺破资本塑造的虚假表象？

<h2 style="text-align:center">三</h2>

首先要思考：耽美写作真正的问题在哪里？许多研究者做出的回答是：超离现实，超脱历史。

弗·詹姆逊认为潜伏在通俗文化里的是一股群众希盼未来的乌托邦冲动。确实，众多沉迷于网络小说的男男女女是通过阅读网络小说来获得欲望的代偿性满足。网络文学普遍的存在形态是"连载"，创作的即时性决定了创作过程中读者对情节走向的偏好会影响到作者的取舍甚至小说的结局，这样的互动关系，使读者在网文的阅读过程中能够获得更大的满足。但是，在任何时候，幻想一种完全架空的自由都于事无补。我们应该进一步追问：这样的乌托邦冲动和欲望能不能与历史发生对话？

南帆指出："如果撤除历史逻辑的检验，所谓的想象就会变成一种廉价的、甚至无聊的梦幻。这往往是文学想象与日常幻想的根本区别。期待自己拥有特异功能铲除天下不平事，期待买到一张幸运的彩票一夜暴富，诸如此类的欲望时常在坚硬的历史逻辑面前铩羽而归。"② 换言之，文学的虚构并不是无依无凭的白日做梦。但是，恰恰是这种"想当然的幻梦"在网络文学中屡见不鲜。南帆在此意义上拒绝了网络文学。

萨特在区分介入文学与不介入文学的时候，也采用了同样的标准。他认为诸如19世纪法国形式派的小说创作，以"纯文学"之名拒绝历史，是解

---

① 阿多诺：《民主领导与操纵大众》，泰特巴姆《阿多诺：关键概念》第8章，唐文娟译，重庆大学出版社，2017年，第162页。

② 南帆：《文学、文学性与话语光谱》，《东南学术》，2017年第1期。

脱型的文学；而介入文学与之相反，要反思历史、参与历史，对全世界、对总体性承担责任。在萨特看来，文学是一种扎根当下的努力，通过文学对现实中的匮乏和矛盾进行想象性的解决，最终，把匮乏转化为占有，这是深层次的介入。

的确，超离现实、超脱历史被认为是网络文学的一个重要弊端。而就本文来说，直接跳到结论可能并不妥当，可以从正向的过程来追踪，"与现实逻辑一致，还是超脱现实逻辑？"——这个问题是其后的，在此之前的问题是：无论是网络文学还是纯文学的小说创作都不同程度上反映了现实中的社会矛盾与冲突，关键是冲突在文本中怎样呈现？更关键的是，冲突如何被理解和解决？亦即，文学如何回应现实？欲望如何参与历史的角力？

如果文学只做到了用虚构的世界来逃避现实，或者如镜子一般地复刻现实，这都远远不够，文学还必须通过自己的世界来回应现实，提供可能的解决方案。在网络耽美文学中，解决方案主要有两套典型模式——爱情至上模式或者家国至上模式。

第一，走感情线的耽美文学作品套用琼瑶式言情小说的爱情至上模式。在这种琼瑶式的耽美小说里，爱情是解决矛盾的关键，情比金坚，在伟大的爱情面前，其他的一切矛盾都不值一提。"琼瑶的爱情文艺电影，以冲突的安排为主要结构。在世代、社会阶级、经济阶级等互相冲突的前提下，超越这些鸿沟便成为故事发展情节的模式，而历经试炼的爱情信念则为克服一切障碍的力量。"① 而耽美文学比之琼瑶小说，在爱情"玛丽苏"方面则是有过之而无不及，毕竟在"世代、社会阶级、经济阶级"之外，耽美主人公的爱情还需要跨域"性别"的鸿沟，这个鸿沟既阻碍了主角双方的感情进展，也阻碍了家庭、社会等各界对主角爱情的接受，于是，耽美小说中，主角为爱情所做的牺牲和付出就更为引人注目。比如小完的《风莳》，主角风莳出身贫穷、毫无背景，长期接受小攻资助，却又性格乖张，三心二意，爱着另一个人；身为黑帮大佬杀伐决断的小攻却对这样的主角爱之入骨，有求必应，最后还为了主角放弃一切，解散帮派，过起两个人隐姓埋名的生活。小攻的那句爱情宣言："如果你不知道我爱你，你怎么敢对我提出这样的要求；如果你知道我爱你，你又怎么忍心对我提出这样的要求。"简直闻者伤

---

① 林积萍：《论台湾一九七〇年代通俗文化的集体想象》，台中《东海中文学报》，2009 年第 21 期。

心，听者落泪。这正应了"耽美"之名，超脱现实，沉溺于美和爱，以审美之名把历史拒之门外。

第二，走强人路线的耽美文学通常把情节主线与家国天下相扣连，套用的是惯讲超人英雄故事的好莱坞模式，主角不拯救一下地球都不能体现他的英勇。比如大量末世题材耽美文的套路就是：末世的到来使得所有人原先的财产和事业积累顷刻间荡然无存，原本的人类被分为三类——觉醒超能力的强者、没有觉醒的普通人、被毒化的会迅速传播的丧尸。此番绝境下，末世前的所有矛盾都可以清空重构，人类面对的威胁变成生存的威胁，根本矛盾变成生的人和死的丧尸之间的对抗。这样，前期作威作福、声色犬马的主角末世之后必然要觉醒超级异能（如果主角一路顺风顺水，一直都很强大，剧情就缺少转折；所以，描写主角成长的坎坷经历的升级流小说在耽美题材中占绝对优势），瞬间有了能力，也有了担当，成为末世中的强者，开始组队打怪，最终历经千难万险，打败丧尸王，拯救全人类。在家国大义面前，一切个人性的分歧和冲突都要退居二线：纨绔的主角可以通过承担家国大义赎清过往一切骑在底层头上作威作福的罪孽。但是，用"国"字的边框圈住所有的社会矛盾，把"国"呈现为坚硬的铁板一块，恰恰又使这一类作品走入了死胡同。

以上的总结毛尖教授在文章中也有所涉及。她指出耽美以爱情至上的方式来拯救历史，实际上并没有真正参与历史，大历史图景不过是主角谈情说爱的背景板。[1] 然而，更根本的问题不是如毛尖教授所说的这种浮于表面的参与历史与否，而是耽美小说以爱情或家国作为解决方案，采用"机械降神"的方式超脱或忽视了一切难题，实际上是拒绝与历史正面对话，拒绝复杂化的处理方式。结果不但没能解决问题，反而加剧了问题，使耽美文学成为巩固现有秩序的助力。与惯常以为的耽美作品体现了女性意识的觉醒（因为女性在掌控男性世界）不同，这一系列拒绝恰恰体现了作为耽美作者和读者的女性对男权秩序的依赖。在这类小说中，女性角色往往着墨生硬，不是充分诠释"最毒妇人心"就是作为或贤惠或灵动的男性理想的女性形象；也就是说，或者作为反面人物，或者作为男权所接受的理想女性——不难发现，作为这类耽美作者的女性仍然寄情于男性。通过这样的阅读和创造只能是巩固现有秩序，这样的小说也就只能成为口水：不仅指情节套路的相似

---

① 毛尖：《资产阶级二代的美学语法》，《文艺理论与批评》，2017 年第 3 期。

性，也指的小说整体思想的贫乏——与现存、与共识的高度一致——平滑。网络文学最大的问题就在这里：一切都太平滑了，这样的平滑无法促成反思。

<h2 style="text-align:center">四</h2>

如果要开启新的可能性，网络小说就需要拒绝这种无所事事的平滑，换一种方式参与历史。

在拒绝情节套路上，不少耽美作品都做出了尝试。诸如《北京故事》等作品对现实投以更多关切，对在现实中浮沉的人物细致考察，写出了利益社会中人的无可奈何，以豪门主角的悲剧来拒绝金钱至上的逻辑；再如《绝爱》中豪门主角晃司面对爱情的无力，以悲剧隐喻了日本社会女性的困兽之斗，这都体现出另一种值得期待的可能。此外，有些作品尽管结局俗套，但情节精彩、性格完整，也应该被区别对待。

法国当代理论家雅克·朗西埃的思考则更为深入具体。他的主要理论主张就是反对作品中消弭掉对抗和矛盾的一成不变的平滑，强调"歧义"和"感性的再分配"。他认为面对当代现实，艺术是最适于政治操演的领地。艺术的政治实现了可感性的生活经验的共享，生成了感性的共同体，能够催生行动的主体，进而可以推动解放的共同体的到来。恰可以关联到太过平滑的耽美小说：如果要制造歧义，就必须有更多的反思和批判，拒绝太过轻易的联结，让异质性的元素进入文学，干扰既定的感性分配，以此催生文学的政治。

以朗西埃分析的戛纳金奖纪录片《回首向来萧瑟处》为例，主角范杜拉是一位退休泥水匠，来自非洲佛得角的黑人移民，居住在葡萄牙首都里斯本的贫民窟。纪录片开头呈现的镜头是范杜拉在贫民窟的房屋中，房屋的桌上铺着桌布，桌布上放着一个花瓶，花瓶里插着花。接着，镜头转到美术馆，范杜拉西装革履，在美术馆中鲁本斯的名画前驻足，这幅鲁本斯画作恰恰描绘的是桌子上放着插了郁金香的花瓶。之后，范杜拉走出美术馆，在美术馆外停留，望着这排建筑发呆，此时影片的画外音提示说范杜拉这是想起了他的几位已经去世的工友，他们和范杜拉一起参与过美术馆的建筑工程，但是，也正是在这个工地上，他们发生事故丧命了。同时，在范杜拉发呆的时候，美术馆的员工用手帕擦去名画前的地板上范杜拉站立的脚印。通过这样的四个片段，影片中欲望和现实呈现出巨大的张力。一方面是鲁本斯名画与范杜拉陋居中的花瓶的呼应：名画被最大限度地在贫民窟中再现，它似乎不占有任何优势；另一方面则是美术馆建筑的华丽和破败的贫民窟的对比：底层工人们冒着生命危险来盖那些他们无权消受的房子。底层确实受到了资本主义的深度剥削，但是，他们的生活也可以过得像鲁本斯名画中的资产阶级家庭一样——既揭示了现实，又指出了希望。"在第一层意义上，它意味着使再现模式与它所再现的状况和人们相称的部署的瓦解。在第二层意义上，它颠覆了艺术生产制度的装饰和穷人的装饰间的正常关系"——这是朗西埃指认的该影片的双重政治。① 换言之，通过越界，如范杜拉一般的底层工人也可以获得轻盈的姿态；就如贫民窟中本不应呈现的鲁本斯名画的场景，这就是歧义。首要就是工人从既定身份转移的想象，通过这样的移置替换，松动既有的感性分配体制。而思维模式和生存模式的既定关系的打破，并不会取消二者的扣连，而是会生产出动态的无法捕捉的联结，通过多样的扣连形式带来丰富的可能。

朗西埃相信文学的政治就在错位与歧义之处，而"唯一主体化的可能就是个体知觉独特性的彰显"。② 因此，多样化的文学面貌的塑造需要响应来自人民的诉求，回应来自现实的声音，活着、写着、政治着——网络耽美小说概莫能外。

综上，我们认为，毛尖教授把当代耽美文学指控为资产阶级二代的美学语法，把美学趣味和阶级身份处理成简单机械的二元对应，这种单向的精英化的批判思维把复杂多元的网络文艺简单化了，既缺乏社会学的实证，也缺乏美学的细腻；既无视了网络文艺本身的复杂性，也无视了耽美小说读者的分化性。为批判而批判使她没能发现大多数耽美写作真正的问题，即真正的美学语法——平滑、共识。网络耽美小说如果能够在写作中制造裂隙和歧义，正视人民的需要，更加积极地回应现实，换一种方式参与情感、参与历史，就完全有可能呈现出与毛尖教授的判断截然不同的面向。这样，我们把"歧义"定位为优秀网络耽美小说的美学语法。

① 贾克·洪席耶：《影像的政治》，杨成瀚译，台北《文化研究》，2012 年第 15 期。
② 黄建宏：《一种独立论述》，金城出版社，2013 年，第 35 页。

第四节　异化及乌托邦叙事——关于《道连·葛雷的画像》

王尔德的《道连·葛雷的画像》围绕着一幅惟妙惟肖的肖像画展开：画家为美少年道连·葛雷画了一幅画像，由此，道连认识到了自己的美，为了永葆青春美貌，道连许诺愿以灵魂为代价，让画像代自己承受岁月的印记。愿望奇迹般地实现了。此后，道连耽于享乐，无恶不作，画像则不断老丑。道连最终忍受不了这种变化，用刀捅向画像，结果死的却是自己。道连变成了老丑的尸体，而画像却青春焕发。

小说中几种叙事模式相交融却并不给人不连贯之感，原因就在于其主题的一致性——小说通过这样的乌托邦叙事揭示了异化的现实。所谓"异化"，弗洛姆认为是："人没有把自己看作是自身力量及其丰富性的积极承担者，而是觉得自己变成了依赖自身以外力量的无能之'物'，他把自己的生活意义投射到这个'物'之上。"①

一、道连其人与画像

我们可以先尝试着梳理道连与画像的关系。

道连承认画像使他认识到了美的魔力，年轻的道连对着画像许下了改变他一生的愿望："如果我能够永远年轻，而让这幅画像去变老，要什么我都给！是的，任何代价我都愿意付！我愿意拿我的灵魂去交换！"② 这个天方

---

① 埃利希·弗洛姆：《健全的社会》，欧阳谦译，中国文联出版公司，1988 年，第 124 页。
② 奥斯卡·王尔德：《王尔德全集》（第一卷），中国文学出版社，2000 年，第 30 页。

夜谭般的愿望居然实现了，这里出现了浮士德式的主题变奏，反常规的艺术构思塑造了离奇的艺术情境。

画像象征着道连的良心，罪恶和岁月在画像上刻下了不可磨灭的印记，道连其人却依然青春俊美。"强烈的对比照刺激着他的快感。他变得更加钟爱自己的美貌，也更加欣赏自己灵魂的堕落。他能够满不在乎地、甚至怀着病态的乐趣细细端详……他嘲笑画中人体态的变形和逐渐衰弱的四肢。"①

当画像成为罪行的直接承担者，真人真事变成了创造性的恐怖，于是，屏障生成。但是在罪行的发出者——道连·葛雷这里却并非如此：他的罪行淋漓尽致地以如此直观的方式展现在不断衰朽的画像上，直面罪行，不仅会有震撼，还会有羞愧感，可能，在他看来，还有优越感和成就感。在画像上不断润色加工，把血迹斑斑的画像视作美，是道连后期的生活艺术。此中，道连·葛雷回避了思考，他始终只是一个看客。

随着恶行的不断累积，画中原本俊美似天使的少年日益变得面目狰狞，这"象征着他对自己灵魂造成的毁灭"，道连终于忍受不了"这个可见的良心的象征"，忍受不了画像无声的谴责，"他想杀死自己的灵魂，结果直接导致了他自己的死亡"。② 享受够了自己人前人后的完美，他已经不能容许画像这种近乎自己半生的重要存在的不完美。有一段时间他打算不再为恶，要断绝与亨利勋爵的往来，还"好心"地放过一个迷恋他外表的农村姑娘，目的就是希望腐朽不堪的画像能够再次容光焕发。但画像只是一日日地衰朽，作为道连灵魂的镜子，画像未被道连这些行为的虚伪本质所蒙蔽。这正是此时的道连最受不了的。焦虑从始至终伴随着他，然而事实却是：自己终究骗不了自己，没有什么比良心的谴责更可怕，正如拜伦笔下曼弗雷德的表白——"自己成为自己的地狱"，道连·葛雷亦是如此。他可以控制整个世界，却对自己的灵魂无可奈何。道连的后半生作恶多端、放浪形骸，但他"整个一生中都受到一种夸大的良知感的缠绕"，他所做的每一件恶事都在画像上留下痕迹，画像成了他的良知，同时亦是道连挥之不去的梦魇，让他难以摆脱。最后，"道连·葛雷在其扼杀良知的尝试中杀死了自己。"③

道连的肉身与画像的各行其道，正是对他与良知之间的这种欲罢不能的

---

① 奥斯卡·王尔德：《王尔德全集》（第一卷），中国文学出版社，2000年，第137页。
② 孙宜学：《审判王尔德实录》，广西师范大学出版社，2005年，第50页。
③ 奥斯卡·王尔德：《王尔德全集》（第五卷），中国文学出版社，2000年，第449页。

关系的形象化展示。灵魂，或者说良知，终究是不可毁灭的：虽说王尔德对在小说中进行道德批判一再嗤之以鼻，《道连·葛雷的画像》还是包含了道德说教的寓意。

二、乌托邦叙事

"在乌托邦之中，人类不是摆脱了暴力，而是逃脱了历史本身的多种决定论（经济的、政治的、社会的）……"① 确实，我们大可不必在小说的真实性上投入过多的精力。"故事并不是真正解决这一困境，而是带来想象性解决办法。……叙事既是真的，又是假的。一方面叙事是一系列的谎言，编造出一个英雄；同时叙事又是解决这些矛盾的方法之一。"② 小说中的矛盾有二：生老病死的自然规律和道连青春永驻的强烈愿望之间的矛盾，此其一；其二，光鲜亮丽的外表与日益衰朽的画像的愈行愈远。道连出卖灵魂的许诺促使了第一对矛盾的解决；他对画像的谋杀导致了第二对矛盾的解决，道连死亡的同时画像恢复生机，尸体面目丑恶，而这正是道连最深为惧怕的；我们又回到了第一对矛盾——是矛盾的转移，还是黑格尔的"否定之否定"？答案很明显，这些矛盾永远没有解决的一天。之于道连，青春美貌的丧失就意味着存在的消解，这是根深蒂固的恐惧和焦虑。

詹姆逊在《小说中的世界缩影：乌托邦叙事的出现》一文中把"世界缩影"作为乌托邦叙事的主要技巧。所谓"世界缩影"，"以我们经验的世界为基础提供某种类似实验的变化"，"为我们提供可以选择的不同的世界，而在其他地方这个世界甚至可能抵制任何想象的变化"，这是一种"形式的能力"③。

《道连·葛雷的画像》塑造了一个想象的世界，"世界缩影"在此处体现为：用乌托邦的方法排除岁月和罪恶的印记，这是对自然的生命原则的逆反，道连与古老的宿命论、与经验世界划清了界限。道连的青春不老和画像的日益衰朽共同支撑起了小说中的乌托邦叙事，当然，也可视其中之一为反面乌托邦。

---

① 詹姆逊：《批评理论和叙事阐释》，中国人民大学出版社，2004 年，第 413 页。
② 杰姆逊：《后现代主义与文化理论》，唐小兵译，北京大学出版社，2005 年，第 140 页。
③ 同①，第 405 – 406 页。

在这样的世界缩影里，道连的行动和良知被隔绝开来，以画像和青春永驻的身体为载体，道连在世界的存在被极端简化：从早期的人体自治的丧失（他人的理想模型和作为半身的画像的分离）到后来的心理自治的丧失（道德的沦丧、上流社会的光鲜形象的消解），道连连续考验着人类具有的潜在可能性的极端。道连死亡的场景组合成小说中最有趣的蒙太奇：道连和画像外表的迅速置换使魔幻和现实的各种不同的或者矛盾的因素并置在一起。

三、异化

在王尔德精心构筑的乌托邦中，道连不断成长着，也不可避免地被日益深重的异化感所缠绕。"世界缩影"使道连的异化更加直观地展现在我们面前。

早期那白璧无瑕的道连·葛雷是大众审美理想的寄托，是他们认为应当如此的人物，基本上是他人期望的反映，在某种程度上失去了自己的身份特征。他的自我还处在一个封闭、未察的状态，换言之，失落的自我价值脆弱地寄托在他人和社会的认同上。

经过亨利勋爵的启蒙和画像的冲击，道连认识到了自己的美，他开始了自我寻求之旅。20年来一直被压抑的个性中的恶的一面不断膨胀，最后成为他的主导性格。享乐主义的自我膨胀导致了对他人和自我的施虐与破坏。由于不再生活在他人的理想中，早期的存在意义——他人的认同和社会的接受不再为道连所认可，失落的自我价值无处寄托，他愈加深切地感受到自我的孤独和无助，这促使自我与他人进入共生关系。道连与西碧儿·韦恩的爱情就是明证。道连遇见西碧儿是在亨利"启蒙"之后的十天左右，这时他已经体会到自我的孤独感和卑微感，他把西碧儿幻想成一个伟大的艺术家，献出自己的热情；并且凭借高贵的外表和举止使西碧儿爱上自己，二人之间形成共生纽带，这是对孤独感的一种补偿。当然，由于道连单方面将西碧儿当成自己的艺术理想，一旦西碧儿由舞台进入现实，他们之间脆弱的共生纽带便难以为继了，他们的爱情必然失败。

掌控他人、掌控自我，这是道连因急于寻求自我而使用的极端手段。从对他人与自我的掌控中，他才能感受到自己存在的价值。"但从心理学角度来看，渴求权力并不植根于力量而是软弱。它是个人自我无法独自一人生活下去的体现，是缺乏真正的力量时欲得到额外力量的垂死挣扎。"①

　　从自我的失落到自我的寻求再到自我变为非我，道连的一生是追求自我实现的一生。虽致力于自我发展，其结果却是自我异化为非我和自我的毁灭，在乌托邦叙事的背景下，道连以其精彩绝伦的一生演绎了一出自我实现的悲剧。

　　以乌托邦叙事为基础而开始的道连的异化表演，与真实世界隔了一层，不似现代派作家那样对现实进行赤裸裸的批判。应该看到的是：相较于前人，王尔德的叙述在对"异化"的探索中对人类自身投入了更多的关注。然而，道连·葛雷的异化更多的是指示了一种人与其所处世界的基本可能性，并非纯粹社会学或政治学上的概念，再联系王尔德其人其事，我们不难发现，将这种异化完全理解成对资本主义的批判是不恰当的。

---

① 埃里希·弗罗姆：《逃避自由》，刘林海译，国际文化出版公司，2002 年，第 115 页。

第三章　闽派批评与文学创作

第一节　闽派批评：历史与现状

　　1977 年，福建诗人舒婷写下她的《致橡树》，1979 年《致橡树》发表，舒婷成为朦胧诗派的代表诗人之一。1980 年，"南宁诗会"召开，三位福建籍文学评论家张炯、谢冕和孙绍振把诗会推向高潮，谢冕和孙绍振为朦胧诗辩护的发言引起了会上及会后相当长时间的激烈讨论，成为中国当代文学史和文论史上的重大事件，闽籍评论家也以其激辩风格和前卫姿态精彩亮相。此后，一批闽籍评论家积极参与学界前沿问题的讨论，不时抛出真知灼见，引起学界极大关注，形成了声势浩大的学术闽军。如果以 20 世纪 70 年代末 80 年代初"朦胧诗"的出场及其论争为起点，现今意义上的"闽派批评"差不多已经走过了 40 个年头。但"闽派批评"并非无根之木、无源之水，由地域文化的视角观之，古代文学批评史上早已形成"闽人善论"的评价。

一、"闽派批评"的提出

　　现今对于"闽派"的定义，无非是两个标准：第一，地域，也就是在福建发生的各类文学批评，参与者涵纳在福建生活工作的本省籍和外省籍的相关人士；第二，人，也就是由福建人所做的文学批评，参与者包括所有福建籍的批评家，放宽一些，也可包括祖籍福建的批评家，而不限其所处地域。多数情况下，人们更倾向于取最大范围，"闽派"既包括闽地文论，也包括闽人文论。

　　以此标准来看，"闽派批评"早已有之。福建地处我国东南沿海，开发较晚，但自唐五代以后，各地多有战乱，福建则能偏安一隅，保持了长期的安定局面，北方民众大量南迁，使得中原文化与福建当地的闽越文化相互交融影响，学风日盛，科教兴旺，科举进士者甚多，福建逐渐以文化发达闻名，《八闽通志》曰："闽自唐神龙以后，举进士、举明经者接踵而起。宋兴，闽八郡之士取名第如拾芥，相挽引居台省，历卿相不绝于世。举天下言得第之多者，必以闽为首称。"① 其中，文学批评不仅是"福建文学发展中最为出类拔萃的文体"②，也是福建文化的重要名片。

确实，纵观唐代以来的中国文学批评史，福建人的身影层出不穷，他们敢为天下先，倡导或参与了绝大多数的文学思潮和活动，几乎在批评史的每个阶段都扮演过重要角色。清代郑方坤的《全闽诗话》写道："自唐宋至今，千数百年，其间骚人墨客，胜事美谈，不可胜数。"③ 中唐晋江人欧阳詹是韩愈领导的古文运动的一名干将，在散文理论方面亦颇有建树，是福建第一位有全国影响的文学家。晚唐泉州开元寺僧人释书端的《艺苑搜隐》引闽地诗话风气之先。宋代，浦城人杨亿是西昆体诗派的领袖，其"历览遗编，研味前作，挹其芳润"的创作主张在宋初风靡了数十年。崇安人柳永是婉约词派的代表作家，是两宋词堂上创用词调最多的词人，他"通过以赋为词的方式，促成了词的形式方面的一次重大的嬗变，从而使发轫于晚唐民间的慢词得到长足的发展"。④ 邵武人严羽的《沧浪诗话》首开以时代论诗的先河，暗示诗运有关国运，主张以盛唐为法，主张"妙悟"，是宋代最负盛名、对后世影响最大的一部诗话。建安人魏庆之（一说为建阳人）的《诗人玉屑》、莆田人刘克庄的《后村诗话》、福清人敖陶孙的《敖器之诗话》等均是诗论佳作。元代浦城人杨载，是"元诗四大家"之一，诗论上主张"诗当取材于汉魏，而音节则以唐为宗"（《元史·儒学传二·杨载》），诗话著作《诗法家数》进一步推动了"崇唐得古"的风气。明代堪称福建古代文学的高峰，创作与批评互相促进，成果丰硕。《四库全书总目提要》收入："《明史·文苑传》谓终明之世，馆阁以此（指闽派）为宗。厥后李梦阳、何景明模拟盛唐，名为崛起，其胚胎实兆于此。"《中国文学通史》"明代文学"卷写道："真正对明代诗歌创作有全局影响的是闽派。""其影响就

---

① 黄仲昭纂修：《八闽通志》卷四十六"选举"，福建人民出版社，1990年，第41页。
② 晁成林：《宋前文人入闽研究》，江西人民出版社，2015年，第292页。
③ 郑方坤：《全闽诗话》，福建人民出版社，2006年，第4页。
④ 曾大兴：《柳永以赋为词论》，《江汉论坛》，1990年第6期。

体现在提倡盛唐上。"① "闽中十才子"之一的长乐人高棅提出"诗必盛唐",多为后学引用。建安人杨荣是"台阁体"诗文的代表作家,他在文渊阁治事 38 年,实际主持文坛 22 年,作为台阁重臣,杨荣平正雍容的诗风直接影响了从永乐到万历年间的诗歌创作。晋江人王慎中反对拟古主义,主张文崇唐宋、文从字顺。小说理论方面,晋江人李贽极富批判精神,以异端自居,号称"头可断而身不可辱",提出"童心说",是风行一时的学术明星,他对《水浒传》《西厢记》等小说戏曲所做的评点沿用至今。长乐人谢肇淛"是在《金瓶梅》以抄本流传期间唯一的著专文研究《金瓶梅》的学者"②,他的《〈金瓶梅〉跋》是金学史上的重要文献。清代,闽县人叶矫然的《龙性堂诗话》"博参古今而超然自得,旁涉宋元而畅其趣",在康熙诗坛宗宋之风未兴之际,能够留意宋诗,十分难得。侯官人梁章钜一生共著诗文近 70 种,尤其在楹联创作和研究方面贡献颇丰,著有《楹联丛话》,是我国楹联学的开山鼻祖。侯官人林昌彝有《射鹰楼诗话》24 卷、《海天琴思录》及《续录》各 8 卷,在评诗论诗之外,还密切关注时务,对鸦片战争、赌博、禁烟和基督教的传播等都有论述。长乐人谢章铤被称为"闽越巨子",著有《赌棋山庄词话》,论词主张主性情、重音律、宜雅趣,其"词主性情"说对当时词坛颇有影响。近代,统治晚清诗坛的"同光体"诗派,其领袖是来自福州的陈衍、陈宝琛和郑孝胥。陈衍《石遗室诗话》是晚清诗话集大成之作,对同光体诗人的主张做了系统的总结与发展。陈衍的"力破余地"论、"三元"说、"学人之诗"说被认为是传统诗学的最终章,对传统诗学具有总结性意义;他关于诗是"寂者之事""荒寒之路"的说法也反映了清末民初最后一代士大夫面对王朝废亡和古诗将亡的凄凉心态。③

在旧学与新学地位更替的过程中,更为人津津乐道的是闽籍学者对新学的推动,从而促使我国文艺学的理论基础发生根本性转换。

清朝时福州人林则徐因虎门销烟而名垂千古,他虽力抗西方入侵,对于西方的文化和科技却持开放的态度,在清朝大员中,他第一个放下"天朝大国"的心态,主动去了解西方,他和幕僚编译了《海国图志》(原为散篇,

---

① 王学泰主编:《中国文学通史》第五卷《明代文学》,张炯、邓绍基、郎樱总主编,江苏文艺出版社,2013 年,第 30、32 页。

② 刘绍智:《谢肇淛评金瓶梅》,《固原师专学报》,1992 年第 1 期。

③ 杜书瀛、钱竞主编,钱竞、王飚:《中国 20 世纪文艺学学术史》(第一部),中国社会科学出版社,2007 年,第 219 – 220 页。

由魏源编辑成书），介绍西方的地理、历史、法律、军事等方面的情况，启发了晚清的洋务运动，被称为是"开眼看世界的第一人"。

另一位福州人严复是我国重要的启蒙思想家，也是北京大学的第一任校长。他振聋发聩地喊出旧学"无用"，"意味着传统价值观的崩溃，也预示着一种新的价值观和具有新价值的文学即将或正在生成，预示着文学和文学思想时代性转折的开始"。① 严复认为："天下理之最明而势所必至者，如今日中国不变法则必亡是已。然则变将何先？曰莫亟于废八股。夫八股非自能害国也，害在使天下无人才。"（《救亡决论》）他指出，以八股文为代表的旧学不过是"牢笼天下平争泯乱之至术"，在此封建专制手段之下，"民力因之以日窳，民智因之以日衰"（《论世变之函》）。② 严复翻译介绍了进化论和群学论，大力倡导格致之学，主张以学问"开民智"，经世致用。他提出"信达雅"的翻译标准，通过翻译《天演论》《原富》等西方资产阶级启蒙巨作，系统地将西方先进的社会学、政治学、政治经济学、哲学和自然科学知识介绍到中国，其中物竞天择、优胜劣汰和"且演且进，来者方将"的进化论思想成为社会各领域改良革新的理论依凭，对我国 20 世纪初的思想启蒙运动具有全面而深刻的影响，带动了此后的文学变革和转型。

《中国 20 世纪文艺学学术史》系统总结了严复的进化论、民主论和自由论对现代文艺学的三大贡献：第一，"进化论改变了传统的文学发展观，成为文学变革思想和'文学界革命论'的理论基础"，"它也是现代文艺学中'文学发展论'哲学基础的构成成分。"第二，严复提出的"开民智"论"成为对文学的新要求和创作新宗旨，开始实现文学功能内涵和价值标准的转换"，"是从 19 世纪'经世文学观'到 20 世纪初'文学新民说'的过渡"。第三，严复提出的"以自由为体，以民主为用"的近代自由论，"为文学创作、文体解放，也为文艺学的解放提供了理论依据和精神支柱。""这些近代思想对现代文艺学的形成具有重大意义，构成新文学观或现代文艺学的理论基础，甚至决定着它们的时代特性和基本的社会属性。"③ 严复的思想推动了中国文论的现代性转型，为现代文艺学学科的形成奠定了思想基础。

---

① 杜书瀛、钱竞主编，钱竞、王飚：《中国 20 世纪文艺学学术史》（第一部），中国社会科学出版社，2007 年，第 249 页。

② 严几道：《严侯官文集》，光绪癸卯二年（1903）印，第 71、65 页。

③ 同①，第 250 – 256 页。

单从小说理论来看，不论是传统的小说评点，还是现代的小说论文，福建文人都可称先驱。如前述明代李贽和谢肇淛二公。李贽极富文学自觉意识，他首先突破了文体的外在标准，不以文体区分作品优劣，而以是否具备"童心"这种创作本身的因素作为标准，从而把小说、戏曲这样"不入流"的体裁抬高到和经、史、诗、文一样的地位。李贽写道："诗何必古选？文何必先秦？降而为六朝，变而为近体，又变而为传奇，变而为院本，为杂剧，为《西厢记》，为《水浒传》，为今之举子业。皆古今之至文，不可得而时势先后论也。故吾因是而有感于童心者之自文也，更说什么《六经》，更说什么《语》《孟》？"① 文体区隔的打破，使李贽能够对新兴文体快速做出反应，创造了新的批评领域。但是，李贽的小说戏曲评论仍然还是依附于文本的评点，不算独立的小说理论。我国第一篇现代学术意义上的小说论文的作者是严复。拒绝"旧学"之后，在"新学"中，严复首推的文学体裁是小说，他认为小说体现了人类的"公性情"，是人性的表现，在思想教化方面的作用无可出其右者，革新小说，可开民智，这是对以诗为正宗的古典文学理论的颠覆。严复发表于1897年的《本馆附印说部缘起》是我国"第一篇近代学术意义上的小说论文，也是第一篇把资产阶级人性论引入中国文艺学的论文"。具有用理论指导小说创作、理论先于创作的自觉意识，摆脱了此前小说评论跟随小说、依附小说的状态。这篇文章已全面涉及后来小说界革命的各项主张，比康有为、梁启超的小说论述更为深入，涉及了小说的教化、艺术的本质、文学虚构、小说的地位等许多基本问题，"并在近代思想的基础上初步形成比较正确的认识，在中国小说理论史上已属前所未有。可以说此文已孕育了近代小说学的粗略构图。"② 同样来自福州的林纾被胡适称为"介绍西洋近世文学的第一人"，以其180多部"林译小说"开我国西洋小说翻译之先河，为新文学培养了众多的创作者和接受者，促进了新旧文学的过渡。林纾从对小说社会功用的期许出发，推崇如狄更斯这样能够针砭时弊的小说家，在近代作品中则推崇谴责小说如《官场现形记》《老残游记》，因为唯有认识到己身之不足并加以改进，才有强大的可能。他写道："顾英之能强，能改革而从善也。吾华从而改之，亦正易易。所恨无迭更司

① 李贽：《焚书·童心说》，中华书局，1975年，第99页。
② 杜书瀛、钱竞主编，钱竞、王飚：《中国20世纪文艺学学术史》（第一部），中国社会科学出版社，2007年，第292－296页。

其人，如有能举社会中积弊著为小说，用告当事，或庶几也。"① 林纾用他的翻译小说最大程度上响应并助力了严复、康有为、梁启超等人以小说济世救人的思想，康有为评"译才并世数严林，百部虞初救世心"。

严、林之后，长乐人郑振铎是新文学运动初期重要的理论家。他对泰戈尔诗歌的翻译，直接促成了此后几年文坛上小诗的流行，他还是最早翻译引进俄罗斯文学、印度文学和古希腊罗马文学的学者之一。此外，作为文学研究会的主要组织者，他还提出了系统的文学理论主张。"他既是'五四'之后新的文艺观的引人瞩目的倡导者，也是对现实主义理论在中国的发展做出重要贡献的人物。""他的'文学统一观'和翻译文学思想，他率先提出'整理中国旧文学'和主张超越过度疑古的'古史新辨'尝试，他强调文学以'真'为骨和提倡'血和泪的文学'，都在现代文学思潮发展中留下独特的印记。"著述之外，郑振铎在文学编辑和文学史著述方面成果丰厚。他继承了严复文学进化的观念，《插图本中国文学史》《中国俗文学史》为中国古典小说、戏曲和俗文学的研究做出了开拓性的贡献，具有里程碑式的意义。②

综合来看，世纪之交的那个年代，福建文坛群星璀璨，严复、林纾、辜鸿铭、林语堂、郑振铎、林徽因、冰心等一批闽籍学者以其翻译、创作和文论积极参与了救亡图存的思想解放运动，并引领了中国文艺理论与批评的现代性转向。

及至当代，福建仍然延续了在文论上的优势，20 世纪 80 年代闽派批评家在文坛上的群体性出场，对 80 年代的思想解放运动和文学研究方法论的革新等都具有深刻的影响，形成"闽派""京派""海派"三足鼎立之势。中国作协主办的中国作家网刊文称："在近百年来的中国文坛，'京派批评''海派批评'以及上世纪 80 年代崛起的'闽派批评'已是大家公认的文学现象。"③ 无怪乎徐杰舜在主编的《雪球——汉民族的人类学分析》一书专列一节讨论"福建文论文化"，称"在中国的文学批评史上，福建的文论具

---

① 林纾：《〈贼史〉序》，陈平原、夏晓红编《二十世纪中国小说理论资料》，北京大学出版社，1997 年，第 354 页。

② 杨义、邵宁宁：《献身中国文艺复兴的卓越先驱——郑振铎论》，《文学评论》，2008 年第 3 期。

③ 周茉：《粤派批评：在构建传统的过程中保持开放性》，中国作家网，http：// www. chinawriter. com. cn/n1/2018/0118/c403994 – 29771296. html，2018 年 1 月 18 日。

有鼎足的地位"，是"华南汉族文化的一道彩虹"。①

二、新时期以来的"闽派批评"

1978 年 12 月召开的十一届三中全会通过了实事求是、解放思想、改革开放的重要决定。中国社会进入经济快速发展、思想观念快速更新的时期，和"五四"时期一样，文学和艺术又一次成为全社会的思想解放运动的突破口和先遣队。借着思想解放运动的推进，西方文艺思想和作品的大量译介，如同久旱逢甘霖，文学创作和批评理论建设进入了充满探索性和创造性的爆发期。在这样的历史节点上，时隔大半个世纪，"闽派批评家"又一次站上了前台，频繁活跃于文坛，充作思想启蒙的先锋。他们的主要贡献在两个方面：一方面，他们成了"文革"之后的学术爆发中文艺学学科重新兴起的重要人物；另一方面，他们在 80 年代提出或形成的一些学术观点，成为以后文艺学研究的理论出发点和重要思想资源。以下按时间顺序简要梳理闽派学者参与的主要讨论。

（一）"朦胧诗"论争

北岛、芒克等人在 1978 年 12 月创办了《今天》，这本文学刊物共出版了 9 期，发表了食指、芒克、北岛、舒婷、顾城等人的诗作，被看作是"朦胧诗"的大本营。《今天》诗人的作品广泛流传，很快受到了主流文坛的关注。《诗刊》《星星》相继选载了北岛、舒婷、顾城等人的作品，加上《诗探索》《福建文学》等理论刊物的讨论，这一批诗人的影响不断扩大。对这一波新诗潮的评价，很快吸引了大量学者的注意。② 福建籍评论家谢冕、孙绍振和刘登翰成为新诗潮最坚定的卫士，与臧克家、艾青等"诗坛盟主"展开了激烈的对话。

1980 年 4 月，"全国诗歌讨论会"在南宁召开，与会者就《今天》诗人作品的评价展开了激烈的争论。有人认为这是诗歌创作在自走绝路，有人认为这代表了新诗的有益探索。来自福建的三位理论家谢冕、孙绍振、刘登翰

---

① 徐杰舜主编：《雪球——汉民族的人类学分析》，上海人民出版社，1999 年，第 247－249 页。

② 福建省文联主办的文学月刊《福建文艺》（此后很快更名为"福建文学"）从 1980 年第 2 期开始，开辟了"新诗创作问题"讨论专栏，集中围绕本省诗人舒婷的诗歌创作展开讨论，时间持续一年多。在全国诗歌界和理论界引起强烈反响。

成为朦胧诗的坚定支持者。他们共同主张要支持艺术创造的自由，新诗不仅有现实主义这一种表现方式，还可以借鉴西方现代派的表现手法，因此，针对年轻诗人在这方面所做的探索，应该宽容理解。① 南宁诗会之后，随着谢冕《在新的崛起面前》、孙绍振《新的美学原则在崛起》、徐敬亚《崛起的诗群》的发表，朦胧诗论争不断发酵，如有时任中国作协书记处常务书记朱子奇和书记柯岩参加的 1983 年 10 月举行的重庆诗歌讨论会，就认为一些朦胧诗"有严重错误"，而"崛起论"则是"对马克思主义、毛泽东思想严重的挑战"。② 但毕竟时势迁移，这些批判并没有产生如五六十年代一样的威慑效果，这股"不可遏制的新诗潮"③ 还是在一浪高过一浪的"崛起"声中一时间成为诗坛的主流。

现在来看，由闽派诗评家主导的朦胧诗论争已经成为新诗发展史上的分水岭，按刘禾的说法，朦胧诗以其语言的异质性来"拒绝所谓的透明度，就是拒绝与单一的符号系统……合作"④，此后，新诗创作与新诗理念逐渐从"一元"走向"多元"。在这一转换过程中，闽派诗评家起到了举足轻重的作用。

（二）文学研究科学方法大讨论

紧随着改革开放的步伐，我国社会实践和文艺实践发生了重大转折，面对纷繁复杂的世界，沿用多年的社会主义现实主义创作方法和"社会—历史"研究方法已经越来越不够用，这时，西方现代文艺思潮被大量译介进来，学界一时之间趋之若鹜，文艺理论和文艺批评方法快速更迭。

厦门大学中文系的林兴宅是系统论方法的主要倡导者，认为系统科学的方法对文学研究来说是具有普遍指导意义的方法论。⑤ 他的工作主要在两个

---

① 谢冕《新诗的进步》、孙绍振《新诗的民族传统和外国影响问题》、刘登翰《新诗的繁荣和危机》，见《新诗的现状与展望》，全国当代诗歌讨论会编，广西人民出版社，1981 年。

② 吕进：《高举社会主义文艺旗帜，开一代新诗风——重庆诗歌讨论会综述》，《文谭》，1983 年第 12 期。

③ 刘登翰：《一股不可遏制的新诗潮》，《福建文艺》，1980 年第 12 期。

④ 刘禾：《持灯的使者·编者的话》，香港牛津大学出版社，2001 年，第 XVI 页。

⑤ 晓丹、赵仲：《文学批评：在新的挑战面前——记厦门全国文学评论方法论讨论会》，《文学评论》，1985 年第 4 期。

方面：一是论证系统论方法在文学研究中的有效性。① 他指出，美是一个复杂的动态生成的系统，人类社会通过审美信息的传输和反馈调节而趋向最优化，这与系统科学方法是相通的，因此，可以把文学艺术的思维方式与自然科学的思维方式统一起来。二是实践系统论方法在文学研究中的具体运用。其发表于 1984 年初的《论阿 Q 的性格系统》是最有代表性的一篇将系统论方法运用于人物形象分析的文章。林兴宅指出，阿 Q 性格是一个复杂的有机整体，要摒弃单一、静态的分析视角，用系统的方法从哲学的、政治的、社会学的、伦理学的、历史的、心理的等不同角度做大规模的综合考察。这种令人耳目一新的考察为研究典型性格的复杂内涵提供了补充。② 林兴宅这些科学主义的观点，引发了激烈的争论，支持和反对的中坚力量都是"闽派批评家"，他们的言论使"科学方法大讨论"的深度和影响力持续扩大。

1985 年 3 月在厦门举行的"全国文学评论方法论讨论会"，与会者对新批评方法的出现持欢迎态度，但就自然科学方法能否运用于文学研究，各自有不同的见解。孙绍振认为如果不经过"哲学抽象化和艺术特殊化这两个环节"，"用自然科学的研究方法直接套文学，将会造成新的混乱"。③ 南帆则坚持在文学研究中，不能够用科学来僵硬地覆盖文学："方法的选择必须建立在研究对象的特性把握的基础上，文艺研究只有充分注意到文艺本体特性，才可能是富于成效的。"④

时任中国社科院文学研究所所长的刘再复（泉州南安人）对方法论讨论做了总结，他肯定了其中的探索精神：方法论探讨带来了文学研究的思维方式变革，变"消极性思维"为"积极性思维"，从外部到内部，从单一角度到多种角度，从微观分析到宏观综合，从分析系统到开放系统，从而使文学研究的思维空间不断拓展。⑤

1989 年，王蒙回忆道："84、85 年达到高潮的'方法论'热，这实际也是学者型搞的。'方法论热'基本上是'闽派'为主，林兴宅画了好多

---

① 林兴宅：《论文学艺术的魅力》，《中国社会科学》，1984 年第 4 期。《系统科学方法在文学研究中的运用问题》，《文学研究动态》，1984 年第 10 期。《科技革命的启示》，《文学评论》，1984 年第 6 期。《文明的极地——诗与数学的统一》，《文学评论》，1985 年第 4 期。

② 林兴宅：《论阿 Q 的性格系统》，《鲁迅研究》，1984 年第 1 期。

③ 晓丹、赵仲：《文学批评：在新的挑战面前——记厦门全国文学评论方法论讨论会》，《文学评论》，1985 年第 4 期。

④ 南帆：《文学批评的研究方法和研究目标》，《文学评论》，1985 年第 4 期。

⑤ 刘再复：《文学研究思维空间的拓展》，《读书》，1985 年第 2 – 3 期。

图，到现在我对他的图还是感兴趣，把《阿Q正传》画成图。"① 闽派批评家提出并引发文学研究科学方法论的大论争，引入系统论阐释文学问题，彻底改变了文学批评由社会学和才情感悟批评二分天下的格局。

（三）性格组合论及其论争

1984年6月，刘再复在《文学评论》第3期发表《论人物性格的二重组合原理》，这是他发表的关于性格组合论的第一篇文章。此后，1984—1986年，他在《中国社会科学》《文艺研究》《文艺理论研究》《读书》等重要刊物上陆续发表系列论文，并于1986年在上海文艺出版社出版专著《性格组合论》，成为1986年度全国十大畅销书，其传播之广可见一斑。

刘再复从性格结构和性格组合的角度来思考文学中的典型塑造问题。他深入到人物性格结构的内部，认为性格是一个丰富的世界，不能用简单的"好人""坏人"，或者"正面人物""反面人物""中间人物"对人物作框定，优秀的文学典型性格"是一个包含着丰富性格侧面的整体"，"其性格的构成因素不可能是单一的。它们往往是以其二级性的特征交叉融合，成为一个多维多向的立体网状结构"。② 这种观念解释了性格的深层矛盾运动和复杂性，是文学典型论的重要发展。

批评的声音主要指向这一理论的科学性和普遍性。刘再复认为，二重组合原理是现实和文学中的人物性格结构共用的普遍法则。这遭到了很多质疑，首先，现实和文学并不能等同；其次，把性格组合论上升为普遍法则，实际上是用新的公式来取代旧的公式，本质未变；再次，刘再复从一般哲学原理所推导出来的抽象的性格创作公式，也被认为并不一定符合美学原理。但是，无论如何，刘再复的二重组合论对典型理论的系统研究和向纵深发展所做出的贡献都是不容忽视的。

（四）主体性理论

闽派批评家同时也是文学主体论的主要倡导者。在朦胧诗的论争中，谢冕、孙绍振等人就主要是从思想的自由、创作的自由和个性这些方面来立论，无不体现出人文主义的价值取向和对文学本体论的强调。此后，孙绍

---

① 王蒙、王干：《十年来的文学批评》，《当代作家评论》，1989年第2期。
② 刘再复：《论人物性格的模糊性与明确性》，《中国社会科学》，1984年第6期。

振、林兴宅、刘再复、南帆均在不同场合表达过对文学本体论的欢迎。其中表述最为系统、影响最大的则是刘再复，他比同乡们更进一步，从文学本体走向了文学主体性理论。

刘再复 5 万多字的长篇论文《论文学的主体性》发表于《文学评论》1985 年第 6 期和 1986 年第 1 期。文章的对话对象是流行多年的文学反映论，反映论主张文学是社会生活（客体）的反映，而刘再复则要把文学的立足点拉回到主体（人）。在他看来，"文学是人学"，这是无可争辩的命题。作为主体的人，必然占有自己的自由情感。这不仅包括创作者和接受者的主体性，也包括作品中人物的主体性。

这篇文章发表后，陈涌、敏泽等人立即撰文进行了猛烈批评，另有"随之而来的上百篇文章对文学主体性问题的阐述、探讨和争论"，还推动了主体论文艺学的建构，如陆贵山的《审美主客体》、畅广元的《主体论文艺学》。现在看来，刘再复的表述存在着强烈的浪漫主义色彩，但哲学建设明显不足，他赋予了人道主义和"主体性""超时代、超历史的无限性，而看不到它的限度"，其"理论深度和科学准确性"都有待推敲，但是，也正因如此，才使得主体性理论更通俗化、更便于传播，从而产生更大的社会影响。它促成了文学界关于"向内转"的讨论，也"推动了文艺学研究方法的多样化发展"，是文艺心理学、文学人类学等方法的"有力的观念前提和方法论依据"。①

（五）文学"向内转"与文艺心理学的兴起

在 20 世纪 80 年代，人的解放和文学艺术的独立自主是人文知识分子的共同诉求，他们在实际的理论操作中，把这二者勾连起来。例如在刘再复的理论中，文学艺术的自主性诉求就是人的主体性与自由解放，他认定回归情感就是回归文学本身②，后来的文学"向内转"的说法就深受这种看法的影响。刘再复之后，1986 年 10 月，鲁枢元发表了《论新时期文学的"向内转"》；1987 年 6 月，周崇坡发表了《文学的内向性——我对"新时期文学'向内转'讨论"的反省》，正式开启了文学"向内转"的讨论。

---

① 张婷婷：《中国文艺学学术史》（第四部），中国社会科学出版社，2000 年，第 100、77、85、101 页。

② 陶东风：《80 年代文艺学美学主流话语的反思》，《学习与探索》，1999 年第 2 期。

在鲁枢元看来，向内转就是从外部现实转向心理世界，这是新时期文学发展的总体态势。来自闽西的童庆炳与鲁枢元持基本相同的观点，他在《文学的"向内转"与艺术创作规律》一文中为鲁枢元辩护。童庆炳指出："向内转"文学要构建起奇妙的、多功能的心理时间和心理空间，纵横开掘生活的深层，这是对文学自身认识的深化，是历史性的进步。而就职于中国社科院文学研究所的福安人张炯则持冷静中正的态度，他指出：文学创作的深刻或肤浅，关键不在"向内"或"向外"，而在于作家本身的素质及对艺术创作规律的尊重，因此，不应该特别提倡"向内转"。① 张炯的同事曾镇南也是福建人，他在《新时期文学"向内转"之我见》中，依托文学史史实，"从鲁枢元借以立论的 20 世纪世界文学的变迁和中国现代文学的发展分析入手，认为'向内转'的看法缺乏应有的历史依据"，批评有理有据。②

此后，童庆炳及其所带领的北京师范大学文艺心理学团队在文艺心理学的学科建设中做了许多卓有成效的工作。包括主编"心理美学丛书"和教育部面向 21 世纪课程教材《文艺心理学教程》等，流传广泛，影响巨大。童庆炳主张联合多种学科的专家，采用实验、观察、问卷和比较、类型、结构符号、历史分析等多种方法，相互结合来研究"审美主体在艺术创作过程和接受过程中的心理机制问题"。③ 这一论述补正了此前文艺心理学方法论上的不足。

（六）审美意识形态论及其论争

在 20 世纪 80 年代提出的"审美特征"论的基础上，童庆炳提出"审美意识形态论"作为文艺学的第一原理。这个观念主要见于他主编的《文学理论教程》。该教材的重要特色是一定程度上保留了新时期理论建设的成果，把正统马克思主义路径上的文学理论教材往前推进，改良了反映论和意识形态论的文学本质观。把马克思主义对上层建筑与经济基础关系的描述引进文学理论中，认为文学是上层建筑，又能够反作用于经济基础，所以文学既是审美的，又是意识形态的，将文学定义为一种特殊的意识形态，即"审美意识形态"。作为马克思主义理论研究和建设工程主推教材，《文学理论教程》

---

① 张炯：《也谈文学"向内转"与艺术规律》，《文艺报》，1987 年 12 月 26 日。
② 陶东风、和磊：《当代中国文艺学研究（1949—2009）》，中国社会科学出版社，2011 年，第 404 页。
③ 童庆炳主编：《现代心理美学》，中国社会科学出版社，1993 年，第 19 – 21 页。

自 1992 年出版至今，已修订四版，发行量 100 多万册，"是新中国成立以来使用时间最长、影响最大的一部教材"。①

我们知道，文学理论教材是把近十几二十年文学理论研究的重要成果以较为通俗的方式纳入知识体系进行传播的主要工具。主要关注的问题是：文学是什么？（文学理论是什么？文学理论能做什么？）什么样的文学才是好文学？怎样研究文学？从文学理论教材编写史来看关于审美意识形态论（也可称作"文学本质"）的论争，除了董学文的"社会意识形式"论（董学文主编：《马克思主义文论教程》），影响较大的是南帆的"反本质主义"论（南帆主编：《文学理论新读本》）和杨春时的多重文学本质观（杨春时主编：《文学理论新编》）。

杨春时的《文学理论新编》废止了传统文学理论的单一文学本质观，建立了多重文学本质观。从审美经验出发，也从文学结构分析出发，确认文学具有原型（深层）、现实（表层）、审美（超验）三个层面，也相应形成了通俗文学、严肃文学、纯文学三种形态，从而也分别突出了趣味性和消遣娱乐功能、意识形态性和教化功能、审美性和超越功能。②

南帆不承认文学具有不变的本质。他主编的《文学理论新读本》用文化研究的方法来探讨文学问题，更确切地说是用关系与结构的方法来建构文学理论，探讨文学的内外部关系。总体来说，《文学理论新读本》在文学理论知识体系的建构上，主张摆脱文学观念和知识建构上的本质主义束缚，直面当下文学实践和批评实践，引进一种文化研究的批判性视野，打破学科藩篱，建构开放的理论学习体系。

应该说，关于文学是否具有本质、文学的本质是什么、审美意识形态是文学的本质吗这一系列问题的讨论都还在继续当中，并且，作为文学理论的基础问题，还会持续讨论下去。

（七）"后"语境中的文学理论

20 世纪 80 年代末 90 年代初，商品经济大潮越演越烈，商品法则渗透进社会生活的方方面面，思想文化领域也不可避免地进入了价值重构的阶段。陈晓明写道："新时期文学一直怀着热情去追求人道主义的信念、追求人的

---

① 吴子林：《"闽派批评"：中国当代文坛的"引擎"》，《名作欣赏》，2018 年第 1 期。

② 杨春时主编：《文学理论新编》，北京大学出版社，2007 年。

价值和尊严，却受到了现实的价值尺度的无情嘲弄。"① 在这样的背景下，西方的后现代主义、后殖民主义和后结构主义（解构主义）文论被大量翻译介绍，成为学术热点，产生了巨大影响。

北京师范大学外语系教授郑敏，福建闽侯人，新中国成立前就是"九叶诗派"的代表诗人，在这一时期也以解构文论作为学术研究的重点，力图用解构文论来阐释中国传统文论，她是在这一波"后学热"中罕见的老年学者。更为活跃的是来自南平的陈晓明，他因对后学的诸多讨论，被戏称为"陈后主"。他的博士论文《解构的踪迹：历史、话语与主体》在这一阶段的后学研究中具有代表性意义。进一步奠定其"陈后主"地位的则是他用解构主义文论对新潮小说所作的大量解读。《冒险的迁徙：后新潮小说的叙事转换》认为，余华、苏童、马原等人的后新潮小说不再追问和关心终极价值，而是以深度模式的拆除为特征，走出深度，走向平面。《历史颓败的寓言》《暴力与游戏：无主体的话语》指出后新潮小说将历史事实"化解为一些瓦砾式的碎片"，寻回现实的努力最终落入一种空洞的能指和死亡；这描述了后新潮小说中消解意义和建构新秩序的"二重性分离"，"意识到了中国的后现代话语的特殊性"。②

（八）文化转向

闽派批评家也积极推动了20世纪末21世纪初中国大陆文艺学研究的文化转向。主要代表人物是北京师范大学的童庆炳和福建社会科学院的南帆。

"文化诗学"的命题由童庆炳及其带领的北京师范大学文艺学团队提出，"其目的是为了克服80年代文学研究一味'内转'导致的弊病'"。③因此，可以说，文化研究是文艺学学科的自主反思。在童庆炳的理解中，文化诗学属于文学的外部研究，是文学与文化的交叉研究。这实际上也是童庆炳对在新技术和新媒体冲击之下的文学状态的思索和回应：正视媒介对文学的改造。

对这些问题讨论更为深入的则是南帆。他于2001年出版的专著《双重视域》就对当代电子媒介文化进行了分析，指出其双面性："一方面，电子

---

① 陈晓明：《冒险的迁徙：后新潮小说的叙事转换》，《艺术广角》，1990年第3期。
② 张婷婷：《中国文艺学学术史》（第四部），中国社会科学出版社，2000年，第199页。
③ 陶东风、和磊：《当代中国文艺学研究（1949—2009）》，中国社会科学出版社，2011年，第645页。

传播媒介的崛起不仅为大众制造了巨大的欢乐，"而且也指向"更进一步的民主与开放"；"另一方面，电子传播媒介在民主的背面也存在强大的控制，在解放之中隐藏着'另一些新型的隐蔽枷锁'"。① 他的这些讨论对国内学界后来的相关研究启发很大。此外，前文提及的南帆主编、2002 年出版的《文学理论新读本》也是中国大陆最早的将文化研究列为专章考察的文艺学教材，显示出南帆对文化研究的关注和强烈兴趣。《文学理论新读本》第九章"传播媒介"下列传播媒介、符号与文化类型、文学与影像、电子媒介影响下的文学，超文本四节；第二十七章"文学批评与文化研究"下列文化研究的崛起、文化结构的描述、研究对象的转移、未来的问题四节，对文学与文化的关系，以及在新技术影响下的文学变革等作了相当及时而详细的分析。这些讨论极大拓展了中国大陆文学理论的研究视域和空间。

不得不提的是，福建省文联 1985 年 1 月创办的理论刊物《当代文艺探索》为"闽派批评"提供了重要的平台。有"北思潮南探索"之称，王蒙回忆道："'方法热'最高峰时期，西北有《当代文艺思潮》，东南有《当代文艺探索》。很不巧，这两个刊物同时停了。"② 《当代文艺探索》本着"以开放眼光开拓思维空间，用改革精神革新文艺评论"的办刊宗旨，在不长的时间内就实现了"'闽派批评'有史以来最大规模的一次集结"，编委和作者包括张炯、谢冕、刘再复、何镇邦、曾镇南、陈剑雨、陈骏涛、潘旭澜、李子云、许怀中、魏世英、孙绍振、刘登翰、林兴宅、杨健民、王光明、南帆、朱大可、陈晓明、林建法、张陵，等等。③ 除了《当代文艺探索》，《文学评论》《当代作家评论》《文艺报》等重要文学刊物在 20 世纪 80 年代中期都由福建文人执掌，也为闽籍批评家提供了重要的发言平台。

综上所述，在新时期文学理论的发展史上，得益于创作、批评与编辑的互相推动和生发，"闽派批评"频繁出场，以其敏锐的嗅觉、鲜明的主张和扎实的功底在文坛烙印下深深的足迹。许多重大命题的确立和深化离不开闽派文论家的思想贡献，闽派是"文艺研究新思维的张扬者"④，与京派、海

---

① 刘小新：《南帆新著〈双重视域〉出版》，《天涯》，2001 年第 5 期。
② 王蒙、王干：《十年来的文学批评》，《当代作家评论》，1989 年第 2 期。
③ 曾念长：《"闽派批评"与新时期以来的文学思潮》，《福建文学》，2014 年第 12 期。
④ 古远清：《中国当代文学理论批评史》，山东文艺出版社，2005 年，第 414 – 418 页。

派并称"现代文学评论三大'派'"①。

三、"闽派批评"的重启

"闽派批评"的重启工作自 2014 年开始。时任福建省委书记尤权多次强调深化改革和福建特色优势的发挥是紧密联系的,具体到文化体制改革,主要工作就是要打响福建文化品牌。② 他的这一理念得到了 2014 年初刚赴闽任省委常委、宣传部长一职的李书磊同志的大力支持和贯彻执行。北京大学中文系博士李书磊甫一赴任,就对福建的文化建设工作做了全面构想,他把福建文化品牌与"广义闽学"挂钩,朱子学、近代史上的开眼看世界,以及 20 世纪 80 年代声势浩大的闽派批评,这些都在"广义闽学"的架构之内。2014 年 9 月 27 日,李书磊在福建省社科联第七届委员会第一次全体会议上要求把加强福建人文社会科学各学科建设作为重要使命,推动形成有福建特色的学术流派,促进福建哲学社会科学繁荣发展,在新的历史条件下复兴广义的"闽学"。在这样的顶层推动下,福建文化工程建设的整体性、系统性、规范性得到明显的加强。2014 年以来,重启"闽派批评"成为福建文化工作的一件大事,取得了良好的宣传效果,受到全国性的广泛关注。中国文联把"闽派批评"列为"文艺及文艺评论领域惹人注目的话题",称之为"地域性'文艺高地'"。③

主要活动召开情况如下:2014 年 9 月,首届闽派文艺理论家批评家高峰论坛;2015 年 10 月,闽派文艺理论家批评家高峰论坛暨"闽派诗歌"研讨会;2015 年 9 月,近代福建翻译与中国思想文化的现代转型暨闽派翻译高层论坛;2016 年 12 月,"闽派批评新锐丛书"出版研讨会;2017 年 12 月,2017 闽派文艺理论家批评家论坛;2018 年 10 月,2018 年闽派文艺理论家批评家学术活动周;2019 年 12 月,2019 年闽派文艺理论家批评家学术活

---

① 王蒙:《〈思维,在美的领域〉序》,见《王蒙文集》第 7 卷,华艺出版社,1993 年,第 550 页。

② 2014 年 3 月 6 日,时任福建省委书记尤权在全国人大会议上回答记者提问时指出,把福建的特色充分发挥出来,深化改革是最好的选择。2014 年 8 月 29 日,在福建省全面深化改革领导小组第二次会议上,尤权强调,深化文化体制改革要着力打响福建文化品牌,增强福建文化的凝聚力、感召力和影响力。

③ 中国文学艺术界联合会编:《2014 中国艺术发展报告》中国文联出版社,2015 年,第 485 页。

动周。相关活动网络上有详细报道，此不赘述。

学术出版同步跟进：福建人民出版社在 2015 年、2016 年相继推出由张炯、吴子林主编的"闽籍学者文丛"第一辑、第二辑各 10 种，按人将闽派批评家有代表性的文论论文分别结集成册。第一辑有张炯《写在新世纪》、谢冕《燕园集——谢冕文论精选》、孙绍振《新的美学原则在东方崛起》、童庆炳《审美及其生成机制新探》、程正民《从普希金到巴赫金——俄罗斯文论和文学研究》、陈晓明《限度之外——求变时代的理论与批评》、黄发有《文学与媒体》、吴子林《中西文论思想识略》、陈仲义《关在黑匣里的八音鸟走不走调——现代诗形式论美学（续）》、林丹娅《书写之辨》；第二辑有郑敏《文化·语言·诗学——郑敏文论选》、李朝全《非虚构文学论》、南帆《虚构的真实》、王光明《写在诗歌以外》、曾镇南《现实主义研习录》、俞兆平《南华文存》、林兴宅《艺术之谜新解》、刘登翰《窗外的风景》、陈骏涛《论编拾零》、谢有顺《诗歌中的心事》。海峡文艺出版社 2016年推出由南帆、刘小新主编的"闽派批评新锐丛书" 12 种，收入 70 后、80后闽派青年评论家的代表作品，包括：谢有顺《文学及其所创造的》、黄发有《跨媒体风尚》、吴子林《文学问题：后理论时代的文学景观》、郑国庆《美学的位置：文学与当代中国》、陈舒劼《意义的漩涡——当代文学认同叙述研究》、王毅霖《当代书法美学的反思与重构》、滕翠钦《话语的风景》、傅修海《现代中国文学考察笔记》、石华鹏《故事背后的秘密》、伍明春《现代汉诗沉思录》、林秀琴《当代文学与现代性经验》、练暑生《现代之后：历史与纯文学的游牧》。海峡文艺出版社 2016 年至 2017 年间相继出版"闽派诗文丛书" 5 种，包括谢冕主编的《闽派诗歌百年百人作品选》，刘登翰等主编的《闽派诗论》，以及蔡其矫、郭风、何为三位重要闽派诗人的作品集。

围绕上述研讨会和学术出版，不少学者发文对"闽派批评"做了回顾和展望，除了围绕前述学术活动的报道，前述学术著作的序言、评论，主要还有以下一些文章：南帆《闽派批评的中国立场》（《人民日报》2014 年 10月 28 日），刘小新《"闽派"文论的现状与再出发》（《中共福建省委党校学报》2015 年第 7 期）、《从"闽派批评"到"新闽学"》（《学术评论》2015年第 6 期），曾念长《"闽派批评"与新时期以来的文学思潮》（《福建文学》2014 年第 12 期）、《以"闽派批评"为"场"》（《福建理论学习》2015年第 3 期），吴子林《"闽派批评"：当代中国文坛的"引擎"》（《名作欣赏》2018年第1期）。

学者们讨论的重点集中在以下问题：如何定义"闽派"、"闽派"批评的历史梳理和评价、"闽派"批评的特点、"闽派"批评的传承与重启。

如何定义"闽派"？仁者见仁，智者见智。"闽派"并不是一个严格的学术定义或者真实存在的学术派别，闽派批评家们的学术观念也大相径庭。因此，从学术方面来定义"闽派"并无必要，现今所说的"闽派"更多是一个以地域来命名的概念。以这样的认识为基础，大致上形成三种看法。谢冕更倾向于用"闽籍"来定位①；南帆认为应该包括闽籍及非闽籍但长期在闽工作的批评家；刘小新则持更加广义的看法，在南帆所陈述的两大板块之外，还有第三个板块——"由祖籍福建的台港澳暨海外华文文学批评家组成"，包括王文兴、余光中、蒋勋等人，他主张把"三大板块"都纳入"闽派批评"的视野，并建立"三大板块"紧密联动的机制，以最大程度提升"闽派"的能见度和影响力。②

"闽派"批评的历史梳理和评价，前文已多有涉及，此处不赘论。

"闽派"批评的特点？在"闽人好论"这个历史形成的"共识"之下，探寻"闽派"批评的特点对"闽派"批评在今天的重启无疑具有重要意义。一方面，闽派批评在20世纪80年代的强大声势要归功于独特的历史机遇，时势造英雄；另一方面，共享着相同的"时势"，为什么独独是"闽派"攫取了胜利的果实？从"闽派"自身来找原因，嗅觉、勇气、思想——这是大多数论者都有提及的"闽派"批评的重要品质。关注历史、回应历史，将学术与实践紧密相连，这是曾经辉煌的闽派批评留给今天的最重要的启示。诚如南帆所言，重提"闽派批评"，"重要的是发现新型的话语平台，召回曾经活跃的批评精神"。③

---

① 谢冕：《燕园集记》，谢冕《燕园集：谢冕文论精选》，福建人民出版社，2015年，第293-294页。

② 刘小新：《"闽派"文论的现状与再出发》，《中共福建省委党校学报》，2015年第7期。

③ 南帆：《闽派批评的中国立场》，《人民日报》，2014年10月28日。

第二节　福建网络小说：历史与现状

一、网络文学的发展与福建

（一）大陆网络文学的发展历程

中国大陆的网络小说兴起于 1998—2002 年，这一阶段作者们基本在新浪、网易、西陆、榕树下等网站、论坛、BBS 发表作品，主要流传于同好之间，获得好的反响后再寻求台湾的实体书出版渠道获利，可以说，实体出版是当时唯一的盈利方式。其中，台湾作家蔡智恒（笔名痞子蔡）1998 年 3—5 月在 BBS 上连载的《第一次的亲密接触》，被公认为是中文网络文学起始阶段的标志性作品。1999 年，该书在中国大陆出版，发行量突破 50 万册，几乎超过了当时市场上全部的传统长篇小说作品。"网络文学"的概念开始被媒体炒作。大陆的安妮宝贝、李寻欢、宁财神、刑育森等人被挖掘出来，他们的作品诸如《告别薇安》《迷失在网络中的爱情》《缘分的天空》《活得像个人样》等都是爱情加幽默的纯情派作品。在网络上获得热捧后实体出版亦收获佳绩，是大陆第一代成名于网络的作家。

2003 年开始，随着互联网的普及，上网人数大大增加，原创文学网站迎来了一个爆发式的成长期。起点中文网等一批网站学习台湾鲜网模式相继推出网文章节阅读收费制度并给作者发放稿费。同年，《小兵传奇》被改编为网络游戏，是首次 IP 游戏改编，网络小说阅读收费 + IP 推广的盈利模式基本成型，奠定了网络文学产业化的基础。值得注意的是，这种商业模式的成型，也使得动辄过百万字的超长篇成为网络小说的主流样式。与前一阶段不同，更适合游戏和影视改编，也更适合超长篇字数规划的玄幻升级流作品代替言情文成为之后网络小说的主要类型。① 如果说大陆网络小说中的轻言情一脉受台港言情小说影响很大，那么，网络玄幻小说就主要是受到香港作家黄易的玄幻武侠小说（如《大唐双龙传》等），以及日本的西方玄幻小说（《银河英雄传说》等）的直接影响。而这种热血长篇故事，在没有读者和收入支持的情况下，一般的作者是很难坚持长期更新至完结的，因此，正是网文赢利模式的出现才孕育出了国内的这一大批网络玄幻小说。此前的轻言情作品由于完整的故事架构和极易引发共鸣的情感描摹，主要走的是传统实体书出版的路子；而玄幻小说题材与游戏题材的天然契合，则使得网文改编游戏的热潮随之出现，作者们在连载收益分成的情况下，多了卖游戏和影视版权的变现渠道。另外，很重要的一点是，网络文学从论坛、BBS 等至多三四万人的同好圈子移师到受众面更宽广的专业原创文学网站平台，读者群体的扩大也使得阅读网文的目的产生偏移，此前小众同好的阅读注重情感的共鸣和作品的文学性，而现阶段大量年轻的网民群体的加入则使得对网文的阅读更注重休闲娱乐性，与商业化相伴而来的便是阅读群体的"小白化"，读者追求的是新鲜刺激的阅读爽感和对现实生活压力的释放。于是，升级流、穿越重生等成为网文的套路，现实向的悲剧越来越少，底层奋斗成神的励志故事越来越多。许多学院派研究对网络文学的批评几乎都从这些方面入手。

2010 年之后，手机阅读兴起，使网络文学的阅读群体迎来又一次大规模增长，到 2012 年，移动互联网阅读份额已经超过传统互联网 PC 阅读，网络文学成为受众面广泛的大众娱乐文学，至 2017 年，网络文学用户接近 4 亿。大量热钱进入网文市场，网络文学的 IP 化运作越来越多，到现在，电视台播放的电视剧十有七八都改编自网络小说。② 与此同时，国内文学网站群雄争霸的时代随着 2015 年阅文集团的成立宣告结束。腾讯集团以雄厚的财力收购了起点、创世、云起、红袖、潇湘等网文大站，甚至连不在旗下的晋江文学城，阅文也占有接近一半的股份，可以说，阅文占据了国内网文市场七成的份额。而阅文之外的众多网文平台，都是在争夺这为数不多的三成

---

① 当然，这只是概括式的归纳。实际上，女频作品还是以言情为主，男频则玄幻居多。女频作者也有许多借鉴了玄幻架设的，男频作者专写言情的则不多见。因此，从总量来看，网络小说中仍以玄幻作品居多。

② 艺恩数据显示 2014 – 2017 年播放量 TOP50 的电视剧和网络剧中分别有 76% 和 62% 为 IP 改编影视剧。http://column.iresearch.cn/b/201801/821357.shtml.

市场，想在阅文一家独大的情况下出头，可谓难上加难。

（二）福建在网文界的存在

那么，在这样的发展历程和市场格局中，福建扮演了怎样的角色？福建的原创小说平台、福建的作者、福建的读者、福建的网络小说作品在其中占据怎样的位置？

一方面，从发展历程来看，福建网络小说的发展与国内的发展历程是一致的，甚至，在其中不同阶段，福建都不同程度上扮演了先行者和探路者的角色。在网络文学发展的第一阶段，由于与台湾亲近的地缘文缘和血缘关系，台湾言情小说进入大陆的第一站常常就在福建，在痞子蔡之前，琼瑶、席绢等人的流行小说在福建就有广大的读者群，影响了福建许多作者的创作。比如厦门的蓝淋，是早期耽美小说的重要作者，在那个大陆文学网站尚不发达的年代，其作品就主要连载于台湾的原创文学网站鲜网，并从鲜网再回流大陆。其文风和叙事方式像极了台湾言情文的路数。另一方面，当时网络小说的出书渠道不在大陆，基本都是由台湾的出版公司出版，在港台地区发行销售。由于福建与台湾出版界早有合作，福建作者在台湾出书的"人脉"资源显然也优于其他地区。比如福州女写手飞凌，她在网络上发表的150万字超长篇奇幻小说《天庐风云》，2001年就在台湾正式出版，这是台湾出版商出版的第一部大陆网络文学作品。值得一提的是，飞凌还是大陆第一家作家经纪公司天行文化的第一批签约作家，是国内第一批被市场化运作的网络写手。此外还有凭借《诛仙》封神的福州人萧鼎，他的早期作品《暗黑之路》2002年就在台湾出版了繁体字版，台湾出版商支付了折合2.8万人民币的买断费用，这是萧鼎凭借写作赚得的第一桶金。此后几年，在那个网络作家仅仅能够凭借实体出版赚钱的年代，《诛仙》使萧鼎一战封神。2005年5月，《诛仙》实体书首发，在不到四个月的时间里，狂销60万册，成为当时出版市场上唯一能够与《哈利·波特》比肩的作品。《诛仙》以外的网络奇幻小说，即便网络成绩再好，实体出版业绩也无出其右者。来自福建的树下野狐更是不得不提，这位毕业于北京大学的写手是玄幻小说界泰山北斗级别的作者，由于入行较早，当时尚未开发出起点模式，创作时没有每日更文字数的硬性规定，使其得以更多地打磨文字，树下野狐2001年创作的《搜神记》便以其过硬的文学质量被公认为是网络玄幻小说的扛鼎和巅峰之作。以上种种，莫不说明福建网文早期在国内的领先地位。

从原创小说平台来看，福建也曾经扮演过重要角色。现今网文 IP 出产大户"晋江文学城"就发源于福建晋江。文学城 1998 年由晋江电信创办，主要发表言情类作品，网站发展迅速，创办不过两年，日浏览量在内地言情文学论坛中就排名前列。但 2001 年年底，晋江电信局对业务进行调整，正式决定关闭晋江文学城。此后，iceheart 带领一班网友集资将文学城买下并移师北京。现在，晋江文学城已经成为国内最大的女频网文平台，如果说玄幻小说更适合游戏改编，那么言情小说则更易于电视剧改编，近几年大热的电视剧诸如《甄嬛传》《步步惊心》《花千骨》《琅琊榜》《欢乐颂》《何以笙箫默》等都出自晋江文学城。

在 2010 年网络文学从 PC 互联网迈入移动互联网之后，数亿手机用户的涌入，进一步扩大了网络小说的读者基础，诞生了一大批主打无线的原创小说平台，来自福建的"91 熊猫看书"就是当时最成功的一个。与晋江文学城靠原创内容起家不同，91 熊猫看书凭借技术赢得市场。这是一款网龙公司自主研发的免费阅读软件，在技术开发上居业内领先地位，完美支持TXT、EPUB、PDF 等多种格式书籍的阅读模式，以及智能断章、夜间模式、仿真 3D 翻页特效、章节批量下载、章节更新推送提醒等贴心功能，给予用户良好的阅读体验，使得用户黏性极强，在短短三四年的时间内就占据了国内移动端小说平台最大的市场份额。早期，91 熊猫看书只是阅读软件，不提供原创内容；随着平台的发展，自 2012 年 4 月开始引入原创内容，到了2013 年，91 熊猫看书当年的原创内容收入已经超过 2012 整个平台的总收入。至 2013 年年底，91 熊猫看书注册用户超 1.6 亿，软件装机量超 1.2 亿，在全国所有移动阅读应用中大众知名度高居第一位。可以说是引领并见证了网络小说移动阅读的一路成长。2013 年 10 月，网龙公司以 19 亿美元的价格向百度出售了包括91 手机助手、91 熊猫看书在内的91 无线平台，这个曾经风生水起的网文平台被百度纳入麾下。

从网络文学作者来看，质量上，福建省不乏名家，包括《搜神记》树下野狐、《诛仙》萧鼎、2017 年中国网络作家富豪榜头号女作家藤萍、2017年中国原创文学风云榜《我的 1979》争斥论两花花帽、起点女生网白金作者禾早等。数量上，福建网文作者在全国处于中游的位置，但在网文作者南多北少、东多西少的大格局下，与广东、江苏、浙江、安徽等邻近省份相比，福建的作者数量并不占据优势。从有数据可查的 2016 年和 2017 年两个年份来看（图 1、图 2），福建省的作者数量均未进入全国前十。

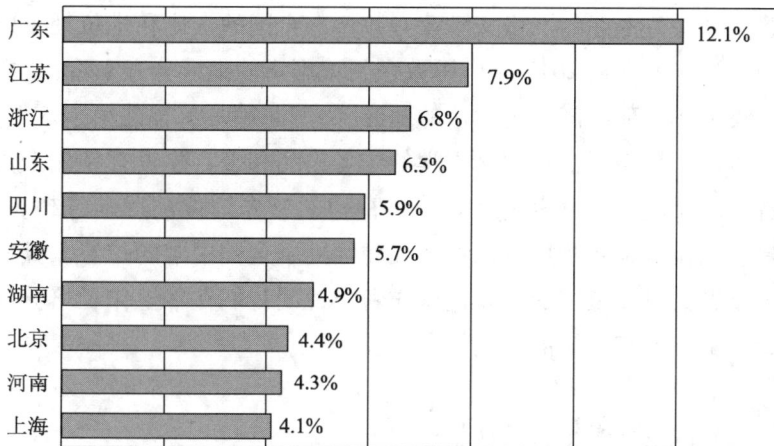

图1　2016 年中国网文作者省份分布 TOP10

出处：艾瑞咨询：《2016 年中国网络文学作者洞察报告》。

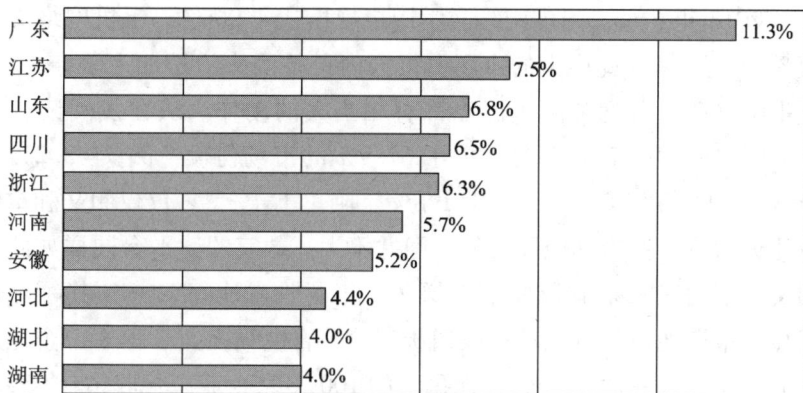

图2　2017 年中国网文作者省份分布 TOP10

出处：艾瑞咨询：《2018 年中国网络文学作者报告》。

以城市作为单位的统计提供了另一个参照。盛大文学在被腾讯收购前是中国最大的社区驱动型网络文学平台，前些年根据旗下网站作者上传文章的 IP 地址定位，统计出不同地区的作者数量，评选出"中国 100 座文学之城"，在 2013 年的第二届"寻找中国 100 座文学之城"榜单中，福州市以 1.2256% 的作家总数占比在全国各城市中列第 16 位，是福建唯一入围榜单前 30 的城市。按当时盛大 160 多万的作者数量计算，有差不多 2 万人。①

---

① 权世荣：《第二届"寻找中国 100 座文学之城"榜单出炉》，http://www.jlxy.gov.cn/news.aspx? id=30412,2013 年 3 月 26 日。

从读者来看，福建的网络文学读者数量在全国的占比和排位处于中游位置，表现好过作者，从 2017 年中国数字阅读用户的地区分布来看，"数字阅读用户多集中在东部经济较为发达的地区"，广东第一，福建第十。①

综上所述，早期，福建网络文学的作者作品和平台建设都领先全国。但是，在近年网文产业大爆发的背景下，福建的领先地位被逐渐赶超。当前，从平台建设和作者读者的数量来看，福建均处于全国中游的位置。其中，福建的网文读者数量在全国的占比优于作者，说明我们在本土作者培养和网文平台培育上都还有相当大的空间。

二、福建网络文学平台的现状

根据国家网信办旗下中国互联网络信息中心（CNNIC）最新出具的报告，截至 2018 年 6 月，国内网络文学用户规模达 4.06 亿，手机网络文学用户规模 3.81 亿。② 如此庞大的市场引得国内科技巨头纷纷加入争夺，其中，腾讯、中国移动、百度和阿里巴巴都有相当大的动作。从在线阅读收入来看，目前网络文学前五大平台占据了 67.9% 的市场份额：阅文 43.2%、掌阅 14.9%、中文在线 6.6%、百度 1.8%、阿里 1.4%。③ 仅仅阅文和掌阅两家就占比近六成，留给其他平台的空间并不大。数字阅读平台同样如此，咪咕、阅文和掌阅三家企业形成第一梯队，年营收占比 69.1%，其领先优势十分明显，市场地位难以撼动；联通沃阅读、百度纵横文学等 8 家企业形成第二梯队，年营收占比 25.6%，而剩下的 100 多家企业总营收占比仅 5.3%（图 3）。

在错失晋江文学城和 91 熊猫看书之后，福建的网络文学平台就一直处于尴尬的长尾梯队。我们发现，从网上搜索数字阅读应用，前 100 名下载中，福建数字阅读 APP 的数量在全国各省市中名列前茅，但是，庞大的数量并没有转化成相应的市场份额。由于国内阅读平台市场大半被阅文、掌阅占据，其他数量众多的平台很难出头；并且，大量平台在抢夺剩下不大的市

---

① 艾瑞咨询：《2018 年中国数字阅读行业研究报告》，第 28 页。据统计，2017 年中国数字阅读用户所在地区前十分别为：广东、江苏、四川、浙江、山东、辽宁、河北、河南、湖北、福建。

② CNNIC：《第 42 次中国互联网络发展状况统计报告》，2018 年 7 月，第 43 页。

③ 《阅文集团上市后，BAT 网文市场格局已定》，http://www.donews.com/news/detail?id=2977194,2017 年 11 月 30 日。

场蛋糕，形成混战局面，排名变动很大。也就是说，福建在数字阅读平台方面，数量多，但市场份额小，并且这不大的市场份额也随时面临着被蚕食的危险，具有极大的不确定性。

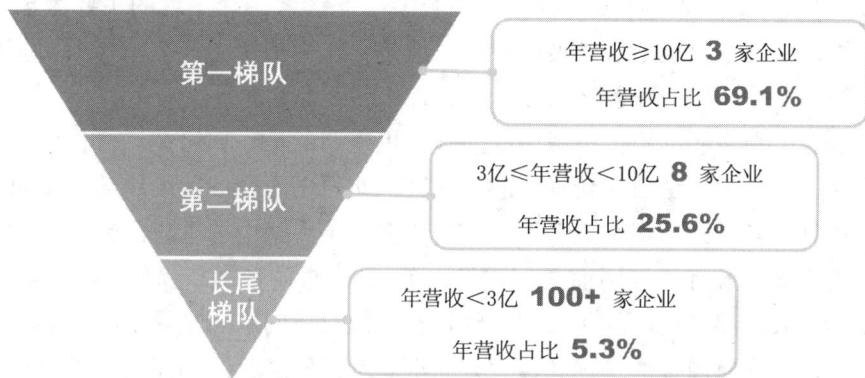

第一梯队	年营收≥10亿 **3** 家企业 年营收占比 **69.1%**
第二梯队	3亿≤年营收<10亿 **8** 家企业 年营收占比 **25.6%**
长尾梯队	年营收<3亿 **100+** 家企业 年营收占比 **5.3%**

图3　2017年中国数字阅读行业企业营收规模梯队结构

注释：1. 以2017年企业阅读业务营收为依据；
　　　2. 艾瑞根据最新掌握的市场情况，对历史进行修正。
来源：综合企业财报及专家访谈数据得出。
出处：艾瑞咨询：《2018年中国数字阅读行业研究报告》，第17页。

大体来看，目前福建省主要的网文平台有以下一些：

（1）福州畅读信息科技有限公司旗下，畅读书城、安卓读书、小说王3个APP，以及掌中文学、飞扬文学、爽文小说、快阅文学和叮咚文学5个原创文学网站。

（2）福建云阅网络科技有限公司旗下，云阅文学网。

（3）厦门简帛信息科技有限公司旗下，藏书馆APP。

（4）厦门礼之家网络科技有限公司旗下，闪艺APP和文学网（与4399游戏是同一家母公司）。

（5）福州趣读网络科技有限公司旗下，神马小说网、言情小说全本APP。

（6）厦门乐创信息科技有限公司旗下，爱乐阅APP和文学网。

其中发展最好的是畅读系，安卓读书曾获得安智市场年度最佳应用，高峰时在国内移动阅读市场的份额达4.6%，排名第五位。掌中文学也培育了一批作家作品，包括恩赐解脱、卷风、落叶、古时月、惊蛰落月等作者，以及《百炼成神》《八荒龙脉》《逆天文档系统》等热门小说。在国内原创网文市场占据一定市场份额。

一方面，就原创内容来说，畅读目前在网文渠道上拥有一定优势。根据调查，网文读者在阅读平台的选择上，最优先考虑的因素是"平台所拥有的内容"，"平台小说丰富度与推荐小说类型"是读者选择平台的主要考虑。[1]可以说，原创内容是平台发展的根本，但是，作为被阅文、掌阅等大山挤压之下的"小山头"，无论怎么操作，流量肯定都远远及不上业界大拿，如何留住成名写手是畅读不得不考虑的问题。更重要的是，如何在培育作者上有所作为，不断为平台引入新鲜血液，保证优质原创内容的持续供给？从百万年薪招募作者，到探索网文新可能，畅读努力于夹缝中求生长。畅读原创内容的主要负责人有逐浪网前总编辑孔令旗、91熊猫看书和云阅文学前主编大肥羊等人，都是业内骨灰级的老编辑，也是福建网络文学界最早出名的一批作者，在优质内容的发掘和培育方面有着丰富的经验。福建本土的上市文化科技企业富春股份对畅读的注资也给了畅读更大的施展空间。另一方面，与畅读在原创网文市场上小有所成的情形相比，畅读在IP开发能力上仍然欠缺。但目前来看，畅读还是把业务重心放在原创内容上，应该说，牢牢抓住"内容为王"的核心，这是相对务实的发展策略。

三、福建网络小说的作者和代表性作品

如何定义福建网络小说的作者？前文提及，大数据统计是根据作者发文时登录的IP地址来锁定其所在地域，这样，只要是发文当时在福建的作者就属于福建网文作者，这就包括了不是福建籍的，但在福建工作、求学的作者们。当然，更常用的是分类指标是看作者的籍贯所在地，也就是说，作者本身来自福建。此外，近年来随着各级作协对网络作家的吸纳，加入福建省作协和各地市作协的作者也可以被认定为是福建网文作者。这样，我们的统计就大体有三个口径：籍贯福建的网文作者、加入福建作协的网文作者、在福建的外省籍网文作者。当然，由于网络身份的模糊性和隐蔽性，许多写手并没有完全公开现实身份，只能判定他是前三种中的一种，但无法判断具体属于哪一类。还需要注意的是，网络上有不同平台，有些作者是在专门的文学网站上发表作品，以长篇小说为主；还有些则是在微信公众号、豆瓣、知

---

[1] 艾瑞咨询：《2017年中国现实类题材网络文学IP价值研究报告》，第29页。

乎等平台上发表，作品主要是中短篇小说、散文随笔等。本文统计的主要是前者。

（一）福建籍的网文作者

1. 树下野狐

原名胡庚，男，创世中文网大神作者，代表作有《搜神记》《蛮荒记》。

2001 年创作的《搜神记》开创了中国新神话主义的东方奇幻风格。《搜神记》《蛮荒记》在豆瓣读书上平均分 8.7，在玄幻类小说中名列前茅，网络阅读量近 3 亿频次，实体书销量连续三年蝉联畅销书榜首，总销量过千万册。堪称网络玄幻文学骨灰级 IP。

难能可贵的是，与此后一大批仅供快餐阅读的网文不同，北大才子树下野狐笔下的《搜神记》《蛮荒记》，文笔、思想、情节兼备，在十多年后的今天，即便后浪汹涌，它们也仍然被公认为是网络玄幻小说的扛鼎和巅峰之作。

2. 萧鼎

原名张戬，男，1976 年生，福州仓山人，毕业于福建工程学院，作品有《诛仙》。

《诛仙》是具有《蜀山剑侠传》风格的奇幻武侠小说，具有浑厚的东方文化故事背景，网络小说仙侠流代表作，与《缥缈之旅》《小兵传奇》并称为"网络文学三大奇书"。在网络文学界，萧鼎被认为是传统武侠衰落后，写出"后金庸时代武侠圣经"的新一代"仙侠小说"的开宗立派式人物。萧鼎是最早尝到"小说 IP 改编游戏"甜头的作者之一，凭借小说在网络上的超高人气，2007 年《诛仙》游戏版权被完美时空以 100 万元的价格买断，同名网游推出后经久不衰，成为完美时空最赚钱的网游之一。100 万元的价格在如今看来不过尔尔，当年却是公认的高价。

3. 藤萍

原名叶萍萍，女，1981 年生，厦门人，民警，作品有《中华幻想集》《未亡日》。

藤萍主要写作武侠言情和科幻悬疑作品。《未亡日》入选中国作协网络文学研究院"2017 年中国网络小说排行榜"。2018 年 4 月，藤萍以 2500 万元的版税列中国作家富豪榜第十二届网络作家榜第九位，是前十名中唯一的女作家。

实际上，藤萍成名很早，她是"网络文学四小天后"之一，被誉为"侠情天后"，擅长把言情故事融入武侠环境，写言情，文字却颇具"男人气"。藤萍的成功源于多年持之以恒的写作。早在2000年，她的小说《锁檀经》就获得过全国浪漫小说征文大赛第一名，另有"九功舞"系列、"十五司狐祭"系列、"中华异想集"系列、"独撰组异闻录"系列、"狐魅天下"系列、"夜行"系列、"吉祥纹莲花楼"系列等，是一位多产的作家。她2017年的2500万元收入就是同时卖出了三部作品的总收入。

4. 争斤论两花花帽

男，阅文集团签约作者，福建某企业员工（是否为福建籍暂不可考）。代表作有《我的1979》。

《我的1979》列2017年中国原创文学风云榜男频作品第7位，第一届网络原创文学现实题材征文大赛二等奖（在6000多部参赛作品中总成绩并列第三），第三届橙瓜网络文学奖百强。

从言情、武侠、玄幻，到关注时代脉动的现实题材，福建网络文学都有优秀的作家作品出现，争斤论两花花帽的《我的1979》更是网络文学现实主义转向的代表性作品，借用网络文学所擅长的"重生"模式，富于现实感地将人物的重生和改革开放的历史同步，带着今天的读者重温过去岁月。连载期间该作凭借浓郁的时代风情稳居起点中文网都市类作品前五，是2017年度表现最为抢眼的新人新作之一。

5. 飞凌

原名郑慧玲，女，福州人，内地首批奇幻小说写手中为数不多的女写手之一。代表作品有《天庐风云》《真兰乱舞》。

飞凌是大陆第一家作家经纪人公司天行文化的超白金签约作家，天行十大超级写手之一，被称为"华人奇幻天后"，作品在网上有很高的点击率。前些年结婚之后已隐退，现声名不显。

150万字超长篇奇幻小说《天庐风云》2001年在台湾出版，是台湾出版商出版的第一部大陆网文，飞凌赚取的版税约20万元人民币。她的第二套书《真兰乱舞》同样是被台湾出版商买走繁体版权，费用比《天庐风云》更高。这些收入使飞凌很早就成为一位专职写手。

6. 蓝淋

女，台湾鲜网耽美男男驻站作家，毕业于厦门大学英语系，现为厦门某高校英语教师，代表作为"双程"系列。写作言情文时使用笔名"蓝小咩"，作品有《失恋阵线连萌》《浣熊帮帮忙》等，连载于晋江文学城。

蓝淋主要在台湾最大的文学原创网站鲜网上发表作品，写的都是男男恋爱故事，她的小说人物刻画细腻，情感生动真实，很好地体现了男同性恋者在爱情与现实中的纠结和妥协，有不少都属于虐恋情深类型，赢得了许多粉丝。她的写作经历也说明了早期福建网络文学创作与台湾的深度渊源关系。

7. 禾早

女，全职写手，起点女生网白金作者，三明人。作品有《猫游记》《江湖遍地卖装备》《宠宠欲动》。

8. 老施

原名周俊强，男，泉州德化人，17K 小说网签约作者，著有畅销都市小说作品《杀手房东俏房客》等。《巅峰强少》荣登 17K 小说网 2011—2014 年人气作品，年度人气作者。

9. 冰蓝纱

原名辛瑜，1982 年生，现居福建（是否为福建籍暂不可考），2009 年开始网络创作，红袖添香网站 A 签黄金级作者。代表作《楚宫倾城乱》《我在回忆里戒掉你》《美人谋：妖后无双》《凤血江山》《媚乱六宫》等。其中，《媚乱六宫》获得 2013 年全球华语言情小说大奖赛总决赛亚军。《美人谋：妖后无双》获得 2012 年全球华语言情小说大奖赛最佳数字出版奖，并改编成电视剧《天泪传奇之凤凰无双》，售出简体、繁体、漫画、游戏等版权并在爱奇艺热播，被誉为"古风言情天后"。

10. 虾米 XL

原名许伊，男，1991 年生，17K 签约作者，漳州人，以速度流著称，坚持十年日更万字，作品有《至尊邪皇》《吞噬苍穹》《诸天万界》。

11. blue 安琪儿

原名吴淑萍，女，80 后，泉州南安人。长篇小说在各网站推荐加精，小说作品参加腾讯第二届"作家杯"大奖赛，获得超过五百万点击量。

12. 米西亚

女，红袖添香签约作者，获"红袖添香 2013 华语言情小说大赛总冠军"，入围第九届全球华语科幻星云奖，作品有《全世界我只想和你在一起》《家有萌妻》《重启时光的女孩》。

13. 孔令旗

男，1979 年生，逐浪网前总编辑，畅读科技掌中文学前总经理，全面负责原创内容，2017 年独立创业，创办福州万象小说网。作品有《色衣》《荒唐岁月》等。建立网上第一个扩散性网络作家组织同心盟，任盟主，带起了网络上建立作家联盟的潮流。

14. 大肥羊

原名张扬，男，编辑、网络作家。代表作有《中华大帝国》《重生 1990 之官运亨通》。2012 年入职 91 熊猫看书，任一组主编，2015 年参与组建云阅文学，并担任云阅文学总编辑一职，现入职畅读科技，组建畅读科技子公司网络文学原创平台飞扬文学网。

15. 聿天使

原名廖秋霞，女，作品有《指腹为婚，总裁的隐婚新娘》等。

16. 鱼蒙

原名余静如，女，晋江文学城高人气写手，擅长写作古风言情类小说，作品有"重生小娘子"系列、《重生之弃妇当嫁》。

17. 黄湘子

原名黄奕鹏，男，厦门人，作品有《大四了，我可以牵你的手吗》《是谁恋上谁的心》《回到最初爱你的心情》。

18. 千幻冰云

原名黄志强，男，1977 年生，漳州人，作品有《梦灵》《X 修真》《网游洪荒》《灵幻奇侠》，原为医生，现主力运营网络文学门户网站。

19. 颜灼灼

原名龚小莞，女，厦门人，《厦门晚报》记者，擅长写作悬疑爱情故事，作品有《琼珠碎》《深宫谍影》《真相》等，《心谜情深处》在磨铁中文网上获得过百万点击量。

20. 风行水云间

女，厦门人，新闻行业从业者，作品《宁小闲御神录》长期占据"起点女生网"红书销售榜榜首。

21. 文心

福州人，原职业为医生，2006 年开始网上写作，作品《倾情良医》等，获得新浪原创飞跃 2010 人气奖、首届海峡两岸网络原创文学大赛优秀奖等。

22. 翔尘

原名李翔，男，1984 年生，福州人，作品有《逆脉小子》《圣魔炼金师》。

23. 丁三

原名林晓寒，男，1974 年生，福建连江人，作品有《蓝衣社》。

24. 浮生

男，原名张帆，作品有《嫌疑档案》《盗墓门》。

25. 八月槎

男，厦门人，作品《山海变》，在"犀牛故事"平台上发表作品。

26. 蔡要要

女，厦门人，作品发表在豆瓣、知乎、个人微信公众号上，以短篇为主，有短篇集《吃饱了才有力气谈恋爱》。

27. 织柳

女，厦门人，物理教师，起点中文网女频签约写手，作品有《双生帝女》《福临少主》《幻之社》《投生吸血鬼》。

28. 峦

女，厦门人，晋江文学城签约作者，言情原创人气作家。

29. 陈谌

男，泉州人，作品有《世界上所有童话都是写给大人看的》。

30. 古剑雁歌

原名胡建志，男，泉州人，作品有《女孩，请走开》。

31. 戴日强

男，网络作家推手，泉州南安人，目前主要运营 IP 工作室梦生工作室，推出的作品有《缘工来幸福》《深圳合租记》等。

31. 墨钧

女，晋江文学城签约作者，作品以 GL 为主。

32. 清风莫晚

女，90 后全职作者，作品有《锦绣田园：医女嫁贤夫》《遥望行止》。

33. 林静宜

女，1985 年生，福州人，四川传媒学院教师，作品有《蝶葬》《逆时钟》。被小作家联盟网站评为 2008 中国十大 80 后作家排行榜第六名，获第四届"报喜鸟"新锐艺术人物文学类最具人气奖。

34. 远征

原名郑士滨，男，1978 年生，建瓯人，南平某中学教师，作品《浴血反击战》《决战朝鲜》，获得首届海峡两岸文学创作网络大赛长篇赛区特等奖、赛季冠军、最佳人气奖。

35. 灭绝

原名陈琼，青春小说作者。出版作品《相"贱"恨晚》《双"贱"合璧》《求求你指点我》《Q版甜蜜》等。

36. 魅冬

原名陈慧，女，作品有《未央歌·凤阙》《许我一世欢颜》。

37. 苏一姗

原名陈姗姗，女，晋江文学城女频作者，作品有《男神请吃药》等。

38. 落叶无痕26

原名刘华理，男，1989年生，泉州人，创世中文网签约作家，著有网络玄幻仙侠小说《星魂杀》《仙蒲》《逍遥道圣》。

39. 泛东流

男，90后，漳州人，起点签约作者，作品有《诸天》等。

40. 夜的邂逅

男，宁德人，起点签约作者。

41. 我吃大老虎

男，80后，泉州人，起点签约作者。

42. 苦涩的甜咖啡

男，福清人，作品《九转金身诀》点击超700万。

（二）加入福建作协的外省籍网文作者

1. 衣冠胜雪

原名蒋妙华，1987年生，安徽人，福建省作协会员，原起点中文网签约作家，现17K小说网特约作家，著有人气玄幻小说《异界之剑师全职者》《无尽剑装》《旷世妖师》；架空历史小说《帝王心术》《名动河山》。《异界之剑师全职者》荣获盛大文学举办首届全球写作大展玄幻奇幻类首选版权交易金，盛大起点中文网网站大展积分第一名。《无尽剑装》开创了剑阵流，起点网站点击近千万，中移动阅读基地点击0.6亿，万订精品，常年保持在各大榜单，百度网络小说搜索指数前三十，最高逼近前十名。

2. 恩赐解脱

原名董小台，男，畅读科技人气网文作者，福建省作协会员，作品《百炼成神》网络点击超3000万。

3. 卷风

原名樊艳森，男，1996 年生，畅读科技人气网文作者，福建省作协会员，作品有《八荒龙脉》《神鼎天尊》。

4. 落叶

原名孙景炜，90 后，畅读科技人气网文作者，福建省作协会员，作品有《我必封天》。

5. 古时月

原名胡建吉，畅读科技人气网文作者，福建省作协会员，作品有《武动星河》《星武战神》。

6. 天狗月炎

原名肖琰，福建省作协会员，作品有《凰珏，三嫁成后》《冷帝魅皇：贵女宠后》《暗夜堕天使》《人皇圣宠：兽妃大大大》。

7. 惊蛰落月

原名孙涛，1994 年生，陕西延安人，福建省作协会员。掌中文学网名家，玄幻人气作家。代表作有《逆天文档系统》《血极八荒》。

8.37 度鸢尾

原名冯萃，女，福建省作协会员。著有古言"命定"系列文：《朕的抠门皇后》《误惹神秘右相》《敢动朕的皇后，杀无赦!》和《凤倾天下：王的绝色弃后》；现代"璀璨"系列文：《千里追欢：首席宠妻成瘾》。

9. 美椒

原名陈君，福建省作协会员，17K 网络作者，作品有《网游之夫人不要逃》。

10. 落叶无言

原名李瑞林，山东人，福建省作协会员，畅读书城大神作者，作品有《龙血武神》。

另有一类网文作者仅是某段时间内在福建工作或求学，但其代表性作品不是在福建写作发表，此处就未做统计。如来自江西南昌的今何在，1999 年毕业于厦门大学，他的《悟空传》《九州·海上牧云记》等都是网络文学的经典作品，这些作品都是他离开福建后所写，不能计入福建网络文学的范畴。另一些目前正在福建工作和求学的外省作者，他们的作品有些还未形成一定影响，有些为笔者统计力所不能及，本书也未统计在内。

四、福建网络文学发展的支持策略

（一）把网络文学建设纳入数字福建工程

数字福建工程建设目前主要着力点在技术开发和运用上，但内容建设也是不容忽视的一块。当前网络文学已经成为人民群众尤其是年轻一代网民最主要的休闲娱乐方式之一，通过政府行为，把网络文学建设纳入数字福建工程，鼓励网络作家对福建在地文化的书写，加大对本省网络作家的宣传推介力度，加强本土优秀网络文学作品的多元化开发，这是让福建文化深入年轻群体，树立他们的文化自信的重要方式，也是培养网络作者的文化自觉的重要方式。

（二）支持网络文学平台建设

福建本土的网络文学原创平台对优秀作者的吸纳和培育对福建网络作家队伍的壮大起着非常重要的作用。比如畅读科技旗下的大神级作家纷纷加入福建省作协。再比如上海市作协近年来对全国各地优秀网络作家的吸收，等等，各地都在上演着抢人大战。这时，本地的网文平台对作者的吸引力就十分关键。因此，培养作家和培育平台是相辅相成、相互促进的工作。

（三）关心支持青年网络作家的成长

在大陆网络小说发展的早期阶段，福建涌现出了不少开疆扩土式的拓荒者，但随着后来网络小说的蓬勃发展，福建的领先地位已经不复存在。坚定不移地关心支持青年网络作家成长，加强后备力量的培育，是恢复福建网络文学领先优势的必然之举。近年来，争斤论两花花帽《我的1979》等优秀作家作品的异军突起表明了网络小说的现实转向，这也给相关部门培养青年作家指明了方向：扎根改革开放的生动历程、贴近社会生活、思考现实人生的网络小说正在成为群众喜闻乐见的故事。

（四）加强本土网络文学批评建设

与风风火火的网络小说写作和产业发展相比，学界对福建本土网络小说的研究却相当匮乏。为数不多的论文对福建网文发展的全貌也缺乏全面的了解和把握，特别是对新人新作，以及阅文系之外的作家作品的了解都乏善可陈。纵观文学史和文学批评史，优秀的文学批评和文学创作是相互生发的，加强本土网络文学批评建设也应该尽快纳入议程。

（五）推动闽台网络文学交流与合作

台湾是中国网络文学的诞生地，痞子蔡、九把刀等人都影响了很大一批的大陆写手，更遑论琼瑶、席绢等作家的言情小说对大陆网络言情小说的深刻影响。并且，在大陆网络文学发展之初，台湾的鲜网等平台也是大陆作者发表作品的重要渠道，通过台湾书商在台运作实体出版是当时作者网文写作的唯一变现渠道。台湾读者对租书店中大陆武侠和玄幻作品的追捧也赋予许多网络写手写作的动力。可以说，很大一部分是源于台湾的带动，福建省早期的网络文学才能有那么好的成绩。时过境迁，推动闽台网络文学交流与合作，仍将是福建省网络文学发展破题的可行之道。当前，台湾写作者对从大陆网络小说中杀出重围的尝试、台湾业界对网络文学全产业链运作的探索，这些都可以是闽台网络文学交流合作的新课题。

第三节 跨域与越界：刘登翰教授学术志业六十年

2016 年 7 月 6 日至 7 日，由福建省闽南文化发展基金会、福建社会科学院、福建省文联和中国世界华文文学学会共同主办的"跨域与越界——刘登翰教授学术志业六十年研讨会"在福建省福州市西湖宾馆聚贤厅隆重举行。来自海内外的专家学者，包括福建社科院院长南帆，福建师范大学副校长汪文顶，北京大学中文系教授谢冕、洪子诚，中国社会科学院文学所研究员张炯、杨匡汉、黎湘萍，台湾现代艺术家李锡奇，台湾诗人管管、张默，以及台湾大学台湾文学研究所所长黄美娥、《香港文学》总编辑陶然、香港大学饶宗颐学术馆高级研究员郑炜明、福建师范大学文学院教授孙绍振、复旦大学中文系教授陆士清、暨南大学文学院教授王列耀、厦门大学台湾研究院教授朱双一、南京大学文学院教授刘俊、福建师范大学协和学院院长袁勇麟、《东南学术》执行总编辑杨健民、《福建论坛》总编辑管宁、《华文文学》副主编庄园、福建社科院文学所所长刘小新等，共 120 多人参加了此次研讨会。与会者对刘登翰教授的研究成果予以充分肯定，并对其从事学术研究60 年表示祝贺。

福建社科院院长南帆和福建师范大学副校长汪文顶共同主持了 7 月 6 日上午的开幕式和主题发言。福建社科院党组书记陈祥健和福建省文联书记处书记陈毅达出席会议并发表讲话。他们指出：刘登翰教授是闽派人文学术的标志性人物，在其所从事的研究学科上做出了卓有成效的建树，其学术贡献和学术影响力是社科闽军的典范。其学术志业的精神和学术视域的深度与广度是闽派学术的宝贵财富，值得后辈学习。

会议以"跨域与越界"为出发点，围绕刘登翰教授的几个研究领域分别展开讨论。共收集到论文 35 篇，合计 20 多万字，另有多位学者作了精彩的即兴发言。会上还宣读了汪毅夫、饶芃子、曹惠民、朱寿桐等学者发来的贺信。这些论文、发言及贺信从不同角度充分肯定了刘登翰教授的学术成就和学术贡献。

一、"你就生活在你的位置上"

北京大学洪子诚教授在发言中提到，20 世纪 80 年代编写《中国当代新诗史》时需要处理一些年轻人的先锋作品，他也很想"先锋一把"，却又不得其门而入，颇有点焦虑。登翰先生的劝诫让他印象深刻："你就生活在你的位置上。"你就是你，生活在你自己的位置上，不必成为别人：这样的生命体认也深深烙印在刘登翰的学术研究中，既有他们这一代学人随社会历史大潮而动的无奈，也有对自身经验耿耿于怀的坚守。

谢冕、洪子诚、张炯、孙绍振、吕良弼这些"同代人"的文章和发言在回忆青春往事之余，不约而同地感叹人是社会历史大潮中的一叶扁舟，除了随波而动常常别无选择。谢冕教授说："我们这一代人一切都与社会的进退和民众的安危联系在一起，我们是时代大潮中的一片叶子。命运怎样捉弄我们，我们都只能接受。"这是他们这一代人的共同经历。刘登翰属于 20 世纪 50 年代北大中文系最活跃的那批文学青年，毕业后志气满满回到家乡，却因"海外关系复杂"被分配到闽西北山区学非所用地支持工业建设，且一去 20 年。人生最好的 20 年几乎就此荒废，直到 1979 年调入福建社科院文学所，才得以重新开始学术研究。以后来者的视角，却又能够发现这看似远离学术的 20 年于他的助益。郑明娳指出刘登翰散文精选集《自己的天空》是个人心灵历程的写实呈现；余禺指出诗集《瞬间》《纯粹或不纯粹的歌》是"大梦初醒时的心灵缩影"；伍明春指出"读刘老师的诗可以很深切感受到他们这一代人的青春记忆、文化记忆"。刘登翰的诗歌和散文创作充分汲取了这一阶段的生活体验，也由此成为记录一代知识分子心灵图景的珍贵个案。何谓文学的价值？如果说文学要打动人心、引发共鸣，那么除了审美形式的不断探索，更应该包括历史细节的生动展现。刘登翰文学创作的价值就体现在后者。恰恰是这些真挚写实的文本在今天具有特定的文学价值，记录下个体生命每一个细枝末节的感受，或者无甚紧要的小事，在严谨刻板的历史叙事之外，以文学的方式再现了微观却生动的历史细节：这是独属于他们这个世代的历史，是鲜活生动的历史文献，今天的年轻人恰恰能够通过这样的文学书写去感受那段历史的丰满血肉。

对于刘登翰来说，介入华文文学的研究既是偶然也是必然。偶然，是因为1980年福建海关发现大量积压的"文革"期间境外寄来的各种印刷品，当时任职于福建社科院文学所的刘登翰有机会接触到这批文献，这是他研究台湾文学的契机（见张羽对刘登翰的访谈）。另一个原因则与家庭有关。刘登翰出生于厦门鼓浪屿，与父亲几乎没见过几面，"家族的传统是男丁在十六岁就得漂洋过海到南洋成为早期最艰苦的华工……用劳力赚取微薄的薪水，再辗转汇回家乡养活妻儿。""出生时父亲已离家到菲律宾，小学毕业前父亲回家探亲，再次离家之后就再未回国，直至大学毕业，接到父亲客死异乡的消息……"这样的经历，使得刘登翰的华文文学研究不仅仅有理性的建构，也有感性的追索。他对第一代海外华人的文学创作特别能够感同身受，这代华人心系祖国故土，就像他家族的男人一样，下南洋是为了家乡亲人过上更好的生活，故土是他们情之所系、心之所依的地方。华文文学大同诗学建构的情感初衷大抵源于此。陈晓晖博士谈到了刘登翰先生创作的散文《钟情》，写厦门的引种场，这是南洋的华侨手提肩扛，把国外经济作物的种子带到自己的家乡，种到泥土里，就好像他们把自己种回来。如果说，刘登翰的华文文学研究是从学术上摸索中国现当代文学在海外的传播和演化路径，以此丰富中国现当代文学的外延和内涵，那么，对于他个人来说，这也是一次独特的寻根之旅，是"背着父亲的灵魂回家乡"（王列耀语）的旅途。独特的人生经历，使他的研究充满对研究对象的深层关切，他是非常朴素地从自己的个人经验去理解华文文学的离散状况，所以他的研究总是会关注每个个体的生存境遇。这是一种感同身受的相当朴实的研究方法，一种"刮骨疗伤的文化诗学"（黎湘萍语）。历史转折、个体经验与刘登翰的学术志业勾连在一起对读，可以发现刘登翰始终坚持的学术位置与研究方法的变与不变。

二、"他的天空博大而恢宏"

杨匡汉研究员指出："古代文史不分家，现在是鸡犬相闻。这对如何融合、整合学术研究，提出一个新的课题。登翰在这方面做得很好。"创作、理论、批评，文学、史学、书法，他的诗歌和散文写作"在福建文坛一度领潮流之先"，他是世界华文文学学科重要的开拓者之一，他是闽台区域文化研究的代表性人物之一，他的书法创作也自成一格……如果仅仅固执地守在自己的位置上，那就没有这里讨论的"跨域与越界"了，登翰先生另一句让洪子诚教授记忆犹新的话是"不要总生活在自己狭小的圈子里，要试验，要积极进取"。这种近似矛盾的特质在他这里是怎么汇合的？加之，学科壁垒日益森严的情况下，他如何做到跨域与越界，且都能有所斩获并获得认可呢？原因有两点：突出的文人才气和深刻的辩证思想。

与会者不约而同地用了"才子型的理论家"来形容登翰先生，原因无他，能够游刃有余地"跨域与越界"，没有突出的文人才气一定是做不到的。曹惠民的评价为"才情俊发，业绩斐然"。朱双一说道："刘登翰先生无疑是一位才子型的学者。一般而言，才子和学者是两种不同类型的人，刘登翰先生却将二者结合在一起。才子更多来自天赋，学者、理论家却是后天努力的结果。二者的结合，也许是他为一般人所难以企及的缘由之一。"中学同学吕良弼指出登翰先生在中学时就表现出对文艺的广泛兴趣和敏锐感受力。这些都是天赋，或许多说无益。能够为后学借鉴和学习的更多是他的思辨方法——融于骨血成为本能的辩证法。"他善于用唯物辩证法的矛盾对立统一等规律、范畴以及事物发展变化的眼光来看问题。这一点非常突出，几乎成为刘先生著作中无所不在的'幽灵'"（朱双一语）。张炯、孙绍振、朱双一、袁勇麟、朱立立、刘小新等人都提到了这方面。孙绍振教授认为辩证法的功底是他们这一代学人的重要思想资源，这一方法再加上登翰先生丰富的创作经验，使他进入华文文学的研究领域时能够站在较高的起点上，具有某种天然的优势。

刘登翰教授针对华文文学学科建构所提出的几个重要范畴就是辩证思维演绎的结果。世界华文文学研究是刘登翰教授的学术工作中最被认可、影响最大的部分。《台湾文学史》《香港文学史》《澳门文学概观》《双重经验的跨域书写——20世纪美华文学史论》这四部重量级的文学史著作，结合其"分流与整合""华文文学的大同世界"等概念，成为"世界华文文学"这一新学科重要的奠基性论述。刘登翰教授以整体性的视野观照海外华文文学创作，指出它们与大陆的文学创作共同源于中华民族的文化母体，又具有迥然各异的风貌，正是这样的辩证互动构成了"华文文学的大同世界"。历时线索上的演进，共时线索上的共生互动，这种周全严密的考虑在当时殊为难得。尤其是在20世纪八九十年代大陆学界重写文学史的大背景下，刘登翰教授对共时线索的重视和对空间维度的开拓，比如把被视为是文化蛮荒之地的台港澳纳入视野，将其视为一个个富有能动性的生机勃勃的部分，使整体的华文文学的框架更为丰富生动，这都是他的重要贡献。

三、"刮骨疗伤的文化诗学"

当然，对于刘登翰来说，跨域与越界的密码，除了上述两点之外，还有一点至关重要，即独特的个体经验。因为在他看来，不管迁移到哪里，华人的根都在一起，所以，世界各地的华文文学，虽各有各的特点，但始终同出一源，同属一脉，他看到的是华文文学的大同世界。就像他家族的成员们，虽分散各地，但每年都聚在一起共同祭拜先祖。所以，在他这里，"大同"是本然的状态，是他思考的出发点。"他的个人经历不一定呈现在他具体的研究中，但是作为一种精神，作为一种很柔软的很有弹性的东西，渗透到他的学术当中。"（黎湘萍语）

我们能够看到，在他的研究中，既有宏观的文学史和文化史梳理，也有具体的个案研究和文本解读。一方面，这是辩证法思想的自然演绎；另一方面，也是由个体经验出发的，推己及人的悲悯情怀。可以说，他对这些离散的个体生命能够感同身受并且保有充分的尊重，"同"是底色，他更多关注的是"异"——中华文化与当地地方文化及移民心态所共同构建出来的独特的文学文本。如果仅仅着眼"同"的部分，那么研究就很难深入海外华文文学的内里。

这里，我们能够发现刘登翰学术研究的主要特点——整体性意识，给予研究对象完整观照。他的台湾文学研究，不是就台湾论台湾，而是把台湾文学放在华文文学创作的整体里来讨论，注意到"两岸同处于国际冷战和国内内战的双战结构中……这种结构使得大陆文学和台湾文学聚敛了非常不同的风格和经验"（黎湘萍语）。台湾大学黄美娥教授指出，刘登翰的跨域与越界研究提示我们，可以建构一种新的文学史视野，不单纯将福建文学或者台湾文学视为一个地方特质的区域文学，而可以尝试把福建空间因素纳入台湾文学史来观照，可以从福建看台湾，从台湾看近代福建，从台湾看日本，乃至彼此的跨界交错，建构区域流动与空间化的文学史框架，这样也许会发现一些原先被遮蔽或被忽略的部分。

刘登翰的文学研究偏重于文化阐释，这种方法突破了传统的文本解读和审美鉴赏式研究，黎湘萍称之为"中国风格的文化研究"，区别于以批判思维作为内核的欧美文化研究，为"文化研究"提供了实证研究的范例。朱立立教授援引刘登翰先生自己的话为他的"文化研究"做了注解："我希望通过这些尝试（指闽台区域文化研究），为文学研究另寻一条文化的路径——不仅是从西方的文化理论入手，更主要的是从文献资料和田野调查的实证的历史和现实的文化语境出发，去探寻文学生成和发展的潜在因素和文本价值。"他在文学史研究上的辩证方法及诗性与理性相结合的独到笔触，被带到了这一领域的著述中。朱立立指出："研究疆域的拓展于刘登翰教授而言，不仅具有学术互文的效果，而且更意味着理论视域和历史文化等维度的深度掘进。"

由是观之，从世界华文文学研究走向闽台区域文化研究，既是一种学术越界，也是一种原有视阈的自然延伸。刘登翰教授提出，闽南文化是一种"海口型文化"，既不是纯粹的大陆文化，也不是纯粹的海洋文化，而是从大陆文化向海洋文化过渡和发展的多元交汇。这一定义不仅着眼于闽南的地理位置，而且着眼于其文化形态和文化心态。刘登翰教授主编并部分撰写的"闽台文化关系研究丛书"二辑共20册，是迄今规模最大、水平最高的研究闽台文化关系的丛书（林国平语）。他与陈耕合著的《论文化生态保护——以厦门市闽南文化生态保护实验区为中心》，是大陆对文化生态保护进行理论探索的最早一部专著。他对过番歌文献的收集、整理和研究，则是他为文化遗产保护所进行的研究性工作的一个具体个案。孙绍振、林国平、朱立立、蔡亚约等对刘登翰的学术越界给予了高度评价，认为他对闽台区域文化研究学科的创建与拓展做出了重要贡献。

本次学术研讨会以刘登翰教授为个案，对这位当代学术典范进行了多方位的探讨。从1956年考入北大中文系算起，刘登翰教授的学术研究已逾60年，1937年出生的刘登翰也渐渐步入耄耋之年。刘登翰教授用"跨域与越界"来总结自己的学术人生，围绕着"跨域与越界"的主题，刘登翰治学生涯中三次"华丽而又素朴的转身"成为研讨会讨论的核心问题。从大陆新诗史转入台港澳暨海外华文文学研究，从文学研究转入闽台区域文化研究，从学术研究转入艺术批评和艺术创作，刘登翰教授的三次转身不仅跨域而且越界，难能可贵的是，他在这些领域中都能够有所斩获，所出成果扎实、丰富。这不仅需要功力和毅力，而且需要勇气和魄力。这种"闯荡"

的热情是闽派学术的优良传统，"刘登翰在跨域与越界的研究中展现出来的原创精神和学术视阈，使他在开放、多元的闽派学术中独树一帜"（吕良弼语）。刘登翰教授在发言中用"过渡"和"垫脚石"来定位自己："我的知识储备、学术视野和文化位置，都使我的研究只是一种过渡阶段的夹生的研究。"大的历史环境和小的家庭环境都深刻影响到刘登翰教授的学术研究，这是独属于他们这个世代的特质和成果。对于年轻一辈来说，我们要学习的恰恰是这种老一辈学者的方法，不仅是做学问的方法，还包括为人处世的方法。刘小新研究员在大会总结中指出方法的传承是本次研讨会的主要意图，这个意图已经实现了。

第四节　在地书写与当代叙事：林那北的现实主义美学

　　2015 年 4 月 29 日下午，由福建省作家协会和福建社科院文学研究所联合主办的"'世界读书日'耕读文化周——林那北新书《锦衣玉食》《今天有鱼》品读会"在福州三坊七巷郎官巷耕读书院举办。福建省文史馆原馆长卢美松编审主持了本次品读会，福建社科院院长南帆教授，福建师范大学文学院教授委员会主任孙绍振，福建社科院刘登翰研究员，耕读书院院长陈章汉，福建省出版物监测与研究中心主任何强，福建省台港澳暨海外华文学研究会会长杨际岚，福建省作协副主席、著名作家林那北，福建社科院文学研究所所长刘小新研究员，福建省作协秘书长林秀美等出席了品读会。福建师范大学传播学院林焱教授、福建论坛编辑部主任林秀琴副研究员、闽江学院中文系练暑生副教授、《福建文学》主编助理石华鹏、《福建文学》编辑部主任贾秀莉等近 20 位书评人依次发表了读书感想，现场少长咸集，气氛十分热烈。

　　作为主办单位代表之一，杨际岚畅谈了近年来日渐兴起的福建小说："以前人们只听闻福建的诗歌和散文，小说是短板。这些年形势悄然发生变化，福建小说逐渐兴起，代表人物有北村、杨少衡、林那北、陈希我等人，他们在全国都有相当大的知名度。林那北一月、二月连续出版的两本新书《锦衣玉食》和《今天有鱼》，是 2015 年福建省小说创作的可喜收获。举办这样的活动非常有意义，这是对一个作家的文学致敬礼。"

　　刘小新指出，林那北小说创作的成就及对福建文学的贡献可以从两个方面来看：一是对本土文化资源的深度挖掘，把它转化为今天的活的经验；二是叙事品质的提升，表现出一种叙事智慧，打开了很大的空间。他希望能通过这种品读会的形式把福建省的优秀作家和作品纳入阅读月和社科普及工作中去，推广全民阅读的风气。

1. 《锦衣玉食》触及深层隐痛

小说《锦衣玉食》描写了当代中国城市中产阶级精神状态的深层隐痛：衣食无忧，内心焦灼，小说对当代生活重大问题的回应引来了书评人的集中关注。《福建文学》编辑部主任贾秀莉认为，小说中弥散着深沉的叹息，她提出了一个引人深思的问题：如何为精神的隐痛和悲伤寻找一个解脱的出口？笔者指出在这种普遍的异化状态中，作者一直尝试去寻求一种解答。比如一直坚守着朴素的道德观和交往观念的前舞女唐必仁母亲，比如小说结尾处的广场舞直接连接上了革命年代的集体的文化生活，正是这些"不和谐音"创造了文本的感知体系的断裂，呈现了另外的生活可能。练暑生则认为，把这二者作为城市中产阶级隐痛的突破口，只是代表了一种可能，也只能够是可能，现实必然是孤独的、残酷的，如何直面这样的现实是需要持续思考的问题。他认为《锦衣玉食》带出的思考恰恰是如何在日常生活中保卫个人和尊重个人。

2. 《今天有鱼》直刺隐秘人性

萧成、陈舒劼、王伟、刘桂茹等人还就另一部新书《今天有鱼》探讨了林那北对人性的挖掘和在日常描写中对深度的把握。

福建社科院文学所副研究员萧成在谈及《今天有鱼》中的《镜子》一篇时提到，林那北对于1949年到改革开放期间中国社会发生的重大社会历史事件，除了稍微提了提土改之外，其他重大历史事件全都采用虚化处理，侧重点都放置在余剩被亲人追索财富的窒息环境中进行描写，将人性的丑陋、命运的复杂与不可操控性用那块乌木沉香镜隐喻出来，令个人、家族、民族、国家，甚至海峡两岸关系都定格于镜子的镜像中，而历史烟云袅袅升起的同时伴随的是镜鉴的意义。

陈舒劼盛赞小说在日常的描写中体现出的深度。对女性的小动作、小纠结、小心思的描写直刺隐秘而幽邃的人性深处，别有一番不同于革命大场景、时代大风云的震撼力，展示出在偶然性或不确定性的表象下，对生活的深刻影响和塑造能力。小说的趣味性和开放性并存。这显然是个远未终结的小说：每个人都或多或少，或深或浅地陷入"锦衣玉食"的故事，无论自知与否。

3. 福建小说如何才能有"福建味"

福建的文化资源怎样转化为小说？福建的小说怎么有福建味？卢美松、刘登翰、刘小新、林焱等人讨论了林那北小说对本土文化资源的深度挖掘。

卢美松编审认为，古人习惯于仰望钟鸣鼎食之家，而锦衣玉食却是现代人触手可及的生活。林那北的写作立足于福建的文化资源，把当代人生活中的波澜描写得很细腻、精致，形成了奇观。

地方味如何融入作品？刘登翰表示，地方味不能仅仅是地名的呈现，还包括这个地方的人物性格的展现，而林那北的创作已经做了很好的尝试。林焱教授指出，林那北写三坊七巷，就是用世俗化的叙事笔法铺陈，让人意识到三坊七巷的每块砖墙的缝隙之中都流淌着人们对故土的感情。

林那北小说的叙事口吻、叙事节奏和语言风格也是书评人关注的重点，引发了现场的热烈讨论。

林秀琴直言《锦衣玉食》给她的感觉很亲切，非常有烟火气，三对夫妻、三个家庭，家家有本难念的经，中间有各种角力，每个家庭都是一个小社会，很生活、很日常、很现代。小说里可以不时地发现林那北以往作品的影子，既有人物对象琐碎的繁复的心理细节，又有叙述者洞若观火的隔岸感，两者之间形成了一种张力，也为阅读增添了趣味。

《福建文学》编辑林东涵称，林那北的叙述隐秘而冷静，智慧而不卖弄，她只是隐藏在文字背后，通过内涵式的挖掘、呈现、铺展，不动声色地把生活的情态、人物的情感纤毫毕现地呈露出来，交给读者自己来品读、领会。这是一种出人意表的角度，好小说应该要具备这样的诱惑力、吸引力和颠覆力。林世恩、刘桂茹等人则认为林那北辛辣有趣的语言风格增加了小说的阅读快感。

孙绍振教授指出，收录于小说集《今天有鱼》中的小说《前面是五凤派出所》存在叙事节奏过慢的问题。《福建文学》主编助理石华鹏表示了不同的观点，他认为林那北小说的突出成就之一就是对叙述节奏的把握。刘小新和林东涵指出，小说不能只围绕引人入胜的故事情节来展开，撇开这些故事，小说如何进行下去，这个方面集中体现了林那北小说的叙事智慧及其打开的空间。

4. 林那北：脚踩大地，精神飞扬

大家发言完毕之后，小说家林那北女士也发表了自己的感言：

我的文学写作已经持续了许多年，但是，对我说来，专门的个人品读会还是第一次。我知道，任何文学作品最终都要交付社会，接受读者的检验，但是，惊动这么多人来到现场进行面对面的交流，这让我感激，也让我心存忐忑。

我的文学写作没有什么预设的目标，内心的表达欲望是唯一的动力，这是一件很快乐的事情。

许多人提到了小说中的世俗气氛。我的确喜欢与生活打成一片，尽量在这个世界扮演一个稍微积极一点的角色。也许这个"世界"不够好，但却是我们唯一的安身之处。让周围变得更好一些，这是我们不该放弃的向往。

对作家来说，既要脚踩大地，又要精神飞扬，这并不容易做到，还需要一定的造化。要怎样切入生活的这方水土，又要怎样飞扬，这二者的权衡是许多写作者始终在探索的东西。我还是处于不断写作不断学习的状态。我会努力。这种品读会是一次难得的学习和成长的机会，希望我和在座各位都可以通过这个活动互相促进。

最后，评论家南帆教授也发表了自己的感想，为这场品读会画上了句号："品读会所营造的文学气氛难能可贵。诸位发表的各种观点都很有价值，对我也是一个启示。这个世界很大，每个人都可能有不同的角度和看法，这些不同的角度和看法可能使世界变得更大、更丰富。文学批评不仅是对于文学发表看法，也是对于世界发表看法。因此，文学批评既要保持敏锐、尖锐，又要保持宽松、宽容。文学批评的分析必须使用各种理论概念、理论方法，但是，这仅仅提供了一种看问题的路径，只是起点，而不是终点。"

（2015 年 5 月）

第四章　地域文化与个案分析

第一节　福建文化交流的成就与经验：1979—2018[①]

一、政策背景

1978 年 12 月，党的十一届三中全会做出了对内改革、对外开放的决定，文化对外交流也随之成为我国的基本国策。40 年来，我国关于文化对外交流的政策在保持继承性的基础上不断深化，经历了从"请进来"到"引进来"再到"走出去"三个阶段的演变。

改革开放之初，属于文化对外交流的摸索阶段，邓小平同志多次强调改革开放除了经济开放也包括文化开放。他说："对于现代西方资产阶级文化，我们究竟应当采取什么态度呢？经济上实行对外开放的方针，是正确的，要长期坚持。对外文化交流也要长期发展。"[②] 他主张世界各民族所创造的有益的文明成果也可以拿来为我国的社会主义建设服务，"请进来"是这个阶段文化开放政策的重点。1986 年 9 月，十二届六中全会公报指出："对外开放作为一项不可动摇的基本国策，不仅适用于物质文明建设，而且适用于精神文明建设。"

20 世纪 90 年代，在继承邓小平同志全面开放思想的基础上，党中央强

---

① 本节所有图表均为本研究制表。数据来源：1. 福建经济年鉴编委会编：《福建经济年鉴（1985—1994）》，福建人民出版社出版。2. 福建年鉴编委会编纂：《福建年鉴（1995—2016）》，福建人民出版社出版。3. 国家统计局社会科技和文化产业统计司、中宣部文化体制改革和发展办公室编：《中国文化及相关产业统计年鉴（2013—2017）》，中国统计出版社出版。

② 邓小平：《邓小平文选》（第 3 卷），人民出版社，1993 年，第 43 页。

调文化开放要"引进来"和"走出去"并举。江泽民提出:"要坚持以我为主、为我所用的原则,开展多种形式的对外文化交流,博采各国文化之长,向世界展示中国文化建设的成就。"① "在新的条件下扩大对外开放,必须更好地实施'引进来'和'走出去'同时并举、相互促进的开放战略,努力在'走出去'方面取得明显进展。……'引进来'和'走出去'是对外开放的两个轮子,必须同时转动起来。"② 随着改革开放进程的推进,经济社会建设取得了飞跃式的进步,我国对外吸引力大幅提升,加上采用了更为丰富多样的交流形式,这一阶段的文化走出去在"以我为主、为我所用"的原则指导下,从"请进来"变为"引进来","进来"的主动性大大增强。这一阶段对外宣传的重点是中国改革开放的成就。

虽然早前就已经提出了"引进来"和"走出去"两手抓的思路,但侧重点在经济领域,从实践层面来看,文化开放还是处于"引进来"多,"走出去"少的状态,我国文化产品进出口贸易长期处于大额逆差状态。在此背景下,21 世纪以后,党中央明确提出文化走出去的任务是"增强中华文化国际影响力"③,这一思想在近些年得到不断强化。

2003—2012 年,以胡锦涛同志为总书记的党中央领导集体把侧重点直接放在了"走出去",强调要深化文化体制改革,掌握文化开放的主动权,全面提高文化对外开放水平。《国民经济和社会发展第十一个五年规划》提出:"掌握对外开放的主动权,全面提高对外开放水平。坚持对外开放的基本国策,密切关注世界形势变化,制定和实施正确的涉外方针政策,在更大范围、更广领域、更高层次上参与国际合作和竞争。……推动中华文化更好地走向世界,提高国际影响力。"

2010 年以后,一方面,我国成为全球第二大经济体和第三大对外投资国(2017 年成为第二大对外投资国),经济的高速发展为对外文化交流打下了坚实的基础,另一方面,文化在对外交流和塑造国家形象方面的重要地位也日益凸显。以习近平同志为核心的党中央领导集体从国家战略层面强调用文化走出去来塑造中国的国家形象,提高我国国际地位,维护文化主权和文化安全。习近平总书记要求用国际社会"听得到、听得懂、听得进"的方

---

① 江泽民:《江泽民文选》(第 2 卷),人民出版社,2006 年,第 35 页。
② 江泽民:《江泽民文选》(第 3 卷),人民出版社,2006 年,第 456 页。
③ 胡锦涛:《高举中国特色社会主义伟大旗帜　为夺取全面建设小康社会新胜利而奋斗》,人民出版社,2007 年,第 36 页。

式"讲好中国故事,传播好中国声音"①,营造对外文化交流和贸易的新格局。这不仅把文化走出去摆在了前所未有的重要地位,也对文化走出去提出了前所未有的严格要求和殷切期盼。

二、四十年历程

1979 年 7 月 15 日,中共中央、国务院颁发了中发〔1979〕50 号文件,确定对广东、福建两省对外经济活动实行特殊政策和灵活措施。此后,中央先后确定厦门为经济特区,福州为全国 14 个对外开放的港口城市之一等,给福建对外开放以充足的政策保障,从此也揭开了福建对外交往史新的一页。作为改革开放的桥头堡,福建是我国对外文化交流的重要窗口,在国家大政方针的指导下,福建省利用中央特批的先行先试政策,在文化走出去方面做了大量试水和开拓性的工作,成效显著。

(一)20 世纪 80 年代

改革开放初期,福建省委省政府把经济建设、侨务、对台列为福建的三大任务。利用福建"山、海、侨、特"的有利条件,坚持统一对外,扩大对外出口,发展外向型经济。1986 年,省委对侨务工作提出"理解侨心、保护侨益、运用侨力、引进侨资"的工作方针。在 1987 年之前闽台二地尚未开放往来,福建对外开放的主要工作在"侨"。因此,大体上来说,在 20 世纪 80 年代福建文化走出去的目的是:让世界了解福建,让福建了解世界,联络海外华侨华人与故土的感情,吸引侨资外资,为福建的改革开放和经济建设服务。文化走出去的服务对象主要是广大华侨、外籍华人和港澳同胞。在这个阶段,广大海外华侨华人是福建文化走出去的重要桥梁和中介,福建文化走出去的重心是依托海外华人华侨所开展的一系列活动。②

1. 香港是福建走向世界的枢纽

首先,20 世纪 80 年代来福建的宾客以港澳同胞为主。1979—1989 年,外国人、华侨和港澳台同胞来闽旅游探亲、参观访问、从事经济贸易活动和

---

① 习近平:《习近平谈治国理政》,外文出版社,2014 年,第 260 – 264 页。
② 由于台湾当局的限制,台湾同胞在 1988 年以后才大规模来到福建,福建与台湾的文化交往也主要在 20 世纪 90 年代以后,故本书的这个部分不对闽台文化交往做重点介绍。

科技文化交流的约有324万人次，年均递增率30%以上。这些外宾中，港澳同胞占比超过一半以上（见表1），闽港二地频繁的人员往来也使香港成为福建文化走出去的重要枢纽。福建与海外的文化交流在许多领域都是从香港开始的。例如福建电影制片厂与香港嘉民影业公司合拍的彩色故事片《木棉袈裟》，这是福建电影行业与海外的首次合作，1984年，该片荣获文化部优秀影片特别奖，影片分粤语和普通话两个版本，在香港和内地均有上映，是20世纪80年代少林寺题材电影中的佼佼者。

表1　福建省接待台港澳及海外宾客人数（1979—1989）

（单位：人次）

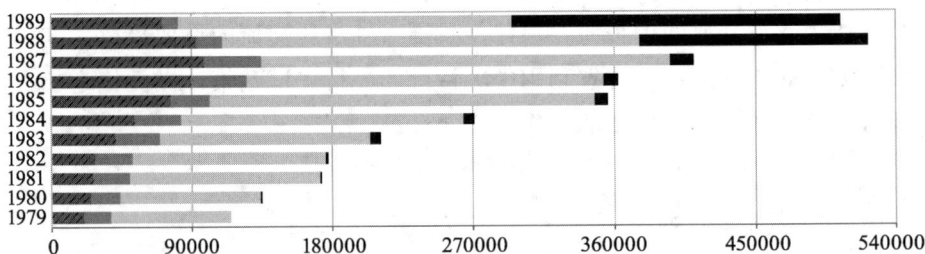

	1979年	1980年	1981年	1982年	1983年	1984年	1985年	1986年	1987年	1988年	1989年
■台湾同胞	59	119	874	1670	6832	6654	8593	8709	15693	145838	209491
▨港澳同胞	77633	91216	121979	124035	135069	180793	244965	227428	259640	265906	213369
▧华侨	16502	18226	23290	24778	28107	29165	25471	36446	36947	17326	10173
■外国人	21020	25498	27208	27352	41521	53831	76719	89737	98541	93012	71561

还有与海外的文化学术交流，1984年在厦门大学召开"全国第二次台湾香港文学学术讨论会"，有9名来自香港的学者，收到8篇研究香港文学的论文（1985，373）。[①]再比如首次在境外办艺术展览，此前福建文化团组到境外只有文艺表演一种方式，1985年，福建在香港举办了2次书画和寿山石章展览、1次根造型艺术展览，首开境外办展的先河。20世纪80年代，福建文化走出去从艺术展演发展到技艺输出和传授，也是首次从香港开始的。1988年，福建民族舞蹈教师到香港授课，南音演奏家到香港辅导（1989，426）。这些出访活动在丰富文化走出去形式的同时，也使福建的文

---

①　"（年份＋页码）"，表示相关资料出自相应年份的《福建经济年鉴》和《福建年鉴》，逗号后面的数字表示页码。因《福建经济年鉴》在1994年后更名为《福建年鉴》，故年份不存在重合问题。如（1985，373）表示相应资料出自《福建经济年鉴1985》，第373页。

化输出向深度拓展。

其次，在 20 世纪 80 年代，香港也是文化艺术和工艺美术商品输出的主要目的地。文化艺术团组的出访超过 1/3 都是到香港为同胞献艺。产业方面，从表 2 可见，对香港的出口占福建省外贸出口额的比重从 1984 年的 31.6% 上升到 1989 年的 45.2%，闽港之间的经贸往来日益密切，香港也成为福建文化产品的主要出口地。以首饰为例，这是福建 20 世纪 80 年代新开发的大宗出口商品，主要由闽港合资的福辉首饰公司（1985 年 3 月投产）生产，随着该企业的发展，福建首饰出口额在 1986、1987、1988 年连续三年列全省出口第二大宗商品，约占全国首饰出口额的一半。此外，20 世纪 80 年代闽版图书的出口也主要是经过香港三联书店进入国际市场，与海外的版权贸易也大都是与香港的出版社所进行的合作出版和版权输出。

表 2　福建省出口国别、地区统计（1984—1989）

（单位：亿美元）

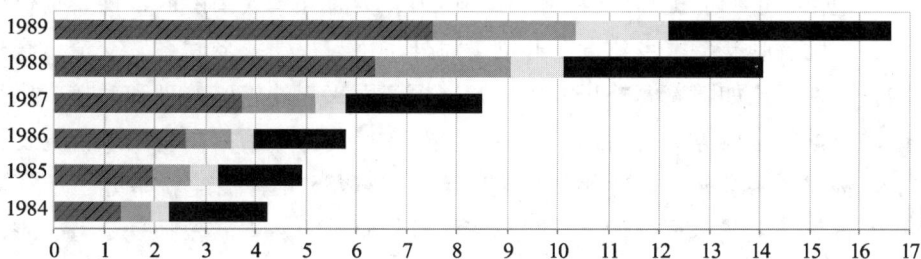

	1984	1985	1986	1987	1988	1989
■其他	1.93	1.66	1.83	2.7	3.94	4.44
■日本	0.6	0.73	0.9	1.44	2.69	2.84
□美国	0.37	0.54	0.44	0.61	1.06	1.82
▨香港	1.34	1.98	2.62	3.74	6.37	7.52

2. 国际友好城市关系的缔结扩大了文化走出去的地域空间

改革开放前，福建的对外交往活动仅限于一般性的友好合作交流关系，改革开放后，福建省与多个国外地市建立多方长期稳定协作的“友好城市”关系，以友城作为联结福建与世界人民友谊的纽带。1980 年 10 月，福州市首先与日本长崎市缔结友好城市（1985，60–61），此后福建对外友好往来事业蓬勃发展，至 1990 年已达 15 对（1991，53）。国际友好城市也成为福建文化走出去的重要平台。如福建省残疾人艺术团首次出国演出，就是受到友好城市日本长崎市的邀请到长崎参加"日本蒲公英音乐会";再比如借助友好城市平台,厦门市在 1988 年举办了国际友好城市艺术节,国际友好城市的支持,使这次活动成了一次大型多边的国际文化交流活动。

值得一提的是,福建与日本的民间友好往来也多借助于友城平台展开。从 1980 年至 1984 年年底,日本来福建访问的各类代表团达 60 多批、近 1000 人次。有来寻求中国古老文明源泉的"寻访水上文化缘源"友好代表团、"中国宗教文化研究"及"中国茶史调查"访华团等,有茶道、花道等民间传统文化代表团,许多日本著名作家、电影演员、记者也纷纷来访。1984 年 7 月,福建还举办了"日本电影周"(1985,60)。

3. 宗亲民俗文化和本地传统艺术是福建联系海外华人华侨的重要情感纽带

围绕祖籍地文化,以各地姓氏宗祠和海外同乡会、宗亲会为平台,举办形式多样的宗亲联谊活动,增进海外华人华侨对根、源、祖、脉的认同,增进宗亲情谊,扩大祖籍地的影响力。改革开放之后,随着各项侨务政策的落实,全社会逐步树立正确的"华侨观念""海外关系"观念,归侨、侨眷的社会地位有了明显提高。各部门齐心协力,为海外华人华侨回乡探亲提供便利,鼓励侨胞支持家乡建设,开创了海外华侨与福建家乡联系、交流、合作的新时期。比如随着海外华人华侨归国探亲而兴起的族谱整理和对接、宗祠修缮、家族祭典等文化活动。从 20 世纪 80 年代初开始,在爱国华侨的支持下,福建每年举办华裔青年学生夏令营。如 1985 年,福建就举办了菲律宾华裔青年学生艺术夏令营、菲律宾华文教师旅游团、香港教师夏令营、香港学生夏令营(1986,408)。来闽华裔青年和教师亲身实地体验祖籍地的文化,再把这些体会传播到海外,成为福建文化走出去的使者。再如 1981、1982、1984 年三年的元宵节在泉州举行的南音大会唱,菲律宾、新加坡、印度尼西亚等国家和我国香港地区的南音社团参加,共唱乡音。活动期间还举办传统的花灯展览和文艺"踩街"。这是 20 世纪 80 年代福建最有影响的地方性群众文化活动(1985,417)。1988 年,厦门金莲升高甲剧团参加香港"中国地方戏曲展 88"演出的《凤冠梦》等 5 台戏,场场满座,受到香港观众的欢迎,特别是在演出《审陈三》一出戏时,几首南曲名曲牌的演唱,台上唱台下和,乡情尤浓,气氛热烈(1989,425)。再如,福建《对台湾广播》和《对华侨广播》都开办了文艺栏目,向台澎金马民众和东南亚地区的闽籍华侨华人播放本省地方曲艺和著名戏剧选段,有的海外听众来信说,听着家乡戏,宛如回到了阔别的故乡(1986,509)。可以说,在 20

世纪 80 年代，地方戏曲、木偶、花灯、剪纸、南音等民族艺术是福建联系港澳台同胞、海外侨胞和华人的重要情感纽带。

4. 福建特色的表演艺术和文化产品是福建走向世界的闪亮名片

此前，福建"走出去"的文化艺术品类只有木偶艺术。改革开放把福建的文化艺术重新推向了世界舞台，福建对外文化艺术交流打开了新局面。1981—1984 年，福建专业剧团出外作友好访问或商业性演出的就有 10 个，1985 年更是一年就有 6 个团出访，主要派出的是具有福建民族、民间特色的艺术品种，如南音、芗剧、高甲、闽剧、提线木偶、布袋木偶、杂技等地方戏曲和艺术团组（1989，425），已经由此前单一的木偶艺术交流发展为多剧种、多艺术的出外演出。出访目的地有美国、日本、东南亚国家，以及我国香港地区。这些剧团把福建本土艺术带到海外，受到热烈欢迎。如 1983 年，泉州木偶剧团访问菲律宾，演出达 50 场；漳州市芗剧团访问新加坡，演出 28 场，场场满座。

除了文艺演出之外，具有福建特色的传统工艺产品也受世界各国人民的欢迎。1988 年开始，福建开始尝试在境外独立办展销会，创新了福建商品境外展示的平台和模式。在这些展销会上富有福建地方特色的工艺品受到了世界各国客商的欢迎，如：1989 年 3 月和 12 月，福建分别在新加坡和我国澳门地区独立举办了摊位式的出口商品展销会。新加坡展销会出口成交 7032.3 万美元，其中珠宝首饰出口成交 539 万美元，居第 5 位。澳门展销会中福建省珠宝首饰进出口公司出口成交额 138 万美元，居第 3 位。

此外，特色文化也是福建接待来访的外国团组的重要"工具"。20 世纪 80 年代在接待外国驻华使馆官员和国际组织代表机构的文化官员时，在外宾行程许可的情况下，相关部门基本都安排了外宾观看富有福建地方特色的文艺演出，参观福建特色的工艺美术工厂，如福州雕刻艺术中心和脱胎漆器厂、惠安石雕厂、泉州竹编厂等，海外客人们对福建的传统文化产品表现出浓厚的兴趣。

5. 工艺美术产业是福建建立外向型经济模式的重要产业支撑

福建省是全国工艺美术的传统产区和重点产区，主要有漆器、雕塑、金属工艺、竹草编织、抽纱刺绣、美术陶瓷、花画工艺、剧装道具、金银首饰等十四大类产品，此外，还有泉州的木偶头、民间剪纸和厦门珠拖鞋等（1985，150）。新中国成立后到改革开放之前，陶瓷、漆器、竹编制品、木刻、软木画一直是福建的主要出口产品。到 20 世纪 80 年代，工艺品继续保持了在出口方面的优势。1987 年，福建省委省政府提出了"七五"期间重点扶持发展包括工艺首饰、竹木加工、石制品在内的十大类出口产品的目标。福建通过举办中外合资企业、引进先进技术设备、进料加工，钻研国际市场需求，发展多种款式，不断推出新产品，国企、集体企业和乡镇企业发展横向经济联合（1987，263），极大提高了工艺美术行业的全员劳动生产率和国际市场占有率。1978—1987 年，福建工艺美术企业工业总产值从 5570 万元增长到 12556 万元，增长了一倍多。出口交货值则是从 1976 年的 2517 万元增长到 1989 年的 16700 万元，年均增幅达 40% 以上（见图 1）。20 世纪 80 年代末，福建黄金首饰出口量占全国一半以上，漆器、雕塑、天然植物纤维编织、刺绣、纸伞等工艺品出口量亦名列全国同行业前茅。到 1989 年，全省工艺品总出口额为 21664 万美元，占当年度全省出口总额的 13.04%。而主营工艺美术产品进出口的两家国企——福建省珠宝首饰进出口公司和福建省工艺品进出口公司在 20 世纪 80 年代也一直是福建出口创汇大户。如 1988 年，珠宝进出口公司出口额位居全省第 3 位，工艺品进出口公司紧随其后，出口额位居全省第 4 位。在出口创汇之外，工艺美术品出口渠道多、市场广泛，对福建打开更大范围的世界市场同样助力颇多。20 世纪 80 年代，福建生产的工艺美术品销往世界 100 多个国家和地区。一方面是因为工艺品种类较多，另一方面也因为许多传统技艺无可替代，具有较强的辨识力和产品竞争力。

（单位：万元）

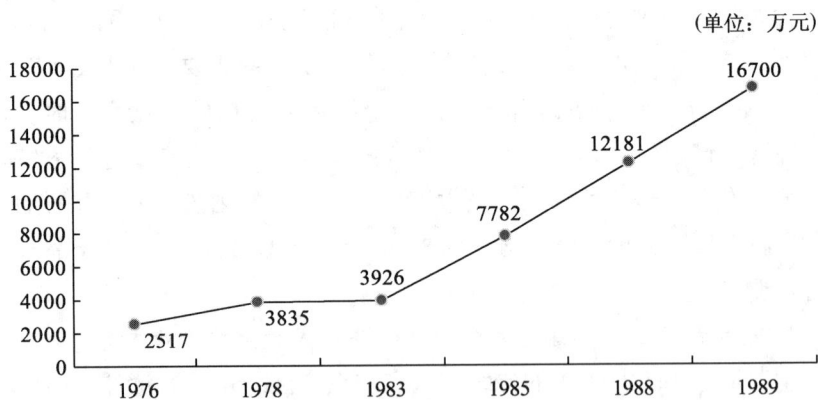

图 1　福建省工艺美术品出口交货值（1976—1989）

（二）20 世纪 90 年代

1992 年 5 月，《福建省繁荣文艺创作百花计划》出台，提出要建设与福建改革开放、经济建设成就相适应的、具备对外对台文化辐射功能的，既有鲜明的地方特色又富有时代精神的八闽文艺百花园（1993，383）。此后，福建省发挥在对外对台文化交流中的特殊位置与优势，有效地开发文艺资源，积极开展与国外和港澳台地区的文艺交流与合作。总体来看，在20世纪80年代与世界重新建立联系，打开文化走出去新局面的基础上，20世纪90年代，福建文化走出去在政府与民间双轮驱动之下，全面铺开，飞跃发展，在广度和深度上都有了许多突破。服务于经济建设的中心，文化走出去与经贸活动的联系更加密切，为福建走向世界和世界了解福建添加助力。

1. 发挥对台优势，闽台文化交流热络

闽台文化的热络交流是20世纪90年代福建文化走出去的最大亮点。

福建是祖国大陆距离台湾最近的一个省份，超过80%的台胞祖籍地在福建，两地有着悠久深厚的历史人文渊源关系，这决定了福建在对台工作中的重要地位。但是，由于台湾当局的限制，20世纪80年代中期以前，台湾同胞主要是以出岛旅游名义秘密绕道第三地来闽，来闽人数并不多，直到1987年11月台湾当局才宣布有限开放台湾民众经第三地绕道赴祖国大陆探亲。此后，台胞来闽人数连年增加，从1987年的1.57万人次，到1988年剧增到14.6万人次，1989年已增长到20.9万人次。因此，福建对台湾的文化交往也是从1987年以后才逐渐形成规模。闽台文化交流的恢复，首先是由新闻行业开始的。1987年台湾《自立晚报》记者李永得、徐璐访问厦门、东山，台湾《人间》杂志特约记者钟骏升访闽。他们都访问了厦门大学台湾研究所，见到了一些从台湾回来的学者，彼此交谈了有关台湾问题和祖国大陆研究台湾的情况（1988，427）。1987年12月12日，台湾"台湾史研究会"邀请厦大台湾研究所派员参加1988年1月30日至2月1日在台北举行的"台湾史学术讨论会"。厦大台湾研究所所长陈孔立教授经香港前往台北参加会议，后因台湾当局不同意入境，无法参会。尽管如此，这仍然标志着闽台两省的学术交流与科研合作将进入一个新的时期（1988，385）。1988年，一些台湾著名画家、诗人在探亲之际，与福州画院、三山诗社等民间文艺社团共同举办书画联展，一起吟诗作赋。当年年初，福州市文联、政协、三山诗社联合举办的"海峡情折枝吟诗会"上，就有数十位台湾同胞畅怀吟唱。同样是在1988年，由《台港文学选刊》与福建省社科院等有关单位共同发起，成立"福建省台湾、香港暨海外华文文学研究会"，这是全国第一家专门研究台湾、香港及海外华文文学的省级学术团体（1989，426）。

进入 20 世纪 90 年代，闽台之间的交往走向正常和合法化，人员往来持续增长，来闽台胞占福建入境海外宾客人数将近一半的份额，来闽台胞数量从 1990 年的 36 万人次增长到 2000 年的 48 万人次，增幅达 31.7%（见表 3）。借助宗教、艺术和文学的平台，两地开展了许多文化交流工作，也改变了 80 年代只有台胞来闽的单向交流情况，文化学术交流范围由小到大，层次由低到高，福建文化在台湾的影响力不断扩大。随着东南电视台于 1994 年开播，加上中国华艺广播公司和东南广播公司，福建省创建完成配套的对台港澳为主的视听传播系统，为台港澳及海外侨胞进一步了解福建和大陆，以及为福建和大陆同胞了解台港澳开辟了窗口（1994，75）。

表3 福建省接待海外宾客人数（1990—2000）

（单位：人次）

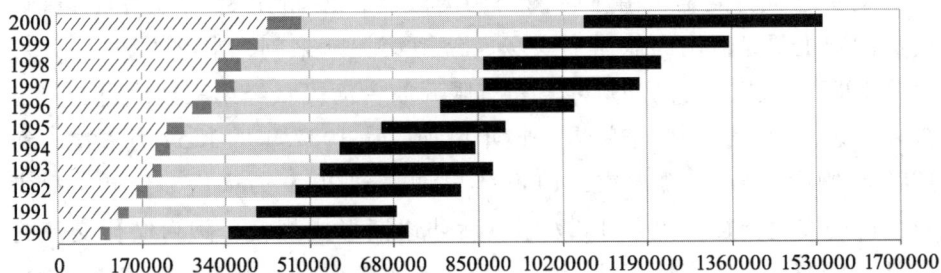

	1990年	1991年	1992年	1993年	1994年	1995年	1996年	1997年	1998年	1999年	2000年
■ 台湾同胞	362815	282003	333290	348037	272194	251509	271798	312767	355626	414622	477894
▨ 港澳同胞	239714	262883	300534	320388	343905	397957	461999	501074	488285	532385	567989
■ 华侨	17623	18975	23209	18922	29010	32830	36151	37398	47097	55990	68520
⫽ 外国人	87751	122162	159043	192997	199394	224110	275710	322693	326787	353045	428946

民间信仰方面，妈祖是闽台两地同胞共同信奉的"海峡女神"，随着两岸关系的发展，来闽寻根溯源、祈祷朝拜的台湾同胞日渐增多，比如 1995 年到湄洲岛朝拜进香的台湾同胞就占来闽台胞的 48%。而福建的宗教文化入台交流在 20 世纪 90 年代主要有三种方式，一是宗教界人士入台访问，二是宗教民俗文物赴台展览，三是宗教神像入台接受朝拜。1992 年 4 月间，晋江深沪宝泉庵董事会蔡芳要等 3 人，应台南学甲慈济宫邀请入台访问，参加民俗活动，福建宗教入台交流首开门户（1993，117）。1993 年年底，福

建的妈祖民俗文物在台湾台南正统鹿耳门圣母庙进行为期半年的展览，许多台湾政要人士前往观展，展览规模之大、展品之多、时间之长都创下当时闽台文化交流之最（1994，342）。宗教神像入台方面，则有 1995 年东山关帝神像入台和 1997 年湄洲妈祖金身入台巡游，两次活动都在台湾引起了巨大的轰动。妈祖金身在台受到上千万人次信众和各界人士的热烈欢迎和虔诚朝拜。这是 20 世纪 90 年代两岸规模最大的文化交流活动，也是海峡两岸隔绝40 多年来规模最大的一次民间民俗交流活动（1998，110）。

文化艺术方面，1990 年闽台两省实现双向交流，至 1994 年年底，福建省赴台湾的文艺团组和人数第一次超出台湾来闽交流的团组和人数，出现"出超"现象，福建的文艺入台项目占全国 1/4，居各省市首位（1994，79）。1990—1997 年，福建省已有戏剧、音乐、书法、木偶等文化团组 43批 609 人赴台进行文化艺术交流，同时接待了 58 批 775 位台湾文化艺术界人士来闽参观交流，福建省成为全国对台文化交流最多的省份之一（1998，279）。以 1997 年为例，当年福建举办了"'97 歌仔戏创作研讨会"，组织福建梨园戏赴台展演并举办相应的学术研讨，这两项活动均是闽台文化学术界当时联办的规模最大、规格最高的交流活动，体现了福建对台文化交流在全国的优势地位（1998，278）。再比如，1994 年 5—6 月，福州闽剧一团一行47 人赴台演出，所到之处受到热烈欢迎，几乎场场爆满。这也是大陆第一个到马祖岛演出的艺术团体，台湾"文建会"10 多名官员还专程乘机前往马祖，同时带去了大批记者。为了使马祖的观众都能看到闽剧，马祖全岛放假 2 天。马祖附近小岛的观众从四面八方赶来，有的一天连续看了三台大戏。马祖岛出现了"闽剧热"，文艺成了联结闽台人民的精神纽带，成了沟通海峡两岸的一道桥梁（1995，242）。

社科学术方面，社科界率先开启了对台学术交流之门。1990 年 6 月，福建音乐工作者王耀华、刘春曙应台湾中华民俗艺术基金会邀请赴台访问，成为第一批不经过第三地而直接进入台湾的大陆学者（1991，379），开启了闽台学术双向交流的先河。经过多年发展，到 20 世纪末，闽台两地在经济、政治、教育、法律、历史、文学、语言、民俗等广阔领域的交流不断深入，学者互访讲学及合作研究等方面都取得良好成效，不仅在学术上互相促进，而且加深了相互理解（1999，267）。在纯学术探讨之外，福建的入台文化交流活动也增加了一些务实性的合作。比如 1993 年 5 月底 6 月初，海峡文艺出版社社长和《海峡》执行主编首次应邀访台。访台期间，他们一方面为

《海峡》杂志组稿；另一方面与台湾出版商达成了多项版权贸易。7月间，福建少儿出版社社长应邀赴台访问，双方签订在台湾出版两本闽版图书的合同，还达成了近20项出版协议（1994，79）。

2. 对外文化交流亮点频出，福建文化不断收获世界认可

20世纪90年代，福建对外文化交流持续发展，并进一步向我国港澳台地区和日本、美国、东南亚国家之外的其他国家扩展，对外交流的地域不断得以拓宽，层次不断提升。从图2可见，1989—1998年，福建共派出文化艺术团组375批次4226人次到世界各地进行文化交流，分别比1979—1988年增长2.75倍和1.44倍；接待的国外文化团组也分别增长1.55倍和27.8%。出访方面，1993年由福建省歌舞剧院、福建省杂技团和泉州木偶剧团组成的中国艺术团一行52人赴朝鲜进行友好访问演出，是福建省艺术表演团体首次以国家艺术团的名义出访。艺术团在朝鲜先后演出39场，几乎场场座无虚席。时任朝鲜劳动党中央总书记、国家主席金日成观看了演出，并会见了艺术团领导和主要演员。朝鲜劳动党中央机关报《劳动新闻》、朝鲜中央电视台报道了相关情况（1994，341）。接待方面，1991年2月14日，联合国教科文组织"海上丝绸之路"综合考察团达到泉州进行考察活动，为期5天，30个国家的50多位学者和官员、记者参加了考察，这是联合国教科文组织发起的"世界文化十年"最重要的"丝绸之路综合研究"活动之一，表明了世界上对泉州海丝历史和文化的充分认可和重视（1992，95－96）。1994年2月，福建在第五届泉州国际南音大会唱期间举行"海上丝绸之路与伊斯兰文化"国际学术讨论会，纪念联合国教科文组织"海上丝绸之路"考察泉州3周年，探索古代"海上丝绸之路"的伊斯兰文明传播及其在东西

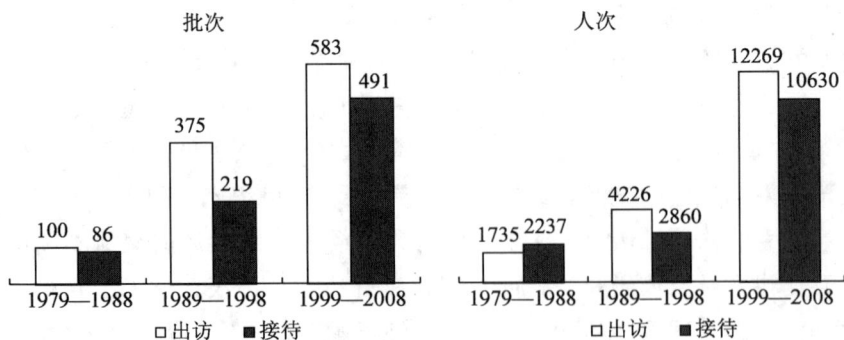

图2　福建省文化艺术界对外交往情况

方文明沟通交流中所起的重大作用。17 个国家的近 40 名外国官员、专家学者前来参会。1994 年中国（福建）伊斯兰文物古迹游活动也同时在泉州拉开了序幕（1995，242）。

20 世纪 90 年代，福建文化艺术各品类在世界范围内展演参赛，收获了不少好成绩，福建文化不断收获世界认可。

最为抢眼的是杂技艺术。1990 年，福建省杂技团在不到半年内两次出访参加国际大赛，都获得了最高奖，这在我国杂技史上也是前所未有的。其中，1 月，《单拐倒立》在第 13 届世界明日杂技节上荣获金奖第一名，这是世界公认的最具权威的国际杂技大赛，也是福建文化艺术首次在世界性比赛中夺得最高奖次。4 月，《小蹬人》在参加第 2 届意大利维罗纳国际儿童杂技比赛中，夺得金奖第 1 名，并获得了成人评委会和少儿评委会的 2 个总分第一，获得最佳节目"优秀节目纪念奖"（1991，379 – 380）。接着，1993 年，福建省杂技团《头顶竿》获得第 2 届意大利维罗纳国际杂技明星比赛少年组唯一的 1 枚金牌。《对手滚杯》荣获第 7 届巴黎世界未来杂技比赛唯一的金奖（1994，340）。在开拓国际市场进行商业性演出方面，福建省杂技团也取得可喜的成果。1991 年，福建省杂技团赴美演出 9 个月，观众达到创纪录的 600 万人次，获得了空前的成功（1992，363）。1994 年，福建全年共派出 4 个团组 115 人次分别到意大利、日本（再次）、美国 3 个国家进行商业性演出，在国外时间累计 485 天，观众达 417 万人次，共创汇约 140 万元人民币，无论在出访时间、人数及创汇方面，均属空前。创福建省国际商演最高纪录（1995，241）。

此外，福建省电影制片厂和南京电影制片厂于 1985 年联合摄制的影片《屠城血证》，在 1991 年东京国际和平电影节上荣获故事片一等奖（1992，363）。在东京举办的"丝绸之路"管弦乐作品国际比赛中，福建歌舞剧院青年作曲家吴少雄的作品交响随想诗《刺桐城》荣获第三名，是福建交响乐作品首次在世界上获奖（1992，363）。1993 年，福建省摄影家协会马金焰的《渔家福地》获新加坡影艺研究会举办的第 13 届国际摄影展金牌（1994，344）。

3. 人文学术对外交流领域日益扩大，形成全方位双向性的交流格局

20 世纪 90 年代，福建与海外的学术交流领域日益扩大，交流体系不断完善，人数由少到多，形式由单一到多样，形成了全方位、多学科、多层面、双向性的交流格局。据不完全统计，与海外学术交流的人数，从 1978

年的 67 人次增加到 1998 年的 4145 人次，交流的国家和地区遍及五大洲，并举办了国际性学术讨论会 40 多次（1999，267）。

以福建社会科学院为例，1985—1994 年，福建社会科学院共接待来访的外国及我国港澳台地区学者 82 批 349 人，其中台湾学者 20 批 97 人。共有 44 批 71 人次出境、出国，参加学术会议，进行学术交流和考察。形成对外学术交流的四个特点：（1）层次较高，来访学者有较大的社会影响。（2）中青年学者增多，对今后保持和巩固对外学术交流渠道、建立长期稳定的交流关系具有积极意义。（3）来访学者由以往单一的短期访问转向来院做中长期研究访问。（4）由过去接待中国社科院邀请来闽访问的学者为主转向以本院邀请外国及我国港澳台地区学者来访为主。与此同时，福建社会科学院也向国外及我国香港地区派遣了长期访问研究的学者。1994 年，福建社会科学院分别与法国远东学院、日本鹿儿岛东亚研究会，以及澳门基金会、台湾学易文化事业有限公司等机构签订了学术交流协议，为进一步发展对外对台学术交流打下了良好基础（1995，226）。

除了走出去和请进来，20 世纪 90 年代福建也形成了对我国台港澳地区、东南亚及华人华侨研究的明显优势。在相关研究上，福建起步早、基础好，涉及面宽、成果多、质量高，"六五"以来，福建连续承担有关台湾问题研究的国家社科规划课题 32 项，取得许多高质量成果，得到学术界和国家有关部门的肯定。据统计，至 1998 年年底，福建关于华侨、华人及东南亚问题的研究成果，占全国研究成果 2/3（1999，266）。比如福建社科院文学研究所与厦大台湾所共同牵头组织撰写的我国第一部比较全面系统的大型卷帙浩繁的《台湾文学史》（刘登翰等主编），上下两卷共 122 万字，于 1993 年 10 月出齐，在海内外引起很大反响。

4. 文化商品以质取胜，进一步打开国际市场

20 世纪 90 年代，福建借助在境外举办展销会和参加国际性大型展销会的机会，大力推销福建商品，在促进商品出口的同时，也对改变全省出口市场过分集中于港澳地区，推动出口市场多元化起了积极的作用。在历次展销会上，福建工艺品是主要展示商品，以浓郁的地方和民族特色受到各国客商的欢迎，成交成绩十分亮眼。1991 年 6 月，福建省首次在德国汉堡举办福建省出口商品展销会，也是福建第一次在欧洲独立举办的出口商品展销会。出口商品成交 3050 万美元，其中工艺品成交 400 多万美元，居各类商品首位。1993 年 7 月，福建省在大阪市举办"'93 中国福建对外贸易展示商谈

会"，这是福建省首次在日本举办的较大型综合性商品展览会，累计对外出口成交超过 2600 万美元，其中工艺品成交 331 万美元。1993 年 11 月，"'93中国福建贸易洽谈会"在澳大利亚悉尼举行。这是福建首次在澳大利亚举办的较大规模的综合性经贸洽谈活动，出口贸易成交 1037 万美元，其中工艺品成交 114 万美元。而到了 2001 年，仅仅在第五届中国投资贸易洽谈会上，福建工艺品成交金额就达到 5483 万美元。

以福建省珠宝首饰进出口公司和福建省工艺品进出口公司为例，这两家主营工艺美术品进出口的企业在 20 世纪 90 年代保持了旺盛的活力。1991 年，前者出口额居全省各企业第 3 位，后者居第 6 位。以进出口总额看，1993 年前者居全省第 7 位，后者居第 14 位；1998 年，前者居全省第 3 位，后者居第 14 位。珠宝首饰进出口公司的出口额从 1988 年的 9054 万美元增长到 1998 年的 12759 万美元，增幅达 41%。1990 年 10 月 2 日，由福建省珠宝首饰进出口公司和香港金龙行合资兴办的"香港福辉首饰有限公司在香港联合证券交易所正式挂牌交易。这是福建首家在港挂牌上市的境外企业"（1991，187）。

在知识产品和版权输出上，20 世纪 90 年代闽版图书也有了长足进展。一方面是数量的增长，从图 3 可见，闽版图书出口由 1978 年的 7 种发展到 1989 年的 306 种，到 1993 年已增长到 1900 种，呈现一片繁荣之势。另一方面，质量方面也有了实质的改变。20 世纪 80 年代福建出口或进行版权贸易的图书以医药、低幼读物为主，到 20 世纪 90 年代，这种状况得到改变，出口品类向历史、文艺、法律、经济等多种类方向发展，大陆学者对台湾的研究也很受台湾出版社的青睐。

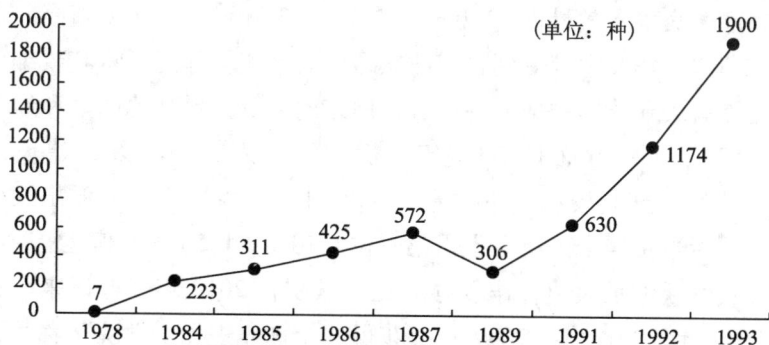

图3　闽版图书出口种数（1978—1993）

（三）2000—2010 年

2000 年以后，福建在对外文化交流方面充分发挥福建的人文和区位优势，围绕海峡西岸经济区建设，坚持全方位、宽领域、多层次的交流方针，把加强闽台之间的文化交流作为工作的重点。注意集中力量，举办高层次、高质量、大规模和综合性的对外、对港澳台交流活动，建立健全对外、对港澳台文化交流的项目库，更新文化交流的手段，加大对外宣传传播力度，扩大交流的覆盖面。伴随着体制改革的深化和产业发展升级，文化大开放格局逐步形成，并融入全国文化走出去的整体战略，福建文化走出去步伐不断加快，影响力不断提升。

1. 配合国家文化走出去战略，"借船出海"推动福建文化走出去

进入新世纪，福建积极借助国家大型活动和大型项目的平台向世界展示福建文化。

首先是发挥福建对侨优势，积极承担汉语国际推广任务。2004 年以来，汉语国际推广上升为国家对外发展战略，孔子学院的纷纷设立就是这种新局面的标志之一。截至 2018 年，国外已经建成孔子学院与孔子课堂 1600 多家。福建省在其中承担了先行先试的角色。一方面是汉语教材的输出，2000年，福建省出版外贸公司与菲律宾华文教育研究中心达成协议，向当代华文学校提供中国大陆出版的华语课本及配套音像制品和电子出版物，全年共向菲律宾出口华语教材 5.28 万册（盒），总码洋 85 万元，这是海外华文学校首次采用中国大陆课本授课，改变了长期以来台湾教材独占菲律宾华文教材市场的局面（2001，285）。此后，2003 年全年仅出口菲律宾的华文教材就达到 6.23 万册（盘），82 万码洋，比上年增长 11%（2004，253）。2004年，出口菲律宾华文教材近 10 万册（盘），133 万码洋，又创新高。这套华语课本在菲律宾华文学校受到普遍的欢迎，后来相关部门又将其改编成简体字本，删除有关菲律宾的地方性内容，向东南亚及世界其他国家和地区发行（2002，252）。另一方面是 2004 年之后积极投入孔子学院的建设，截至2008 年年底，福建高校在国外已设立 10 个孔子学院，当年度派出汉语教师和教学志愿者数量居全国所有省份第一位（2008，135）。尤其是福建师范大学与菲律宾红溪礼示大学合作创办的孔子学院自 2010 年开办以来，成就卓著，在 2011 年、2013 年、2017 年都获得"全球先进孔子学院"称号，在全球 525 所孔子学院中名列前茅。

其次是文艺演出方面的"借船出海"。主要有以下一些活动：2005 年中

泰建交 30 周年之际，受文化部委派，由福建省组成以省歌舞剧院、省京剧团、泉州木偶剧团为主的"中国艺术团"一行 145 人于春节期间代表国家出访泰国，参加由中泰两国共同举办的"中国春节文化周"及海啸赈灾义演活动，这是福建当时最大规模的对外文化交流项目（2006，270）。受文化部委托，福建省文化厅组派由省艺术职业学院及省杂技团组成的福建艺术团于 2006 年 7 月分别参加摩洛哥第 41 届马拉喀什国际艺术节、突尼斯莫纳斯蒂尔、苏斯等国际艺术节，以及阿乌苏狂欢节、塞浦路斯的中塞建交 35 周年庆典活动（2007，266）。2008 年北京奥运期间，泉州市木偶剧团创作编排的精品剧目《四将开台》参加奥运会开幕式文艺演出，大型歌舞杂技节目《魂牵梦绕·缘圆》参加奥运会开幕式前表演（2009，136）。

2. 突出福建文化特色发展对外文化交流，文化走出去形成常态化格局

长期以来，福建大力开展民俗文化艺术对外展演，民俗表演项目占福建文化走出去项目的 80% 以上，极大丰富了对外文化交流的内容。省杂技团的情景杂技晚会《家园》与《绳技》、省芳华越剧团的精品越剧《唐婉》、福建博物院的"福建与海上丝绸之路"与泉州海交馆"郑和下西洋"系列展览、泉州与漳州木偶、厦门南乐与歌仔戏等文化交流精品项目逐渐树立了品牌。

此外，富有福建地域文化特色的艺术产品也屡屡在世界上获得大奖。影视方面，2000—2010 年，福建在国际上获奖的都是地方色彩突出的影片。例如 2002 年福建电影制片厂与潇湘厂合拍的故事片《英雄郑成功》获第八届平壤国际电影节评委会奖和美术奖（2003，223）。数字电影《鹤乡谣》获第 15 届好莱坞国际家庭电影节（IFFF）唯一的"最佳外语电影制片奖"。数字电影《土楼故里》入围参加第七届美国圣地亚哥国际儿童电影节等（2011，289）。杂技方面，2005 年，福建省杂技团的节目《度》在第三届俄罗斯马戏节获得金奖（2006，269）。福建省杂技团 1 月份赴法国参加"玛希国际马戏节"，《行为艺术·度》及《绳技》两节目以"新、美、难"的特色，双双获得本届马戏节最高奖"总统奖"（2007，266）。木偶艺术方面，漳州木偶团于 2006 年 5 月份第二次应邀赴西班牙参加国际木偶活动，获最佳表演奖（2007，266）。戏剧歌舞方面，2002 年福建省歌舞剧院参加了意大利菲维查诺国际艺术节，表演的独舞《秦俑魂》和《金孔雀》荣获艺术比赛第一名（2003，116）。2007 年泉州打城戏剧团参加在印度巴雷里市举办的第二届国际戏剧节，并获得"第二届印度国际戏剧节潘查尔大奖"

（2008，135）。2010 年，福建省歌舞剧院民乐团赴香港参加国际江南丝竹团体展演邀请赛，囊括团体比赛、新作品创作及演奏 3 个项目一等奖（2011，289）。

从福建文化艺术界出访团组情况来看，也是更为活跃，更具规模。1999—2008 年，共派出 583 个团组 12269 人次到世界各地进行文化交流和演出，分别于 1989—1998 年增长了 55% 和 190%，文化出访活动更加频繁。同时，出访团组从平均每团 11 人增长为每团 21 人，向规模化发展，文化走出去的力度大大加强。例如：厦门市歌仔戏剧团一行 87 人于 2006 年 9 月份赴台参加"2006 年歌仔戏创作艺术节"，是文化部 2006 年对台交流重大项目。再比如，2006 年在澎湖开展为期 5 天的"泉州文化周"活动，派出由泉州南音、泉州高甲剧、泉州南少林、泉州书画、晋江掌中木偶、安溪茶艺和德化陶艺 7 个分团 132 人的强大阵容组成泉州文化团，成为祖国大陆首次直航澎湖的文化交流团组，收获了很好的反响（2007，266）。

2006 年，福建省东南电视台、海峡电视台、厦门卫视频道、福建人民广播电台东南广播公司、厦门人民广播电台闽南之声、泉州人民广播电台刺桐之声等全部实现对外播出，形成福建省重要的对台对外宣传阵地（2007，270）。至 2007 年年底，由福建电视台赴 27 个国家和地区采拍并制作的纪录片《天涯海角福建人》在世界各地侨胞中反响热烈。《福建侨报》在美国、英国、匈牙利等 9 个国家落地发行，年发行量超过了 600 万份。《福建乡音》网站覆盖全球，每天点击量达到 1 万人次。由《福建日报》编辑的美国《侨报》和《欧洲时报》两报的"今日福建"专版，已出版 1900 多期，深受海外闽籍侨胞喜爱，成为海外闽籍侨胞了解家乡情况的主要窗口。①

3. 形成福建文化对台交流系列化、品牌化格局

选取 1993—1997 和 2005—2009 两个五年作为对比，我们发现，福建省文化艺术界赴台交流由 48 批 137 人次发展为 485 批 4595 人次，后者为前者的十倍左右，增长十分迅速（见图 4）。截至 2009 年，闽台文化交流围绕闽南文化交流、民俗信仰交流、客家文化交流、宗亲文化交流、传统文艺交流和文化产业交流六大重点，打造了一批有影响、有地域特色的品牌节目，形成了祖地文化对台交流的系列化、品牌化格局（2006，270）。如在元宵节期

---

① 逯寒青、孟昭丽：《福建搭建平台促进地方文化"走出去"》，网址：http：∥dynews. zjol. com. cn∕dynews∕system∕2008∕01∕03∕010291359. shtml，2008 年 1 月 3 日。

间举办的泉州国际南音大会唱、厦门中秋南音展演暨民间艺术节、湄洲妈祖文化旅游节、东山关帝文化旅游节、世界客属石壁祖地祭祖大典、海峡两岸大学生辩论赛、闽南语创作演唱大赛、"两马同春闹元宵"电视节目、两岸歌仔戏艺术节、海峡两岸图书交易会等都已成为扩大两岸文化交流的重要平台。

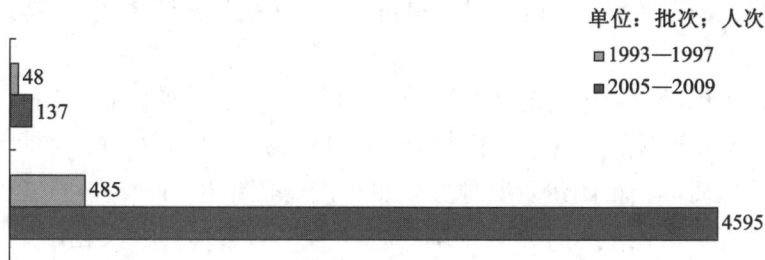

单位：批次；人次
■ 1993—1997
■ 2005—2009

48
137
485
4595

图 4　福建省文化艺术界赴台交流情况

例如，2002 年福建全年共安排了包括文化在内的台闽 150 个双向交流项目，确定了"纪念郑成功收复台湾 340 周年系列活动""青少年交流系列活动""妈祖文化交流系列活动""北大—清华百年赛艇对抗赛及海峡两岸大学生邀请赛"等 8 项系列交流工程（2003，121）。还有每年的"福建文化宝岛行"交流活动等，影响大，反响好。

此外，随着两岸直航和小三通的开通，福建对台文化交流也逐步实现了对台湾中南部和离岛地区的全覆盖。至 2006 年，福建省的闽剧、高甲戏等地方戏剧团多次赴金门、马祖演出，基本达到每个月都有一个演出项目。福建对金门、马祖和澎湖等离岛的文化交流已呈现出常态化趋势（2007，266）。再如，2009 年派出 5 个团队前往台南市参加"2009 郑成功文化节"，填补大陆文化团组赴屏东县、高雄县交流的空白（2010，267）。

这个阶段，闽台文化交流的重要活动还有：2000 年 5 月份妈祖诞辰 1040 周年庆典，台湾妈祖宫庙 1500 多人来闽参加。2000 年 7 月，台中大甲镇澜宫组织 2000 余名妈祖信众到湄洲妈祖祖庙和泉州市天后宫谒祖进香（2001，146）。2006 年，4300 多名台湾妈祖信众及在大陆的 2700 余名台商、台胞，以及当地民众、游客共 1 万多人到湄洲妈祖祖庙谒祖进香，这是当时台湾信众到大陆进香参与人数最多、规模最大的一次活动，是有史以来最大规模的台胞来大陆交流团组，吸引了台湾东森、中天、TVBS、民视、台视、中视等十家电视媒体 50 多名记者随团采访并直播活动实况，影响广泛（2007，137）。

（四）2011 年至今

进入下一个十年，党的十八大以后，"一带一路"倡议的提出，为福建文化走出去提供了新的主题和动能。这个阶段，注重以提升福建文化影响力和竞争力为着力点，创新对外文化发展模式，围绕 21 世纪海上丝绸之路和自由贸易试验区建设的主题，讲好福建故事，传播好福建声音，推动福建文化走出去。

十八大以后，福建规范外事管理，加强因公出访团组审核，杜绝公款出国旅游，禁止照顾性和无实质内容的一般性出访、考察性出访，切实保障重要团组、实质性项目团组及其他突发事件应急团组出访，2014 年全年全省因公出国人员数比上年计划数下降 36.4%（2015，103）。文化团组出访方面，也停止了此前 30 年高速增长的势头，进入稳定发展阶段。福建文化走出去改变了全面铺开、重点不突出的情况，从求量向求质转变，集中力量实施精品战略，文化走出去致力于柔性传播，主要目标从讲得出、听得到转变为讲得好、听得进，文化走出去影响力和实效性不断提升。

1. 发挥侨台优势，积极融入国家"一带一路"倡议

"一带一路"倡议提出以来，福建深入挖掘海丝文化、海洋主题、海峡特色资源，充分发挥海外华侨华人及其社团的作用，建设福建文化海外传播平台，力促文化贸易与文化交流融会贯通，文化"走出去"不断升温。当前，福建文化"海丝"（海上丝绸之路）元素浓墨重彩，文学、戏剧、电影、图书出版、文创产品、网络游戏等一系列"福建制造"文化产品已然形成福建海丝文化艺术精品矩阵，推动福建文化加快"走出去"。

《丝海梦寻》大型舞剧。这是福建向世界传播"海丝"精神的重要载体，目前已先后登上联合国总部、联合国教科文组织总部、欧盟总部和马来西亚、印尼等多地舞台，仅在吉隆坡就创下单场观众超 4000 人的纪录。近年来，以《丝海梦寻》为龙头，福建打造出越来越多具有福建特色、面向世界的优秀剧（节）目，如越剧《海丝情缘》、莆仙戏《海神妈祖》、杂技剧舞蹈诗《海峡情缘》和舞蹈诗《大海，我的家》等，推动形成福建"海丝"文化艺术精品集群效应。

《丝路帆远——海上丝绸之路文物精品联展》。这是福建博物院联合"海丝"沿线数十家博物馆共同筹办的"海丝"专题展览，已远赴东盟国家和联合国总部巡展。福建教育出版社配合推出《丝路帆远：海上丝绸之路文物精粹》，目前阿拉伯语版的出版工作已启动。

福建新华书店海外分店、闽侨书屋、中国·福建文化海外驿站。前二者是国家文化出口重点项目，后者是福建首创的对外文化交流工程，旨在通过文化交流、文化贸易、文化传播三种方式，服务海外华人华侨文化需求，使之成为海外展示福建文化的窗口。目前福建新华书店已在五大洲设立了 14 家海外分店，闽侨书屋成功布局五大洲，第一家海外驿站也于 2017 年 8 月在马来西亚揭牌。① 这三个项目的持续推动解决了福建文化在海外展示的固定场所问题，也使相关展览活动时间延长，形成持续效应，满足了广大海外华人华侨对福建文化的需求。

丝绸之路国际电影节。这是"丝绸之路影视桥工程"的重点项目，2014 年起每年一届，由陕西、福建轮流主办。目前在福州已举办第二届和第四届电影节。如第二届丝绸之路国际电影节近 30 个丝路沿线及周边国家参加活动，举办电影展映、北京放映·丝路再起航、丝路电影合作论坛等系列活动，取得积极成效（2016，295）。

五彩缤纷对外文化交流系列活动。为促进福建与各国友好省州间的交流与合作，2006 年以来福建开展"五彩缤纷对外文化交流"系列活动，通过音乐、舞蹈、摄影、书画、戏剧等形式，增进与友好省州间的相互了解和友谊。

福建省侨联"亲情中华"艺术团。截至 2017 年 6 月，艺术团到 10 多个国家和地区，慰侨演出 39 场，观众达 20 多万人次，深受海外闽籍乡亲的欢迎和喜爱。

应用"海外中餐馆"推介福建文化项目。据统计，福建人在海外开了近 17 万家中餐馆，该项目旨在借助福建海外中餐馆的平台，向世界推介福建历史传统文化、文化产品和旅游资源。项目 2015 年开始实施，现已拓展到美国、澳大利亚、新西兰、西班牙、泰国等国的 50 多家中餐馆。

"福建文化宝岛校园行"系列文化交流活动。福建省文化厅在前期开展"福建文化宝岛行"的基础上，自 2012 年启动实施以两岸青少年交流为主的"福建文化宝岛校园行"活动。截至 2017 年年底，"福建文化宝岛校园行"已完成走进 100 所台湾高校开展文化交流的计划，累计安排数十家单位、近千人赴台开展巡演，系统地将福建省的传统戏曲、非物质文化遗产与民间艺

---

① 林春茵：《"海丝"效应显　福建文化加速"走出去"》，中国新闻网：http：// finance. chinanews. com/gn/2017/08－31/8318736. shtml,2017 年 8 月 31 日。

术等优秀文化，以戏剧展演、非遗展示、展览交流、座谈互动等多样的形式展现给台湾学子们，在促进闽台两地共同传承和弘扬中华优秀传统文化、增进台湾青少年对祖国大陆的认同感方面不断取得突破。

金门书展。书展自 2005 年起连续举办 13 届，规模不断扩大、层次不断提升，成为两岸出版界与台湾民众共同参与的一项重要文化交流活动，曾连续六年被国家新闻出版广电总局等五部委认定为"国家文化出口重点项目"。

"妈祖之光"系列大型晚会。自 2006 年以来，连续 10 年入岛共举办 13 次，汇聚数十万名观众，晚会通过电视现场直播和媒体报道，在海峡两岸及全球华人当中产生了良好的反响，现已成为台湾民众家喻户晓、广泛接受的品牌活动，荣获全国"走出去"工程十周年优秀节目。

全球闽南语歌曲创作演唱大赛。大赛是全球规模最大、参与选手最多的闽南语歌曲赛事节目。目前已举办六届，分赛点拓展至美国等国家。"全球闽歌赛"凭借其全球化、风格多样性、参赛选手水平高、赛事传播影响广等特点，有效强化了闽南语歌曲在华语乐坛的地位，增进了全球华人之间的沟通理解和各国家地区的文化交流合作，成了福建特色文化输出的品牌活动之一。①

2. 外宣技术提升，文化精品频出

近年来，社交媒体崛起带动当下传播方式不断重构，福建文化走出去工作，充分利用传播媒介，调动民间力量，从硬性宣传转向柔性传播，从注重传播范围和覆盖面向注重传播结果转变，不断挖掘新题材，创新展示形式，讲好福建故事，传播好福建声音。

一方面，运用新媒体融合、云媒体和"互联网＋"等技术手段，提升外宣技术含量，创新外宣形式。福建东南网在美国纽约建立数字媒体体验馆，成为省级新闻媒体第一家海外落地的涉侨网站。福建与《中国日报》合作的"福建全球英文网"全面推出，有效推动了福建文化的国际传播。目前，基本上形成以福建日报社、福建省广播影视集团等省级媒体为主，厦门、漳州、泉州闽南语地区，南平、龙岩等内陆地区，福州、莆田、宁德等

---

① 胡美东、杨洁:《福建郑奕灿夺得第四届全球闽歌赛冠军》，中国在线：http://www.chinadaily.com.cn/dfpd/fj/2011-01/09/content_11814414.htm,2011 年 1 月 9 日。

沿海地区为辅的全方位宣传格局。①

　　另一方面，更注重受众需求，用吸引人、打动人的方式书写福建故事。例如，致力于对外文化传播的民营企业蓝海云拍摄制作的 54 条共计 400 多分钟的泉州故事，记录跟踪传统工艺技师的日常生活、拍摄泉州街头巷尾的传统小吃和袅袅茶香，被 276 家各种类型的海外媒体采用传播，抵达受众近亿、覆盖人口超 10 亿，以一种独一无二的传播方式，弘扬福建传统技艺文化，取得了良好的海外宣传效果。再如，以永定客家土楼作为故事场景的国漫电影《大鱼海棠》在 2016 年以 3000 万元的制作成本收获了 5.65 亿人民币的票房，创造了国产动漫电影票房神话，也充分说明了福建文化的当代魅力；2017 年，该片获第 15 届布达佩斯国际动画电影节最佳动画长片奖，作者说："中国福建的土楼有一种梦一样的神秘感，像是来自世外桃源。"此外，习近平总书记在福建任职期间的相关实践和思想也是福建文化的宝贵资源。收录习近平总书记任中共福建宁德地委书记期间的 29 篇重要讲话和调研文章的《摆脱贫困》一书，集中体现了习近平总书记关于精准扶贫、精准脱贫工作的战略思想、理论支持和实践探索，该书中文版由福建人民出版社于 1992 年 7 月第一版印制出版，并于 2014 年 8 月重印，截至 2017 年 6 月，该书已累计发行 128 万册，码洋 433 万元。并出版繁体字版、英文版、法文版。在海内外收获了非常好的反响，受到多个国家，特别是非洲国家的政要、学者和新闻媒体的高度关注和由衷称赞。

　　近年来，福建在国际上收获各类奖项的文艺作品主要还有：电影《被偷走的那五年》获第十六届上海国际电影节金爵奖最佳影片提名奖，中国票房收入超过 2 亿元人民币（2014，257）。2013 年 10 月，福建省实验闽剧院携带经典剧《贻顺哥烛蒂》、福建省仙游县鲤声艺术传承保护中心携带莆仙戏《目连救母》赴法国巴黎参加第六届巴黎中国传统戏曲节演出，福建省实验闽剧院演员朱善根获得最佳演员称号，莆仙戏《目连救母》荣获最佳传统剧目奖（2014，111）。2014 年，杂技《灵魂向远方·绳技》参加俄罗斯偶像国际马戏节的杂技比赛获银奖（第一名），该节目在武汉光谷国际杂技艺术节获荣誉金奖（2015，245）。福建省杂技团《行为艺术·度》节目赴俄罗斯参加国际马戏节杂技比赛获金奖（2015，106）。2015 年，纪录片《锤

---

① 林承亮：《地方文化品牌走出去的思考——以福建文化走出去为例》，《发展研究》，2017 年第 5 期。

子与庄子》获第十三届"金熊猫"国际纪录片节最佳短纪录片奖。电影《衍香》入围第二届丝绸之路国际电影节"金丝路"传媒荣誉单元,获得第30届中国电影金鸡奖最佳男配角、最佳中小成本故事片两项提名,获得2015年中美电影节入围奖等。2款游戏获评2015年度十大最受海外欢迎游戏(2016,295),等等。

3. 文化产业竞争力增强,出口状况持续优化

福建省委、省政府加大了推进文化产业发展的力度,特别是2009年福建省出台《关于加快文化产业发展的意见》以来,制定了系列促进对外文化贸易发展的政策,在人才培养、资金投入、品牌建设等方面做了大量的工作,取得了良好效果。近年来,随着"一带一路"倡议的政策红利持续释放,也助推福建文化贸易规模不断扩大。福建文化贸易呈现与对外文化交流相结合的趋势,成为更好地推动文化"走出去"、取得社会影响力和经济效益双赢的有效途径。

"十二五"期间,共评选认定50家"福建文化出口重点企业",申报认定国家文化出口重点企业65家,重点项目12个,大力推动了全省文化产品和服务的出口,"十二五"期间福建省文化产品进出口额近百亿美元①,2012年、2014年和2015年进出口总额均居全国第4位。福建工艺美术品的产值和出口额占全省文化产品的2/3以上,从表4来看,2005—2015年,福建规模以上工艺美术企业产值增长约8倍,出口交货值也增长2.5倍以上,尤其是2012年以来,在全行业产值快速增长的带动下,工艺美术品的出口增长加快,很快就超过历史最高值,已彻底走出2008年欧美国家大规模金融危机的影响。福建一直是全国工艺美术的重点产区和主要出口基地。2004—2012年,福建规模以上工艺美术企业总产值和出口交货值仅次于江苏、浙江、广东,居全国第4位;2013年以来,福建工艺美术企业稳健发展,规上企业总产值和出口交货值跃居全国第3位,为历史最佳水平。

---

① 林承亮:《地方文化品牌走出去的思考——以福建文化走出去为例》,《发展研究》,2017年第5期。

表 4　福建省规模以上工艺美术企业产值和出口情况（2005—2015）

（单位：亿元）

	2005	2006	2007	2008	2009	2010	2011	2012	2013	2014	2015
总产值	127.81	151	330.82	377.85	425	530	603	660	844.5	1005.85	1146
出口交货值	99.67	131	211.43	255.43	220	233	250	254	337	349	354

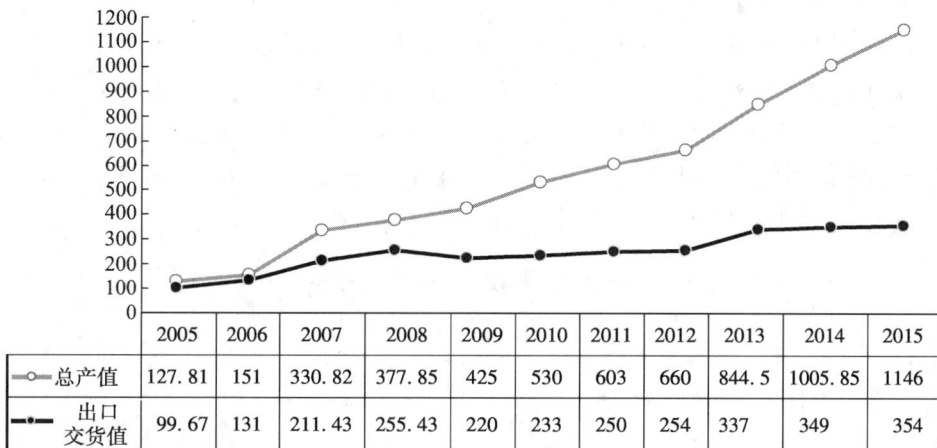

2012—2015 年，福建省规模以上文化制造业企业出口交货值分别位居全国第四（2012）、第三（2013）、第五（2014、2015）位，出口交货值占工业销售产值的比重比全国高出 8～16 个百分点，文化产品出口优势明显。从重点企业来看，2015 年厦门外图公司年出口额 11095 万美元，列全省所有企业第 132 位（2016，247）；2017 年福建网龙公司产品已涵盖十大语系 180多个国家和地区，海外总注册用户数逾 6500 万人，海外并购投资近 2 亿美元，并以 1.3 亿美元完成收购英国上市教育科技公司 Promethean；美图公司创造了全球最大的美颜生态系统，2018 年 1 月，美图公司旗下影像应用BeautyPlus 的海外用户突破 3 亿，美图的影像及社区应用矩阵在全球已经覆盖超过 15 亿台独立设备，美图在全球的月活跃用户总数已达 4.813 亿，占用户总数的 19.4%，截至目前，美图在印度、印尼、日本、马来西亚、韩国、泰国、美国及越南等国家与我国台湾地区各拥有超过 1000 万总用户。

福建积极搭建推动文化走出去的重要载体和平台，海峡两岸文博会、版博会、艺博会和湄洲妈祖文化旅游节升格为国家级文化展会，海峡两岸图书交易会成为大陆对台图书贸易的主要集散平台，海峡论坛、"5·18"、"6·18"、"9·8"、福建文化精品展览交易会等综合性展会平台影响力不断增强，已成为推介福建文化的重要平台。① 以海峡两岸图书交易会为例。2005 年第一届

---

① 林承亮：《地方文化品牌走出去的思考——以福建文化走出去为例》，《发展研究》，2017 年第 5 期。

图交会图书购销总码洋为 400 万元，到 2017 年第十三届已增长为 4600 万元，增长 11.5 倍，年均增长 88.5%。

从图书版权贸易情况来看，与前十年相比，不仅版权贸易更为繁荣，而且福建目前已经扭转了 20 世纪 90 年代后期以来连续十多年的图书版权引进大于输出的逆差局面。从表 5 可见，2005—2015 年，版权输出量从个位数迅猛发展到三位数，成长百倍；引进输出比也由最低点的 16∶1 发展为 1∶8，版权输出情况大为改善，进一步走向国际主流文化市场。

表 5　福建省图书版权贸易情况（2005—2015）

（单位：项）

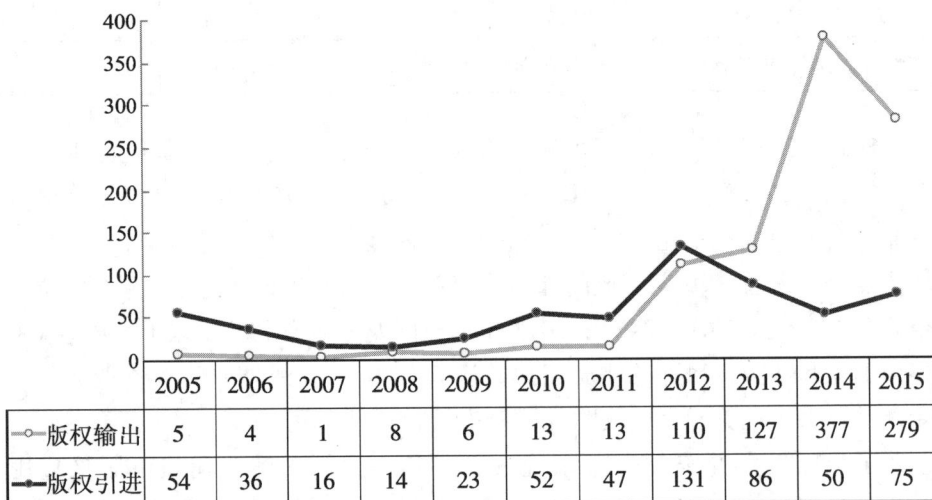

	2005	2006	2007	2008	2009	2010	2011	2012	2013	2014	2015
版权输出	5	4	1	8	6	13	13	110	127	377	279
版权引进	54	36	16	14	23	52	47	131	86	50	75

三、未来发展

福建文化走出去 40 年历程，取得了杰出的成就，区域优势得到充分彰显，特色文化在对外交流中发挥了重要作用，但也存在一些不足。展望未来，在习近平新时代中国特色社会主义思想的指引下，福建文化走出去将取得更辉煌的成就。

（一）优势

1. "海、侨、台"优势明显，提供了福建文化走出去的基本保障；

2. 福建特色和历史文化资源丰厚，为福建文化走出去提供了强有力的内涵支撑；

3. 近代史上"开眼看世界"的思想传统成为福建文化走出去的重要动力；

4. 习近平总书记在福建多年的工作实践和探索为福建文化走出去提供了宝贵的理论引领和思想资源。

（二）不足

1. 整体布局稍弱：文化走出去的整体思路没有完全成型，东一榔头西一棒，缺乏全盘性规划；

2. 福建文化的整体性论述还没有形成，呈现出碎片化的状态，着力点不集中、不突出；

3. 在项目带动上，对项目缺少效果评估，许多项目雷声大雨点小，难以延续；要把有限的经费投入到有持续效果、能真正放大福建文化影响力的项目上；

4. 产业支撑偏弱，文化产业项目走出去，经济效益、文化效益和社会效益如何并举，还需努力；

5. 人文学术/思想交流平台作用发挥不够，文化走出去的智力支撑作用不到位，研究机构、产业、政府三方没有形成合力。

（三）未来展望

习近平总书记指出："要综合运用大众传播、群体传播、人际传播等多种方式展示中华文化魅力，努力提高国际话语权，加强国际传播能力建设，精心构建国际话语体系，发挥好新媒体的作用，增强国际话语的创造力、感召力、公信力，讲好中国故事，传播好中国声音，阐释好中国特色。"[①]

十九大报告指出："加强中外人文交流，以我为主、兼收并蓄。推进国际传播能力建设，讲好中国故事，展现真实、立体、全面的中国，提高国家文化软实力。""推动形成全面开放新格局。……要以'一带一路'建设为重点，坚持引进来和走出去并重，遵循共商共建共享原则，加强创新能力开放合作，形成陆海内外联动、东西双向互济的开放格局。……优化区域开放布局，加大西部开放力度。赋予自由贸易试验区更大改革自主权，探索建设

---

① 习近平：《习近平谈治国理政》，外文出版社，2014 年，第 260 页。

自由贸易港。"新时代福建文化走出去要紧紧围绕提升中华文化影响力，讲好中国故事，讲好福建故事，着力在以下方面在下功夫：

1. 整合省内文化资源，向海外打包推广福建文化；
2. 优化文化内容供给，持续打造文化走出去精品力作；
3. 提升文化产业核心竞争力，推动文化产品走出去；
4. 因地制宜，因人而异，打造文化走出去差异化产品；
5. 打造对外文化交流平台，加强国际传播能力建设。

（2018 年 9 月）

第二节 福建省文化人才队伍建设状况分析[①]

2012 年以来，福建省文化人才事业蓬勃发展，文化人才队伍工程建设取得了一系列成就：政策持续发力，构筑文化人才高地，文化人才集聚效果显著。但文化人才强省事业发展还有很大的拓展空间。我们需要总结经验，在十九大精神和习近平新时代中国特色社会主义思想的指引下，进一步推进文化人才发展体制机制改革，进一步拓展文化人才强省事业的空间，为福建文化强省建设奠定坚实的人才基础。

一、政策持续发力，构筑文化人才高地

人是文化的创造者，人才是社会文明进步、人民富裕幸福、国家繁荣昌盛的重要推动力量。党的十八大提出推动我国由人才大国迈向人才强国的目标。十八大以来，党中央高度重视人才工作，强调人才是支撑发展的第一资源。习近平总书记就如何做好人才工作发表了一系列重要论述，他指出："办好中国的事情，关键在党，关键在人，关键在人才。""实现'两个一百年'奋斗目标，必须深化人才发展体制机制改革，加快建设人才强国。"《中华人民共和国国民经济和社会发展第十三个五年规划纲要》将"人才优先发展"确立为国家战略。中共中央印发了《关于深化人才发展体制机制

---

① 本节所有图表均为本研究制表。数据来源：《中国文化及相关产业统计年鉴》（2013—2017），国家统计局社会科技和文化产业统计司、中宣部文化体制改革和发展办公室编，中国统计出版社出版；部分福建本省数据来自福建省统计局。统计时间截止到 2017 年 10 月 31 日。

改革的意见》，着眼于破除束缚人才发展的思想观念和体制机制障碍。党的十九大报告指出，文化是一个国家、一个民族的灵魂；要坚持中国特色社会主义文化发展道路，激发全民族文化创新创造活力，建设社会主义文化强国；人才是实现民族振兴、赢得国际竞争主动的战略资源；要坚定实施科教兴国战略、人才强国战略、创新驱动发展战略。这些论述为福建省文化人才事业的发展指明了方向，提供了遵循。

人才是知识经济时代文化产业的核心竞争力，文化人才队伍建设对福建文化繁荣和发展具有十分重大的现实意义与长远的战略意义。近年来，福建省委省政府落实中央部署要求，不断完善人才工作格局，借助多区叠加的联动优势，大力推进人才强省和人才兴文战略，在政策层面上为福建招才引智、发挥各类人才聪明才智与创业创新提供了广阔空间，取得了积极的成效，为"再上新台阶、建设新福建"创造了良好文化条件，为打响福建文化品牌、增强文化对外影响力，提供了必要的人才保障和智力支撑。

2012 年，福建省出台了《中共福建省委贯彻落实〈关于进一步加强党管人才工作的意见〉的实施意见》，省委人才工作领导小组下发《关于健全完善中共福建省委人才工作领导小组运行机制的意见》，建立人才工作目标责任制，明确了人才工作运行机制和 17 家领导小组成员单位的主要职责，"一把手"抓"第一资源"，由省委书记担任人才工作领导小组组长。十八大以来，福建省以 2013 年初发布的"海纳百川"高端人才聚集计划为中心，有机整合全省人才工作重大工程，统筹省内外人才资源，扎实推进福建人才队伍建设工作。2016 年 5 月发布的《福建省"十三五"文化改革发展专项规划》提出要大力实施人才兴文战略，完善文化人才机制，建设人才队伍；把打造在全国有影响力的"文艺闽军"和实施福建青年文艺人才培养工程作为打响福建文化品牌的重要工作来抓。2016 年 9 月，福建省委密切贯彻落实中共中央《关于深化人才发展机制体制改革的意见》，研究出台《关于深化人才发展体制机制改革的实施意见》，从管理体制、工作机制和组织领导等方面提出改革措施，以期最大限度激发人才创新创造创业活力，是当前和今后一个时期全省人才工作的重要指导性文件。《意见》指出：要深入实施"文化名家"工程，培养和引进高水平人文社科专业人才，集聚一批哲学社会科学、新闻出版、文化艺术、创意、影视、传媒人才。2016 年 11 月，福建省委第十次党代会提出了"建设文化强省"的目标，要求福建文艺发展再上新台阶，满足人民日益增长的文化生活需要。2016 年 12 月，在福建贯彻文代会作代会精神学习座谈会上，福建省委常委、宣传部长高翔提出要吸收全国各地文艺人才参与福建文艺"五大工程"建设（优秀中长篇小说创作生产工程，优秀电影电视剧培育工程，传统戏曲传承、保护与弘扬工程，舞台艺术精品工程，马克思主义文艺理论建设工程），对省内外人才一视同仁，加快福建文艺从高原到高峰的迈进。

人才强则文化兴。福建省委省政府向来高度重视高层次领军人才和高素质文化人才队伍的建设。2013 年 2 月，福建发布《福建省"海纳百川"高端人才聚集计划（2013—2017）》（闽委办发〔2013〕3 号），这是福建当前层次最高、覆盖最广、力度最大的重大人才计划，预计从 2013 年到 2017 年，共投入 100 亿元以上经费，引进一批高层次人才，打造两个人才特区和 8 个人才聚集区。力争通过 5 年努力，实现人才资源总量、人才素质、人才竞争力和贡献率与福建经济社会发展在全国位次相适应。5 年来，福建积极推进"海纳百川"计划，在闽江学者奖励计划、福建省优秀专家评选计划等既有人才工程的基础上，实施文化名家暨"四个一批"人才、国家"万人计划"哲学社会科学领军人才等培养工程，加大力度表彰优秀文化工作者，有重点地培养扶持和引进聚集一批在人文社科领域具有较强实力和较高影响力的人才。

此外，高端人才和基层人才并重是福建文化人才政策的重要特点。城乡基层文化人才队伍是基层文化工作的基础力量和重要支撑，其重要性不言而喻。福建对欠发达地区和农村地区的人才工作提出明确要求，从加强高校文化产业学科建设、抓紧基层宣传文化干部培养、发现乡土文化能人、培养民族民间文化传承人、加强社区文化工作等方面抓紧基层文化人才队伍建设工作。

高端和基层两手齐抓，刚柔并济、灵活机动，对各项文化人才政策的落实和科学人才观的普及起到了积极的作用。这些与福建文化发展现状和需求相适应的文化人才开发工程、计划，共同为我们描绘出了福建省文化人才的发展蓝图。

二、文化人才集聚效果显著

福建省文化产业营业收入从 2008 年的 1039.4 亿元增加到 2013 年的 3037.6 亿元，年均增速约 38.45%，远远高于同期 GDP 增长速度。2015 年福建省文化产业实现增加值 1070.94 亿元，比上年增长 14%，增幅高出全国

6.1个百分点，占 GDP 比重 4.1%。2016 年全省规模以上文化企业营业收入达 3092.3 亿元，这一数据是 2008 年全省文化企业营业收入的 3 倍，文化产业正在成为福建新的支柱性产业。

近年来，福建文艺创作硕果累累，人才辈出。2012 年以来，在三届精神文明建设"五个一"工程奖项评选中，福建共有 19 部作品获奖，涵盖电影、电视剧、戏剧、歌曲、广播剧、小说等所有奖项类别，获奖作品总数在全国排名前列，充分展现了福建省文艺精品创作的潜力和实力。"十二五"期间，福建有 16 部剧目获"文华奖"等国家级以上奖项，4 人次获"中国戏剧梅花奖"，1 人次获中国曲艺牡丹奖。福建美术、书法跻身全国先进行列，5 幅作品入选"中华文明历史题材美术创作工程"，在第 5 届中国书法兰亭奖与第 11 届全国书法篆刻展中入展与获奖人数均创下历史最好成绩。

人才兴则产业旺。文化人才是文化产业和文艺创作发展繁荣的第一资源和战略资源，福建文化产业和文艺创作发展的良好态势从总体上肯定了福建文化人才队伍建设工作的成效。

从人才工作本身来看，福建文化人才队伍建设工作的阶段成果主要有以下几点。

1. 文化人才队伍不断壮大，就业人员行业结构不断优化

2013 年到 2015 年，福建文化及相关产业年末从业人员数量年均增幅达 9.86 个百分点，增幅高出全国 1.88 个百分点。2015 年，福建文化及相关产业年末从业人员数量达 92.55 万人（见表 1），居全国第 8 位；同期，福建文化及相关产业主营营业收入达 4258.18 亿元，居全国第 8 位；福建国内生产总值居全国第 11 位。这些数据表明，福建文化人才队伍不断壮大，文化人才资源总量已经高于福建经济社会发展在全国的位次，也能够与福建文化产业发展在全国的位次相匹配。

表 1　文化及相关产业年末从业人员数量

（单位：万人）

年份	全国	福建
2004	873.26	48.33
2008	1008.22	45.65
2013	1760	77.3
2015	2040.94	92.55

"十二五"期间，福建规模以上文化企业从业人员数量从307141人增加到409024人，在经济下行压力下，仍然实现了稳定增长，年均增长率达6.63%，说明了福建文化及相关行业对人才的吸引力高于整体水平。其中，规模以上文化制造业从业人数增长最多，增加了53434人，年均增长4.02%；文化批发和零售业年均增幅11.91%；文化服务业从业人数增长最快，年均增幅达26.05%。从就业领域来看，2016年年底，文化制造业吸纳就业人数最多，共319350人，占78.08%；文化服务业次之，共77842人，占19.03%；文化批零业最少，共11832人，占0.48%（见表2）。虽然仍然呈现为文化制造业一家独大的情况，但数据比2012年年底有一定变化：文化制造业从业人员占比减少8.5%，文化服务业增加8.02%，文化批零业增加0.48%。这说明福建文化产业三个分行业的就业人员结构正在逐步优化，其中文化服务业从业人数的增长，也是福建文化消费市场不断发育的一个例证。

表2　福建省规模以上文化企业年末从业人数（2012—2016）

（单位：人）

	2012 年	2013 年	2014 年	2015 年	2016 年
文化批零业	7415	10837	11847	11955	11832
文化服务业	33810	49973	57599	78079	77842
文化制造业	265916	307260	315094	317570	319350

2. 一批国家级和省级文化名家相继涌现，文化人才培养选拔激励机制不断完善

从高端人才来看，截至目前，在文化相关领域，福建共有教育部"长江学者"12人，国家"万人计划"哲学社会科学领军人才6人、青年拔尖人才5人，中国工艺美术大师38人；"闽江学者"（2013—2017年当选）特聘教授和讲座教授32人，省特殊支持高层次人才"双百计划"哲学社会科学领军人才40人，省优秀人才"百人计划"文化名家42人，省工艺美术大师348人。

以工艺美术为例。"中国工艺美术大师"是政府授予传统工艺美术艺人的最高荣誉称号。2012年11月，第六届中国工艺美术大师名单公布，全国78人入选。福建评选推荐12名人选，共有9人被评选认定，是历届福建评选推荐工作成绩最好的一次。至此，全国共评选出中国工艺美术大师365

人，其中福建省 38 人；中国工艺美术大师超过十分之一在福建，这是对福建工艺美术大省地位的有力佐证。

文化领域智力密集，专业性强，需要一大批学有专攻、业有专长的专业文化工作者。文化资源的富矿，如果没有专业人士深入挖掘开采，将难以传承和发扬。在当前文化建设加快推进、人才竞争加剧的新形势下，配合国家级文化荣誉制度，探索建立省级和地市级文化荣誉制度，表彰有杰出贡献的文化工作者，是培养高层次领军人才和高素质专业文化工作者队伍的重要举措，是激发文化工作者创新创造创业活力的一个有效手段。目前福建已经形成了许多行之有效的表彰奖励制度和机制。各类政府权威评优活动起到了积极作用。

一是，以厦门大学、福建师范大学、福建社会科学院、福建省委党校等省内高校和科研院所为中心，优秀文化人才加快聚集，对推动我国高层次人才队伍建设具有战略意义。

二是，促进了青年人才的加速成长，有力地推动了青年人才不断涌现、脱颖而出的竞争机制的形成。

同时，对入选人员的工作实绩进行严格考核，实行动态管理，择优汰劣，这促进了入选人员不断向上、奋发进取、锐意创新。

近年来，在福建省教育厅"福建省高等学校新世纪优秀人才支持计划（2004 年起实施）"和"福建省高校杰出青年科研人才培育计划"（2010 年起实施）的带动下，省内各高校相继推出青年人才扶持计划，不断强化对人文社科类在内的青年学者的扶持力度、完善保障体系，以强有力的措施吸引各地英才、引导青年学者成长。代表性的有福建师范大学"宝琛计划"中青年人才支持计划（2011 年起实施）、福建农林大学杰出青年科研人才计划（社会科学类）（2013 年起实施）、福州大学"旗山学者"奖励支持计划（人文社会科学类）（2014 年起实施）、厦门大学"南强青年拔尖人才支持计划"（2016 年起实施）等。如福建师大"宝琛计划"，对入选者仅设科研成果条件限制，不设名额限制，三年聘期内高端人才享受每年 15 万元的岗位津贴，青年英才每年 10 万元。福州大学"旗山学者"三年聘期内享受每年 10 万元岗位奖金，人文社会科学类另有每人 10 万元的科研经费资助。厦大"南强计划"则对受聘人员薪酬待遇提档，如"受聘副教授人员，享受教授一档薪酬待遇"，并享受住房补贴 100 万元；对于新引进的人文学科入选者，另提供 30 万～50 万元的科研启动费。

评优和表彰活动使福建掌握和联系了一批各层次的文化人才，促进了多层次学术、技术梯队合理结构的逐步形成。与以往长江学者、闽江学者、百千万人才等人才奖励计划中哲学社会科学人才寥寥无几的情况不同，当前人才评优和表彰活动考虑到文化领域的特殊性，评选标准更加灵活，同时在奖项设置上适度向哲学社会科学和文艺领域倾斜。国家高层次人才特殊支持计划（又称"万人计划"），自2012年开始实行，在自然科学、工程技术、哲学社会科学和高等教育领域遴选杰出人才、领军人才和青年拔尖人才；省特殊支持高层次人才"双百计划"2013年启动，亦专设哲学社会科学领军人才类别；2014年启动的省优秀人才"百人计划"设立有"文化名家"类别。"福建省高校杰出青年科研人才培育计划"2010年共54人入选，其中文科25人，占46.3%；2013年共59人入选，其中文科22人，占37.29%。可以预见，随着文化人才队伍建设工作的逐步推进，将有越来越多的机会提供给广大文艺工作者。

3. 文化人才高地建设初见成效，人才集聚初步形成

在文化事业和文化产业发展的风云际会中，最鲜活、生动和精彩的部分应属于人才。在文化经济中，人才的发散效应尤为显著。一个人带动一群人，一个创意带动一个产业，这样的现象时有发生。

2013年2月，福建省正式实施"海纳百川"高端人才聚集计划（2013—2017）。该计划着眼于加快各类优秀人才聚集，坚持了高端引领、整体开发的方针，遵循高层次人才聚集的基本规律，从人才特区、人才聚集区、产业人才聚集基地、企事业人才高地四个层面提出高层次人才聚集的重点工程。"聚集"成为福建人才工作的关键词。

福建着力构建文化人才聚集平台，主要工作在两个方面。

第一，一批文化研究和教育基地相继出现。在哲学社会科学领域，高等院校汇聚了全国80%的人员力量，人员规模约50万，这些人员是文化人才队伍建设的重要力量。但长期以来，存在着各自为政、力量分散、理论联系实际不足等问题，制约了高校人才队伍的成长和智库决策咨询能力的发挥。近年来，国家和地方各级部门大力推动高校人文社会科学研究基地、2011协同创新中心、高校特色新型智库、社会科学研究基地等相关研究基地的建设，以各类基地为平台，福建哲学社会科学研究呈现出人才聚集、成果频出的喜人面貌。

截至2017年，教育部在福建2所高校共设立了6个人文社会科学重点

研究基地，分别是：厦门大学台湾研究中心、厦门大学会计发展研究中心、厦门大学东南亚研究中心、厦门大学高等教育发展研究中心、厦门大学宏观经济研究中心、福建师范大学闽台区域文化研究中心。教育部人文社会科学重点研究基地按照"一流"和"唯一"的标准进行建设，在同一领域、同一研究方向上只设一个重点研究基地，要求建立的重点研究基地切实成为该研究领域的中心。6个重点研究基地的设立说明了福建在相应的人文学科领域居于全国领先地位。这些研究基地以课题研究为平台，招收培养中青年教师、博硕士研究生和外国留学生，在教学、科研方面都有突出表现。其中，厦门大学5个研究中心全部入选教育部"985工程"国家哲学社会科学创新基地，成为国家创新体系的重要组成部分。

福建省哲学社会科学规划领导小组2014年设立"福建省社会科学研究基地"，第一批立项建设"厦门大学中国特色社会主义研究中心""福建农林大学马克思主义中国化研究中心""福建师范大学中华文学传承发展研究中心"等16家单位，以省社科规划课题立项的方式对每个基地提供每年10万~20万元经费支持，以基地为平台、以项目作带动，三年来，16家基地成长喜人，在科研和人才培养方面都取得了一定成绩。

福建省内各高校文化艺术相关学科和专业建设成效明显，福建师范大学、福建农林大学、厦门理工学院、华侨大学、闽南师范大学、泉州师范学院、福建江夏学院等学校设立文化产业专业并开始招生，包括福建师范大学在内的一些院校还设立了文化产业管理（闽台合作）方向，初步形成了福建文化产业高等教育的队列。同时，在教育过程中，注重学生动手和实践能力的培养，积极推进校企合作，出现了有代表性的文化创意人才实训基地。设立"福建省技能大师工作室"并进行经费补助，鼓励名师开班带徒，传承技艺。福建省文化产业学会、厦门大学当代复文文化发展研究院、福建省文化产业研究策划基地等研究机构相继设立，汇集了国内外顶尖的文化产业领域的专家和学者，打造文化产业发展的学术高地和政府智库，推进了产学研良好互动。

第二，文化创意产业基地和园区大步前进。近年来，以政府扶持和民间力量共同推动，福建文化创意产业园区的建设迈上新台阶，规划和建设了福州软件园、福州海峡创意产业园、厦门海峡两岸龙山文创园、莆田工艺美术城、泉州领SHOW天地文化创意产业园、建瓯武夷根艺城等一批定位准确、各具特色的文化创意产业集聚区，文化产业集约化程度大幅度提升。通过资金的配套投入、环境的配套建设和一系列优惠政策,引导和吸引文化企业入驻园区,吸纳文化人才集聚园区,让园区形成企业集群和人才高地而发展起来。

截至目前,福建已形成以泉州、厦门、福州为核心的创意设计、动漫游戏集聚区,以莆田、泉州、福州为核心的工艺美术产业集聚区,以南平、龙岩等闽西闽北地区为核心的生态和文化旅游产业集聚区。建成了咪咕动漫、一品威客等一批具有较强集聚效益和辐射功能的平台载体。建成闽台国家文化产业试验园、国家动画产业基地、国家影视动漫实验园、海西国家广告业示范园、海峡国家数字出版产业基地等国家级重点园区。

4. 搭建产业支撑平台,文化人才工作实效不断提高

2008—2017 年,海峡两岸文博会已成功举办十届,自 2010 年起升格为国家级。历经十年的发展与沉淀,文博会展览面积从首届的 2 万平方米增加至第九届的 6.5 万平方米,展位数从首届的 964 个增加至第九届的 3250 个,展商数从首届的 501 家增加至第九届的 1704 家,分会场数量从首届的 4 个发展到第九届的 30 个,签约交易金额从首届的 54.59 亿元人民币增加至第九届的 303.89 亿元人民币。

中国(莆田)海峡工艺品博览会自 2006 年举办以来,至 2017 年已成功举办十二届,参展企业数量和产品成交额连年增长,已发展成为目前国内规模最大、规格最高、人气最旺的工艺美术专业展会。在 2017 年举行的第十二届艺博会上,产品成交额达 2.46 亿元,是 2012 年第七届艺博会的 3.66 倍,年均增长 44.36%。

2013 年开始,福建每年举行"'4·18'人才项目与资本对接会",对包括文化创意在内的新兴产业领域的优秀项目做重点推介,为有对接意象的人才项目和资本搭建对接平台。同时,福建把"4·18"打造成人才与资本充分对接、合作共赢的品牌平台,设常态化路演对接,并深入市、县、区开展"4·18"送基层服务活动。

……

福建省在进行高层次文化人才工程的同时,也采取了一系列举措激发人才活力,支撑了福建文化产业发展。在"海纳百川"和"310 行动"计划加大对文化领军人才和领军文化企业的政策和经济支持之外,打造高层次的论坛和文化产业会展活动,推动文化产业信息交流和成果转化。通过推进文博会、艺博会、茶博会、旅博会、图交会、艺术节、人才项目与资本对接会等

平台建设，搭建贸易服务平台，积极探索高层次人才和金融资本对接的有效方式，帮助文化企业拓展市场，为优秀文化人才和文化成果提供了丰富的展示和交流平台。

5. 着力先试先行，闽台文化人才交流合作初见成效

党的十八大报告指出："我们要持续推进两岸交流合作。深化经济合作，厚植共同利益。扩大文化交流，增强民族认同。密切人民往来，融洽同胞感情。"近年来，福建充分利用对台优势，先试先行，推动两岸文化人才互访，加快承接台港澳文化创意人才，闽台文化人才交流合作初见成效。

搭建平台，推进两岸文化交流的深度和广度。以文化为纽带，组织具有地方特色的经贸文化交流活动。目前，一年一度的厦门"台交会"、福州"海交会"已不约而同注目文化产业，探讨、寻求闽台文化产业的交流合作。2009 年开始举办的海峡论坛，至 2017 年已成功举办九届，是当前规模最大、人数最多、范围最广的两岸大型民间文化交流活动，在扩大两岸文化交流，密切人员往来方面成效显著。在厦门举办的海峡两岸文博会也已经成为两岸文创产业重要的对接平台之一，吸引力和影响力不断增强。此外，依托各地特色，相继开展漳州闽南文化节、泉州海博会、莆田海峡妈祖论坛、龙岩三明两岸客家文化交流等活动，两岸文化交流在广度和深度上都大有发展。

两岸院校推动合作办学，加快文化创意人才教育合作步伐。福建省教育厅制定《闽台高职院校联合培训师资规划》，在全国率先组织开展海峡两岸高职院校联合培训师资工作。包括厦门大学、福州大学、福建师范大学、华侨大学等在内的多所省内高校都与台湾地区的高等院校签订有文化创意人才培养方面的合作办学和人才交流协议。"海峡两岸文化发展协同创新中心"成立，该中心由福建师范大学牵头，联合两岸高等学校、科研院所组建而成，力图构筑两岸人文学术交流和协同创新的前沿平台。2010 年，厦门理工学院推出闽台高校联合培养人才项目，在艺术设计（数字媒体艺术）、艺术设计（数码动画设计）、文化产业管理（音乐工程）、文化产业管理（媒体创意）等本科专业开设闽台合作项目；2014 年，福建师范大学文学院开始与台湾淡江大学合作，推出文化产业管理（闽台合作项目）……在这些闽台"3+1"联合培养本科人才项目的带动下，福建省赴台学习交流学生人数持续稳定递增，约占大陆高校同期赴台学习学生总数的1/3。

政策配套，加快承接台港澳文化创意人才。2011 年年底，出台福建省《关于加强文化创意产业人才培养培训工作的若干意见》，支持闽台高校重点在时尚设计、工业设计、影视制作、音乐制作、视觉艺术等相关学科领域联合开展专业、课程、教材等教学资源库建设新模式，推进两岸高校学生互换、教师互聘、学分互认。2015 年 9 月，福建省率先出台《福建省促进闽台职业教育合作条例》，这是大陆首部对台湾地区开展职业教育交流合作的地方性法规，《条例》在闽台职业教育合作的实训基地建设、技术研发、师资培训和人才引进等方面加大对闽台职业教育合作的资金支持力度，对建立闽台职业教育交流合作的长效机制起到了积极促进作用。2017 年 9 月，福建省文化厅、省台办、省文化改革发展工作领导小组办公室印发《福建省促进闽台文化产业合作发展实施方案》，提出多项举措推动闽台在数字文化、文化创意、文化旅游、工艺美术、动漫产业、人才互动等方面加强合作。支持省内闽台青年文创基地和"闽台青年创业基地"线上线下平台建设，为入驻园区、基地的台湾文创企业、个人工作室、青年文创业者提供工商登记、资金贷款、人才系统等各项对接服务，以更大的力度、更细致的举措全方位服务台湾文创企业和个人。地方层面，以厦门为例，厦门的人才政策具有明显的对台特色。专门针对台湾人才引进制定《厦门市台湾特聘专家制度暂行办法》，鼓励专业技术岗位采取聘用制柔性引进包括退休专家在内的台湾人才。其中，成绩显著的团队领军型台湾特聘专家，可给予最高 400 万元的专项经费支持。同时，厦门以市人才服务中心现有功能和资源为依托，拟设立台湾人才服务中心，加强两岸人才机构合作，支持台湾公司在厦设立人才服务机构。

三、拓展文化人才强省的空间

2015 年年底，福建地区生产总值达 25979.8 亿元，占全国 3.59%；福建总人口达 3839 万人，占全国 2.79%。同期，福建文化及相关产业主营业务收入达 4258.18 亿元，占全国 3.82%；包含文化企业、文化事业和其他文化相关行业的从业人员数量达 92.55 万人，占全国 4.53%（见表 3）。

表3 2015 年经济社会及文化发展相关指标

	文化及相关产业从业人数（万人）	总人口（万人）	文化及相关产业主营业务收入（亿元）	地区生产总值（GDP）（亿元）
福建	92.55	3839	4258.18	25979.8
全国	2040.94	137462	111353.8859	722767.87
占比	4.53%	2.79%	3.82%	3.59%

根据 2015 年数据，第一，从整体经济社会发展指标来看，福建以全国 2.79% 的人口创造了全国 3.59% 的 GDP，效率明显高于全国平均水平。第二，就文化及相关产业的数据来看，福建以全国 4.53% 的从业人数创造了全国 3.82% 的行业主营业务收入，人均产值和生产效率低于全国平均水平，也低于福建经济社会发展的整体水平。第三，就从业人数来看，福建文化及相关产业从业人员数量占全省人口总量的 2.41%；而全国文化行业从业人数仅占人口总数的 1.48%，说明福建文化从业人员数量明显高于全国均值。前文提及，福建文化及相关产业从业人员数量和营业收入均居全国第 8 位，高于同期 GDP 在全国第 11 位的排名，说明福建文化及相关产业发展在全国有一定的领先优势，也领先于福建经济社会整体的发展水平。但是，从人均产值来看，福建文化产业产出效率和效能不高，还比较明显地低于全国平均水平，也与福建经济社会发展水平不相适应。可见，福建文化人才队伍数量不少，但队伍质量建设还需要进一步加强，实现从文化人才大省向文化人才强省的转变。

1. 高层次文化人才少

福建文化人才中，文化名人和领军人物等高层次人才的比例较小。

福建省哲学社会科学领域学术带头人较少。比如，国家"长江学者奖励计划"自第六届起将评选范围拓展到人文学科，长江学者特聘教授迄今已聘任哲学社会科学领域专家 200 多人，他们中仅有 12 人在福建工作。配合国家层面的长江学者计划，福建推出"闽江学者奖励计划"，同时面向自然科学和人文社会科学聘任特聘教授和讲座教授。截至 2017 年，福建共聘任闽江学者特聘教授和讲座教授 656 人，其中，2013—2017 年共聘任 442 人，哲学社会科学学科教授仅有 32 人，占比仅为 7.24%。虽然各类评奖评优已经在有意识地向哲学社会科学领域倾斜，但与自然科学相比，哲学社会科学在评奖评优中仍然处于绝对弱势，而这一问题在福建相比全国而言更为突出。

文化艺术领域高素质人才数量同样不容乐观。例如，2014 年度全国宣传文化系统评选出 362 名"四个一批"人才，福建仅有 6 人入选，占比 1.66%。其中理论界共 200 人，福建省刘国深、周宁等 5 人入选；文艺界 77 人，福建省仅有林岚 1 人入选；在新闻界、出版界、文化经营管理三个领域，福建无一人入选。这也说明福建虽然文化人才总量大，但是人才分布领域并不均衡，在新闻、出版、文化经营管理等在内的文化产业核心层，高端人才缺乏的情况比哲学社会科学界更为明显。

非物质文化遗产传承人数量少。中华文化博大精深，文脉悠长，赖于一代又一代杰出人才薪火相传。2007—2015 年，文化部先后命名了 4 批国家级非物质文化遗产代表性传承人，共计 1986 名。福建省共有 108 人入选，占比不到 6%。这与福建非物质文化遗产资源丰富的现实极不相符。

2. 文化人才结构不合理

首先体现为年龄结构不合理，高层次人才年龄偏大，大量年轻人居于下游。

一方面，福建创意产业起步晚，从业人员的队伍非常年轻，经验偏少，资料显示，目前文化创意产业的从业人员近 8 成年龄在 20～30 岁，从业年限在两年以内的超过 7 成，3～8 年的约占 2 成，8 年以上的不到 1 成。另一方面，高层次人才少、年龄大，不利于文化产业的可持续发展。

以前文提到的非物质文化遗产传承人和中国工艺美术大师为例。在 108 名国家级非遗传承人中，绝大部分人的年龄在 60 岁以上；再看福建省的省级传承人，耄耋翁媪也大有人在，年富力强者甚稀。福建目前共有 38 位中国工艺美术大师，其中 10 人已先后离世，目前实有 28 人，这 28 人的平均年龄为 69.04 岁，60 岁以上的有 22 人，占 78.57%。

有数据显示，我国 764 个传统工艺美术品种中，52.49% 的品种因后继乏人等原因而陷入濒危状态，有的甚至已经停产。非物质文化遗产和工艺美术是渗透在血脉中的文化，是以人为载体、长在人身上的活体文化，因人而生，因人而传。能否新老薪火相传直接关乎一个个传统工艺行业的生死存亡。在工艺美术行业和非物质文化遗产保护中，传承的问题尤为突出。年龄断层、青黄不接的现象应该引起充分的重视。

同时，我们应该看到，2010 年以来中国艺术品市场大热，在短时间内迅速跃居世界第二位，仅次于美国。艺术品价格节节攀升，艺术品拍卖及私下成交金额屡创新高。这些，都带动了工艺美术行业的发展，吸引了一批年轻人进入传统美术行业。同时也出现了一些值得警惕的现象。从极冷到极热，这种跨越性的转变，导致整个行业心态膨胀，名利至上。一大批成名已久的艺人在啃自己早年的"老本"，通过市场运作不断抬高作品的市场价格；一些年轻人没有经过艺术上的积淀和市场培育，以成交价格论高下，也难以创作出艺术精品。一名艺术家始终是靠作品说话的，先有作品，才有艺术家，随着市场的成熟和大众文化水平的提高，相信这种急功近利的现象会越来越少。

其次，文化人才专业和领域分布失衡。福建省的文化产业从业人员主要集中于科研教学领域和制造流通领域，文化资本运营、文化经纪代理、媒体产业经营管理等高端复合型人才较为缺乏，对文化人才的引进、培养、激励与保障等机制仍需进一步健全。"十二五"以来，随着福建文化走出去的步伐不断加快，对文化人才的国际化程度也提出了越来越高的要求。当前，福建有国际经验的文化人才，包括地域文化译介人才、文化创作人才，以及文化贸易职业经理人、创意策划人和经营管理人才等都严重不足，与一带一路倡议及六区叠加的发展要求有不小的差距。

前文已有涉及，从科研方面来看，"长江学者"和"闽江学者"的评选同样向哲学社会科学学科开放，但是，在机会均等的情况下，福建哲学社会科学入选专家仍然稀少，另外，在国家级和省级的各类评奖评优中，福建省受到表彰的哲学社会科学研究者多有重复，也说明了福建高层次学术人才的缺乏。当然，这与福建重点高校少、专业培育文理不均、人文学科科研成果难以量化等都有关系，然而，我们是否应该反思：在长期的"重理轻文"之下，现在我们的人文学科是不是给了机会也拿不出人了呢？若如是，那么，问题已经相当严重。

再次，专业分布的不平衡还体现在科研教学和创作人员相对多，文化企业家、策划创意、设计创意等人才相对少。科研创作人员多，大部分原因在于科研机构、高等院校、艺术院所等聚集了一大批文化人才，给他们提供了相对稳定的生产生活条件，使他们得以潜心创作。而文化企业家、创意人才等与文化产业发展密切相关的人才较少，一部分原因在于福建文化产业特别是创意产业起步较晚、起点低，文化企业规模不大、实力不强。文化创意产业最缺乏的，第一是经营管理人才，第二是策划创意人才。这两类人才大部分在文化企业活动。从文化企业本身来说，由于文化产业是新兴产业，企业的管理人员或是跨领域而来，或是由创作转管理，缺少既懂文化、又懂管理的文化"操盘手"。此外，企业对人才的培训水平不高，对人才的薪酬管理没有使用长期激励机制，这些都不同程度上促成了目前尴尬的人才短板。

3. 文化人才行业和地区分布不平衡

人才总量的大小只是衡量人力资源丰沛与否的其中一个指标，人才分布的均衡度也是一个重要的考量指标。只有人力资源相对丰富，能够覆盖产业各个领域，才能使得文化产业发展结构比较合理、发展空间比较广阔。从福建省内来看，文化人才分布状况与文化院校、文化企业的分布大体相同。从行业类别来看，福建规模以上文化及相关产业企业中，文化制造业、文化批零业和文化服务业的从业人员比值为 27∶1∶6.6；与全国 9.5∶1∶4.5 的比值相较，三个行业类别之间不均衡的情况十分突出（见图 1、图 2）。从地区分布来看，福建文化教育和文化创意产业发展较快的厦门、福州、泉州三个地区人才优势较为明显；省内其他地市相对落后，侧重于结合自身的特色和优势着手文化产业发展并吸引人才（见图 3）。

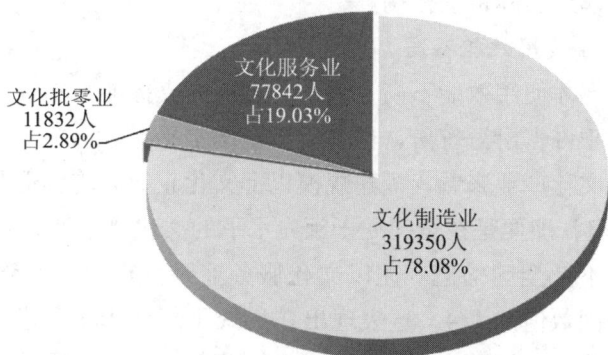

图 1 2016 年年底福建省规模以上文化及相关产业年末从业人员数

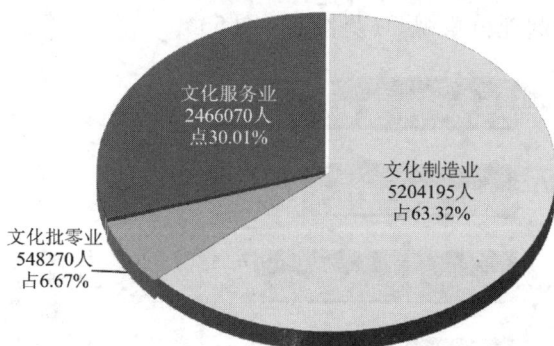

图 2 2016 年年底全国规模以上文化及相关产业年末从业人员数

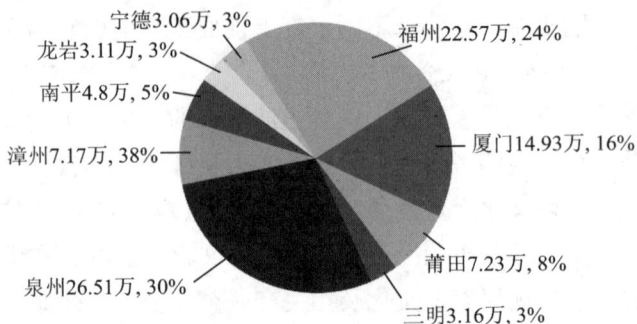

图3 2015年福建省部分地区文化及相关产业从业人员期末人数

另外，福建农村文化人才队伍建设偏弱，基层文化人才队伍不强。农村当地的文化人才少，引进的文化工作者水平不高、专业性和实用性不强，而优秀文化人才又多以短期方式下乡，容易流于形式，难以对农村文化建设和人才队伍培养起到实际带动作用。

4. 文化人才使用效能不高

福建文化人才使用效能不高，对产业发展的支撑能力不强，在全国处在中下游，落后于许多沿海省份，也落后于全国水平。

首先，从文化产业来看，福建规模以上文化企业人均创造利润不到全国平均水平的2/3，即便是在全国处于领先水平的文化制造业，4.69万元的年人均营利额也不及全国均值。尤以文化服务业最为严重，2.88万元的年人均营利仅为全国数值的1/4。这表现出在集聚了新闻出版、影视动漫、创意设计等文化产业核心层在内的文化服务业，福建人才队伍平均水平不高、创收和营利能力不足，无法为文化供给侧结构性改革提供足够的人才支撑。这一问题有必要引起充分重视。（见图4、图5）

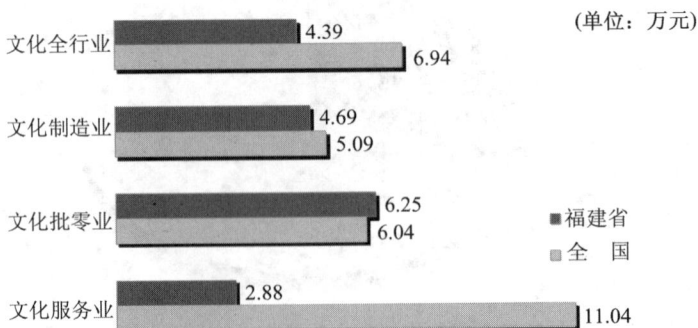

图4 2016年年底规模以上文化企业年人均营业利润对比

（单位：万元）

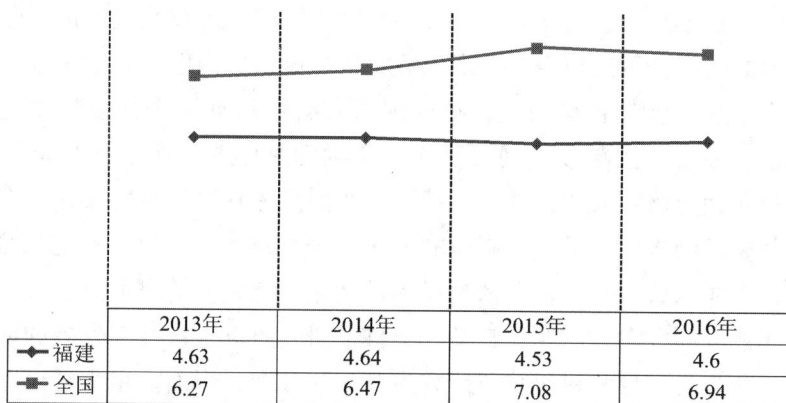

	2013年	2014年	2015年	2016年
福建	4.63	4.64	4.53	4.6
全国	6.27	6.47	7.08	6.94

注：按利润总额计算。

图5　规模以上文化企业年人均利润（2013—2016）

从全省九地市（未收入平潭数据）人均营收来看，各设区市也并不平衡。2015年，莆田7.23万的从业人口创造了577.92亿元的营收，以人均79.93万元的主营业务收入领跑全省、独占鳌头，这一数据与全国均值基本持平，是排在全省第二位的厦门市的1.55倍，全省末位宁德市的2.52倍。除莆田之外，包括厦门、福州、泉州在内的其他地市的人均营收数据都并不理想，只能达到全国均值的2/3甚至1/3。可见，人才使用效能不足、创收能力不强是福建各地市文化产业发展普遍存在的问题（见表4）。

表4　福建省各设区市文化及相关产业基本情况（2013—2015）

年份/地区	2013			2014			2015		
	期末从业人数（万人）	主营业务收入（亿元）	年人均主营业务收入（万元）	期末从业人数（万人）	主营业务收入（亿元）	年人均主营业务收入（万元）	期末从业人数（万人）	主营业务收入（亿元）	年人均主营业务收入（万元）
全省	77.34	3010.64	38.93	82.38	3561.76	43.24	92.55	4258.18	46.01
福州	17.89	660.1	36.9	19.21	817.59	42.56	22.57	949.55	42.07
厦门	13.01	541.2	41.6	13.76	598.11	43.47	14.93	772.39	51.73
莆田	5.65	395.85	70.06	6.31	475.77	75.4	7.23	577.92	79.93
三明	2.8	104.05	37.16	2.91	123.82	42.55	3.16	152.09	48.13
泉州	23.1	792.63	34.31	24.11	924.9	38.36	26.51	1074.15	40.52
漳州	5.93	241.27	40.69	6.42	283.84	44.21	7.17	334.6	46.67
南平	3.96	121.45	30.67	4.16	155.19	37.31	4.8	179.99	37.5
龙岩	2.49	80.44	32.31	2.76	95.4	34.57	3.11	120.61	38.78
宁德	2.51	73.64	29.34	2.73	87.14	31.92	3.06	31.66	31.66

其次，各个高校的文化人才培养存在理论陈旧、严重脱离实际、学生动手能力差的问题，无法与企业实现无缝对接。虽然省内已有不少高校开办了文化创意专业，但都各自为战，缺少国家和省级层面的全局发展眼光。例如，福建动漫产业大踏步发展，已成为全国动漫强省，企业在积极引进人才，高校在大力培养人才，然而，动漫产业的人才缺口仍然庞大，具有新颖创意，掌握动画策划、设计、制作的人才十分紧缺，大学和美术院校培养的艺术设计人才从数量和质量上都难以满足文化创意企业的需求。

智库建设同样存在问题，哲学社会科学研究服务经济社会发展的能力有待提升。一是各高校和科研院所研究力量相对分散，当面对重大理论和现实问题的综合研究时，表现出明显的研究合力不足、学科合力不足、人员合力不足、机构合力不足，导致研究中碎片化现象严重。二是理论联系实际仍有不足，对一线情况掌握不够，提出的报告针对性、时效性不强。

再次，福建有一些文化名家和领军人才，但是他们社会影响力不大，与经济社会发展的联系不够紧密，人才引领文化建设和发展的作用尚未得到充分发挥。政府举办的各类评优活动虽然权威、公正、正式，但是多是集中在政府和行业层面，知名度不高，活动范围小、社会影响力小、社会普及度和民众认知度低，树标杆、扩影响的目的没有达到。评奖之后，政府层面上没有专业对口地使用文化人才，除了各类行政工作和各类学术味道浓厚的研讨会、交流会、展览等，文化人才也极少真正参与到社会文化和经济建设中。对于文化名人和领军人才来说，他们的专业性都非常突出和明显，不能专业对口地人尽其用，就是在浪费人才。

5. 闽台文化人才合作尚需深入

随着福建文化强省的步伐不断加快，福建省的文化产业呈现出浓厚的"台味"。但是，落实到文化人才交流合作层面，我们应该清醒地认识到：目前闽台两地文化人才交流合作多流于走马观花式的形式化工程，在福建不断向台湾敞开胸怀的时候，台湾并没有如我们一般扫榻相迎，在文化产业人才的培养和交流方面，台湾的"核心技术"尚未向福建开放。两岸文化人才教育交流合作的长效机制亟待建立。

首先，台湾高等教育资源仍未对福建开放。2011年，台湾高校首次面向福建省招生，随之而来的是严格的"三限六不"政策，包括大陆学生毕业后不能留台工作等。2012年，台湾首次有公立大学向福建招生，同时也开放了研究生招生。至2017年，报考台湾硕博士研究生时，被台湾高校认可学历的福建高校仅有厦门大学一所。本科生招生以私立大学为主，公立大学仅有澎湖岛大学、金门大学两所。包括台湾大学、台湾"清华大学"等岛内一流高校仍未向福建开放招生。

其次，两岸合作办学及师生互访、学术交流等活动的真正成果还有待进一步检验。一些闽台合作班，高校借"台湾"名义收取高额学费、设置课程多为短期，难以收获实效；还有一些合作项目，由于缺乏两岸共同认可的教育评估体系，教学质量检查环节无法真正落实，办学质量和学生素质难以保证。对于两岸合作办学来说，相应的政策法规、人才培养的质量保障体系等方面仍然有待完善。

目前已有不少台胞在福建从事文化工作，但是，其中高层次的文化人才为数不多。另外，在技术输出过程中，台胞存在一定的"核心技术保护"心态，一些先进技术和理念不交流、不沟通，在一些关键环节上不经他人之手，使两岸的文化人才交流成效不如预期。

四、持续推进文化人才建设工程

针对问题提对策，总体而言，要通过切实有效的措施，着力使文化人才队伍达到德才兼备、锐意创新、结构合理、规模宏大的要求，为推动福建社会主义文化大发展大繁荣提供人才保证和智力支持。一方面，必然需要一支规模宏大的文化人才队伍，更重要的是人才质量要能够满足文化强省建设的多层次需求；另一方面，文化人才的培养和使用要与福建建设文化强省的目的和要求相吻合，使之与文化强省建设的层次性和结构性相适应。要建设文化强省，我们既要有一批大师级人物、一大批专家，也需要有与之配套的专业人才，更需要一大批的能工巧匠和民间人才。没有高质量的人才，文化强省建设的质量难有保证，而没有结构优化合理的人才队伍，也容易造成人才过度消费或者大材小用，如此将严重影响人才效能的发挥。

（一）以中共十九大报告和习近平总书记相关讲话精神为指导，加强福建文化人才队伍建设

党的十八大以来，习近平总书记在全国宣传思想工作会议、文艺工作座谈会、新闻舆论工作座谈会、网络安全和信息化工作座谈会、哲学社会科学工作座谈会、第十次文代会、第九次作代会等重要会议上就文化人才队伍建

设提出了重要要求。党的十九大报告对人才做了明确定位，把人才和人才工作摆在了前所未有的重要位置。报告指出："人才是实现民族振兴、赢得国际竞争主动的战略资源。要坚持党管人才原则，聚天下英才而用之，加快建设人才强国。实行更加积极、更加开放、更加有效的人才政策，以识才的慧眼、爱才的诚意、用才的胆识、容才的雅量、聚才的良方，把党内和党外、国内和国外各方面优秀人才集聚到党和人民的伟大奋斗中来，鼓励引导人才向边远贫困地区、边疆民族地区、革命老区和基层一线流动，努力形成人人渴望成才、人人努力成才、人人皆可成才、人人尽展其才的良好局面，让各类人才的创造活力竞相迸发、聪明才智充分涌流。"这些论述为福建文化人才事业的发展指明了方向，提供了遵循。学习领会十九大报告和总书记对文化人才队伍建设的重要要求，坚持党管人才，贯彻落实省委《关于深化人才发展机制体制改革的实施意见》，将是福建下一阶段文化人才建设的核心内容。

（二）创新文化人才培养、引进与管理机制

一方面，创造各种条件，营造宽松氛围，充分发挥现有高校和企业文化人才的作用；另一方面，创新人才引进和管理机制，采取大师入驻、战略合作、联手开发等灵活多样的形式，让福建汇聚更多一流的文化企业家、创意大师、文化经纪人、文化投资商等人才。这是提升福建文化产业竞争力的关键所在。

1. 集中力量培养文化人才

基础层面上，政府要强调文化艺术产品面向大众，鼓励广大民众尤其是青少年积极参加各种文化活动，并为广大民众提供尽可能多的参与机会。政府要从政策上为文化艺术教育保驾护航，让文化艺术成为教育服务体系的组成部分。此外，鼓励更多有志者和青年人进入一些资金门槛较低的文创产业领域（比如网络文学的写手、网络直播平台的主播，凭借他们所聚集的超高人气，获得了巨大的市场成功），形成大众创业、万众创新的局面。

高校层面上，利用高校和科研机构的力量培养文化专业高层次人才，发展网络教育和专业培训，源源不断为社会输送文化专业的生机力量。培养文化专业人才要从政府层面规范和明确文化产业学科的整合方向，结合国内、省内实际情况并参考发达国家的经验，对福建高校的文化产业学科进行具体界定和整合，规划好学科的专业设置。在课程设置上，各高校可以联合起

来，一起针对福建目前文化创意产业人才缺口，紧密结合产业特点和市场需求设置教学课程，建立科学合理的课程体系。同时，为实现教学与市场的无缝对接，必须加强文化产业个案研究和市场调查，培养学生的实际操作能力。在文化企业和产业园区建立教学、实习基地，探索高校与企业联合培养的途径。

要加强现有文化人才培训，对现有人才分门别类开展继续教育，促进其知识结构更新。着力培养国有文化单位的优秀骨干力量和政府思想宣传部门的拔尖人才。可以通过委托、定向培养、双向交流等多种途径，选送人员到发达地区学习、进修。

值得一提的是，福建省要创新公共文化服务形式，引进社会力量参与文化建设，提升公共文化的专业性、科学性和有效性，就需要多层次、多样化的人才与之匹配。需要提高目前文化人才与公共文化服务和文化产业发展的契合度。文化人才的引进和培养应该符合福建省文化产业发展规划的方向，为此应该进行前瞻性研究，预测文化产业未来发展趋势和人才需求趋势，提前进行相关人才培训，以适应和促进文化产业的持续发展。

2. 深化人才发展体制机制改革，实施柔性引进和人性化管理

进一步贯彻落实柔性引智政策，大力推进文化人才引进工程。坚持"不求所有、但求所用"的原则，强化使用权、淡化所有权。允许人才关系不转、户口不迁、智力流动、来去自由。

开展全省文化人才情况调研，准确掌握全省文化人才资源状况；利用现代科技，建立福建文化系统人才信息数据库，建立文化名家档案，进行跟踪考察，实行动态管理，增强文化人才管理的科学性和针对性。

福建省在对民间文化艺人和高层次文化人才的管理上，可以参照日本的人性化管理方式，想人才之所想，急人才之所急，集合政府和民间力量为人才提供各项便利和优渥条件，形成人才工作"引得进、用得好、留得住"的良性局面。日本首创的"人间国宝"认定制度堪称第一个"活的人类财富体系"，值得我国借鉴。1950年日本政府颁布了《文化财保护法》，首次以法律形式规定了无形文化遗产的范畴，被认定的"人间国宝"都是在工艺技术上或表演艺术上有绝技、绝艺、绝活的老艺人。在日本，一旦被认定为"人间国宝"，日本政府就会拨出可观的专项资金，录制保存其作品资料，资助其培养传人，改善其生活和从艺条件。不但国家对"人间国宝"在经济上给予不菲的补助，在税收等制度上给予优惠，各民间专业协会、社

会团体也被吸引进来合力赞助。

（三）提高人才使用效能，盘活人才存量

切实破解当前人才结构性矛盾中的突出问题，研究制定差异性人才政策体系，强化对文化创意重点学科、重点领域和重点产业人才的政策倾斜。要充分考虑到文化人才的成长特点，考虑到社会上广大的文化人才与体制内、学院内的人才的不同特点，考虑到科研系列和技能、工艺系列的不同特点，考虑到哲学社会科学学科与自然科学不同的评价方式，坚持以重品德、重能力、重业绩、重贡献为导向，不断细化和完善人才选拔管理、培养引进和使用评价机制，不搞"一刀切"。让真正干活并有真正成就的拔尖人才，专业对口地参与到社会文化建设和政府文化咨询团队；既是提高执政效能的客观要求，也是真抓实干、执政为民的具体表现。

提升高层次文化人才的使用效能，主要有三。

首先，要不遗余力加大对高层次文化人才的推广和宣传力度。尽管很多人不会去爬喜马拉雅山，但我们有必要告诉人们真正的最高峰在哪里；尽管大多数运动员不可能成为冠军，但我们应该告诉大家冠军的真正标准是什么。有了正确的努力方向，才能引领人们浩浩荡荡地前进，形成真正人才荟萃的文化高地。

其次，要鼓励形成人才团队和文化流派。创造条件促使有福建特色的文化人才团队的建设，是提升福建文化影响力、竞争力的根本环节。当前，科学和文化领域的竞争，很大程度上已经由个人之间的竞争让位于人才团队间的竞争，让位于以领军人物带领的优质团队之间的竞争。这种竞争更具有创造力和爆发力，更容易产生强大的影响力。以人才团队为载体的基础成果更容易转化为现实文化产品，形成强大的市场竞争力，形成特色文化潮流。

与此相关的是，以代表性人物领军的人才团队，更容易形成有特色的文化流派，进而增强区域文化的影响力。文化流派的影响力不是单个人才所能够承载的，文化产业的影响力也不是一两家文化企业所能够承担的，文化影响力也不是单项优秀成果可以完成的。历史上的八闽文化曾经创造过辉煌，有着不可磨灭的重大贡献，这应该可以留给我们很多启示。

再次，人才的成长需要优良的社会环境，能否建立"引得进、留得住、用得活"的文化人才合理流动的良性循环机制，能否建立起鼓励创新、支持探索、包容失败、海纳百川的用人机制和激励机制，是福建建设文化强省无

法回避的重要课题。文化人才的出走和流失是目前福建文化建设亟须解决的一个问题，这并非完全是收入、待遇和住房等物质条件问题，我们还需要从人才成长环境、人才使用氛围和优化人才的激励机制上进行系统思考。

应该完善知识产权保护机制，建立诚信市场体系，不但要鼓励创意，还要保护创意，帮助人才把创意转化为收益。应该建立一套适合文化人才特点和福建特色的考核制度和激励机制，不能套用对于行政人才、事业单位甚至纯理论人才的考核办法。应该给予文化人才充分的信任和尊重，给予充分的自主空间，给予不同文化人才不同的评判标准。通过深化文化单位内部人事、收入分配和社会保障制度改革，引入用人竞争机制，建立绩效目标考核，才能激发文化人才的内在活力，才能充分激励不同层次和类型文化人才的积极性、主动性和创造性。

（四）持续推进闽台文化人才交流合作

福建省对台优势明显，对台工作走在全国前列，而台湾的文化产业高层次人才业务精、水平高，福建可以继续加强闽台文化创意产业交流与合作，引进台湾文化人才，借鉴台湾经验和优势，合作开展文化人才培育，加快形成福建文化人才竞争比较优势。

台湾文化创意产业的运作机制比较成熟，在人才培育方面，台湾通过整合各种资源，促进产学合作研究及培训计划，通过人才政策导向措施，台湾在短时间内集聚了一大批文化创意产业人才，他们成为台湾文化创意产业快速发展的中坚力量。这是在政府的政策制定层面可以学习的地方。在实际的对台人才工作中，还可以从以下四个方面入手。

第一，用足用好政策，完善优化台湾人才来闽就业、创业、参与社会管理政策。进一步落实台湾人才福建居民待遇，支持企事业单位招聘台湾优秀人才，为其办理多次往返签证提供便利。

第二，建立台湾人才信息库，并对台湾人才开放，积极为台湾文化人才提供配套服务，以情动人，以情留人，提升台湾同胞对福建的认同感，营造以才引才、人才荟萃的台湾文化人才高地。

第三，积极制定两岸教育交流政策法规，建立两岸教育交流与合作长效机制。充分考察目前两岸教育交流合作的实际情况，制定适合合作办学具体运作的两岸合作办学条例等法规，对合作双方权益、办学质量、具体操作等进行明确规定。

第四，积极拓展两岸高端文化人才教育方面的合作，提升两岸联合办学水平，加大力度促进两岸高校联手进行正规的文化和哲学社会科学学科硕士、博士研究生的培养，让台湾在这方面的优势资源能够真正做到为我所用。

（2017 年 11 月）

第三节　闽派文化视野下传统美术的传承

　　美术是台湾文化史丰硕的一环，台湾与福建的密切关系，同样存在于美术领域。考察闽台文缘之美术交流，活跃时段主要是明清和日据时期，彼时两地人员往来频繁，艺术交流密切，台湾人文兴盛。尤其是明清时候的台湾，从创作书画的宣纸到盖房筑屋的建筑材料，从附庸风雅的官绅士大夫到面朝黄土背朝天的农民，绝大部分都来自福建。福建的文化传统在移民时也随之迁播台湾，同时又因地制宜有所调整，形成了台湾独特的美术风貌。

　　从美术方面来看，自1661年郑成功登陆台湾，到1927年日本统治下的首届台展举办，266年的时间中，"文人书画"一直是台湾社会中和民间工艺并行的重要艺术类型。由于"文人"和"匠人"分野明显，圈子各自独立，一般互不交叉，文章将从文人美术和民间美术两个方面分别来谈闽台美术渊源。首先是脉络较为清晰的文人美术，主要是水墨书画创作的情况，这一时期台湾当地的书画创作类型是中国传统文人书画，"闽习"一说突出显示了闽地书画对台湾的巨大影响。其次是类目繁多的民间美术，在明清日据时期，相较文人美术，台湾的民间美术甚为精彩，大量的"泉州师傅""漳州师傅"是台湾民间美术创作的执牛耳者和中坚力量。

一、福建与台湾传统书画艺术

　　台湾从明郑时期开始，即有大量汉人移民，此时就开始有书画作品传世，从现存资料来看，台湾的文人美术从一开始就受到了闽地的影响，直至日据初期，其中的福建基因都是台湾艺坛上最活跃的元素。

从最早的作品来看，早在明嘉靖十六年（1537 年），福建泉州的抗倭名将俞大猷就在金门的石壁上留下了"虚江啸卧"四个大字，这是台湾地区现存最早的碑刻，现为"金门八景"之一。

留存至今的绘画作品在台湾的出现则要晚二百多年。从出版的图录来看，在台湾目前所能收集到的最早的一张水墨画出自闽人甘国宝，是他在 1767 年前所做的水墨"指画"老虎的作品。①

但是，严格说来，清中期之前的台湾以垦殖为要务，先民的关注点不在书画，早期这些孤立的作品并未对其书画艺术的发展产生实质性的影响。书画艺术在台湾真正成规模有影响是在清中叶以后。

郑氏去台之后，大力发展台湾文教，多年建设之下，及至清中期，更因商业发达和科举制度的引入，台湾的书画活动也被带动起来。清朝在道光三年（1823 年）特准录取台籍进士一名，订定从福建举人的名额中拨出，产生了所谓"开台进士"的先例。科举制度惠及台湾，这大大鼓舞了台湾士子，台湾文风益盛，传统的书画艺术也逐渐为士人所重视。经济力量是支持美术活动的条件。1858 年，台湾被列为通商口岸，门户开放促进了经济的发展，1860 年左右台湾士绅阶层逐渐形成②。巡台御史张湄《瀛壖百咏》有序云："五纪以来，地辟民聚，居然一大都会。昔之鲛窟鹿场，今皆庐宇矣；昔之荒榛堑莽，今皆黍稷矣；昔之亡命遗俘，今皆长子孙而称地著矣；昔之雕题凿齿、劗发文身，今皆躬礼乐而口诗书矣。"③ 描绘了当时台湾经济繁荣、人文兴盛的情形。

台湾书画艺术的发展深受中原传统影响，与闽地的关系尤为密切。台湾活跃着许多由闽入台的宦游文人和流寓书画家。书画活动主要依附于文人士绅举办的诗会雅集，以附庸风雅为尚。直至清末，台湾的艺术活动仍然显得尚古而保守。④ 这类诗书画唱和的活动延续到了日据时期，总体上是属于士绅阶层的活动，对民间的影响不大。较为著名的文艺雅集地点有：新竹"北郭园""潜园"、板桥"林家花园"、雾峰"莱园"和台中"筱云山庄"等。

---

① 甘国宝，福建人，乾隆年间曾担任台湾总兵，擅画虎，他于 1767 年离台，《纸墨虎》当成于此前；另一说认为最早的画作是台湾当地画家庄敬夫 1762 年作的《墨松图》，时间上当与甘国宝《纸墨虎》相差不大。

② 周婉窈：《台湾历史图说》（增订本），台湾联经出版公司，2009 年，第 101 页。

③ 王必昌纂辑《重修台湾县志》卷十三，《台湾文献丛刊·第 113 种》，台湾银行经济研究室编印，1961 年。

④ 颜娟英：《美术》，《台湾近代史·文化篇》，台湾省文献会，1997 年，第 71－74 页。

在这样的背景下，福建书画影响台湾，主要是通过三种方式。第一，闽人画作流入台湾，成为台湾文人师法临摹的范本，以黄慎为代表；第二，闽人赴台做官、担任西席或设帐授徒，广泛交游，以"汲古屋三先生"为代表；第三，闽人赴台卖画办展，以李霞为代表。恰好三人在时序上先后接续，下文按此脉络一一述之。

（一）闽人画作流入台湾，成为台湾文人就近师法的对象

这一类书画家没有亲自到过台湾，但是由于他们在闽地影响极大，通过他们的作品或者他们赴台的友人、门人、追随者的宣传推荐而被台湾文人所熟知，进而成为台湾人习字学画时临摹师法的对象。此外，也存在台湾文人来福建学艺过程中接触到其作品的情况。闽地书画家伊秉绶、华喦、上官周、黄慎等，都属此列。

临摹是中国书画学习最为通行的方式，透过临仿学习前人或师门的技法，几乎是不变的法则。书法方面，由于中国书法是高度形式化的艺术，不临摹碑帖，则无法得古人形质，于是有了"隶宗秦汉，楷法晋唐"的经验之谈，"特别是在学而优则仕的科举时代，书法优劣常常关系到仕途的命运，士人无不在临摹上下工夫。"[①] 绘画亦然，"明清之际师古临摹的风气愈来愈盛，摹元人笔意、仿王黄鹤法、师梅道人、写云林意，到后来师六如、天池、八大、渐江、石涛，甚而四王、吴恽、板桥、新罗，漪欤盛哉！"[②] 此种因袭传统，师古临摹的方式，台湾的文人书画亦不能避免。黄慎和他所代表的"闽习"风格正是通过这种方式对台湾画坛产生了深远的影响。

1. 黄慎其人

黄慎（1687—？，1770年尚在），字恭懋，号瘿瓢子，福建宁化人，"扬州八怪"的代表画家，于诗文书画皆有造诣，以画为生，是文人化了的职业画家。黄慎晚年曾回忆自己学画的初衷："某之为是，非得已也。某幼而孤，母苦节，辛勤万状。抚某既成人，念无以存活，命某学画。"[③] 一方面反映了幼年孤苦，另，学画就能寻得温饱——也从一个侧面反映了当时民间对绘画颇有需求。

黄慎早年从学同乡画家上官周，用笔设色十分工细，练就了深厚的造型

① 郑国瑞：《郭尚先书学观》，《应华学报》，2008年第4期。

② 陈秀良：《许筠书画研究》，台湾明道大学2011年硕士学位论文。

③ 黄步青：《题黄山人画册》，转引自《扬州八怪之———黄慎》，http://www.smsqw.cn/readbook.asp? id=899,2013年8月25日。

功底。到扬州后，偶然见得怀素的真迹，细心琢磨，遂画风大变，以狂草入画，写神不写貌，写意不写形。他的画作反映世俗化生活和市井趣味，深得时人欢迎而声震大江南北。郑燮称赞他："爱看古庙破苔痕，惯写荒崖乱树根。画到神情飘没处，更无真象有真魂。"①

黄慎的写意人物画最为人称道的便是其线条功夫。这得益于他深厚的工笔基础和杰出的书法造诣。"在黄慎之前的历代书画家虽也讲以书入画，但那仅仅是书法用笔的方法在绘画上的运用，线条都脱离不开古代总结的十八描的范畴。黄慎的草书入画是指一笔下去连带中侧峰的运用，笔尖、笔肚、笔根的快速提按、拖拉，笔迹在宣纸上所呈现墨色的浓淡枯湿虚实缓疾等不同的变化所产生的新的'描'法。这样的创新大大扩展了线条表现力，使作品笔墨交融，相得益彰。"② 这也是黄慎之所以超出当时民间匠人画家之处，无怪乎黄慎的同乡后学伊襄甲会嘲笑学黄慎的民间画家"如学邯郸步"。

黄慎晚年衣锦还乡回到福建，足迹遍布八闽大地，与在闽文人多有往来，其作品在闽地受到热捧，他的书画创作风格也成为一时风尚。约在乾隆十四年（1749 年），黄慎受到当时在台湾任职的好友杨开鼎的邀约，请他赴台。次年黄慎应约拟至台湾，在他到厦门的时候，却刚好碰上了因奔母丧离职回籍的杨开鼎，既然邀约人都已离台，黄慎渡台一事也就因此作罢。《厦门志·卷十三》记载了这一事件："黄慎，曾游鹭岛，欲渡台不果。有'丈夫有志金台杳，壮士空余铁骨寒。老我儒冠催鬓短，凭君簪笔重毫端。'之句，题寺壁。厦门画家多宗之。"③ 这也是黄慎本人与台湾最近距离的一次接触，终其一生，黄慎并未到过台湾。

虽然如此，台湾早期水墨画，尤其是人物画，却"几乎都是黄慎的画风"④。这一方面是因为作为职业画家，黄慎创作颇丰，他的一些作品通过大陆赴台人员带入台湾；另一方面，黄慎在福建、广东和江浙都有着大量的追随者，早期赴台的游宦文人基本上全部来自这些地方，他们在台湾也透过书画活动对黄慎做了大量的推广。黄慎的画迹和画风随着这些沿海省份的画

---

① 台北"故宫博物院""个性尽张扬——'扬州八怪'绘画作品展"人物介绍，http：//www.dpm.org.cn/www_oldweb/Big5/E/E30/wenwu/E30e.htm,2013 年 8 月 25 日。

② 陈招：《有笔有墨谓之画——论黄慎〈渔父图〉》，《文物鉴定与鉴赏》，2012 年第 5 期。

③ 《福建省厦门志》（清道光十九年刊本），成文出版社，1967 年，第 289 页。

④ 庄素娥：《扬州八怪对台湾早期水墨画的影响》，《东南大学学报（哲学社会科学版）》，2003 年第 1 期。

家传入台湾，从而对台湾产生了极大影响。

赴台官员杨开鼎、杨朴园都对黄慎推崇备至，他们雅好书画，又在台湾担任重要政治职务，对黄慎作品在台湾的传布当有不小的推动。而赴台书画家们则通过担任西席，以设帐授徒、广泛交游的方式扩大了黄慎在台影响。此外，不少台湾书画家都有直接题款表明摹写黄慎的作品或者是未有题款但画面布局、技法、风格等皆与黄慎相同的作品传世（见表1）。

黄慎在台湾影响巨大，以至于言及台湾传统书画，必言黄慎。按台北"故宫博物院"研究员崔咏雪先生的看法，台湾早期水墨人物画的师承，"特钟福建画家黄慎，或因黄慎迅疾夸大的特色，显得精神生动，较符合台地海岛居民述求的剽悍特质，与干练之习气，故在台湾人物画中影响深远。"① 黄慎的书画在台湾民间同样有着良好的市场。直至今日，在嘉义的美街，裱画店中的主要商品之一就是从福州、厦门、潮州等地输入的黄慎画风的人物画。② 除了黄慎之外，有清一代在福建倍受推崇的伊秉绶、华嵒、徐渭、郑燮、何绍基等人，都是通过同样的方式成为台湾文人临摹师法的范本，进而影响到台湾艺坛，可见闽台两地审美趣味相投，当时福建的书画"热门潮流"通过闽地赴台文人的传播，在台湾也蔚为风潮。

2. 所谓"闽习"

黄慎这一类有"迅疾夸大的特色"的作品，一般被认为深具"闽习"风格，它透过黄慎的诸多追随者的传布成为有清一代台湾水墨画最突出的特色："谈此时期的地域风格有'闽习'一词，其意指笔墨飞舞，肆无忌惮，狂涂横抹顷刻间完成大体形象，意趣倾泄无遗，气氛却很浓池，十足霸气，一点也不含蓄。"③ 从"闽习"这一提法的源头来看，上官周和黄慎是代表画家。清人张庚在他初刊于 1735 年的著作《国朝画征录》中，对黄慎的老师上官周评价道："有笔无墨，尚未脱闽习也；人物工夫老到，亦未超逸。"此后，方薰在《山静居画论》中说"闽习"："好奇骋怪，笔霸墨悍，与浙派相似。"④ 秦祖永在《画学心印〈桐荫论画〉》里说："闽人多失之重俗"⑤，并

---

① 崔咏雪：《在水一方：1945 年以前的台湾水墨画》，台湾美术馆，2004 年，第 109 页。
② 林伯亭：《嘉义地区绘画之研究》，台湾历史博物馆，1995 年，第 110 – 111 页。
③ 王耀庭：《从闽习到写生——台湾水墨绘画发展的一段审美认知》，《东方美学与现代美术研讨会论文集》，台北市立美术馆，1992 年，第 12 页。
④ 方薰：《山静居画论》（1 集 5 册），艺文印书馆，1966 年，167 页。
⑤ 秦祖永：《画学心印〈桐荫论画〉》，上海扫药山房，1946 年。

表 1 黄慎关系表

师承	交游	弟子	追随者（福建书画家）	挚友（赴台官员）	追随者（赴台书画家）	追随者（台湾书画家）
师从： 上官周（1665—1749年后，福建汀州） 临摹： 王羲之、王献之（晋） 受启发： 怀素（725—785）	郑燮 李鱓 边寿民 程绵庄 李御 王文治 于文浚 金兆燕 张宾鹤 朱文震 许其卓 曾芝田 等著名书画家、诗人、学者，官员	李乔 罗聘 巫逊玉 陈汝舟 伍君辅 刘非池 张试可 等十多人（可查考者）	马褰 张谈云 林云章 巫堡 周槐 李灿（1732—?） 曾图南 吴慎 沈瑶池（约1810—1888） 沈镜湖（1858—1936） 李耕（1885—1964） 郭梁（1894—1936） 黄羲（1899—1979）	杨开鼎（？—1749年任职台湾） 杨朴园（1755—1759年任分巡台湾道，1778年任台湾总督）	蔡催庆（福建同安） 陈邦选（福建同安） 廖庆三（福建汀州） 张夋波（福建闽侯） 曾茂西（福建） 吴凤生（广东潮州） 李霞（1871—1938，福建仙游） 詹培勋（1865—?，广东潮州） 吕璧松（1872年生，台南）	林觉（清，嘉义） 谢彬（光绪年间，台南） 许龙（清，嘉义） 林天爵（约1875年生，彰化） 范耀庚（1877—1950，新竹） 林秋梧（1903—1935，台南）

注：本研究制表。
资料出处：1. 庄素娥：《扬州八怪对台湾早期水墨画的影响》，《东南大学学报（哲学社会科学版）》，2003年第1期。
2. 林子云：《书坛怪杰黄慎》，http://linziyun.blog.hexun.com.tw/6377510_d.html，2013年8月25日。
3. 陈小娟：《黄慎绘画艺术研究》，福建师范大学美术学院2010年硕士学位论文。

且评价黄慎"未脱闽习，非雅构也"。① 在他们的论述中，相较于在温柔敦厚的诗教观影响下讲究内敛、含蓄、淡雅的文人画传统，"闽习"刻意求奇、笔墨霸悍、失之重俗。

事实上，这种地域性风格的形成绝非一人一时之功，在黄慎、上官周之前，就有不少福建画家偏好这种画风。"首先不能忽略'浙派'，浙派兴盛于明代早、中期，后来虽为吴派所取代，但它始终在浙、闽地区发展，也就是说，退出中央画坛之后，仍在地方维持势力。福建更因地近浙江，这类水墨放纵作风之普遍影响，是可以想象的。"② 以现存作品论，如明代福建画家陈子和、郑颠仙等人的画作面目与当时的浙派相差不远，后者更被视为浙派晚期的代表性画家之一。《图绘宝鉴续纂·卷一》谓郑颠仙"画人物俱野放"。颠仙的传世画作《柳荫人物图》，吸取牧溪、梁楷天然之趣，以泼墨侧锋，拖泥带水，尽情挥写乱石老柳，以细碎之笔，密点柳叶，疾写杂草。人物造型，偏头斜目，举止怪诞，神情诙谐，更以颤笔写衣纹，癫狂之气跃然画外。这恰恰吻合了前文对"闽习"的描述，可见，所谓"闽习"风格至晚在郑颠仙这里已经出现了。后来黄慎以草书入画的作品同样承袭了这样的特点，并以其大量的流通作品巩固并传播了这种风格。

"闽习"创作风格深刻影响了光复以前的台湾水墨画，其原因有三。

（1）中原文人画传统影响

中原受元明两代的影响，清朝时期盛行文人画，福建地区同样如此。受到福建直接影响的台湾绘画，也就接续了中原绘画的这一条主流。有清一代台湾有文献记载的画家，都擅绘文人画，并且以写意水墨为主。文人画主张抒写性灵，"不在画里考究艺术上功夫，必须在画外看出许多文人之感想"（陈衡恪语）。因此，"不一定在画中孜究技法。一般人士遂不重视画家规矩，对设色、写生、工笔描绘少有研究。又当时士大夫雅好淡雅简逸，此风气之形成使得工笔画家渐少而水墨（写意）画家日众。当时流寓来台之画家大都擅水墨画，间或施以淡彩。少有工笔者。"③

---

① 秦领云：《扬州八家丛话》，上海人民出版社，1985 年，第 45 页。

② yuliman：《台湾清代水墨画选》，http：// bbs. 8mhh. com/thread – 105363 – 1 – 1. html,2013 年 8 月 25 日。

③ 林伯亭：《清朝台湾绘画之研究》，台湾中国文化学院艺术研究所，1971 年硕士学位论文，转引自 yuliman《台湾清代水墨画选》，http：// bbs. 8mhh. com/thread – 105363 – 1 – 1. html,2013 年 8 月 25 日。

然而，中原的文人画传统讲究内敛含蓄，其传至台湾，台湾人因自身的审美趣味，吸收上就有所偏颇，侧重于写意画风，而非其诗教观。严格说来，在台湾，文人画与"闽习"杂糅相成，共生并存，不似祖国大陆分野明显。再进一步探究，事实上这种杂糅更早在福建就已经存在，但是由于历史和地理的原因福建更受中原影响，画坛的元素比起台湾较为丰富，是以文人画与"闽习"的杂糅在福建并不如在台湾表现突出。

（2）硬件制约，画具简便

当时台湾初辟，笔墨颜料宣纸等画具都是由大陆运送而去，画具难以齐备。由于这种硬件的制约，在作画之时，一般就采用较易取得的"笔""墨""纸"三物，如此要画出工笔、设色的作品就显得材料不足了。这无疑也是早期台湾崇尚简逸文人画风的一个原因。

（3）契合台湾人审美趣味

画不雅驯、生猛十足的"闽习"风格恰恰迎合了垦拓时期台湾移民的喜好："斯土初辟，荆天棘地，需要的是一股勇迈直前的拓荒性格，拓荒者所具备的性格，往往是野趣多于雅赏，以远离中原画坛核心，所代表的乃是乡野的'俚趣'，以快速笔墨所见的官感式刺激，一种刹那间醒目的刺激力，能符合这种要求。……在台湾的先民，流露出的品味正是如此。"[①] 上至官绅士子，下至民间百姓，都对闽习水墨喜爱有加，于是构成了台湾早期绘画的一大风貌。有学者如此评价："标示着中国文化典型传承的台湾水墨画，从初始的开端就注定是边缘发声的命运，'闽习'风格表述的就是疏离正统的变异。而其发展的历程始终摆荡在断裂、移除与置换的交替演化中，文化汇聚后异质交融的新生提供更替需要的养分。"[②]

当然，"闽习"不能概括黄慎或者闽地画家的所有作品，只是就台湾而言，从审美取向和当时的客观条件来说，台湾文人确实更倾向于简逸写意水墨的这一路风格，因此，在台湾的"闽习"是对原乡有侧重地接受并在地发展的形式。

需要说明的是，"闽习"一般仅针对绘画来说，书法艺术领域由于严格讲究形式，并且受到科举考试的强力规范，"闽习"的发挥空间并不充裕。

---

① 王耀庭：《从闽习到写生——台湾水墨绘画发展的一段审美认知》（1992），yuliman《台湾清代水墨画选》，http://bbs.8mhh.com/thread-105363-1-1.html,2013年8月25日。

② 庄连东：《扩延极致——"以异出新"的台湾水墨创作模式分析》，"纪念辛亥100周年两岸百家水墨大展"学术研讨会会议论文，台北，2011年，第156页。

3. "闽习"与台湾画家

以台湾而言，由于其书画创作甫一开始便受到福建的直接影响，故而早在黄慎之前闽派画风就已经流传到台湾，例如台湾本地画家庄敬夫、林朝英，以及由闽入台的蔡催庆等人，虽然由于年代较早，可能尚未受到黄慎的影响，但是从他们的存世作品来看，还是具有典型的闽习风格，与黄慎可谓系出同源。

在这段历史中，祖籍福建漳州，落籍台南府城的画家林朝英（1739—1816）甚为突出。日本学者尾崎秀真评价他："清代二百五十年之间，在台湾勉强可举出之艺术家者，仅林朝英，即'一峰亭'一人而已。"林朝英工墨画善书法，书法以竹叶体闻名，草书擅长鹅群体；其水墨画"极为注重线条的律动感以及墨色变化……不同于后来流行的四君子名士画那般的陈腐，闽习笔墨在他的手底下绽放出无比的生命力"。①

林朝英的《自画像》中，"衣服以粗疏的笔墨绘成，但是衣着线条以及衣服折痕却极为自然，毫无造作气息，在面部的描绘上则是以极工细的笔触勾勒出眼、鼻、耳、口、眉毛以及胡须均极细心描绘"②，不难看出是受了明代福建莆田画家曾鲸（1568—1650）人物画风的影响。

稍晚于林朝英的台湾画家林觉，被认为是台湾绘画史上闽习风格的代表人物。"林觉，字铃子，亦县治人（台南）。曾作壁画，见者称许者，遂刻意研求。善绘花鸟，而人物尤精。嘉庆间，薄游竹堑，竹人士争求其画，今犹保之。"③ 从存世的纸本水墨画来看，林觉用笔潇洒狂放，走大写意一路，题款则一律以狂草写就，从绘画到书法都近于黄慎风格。黄慎对于台湾早期书画创作的影响，在林觉的作品中体现得非常明显。而林觉比起黄慎运笔更加泼辣大胆，倒也不失为一家风格。

黄慎、林觉、蔡催庆三人都是以卖画为生的职业画家，为了迎合商人"渔翁得利"的购买心理，都作有不少渔翁题材的画作。从三人的三张渔翁图来看，在笔墨表现方式上大有互通之处。林觉的渔夫在许多细节处只以粗浊的线条带过，比起黄慎运笔更加快速不拘，落墨更为浓浊，十分张扬。黄慎的渔翁渔妇则造型准确，表情生动，衣服纹理自然，整体兼工带写，线条

① yuliman：《台湾清代水墨画选》，http://bbs.8mhh.com/thread－105363－1－1.html，2013 年 8 月 25 日。

② 同①。

③ 连横：《台湾通史》，台湾众文图书公司，1979 年，第 977 页。

表现十分出色，有金石之气。蔡催庆和林觉的渔翁与之相比，线条看似粗放，而内劲不足。几相比较，高低立见。

光绪年间的台湾画家谢彬同样是黄慎的追随者，其传世水墨《八仙图》可以很明显看出是学习自黄慎的同题材作品。

总体而言，同样是闽习风格的作品，单论技法的圆熟度，台湾早期画作的水平与福建相比，尚稍逊一筹，"然细加比较，这些基于闽习的风格，却又有所细微的差别，或许可以名之为'台湾味'。"① 亦即，同中求异，我们可以发现台湾闽习水墨画自成一派的独特风格———一种"台湾味的美感"。

（二）福建书画家赴台授徒，广泛交游

清中期以后，两岸往来日趋便利，大量的书画家由闽渡台，他们主要由三部分人组成：第一，游宦游幕的官史，如：甘国宝、谢曦、沈葆桢、刘铭传、唐景崧、叶文舟等；第二，受岛上豪绅大户邀聘赴台的书画家，如：吕世宜、谢琯樵、叶化成、马兆麟、林云俊、陈邦选等；第三，民间画辅、画工，如蔡催庆等。② 他们能诗善文，在台期间，或以画会友，或设馆授徒，直接促进了台湾传统书画艺术的发展，促使台湾本地书画家渐渐成形。尤其是道光年间一直到日据时期的传统书画活动，大量寓台的艺术名士承担了传承与教化的工作。"十九世纪中叶是台湾文化社会内地化取向的巅峰，富贾名绅竞相延聘宦游或流寓书画家以求邸宅蓬荜生辉。"③

在原乡享有良好声望的书画家受邀到台湾豪绅富贾家中担任教育家族子弟的西席工作，主人家为他们提供了优越的物质条件和广阔的交游平台，是以他们中的许多人在台期间留下了丰富的作品，并时常与地方文人雅士交流艺事，大大活跃了台湾艺坛。厦门书家吕世宜和诏安画家谢琯樵就是被台湾士绅所供养延揽的最具代表性的人物，尾崎秀真有言："台湾流寓名士，于文余推周凯，诗推杨雪沧，书推吕西村，画推谢管樵。"④ 又连雅堂："近代如谢管樵、吕西村，皆有名艺苑。管樵之画，西村之书，乡人士至今

---

① 王耀庭：《从闽习到写生——台湾水墨绘画发展的一段审美认知》，《东方美学与现代美术研讨会论文集》，台北市立美术馆，1992 年，第 124 页。

② 吴步乃、沈晖：《台湾美术简史》，时事出版社，1989 年，第 4 页。

③ 李钦贤：《台湾美术阅览》，玉山社，1996 年，第 31 页。

④ 卢嘉兴：《台湾金石学的导师吕世宜》，《台湾研究汇集》，卢嘉兴出版，1966 年，第 25 页。

宝之。"① 吕、谢二人并另一位福建名家叶化成，都曾经服务于板桥林家，"汲古屋"为林家藏书室和教习室，三人常在此讲学传艺，故获称"汲古屋三先生"。三先生寓台期间，于上层社会带动书画品评的风气，求书乞画者不绝如履，使汲古屋成为当时文化艺术的传播圣地。

1. 吕世宜与台湾书法

吕世宜（1784—1855），又名大，字可合，号西村、一瓢道人、百花瓢主、种花道人，福建泉州同安人，1822 年举人，博学多闻。爱金石、工考证、精书法、篆隶尤佳。道光年间，吕世宜文名、书名显赫，震动朝野，尤于华南一代声名广播。

道光十七年（1837 年），53 岁的吕世宜应板桥林家之邀教授林家子弟："当时淡水林氏以富豪闻里闬，而国华与弟皆壮年，锐意文事。闻其名，见其书，心焉慕之，具币聘，来主其家。世宜遂主林氏，日益收拾三代鼎彝，汉唐碑刻，手摹神绘，悠然不倦。林氏建坊桥亭园，楹联楣额，多其书也。"② 林朗庵评价吕世宜："为讲金石学、书道，以唤起文雅风气，而为全台宗师，复为林家购置书籍数万卷，暨金石拓本千余种，用开台湾金石学初步焉，故台湾今日之稍知金石学为何物者，则先生之赐也，又坊间流传之善本旧拓，多为林家旧有，亦无一非先生手泽也。"③ 因以称其为"台湾金石学之导师"。然事实上在台湾书坛，直到晚清和日据时期，因为字帖的大量印行，金石才开始有比较多人去学习。是以在金石学方面，吕世宜多有开拓之功，而非传播之力。

吕世宜真正为台湾书坛所熟知，并造成影响的是他的隶书。在吕世宜之前，台湾最盛行的是二王帖学和米芾书风，而隶书则实实在在是因为吕世宜的影响才在台湾流行开来。山中樵说："台民喜习汉隶，吕西村所影响也，惜无西村朴茂雄迈，俊爽宽宕功夫。"尾崎秀真曰："台湾隶书皆吕西村流。"④ 从现存书迹来看，后世台湾书坛的隶书几乎都受到吕世宜一些影响，从而形成一股时代风潮。

著作方面，吕世宜《爱吾庐论书》一篇，评褚河南书、说刻帖、谈石鼓

---

① 高拜石：《古春风楼琐记（第一集）》，高拜石出版，1960 年，第 30 页。
② 王诗琅：《台湾人物志》（上），德馨室出版社，1987 年，第 400 页。
③ 林朗庵：《台湾金石学导师——吕西村》，黄水沛译《文献专刊》第三、四期合卷，台湾省文献委员会，1953 年，第 12 页。
④ 日人语二则俱见：吴鼎仁《西村吕世宜》，金门鼎轩画室，2004 年，第 162 页。

文、论各家书等等，当为台湾书坛最早的书学理论。① 另外，吕世宜自嘉庆十一年（1806 年）记《丙申鬲铭跋》起，迄咸丰《仿汉双鱼洗跋》止，计 78 篇书跋，光绪五年（1879 年）由林维源校刊梓行，并于 1924 年 6 月起在连雅堂的《台湾诗荟》上连载，其于台湾书坛书学理论的启迪是巨大而深远的。②

综观有清一代，台湾文人书法活动频繁，留下颇多字迹，然论书之作却付诸阙如，幸好这一页的空白，由中原尤其是福建的寓台书家所填补。嘉、道之际莆田人郭尚先留有《芳坚馆题跋》，道咸之时吕世宜有《爱吾庐题跋》，至日据时期，泉州晋江的吴钟善著有《守砚斋题跋》。三人时序相连，恰恰构成了清中晚期台湾书学的脉动。吕世宜关系见表 2。

表 2　吕世宜关系表

师承	交游	弟子(板桥林家)	台湾追随者	任职书院
金石、书法师从： 周凯（1779—1837，浙江富阳人，赴台官员） 郭尚先（1785—1833，福建莆田人，寓台名士） 古文师从： 周礼 王辉山（1772—1823） 凌翰 刘五山 高雨农 字帖临仿： 商周金文 秦、汉、北魏拓本 王羲之、王献之 米芾、郑燮、董其昌	金石同好： 孙云鸿 林研香 林墨香 叶化成 杨庆琛 挚友： 林国华（台湾） 郭望瑶 陈庆镛 林鹤年 林树梅	林国芳（国华幼弟） 林维让（国华长子） 林维源（国华次子）	郑神宝（新竹） 蔡说剑（丰原） 谢景云（铜锣） 罗峻明（嘉义）	1812、1835 年： 浯江书院（泉州） 1822、 1831、1836 年： 玉屏书院（厦门） 1835 年： 芝山书院（厦门） 1846、1851 年： 汲古书屋（厦门） 1852—1854 年： 汲古书屋（台湾）

注：本研究制表。
资料出处：1. 叶郁枚：《吕世宜书学与书法研究》，台湾艺术大学美术学院造型艺术研究所书画艺术组 2010 年硕士学位论文。
　　　　　2. 林朗庵：《台湾金石学导师——吕西村》，黄水沛译，《文献专刊》第三、四期合卷，台湾省文献委员会，1953 年，第 12 页。

---

① 林朗庵：《台湾金石学导师——吕西村》，黄水沛译，《文献专刊》第三、四期合卷，台湾省文献委员会，1953 年。
② 陈秀良：《许筠书画研究》，台湾明道大学 2011 年硕士学位论文。

从表 2 不难看出，吕世宜于书法一道浸淫尤深，各体无不擅长；他长期在泉州、厦门、金门、新竹四地书院和富绅宅邸任教，交游广泛，从学者众多。

吕世宜一生曾经两次赴台，旅台时间总共三年左右。第一次是道光十七年（1837 年）为老师兼挚友周凯奔丧而赴台，此后回到厦门，任教于泉州、厦门的书院。1846 年，吕世宜进入厦门林家的汲古书屋担任西席，1852 年随林家赴台，此后任教于板桥林家汲古书屋，至 1854 年离台回厦，1855 年离世。① 事实上，1832 年前吕世宜就经周凯引荐，认识了林家人，以后多有往来。虽然他旅台时间不长，然通过林家这个纽带，吕世宜与台湾的渊源关系前后长达 20 多年。

2. 谢琯樵与台湾文人水墨画

从 18 世纪到 19 世纪中叶台湾的水墨画都有显而易见的"闽习"特征。画坛普遍宗黄慎，但是黄慎并不易学，学得不好，便容易流于恶俗，这样的画作在当时的台湾比比皆是。也使得台湾的"闽习"画家和作品值得称道者寥寥，画虎类犬者在在，整体的创作水平并不高。谢琯樵的出现极大地改善了这种情况，是台湾水墨画史上承前启后的重要画家。

谢颖苏（1811—1864），福建诏安人，字琯樵，亦作管樵，号北溪渔隐、懒云山人。于咸丰七年（1857 年）至咸丰十年（1860 年）流寓台湾，虽寓台时间前后仅四年，然足迹遍达台湾南北，遗留作品丰富，名震台湾艺坛。

谢琯樵家族有先祖中过武举人，而其父其姐又是家乡著名文人，故其不同于一般文弱书生，他擅长技击，喜谈论兵事，同时能书善画，亦擅诗文。琯樵一生辗转奔波，居无定所，多担任官员幕僚或乡绅西席，然而颇负书生意气，他在画作中常以兰竹自况，高兴时画兰，抑郁时写竹，书卷气淋漓尽致地溢于笔端。有题自画菊诗写道："半生落拓寄人篱，剩得秋心只自知。莫笑管城花事澹，笔头自有傲霜枝。"② 他的死亡也是由于这种性格上的血性和意气，同治三年（1864 年），琯樵有感于时任福建巡抚的台湾人林文察的知遇之恩，在文察死于太平军之乱后，谢琯樵前往营救欲夺回其遗体不果，遂被掳阵亡于漳州万松关，享年五十四岁。

---

① 叶郁枚：《吕世宜书学与书法研究》，台湾艺术大学 2010 年硕士学位论文，第 56 页、160 页。

② 《翰墨春秋》，台湾美术馆，2004 年，第 172 页。

尾崎秀真称其为"清朝中叶以后南清第一巨腕"，评价他："盖彼确有一种天才，其魄力气慨之超越，直跃其诗文书画之上。"[1] 足见琯樵的人格魅力，他以书画抒写心境性灵，直得文人画的精髓。对 19 世纪中叶遍布粗糙"闽习"绘画的台湾画坛，实有醍醐灌顶之意。正是琯樵以自身鲜明的文人气质，结合其诗书画作品，才真正将明清之际大陆地区的文人书画精髓带到台湾，打破了台湾"偏激粗放"的"闽习"风格一统天下的局面，带领清中后期的台湾艺坛达到传统文人书画艺术的高峰。

清中后期台湾有相当多的人学习谢琯樵一派的四君子画，这股风潮一直持续到日据时期。第一回台展东洋画审查委员木下静涯于展览期间发表一则《东洋画鉴查杂感》，文中就有提到当时台湾四君子画作泛滥的情况："东洋画的出品中，极为粗劣的作品相当多。如一笔线描之兰、竹、达摩像，均属非常幼稚的画作。类似芥子园画谱之模样，显然系出于抄袭之作。……在入选作品中，约半数是南宗画，因习画的人数增多，相对地作品也较多的缘故。"[2] 谢琯樵关系见表 3。

表 3 谢琯樵关系表

师承	入台前后	追随者	台湾交游
师从： 汪志周（福建诏安，画学华嵒） 沈锦州（福建诏安，琯樵是否师承之？存疑） 临摹： 兰竹：郑燮 花鸟：徐渭 陈淳 可韨（铁舟和尚） 书法：颜真卿	1851 年 厦门林家"汲古书屋" 1857 年，赴台 台南砖仔桥吴家"宜秋山馆"； 入裕泽（时福建分巡台湾兵备道）幕，任教海东书院 1858 年 入孔昭慈（时福建分巡台湾兵备道）幕，任教海东书院 1859 年 任教板桥林家 1860 年 游历艋舺地区	由闽入台： 许筬（1851 年入台，泉州） 林纾（1852—1924，福州） 林宝镛（1854—1925，晋江） 台湾 陈亦樵（1845—1891，鹿港） 施少雨（1864—1949，鹿港） 王席聘（1876—1929，鹿港） 黄元璧（1846—1920，彰化）	弟子： 吴尚霆（1828—?，1858 年举人，台南） 其他： 林国华 林国芳 林文察 邵连科（1819—1862，台湾镇总兵） 杨承泽（噶玛兰通判） 查元鼎（1804—约1886）

---

① 陈宗琛：《台湾地区书法之传承与发展》，《书法之美：人与书写艺术——馆藏书法名家作品陈列特展》，高雄市立美术馆，1995 年。

② 木下静涯：《东洋画鉴查杂感》，《台湾时报》，1927 年 11 月，第 23 - 24 页。

师承	入台前后	追随者	台湾交游
米芾 苏轼	1860年末—1864年 游历福州三山地区 1864年 入林文察（1824—1864，时福建提督）幕，是年身死	李德和（1892—1972，云林） 范耀庚（1877—1950，新竹） 郑淮波（1911—?，新竹）	查仁寿 艋舺在野文士众 （姓名不可考）

注：本研究制表。

资料出处：1. 谢忠恒：《谢琯樵之艺术研究》，台湾艺术大学造型艺术研究所，2009年硕士学位论文。

2. 周明聪：《刚直不屈一支笔：谢琯樵的艺术与人生之研究》，《史物论坛》，台湾历史博物馆，1989年。

3. 卢嘉兴：《前清流寓台南的艺术家谢琯樵》，《雄狮美术》，1973年第32期。

从师承来看，谢琯樵兰竹学郑燮，花鸟似新罗山人华嵒，许多台湾画家都是通过谢琯樵才转而间接摹习郑燮、华嵒二人的作品。此事例当为前文"未至台湾者却通过赴台文人在台湾发生影响"说法之例证。

从授徒来看，台南砖仔桥吴家主人吴尚霑被认为是谢琯樵在台湾所收的唯一正式弟子。[①] 他跟随谢琯樵习画，墨兰画得极为精湛。《1990台湾美术年鉴》如此介绍他："吴尚霑，清代书画及篆刻家。字润江，号秋农，台湾台南人。咸丰九年（1859年）举人，擅长书画及篆刻。尝师事诏安谢管樵，习画梅兰竹菊，以兰最为精湛，今传世作品多是墨兰。"[②]

我们还发现，谢琯樵在台四年时间，有近两年都在台南海东书院讲学，教导台湾士子。这是因为当时台湾书院制度承袭福建，海东书院由兼学政的台湾道主持，琯樵先后佐幕台湾道裕铎和孔昭慈，以他大才子的声名，书院讲学应该是他佐幕时期的工作之一。

谢琯樵在台追随者众，许多台湾画家因慕其名而随之命名为"樵"，如陈亦樵、李亦樵、李学樵、施梅樵等。其中被称为"鹿港第一画家"的陈亦樵（1845—1891），因学琯樵画法而自称亦樵，可见对琯樵的仰慕崇拜。[③] 陈亦樵的弟子施少雨、王席聘二人同样学习琯樵而有所得。施少雨后来又跟随游鹿港的诏安画家沈瑞舟学画，习得诏安画派笔铿墨锵的冷逸气息，尤擅

① 《史谱区师承简谱》，《书法之美》，高雄市立美术馆，1995年，第178页。

② 《1990台湾美术年鉴》，雄狮图书股份有限公司，1989年，第462页。

③ 谢忠恒：《谢琯樵之艺术研究》，台湾艺术大学2009年硕士学位论文，第210页。

水墨牡丹。①

交游方面，对比表2与表3，不难发现谢琯樵与吕世宜在1851年时曾经共同主厦门林家，教导林家子弟。此间二人惺惺相惜，多有交流。有琯樵赠西村《没骨牡丹》为证，作品款文全云："大富贵亦寿考，西屯先生清赏，辛亥冬至后画于汲古书屋。管樵颖苏。"②

此外，不似吕世宜赴台专事板桥林家，由于谢琯樵在台期间从文武主多人，游历台湾各地名室，与各路人士结识交游；又琯樵入裕铎、孔昭慈、林文察等台湾高官之幕府，因工作关系结识了许多台湾上层文士，真可谓见识多广而阅人无数。加之书写《石芝圖八十寿屏》广受好评，声誉日隆，是以琯樵被台湾官绅争相礼聘，其书画也多被台邑文人临摹学习，虽然在台前后仅四年，却"对清代后半期台湾书画与文教影响，可说是具指标性且极为重要"。③

谢琯樵在1859年年底离开板桥林家之后，去了艋舺。在艋舺期间，与大龙峒当地文士结交，常有诗文酒会，但作品落款一般仅说明活动事宜却并不清楚指出这段时间与之交谊文士的具体姓名。说明与此前结识的上层官、商不同，琯樵在艋舺的交游者应多为在野文士。④ 足可见其交游范围之广阔。

（三）福建书画家赴台卖画办展，受到台湾民间欢迎

进入日据阶段，前期日本总督府并不禁止台湾与祖国大陆的往来，两岸交通顺畅，互动颇为频繁。一方面，有许多大陆书画家赴台，据统计，仅仅在1895—1930年，赴台的大陆水墨书画家就比清代多了好几倍。⑤ 这些赴台的画家，有的专程卖画办展，有的会停留一段时间，同时教导台湾学生，并与当地文人切磋艺事。另一方面，也有不少台湾传统书画家前往闽地探亲游历或学习，详情见表4。

---

① 《彰化县史迹文物专辑（二）》，彰化县政府，1985年，第41–42页。
② 图录刊印于：郭承权《吕世宜书法研究——兼论与台湾书坛发展之关系》，台湾师范大学2000年硕士学位论文。
③ 谢忠恒：《谢琯樵的绘画创作思想》，《2004造型艺术学刊》，第169页。
④ 谢忠恒：《谢琯樵之艺术研究》，台湾艺术大学2009年硕士学位论文，第110页。
⑤ 李国坤：《台湾早期绘画研究——以李金进为例》，《2003造型艺术学刊》，第331页。

表 4　1895—1945 年由台渡闽传统书画家考

姓名	生卒	籍贯	渡闽事由
林鹤年	1847—1901	淡水	乙未抗日时，毁家纾难，积极襄赞刘永福黑旗军，事败后内渡，定居厦门
施士洁	1853—1922	台南	乙未之役只身内渡，携眷归于晋江故里，后居厦门鼓浪屿
许南英	1855—1917	台南	乙未抗日失败，内渡归籍漳州。受聘厦门"菽庄吟社"社友
高选锋	1856—1911	台北	乙未割台携眷内渡，寄籍福建侯官
庄士勋	1856—1918	鹿港	乙未割台内渡避乱，三载余返台
汪春源	1869—1923	台南	乙未割台举家内渡，1911 年寄籍漳州，1914 年受聘厦门"菽庄吟社"社友
施梅樵	1870—1949	鹿港	乙未割台后，避乱晋江，后返台
连雅堂	1878—1936	台南	1905 年携眷内渡，于厦门创立福建日日新报，之后多次往返闽台之间
蔡雪溪	1885—？	台邑	1915 年游江南，经福建，摹学林纾、吴苼等当地流行风格，艺益精进
妙禅	1886—？	新竹	20 岁左右皈依佛门，拜福建兴化后果寺住持良达为师，并在雪峰寺掩关 3 年，又参访名山古刹 5 年。后多次往返两岸，与福建僧侣往来频繁
潘春源	1891—1972	台南	1924 年开始内渡大陆习画，并遍游名山大川，修除积习改摹仿为写生，1926 年游学泉州、厦门
林熊祥	1896—1973	台北	年少在福州随陈宝琛学习，常客居榕城，与书画人士结交
蔡旨禅	1900—1958	高雄	曾只身到厦门美专深造，后归台在彰化设帐授徒
斌宗	1911—1958	鹿港	23 岁在福建游学
黄贤	—	艋舺	1895 年日军侵台，奉母移居闽侯
陈祚年	—	台北	乙未割台后内渡，于福州东瀛执教，后返台延续汉学
黄彦鸿	—	淡水	乙未割台后内渡，归籍福建侯官
蔡寿石	—	鹿港	乙未割台携眷内渡，居福建晋江十余年

　　注：表格出自翁志承《1895—1945 年闽台中国画传衍》，福建师范大学美术学院 2011 年博士学位论文，第 30－34 页。稍作删减。

　　台湾书画家来闽游学、拜师请益，这充分体现了对福建书画的推崇。20

世纪 30 年代由台湾传统书画家举办的全台美术展览，其画部的审查员仍然全部来自祖国大陆，由福建仙游画家李霞领衔，可见台湾传统画家对福建的极大肯定。①

不容否认，此时期因官办美展的举办，文人书画创作受到极大冲击，然而，在书画市场上，传统水墨仍然占据了市场的大部分："台湾传统家屋习惯在厅堂悬挂书画，房间或书房也悬挂山水、四君子、花鸟或人物，作为装饰。传统文士之间喜庆酬赠往来，也是以书画作为礼物。因此传统绘画有其实际市场需求。"② 这种活跃的市场需求自然吸引了大量的福建画家赴台办展卖画。当时如仙游画家李霞、福州书画家洪毅③、福建画家张锵、陈子奋④、厦门画家吴苿⑤、泉州画家蔡丽邨等都渡海到台。据台湾学者施翠峰调查："大陆书画家来台的目的，当然是以开画展出售作品为主，因为当时台湾已有购藏艺术作品之风气。当时台北、新竹、台中、嘉义等地，几乎与新市街之形式，同时掀起购画风气，其中以新竹市为盛。……当然，他们来台巡回各大城市举办展览，结果几乎无一例外，悉数都能满载而归。"⑥

此处，对于大量福建画家来台办展的背景应该有一个清醒的认识。

综观台湾早期的书画作品，在缺乏主流画家及作品参考的情况下，受福建一地的影响极大，视野难免受限；更因为长期的师徒相传和画稿临摹，传抄因袭之下，僵化定型了无新意。此般情状让日据初期赴台的日本艺术家非常不以为然，他们批评这种没有创新在在抄袭的临摹之作，更积极透过官办美展扭转台湾水墨画创作的方向。首届台展，许多颇负名气的书画家提交的参赛作品由于这个原因名落孙山，反而是几个少年人的新意之作受到青睐。这种强力的介入当然引来了不少台湾传统画家的抵抗，他们便自行组织了另一个全岛展览，李霞等人受邀赴台，便是基于此般背景。此后，中国人和日

① 黄瀛豹：《现代台湾书画大观》，现代台湾书画大观刊行会，1930 年，自序。

② 黄琪惠：《"日治"时期台湾传统绘画与近代美术潮流的冲击》，台湾大学 2012 年博士学位论文，第 109 页。

③ 1930 年 8 月赴台，颜娟英编《台湾近代美术大事年表》，雄狮图书股份有限公司，1998 年，第 110 页。

④ 1933 年 11 月 3 日赴台，联展于铁道旅馆，颜娟英编《台湾近代美术大事年表》，雄狮图书股份有限公司，1998 年版，第 134 页。

⑤ 1934 年 2 月赴台，颜娟英编《台湾近代美术大事年表》，雄狮图书股份有限公司，1998 年，第 141 页。

⑥ 施翠峰：《人物画家李霞》，巴东主编《李霞的人物画研究》，台湾历史博物馆，2007 年，第 11 页。

本人在书画艺术领域开始了一段相当长的角力过程。这是日据时期台湾艺坛的基本情况。

福建画家李霞 1928 年 10 月从上海前来新竹，寓居北门陈房家中，应各界要求作画，广受当地士绅的欢迎。许多新竹书画家也前往请益求教。①

李霞（1871—1939），亦称李云仙，号髓石子、抱琴游子，福建仙游县东山乡人。他 1908 年曾随同乡江春霖御史晋京，名扬京都画坛，有"麻姑李"之雅称，1914 年参加巴拿马全球赛会和 1923 年参加美国赛会，均获优等奖章。1928 年秋赴台，寓居于新竹。1929 年，其力作多幅参加"新竹益精会"举办的"全台书画展览会"并任审查委员。同年又在台中举办"李霞先生画道展览"。李霞居住在新竹的这段时间，经常指导示范，许多新竹画家如张金柱、陈湖古、郑琳煌、郑玉田、陈心授等人都受他画风的影响。范耀庚与他时常交流，切磋画艺，其女范侃卿也跟他学画。②

兹列日据时期李霞台湾追随者名录一二如下③：陈心授、廖四秀、曾浴兰、范耀庚、范侃卿、郑玉田、郑琳煌、张品三、余清潭、陈湖古、张金柱。

有关新竹画家仿李霞画作可以举出很多例子，如"李霞在 1929 年全岛书画展展出的《大欢喜图》，陈湖古 1931 年有仿作，1932 年郑琳煌也制作《皆大欢喜》。又如李霞《麻姑献寿》，1932 年张金柱的《祝嘏图》、郑琳煌的《麻姑》都根据此图绘制。另有范耀庚的《骑驴老翁》明显是模仿李霞的《福寿图》等"④。他们在李霞离台之后仍不断根据李霞留下的画稿或原作临摹学习，对李霞的热衷可见一斑。

李霞在台湾引起的热潮，与深受台岛人士喜爱的前辈黄慎不无关系。李霞画风豪放野逸，霸气十足，极富视觉张力，与黄慎如出一辙，李霞还在不少画作上直接题词"取瘿瓢子意"，在《髓石子自序》中谓："初从线纹入手，旋习写意，而私淑吾闽华新罗、上官周、黄瘿瓢诸大家……"黄慎在诸师中对其影响尤大，这与清后期福建汀州画家李灿（号珠园）有关，李霞

<hr/>

① 《台湾日日新报》，1928 年 10 月 14 日、10 月 28 日、11 月 11 日，第 4 版。
② 王耀庭：《李霞的生平与艺事兼记"闽习"在台湾画史上的一页》，《台湾美术》，1991 年第 13 期。
③ 资料出处：1. 黄琪惠：《"日治"时期台湾传统绘画与近代美术潮流的冲击》，台湾大学 2012 年博士学位论文。2. 翁志承：《1895—1945 年闽台中国画传衍》，福建师范大学美术学院 2011 年博士学位论文。
④ 黄琪惠：《"日治"时期台湾传统绘画与近代美术潮流的冲击》，台湾大学 2012 年博士学位论文，第 121 页。

为李灿从侄，少习李灿遗作。李灿不论笔法、取材、画风都与黄慎相近，民间收藏界曾经流传过这样的谚语"有钱者藏瘿瓢，无钱者藏珠园"①，可见其作画颇得瘿瓢子风韵。

李霞在台湾人物画史上为"闽习"再续一章。正如台湾学者王耀庭所言："李霞的画风正是闽习的再现，颇能和台湾此地结合，这是渊源于闽台一家的因缘。日据时期，新竹地区'闽习'风格的人物画，颇能见到，这与李霞的居停有关。"②

此外，此时期两岸的书画交流除了人员互访外还有一个值得关注的面向：福建画家学习台湾。他们回闽后成立画会组织，交流切磋艺事，并面向民间举办书画展览。

以李霞为例。李霞寓台期间曾经深入参与过台湾的画会组织"新竹益精会"及该会举办的全岛美展，这种艺术活动的形式大大启发了李霞。他在离台返闽的次年（1930年），联合在榕画家萧梦馥、陈笃初、吴适、张镝、李耕、林节、郭梁、陈子奋等人，商议组织成立"龙珠画苑"，由李霞担任画苑首席。"龙珠画苑"是福建近代民间早期的书画团体，画苑设在福州城南龙津境，一时汇集闽中国画坛高手于一堂，先后参加者多达20余人，两周一集，切磋技艺，探讨画理。还时常邀请文艺界名流参与赋诗题识，集体合作，彩笔频挥，各抒情怀。画苑还曾在福州鼓楼总督口"寿人氏药房"的空旷场所公开展出，吸引了许多书画收藏家和书画爱好者，影响深远。③

台湾与福建仅一水之隔，两地往来十分密切，因此台湾的文人书画创作，不论是师从还是绘本的临摹，多以福建为主，自然就深受福建风格的影响，"闽习"由此顺势成为台湾早期绘画的最大特色。总体来说，台湾书画家以自学为主，临摹古今画谱与画册，尤其是在福建有影响的"摹本"，这类的书画家占据多数。他们中一部分有明确师承，一部分则以转益多师的方式不断学习，包括本地和福建的画家都是他们的师法对象。此外，他们还通过诗书画雅集的形式互相切磋学习。福建文人书画的传统正是通过这样的方式不断渗透到台湾水墨书画的血脉中。到了日据时期，台湾传统书画家仍然对闽地艺术推崇备至，不仅有许多人亲自来闽，更是邀请福建名家渡台并奉

---

① 梁桂元：《闽画史稿》，天津人民美术出版社，2001年，第246页。

② 王耀庭：《近百年中原水墨画与台湾之关系》，《新世纪台湾水墨画发展学术研讨会论文集》，1999年，第91页。

③ 翁志承：《1895—1945年闽台中国画传衍》，福建师范大学2011年博士学位论文，第73页。

为座上宾。福建书画家同样从台湾学到了组织画会和办展的经验，回闽之后立即在闽地着手实践。两地书画界密切交流，互为影响，在书画史上留下了生动的篇章。

二、福建与台湾民间美术

（一）概说

民间美术因应于民间的实际需求而生发，多与建筑活动密切相关。明清以来，随着经济的发展和移民的日渐增多，台湾出现了兴建寺庙和宗祠建筑的热潮，清中后期，士绅阶层形成，私宅府邸也大量修建，台湾的建筑活动十分蓬勃，这就吸引了许多"唐山师傅"去台工作，同时也将祖国大陆的民间美术传播到台湾。

其中，福建与台湾两地以人群流动为背景，拥有共通的建筑文化。"台湾之人，中国之人也，而又闽粤之族也。""台湾宫室，多从漳泉。""台湾虽产材木，而架屋之杉，多取福建上游，砖瓦亦自漳、泉而来。"[1] 台湾的传统建筑不仅格局多源自闽南地区，清代更是主要从福建运进石材、木料、砖瓦等建筑材料。而且，当时的台湾人民非常推崇原乡的工艺，"聘请著名的'唐山师傅'来台成为建筑工程中品质优良的保证"[2]，在台湾各地，从澎湖到台北，都留下了福建匠师的优秀作品。台湾传统匠师司传分布情形见表5。

表5　台湾传统匠师司传分布情形一览表

1	台北盆地的泉州溪底派匠师，其中包含安溪匠师
2	台北盆地的漳州派匠师
3	宜兰的漳州派匠师
4	新竹的泉州派匠师
5	新竹的客家匠师
6	台中的漳州派匠师
7	鹿港的泉州派匠师

---

[1]　连雅堂：《台湾通史·卷二十三》（风俗志）。

[2]　蔡雅蕙：《以客籍邱氏彩绘家族为主探讨"日治"时期台湾传统彩绘之源流》，台湾行政主管部门客家委员会奖励客家学术研究计划，2009 年，第 15 页。

8	彰化的客家匠师
9	台南的泉州派匠师，其中包含澎湖的匠师
10	屏东的客家匠师

注：表格出自李乾朗主持《传统营造匠师派别之调查研究》，台湾"文建会"1988年版，第30页。

从表5可以看出，与台湾人口中十之七八为福建漳泉移民及其后代的数据相对应的，来自福建泉州和漳州的匠师同样是台湾匠师群体的主力。从最开始受聘赴台的技艺展示到言传身教的开宗立派，再到竞相比作的同场对垒，福建匠师及其传承人参与并几乎主导了早期台湾民间美术的一路成长。

福建匠师渡海赴台有三个高峰期：一是清中后期鹿耳门与厦门开放对渡以后，两岸人员有着经常性的往返；二是日据时期，祖国大陆政治动荡，而台湾相对安定，且工资水平也高于福建，当时全台寺庙兴起一阵翻修的风潮，大量福建匠师赴台；三是光复以后，国民党政权迁台，包括福建匠师在内的大陆各省工匠赴台参与建设。这些匠师应聘赴台工作，往往一待数年，但大部分在结束工作之后，就返回大陆，也有小部分人落籍定居，在台授徒，培养出了台湾的本土匠师。纵然由于长久以来"重道轻器"观念的影响，这些匠师中绝大多数人的名字甚少见诸文献，然而他们中的佼佼者仍然是以其精湛技艺及精美作品扬名至今，一些人被称为是所在工艺领域的台湾开山祖，比如王益顺与溪底派匠师、惠安蒋氏石匠与台湾庙宇石雕、郭氏家族与建筑彩绘……这无疑是对福建匠师在台活动的极大肯定。

建筑是历史的直观呈现，我们从中可以看到福建匠师及其传人在台活动的生动画卷。从建筑入手来谈台湾的民间美术，一方面是各类建筑工事，其建筑形式及特点多承袭自福建地区；另一方面是工匠，其工艺传承基本都有福建原乡的渊源。如果说前者需要专业的比对与细部的研究，那后者的考察则可以为我们描绘出一张张清晰的传承图谱，这将是本节的重点。

同时，虽然台湾传统建筑主要承袭闽南传统建筑形式而来，但台湾蕞尔小岛，南北不过三百多公里，人口密集，来自祖国各地的匠师在相互交流之间，吸收祖国其他地区的建筑风格，并因应本土地理环境而作修正，在兼容并蓄之中，创造出了台湾传统建筑的独特风味。

比起祖国大陆，台湾传统建筑"官""民"分野不很明显，相对而言，其民间特色更为鲜明，更为随意、自由，比如可以常常看到"拼场"和"对场"①的情况，亦即由两组不同流派的匠师来共同完成一栋单体的建筑，拼比竞作同一场工程。这在大陆是比较少见的，特别是在官方的建筑中几乎是绝无仅有。

精彩的技艺比拼也要求到台开拓创业的唐山师傅们的确要有两把刷子。一方面，当时的闽地工匠代表了祖国大陆南派建筑艺术的较高水平："中国建筑工匠各地皆有，但以苏州、福州、泉州诸地可谓巧匠辈出，嬗承各派精髓于不绝。"②另一方面，僧多粥少，工匠们要不断展现实力，才能多为自己和徒弟们争取工作机会。工匠们的恪尽职守和高超技艺使得台湾的民间美术站在了高起点上。

（二）师承制度

学徒制度是中国传统匠师传承的方式，其中家族传承同样属于师徒相传之一种。匠师们代代累积经验，师徒相传，如同克绍其裘，进而将建筑匠艺推展到一个又一个的高峰。在台湾，自道光二十年（1840年）至1988年，各作匠艺师传四代之多。③

匠师很多都没有接受过完整的教育，甚至在光复后的数据统计中，台湾民间技艺人才教育程度仍然普遍偏低（小学以下占63.5%）④，他们基本上是凭跟随师傅努力学习并经长期实践才具备专业能力。然而他们的社会地位虽不及士大夫，却仍然获得了民间很高的尊重，"民间盖房有求于他们，而且迷信如果亏待匠师，未来落成的房子不能平安"。⑤甚至在工作完成之后，主人家还会给匠师奉上大红包或牌匾，以示敬意和感谢。

匠师的薪资水准可以作为辅证。日据初期，台湾的工资高出祖国大陆许多，甚至高于日本，如1898年之际台北地区的工资较厦门高3~5倍，但生

---

① 中国传统建筑是左右对称的形制，凡是两派或两组匠师共同建造一座建筑，双方采取左右分的对全情形施工，可称之为"对场"；若采取前后殿分之个别施法，则可称之为"拼场"。也有两组以上匠师竞作的情况。

② 李乾朗主持：《传统营造匠师派别之调查研究》，台湾"文建会"1988年版。

③ 同②。

④ 王嵩山：《集体知识、信仰与工艺》，稻乡出版社，1999年，第141页。

⑤ 赵文杰：《台湾传统匠师参与古迹修复之研究》，台湾中原大学2002年硕士学位论文，第93页。

活费反较厦门低。① 即便在这样的情况下，唐山匠师的薪资仍然较高。建筑彩绘只是营造业的装饰类工作，但以邱玉波、邱镇邦所绘的新竹北埔姜氏家庙为例，营建费为 36851.9 元，而邱氏父子的薪资就高达 3305 元，几乎占了总营建费用的 10%。② 正是由于社会地位不低、生活上又有保障，才有许多人家将小孩送去拜师学艺。

民间匠师们的技术，大多都是由严苛的学徒制度培训出来的。"学徒跟随师傅工作与生活，起初先作打杂，继而作打磨工具及简单的施工操作。师傅认为他有慧根，才会开始传授一些基本知识。最后徒弟可以升为承手或副手，接受师傅交下来的局部工作，如此前后要三年四个月的时间。通常出师之后，也很少独当一面出外谋生，都是继续为师傅作事，吸取更多经验。"③ 实际上，三年四个月只是最基本的时间，精熟一门技艺需要长时间的练习及观摩，经由师父由浅而深的指定交办工作中，不断进行练习、模仿、观察、思考、实践，才进而达到技术精熟、创新改变，成为拥有独立风格的艺师。例如，学习神像雕刻技艺就"至少要'十年的初坯，五年的修坯，十年的绣线'才能略有小成"。④

"这种承传方式，久而久之即形成一种所谓'匠帮'，匠帮即是工匠的小社会，他们为了维护自己的职业安全与利益，发展出一套规矩，例如购料的习惯、施工的程序、工作的组织、工作时间与仪式、收取费用的标准以及传统之方式等。"⑤ 故而，在传统建筑工艺领域，帮派的分野是十分明显的。又由于匠师收徒传艺，采取"口传身授"的形式，在"一日为师，终身为父"观念的影响下，师徒之间形成了一种亲密的共生求活的养生缘，这种感情维系了技艺的不失传和进步。此外，每种技作都有一套传承口诀，这在各个派系之间由于口音及经验的作用又有不同，也使各个有系统发展的派系存在于营建业的无形组织中。比如，"北方匠师说'弯拱'，传到江南宁波一带成了'圆弓'，到泉州成了'员光'，而到台湾成了'弯弓'，有其一脉可

---

① 吴文星：《日据时期在台"华侨"之研究》，台湾学生书局，1991 年，第 8 页。
② 林会承主持：《新竹县北埔姜式家庙彩绘研究》，新竹县政府，2002 年，第 35 页。
③ 赵文杰：《台湾传统匠师参与古迹修复之研究》，台湾中原大学 2002 年硕士学位论文，第 93 - 94 页。
④ 郑丰穗：《台湾木雕神像之研究》，台南大学 2008 年硕士学位论文，第 50 页。
⑤ 同③，第 94 页。

寻的渊源"①。

台湾传统建筑学家李乾朗在研究报告中把台湾最主要的建筑匠师分为六种②，分别是：

（1）大木匠师——建筑设计与梁架结构或门窗；

（2）雕花匠师——梁枋间的雕刻及门窗雕花；

（3）石匠师——台基地面及阶梯或柱珠石鼓；

（4）土水匠师——地面及山墙或屋顶作脊铺瓦；

（5）彩绘匠师——油漆梁柱及彩绘；

（6）剪黏匠师——屋脊剪花及泥塑或交趾陶饰。

其中，又由于匠师兼作情形甚为普遍，如大木匠师兼木雕，石作与石雕，剪黏与泥塑、瓦作，常被混合称呼，相沿成习，故而，在论及与建筑相关的民间美术时，本节将讨论对象分为四类：木雕、石雕、彩绘、剪黏。

结合前文所述，从这四类工艺入手来考察闽台民间美术的亲缘关系，匠师的师承，即一张"匠师谱系"的书写将直观呈现出此亲缘关系。本节的主要工作就是调查整理这四类民间工艺的台湾师傅的传承谱系与流派，进而厘清福建师傅的赴台路径及发展。

（三）建筑彩绘

先从与传统文人美术联系最紧密的建筑彩绘谈起。

中国古典建筑以木结构为主，为色彩的多变提供了很大的发挥空间。《中国美术辞典》对建筑彩绘定义为："运用浓艳色彩在梁、枋、椽、天花、斗拱、柱头等部位描绘的各种图案纹样。既具装饰作用，又可保护木材，是我国传统建筑艺术特征之一。"③ 而台湾的建筑彩绘主要是从南方苏州式彩绘的系统演变而来，承袭自明清时期的闽粤形式，闽粤彩绘文化则保留唐宋古风的特质。

"彩绘"一词于传统建筑中，包含有两种施作工法，"彩"泛指木构架的髹漆作工；"绘"意指在屋架结构上及木构件之形体上所施作之图文或书画创作。④ "彩绘"的称呼在台湾各地并不统一，也有称为"彩画""油漆"

---

① 赵文杰：《台湾传统匠师参与古迹修复之研究》，台湾中原大学 2002 年硕士学位论文，第 58 页。

② 李乾朗主持：《传统营造匠师派别之调查研究》，台湾"文建会"1988 年版。

③ 沈柔坚：《中国美术辞典》，雄狮图书股份有限公司，1989 年，第 452 页。

④ 李奕兴：《鹿港天后宫彩绘》，凌汉出版社，1998 年，第 16 页。

或"油"的①，由于主要考察对象为民间美术，故本节所指称的"彩绘"以"绘"的部分为主。

台湾第一代本土彩绘师傅以鹿港郭氏家族为代表，他们于 1860 年以前就由泉州晋江去到台湾并落籍当地，此后承接了一系列重要工程的彩绘工作，以其细腻画风和严谨态度广受好评，成为台湾最负盛名的彩绘家族，至今已传承至第四代。

除了以郭家为代表的本土师傅之外，在清代和日据时期，台湾的建筑彩绘行业仍然是以由闽、粤去台的唐山师傅为主，他们中的一部分人留台发展并在台授徒，发展出许多彩绘流派。

"在清朝中叶道光、咸丰时期之前，台湾本身并无彩绘匠师的产生，故自古有'唐山师傅'之尊称流传，至同治年间，才有鹿港郭姓彩绘匠师作品开始出现，台南方面在清初仍以唐山师傅为主，至清末民初才有何金龙及吕璧松赴台授徒，并传下陈玉峰与潘春源系统的彩绘匠师。"② 事实上，到了 20 世纪三四十年代，台湾才出现了各据一方的彩绘匠派，以台北、新竹、鹿港、台南等地为彩绘重镇。这一时期也是台湾彩绘蓬勃发展的时期，优秀艺师辈出，留下了许多精彩的彩绘作品，有些作品留存至今，已被列为台湾的重要古迹。目前学界的研究大多关注点都在这一时段。而有清一代，由于几乎难见作品留存，且时间较久远，就给研究带来了很大的难度。基本只能从后代匠师的追述中了解其师承状况。③

就目前整理的文献内容及调查资料来看，记载日据时期以前的彩绘资料非常少：

据调查显示，台湾目前尚存的建筑彩绘作品，年代较早的有清道光年（约 1820 年代）台北林安泰宅的通梁包袱彩绘，同治年（约 1860 年代）台中社口林大夫第的栋梁彩绘，光绪年（约 1870 年代）潭林宅摘星山庄与彰化永靖余三馆栋梁彩绘。④

更确切地说，以作品调查的状况来看，在台湾，1910 年以前的彩绘画

---

① 李奕兴：《彰化节孝祠》，彰化县立文化中心，1995 年，第 8 页。

② 李乾朗、李奕兴、康诺锡、俞怡萍：《台湾传统建筑彩绘之调查研究》，台湾"文建会"，1998 年，第 30 页。

③ 台湾庙宇或家宅的彩绘作品，由于建筑一般数十年一修，便也随之重绘，故年代久远者几乎不见。另外，台湾官署在日据时期多毁于日本人之手，而民间家宅更因天灾及不肖子孙等人祸，其彩绘作品能留存者甚少。

④ 李奕兴：《台湾传统彩绘》，台湾艺术家出版社，1995 年，第 14 页。

作目前仅剩中部地区几间大宅，它们中除摘星山庄外，多数建筑的彩绘并无明确落款作者，因此可以说，日据时期以前有关彩绘匠师在台活动的资料并不完整，也就无从追查其历史发展。

鉴于此，本节从日据时期台湾最重要的几个彩绘匠师派系的情况入手，进而再追溯其各自师承情况。笔者大致整理了清末到日据时期台湾地区有重要作品的15个彩绘匠派（表6）。

表6 1910—1930年代台湾重要彩绘匠师流派统计表

派别	代表人物	赴台时间	师承	祖籍	落籍地区	执业地区	代表作品
郭氏	郭连城 郭春江 郭新林 柯焕章 郭佛赐	1860年前	祖籍地家传	福建泉州府 晋水日湖	彰化鹿港	台中 彰化 南投	社口林大夫第 潭子摘星山庄 彰化节孝祠 鹿港龙山寺
李氏	李 狗 李金泉 李秋山 黄 兴 傅锭镇 傅柏村	1891年	祖籍地家传	福建泉州府 晋水日湖	新竹	台北 新竹	艋舺晋福宫 艋舺大龙峒 孔庙
潘氏	潘春源 潘丽水 潘岳雄	日据前	泉州吕壁松 潮汕师傅	—	台南	台南	艋舺龙山寺 云林拱范宫
陈氏	陈玉峰 陈寿彝 蔡草如	日据前	泉州吕壁松 潮汕师傅	—	台南	台南 高雄 屏东	屏东蔡宅 台南邱宅
—	洪宝真 洪诗荣 庄武男	日据前	—	—	台北	台北	艋舺龙山寺 艋舺清水祖 师庙 青山宫
黄氏	黄 矮 黄水龙 柳德裕 陈 柱	日据前	大陆师傅	—	台南	台南	台南后壁陈厝 台南麻豆林厝 台南善化胡厝 台南下营周厝
曾氏	曾憨盛 曾万壹 曾金松 曾永裕	日据前	大陆师傅	—	宜兰	宜兰	宜兰郑氏家庙 广孝堂

派别	代表人物	赴台时间	师承	祖籍	落籍地区	执业地区	代表作品
刘氏	刘沛 刘福银 刘昌州	日据前	台中师傅	—	台中石冈	苗栗 台中 南投	南投埔里黄宅 台中东势刘开 七公宗祠
—	李应彬	日据前	台北林德旺	—	台北	台北	台北龙山寺
—	叶成 陈万福 陈颖派	日据前	—	—	彰化和美	彰化	彰化昙花佛堂
吴氏	吴乌棕 吴万居 黄荣贵 黄振邦	日据时期	祖籍地家传	福建泉州	—	台北 艋舺	艋舺将军庙 艋舺龙山寺 艋舺清水祖 师庙
黄氏	黄文华 黄友谦	1922—1925年	祖籍地家传	福建东山	澎湖马公	澎湖	澎湖马公天 后宫
邱氏	邱玉坡 邱镇邦 邱有连 邱汉华	约1915年	祖籍地及 福建学艺	广东大埔	苗栗头屋	桃园 新竹 苗栗	桃园大溪斋 明寺 新竹北埔姜 氏家庙
苏氏	苏滨庭 苏加成	1920年代	祖籍地家传	广东大埔	云林北港	嘉义 屏东	屏东宗圣公祠 嘉义徐宅
—	朱锡甘	1922—1925年	祖籍地学艺	广东大埔	—	澎湖	澎湖马公天 后宫

注：本研究制表。

资料出处：1. 蔡雅蕙、徐明福：《1910至1930年代台湾传统建筑匠司谱系之探讨》，《民俗曲艺》，2010年第169期。

2. 蔡文卿：《台南市大天后宫庙宇彩绘之研究》，屏东师范学院视觉艺术教育研究所2003年硕士学位论文。

3. 蔡雅蕙：《以客籍邱氏彩绘家族为主探讨"日治"时期台湾传统彩绘之源流》，台湾行政主管部门客家委员会奖励客家学术研究计划，2009年。

在这15个彩绘匠派中，有4个直接师承自福建原乡，有3个在学习和工作过程中受到福建师傅的影响，有4个师承目前不可考，其余4个师承自台湾师傅或者广东师傅（见图1）。由此可见福建的建筑彩绘对台湾地区的影响面之广。

同样是从表6和图1的统计中，可以得出结论：福建因素作用于台湾建筑彩绘，以传承的角度切入，主要是通过三个渠道：

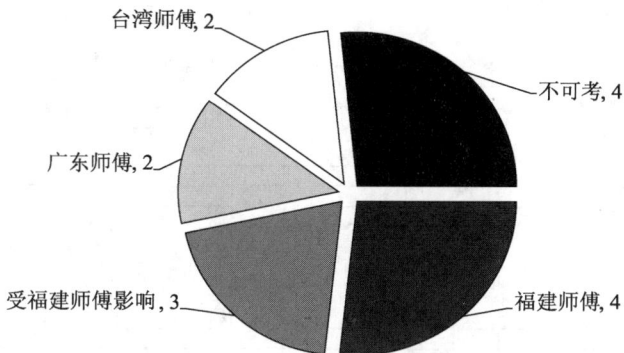

图 1　1910—1930 年代台湾彩绘匠派师承类别分布

注：本研究制图。根据表 6 整理。

1. 福建原乡的技艺传承到台湾以后的家族传承和师徒相传

这一类匠师基本上是在原乡就从事彩绘及相关行业的，因工作机会渡海赴台，一部分工作结束后就回到福建，一部分则落籍台湾，并将技艺传承下去，开宗立派。这部分人是台湾彩绘起步阶段的核心人物，主要是以鹿港郭氏家族为代表。

（1）鹿港郭氏家族

清咸丰年间，来自福建泉州的郭连城（其师承源流见图 2）带着一家老小落籍彰化鹿港，从事建筑彩绘业，凭借高超技艺接了不少豪绅大族家宅宗祠的彩绘工作，自此开启了台湾本土彩绘匠师的历史。台湾现存的早期建筑彩绘作品，比如摘星山庄、社口林大夫第等，据查考都是出自郭家。可见郭家在很早的时候就已经在当地享有盛名，并能够与唐山师傅同分一杯羹。郭家到台之后，已传承至第七代，到第四代为止皆有族人从事彩绘工作，前后历经一百多年的岁月。此间，郭家的彩绘风格也不断改变，可谓是台湾本土建筑彩绘发展的一条生动线索。由于郭家的显赫名声和广泛影响，由其传承下来的优雅细致蕴含书卷气的创作风格成为台湾中部地区建筑彩绘的重要特点。

（2）新竹李氏匠派及其他

新竹是台湾彩绘的又一重镇，李氏匠派的发展是台湾北部彩画的重要脉络。第一代匠师李狗（其师承源流见图 3）同样来自泉州晋水日湖，赴台之前在原乡就从事油漆涂业。道光之前台湾没有本土彩绘师傅，多由祖国大陆延聘名师赴台，李狗于 1891 年应聘去到台湾新竹，为当时正在修建的城隍庙作彩画，城隍庙完成后就留在台湾发展。李狗应该不是第一位去新竹的彩

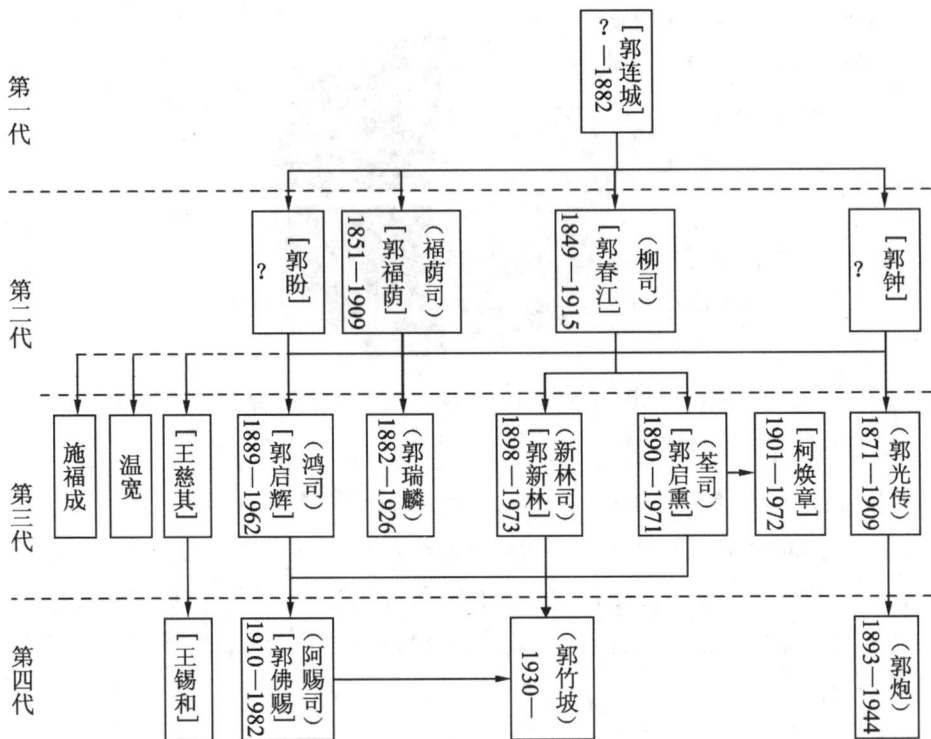

第一代

〔郭连城〕 ?—1882

第二代

〔郭盼〕? ｜ 〔郭福荫〕(福荫司)1851—1909 ｜ 〔郭春江〕(柳司)1849—1915 ｜ 〔郭钟〕?

第三代

施福成 ｜ 温宽 ｜ 〔王慈其〕 ｜ 〔郭启辉〕(鸿司)1889—1962 ｜ 〔郭瑞麟〕1882—1926 ｜ 〔郭新林〕(新林司)1898—1973 ｜ 〔郭启熏〕(荃司)1890—1971 ｜ 柯焕章 1901—1972 ｜ 〔郭光传〕1871—1909

第四代

〔王锡和〕 ｜ 〔郭佛赐〕(阿赐司)1910—1982 ｜ 〔郭竹坡〕1930— ｜ 〔郭炮〕1893—1944

图 2　鹿港郭氏家族彩绘师承源流

注：1. 图出自陈美玲《鹿港彩绘司郭氏家族研究》，《视觉艺术》第 2 期，第 79 页。

2. 制图时间：1999 年 2 月。

3. 〔 〕为画师，（ ）为油师，其他无注记者为油漆师。

4. ——为直系血亲，┄┄为无血亲关系。

绘师傅，但目前被公认为是第一位在新竹落籍并传承彩画的唐山师傅，被称为"新竹彩绘的开山祖"。李狗的儿子李金泉，是新竹地区彩画开创继起发展的关键人物，清末开始在新竹从事彩画工作，享誉北部地区，他收徒众多，形成了有着粗犷豪放、着重意趣风格的彩画匠派。据言"目前新竹地区彩画情形，除少部分聘请中、南部地区师傅或新竹地区师承外地彩画技艺者施作外，多数由李金泉匠派传承的弟子来承接工程"①，可见李氏匠派在新竹地区的影响。

此外，在台北地区，还有一个不得不提的彩绘匠派就是吴氏（其师承源流见图4），日据时期福建师傅吴乌棕（约1874—?）带领徒弟黄荣贵和其子吴万居赴台为艋舺将军庙施彩，此后便留台发展。他们的作品还有艋舺清水

---

① 高启斌：《新竹李、傅彩画匠派研究》，台北艺术大学硕士学位论文，2008 年，第 22 页。

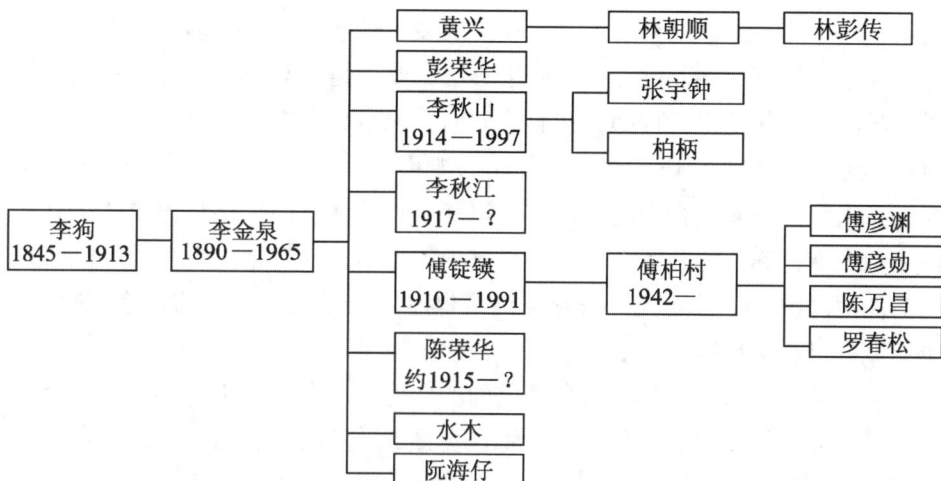

图3 新竹李氏匠派彩绘师承源流

注：1. 本研究制图。
　　2. 制图时间：2013 年 6 月。
资料出处：1. 高启斌：《新竹李、傅彩画匠派研究》，台北艺术大学文化资源学院建
　　　　　　 筑与古迹保存研究所 2008 年硕士学位论文。
　　　　 2. 蔡雅蕙、徐明福：《1910 至 1930 年代台湾传统建筑匠司谱系之探讨》，
　　　　　　 《民俗曲艺》，2010 年第 169 期。

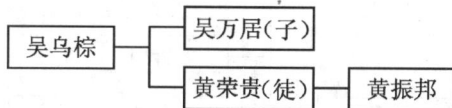

图4 台北吴氏匠派彩绘师承源流

注：1. 本研究制图。
　　2. 制图时间：2013 年 6 月。
资料出处：1. 高启斌：《新竹李、傅彩画匠派研究》，台北艺术大学文化资源学院建
　　　　　　 筑与古迹保存研究所 2008 年硕士学位论文。
　　　　 2. 蔡雅蕙、徐明福：《1910 至 1930 年代台湾传统建筑匠司谱系之探讨》，
　　　　　　 《民俗曲艺》，2010 年第 169 期。

祖师庙及龙山寺等。

在离岛澎湖的部分，同样是由福建赴台的东山师傅黄文华（1897—1968）占有开创者的重要地位，黄文华1919年应邀赴台为澎湖马公天后宫施彩，此后留在澎湖定居，并继续传承彩绘事业。与他同时期来澎湖的还有粤东客家师傅朱锡甘，但目前查无其落籍资料，可能是完成工作后就返回了祖国大陆。

2. 台湾师傅到福建地区观摩学习或与福建师傅有所交流

日据时期，潘春源与陈玉峰被并称为台南地区两大彩绘匠师。由他们开启并传承下来的潘氏家族和陈氏家族目前仍然是台南地区最重要的两个彩绘

世家。潘、陈二人都在台展上有过优异成绩，日据时期彩绘事业兴盛，他们凭借深厚的传统书画基础，投身庙宇彩绘行业，是台湾当时最著名的本土匠师。虽然二人并未正式拜师，在彩绘方面可说是自学成才，但他们不同艺术风格的形成仍然离不开艺术交流与学习观摩。据考证，由于同样生活于府城，二人都与当时的台南著名画家、祖籍泉州的吕璧松（1871—1931）有过深入的交流，陈玉峰还收藏了许多吕璧松的作品；同时，二人都到过祖国大陆潮汕地区观摩学习绘画。潘春源祖籍福建，在年轻时的大陆探亲之行中，也应该有机会实地参考和观摩学习了福建的庙宇彩绘。[①]

潘、陈二人原本都是学习传统书画的，他们后来分了相当大的一部分精力从事彩绘工作（潘氏、陈氏师承源流见图5、图6），并有良好的成绩，同样可见出日据时期台湾建筑事业的蓬勃发展，彩绘工作人员需求量大。从另一方面也说明彩绘与传统书画创作之间的隔阂并不太大，许多方面仍然是相通的，深厚的传统书画功底为潘、陈二人从事彩绘工作打下了良好的基础。他们的个人绘画风格也大体决定了府城彩绘后来工巧繁复强调造型的风格走向，甚至对日后台湾的建筑彩绘都可谓有相当深远的影响。

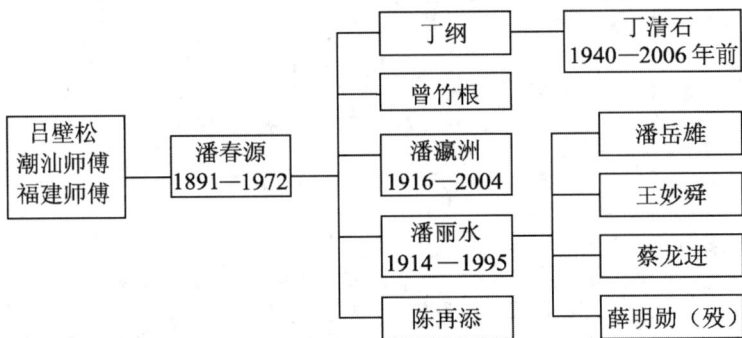

图5　府城潘氏家族彩绘师承源流

注：1. 本研究制图。

2. 制图时间：2013年6月。

资料出处：1. 蔡文卿：《台南市大天后宫庙宇彩绘之研究》，屏东师范学院视觉艺术教育研究所2003年度硕士学位论文。

2. 蔡雅蕙、徐明福：《1910至1930年代台湾传统建筑匠司谱系之探讨》，《民俗曲艺》第169期，2010年9月，第89-145页。

---

① 蔡雅蕙、徐明福：《1910至1930年代台湾传统建筑匠司谱系之探讨》，《民俗曲艺》，2010年第169期。

谢世英：《妥协的现代性：日据时期台湾传统庙宇彩绘师潘春源》，《艺术学研究》，2008年第3期。

吕壁松
潮州师傅 → 陈玉峰
1900—1964 →
- 陈寿彝 1934—
- 宋森山
- 蔡草如 1919—2007 →
  - 蔡国伟
  - 柯武钟
  - 胡明宏
  - 洪英杰
- 谢平详
- 陈振吟
- 黄启受
- 郑文淡

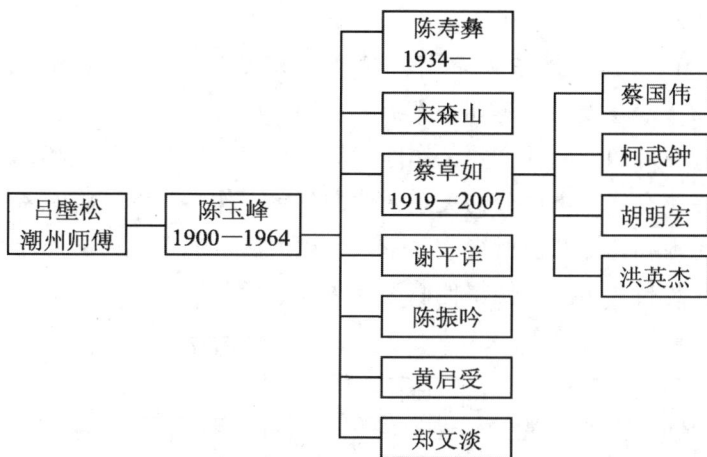

图 6　府城陈氏家族彩绘师承源流

注：1. 本研究制图。

　　2. 制图时间：2013 年 6 月。

资料出处：1. 蔡文卿：《台南市大天后宫庙宇彩绘之研究》，屏东师范学院视觉艺术
　　　　　教育研究所 2003 年硕士学位论文。

　　　　　2. 蔡雅蕙、徐明福：《1910 至 1930 年代台湾传统建筑匠司谱系之探讨》，
　　　　　《民俗曲艺》第 169 期，2010 年 9 月，第 89 – 145 页。

3. 由常年在福建工作的客家师傅带到台湾

值得一提的是，表 6 所列来自粤东大埔的客家师傅，在赴台之前许多都在福建地区工作、学艺，其艺术风格与闽地匠师一脉相承。如邱家后代所整理的家谱中记载邱玉坡"青年、中年在福建漳州、泉州等地彩绘祠堂、神庙、豪宅，享有盛名"。[1]（其师承源流见图 7）据调查，邱玉坡虽然渡台数次，但并未落籍台湾，他大部分时间还是留在漳州、泉州从事彩绘工作，每年仅在过年及清明时节才会回乡。[2] 由于玉坡家乡大埔横溪村与福建在地缘上相当接近，他与同乡几人组成了一个油漆彩绘的施工团队，除偶尔前往台湾外，基本上常年在福建一带工作，其交通方式通常以步行及水运为主。到福建的路线主要有两条[3]，耗时 7～10 天，邱氏团队在路途上边走边找工作：

（1）横溪—水祝—大东孙公坪—长乐（福建）—九峰—平和—南

---

① 邱有良编：《邱氏宗谱》，非出版品，1998 年，第 33 页。

② 蔡雅蕙：《以客籍邱氏彩绘家族为主探讨日据时期台湾传统彩绘之源流》，台湾行政主管部门客委员会奖励客家学术研究计划，2009 年，第 43 页。

③ 同②，第 52 – 53 页。

靖—漳州—龙海—泉州；

（2）横溪—岩东大和坪—坪山—大东坛市—广福亭—长乐（福建）—平和—南靖—漳州—龙海—泉州。

由路线便可知他们的主要工作地点就在福建。这样，一些粤东的客家师傅同样跟福建有着密不可分的关系，他们赴台工作的时候，将在福建地区长期工作的经验和艺术交流所得一并带入台湾地区。通过优秀的彩绘作品的展示和一代代的技艺传承，使得他们为台湾人民所熟知。

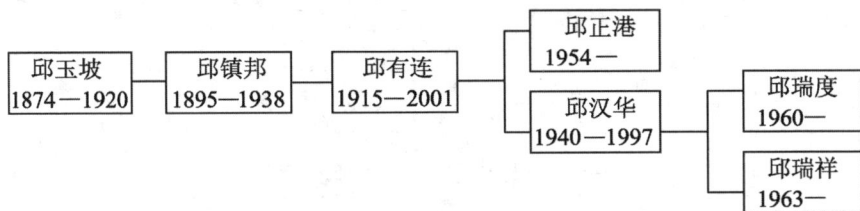

图7 苗栗邱氏彩绘师承源流

注：1. 本研究制图。

　　2. 制图时间：2013 年 6 月。

资料出处：蔡雅蕙：《以客籍邱氏彩绘家族为主探讨日据时期台湾传统彩绘之源流》，台湾行政主管部门客家委员会奖励客家学术研究计划，2009 年。

清末到日据时期台湾建筑彩绘行业有两个特点：第一，此时期彩绘行业多为家族间的传承，且各派也各有不同的执业区域；第二，唐山师傅是此时期台湾当地从事建筑彩绘行业的主力军，随着时间的推移，越来越多的台湾当地匠师出现，他们中的一部分是师承自祖国大陆师傅或家族技艺传承，另一部分师承本地匠师或自学，但大部分都与福建师傅或画师有着密切的艺术交流。福建的彩绘基因就这样通过他们，根植于台湾建筑彩绘的血脉之中，并一代代传承下来。

（四）木作

1. 大木

中国传统建筑的主要为大木构造，所以负责"营宫室"计划估价与督工构筑统合角色之责的匠师，大多属木匠。历来主场者一直都是由大木作木匠担任，他们经常既是总设计师又是包工头，常年合作下来，有自己的一套工作班子。所以对于主家来说，只要找到好的木匠，其他的就不必操心。日据时期台湾地区的大木师傅，以本土的陈应彬、叶金万与泉州溪底来的王益顺为三大支柱，他们的传人目前仍服务于匠界。① 这三位大师，或吸收闽派建筑特点而推陈出新，或本人就从闽渡台而精益求精，都与福建关系密切。

陈应彬（1864—1944），人称北派掌门，出生于台北板桥，祖籍漳州南靖。他的寺庙建筑承续了漳州派的风格，但也有自己的创造。

王益顺（1861—1931），来自著名的木匠专业村——福建泉州惠安崇武溪底村，1918 年受邀设计台湾艋舺龙山寺，留台时间长达十年，承接了许多重大的建筑工程。王益顺赴台时带去一套完整的建筑班子，包括雕花匠、石匠、泥水匠、陶匠与彩绘师，他们毫不吝啬地把技艺传授给台湾弟子，对台湾的寺庙建筑深具影响，人称"溪底派"。

叶金万（1843—1930），祖籍福建同安，早年在漳州习得大木和凿花技艺，18 岁时由福建漳州府东安县去台。金万司精于庙宇施作，技艺精巧，授徒甚多。② 其传承谱系见图 8。

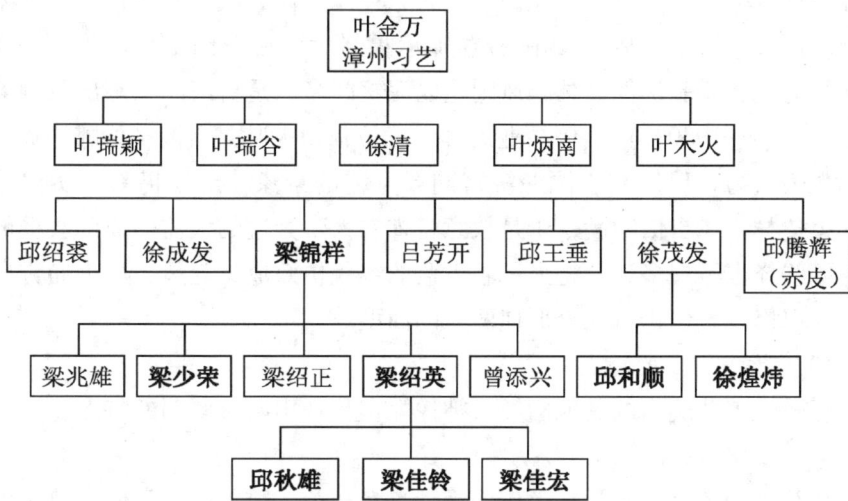

图 8 叶金万传承谱系

注：1. 图出自：刘敬民《大木司傅叶金万、徐清及其派下之研究》，台北艺术大学
　　传统艺术研究所 2005 年硕士学位论文，第 29 页。
　　2. 制图时间：2003 年 11 月。
　　3. 姓名用粗体字的表示制图时仍在世。

---

① 李乾朗等：《清末民初福建大木匠师王益顺所持营造资料重刊及研究》，台湾内务主管部门，1996 年，第 47 页。
② 采访叶金万曾孙叶秀富。刘敬民《大木师傅叶金万、徐清及其派下之研究》，台北艺术大学传统艺术研究所 2005 年度硕士学位论文，第 17 页。

2. 木雕（凿花）

木雕是小木作的一个部分，在台湾称为"凿花"。台湾的传统凿花艺术承袭自泉州、福州、潮州三地，其中又以泉州影响尤大。近代以来参与台湾寺庙兴修的著名木雕匠师，如惠安崇武的杨秀兴做艋舺龙山寺木雕、泉州黄良做澎湖马公天后宫木雕等，他们传徒多人，对台湾近代寺庙木雕艺术有着极大的影响。此外，在台南有着很大名声和影响的还有来自泉州惠安的苏水钦，由他和黄良二人传承下来当前台南木雕匠师的体系。黄良和苏水钦传承谱系见图9、图10。

3. 木雕神像（妆佛）

由于民间工艺的发展多是因应于市场的需求，所以在木雕方面除了凿花外最突出的就是木雕神像工艺，又称"妆佛"[①]。如果说台湾大木领域中闽南因素影响尤大，那么，在雕塑方面，福州的基因却更是不得不提。日据时期在台湾号称"佛像雕塑三条龙"[②] 的陈骏桂、林起凤、林邦铨三人均来自福州。例如，生于1894年的陈骏桂师承福州大坂流派创始人柯传钟，兼善木雕、泥塑、脱胎佛像。林起凤则是以泥塑闻名，是台湾本土杰出雕刻家黄土水（1895—1930）的启蒙授业恩师。三位福州大师是台湾神像雕塑黄金时期的代表人物，他们在丰原慈济宫同场竞艺的景象，至今仍为人所津津乐道：据传林起凤自信颇满，于是故意将神农大帝旁边的太监塑成陈骏桂的样子，陈骏桂也不遑多让，将另一名太监的容貌仿效成林起凤，后为庙方所发觉而勉以修改，但仍有几分形似两人的面型。[③]

（1）妆佛行业的特点

相较于工艺美术的其他门类，神像雕塑呈现出两个鲜明的特点。

第一，作者一般不落款。

传统神像雕刻与民间宗教信仰活动息息相关，雕刻师以神明为尊崇的主体，自知不是作品的重心，所以大多数不在神像上落款，有的也只是标示出所作年月及供奉信士的信息，后人基本难以追溯这些作品的作者。这种情况到了光复后传统神像成为艺术品收藏的对象时才有所改变。所以尤其是明清

---

① "妆"为妆点，台湾神像雕刻为木雕与漆艺的综合表现艺术，一般木雕神像是将木材经过雕刻后，再透过漆艺的妆点粉饰，方能塑成一尊庄严华丽的神祇雕像，所以雕塑神像称为"妆佛仔""刻佛仔"，故采用"妆佛师傅"来称呼从事专业神像雕刻的师傅。

② 黄淑芬编纂：《中国文化佛像神像专辑》，台北圣像出版社，1988年。

③ 郑丰穗：《台湾木雕神像之研究》，台南大学2008年硕士学位论文，第21页。

図 (family tree / genealogy chart)

黄良
1896—1968

叶福美

黄玉瑶 1907—1972　　蔡粹　　林重喜

蔡嘉生 1929—1997　黄玉彩　黄文钦　黄文姜　黄光明　黄文豹　郑源　林山下　陈春木　蔡有忠　颜正腾　蔡耀琪

蔡世龙　陈传来（陈震雷）　黄国发　林正常　林青宗　许金利　吴登鸿

黄福仪　陈今生　蔡光辉　张世运　胡振文　洪进盛　洪添来　郑国盛　蔡特龙

颜正顺　　陈青河　成保重

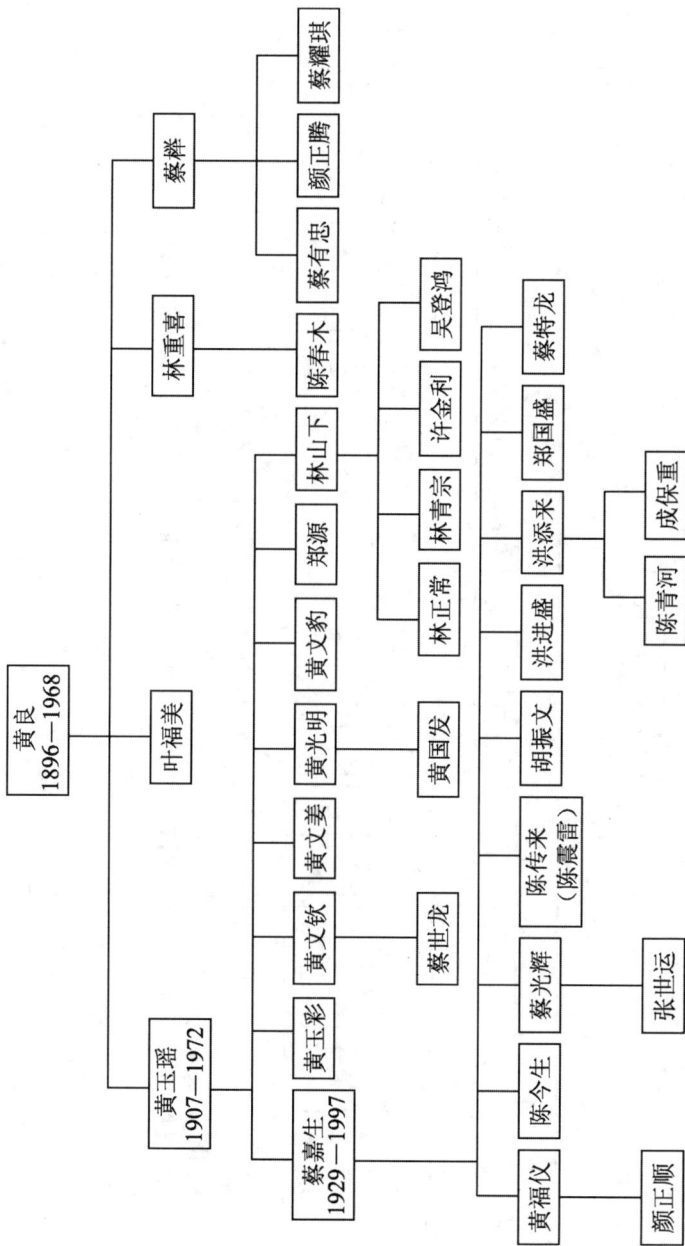

图 9　黄良传承谱系

注：本研究制图。
资料出处：侯淑姿主持《高雄市传统艺术普查委托研究计划期末报告修正版》，高雄市文化主管部门委托，2006 年，第 16 – 17 页。

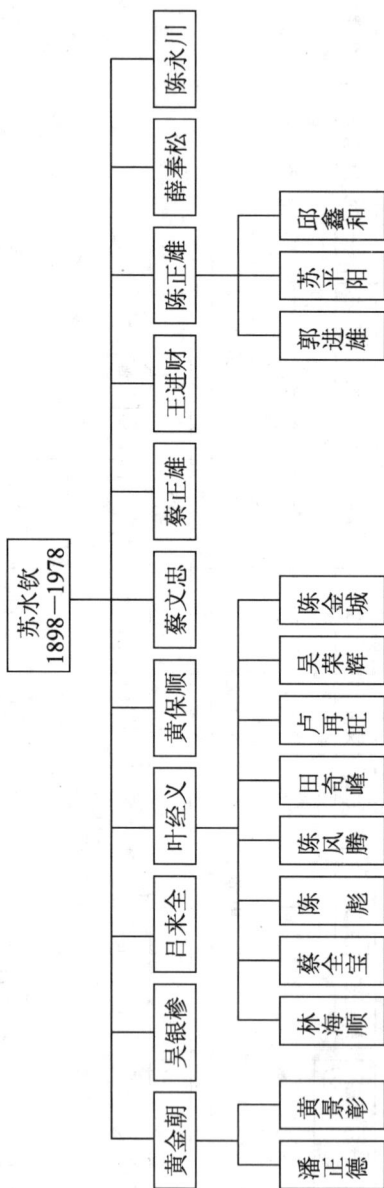

图 10　苏水钦传承谱系

注：本研究制图。

资料出处：侯淑姿主持《高雄市传统艺术普查委托研究计划期末报告修正版》，高雄市文化主管部门委托，2006 年，第 16－17 页。

时期的神像作品对作者和年代的追溯就非常困难。

　　尽管如此，从零星资料中仍可看出，在清末以前台湾神像雕刻业基本是泉州匠师的天下。目前能找到的台湾地区最早留有名号和具体作品的妆佛师傅就来自泉州，是"清康熙元年（1662年）南鲲鯓代天府初建之时，由先民至泉州礼聘名匠'妈福师'前来开斧雕刻的六尊木雕王爷"。① 此后，在嘉庆和道光年间大量唐山匠师赴台，由于泉州移民大量分布于台湾西部沿海，因此与泉籍匠师的交流最为频繁。在开发最早的"一府二鹿三艋舺"，至今，府城市场仍然是自清朝时候便有的泉州派神像雕刻老店；鹿港方面，也是以泉州派为主。泉籍匠师在台湾各地留下了许多珍贵的造像，以其精湛传神的技艺为后来者所顶礼膜拜。

　　目前能查到的台湾第一家神像雕刻店是府城的"来佛法"，也就是现在的"来佛国"。其先祖来自福建泉州府晋江县前埔乡，"来佛国"是蔡氏亲族在晋江便已经营的家族事业。开台第一代蔡三番在道光十五年（1835年）之前就已在台定居。"来佛国"传承谱系见表7。

表7　台南市"来佛国"传承谱系表

	第一代	第二代	第三代	第四代	第五代
店铺	来佛国	来佛国	来佛国	来佛国	佛莱国
姓名	蔡三番	蔡四海	蔡连	蔡金永	黄瑞祥
代表作品	府城武庙正殿神像	府城大天后宫四海龙王 府城武庙正殿关平、周仓神像 武庙北极殿赵、康元帅像	府城广州宫上帝爷、三坪祖师神像	府城妈祖楼镇殿妈祖 府城朝南宫天上圣母 府城玉天宫宁靖王	—
备注	1835年前定居府城	—	—	"来佛国"停业	自创"佛莱国"

　　注：本研究制表。
　　资料出处：郑丰穗：《台湾木雕神像之研究》，台南大学台湾文化研究所2008年硕士学位论文，第35－36页。

　　第二，宗教色彩最为浓厚。

　　传统用于供奉需要的神像基本上是传家、传世的，信众们相信供奉越久的神像越灵验，所以妆佛师傅对待每一尊神像都格外认真和神圣。传统的妆

---

① 郑丰穗：《台湾木雕神像之研究》，台南大学2008年硕士学位论文，第19页。

佛工艺有一道必不可少的工序——净。"净"本身被视为对神明或使世俗的个体具备神圣特质之必要条件，雕刻师傅必须在各阶段对雕作神像的木材施行"净"的仪式，并开光点眼。故而各地的妆佛店一般都有一个供奉的神灵或者祖师，每个匠派供奉的神灵一般各不相同。匠师在开光、净符施作之前，会呼请神灵前来并借助神灵之灵力赋予神像力量。

这些被供奉的神灵或祖师，一般是原乡历史上的能人。例如，在20世纪五六十年代独占云林北港市场的闾山堂（其传承谱系见图11），他们的师尊被称为"法主公"，原名张慈观，福建永春张家庄人，生于宋高宗绍兴九年（1139年），因其法力高强，被"红头法师"尊为祖师爷神格供奉。[①] "敬神如神在"，就这样满怀敬畏之心来进行艺术上的精工细作，在一次次的神像制作中，福建祖师成为融入台湾妆佛师血脉之中的信仰。

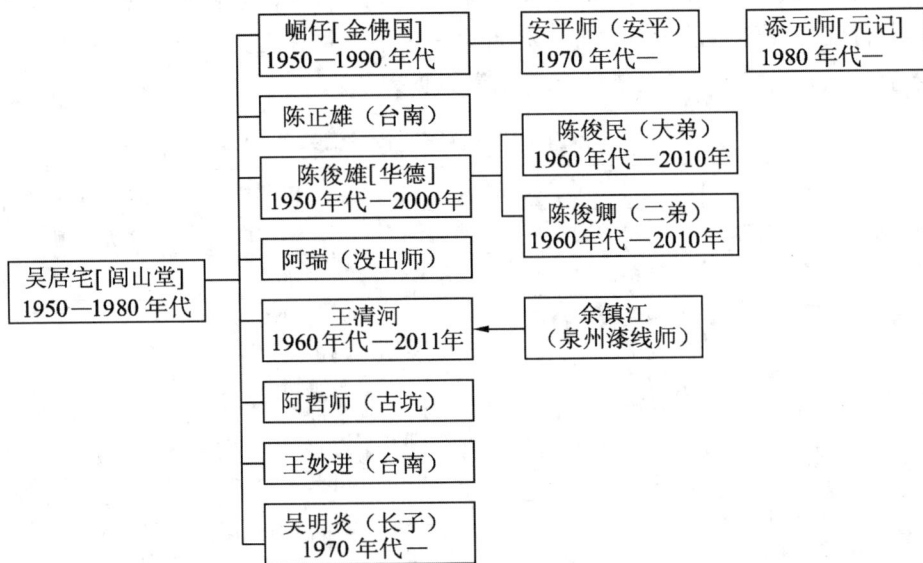

图 11　北港闾山堂传承谱系

师尊："法主公"张慈观（宋高宗时期福建永春张家庄人）

注：1. 图出自王燕琇《北港地区木雕妆佛师傅之研究——以王清河师傅为例》，台北教育大学人文艺术学院台湾文化研究所 2012 年硕士学位论文，第 89 页。稍作增补。

2. 方框内第一行为匠师姓名，第二行为其所经营妆佛店的营运时间。

---

① 王燕琇：《北港地区木雕妆佛师傅之研究——以王清河师傅为例》，台北教育大学 2012 年硕士学位论文，第 88 页。

所以以前有许多妆佛师傅还可以兼任一些道士和风水师的工作，居宅师就经常被请去指导民间的道场和法事。上文提及的"来佛国"，"早期除了能雕刻神像外，也精通符箓、风水堪舆之法，在地方上常助人处理无形事务"①，蔡氏家族就流传下来一些符仔书和风水笔记。

与彩绘的情况一样，在妆佛事业兴盛之时，同样有一些其他门类的匠师"跨行"涉足这一领域。但这些匠师一般就专做雕刻，不做入神、开光仪式。例如鹿港李松林师傅。李松林师承家族的泉州派小木作凿花工艺，以其精湛手艺在当地深受喜爱，于是许多人请他雕刻神像。由于是"半路出家"，李松林只负责神像雕刻，传统的入神、开光仪式需要主家另外聘请法师、道士来主持。

（2）台湾妆佛匠派

台湾学者王嵩山提到：一般来说，台湾目前的雕刻师傅，几乎全部来自于福建的漳、泉、福三州的后裔，或者追溯其祖师，必是来自这三个地方。② 可能在台湾彩绘工艺的发展脉络中少不得提及粤籍匠师，相形之下，台湾的妆佛工艺，基本上是福建匠师及其传承人的"天下"，将台湾几个重要的妆佛匠派的传承谱系铺成开来，便织成了一张堪称全面的妆佛工艺网络（表8）。

表8直观呈现了泉州派和福州派在台湾妆佛界的地位。这是目前台湾主流的两大妆佛匠派。泉州派赴台较早，是台湾妆佛工艺的拓荒者；福州派到清末和日据时期才开始加入市场，不过由于其灵活的经营方式和广纳门徒的传承方式，福州派目前在台湾分布最广泛，占有重要地位。

泉、福两派在传承、经营理念及工艺手法上都有较大的不同。从下文列举的几个传承谱系表可略见一斑。

① 传承方式不同

泉州派一般以家族式传承为主，授技于外人较少。福州派则一般是师徒相承、广泛收徒。

从"来佛国"和"小西天"的传承谱系（图12）可见，作为泉州匠派，其技艺都只是传授给族内成员，基本不见外姓徒弟，这种方式就比较容易造成后继无人的情况。如"来佛国"现今家族中无人继承妆佛事业，其技艺由徒弟黄瑞祥习得。

---

① 郑丰穗：《台湾木雕神像之研究》，台南大学2008年硕士学位论文，第35页。
② 王嵩山：《集体知识、信仰与工艺》，稻乡出版社，1999年，第192-195页。

表 8　台湾重要妆佛流派统计表

执业地区	派别	店铺	代表人物	进台时间	师承	祖籍	代表作品
府城	泉州派	来佛国	蔡三番 蔡四海 蔡连 蔡金永 黄瑞祥	1835 年前	祖籍地家传	福建泉州晋江前埔乡	府城大天后宫四海龙王 府城武庙正殿关平、周仓神像 府城广州宫上帝爷、三坪祖师 府城妈祖楼镇殿妈祖
		佛西国	蔡义培 蔡心 蔡金茂 蔡南山 蔡天民 蔡有诚	清末	泉州京师	福建泉州	府城大天后宫镇南妈祖 府城延平郡王祠郑成功妈祖
		西来国	黄姓师傅 陈河达 陈河钦 李温 王鲁	清朝	泉州黄姓师傅	福建泉州	高雄盐埕沙陶宫五府千岁 高雄内门南海紫竹寺镇殿观音佛祖
	福州派	人乐轩	林亨琛 林利铭 林贞良 陈朝清 吴邦雄	1902 年	祖籍地家传	福建林森县（今闽侯县）	台南市大人庙朱府千岁 北厂保济殿刑王爷
		光华佛具店	林宗养 陈启村 李明来	日据时期	台湾师傅	福建福州	

执业地区	派别	店铺	代表人物	赴台时间	师承	祖籍	代表作品
府城	漳州派	金芳阁	陈金泳 黄德胜 曾应飞	清朝	祖籍地家传糊纸手艺，自学木雕	福建漳州	台南有福隆宫镇殿保生大帝 台南显威堂，兴济宫刑王爷
		小西天	吴田 吴虎 吴清波 吴东岳	清嘉庆年间	祖籍地家传	福建泉州晋江南大岳	
鹿港	泉州派	施自和佛店	施礼 施至利 施至辉 施世瞳	清中叶	泉州风勾	福建泉州	鹿港奉天宫镇殿苏府大王爷 台中宝觉寺弥勒佛 台中市武德宫镇殿关圣帝君
		一	李松林	清道光年间	祖籍地家传刻花手艺，自学木雕	福建泉州永春	释迦出山像
	福州派	庐山轩	陈禄官 陈中和 陈国桢	1902年	祖籍地家传泥塑手艺，自学木雕	福建福州	泥金作法
艋舺		求真佛店	潘德 吴荣赐 石振雄	1930年	祖籍地家传	福建福州	艋舺龙山寺释迦出山像 台北永乐正庙 木棚仙公庙 竹山天心宫
		林福清	林福清 陈连紫 王稻瑞 王两传	清末	祖籍地学艺	福建福州	新竹狮头山海会庵目犍连尊者 高雄旗津天后宫王爷 基隆城隍庙八司神像 海霞城隍庙五营将军神像

执业地区	派别	店铺	代表人物	赴台时间	师承	祖籍	代表作品
新竹	泉州派	法西方佛店	杨栽 高成德 高汉文	清道光年间	早年浙江温州学艺	福建泉州南安	新竹内外妈祖庙 新竹城隍庙 新竹武圣庙 新竹池王爷、白王爷、清王爷、上帝公庙 新竹镇殿大神
	福州派	—	林发本	清末	祖籍地学艺	福建福州	新埔广和宫内诸神
通霄	福州派	禄山轩	魏坤海	1974年开店	潮州师傅 福州师傅	—	—
	福州派	李金川	李金川 罗素良 朱素铭 黄承业	1940年代回通霄	福州巧朝相	—	通霄慈惠宫前殿横梁人物
云林北港	福州派	同山堂	吴居宅 王清河	1950年代开店	泉州师傅	—	—

注：本研究制表。
资料出处：郑丰穗：《台湾木雕神像之研究》，台南大学 2008 年硕士学位论文。
1. 王燕琇：《北港地区木雕妆佛师傅之研究——以王清河师傅为例》，台北教育大学人文艺术学院台湾文化研究所 2012 年硕士学位论文。
3. 蔡雅蕙、徐明福：《1910 至 1930 年代台湾传统建筑匠司谱系之探讨》，《民俗曲艺》第 169 期，2010 年 9 月，第 89 － 145 页。

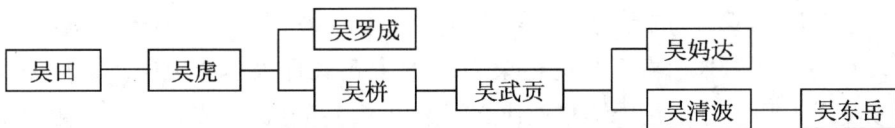

图 12 鹿港"小西天"传承谱系

注：图出自郑丰穗：《台湾木雕神像之研究》，台南大学台湾文化研究所 2008 年度硕士学位论文，第 46 页。稍作删减。

　　而对徒弟几乎"来者不拒"的福州派就没有这方面的忧虑，发展迅速。通霄李金川匠派的发展就是典型的例子（图 13）。李金川被称为"海线始祖"，自 1940 年代开始，通霄镇在他的带领下，木雕产业蓬勃发展，曾造就了每三户人家就有一户从事雕刻的空前盛况。李金川师承自福州陈姓师傅巧朝相，成名后按照福州派的惯例广泛收徒，他的徒弟学成后多数在通霄地区开业，工厂数量多、体量大，是通霄雕刻产业发展的重要推手。

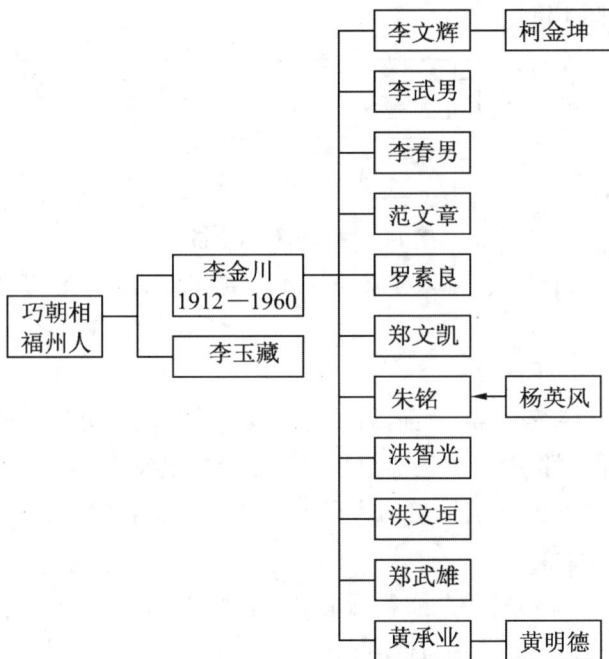

图 13 通霄李金川派系师承源流

注：本研究制图。
资料出处：1. 洪雅芳：《通霄雕刻产业之研究》，东海大学历史研究所 2011 年硕士学位论文。
　　　　　2. 郑丰穗：《台湾木雕神像之研究》，台南大学台湾文化研究所 2008 年硕士学位论文，第 63 - 64 页。

李金川的第七位弟子就是当前享誉国际的雕塑大师朱铭。朱铭（1938—），本名朱川泰，台湾苗栗人，16岁正式拜入李金川门下，后来又随杨英风大师学习，在传统与现代之间走出了一条新路。光复后台湾雕刻进入了多元发展的阶段，朱铭就是其中最具代表性的人物。

也因为是广泛收徒，"福州派的师傅在传授徒弟时，通常会'留四分，放六分'，如果悟性较高的，便能靠自学而出师，甚至能青出于蓝。"① 北港王清河师傅就在出师之后另外跟随台南漆线大师，来自泉州的镇江师傅学习漆线手艺。

广泛收徒的形式使得福州师傅在台湾留下了众多弟子和传人，影响深广。人称"木雕状元"的福州人林福清，清末从福州来到台湾打天下，在台湾各地留下了许多优秀的作品。林福清泥塑、木雕技艺都超凡，他来到台湾后，广纳徒弟，培植后生，基隆的陈连紫、竹北的彭木泉便是其高徒，分别习得了他的木雕和泥塑手艺，并且发展成为当今台湾地区重要的木雕匠派和泥塑匠派（图14）。

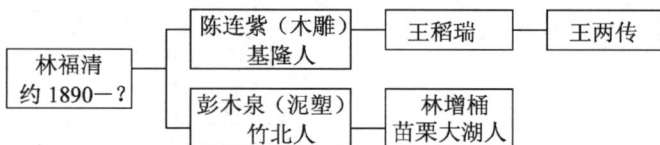

图14　林福清传承谱系

注：图出自郑丰穗《台湾木雕神像之研究》，台南大学台湾文化研究所2008年硕士学位论文，第55页。稍作增补。

② 经营理念不同

泉州派固守传统套路，而福州派的经营方式则较为灵活，他们将机械引入纯手工的佛像制作中，于是佛像制作开始走向规模化和批量化生产，大批的雕刻工厂在台湾出现了。祖国大陆开放之后，他们又将工厂开到海峡对岸，事业愈加壮大。

"求真佛店"系统的吴荣赐和石振雄（其师承源流见图15）是此中的开路先锋。1970年代初，吴荣赐与台湾机械工厂合作生产"车佛仔枰"，机械车枰开始应用于台湾的神像雕刻，大大加快了神像生产的速度。石振雄则是对于到祖国大陆投资相当热衷，他可能是台湾最早在大陆设神像雕刻厂的人，他用高温

---

① 王燕琇：《北港地区木雕妆佛师傅之研究——以王清河师傅为例》，台北教育大学2012年硕士学位论文，第40页。

铁膜直接烙印替代人工开脸，进一步提高了生产速度，在业界蔚为一时风潮。

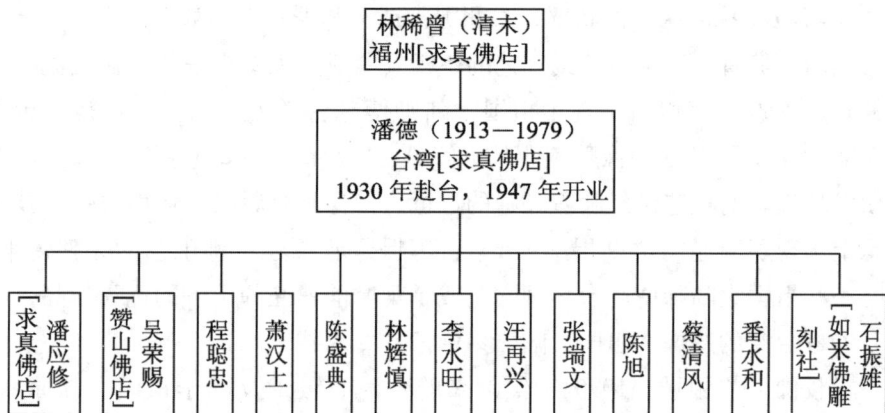

```
                  ┌──────────────────┐
                  │  林稀曾（清末）    │
                  │ 福州[求真佛店]     │
                  └────────┬─────────┘
                           │
              ┌────────────┴────────────┐
              │   潘德（1913—1979）      │
              │    台湾[求真佛店]         │
              │ 1930 年赴台，1947 年开业   │
              └────────────┬────────────┘
                           │
```

图15　台北市"求真佛店"师承源流

注：本研究制图。

资料出处：郑丰穗：《台湾木雕神像之研究》，台南大学台湾文化研究所 2008 年硕士学位论文，第 53 页。

③ 艺术表现不同

泉州派和福州派在艺术上也各具特色。"泉州重皮，福州重骨"。简单说来，泉州派的神像属于"神格化"的写意手法，重视外观线条做漆线的雕作；福州派的神像属于"人格化"的写实手法，多用粉线堆叠来表示花纹和绣线。此外，漳州匠师对神像粗坯后的精致整修的"锦雕"手法也深受部分人士的喜爱。

在传统社会，派系的区隔相对明显，"事实上，现今资讯发达，在大众传播工具的传送下，各派吸收彼此的长处而衍生出自己的风格，彼此差异越来越小，甚至分不清哪些是泉州派作品、哪些是福州派作品了。"[1]

（3）小结

从以上对台湾神像雕刻业主要派系的简单梳理可见，福建原乡的妆佛工艺不断在台湾生根发芽，至今仍然是台湾妆佛界的主流业态。这些来自泉、福、漳地区的妆佛师在台湾各地定居发展，世代传承下来，建立了稳定的客源支持和地方声望，从而能够支持其长久发展。

考察传承脉络，各匠派开台先祖基本都是在福建原乡就从事神像雕刻的

----

[1]　王燕琇：《北港地区木雕妆佛师傅之研究——以王清河师傅为例》，台北教育大学 2012 年硕士学位论文，第 83 - 84 页。

知名匠师，在光复之前的台湾神像雕刻业界，基本上是属于对福建技术引进的"学习巩固并传承"的状况，泉州派抑或福州派，莫不如是。

然而，随着台湾神像雕刻工艺的不断发展成熟和两岸宗教文化交流的日渐频繁，1980 年代以后出现了祖国大陆师傅赴台学习的情况。这是由于祖国大陆"文革"时期神像雕刻业基本停滞，"文革"后要重新发展妆佛产业时便发现许多的技艺已经随着匠师的过世、佛像和资料的损坏而失传，技艺传承上出现了明显的"断层"。所幸台湾保留着福建妆佛工艺的完整传承，这时一些祖国大陆师傅赴台拜师学艺或是观摩前辈匠师留下的优秀作品，学成后参考台湾的造像在祖国大陆雕刻佛像并传承技艺。

在妆佛工艺领域，1970 年代以来的台湾有效地反哺于祖国大陆原乡。通过活络的互动，闽台两地共同传承了优秀的妆佛技艺。

（五）石雕

台湾明清庙宇材料的运用、匠师技术多仰赖福建原乡，例如石材多取压仓之砻石、花岗石、青斗石、泉州白等，修建亦多交由泉州、漳州名匠师负责设计建造。

根据林会承教授的推论，台湾寺庙建筑上的石刻，约在清道光（1821—1850）前后盛行。此前不少寺庙的石雕都是在祖国大陆雕好才运到台湾安装的。在清末民初的时期，台湾已经孕育出了第一代本土打石匠，但是雕得最好的，还是泉州惠安石匠。① 例如 1911 年在重修艋舺龙山寺时，就特地从惠安延聘石雕名匠赴台作业。

台湾庙宇石雕深受福建惠安崇武体系的影响，清末和日据时期惠安崇武石匠大量渡台，其中以来自惠安崇武峰前村的蒋氏石匠一族最具代表性。峰前是以蒋姓为主的单姓氏村庄，当地盛产石材，居民多以石雕为业。在早期台湾庙宇石雕界有句行话为"无蒋不成场"，这简单说明了峰前蒋氏一族在台湾庙宇石雕界中具有重要的影响力。② 他们的石雕作品遍布台湾南北，其定居台湾的传人对台湾近百年石雕技艺的承续与风格建立都具有莫大的影响。代表性的人物有：蒋馨、蒋银墙、蒋文山、蒋栋材、蒋文浦、蒋树林等

---

① 林会承：《传统建筑手册形式与做法篇》，台湾艺术家出版社，1995 年，第 153 页。
② 简士豪：《前石匠蒋九——在台生平与作品调查研究》，《艺术论文集刊》第 16 – 17 期，2011 年，第 2 页。

匠师。作品则有鹿港天后宫、台南大天后宫、艋舺龙山寺、北港朝天宫等。这些大家耳熟能详的作品，现在都已经被指定为台湾的古迹，其中的石雕几乎全部出自峰前村蒋氏打石匠之手，是台湾相当重要的文化资产。

从户籍资料来看，峰前蒋氏石匠最早于光绪年间在台湾落户。日据时期，台湾大兴土木，仍有大量惠安石匠赴台。据日本官方 1937 年初的一份调查报告统计，1904 年 9 月末在台石工计 22 人，后又进入 23 人，年终累计 45 人。至 1937 年统计增至 270 人。最高年份 1914 年有 299 人。①

惠安蒋氏石匠的石雕技艺基本上属于家族或同乡之间代代相传，授艺于外人较少。蒋氏石匠在台湾以收养子、传弟子的形式传承家族技艺，常年合作的工作团队成员一般也都是同乡同族人（见图 16、图 17）。光复后惠安石匠张木成改变了这种工作模式，他与台湾本土匠师广泛合作，大大活跃了台湾的庙宇石雕业界。

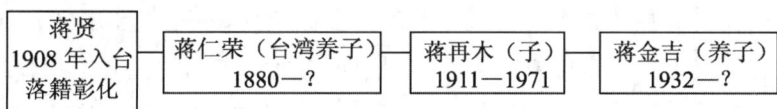

蒋贤 1908 年入台 落籍彰化	→	蒋仁荣（台湾养子） 1880—？	→	蒋再木（子） 1911—1971	→	蒋金吉（养子） 1932—？

图 16　蒋再木师承谱系

注：本研究制图。
资料出处：庄耀棋：《在台惠安峰前村蒋氏打石匠司群之研究》，台北艺术学院传统艺术研究所 2002 年度硕士学位论文。

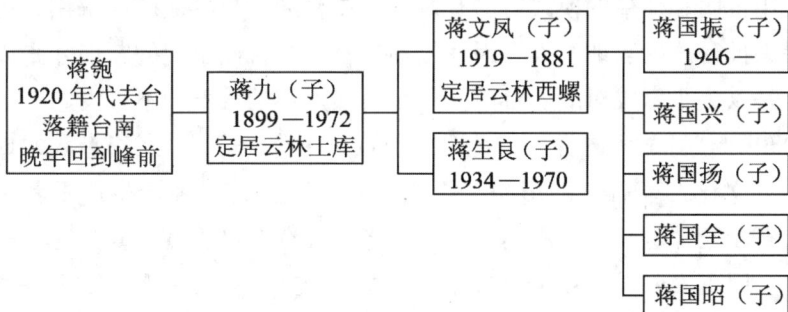

蒋匏 1920 年代去台 落籍台南 晚年回到峰前	→	蒋九（子） 1899—1972 定居云林土库	蒋文凤（子） 1919—1881 定居云林西螺	蒋国振（子） 1946—
				蒋国兴（子）
			蒋生良（子） 1934—1970	蒋国扬（子）
				蒋国全（子）
				蒋国昭（子）

图 17　蒋九师承谱系

注：图出自简士豪：《前石匠蒋九——在台生平与作品调查之研究》，《艺术论文集刊》第 16－17 期，2011 年，第 10 页。

1937 年以后，受到中日战争的影响，在台惠安石匠业务骤减，又因海

①　庄耀棋：《在台惠安峰前村蒋氏打石匠司群之研究》，台北艺术学院 2002 年硕士学位论文。

峡两岸交通中断，使得他们被迫滞留台湾，于是，在 1945 年停战后，他们中有将近八成的人选择返回福建故乡，导致一时台湾石作技艺出现青黄不接的局面，也使得当时原本在台湾便扎根不深的石作体系几近于崩溃。在这样的背景中，同样是来自惠安的石匠张木成（1904—1993）脱颖而出，他承包了台湾各地许多的庙宇石雕工程，并建立起与之搭配的匠帮系统，这种事业模式极大地影响了 1960—1980 年代台湾的庙宇石雕走向。

张木成出生于石雕之乡惠安，其父张火广（？—1937）是惠安当地出名的石雕匠师，家学渊源和不断自学，使他拥有了精湛的石雕技术。他于 1923 年渡台，和父亲张火广一起，在台湾留下了 17 件以上的庙宇石雕作品。①

张木成对光复后台湾的庙宇石雕事业的影响甚大，主要是源于他在工作组织形态上的转变。1965 年开始，张木成从石雕作坊转向承包寺庙石雕工程，他开始从师傅头的角色转变为石雕业务承包的经营者。开始采用有效率的工作模式，就是"培养经常合作的匠人，以达到较佳的工作配合，而他的匠师班底不仅仅只有亲属或徒弟，还利用每次外出工作的机会，观察当地匠人，去芜存菁，维持一批优秀的匠师班底，将工作做到有效率的人力投入；并将原本只让有亲属关系或是师承关系的匠人来 huan 场，扩及到他所信赖并观察到的好匠人身上，如 1980 年马公山水里的上帝庙，即是交由澎湖当地的匠人来 huan 场。"② 由于这种灵活、开放和不藏私的工作方式，比起传统只任用亲属和徒弟的模式更加有效率，在台湾石雕界被广泛采用，迅速培养了一大批台湾的当地匠人，因大批福建石匠离台而出现的断层才得以填补上来。是以，张木成对战后台湾的庙宇石雕人才的培养功不可没。

1980 年代开放大陆探亲，此时，与妆佛工艺一样，"惠安崇武的传统石雕受到'文化大革命'的影响，传统庙宇石雕技艺已经产生严重断层，老一辈的石雕匠师也几乎凋零殆尽。然而当地惟有石材仍然不虞匮乏，故许多台湾乡亲回惠安开设石雕工厂或是指导雕刻技术。"例如著名石匠蒋九的后代蒋国振就"曾几次回乡指导其乡亲石雕技艺"③。在台惠安石匠始终不忘

---

① 邱圣杰：《北台地区石匠张木成作品之研究》，台北科技大学 2009 年硕士学位论文。

② 吴家玲：《张木成打石事业初探》，http://www.tnua.edu.tw/~education/download/culture/3.pdf，2013 年 8 月 26 日。huan 场，为闽南语的发音，即扶场，是监督者的角色，需要看头看尾，并控制工程进度。

③ 简士豪：《前石匠蒋九——在台生平与作品调查研究》，《艺术论文集刊》第 16 - 17 期，2011 年，第 12 页。

故乡，并以从惠安祖辈上习得的石雕技艺传授故乡的年轻一代工匠，拳拳爱乡之心可感可佩。

（六）陶艺

交趾陶为一种低温铅釉软陶，是台湾传统建筑常见的建筑装饰物之一，用于寺庙、宗祠或富宅的建筑装饰。它源自华南地区，系先民至台湾开垦而随之传入台湾，台湾现存的早期交趾陶极可能在清朝中叶由泉州传到台湾。"对台湾交趾陶的发展具有较大的影响与贡献者，主要是来自泉州地区的匠师。他们除了留下作品，在技术上影响台湾的交趾陶发展，此外也为台湾培育出不少交趾陶匠师。"[①]

台湾交趾陶匠师体系大致可分为叶王传承体系、柯云传承体系、苏阳水传承体系，现在分布于台湾各地的交趾陶匠师几乎都是出自这三处。这三派匠师都有着福建的"艺术血统"。由于叶王和洪坤福的活动范围多在台南嘉义，故而嘉义是台湾交趾陶的发源地，主要流派即由他二人开启——宝石釉的叶王和水彩釉的柯云。

1. 叶王传承体系

叶王（1826—1887），本名叶狮，字麟趾，祖籍福建漳州，嘉义人。他被公认为是台湾本地交趾陶的创始者，也是台湾第一位有文献记载的陶艺家，传世作品现存于台南佳里震兴宫、学甲慈济宫。其父叶清岳是一名陶工，叶王年幼时在耳濡目染之下常以泥土捏塑人物自娱。叶王的作品完全凭手工捏塑而成，成品多属小件，造型生动，用色温润鲜艳兼具，独特的胭脂红釉色又叫"宝石釉"，被视为叶王用色的特色。尾崎秀真尝谓："台湾三百年间，最杰出之陶工唯叶王、画工林觉一人而已。"

叶王没有嫡传弟子，但将独门制釉法——宝石釉方传给许子澜、黄得意二人。第三代林添木还另外向泉州师傅蔡文董学习交趾陶艺及水彩釉方，后来收徒多人，将叶王的技艺发扬光大，对形塑嘉义地区鼎盛的交趾陶创作风气功不可没。[②]

关于叶王的师承（图18）流传着两套说法，一说习自泉州、漳州匠师，

---

① 《清末到日据时代泉州匠师对台湾交趾陶的影响与贡献》，第2页，http://www.ied.edu.hk/asahkconf/view.php? m=3773&secid=3778,2013年8月28日。
② 侯淑姿主持：《高雄市传统艺术普查委托研究计划期末报告修正版》，高雄市文化主管部门委托，2006年，第104页。

一说习自建造台南府两广会馆的广东陶匠。目前一般将他归为潮州派体系，然而根据考证，叶王应是跟随泉州、漳州匠师习艺。由于闽南与潮汕地区地缘接近，潮汕的烧窑技术又特别突出，似可大胆推论叶王的师父虽为闽南人，但艺术取向上偏向潮州一派。施翠峰在《重新认识台湾交趾陶》[①] 一文中严正指出叶王的师承来历与广东匠师无关，理由有三：其一，广东窑为高温窑，叶王交趾陶却是低温窑；其二，叶王仅懂闽南话，如何交谈；其三，台南府两广会馆建造于清光绪元年（1875 年），当时叶王已约 50 岁，但目前留存的叶王作品基本都是他 47 岁前所做。施翠峰以有力的证据辩驳了叶王师承的广东说，他并加以判断：叶王的师承应是较叶王稍早期的泉州或漳州师傅。

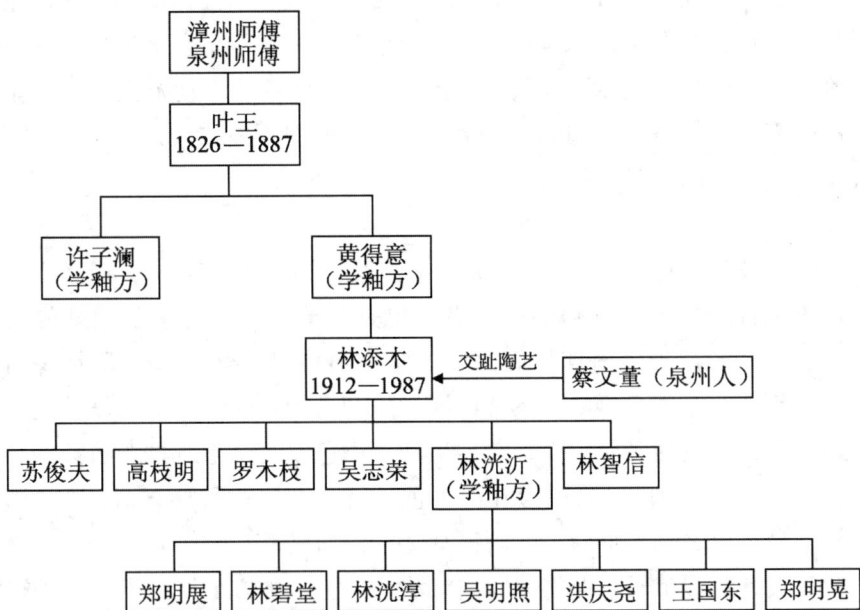

图 18　叶王传承谱系

注：图出自侯淑姿主持《高雄市传统艺术普查委托研究计划期末报告修正版》，高雄市政府文化局委托，2006 年，第 104 页。稍作增补。

2. 柯云传承体系

柯云（其传承谱系见图 19），号云师（一说名"柯训"，训师），福建

---

① 施翠峰：《重新认识台湾交趾陶》，《以手筑梦——台湾交趾陶艺术》，台湾历史博物馆，2000 年。

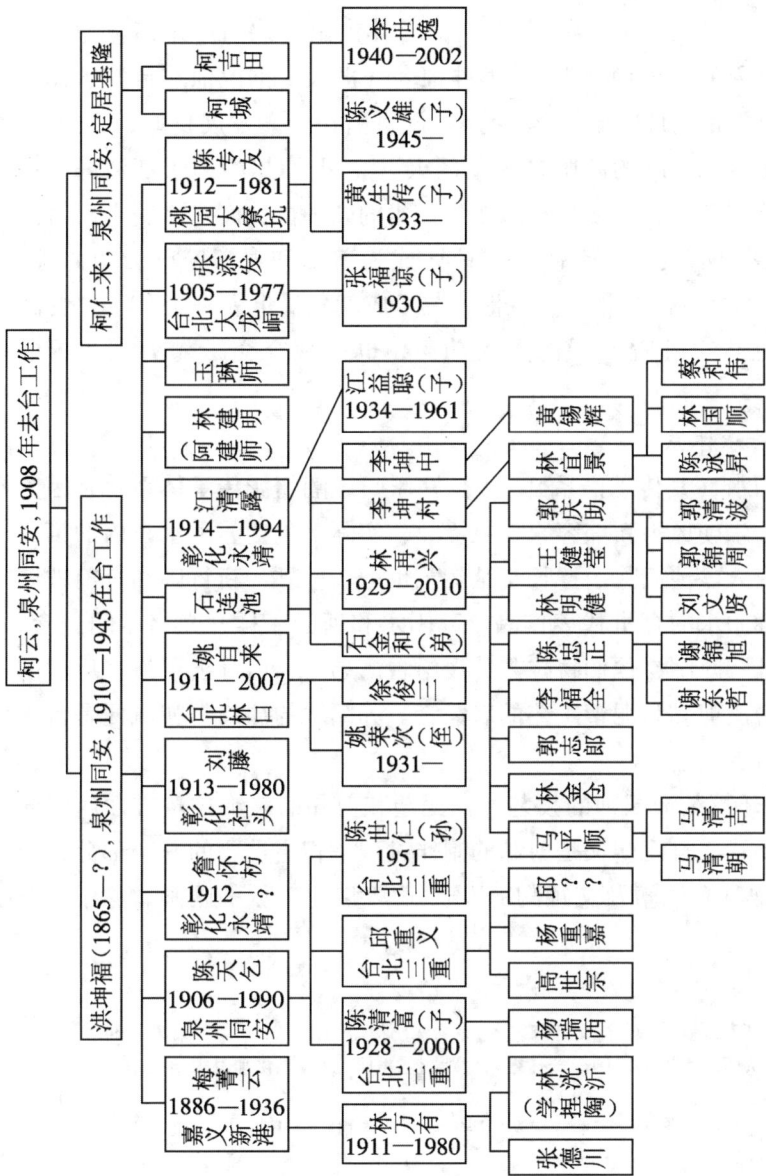

图19 柯云传承谱系

注：本研究制图。
资料出处：1.《清末到"日治"时代泉州匠师对台湾交趾陶的影响与贡献》，第17—19页，http://www.ied.edu.hk/asahkconf/view.php?m=3778&secid=3778，2013年8月28日。
2. 侯淑姿主持：《高雄市传统艺术普查委托研究计划期末报告（修正版）》，高雄市文化主管部门委托，2006年，第105页。
3. 蓝芳兰：《从庙顶走来的匠师——林再兴交趾陶艺术研究》，彰化师范大学艺术教育研究所2001年硕士学位论文。
4. 黄于恬：《剪花司傅陈天乞研究》，台北艺术大学古迹保存与古迹建筑研究所2010年硕士学位论文。

泉州府同安县马銮乡人，属第一批渡台的剪黏和陶艺匠师。他名气响亮，在1908年赴台参与了北港朝天宫的修缮工程，开启了先声。① 柯云的入室弟子洪坤福，泉州同安县人，于1910年赴台，因其杰出技艺与广东何金龙被时人称为台湾剪黏界的"南何北洪"。洪坤福名气极大，据说他在台湾工作期间，"每到一处便有人拜师学艺"。② 这一派目前在台湾发展良好，"北部、中部地区近五十年来活跃的匠师多为其门人"③，洪坤福的弟子江清露，在彰化永靖一带传徒甚众，致使当地形成了密集的匠师群，而嘉义新港出身的梅青云留在故乡传承技艺，也使新港地区成为剪黏和泥塑匠师云集之地。"至今该流派弟子散布台湾北中南各地，艺术成就备受世人肯定"④，"在战后他们是影响台湾交趾陶发展的重大功臣，也是现今交趾陶剪黏业界的主流。"⑤

3. 苏阳水传承体系

现今将苏阳水（其传承谱系见表9）一派归于潮州派传承体系，是因为其第二代的弟子朱朝凤为新埔客家人之缘故，实际上包括苏阳水在内的第一代都是泉州惠安人。他们除了擅长交趾陶艺也擅长剪黏，新竹广和宫前殿墙上的龙虎堵是苏阳水的存世代表作品。苏阳水和柯云一样，光绪年间赴台，属于第一批交趾陶匠师，他们将技艺传授给台湾弟子，培育出了许多后代的知名匠师，是台湾剪黏和泥塑工艺的启蒙者。苏阳水的徒弟朱朝凤便是台湾北部名匠。⑥

"台湾传统建筑装饰匠师的技艺，在泥塑和剪黏的装饰技巧方面属于同一门类的表现形式，且泥塑又是剪黏的制作过程中相当重要的一个部分，因此剪黏匠师通常具有泥塑及交趾陶的专长。"⑦ 以上三派的匠师，除了叶王

---

① 施翠峰：《以手筑梦——台湾交趾陶艺术》，台湾历史博物馆，2000年，第31－34页。

② 蓝芳兰：《从庙顶走来的匠师——林再兴交趾陶艺术研究》，彰化师范大学艺术教育研究所2001年硕士学位论文，第18页。

③ 侯淑姿主持：《高雄市传统艺术普查委托研究计划期末报告修正版》，高雄市文化主管部门委托，2006年，第89页。

④ 李乾朗：《清末民初台湾的泉州交趾陶初探》，《彩绘人间——台湾交趾陶艺术展》，台湾历史博物馆，1999年，第12－17页。

⑤ 《清末到日据时代泉州匠师对台湾交趾陶的影响与贡献》，第10页，http：//www.ied.edu.hk/asahkconf/view.php？m＝3773&secid＝3778，2013年8月28日。

⑥ 同④，第13－14页。

⑦ 同③，第114页。

表 9　苏阳水传承谱系表

第一代	第二代	第三代
苏宗覃 苏阳水（1894—1961） 苏鹏（苏萍，1878—1927） 苏清钟（苏承宗，1892—1941） 苏清富（苏承富，1900—?）	朱朝凤（1911—1992，新竹新埔客家人）	朱文渊（1947—，次子） 朱作明（1954—，三子） 朱作祺（1958—，四子）

注：本研究制表。

资料出处：1. 表格出自侯淑姿主持《高雄市传统艺术普查委托研究计划期末报告修正版》，高雄市文化主管部门委托，2006 年，第 105 页。

2.《清末到日据时代泉州匠师对台湾交趾陶的影响与贡献》，第 9 页，http：// www. ied. edu. hk/asahkconf/view. php? m = 3773&secid = 3778，2013 年 8 月 28 日。

一派专擅交趾陶制作，另两派兼作交趾陶及剪黏，还有不少擅长泥塑的，如柯云、洪坤福、苏阳水等人在这三个工艺领域都有着杰出的技艺。这也就造成了从事交趾陶制作和剪黏、泥塑的经常是同一拨人。比如，探讨高雄市泥塑工艺的传承状况，其实就是柯云一派在高雄地区的拓展。而探讨台湾剪黏工艺的传承状况，同样绕不过柯云、洪坤福一脉。

当然，这三个派系是属于在交趾陶方面发展良好的，如果论及剪黏，除了柯云、洪坤福和苏阳水派系，在日据时期还有潮州何金龙、台南安平洪华、台北陈豆生都相当出彩。但他们收徒不多，或已有断层，目前的影响不及柯云派系。

（七）结语

我国传统庙宇、富宅装饰布置设计几乎达于饱和，无论是木雕、石雕、彩绘、泥塑、交趾、剪黏，都是经由无数丰富想象力与长年累积的精炼技巧才成就出的美好造型，追溯台湾地区许多古迹的源流并考察历来之发展，其不论是工法或是材料都与福建地区息息相关。考察台湾民间美术各门类的师承谱系，其中总是少不了福建的基因，福建名匠将技艺传授给台湾本土弟子，在徒弟又传弟子的情况下，使其徒众其多且分布广，让台湾民间美术和建筑工艺更加绵延发展，从而逐渐形成现今属于在地的台湾匠师网络。在台湾开发和建设的阶段，许多福建师傅留下杰出的作品，也把技艺传入台湾，同时也刺激了台湾本土匠师的成长，以福建师傅及其传人为主导，闽台二地的匠师共同谱写了明清尤其是日据时期台湾民间工艺美术的灿烂景观。

（2013 年 9 月）

第四节 闽派文化视野下音乐戏剧的历史演变

有史以来，台湾音乐戏剧活动蓬勃，随着福建移民渡海到台的剧曲、剧种，曾经在台湾这块新生的土地上散放着浓厚的原乡气味，抚慰着一颗颗离乡背井的心灵。从历史视角来看，明清时期，台湾的音乐戏剧属于原乡文化的横向移植。这种单方面的影响持续到日据时期，福建戏班密集赴台献艺，对在地化发展的台湾音乐戏剧具有指标性的引领作用。而光复以后两岸的戏剧交流以歌仔戏为重点，在双向交流互动中两地发展出了不同的歌仔戏样貌。历经数百年的时间，福建的传统音乐和戏剧扎根在台湾这一片土地上，继而在这里衍生出丰富的表演文化。

一、《陈三五娘》戏本在闽台两地的传衍

在音乐方面，本文出于论述方便，主要考察的是戏曲音乐，而其中最突出的便是南音、北管及歌仔；戏剧方面，中国民间戏剧有"人戏""偶戏"之分，由人扮演角色的称为"人戏"，由人操作偶像扮演角色的称为"偶戏"，由于台湾的传统戏剧绝大多数传自福建，就同样保留了这样的体例。台湾主要剧种分类及来源见表1。

在表1所呈列的剧种中，《陈三五娘》被其中的绝大多数剧种演述过。这是一个广泛流传于闽南文化圈的美丽传说。随着闽南移民，与其相关的戏剧演出活动也流传至台湾。早期台湾民间普遍传演着各种《陈三五娘》戏剧作品，继而有文人学者创作的各式剧本和小说，至20世纪末这部老戏文再度受到重视，被列入台北中小学乡土教材。可以说，一部《陈三五娘》，

在勾连起闽台两地的同时，还贯穿了闽台戏曲发展的各个时期，成为原乡故事在台湾传唱的生动样本。

表1 台湾主要剧种分类及来源表

剧种	人戏													偶戏		
	南管戏			北管戏				潮剧	京剧	客家采茶戏	歌仔戏	竹马戏	车鼓戏	傀儡戏	布袋戏	皮影戏
	七子班	高甲戏	白字戏	乱弹		子弟戏（正音）	四平戏									
				福路	西皮											
传入地	福建	福建	福建	福建	福建	福建	广东	广东	福建、上海	广东、福建	台湾	福建	福建	福建	福建	福建

注：本研究制表。

《陈三五娘》流传的常见名称还有"荔镜记""荔枝记""荔支记""陈三""磨镜奇逢""荔镜奇缘"等。现今发现的最早《陈三五娘》剧本是明嘉靖丙寅年（1566年）所刊行的《重刊五色潮泉插科增入诗词北曲勾栏荔镜记戏文全集》，为闽南白话南戏剧本。万历年间刊刻的《荔枝记》在嘉靖《荔镜记》版本基础上补充了"留伞"情节，就形成了后世流传的《陈三五娘》故事的主线：灯下奇逢→投荔→磨镜→留伞→林大逼婚→私奔→团圆。

《陈三五娘》故事主要内容为：泉州陈伯卿（排行第三，称"陈三"）送兄长伯贤一家前往广南任职，路过潮州时，恰好遇见与益春、李婆上街赏灯的黄五娘，彼此萌生爱慕之情。此时富家子林大亦上街看灯，见着五娘十分欣喜，之后便前往黄府礼聘提亲，黄父欣然同意。陈三送兄长上任后，在返乡途中，再次路经潮州，五娘和婢女益春正于绣楼上赏玩风景，陈三恰巧路经楼下，五娘抛下手帕、荔枝向陈三表述情意。陈三心喜，为图与五娘一诉衷情，便乔装为磨镜郎到黄家磨镜，并借破镜卖身进入黄家为奴三年。但黄家早已将五娘许于林大，三年中，因五娘的矜持，陈三始终得不到五娘的回应，失望之余陈三决定要返回泉州，益春婉言留下陈三，之后陈三借书信传达出自己的心意，五娘也开始回应陈三的感情。最后在林家多次逼婚下，五娘、陈三终于决定私奔回泉州。林大闻讯后，上告潮州官府，奔逃的陈三、五娘和益春三人遂被公差捕回，陈三被知州问罪下狱且发配崖州服刑。途中幸遇兄长搭救，最后陈三、五娘终于正式完婚、喜庆团圆。①

---

① 张筱芬：《台湾〈陈三五娘〉今昔的演出差异与变化》，台湾东华大学2010年硕士学位论文。

在长期的传衍过程中，各戏曲剧本几乎都是依此故事架构、脉络再作延展变化，衍生出同中求异的情节内容，故事发展过程和结局都有了一定的改变。例如：歌仔戏就特别加入"黄六娘"的角色，六娘最后与林大成婚，为陈三、五娘与林大的矛盾提供了另一套解决方案。也有剧本是五娘、陈三双双被林大逼至投井殉情的悲剧结局。而黄梅调电影就于私奔处作结，给人留下了无限的遐想空间。

在早期社会中，这样突破礼教束缚，追求婚姻爱情自由的故事无疑是十分大胆的，然而正是由于群众共有的这种私密的突破禁欲的企图心，使得故事广受欢迎，屡禁不止，更发展成为"梨园戏第一大出"和"歌仔戏四大出"。及至现代，由于《陈三五娘》一向演出频繁，观众早已熟悉剧情，看戏的重点便转向表演，这也促使《陈三五娘》发展出许多不同的特色剧本与演出风格。在福建、台湾流行的剧种中此戏本演出的情况大体如表 2 所示。

表 2　福建、台湾各剧种的《陈三五娘》

剧种	总述	福建	台湾
梨园戏	1. 属于七子班"内棚头戏"之一，被称为"梨园戏第一大出"。梨园戏《陈三五娘》明显承袭于明、清刻本的《荔镜记》《荔枝记》，全剧重情节的转折与唱作工夫。 2. 南音中就有百余首与《陈三五娘》剧作相关的唱曲。在南音的"指套"与"散曲"中，也有大量叙述《陈三五娘》故事的曲子。	1. 现今刊行的剧本，是 1952 年由老艺师口述，他人记录整理，并由晋江县大梨园剧团演出的剧本。 2. 该底本在 1953 年又一次整理，由福建省闽南戏实验剧团演出，获得"1954 年华东区戏曲观摩演出大会"剧本一等奖。	1. 台湾的梨园戏是承袭闽南七子班的剧目与演出场域。1920 年后渐趋式微。 2. 现今剧本，大抵源自李祥石于 1960 年赴台征募梨园戏演员到菲律宾演出时所传袭下来的 35 出演出剧目。 3. 汉唐乐府于 1998 年创作出古典梨园歌舞《荔镜奇缘》。
南管小戏	"南管小戏"指流行于闽南和台湾地区，以"泉腔"为主要声腔的阵头小戏剧种。主要有车鼓戏、七响阵、竹马戏、七里香阵等。	在闽南有许多南管小戏演出《陈三五娘》的片段曲调剧目。	与闽南情况相同。

剧种	总述	福建	台湾
高甲戏	《陈三五娘》为高甲戏传统剧目之一。	1. 1952年，闽南"金连升"高甲戏班整理出六集《陈三五娘》连台本戏。 2. 1954年"金连升"完成《审陈三》和《益春告御状》两折的演出剧本。 3. "金连升"的《陈三五娘》大受欢迎，就此成为厦门高甲戏的代表剧目。	1. 高甲戏班与"七子班"关系密切，难以划定。 2. 高甲戏"生新乐剧团"周水松收藏的《陈三五娘》被列为梨园戏剧本。
布袋戏	《陈三五娘》是南管布袋戏的演出剧目之一。	"晋江市掌中木偶剧团"只保留《陈三五娘》中的《小闷》一折。	1. 现今已不复见演出，只能从文献资料得知台湾布袋戏的旧剧目有《陈三五娘》。 2. 2004年"真快乐"掌中剧团与"心心南管乐坊"联合制作演出南管布袋戏《陈三五娘》。
莆仙戏	传统本拥有许多《陈三五娘》剧本的不同样貌，以《下陈三》的剧本故事曲折发展而绵延到清代，颇具特色。	1. 手抄本保存于福建省艺术研究院。 2. 已无剧团可做全本演出，只单独演出过其中数折。	现今已无人传演。
歌仔戏	《陈三五娘》歌仔册在福建与台湾都拥有相当可观的刊刻或传抄记录。	1937年，邵江海使用改良【杂碎调】编修、创作了《荔镜传》，但现今只剩整理本，几乎没有剧团再演出此剧。	是歌仔戏四大出之一。有众多的外台、内台、现代剧场舞台演出与戏曲唱片的发行纪录。更有广播、电视、电影歌仔戏的版本。

剧种	总述	福建	台湾
戏曲电影	—	1. 1926 年黑白无声电影《荔镜传》发行。 2. 1957 年天马电影制片厂摄制的梨园戏电影戏曲片《陈三五娘》是泉州拍摄的第一部电影，为彩色影片。在粤东和闽南地区广为流传。	1956 年闽南语片兴起。早期常将舞台上的演出直接拍摄下来制成电影。《陈三五娘》戏曲电影拍摄计有五部：1959 年《益春告御状》，1963 年《陈三五娘》，1964 年《五娘思君》，1981 年台视《陈三五娘》，中华电视《陈三五娘》。其中前四者为歌仔戏电影，后者为黄梅调电影。
其他	—	—	1. 1947 年吕诉上将《陈三五娘》改编成舞台剧剧本，创作了轻喜剧《现代陈三五娘》。 2. 1985 年曾永义制作民族舞蹈剧《陈三五娘》。 3. 2001 年罗凤珠创作儿童剧《陈三五娘》。

注：本研究制表。

资料出处：1. 张筱芬：《台湾〈陈三五娘〉今昔的演出差异与变化》，台湾东华大学 2010 年硕士学位论文。

2. 曾学文：《20 世纪闽南歌仔戏〈陈三五娘〉流行情况撷拾》，http://wenku. baidu. com/view/9f96add8d15abe23482f4d13. html，2013 年 8 月 19 日。

3. 《电影〈陈三五娘〉演员今安在?》，《晋江经济报》，2012 年 2 月 19 日，第 3 版。

极为难能可贵的是，《陈三五娘》这个被观众烂熟于心的剧作文本，能够不断会通适变，在每个时代背景中都能发展出不同风格的作品，从而能够从不同的艺术角度来吸引观众，使此剧本得以不断参与到闽台两地的表演艺术史中。有理由认为，对《陈三五娘》剧本和演出形式流变更细致的考察，可能有助于开启闽台戏曲"传承的密码"。

如果说《陈三五娘》的传演史可以勾勒出闽台二地的戏曲因缘，那么，对于福建原乡音乐和剧种在台湾传承发展情况的细致考察，将呈现许多艺师传承的图谱和剧种传衍的脉络。从时间上来看，大致分为日据以前、日据时期及光复初期、国民党败退迁台以后三个阶段。

二、1895 年以前：以移民为媒介的原乡输入

"从目前的研究来看，台湾原住民早期的歌舞和祭仪，尚非'以歌舞演故事'的戏曲，戏曲文化主要见之于汉人社会。"[①] 谈论台湾的戏曲，还是要从汉人移民说起。台湾的戏曲主要是由大陆原乡随汉人移民迁入的，又由于台湾汉人移民以福建为大宗，所以台湾的传统音乐和戏曲许多是由福建传入，有的是直接发源于福建地区，有的是发源于大陆其他地方再转而经过福建传入台湾。1926 年台湾总督府作"在籍汉民族乡贯别调查"（表 3），兹列其结果如下：

表 3　1926 年台湾在籍汉民族乡贯别分布表

（单位：百人）

乡贯	福建									广东				其他	合计
	泉州			漳州府	汀州府	龙岩州	福州府	兴化府	永春州	计	潮州府	嘉应州	惠州府	计		
	安溪	同安	三邑（南安、惠安、晋江）													
人数	4416	5531	6867	13195	425	160	272	93	205	31164	1348	2969	1546	5863	489	37516

注：表格出自 1928 年台湾总督府关防调查课印行《台湾在籍汉民族乡贯别调查》，调查年份为 1926 年。转引自陆方龙《试论日据时期来台福州班的剧种问题》，《民俗曲艺》，2006 年第 151 期。

从表 3 数据可知，来自福建泉州和漳州的移民人口占了台湾全岛汉人总数十之七八，与之相应，在台湾历史上流传的戏剧戏曲也主要来源于福建泉漳地区。由于早期移民珍重故土和敬畏鬼神的观念，加之垦拓时期主要精力不在于此，在 1895 年以前的台湾，其音乐戏剧活动几乎是对大陆原乡的原样复制和移植，创造和变革的地方不多。主要表现在三个方面：

（一）最早传入台湾的戏剧戏曲活动来自福建

从近年来对台湾重要艺人传承谱系的追溯和查考，可知明郑时期已有福

---

① 吴慧颖：《荷据时期台湾戏曲活动初探》，《戏曲研究》，2008 年第 3 期。

建艺人渡海赴台定居，例如，福建漳州人张荫（1642—1735）明郑时期赴台，定居高雄县大社乡（旧称"三奶坛"），他将从原乡习得的皮影戏技艺传授给族内子孙，此后发展出台湾皮影戏的最大家族。①

而关于戏剧活动的早期史料保存很少，如日本人竹内治所言："查阅台湾相关的文献，演剧的资料鲜少，当时演剧在知识分子眼中，被归为下九流，中国内地更视戏子与乞丐同流，甚至反对常人与之通婚，遑论认真调查台湾戏剧，或肯定其艺术价值了。"② 其他包括学界的研究重点，也是侧重在日据时期和后来的歌仔戏，目前所能找到的关于戏剧活动的最早记载来自大陆赴台官员的纪游及笔记，时间大约在 17 世纪下半叶。

清代江日昇《台湾外纪》记载了 1661 年台湾通事何斌欣赏闽南竹马戏演出的事迹："顺治十八年辛丑（附永历十五年，1661 年）正月……适台湾通事何斌……于元夕张花灯、烟火、竹马戏、綵笙歌妓，穷极奇巧，请王与酋长卜夜欢饮。"③ 此时，离郑成功收复台湾还有数月。

康熙三十五年（1696 年）高拱乾修纂的《台湾府志》刊行，书中谈到台湾人"侈靡成风"，有"信鬼神、惑浮屠、好戏剧、竞赌博"等不良风俗。④ 此时距离 1683 年清廷收复台湾仅有 13 个年头，可以推知，至迟在清治初期戏剧活动在台湾便已蔚然成风。

次年（1697 年），赴台采矿游历的郁永河在其《稗海纪游》上卷《台湾竹枝词》第十一首，也描写到他在妈祖庙前观看梨园戏上演的情形："肩披鬖发耳垂珰，粉面朱唇似女郎。妈祖宫前锣鼓闹，侏离唱出下南腔。"郁永河在诗后注释："土人称天妃神曰妈祖，称庙天宫；天妃庙近赤崁城，海舶多于此演戏酬愿。闽以漳泉二郡为下南，下南腔亦闽中声律之一种也。"⑤ 郁永河的记录透露了两个信息：其一，当时的戏剧表演在寺庙前面进行，"演戏酬愿"，与宗教活动密切相关；其二，当时流行"下南腔"，亦即南管梨园戏，这是形成于福建泉州地区的剧种。

首先，早期传统戏曲的演出与宗教祭仪息息相关。结合台湾民间"误戏误三牲"的说法，意即如若耽误了演戏就是耽误了整个祭典活动，这说明了

---

① 张能杰：《论民族艺师张德成新编皮影戏》，台北大学 2008 年硕士学位论文。
② 竹内治：《台湾的在来演剧》，《文艺台湾》，1942 年第 1 期。
③ 江日昇：《台湾外纪》卷五，《台湾文献史料丛刊》第六辑，大通书局，1987 年，第 190 页。
④ 高拱乾修纂：《台湾府志》卷七《风土志》，"汉人民俗"条。
⑤ 郁永河：《稗海纪游》，台湾成文出版社，1983 年，第 86 页。

戏剧演出是宗教仪式的一个重要部分。早期移民由于原乡人多地少、天灾人祸频频、维生困难等原因，渡过噬人的"黑水沟"，历尽艰险来到台湾。在垦殖过程中，主要是靠同乡的地缘及亲人的血缘所结合的力量，共同聚居，彼此团结保护。由此，形成了各地区的移民聚落，他们将原乡的祭祀信仰活动及其他文化活动也一并移植过来。当时的戏剧表演主要目的就在于酬神，顺便联系民众情感，演出事由包括寺庙神诞、节令、农耕仪式或共同缔约的仪礼，以及宗族祭祖、婚丧喜庆等，所谓"家有喜，乡有期会。有公禁，无不以戏者"①。此外，从这些庙宇所供奉的神灵来看，也都是原乡的守护神："例如泉州同安人信奉保生大帝，晋江、南安、惠安三邑人信奉广泽尊王，漳州人信奉开漳圣王，安溪人信奉清水祖师，汀州人则信奉定光古佛……"② 例如郁永河提到的妈祖宫，"妈祖"就是福建沿海地区人民普遍信仰的神祇。进而倒推之，郁永河观看到妈祖宫前的戏剧演出，这表明那个地方是福建移民的聚居地，并且在当时已经相当热闹繁华。

其次，何为"下南"？梨园戏是福建最为古老的剧种之一，起源于泉州地区，主要流行于闽南的泉、漳、厦一带。《中国戏曲志·福建卷》记载："宋末元初，温州南戏传入泉州。当时流行闽南泉州一带的民间优戏杂剧，吸收了温州南戏的剧目和表演艺术，发展形成具有闽南地方色彩的戏曲，当地称为梨园戏。"③ 梨园戏分为由成人演出的大梨园和由童伶演出的小梨园，小梨园又称"七子班"，大梨园则依派别不同，有上路、下南之分，"上路"指从浙江传入的南戏，"下南"则为以泉州腔演唱的本地戏班。由于下南剧本文辞较粗俗，唱腔较粗放，保留浓厚的乡土气息，恰恰迎合了垦拓时期移民的品味，在民间甚是风行。1772 年，朱景英记录下了"下南"在台湾演出的盛况："神祠里巷，靡日不演戏，鼓乐喧阗，相续于道。演唱多土班小部，发声诘屈不可解，谱以丝竹，别有宫商，名曰下南腔。"④

综合上述分析，在清早期，台湾民间的戏曲活动福建原乡色彩浓厚，总体上是：以乡音乡戏酬乡神。

---

① 周钟瑄修《诸罗县志》卷八《风俗志》，台湾丛书本，第 143－145 页。

② 李国祁：《清代台湾社会的转型》(1978)，台湾师范大学中等教育辅导委员会主编《认识台湾历史论文集》，台湾师范大学，1996 年，第 115 页。

③ 中国戏曲志编辑委员会编：《中国戏曲志·福建卷》(1993 年 12 月)，转引自陈耕《闽台民间戏曲的传承与变迁》，福建人民出版社，2005 年，第 8－9 页。

④ 朱景英：《海东札记》，台湾成文出版社，1983 年，第 71 页。

（二） 移民的地缘结构反映了剧种的流布

1. "嘉礼"

前文提到早期台湾社会中呈现出强烈的以移垦原籍为主的地缘观念，除了表现在各聚落所供奉神灵不同之外，也表现在剧种的地域分布上。从"嘉礼"一词说起。戏曲与台湾人民的生活相融合，渗透到他们日常生活的细密之处。从台湾当地的俗谚、俚语中皆不难发现戏曲的痕迹。例如，由于早年台湾原住民基本没有储蓄的习惯，生活乐观、潇洒，认为钱花完了再赚即可，"就如同悬丝傀儡一样，抽一下线，才动一下，比较被动"[1]，于是，台湾南部的居民皆称原住民为"嘉礼"。台南人连雅堂在其著作《雅言》中提到："台谓傀儡曰'加礼'，故'傀儡'番曰'加礼番'。"[2] 而在傀儡戏的另一个重镇——台北宜兰，居民们并不这样称呼原住民，原因是宜兰的傀儡戏源自闽西，而台南的傀儡戏源自泉州，泉州傀儡戏自古即俗称"嘉礼"[3]，闽西则没有这样的习惯。

宜兰与台南两地傀儡戏的来源不同，这实际上是因为两地居民的来源地不同。台湾的傀儡戏是清代由福建传入的。"要而言之，台湾傀儡戏可分南、北二派：南派流传于台南、高雄、金门一带，与泉州傀儡风格相同，用南管系列之傀儡调……北派则盛行于宜兰地区，与漳州傀儡同出一源，在源流上同属闽西系统，以北管乱弹音乐为唱腔"[4]，南、北二派的分布恰恰符合了泉、漳移民的分布情况。此外，傀儡戏南北派分布的情况，结合台湾由南部渐次向北的开发顺序来考量，也从一个方面反映了台湾先流行南管，后流行北管。

2. 南音

这里提到戏剧的后场音乐——南管和北管。在台湾，清中叶以前流行的是以闽南乡音传唱的南管音乐；而在清中后期则是流行北管——这与福建的流行趋势是一致的。

南管，又称"南音"，原属闽南民间音乐的一环，随着泉厦移民而传播到台湾，以泉州话为正音，因其曲调优美、节奏舒缓，自古便有"雅乐"之称，所以，在配合戏剧作后场音乐演出的时候，一般较适合于文戏。1982

---

① 金海清：《谈台湾的戏曲语言文化生命智慧的发扬》，《生命教育》，第 298 页。
② 连雅堂：《雅言》，台北实学社，2002 年，第 22 页。
③ 黄少龙：《泉州傀儡艺术概述》，中国戏剧出版社，1996 年，第 15 页。
④ 邱一峰：《宜兰傀儡与漳州、闽西提线木偶之比较初探》，《岭东学报》，2019 年第 26 期。

年南管馆阁的分布情况见表4。

表4　1982年台湾全省南管馆阁分布情况表

台北市	基隆市	新竹市	台中市	台南市	彰化县	云林县	嘉义县	高雄市	屏东市	屏东县	台东市	花莲市	澎湖县	总计
3	1	2	2	11	12	4	4	18	1	4	1	1	1	65

注：表格出自许常惠主编《鹿港难关音乐的调查与研究》，鹿港文物维护地方发展促进委员会，1982年。

由表4的南管馆阁分布情况可见，台湾西海岸的主要城市几乎都有南管乐团，这与闽南移民在台湾的分布情况是相符的。尤其是彰化鹿港，作为最早开发的一批城市和泉人聚居地，鹿港的语言至今仍然接近泉州方言，自两百多年前鹿港就有南音活动，在清末的时候更是呈现五馆鼎立的盛况。

台湾的南音活动与闽南有着密切的师承关系，有清一代至日据时期，台胞积极邀请泉州的南管艺师赴台传授唱曲及乐器演奏。举其突出者如下：

鹿港的聚英社早先曾邀闽南南音名师颜点（惠安人）、苏代（蚶江人）赴台教习，致使聚英社一时乐风大兴。

有"南曲状元""弦管才子"美誉的泉州人陈武定（1861—1936）受在台湾武营任职的堂叔陈南山之邀，于光绪十二年（1886年）赴台，一面设馆授艺，一面与当地南音艺术唱和交流，前后达三年之久。台湾争唱南音者日众。

泉州赴台船舶的船员中，喜爱南音者常随身携带乐器；船舶港口后，常与当地南音弦友客串表演。清末，惠安崇武船员陈竿头，曾因船抵台湾，适逢当地举办南音大会唱，应邀登台并获优胜奖。

日据时期，台胞常邀祖地南音名师赴台。晋江蚶江南音名师林子修等赴鹿港时，码头上欢迎的人群成千上万，鼓乐喧天，连日本人亦生爱慕之心。日本昭和天皇还是太子时，曾出游台湾聆听南音清唱。林子修等五位名师演奏名曲《百鸟归巢》，博得赞誉。[1]

日据时期，闽南南管艺师来台教授本地戏班，如新竹共乐园、香山小锦云班等，其于台湾全省各戏院轰动的演出，亦造成一时的南管白字戏

① 福建省地方志编纂委员会制作：《泉州市志·文化艺术·南音》，http：//www.fjsq.gov.cn/showtext.asp？ToBook＝3222&index＝4041,2013年8月15日。

风潮。①

　　1920 年代到 1930 年代初是台湾近代南音的鼎盛时期，约有 100 个南音社团，还办有南音杂志，战后由于种种原因日渐萧条，目前全台有 20 多个活动力较强的南音社团，聚集着一批南管知音，共同传唱闽南乡音。

　　3. 北管乱弹

　　北管是唱曲、奏乐并重的音乐，当其用于戏曲演出的时候，又叫"乱弹"。北管音乐在乾隆至嘉庆年间同乱弹一起传入台湾。② 之所以说北管是经由福建传入台湾，理由有二。第一，经田野调查发现，"在泉州惠安一带流传着称为'北管'的曲种，泉州惠安北管除演出方式、用乐等近同于台湾北管细曲及弦谱外，也取用了许多与台湾北管近同的小曲，可见两者应为同一源流的曲种。"③ 第二，清治后期，台湾流行一句戏谚："吃肉吃三层，看戏看乱弹"，亦为闽西及闽南流行的戏谚，从一个侧面证实了台湾乱弹与福建戏剧的渊源。

　　经福建流传至台湾的乱弹分为西皮和福路两个派别，区分颇为严格。西皮音乐用二黄、西皮等曲牌，主弦用的是吊规仔，祭祀的戏神是田都元帅；而福路派的音乐用彩板、平板等曲调，主弦则用椰胡，拜的戏神是西秦王爷。日本人伊能嘉矩提道："西皮、福路之纷争，曾在台湾屡屡发生。……而两派各自以其所信仰者为正，同时斥他方为邪，树党分类相抗，并无趣味与乐曲之一般民众亦附和雷同，变为互相势立竞争之见，终至互相执械私斗……"④

　　早期的音乐戏剧活动基本都与宗教庙会相关，北管戏使用锣鼓伴奏，喧嚣热闹，比起舒缓文雅的南管更加适应庙会活动的气氛，以致在台湾独领风骚百年。王诗琅曾提及："一九二三年四月，昭和太子访台，台北大稻埕、艋舺两地二十六个子弟团出动艺阁与阵头，其中二十二团北管子弟，其余南管二团、什音一团，可见当时乱弹在民间的盛况。"⑤

　　有清一代及至光复之前，从福建原乡传入台湾的南管和北管乐曲，是台

────────────

①　吕诉上：《台湾电影戏剧史》，银华出版部，1961 年，第 237、240 页。

②　同①，第 185 页。

③　张继光：《台湾北管与泉州惠安北管之关联试探》，《台南科技大学学报》，2004 年第 29 期。

④　转引自曾学文《台湾戏曲发展的历史阶段》，《民族艺术》，1994 年第 3 期。

⑤　转引自静宜大学中文系台湾民俗文化研究室制作《台湾传统戏曲风华·台湾的大戏·乱弹戏》，http：// web. pu. edu. tw/ ~ folktw/theater/theater_a07. htm,2013 年 8 月 15 日。

湾民间最为盛行的音乐。两百多年中，优雅舒缓的南音和喧嚣热闹的北管通过文人雅集、节令庙会、婚丧喜庆等活动响彻台湾大地，使福建乡音成为台湾历史舞台重要的背景音乐。

（三）由福建师傅传下台湾弟子并延续至今

从传承方面来说，戏曲与民间工艺一样，渠道无非就是师徒相传和家族传承两种，正规的程序是：弟子执拜帖入门，学习时间要三年四个月，三年四个月以后，师傅认为徒弟可以出师的，就将其拜帖归还，意为已学成出师，可以自立门户。但是因为职业剧团均以表演盈利为导向，在实际的操作过程中，不一定如此严格；并且由于师父一般兼任剧团头手和老板二职，分身无暇，面对面口传身授的机会不多，多数还是要靠徒弟长期观摩和自身领悟，故而更难做到严格如斯。但大体上的时间和套路总是不差的。

从台湾本地剧团的师承源流来考察，与福建相关的，一种情况是由福建师傅直接传下台湾弟子，以五洲园、亦宛然和阁派陈深池系统的布袋戏团为代表；另一种情况是外乡师傅传给福建弟子，再由福建弟子传入台湾，以张氏皮影戏团的传承谱系为例。

1. 五洲园和亦宛然传承系统

明朝大才子唐伯虎有诗一首："纸做衣裳线做筋，悲欢离合假成真。分明是个花光鬼，却在人前人弄人。"讲述了他观看傀儡戏的体会。事实上，早在宋朝时期我国的木偶艺术就已经发展到鼎盛阶段，《东京梦华录》就记载汴京开封瓦舍众多，其中"大小勾栏"（百戏杂剧演出场所）五十余座，大的可容纳数千人。后来，木偶艺术传入福建地区，福建艺人更是生发出百般变化，民众更是热衷，福建便有了"偶戏之乡"的美名。台湾的偶戏一般是由福建地区直接传入的，流行的有傀儡戏、皮影戏和布袋戏三种。至2013 年，傀儡戏多用于祭典仪礼演出，皮影戏全台仅余寥寥五个戏团，三大偶戏中只有布袋戏能适时而变，发展势头良好，深受民众喜爱。2006 年在全台范围的网络票选活动中布袋戏一举夺下冠军，成为"台湾意象之冠"，可见其在台湾民众心目中的地位。

布袋戏又称"掌中戏"，演师以双掌操弄戏偶演绎故事，有"十指撼动古今事""双掌操弄百万兵"的说法。台湾的布袋戏演师大多认为布袋戏起源于明朝末年泉州秀才梁炳麟将悬丝傀儡改为掌中操作。"相传：此戏发明于泉，约三百年前，有梁炳麟者，屡试不第，一日偕友至九鲤仙公庙卜梦。

仙公执其手，题曰：功名在掌上。梦醒，以为是科必中，欣然赴考。及至发榜，又名落孙山，废然而归。偶见邻人操纵傀儡，略有所感，自雕木偶，以手代丝弄之，更见灵活，乃藉稗史野乘，编造戏文，演于里中，以抒其胸积。不料震动遐迩，争相聘演，后遂以此为业，而致巨富，始悟仙公托梦之灵验。"①

泛而言之，布袋戏的传承路径是由泉州起始，进而传到漳州、潮州，并由这三地分别传入台湾。据考证，最晚在清嘉庆年间（1796—1820），台湾已有闽南布袋戏的传入。② 而闽南的掌中戏也在这个时期达到艺术的成熟期，掌中戏的演出普遍了之后，演艺人才纷纷渡海去台，跑码头演出或干脆定居下来。③ 布袋戏从此在台湾落地生根。根据后场配乐的不同，在福建和台湾流行的布袋戏分为三类："泉州称'南管布袋戏'，漳州为'北管布袋戏'，闽南粤东交界的潮州、诏安等地区，则称'潮调布袋戏'"。④

较早去台的布袋戏艺人有泉州童铨（一说姓"康"）和陈婆，是清末日据初期重要的布袋戏演师。二人在1870年代左右赴台，都在艋舺一带演出南管布袋戏，技巧又不相上下，被誉为"双璧"，他们常常打对台拼戏，遂流传有"胡须全与猫婆拼命"的俚谚。童铨自泉州去台后，长期居住在台湾；而陈婆并不常住台湾，家眷也都在泉州，只是经常往来于泉州和艋舺两地，并曾远至新加坡卖艺。他们二人的情况也代表了早期去台献艺的民间艺人的大致情形。二人在卖艺过程中不断授徒，被视为台湾南管布袋戏的开山祖师。

就入台路径来说，这种由福建师傅传下台湾弟子的情况是最多见的。比如陈婆传下亦宛然李天禄和小西园（小西园传承谱系见图1）许天扶，算师传下五洲园黄海岱，这些台湾弟子将泉州先辈的布袋戏技艺发扬光大，传下徒子徒孙众多。

云林黄家（其传承谱系见图2）是台湾布袋戏第一家族，他们的布袋戏技艺属于家族传承，其先祖跟随同治年间赴台献艺的泉州著名布袋戏艺人圳师习艺。这一派布袋戏的特色是：文白典雅、诗词丰富。自黄家第一代黄总改唱北管以后，该派就以北管布袋戏为招牌，现今是台湾硕果仅存的北管布

① 李汝和主修，廖汉臣整修：《台湾省通志·学艺志艺术篇》，台湾文献委员会，1961年，第33页。
② 江武昌：《台湾的布袋戏认识与欣赏》，台湾艺术教育馆，1995年，第20页。
③ 江武昌：《台湾布袋戏简史》，《民俗曲艺》，1990年第67、68期。
④ 邱一峰：《闽台偶戏研究》，台湾政治大学2004年博士学位论文，第117页。

袋戏派别了。最难能可贵的是，云林黄家嫡系传承体系中的演师能会通适变，活跃于布袋戏史上的各个时期，尤其是开创并引领了台湾电视布袋戏和多媒体布袋戏（霹雳布袋戏）的风潮，使传统布袋戏在现代社会中焕发出勃勃生机，创造出了文化传承的新境界。

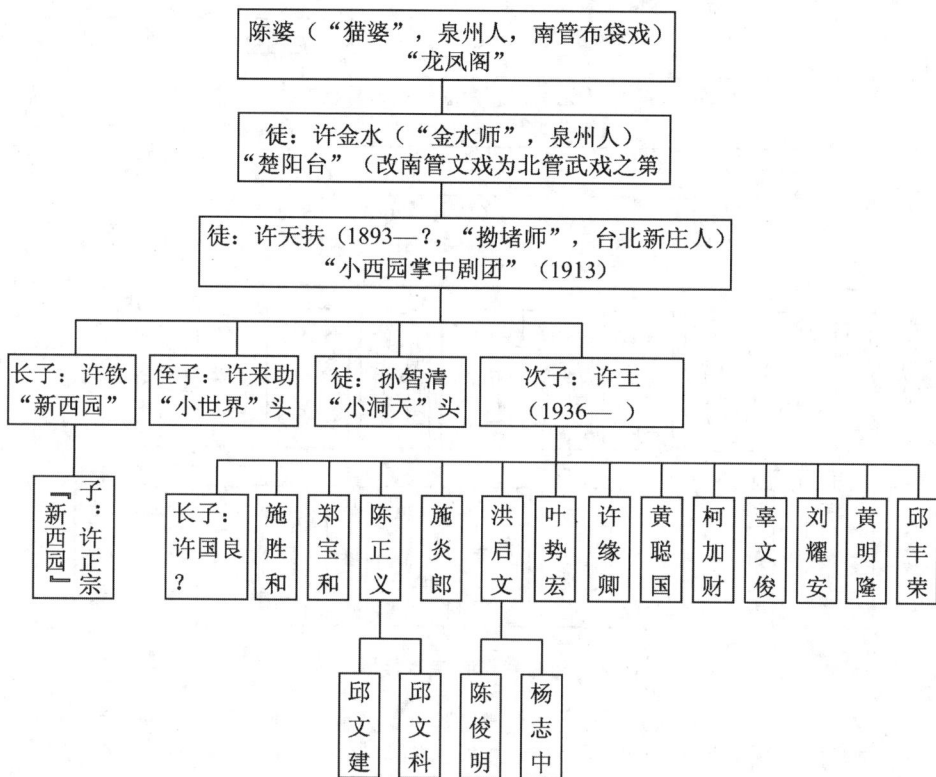

图1　小西园掌中剧团传承谱系

注：本研究制图。

资料出处：1. 邱瑞婷：《小西园掌中戏研究》，中国文化大学文学院2012年硕士学位论文。

　　　　　2. 邱一峰：《闽台偶戏研究》，台湾政治大学2004年博士学位论文。

亦宛然传承谱系（图3）可追溯到的最早的祖师是泉州南管布袋戏演师陈婆。1934年，24岁的李天禄以徒孙辈身份和86岁高龄的"先生祖"猫婆同台演出《天波楼》。一个戏台，联结两代，联系两地，这成为李天禄的珍贵记忆。终其一生，李天禄对布袋戏的发源地泉州情有独钟，推崇备至，认定只有泉州传来的老规矩才属正途，在同行都改用新彩楼和大木偶之时，他仍然始终坚持使用老彩楼和八寸小木偶，并坚持乐师现场配乐。1990年，

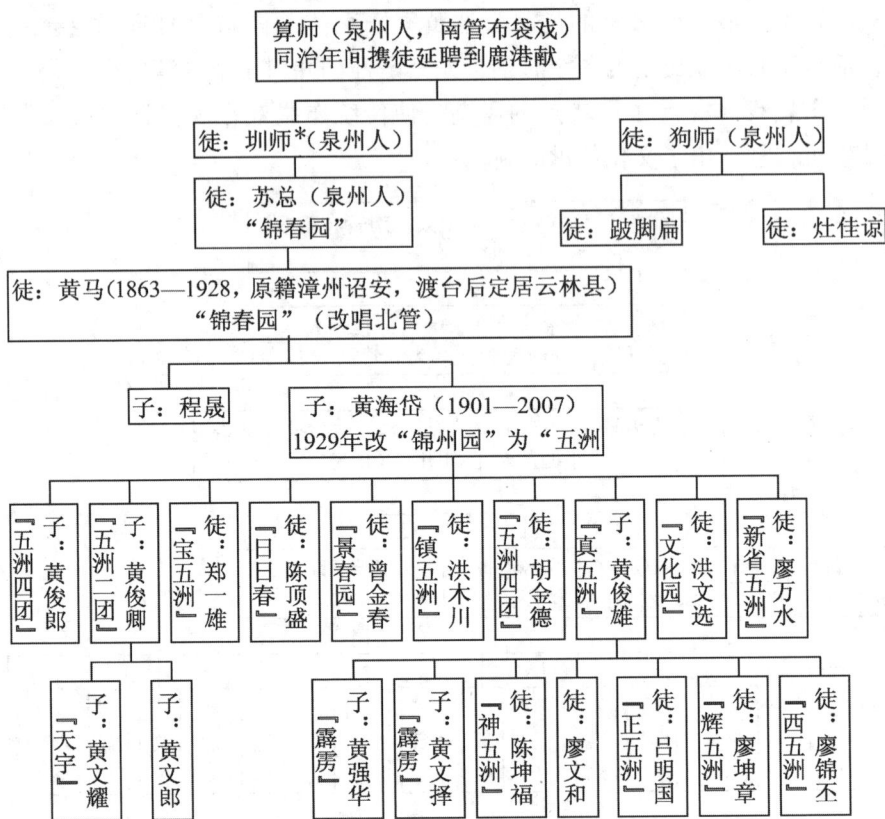

图2　云林黄家布袋戏传承谱系

注：＊关于黄海岱的师承问题，厦门学者陈耕、吴慧颖《闽台民间戏曲的传承与变迁》（海峡两岸五缘论——海峡两岸五缘关系学术研讨会会议论文，福州，2003 年）一文引用黄海岱 1992 年访问厦门市台湾艺术研究所座谈记录，称由狗师传下弟子"唐册泉州师傅"俊师，因在闽南话中发音相同，"俊师"和本文所引台湾学界普遍称呼的"圳师"实为同一人。

图出自刘一德《霹雳布袋戏发展历程解析》，台湾南华大学 2008 年硕士学位论文，第 147 页。稍作增补。

88 岁的李天禄还把自己的两个儿子送到泉州提线木偶大师黄奕缺的门下学艺，当时大儿子陈锡煌 60 岁、次子李传灿 45 岁，并且两人均已独自担任头手多年。将技艺成熟的儿子送到泉州学艺，足见李光禄对艺术的执着追求和对原乡技艺的充分认可。尊重传统却并不泥古，在光复初期，李天禄就以京剧为底本，再参考漳州杨胜布袋戏京剧唱腔与身段，很巧妙地将京剧的文武场引进布袋戏的后场，并大量采用京剧的唱曲及口白，这种别树一帜的风格，因京剧被称为"外江戏"之故，也被称为"外江布袋戏"。既保留操偶陈婆（"猫婆"，泉州人，南管布袋戏）"龙凤阁"

徒：许金水（"金水师"，泉州人）"楚阳台"　　徒：林金火 "楚阳台"

徒：许金木（"望冬仔"，台北人）"华阳台"　　徒：许天扶（1893—？，"拗堵师"，台北新庄人）"小西园掌中剧团"（1913）

徒：郑武曲 "新赛乐"　　子：李天禄（"阿禄师",1910—1998）亦宛然（1931）　　徒：林祥 "景春园"

张火木『景中奇』／林金链『似宛然』／翁景阳／长子：陈锡煌『新宛然』『陈锡煌』／次子：李传灿『亦宛』／『小宛然』／（法）班任旅 陆佩玉 尹晓菁／（美）穆小珠『如宛然』／（澳）林慧美『也宛然』／（日）村上良 子『已宛然』／（韩）赵钟斗

李公元／翁健『微宛然』郭端镇 莒光小学／赖世安 吴荣昌『中宛然』／文化大学 薛勇 傅建益／李公元 纪淑玲『巧宛然』 平等小学／陈鹰村／（法）路婉玲／倪绅发／郭建甫／（法）Gilles

『弘宛然』／吴侨伟 黄武山／『山宛然』黄侨伟／吴正德／张月娥

清江小学／三芝小学 兴隆小学／三峡客家文化区

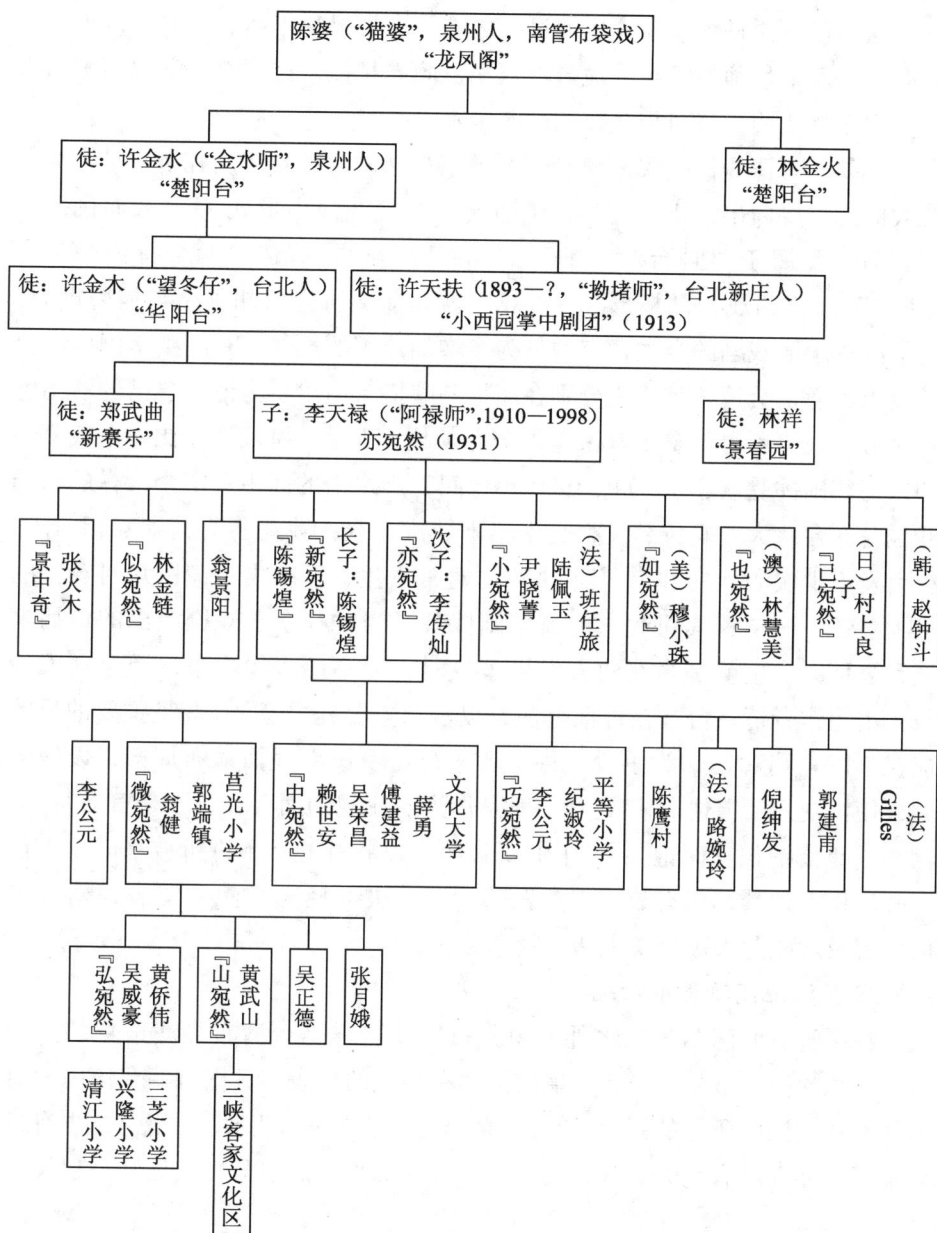

图3　亦宛然布袋戏团传承谱系

注：图出自叶芳君《以陈锡煌艺师个案为例探讨台湾布袋戏艺术之传承》，台北教育大学 2010 年硕士学位论文，第 51 页。

技艺和木偶最传统的形式，又大胆吸收新剧种的长处，将二者加以融会贯通，这不得不说是李天禄先生的过人之处。李天禄晚年声名显赫，世界各地都有慕名而来拜师的学生，他毫不藏私，倾囊相授，这些学生学成回国后大都自组布袋戏团，将布袋戏技艺推向国际。

此外，有清一代"民间酬神还愿的宗教活动与婚丧喜庆礼俗，是台湾传统戏曲的主要演出时机，大多属于庙会与外台戏演出形式"①，故而民间的戏剧演出是属于"野台戏"的形式。而野台戏最有趣的两个特色是时有"拼戏"和"罚戏"的情形。"拼戏"就如前文所言"胡须全与猫婆拼命"的情况，聘演戏剧的金主，有的是为了增加热闹的气氛，有的则是因应群众的要求，通常会请两个戏班分别在庙埕一隅搭台演出，为证明自己的演出胜过对方，戏班不得不拿出看家本领全力以赴，于是，拼戏往往比一个戏班独唱来得热闹并受欢迎。"如，1960年代间，周水松的高甲戏与李天禄的布袋戏也曾在台北大龙峒较劲过，交手不下数次，双方戏迷各为其主互相叫阵，曾引发不少次激烈的冲突。"② 拼戏的时常发生，反映出台湾民众对戏剧的极大热情。而"违禁罚戏"的风俗则体现了当时社会上戏剧演出的传播功能和公信力。也就是当有两方发生争执时，因不愿兴颂生事，乃经众人仲裁，由犯错者请一台戏在神前公演，以示郑重赔礼之意。"其最主要的目的应在于以'罚戏'作为手段，将犯者恶行藉乡民看戏而散布周知，以儆效尤，使民众知所警惕。"③ 罚戏一般是作为乡庄规约而存在，不是官方行为，例如《重修清福宫碑记》："庄中新栽榕木以壮神光，不许折枝采叶，以伤明叶。以上列禁，如有故犯者，罚戏一台、决不轻贷。"④ 可见乡民对神灵的重视及戏剧与人民日常生活的紧密关联。

2. 陈深池阁派传承系统

在南管、北管布袋戏之外，潮调布袋戏同样是台湾布袋戏市场的主力军，而陈深池传下的阁派系统堪称潮调布袋戏的代表。日据时期台湾民间对南部布袋戏演师所做的评比，有"五大柱"与"四大艺师"之说⑤，内有二人重复，亦即共有七大名师，其中有三人为陈深池的弟子，足见其高超技艺

---

① 石光生：《自废墟升起的火凤凰——台湾戏剧教育百年》，《美育》，2011年第180期，第29页。
② 邱一峰：《闽台偶戏研究》，台湾政治大学2004年度博士学位论文，第137页。
③ 张启丰：《清代台湾戏曲活动与发展研究》，台湾成功大学2004年博士学位论文。
④ 同③。
⑤ 江武昌：《台湾布袋戏的认识与欣赏》，台湾艺术教育馆，1995年，第40页。

及授徒传艺之用心。

　　陈深池的先祖陈住于 19 世纪中叶从福州移居到台，经营潮调布袋戏班（图 4）。传至儿子陈圭的时候，这个戏班因演出需要聘请了当时福建著名的潮调演师曾问、曾财二人，陈深池从小在戏班中耳濡目染，习得了扎实的技艺。他早期的演出是以"笼底戏"为主，戏笼与剧本都承袭自父亲陈圭，演出技艺则是传承自福建的潮调演师：戏笼、戏码、表演都直接承袭福建原乡——可见台湾地区早期布袋戏的演出风貌是与福建地区一脉相承的，彼时还处于复制和学习的阶段，创新的地方难得一见。这是日据以前台湾传统戏剧的普遍情况。

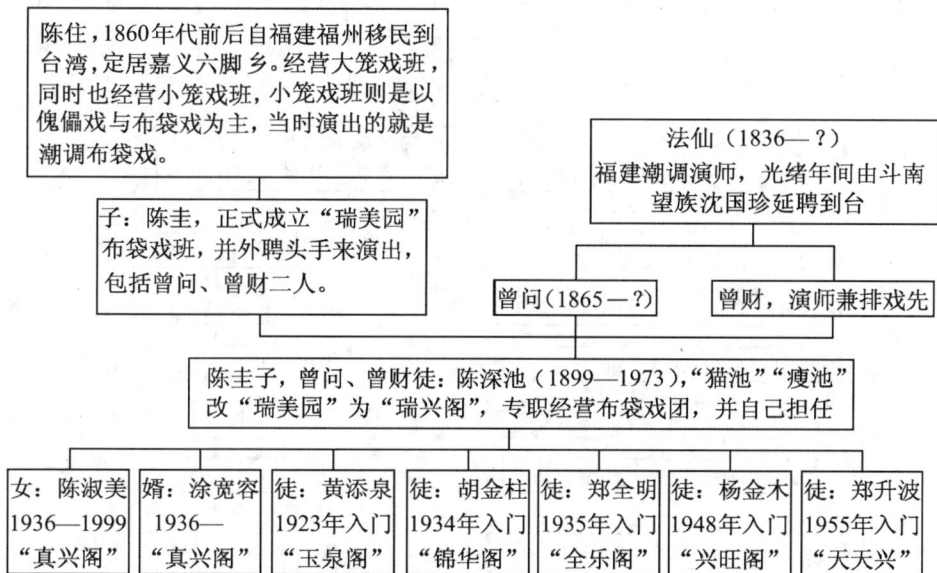

图 4　阁派布袋戏陈深池系统传承谱系

注：本研究制图。

资料出处：1. 黄伟嘉：《阁派布袋戏陈深池系统真兴阁之研究》，台北大学古典文献与民俗艺术研究所民俗艺术组 2012 年度硕士学位论文。

　　　　　2. 杨雅琪：《玉泉阁布袋戏团研究》，成功大学中国文学研究所 2004 年硕士学位论文。

　　同时，从"瑞兴阁"系统的传承谱系可见，早在大约清中期的时候，福建地区就已经有了优秀的潮调布袋戏演师，其最早的习艺经历可能来自潮州地区，但是台湾这一派的演师有许多是由福建的潮调演师直接传下的，从潮州直接传入台湾的情况反而相对较少，这当然与移民的数量和分布有着密切的关系。

3. 张氏皮影戏团传承系统

皮影戏与布袋戏同为台湾三大偶戏之一，"是一种运用光线的照明投射，利用手、纸或是其他物质，剪裁成为某一特定的形式"[①]，借由光线、利用光影制造朦胧的幻影效果的一种表演方式。台湾的皮影戏属于潮州影戏系统，从可查考的资料可知，皮影戏在明郑时期已经传入台湾，至今已有约三百年的历史。台湾目前能维持固定班底的皮影戏团均在高雄县境内，仅有五团，分别是：东华皮影戏团、复兴阁皮影剧团、永乐皮影戏团、合兴皮影戏团、福德皮影戏团。其中东华皮影戏团由于前团长张德成先后荣获第一届个人薪传奖和首届民族艺师殊荣，目前发展态势最为良好。东华皮影戏团和合兴皮影戏团系出同源，同属漳州人张荫传下的家族戏班（图5），而张荫（或

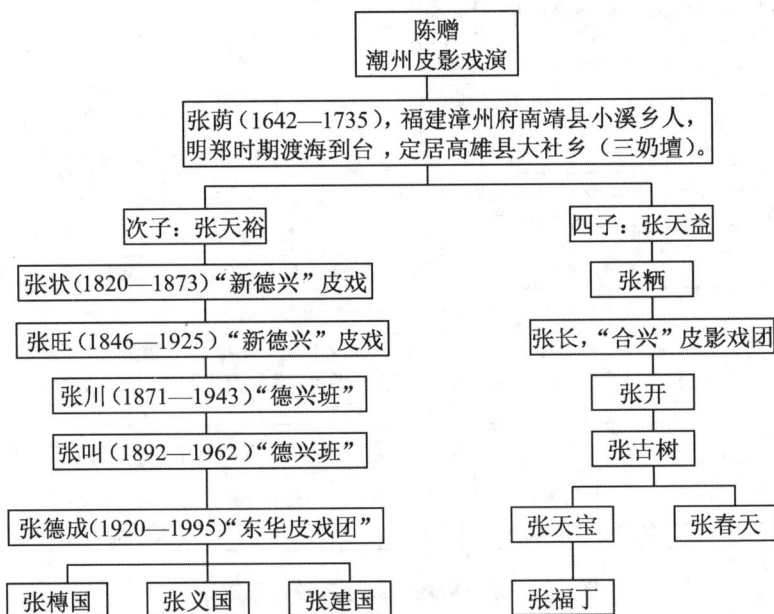

图5　张荫系统皮影戏传承谱系

注：本研究制图。
资料出处：1. 张能杰：《论民族艺师张德成新编皮影戏》，台北大学2008年硕士学位论文。
　　　　　2. 邱一峰：《闽台偶戏研究》，台湾政治大学2004年博士学位论文。
　　　　　3. 李美燕：《台湾影戏文化的传承、创新与推广——高雄县竹围小学皮（纸）影戏个案研究》，台南大学2005年硕士学位论文。

---

① 张能杰：《论民族艺师张德成新编皮影戏》，台北大学2008年硕士学位论文。

其先祖?）则是跟随潮州人陈赠学艺，学成后渡海赴台，将潮州系统的皮影戏表演技艺通过家族父子相传在台湾一代代延续下来。

从张荫的传承谱系我们发现，台湾皮影戏的传入是"潮州→漳州→台湾"的路径，故而，不能单从名称上就认定潮州影戏与福建无关，事实上，由于台湾移民多数来自福建，潮州的民间艺术经由福建中转后再传入台湾的情况比比皆是。

4. 潮调布袋戏过台湾

当然，也存在这样的情况：福建师傅传给外乡弟子，再由外乡弟子传入台湾。比如，李天禄一派以外的一些潮调布袋戏团，有不少就是由潮州地区的移民艺师带入台湾并传承下来的。事实上，这一派的布袋戏团从其根源上仍然要追奉福建"先祖"。据台湾学者江武昌先生考证如下：

> 闽南布袋戏源自泉州，之后再传至漳州地区，漳州布袋戏发展至一定艺术水平之后，再由漳州传至潮州地区，而泉、漳与潮州三地的布袋戏在有清一代，表演上已经各自发展出自己的艺术特色，随着漳、泉、潮三州移民"唐山过台湾"，这三地的布袋戏也分别传到了台湾。①

潮调布袋戏过台湾的过程大致上就是"泉州→漳州→潮州→台湾"的路径。

5. 定义潮州文化圈

张氏皮影戏团和潮调布袋戏"唐山过台湾"的情况，显示了漳州、潮州二地的紧密联结。广东潮州、汕头一带由于与漳州地缘相近，自古以来两地人民往来密切，语言相通、风俗相合、文化相似，实为一个文化共同体。在唐代，潮州曾三度归属福建管辖，而潮州管辖范围则包括今漳州以下各县；宋代，大量闽籍官员到潮州主政；明代，作为东南沿海主要口岸的潮州和泉州，经济和人员交往更为密切。这也就不难理解为何潮剧的分布区域，"除流行于以潮州为中心的粤东一带各县市外，也流行于福建南部的诏安、漳浦、云霄、东山、平和、南靖及闽西的龙岩等地……"② 皮影戏和潮调布袋戏的分布情况也与潮剧相类。此外，广东海陆丰白字戏的形成也体现了这一点：白字戏于元末明初从闽南流入海陆丰等粤东地区，后来又吸纳竹马、钱鼓、渔

---

① 江武昌：《台湾布袋戏的认识与欣赏》，台湾艺术教育馆，1995 年，第 17 页。

② 邱一峰：《闽台偶戏研究》，台湾政治大学 2004 年博士学位论文，第 104 页。

歌和潮剧音乐等民间艺术，改用当地方言演唱，逐步形成自己的风格特点。

可见若然要定义"潮州文化圈"，福建漳州和龙岩的部分地区应该归属在内，同时，从语言来说，这些地方通行闽南话，共同以"闽南文化"视之也未为不可。面对潮调布袋戏、潮州影戏、潮剧的传承考究，当落实到具体个案的时候还是要做具体的分析，其中一部分是从福建的"潮州文化圈"中传衍出来的，不能因为"潮"字就妄下定论。

有清一代，由于移民珍重故土的观念，台湾移植了福建原乡的戏剧和音乐。在清中叶之前，戏剧的主要功能在于酬神；中、晚期之后，台湾经济发展，戏剧娱乐的成分逐渐提升，"至晚近百年来戏曲功能除了成为广大台湾人民最主要的娱乐，更是人民感情交流，力量凝聚的触媒。"[1] 从"娱神"向"娱人"演变，民众对戏剧表演有了更高的要求，戏剧也逐渐有了"求新求变"的倾向，应运而转精，不断进步。于是，进入日据时期，台湾的戏剧活动就从单纯复刻福建，发展为既传承又融合，而且有创新。彼时台湾的演剧事业生机勃勃，一派繁荣景象。

三、1895—1949：福建戏班密集赴台及其影响

（一）日据时期（1895—1937）

1895 年清廷因《马关条约》将台湾割让给日本，台湾进入五十年的日据时期。日据初期总督府忙于武力镇压、平定叛乱，接着是对台湾的重重建设，如兴建铁路、设置糖厂、发展农矿等。因此这个阶段总督府在文化政策上并未强烈干涉台湾的戏剧演出，台湾民间信仰与习俗皆如往常。而传统戏剧便承袭清代的脉络，继续在广大的民间生存发展。这一时期，两岸人员往来频繁，福建戏班更是频频赴台献艺。台湾艺人用开放接纳的态度，将福建戏班的长处和新意予以吸收融合，再灵活运用到本地戏曲的各个方面，台湾的戏曲活动走上了在地化发展的道路。

及至 1937 年卢沟桥事变后，日本继之又发动太平洋战争，日本本国无法负荷，急需人力与物资以供驱使，于是在台湾全力推动"皇民化运动"，务使消灭台胞民族意识全面日本化，脱离中国文化以加入当时的战争，此时

---

[1]　林勃仲、刘还月：《变迁中的台闽戏曲文化》，台原出版社，1990 年，第 26 页。

期称为"皇民化时期"。① 日本政府钳制台湾戏剧的演出，甚至禁止传统戏曲的仪式展演，所有现代与传统剧团不是被禁就是被收编，全面为"皇民化"与军国主义服务。也是到 1937 年为止，之后就没有中国大陆戏班到过台湾地区的记录。日据时期最后一个福州戏班"新国风"在 1937 年 5 月离台之后，于战后的 1946 年才再度去台。因此，将 1895—1937 年列为文章此部分的第一个时段。在这个阶段最重要的就是台湾本地歌仔戏的形成，福建赴台戏班对此居功甚伟。出于论述的方便，歌仔戏的情况将在文章第四部分集中介绍。

1895 年至 1937 年中日战争爆发，"皇民化"禁鼓乐，超过 60 个大陆戏班曾到台湾进行商业演出。② 这其中福建戏班不知凡几？根据笔者所掌握的有限资料，去台的福建戏班至少有十七个，包括大小梨园、徽戏、京剧、闽剧、傀儡戏、白字戏等类别，有许多更是数度赴台。详情见表5。

表5　日据时期（1895—1937）福建戏班赴台演出一览表

戏班	剧种	演出时间	演出地点	备注
厦门老戏	大梨园	1899 年 1 月	合兴门口	
福州三庆班	徽戏	1906 年 8 月至 11 月、1911 年 2 月至 1912 年	台北"台北座"、台南"南座"等	二度赴台
福州祥升班	徽戏	1906 年 11 月至 1907 年 4 月、1910 年 2 月至 5 月	荣座	三度赴台
福州乐琼天班	儒林班	1907 年 2 月	台南妈祖宫	童伶班
泉州掌中班	掌中戏	1908 年 1 月	台南水仙宫	
福州大吉升班	徽戏	1909 年 1 月至 1910 年 10 月	台南"南座"、嘉义、台北"淡水戏馆"、斗六等	
福州新福连（升）班	正剧	1913 年 11 月	员林街文昌祠	
泉州七子班	七子戏	1919 年 3 月	淡水馆"新舞台"	
金成发、新梨金两班合演	泉州白字戏	1919 年 6 月	台北"新舞台"	
泉州傀儡班	傀儡戏	1920 年 5 月	台北"新舞台"	
凤凰社男女班	七子戏	1921 年 1 月	嘉义、大坵	童伶班

---

① 林衡道主编：《台湾史》（全一册），台湾省文献委员会，1977 年，第 493 – 494 页。

② 徐亚湘：《日据时期中国戏班在台湾》，台湾南天书局，2000 年，第 25 页。

戏班	剧种	演出时间	演出地点	备注
旧赛乐	福州戏	1923 年 1 月至 6 月、1927 年 1 月至 1928 年 4 月	台北"新舞台"、台南"南座""大舞台"、嘉义"南座"、基隆、斗六等	四度赴台
新赛乐	福州戏	1924 年 1 月至 6 月 1929 年 1 月至 2 月	台北"新舞台"、万华戏园、台中、台南"大舞台"、嘉义"南座"、基隆新馆等	二度赴台
泉州玉堂春班	七子戏	1924 年 10 月	台北"永乐座"	
三赛乐	福州戏	1927 年 7 月至 1928 年 2 月	台北"永乐座"、新舞台、台南等	
上天仙班	福州戏	1928 年 2 月	台南"宫古座"	
新国风	福州戏	1936 年 1 月至 1937 年 5 月	台北"第一剧场"	1946 年再度赴台

注：本研究制表。

资料出处：1. 徐亚湘：《论日据时期来台演出之福建戏班——以〈台湾日日新报〉为分析范围（1899—1936）》，《华冈艺术学报》，2000 年第 5 期。

2. 陆方龙：《试论日据时期来台福州班的剧种问题》，《民俗曲艺》第 151 期，2006 年 3 月，第 145 – 184 页。

如表 5 所列，为何有如此之多的福建戏班赴台演出呢？日据初期，台湾传统戏剧的演出仍然是承袭明清老样式，台湾人颇感乏味；与此同时，到福建的台胞发现福建当地戏剧"剧目新颖、技艺高超、行头整齐、武打精彩"。此般背景之下，有台湾人闻见商机，大量福建戏班于焉受邀赴台。果不其然，对岸戏班在台地掀起了一股热浪。

日据时期第一个赴台演出的福建戏班为厦门一大梨园戏班，1899 年，"曾在大稻埕合兴门口搬演，每夜男女观者数以千计"。①

1906 年，福州祥升班渡台演出，套演新戏《大战南京雨花台》，敷演曾国藩平太平军收复南京的故事，迥异于旧剧，演出后大受欢迎，演出当时在场外有近千人不得其门而入。② 此后，祥升班又多次引入新鲜剧目，台湾人评价其"随投时好，每演一出，令观者喝彩如轰雷，鲜有瑕疵之者"③。

1924 年，闽剧新赛乐班在台南大舞台演出时，台南绅商会推崇其表演

① 《一班老戏》，《台湾日日新报》，1899 年 1 月 21 日，第 215 号。

② 《梨园杂俎》，《台湾日日新报》，1907 年 1 月 2 日，第 2602 号。

③ 《前后两班之比较》，《台湾日日新报》，1906 年 12 月 13 日，第 2587 号。

技艺，赠该班青衣林祯官、三花谢留惠、老生陈瑞瑞三人金牌各一面，这也是台南剧界第一次赠出金牌。①

闽剧旧赛乐班在日据时期四度赴台，受到台湾民众的热捧，1937年该班演毕归闽之时受到福州方面的热情迎接："班主曾搭彩亭于街坊，悬挂金牌、锦旗，笙歌鼓乐欢迎戏班载誉归来，一时传为佳话。"② 这从侧面说明了旧赛乐的台湾巡演大获成功。

……

从表5所列1895—1937年福州戏班在台活动的情况可见，前期以徽戏班为主，后期以闽戏班为主。战后，台湾政治经济不稳定，民生萧条、百废待兴，戏剧和电影是当时人民最主要的娱乐。"因长期未见传统式戏剧，当时的演出几乎到处疯狂，'连最不起眼的布袋戏都有人看，更有一团拆做二、三团出演，没有彩楼就是用两张长条凳重叠起来，前面用布帘围起来就地便演，观众还是围得满满的'（黄海岱语），可见光复之始，台湾传统剧受欢迎的程度。"③

闽班大受欢迎，于是这些福建戏班许多都多次受聘应邀赴台，在聘期届满后，改为戏班自营，仍然盈利可观，足迹更是遍及台湾全省，引来了台湾本地戏班纷纷模仿学习，由此对台湾戏剧发展产生了全面而深刻的影响。先是硬件方面，新式剧场不断新建；再是软件方面，包括观众的培养、戏班的成长、艺术的提升和新剧种的发展等。

1. 观戏场所的发展

有清一代，台湾的戏剧演出常与宗教节庆相结合，演出地点除了富绅家邸之外，一般都是庙埕广场的戏台；及至日据时期，才逐渐出现没有宗教色彩、专供演戏娱乐的商业戏院。如徐亚湘先生所言，"台湾的商业剧场首先见于日据时期，先是中国戏班渡台演出开其先，后有台湾本地戏班承其后，共同交织出缤纷多彩的商业剧场图像"。④

日据初期，赴台商演的福建戏班收到观众积极响应，为聘戏者带来丰厚的回报，欲招聘戏班之股主渐多。但是，一方面当时台湾的日式剧场专演日

① 《受赏金牌》，《台湾日日新报》，1924年3月8日，第8551号。
② 中国戏曲志编辑委员会编：《中国戏曲志·福建卷》，文化艺术出版社，1993年，第464页。
③ 江武昌：《台湾布袋戏简史》，《民俗曲艺》第67、68期，财团法人施合郑民俗文化基金会，1990年10月，第107页。
④ 徐亚湘：《日据时期台湾内台戏班考》，《华冈艺术学报》，2002年第6期。

本戏剧，并不完全适合中国传统戏曲的演出；另一方面这些日式剧院的档期都优先排给日本剧团，可供演出租借的为数寥寥，供不应求，这样，要求新建"支那"戏院的呼声越来越高。据悉，福州三庆班和祥升班是这个事件的导火索："自福州三庆班渡台开演后，'支那'剧界之热度，暴然一升，人皆以此为可获利。其与荣座、台北座商议租借者，殆不只二三。然台北座租与鸣盛组之期限已满，不日至之祥升班，尤租定荣座以充之，一时进退维谷。遂有本岛人某某者，发议如许台北，无一戏馆，实属遗憾，务须新建一大戏馆，赞成之者颇众。"① 到了1909年，第一座提供中国戏班表演的"淡水戏馆"在台北大稻埕落成，两年后，台南"大舞台"开幕，是为南部第一座以搬演中国戏剧为主的戏院。

之后，"台中乐舞台、艋舺戏园、永乐座、基隆新声馆、新竹座、嘉义座等也相继建立"。② 1944年，台湾戏院已增加到168家，专映电影的约28家，专演戏剧的60家，混合戏院则有80家。③ 到了1949年1月，光是台北地区新核准登记的戏院就有62家，台湾的戏院数量居全国第三位，仅次于上海市和江苏省。④

这些商业剧场的不停兴建，一是得益于台湾都市经济的发达，戏班进入戏院做商业演出的条件已然成熟；二是此前许多为了日本人娱乐而建的剧场，例如浪花座、台北座、荣座、朝日座等，虽然这些地方极少演出中国戏剧，但不可否认的，它们为包括福建戏班在内的中国戏班进入剧场演出提供了基础条件。

剧场既多，福建戏班的演出机会增加。同时，在福建戏班的带动下，台湾本地戏班也开始进入剧场。1909年，第一个台湾剧团进入戏院演出，此后，台湾地方戏剧由"野台"逐渐转往"内台"进行演出。1930年代至1960年代为台湾内台戏的黄金时期，内台戏在台湾发展出一套在地的系统脉络。"原于外台演出之本地戏班为适应内台商业演出之审美要求，就势必得在艺术内容与形式上予以提升与调整，于是与来台中国戏班和艺人的剧艺交流开始频繁，而台湾戏班进入内台演出的机会也慢慢开展。"⑤

① 《拟设新戏馆》，《台湾日日新报》，1906年11月15日，第2564号。
② 徐亚湘：《日据时期中国戏班在台湾》，南天书局，2000年，第12－24页。
③ 叶龙彦：《日据时期台湾电影史》，玉山社，1998年，第295页。
④ 叶龙彦：《光复初期台湾电影史》，台湾"电影资料馆"，1995年，第88页。
⑤ 徐亚湘：《日据时期台湾内台戏班考》，《华冈艺术学报》，2002年第6期。

2. 观众的培养

包括福州班在内的大陆戏班不断赴台从事商业巡演，渐次培养了台湾剧场戏曲观众的数量与审美能力，甚至形成一种娱乐消费模式。

首先，福建的优秀戏班密集赴台，于全台造成轰动，其高水平的演出与波澜不惊的台湾传统戏班形成了强烈对比，使台湾观众的审美趣味为之一变。通过演出，福建戏班呈现的演出样式、演出剧目及新氏曲调等开始在台湾本地流行开来，形成风潮，长期耳濡目染之下，逐渐提升了台湾观众的戏剧审美品味。

其次，福建戏班也在台湾培养了一批稳定的剧场观众。"1909 年 7 月，有台南好事者见福州大吉升班演毕归闽，遂倡议聘请台中班来台南假大妈祖宫开演。"① 由此事迹可知：福建戏班在台湾连连演出好戏，使得走进戏院成为台湾观众的日常行为，形成了持续的观剧需求。由于不愁无人捧场，有利可图的情况之下，在福建戏班演出的空档，"便宜实惠"的本地戏班也开始走进戏院。

此外，福建戏班带动了台湾媒体剧评的开始。福州三庆班 1906 年首次赴台献艺，1906 年 8 月 25 日的《台湾日日新报》对此作了报道："福州徽班三庆班在台北新起后街之台北座开演，全班八十名……"② 这也是台湾首次关于中国大陆传统戏剧完整的演出评介，此后，报上开始有"菊部阳秋""戏园杂俎""本日戏出"等固定的专栏，提供演出讯息及剧评，本地其他报纸《台南新报》《民报》等也纷纷跟进，使报纸成为往后宣传、普及戏曲的固定渠道。③ 随着赴台的福建戏班不断增多，台湾人开始将它们进行对比，分析其优劣，眼光开始变得挑剔，剧评也日益精到，这从另一个方面反映了台湾人欣赏水平的逐步提升。如，针对上海班和福州班的不同演出风格与艺术内容，有剧评言角色的整体表演水平上海班优于福州班、戏服上以上海班之苏州服优于福州班之漳州服、龙套（旗军手）部分则上海班远不如福州班等，进而希望往后聘戏要掌握"班底招自福州，正角招自申江"的原则，不可偏倚。④

① 《菊部琐谈》，《台湾日日新报》，1909 年 7 月 27 日，第 3372 号。

② 徐亚湘：《日据时期中国戏班在台湾》，南天书局，2000 年，第 263 页。

③ 徐亚湘：《论日据时期来台演出之福建戏班——以〈台湾日日新报〉为分析范围（1899—1936）》，《华冈艺术学报》，2000 年第 5 期。

④ 《菊部阳秋》，《台湾日日新报》，1910 年 5 月 31 日，第 3627 号。

在日据时期，戏剧演出几乎完全成为商业行为，胃口被养刁的台湾观众对表演提出了越来越高的要求，这也带动了本地戏班的变革和进步。同时，戏班演出水平的提升又使观众的欣赏水平水涨船高。如此，观众和戏班互相促进，形成良性循环，共同推动了此时期台湾演剧事业的繁荣。

3. 舞台美术的提升

这一时期，在台湾最活跃的大陆戏班非上海京班和福州戏班莫属，于台湾人而言，它们使用的都不是闽南话，然而，语言的隔膜并没有降低台胞看戏的兴致。究其原因，当时看戏重在"看"，而非"听"，武戏和舞台布景才是台湾观众关注的重点。这些外来戏班便是在武戏和舞台这两个方面对台湾产生了深远的影响。既然舞台美术是进入内台观剧之观众的重要关注点，内台戏华丽的布景与神奇的机关变景，也就成为戏班招揽顾客的重要噱头，舞台美术对于内台戏的重要性几乎是今日的我们无法想象的。

清末西方现代戏剧传入中国，位于通商口岸的福州，由于地缘之便，汲取西戏所长，纳入西方话剧立体布景的元素，配合透视绘画的表现手法，令戏剧演出呈现出多层次的视觉享受，至民国时期，福州舞台美术的发展已经走在全国前列。民国时期著名的福建布景师有俞鸿冠及贺家三兄弟，他们设计的机关布景红遍上海与福州两地，包括京剧大师梅兰芳、周信芳都请他们设计机关布景。"福州派布景以其专业的技术与华丽的设计席卷整个东亚与东南亚地区，1935年上海'共舞台'推出的《火烧红莲寺》，其机关布景令卓别林大感惊奇，甚至以莎士比亚戏剧相比。其由福州布景师李靳操刀设计制作，号称真山真水，真鹰真熊。"①

既然机关布景正是福州戏班的长处，也就成为其赴台商演的重要卖点。如《台南新报》为旧赛乐所做的广告："启者，今般南座开演旧赛乐。据绅商所评，实有登天之妙，新鲜衣服、苏绣雅观、古装时装、真刀真枪，无所不备，每台布景，实出天然，山林野景、竹篱茅舍、溪河瀑布、楼阁亭台、广厦寒居、汽车电车、真火真水、腾云驾雾、活动机关，此种之剧，盖世维新。"②

据吕诉上《台湾电影戏剧史》，"台湾戏班开始使用机关布景是在闽剧班来台受其影响之后，尤其是当作场景背景的平面彩绘布景（软景）及单

---

① 陈慧：《台湾内台戏舞台美术：源由、发展与实践》，台湾大学 2012 年硕士学位论文。
② 《台南新报》1923 年 2 月 20 日，第 5 版。

片纸质景片（硬景）。"① 各戏班纷纷在布景上下大功夫，制作布景成为非常热门的职业，在地戏班争相聘请随福州戏班赴台的布景师和工匠。他们中的一些人积极在台开班授课，将这门艺术传授给台湾戏班。

例如，福州布景师张大发、黄龙雄为台湾新舞社负责设计制作机关变景。② 台湾高甲戏班"泉郡锦上花班"在全台各戏院巡演高甲戏，"请福州布景师设计立体华丽之机关布景，如该班演《火烧百花台》一剧几近写实之火景最为脍炙人口。"③

而其中最为人称道的便是福州人黄良雄于台湾创立的"明星美术布景研究社"，也是台湾第一个留名史册的布景画社，其活跃时间在 1938 年到1960 年代初。黄良雄聘请同乡布景师及木工师傅来协助，与其一起传授学生，门下的学徒于工作中学习，承继福州布景艺术的技巧与观念，许多成为后来内台戏及闽南语片电影重要的布景师。

"明星美术"以师徒制的方式教授布景艺术，四年为一期，期满结业即可出外成为独立的布景师，招收的学徒前后约有二十名。

明星美术布景研究社在台传承弟子（按入门先后排序）：

张鹏飞、黄炳煌、张秋福、黄能清、陈庆章、谢春票、黄昭齐、林水拱、陈锦章、洪钦壤、简英达、杜宗信、陈庆山、侯寿峰、陈其全、徐国忠、王义峰、刘森田、易茂盛、庐松全。④

据侯寿峰回忆，由于黄良雄明了市场趋势，熟谙客户需求，"明星美术"的生意往往比其他布景师兴隆。电视电影尚未兴起之前，"明星美术"做过的布景占全台湾剧团约二分之一以上，包括内、外台演出的歌仔戏、布袋戏、新剧团皆是其设计范围。⑤ 此外，"明星美术"的成功，也使其组织及环境厂房逐渐成为后来布景工厂学习的样板。

由于福州布景师的倾囊相授，使得台湾能有机会学到完整的布景艺术及制作布景的生态。这些福州布景师将福州的布景艺术传到台湾，培育出台湾本地的布景画师，为内台戏注入新血，造就了 1960—1970 年台湾内台戏舞

① 徐亚湘：《论日据时期来台演出之福建戏班——以〈台湾日日新报〉为分析范围（1899—1936）》，《华冈艺术学报》，2000 年第 5 期。

② 陈健铭：《野台锣鼓》，稻乡出版社，1995 年，第 23 – 31 页。

③ 徐亚湘：《日据时期台湾内台戏班考》，《华冈艺术学报》，2002 年第 6 期。

④ 侯寿峰：《五十年来台湾地方戏剧的舞台设计发展始末》，海峡两岸歌仔戏创作研讨会会议论文，1997 年，第 316 页。

⑤ 陈慧：《台湾内台戏舞台美术：源由、发展与实践》，台湾大学 2012 年硕士学位论文。

台美术的黄金时期。

4. 表演艺术的仿效

表演艺术方面主要是武戏的提升，这与福建艺人在台授艺直接相关。

武戏，是福建戏班除舞台布景外的另一亮点。一方面，众多演员的精湛演技为台湾同行提供了示范，一系列精彩的武戏程式使他们大开眼界。例如，福州大吉升班老生梁振奎，被评价为"自能由熟生巧无复凿枘"，"全在神气，嬉笑怒骂，皆成文章。"① 李天禄在其回忆录《戏梦人生》中也提道："在我十一二岁时（约 1920、1921 年前后）有许多福州班来台演出，他们的服装、布景、介头（节奏）都很好，当时很多布袋戏的后场就改学福州戏的后场。"②

更为直接的是，当时闽剧班的留台演员进入本地戏班担任武戏指导，从而使闽剧的武戏为台湾所吸收。随着闽剧班赴台的演员，有的因为戏班经营不善，有的因为看中台湾的发展前景，他们中的一部分人选择留在台湾。"这些人大部分进入了歌仔戏班指导武戏，曾永义先生在其《台湾歌仔戏的发展与变迁》一书中就认为，歌仔戏之有武戏剧目乃始自于此。这不但丰富了歌仔戏的演出内容，还为歌仔戏进入戏院做商业演出打下了基础。"③

福州班旧赛乐演员萧守梨于 1923 年随旧赛乐赴台，留台后先后搭班嘉义复兴社、麻豆牡丹社及双凤社，1931 年加入台北新舞社，除担任文武戏出任要角外，还负责编、导及教学的工作。当时新舞社演出戏单上就强调该班有福州及上海老练排戏先生。④ 除萧守梨之外，留台担任要角并出任戏剧指导的，还有福州福德、一平、三官先三人受聘于桃园的京班广东宜人园；福州陈庆琳、凤川受聘于基隆德胜社；福州大吉升班花旦陈德録于台南为原七子班后改习京剧的金宝兴班授艺等。⑤

这个时期，随着台湾本地戏班的发展，福建戏班留台的人数越来越多，纷纷进入台湾歌仔戏班、采茶戏班担任戏剧指导，为台湾本地戏班培养了一

---

① 何绵山：《试论日本侵占台湾时期福建戏曲对台湾戏曲的影响》，《中华戏曲》，2008 年第 1 期。

② 李天禄口述，曾郁雯撰录：《戏梦人生——李天禄回忆录》，远流出版社，1991 年，第 114 页。

③ 徐亚湘：《论日据时期来台演出之福建戏班——以〈台湾日日新报〉为分析范围（1899—1936）》，《华冈艺术学报》，2000 年第 5 期。

④ 刘秀庭：《守住梨园——灵猴》，《表演艺术》，1997 年第 51 期，第 30 页。

⑤ 徐亚湘：《日据时期中国戏班在台湾》，南天书局，2000 年，第 206 页。

批武戏人才。

5. 新剧种的发展

新剧种方面，主要是歌仔戏的融合，这将在文章下一部分集中介绍；此外，便是"福州正音班"在台湾的落地生根，有福州人组建剧团的，也有本地人组建剧团的。

前者如"福州男女正音班"，正式名称是"嘉义福兴社"。该班至迟在1924年已经在嘉义成立，班主为福州人陈淡淡和陈依世，为"日演平剧、夜演歌仔戏"两下锅的剧团。除聘请上海京剧演员王秋甫担任教习外，戏班还集合了两岸几位知名的演员，包括萧守梨、蒋武童、乔财宝、小宝凤和"砖仔角"。① 后者如台南州的"福州正音"锦添花班。在1926年总督府文教局针对台湾的"支那"戏班及台湾戏班所做的调查中，嘉义福兴社和锦添花班都赫然在列。②

（二）光复初期（1945—1949）

1945年日本战败投降，台湾光复，传统戏剧得以恢复演出，两岸之间也重新恢复往来。在日据时期频繁赴台演出的福州班，也在战后再度受邀赴台。在1945—1949年这四年中，福建传统戏曲在台演出的情形与日据时期差别不大。而其间颇为突出的是福建赴台剧人陈大禹和他的"实验小剧团"在话剧方面的积极活动，后文将具体介绍。

根据报刊资料，1945—1949年，由福建去台的传统戏班有八班十七次（表6）。当然，肯定还有更多未见报端的情况，疏漏在所难免。

表6　依报刊所见1945—1949年福州班和其他剧种在戏院的上演情形

演出时间	剧团名称	演出地点	演员、特色
1946.02.22—29	庆昇平闽班	戎馆（赤崁戏院）	
1946.04.13—05.15	闽班新国风	第一剧场	日:闽剧　夜:京剧 演员:林迁山（三花）、陈开民（老生）、石云生（小生）、陈平（花旦）

---

① 徐亚湘:《日据时期台湾内台戏班考》,《华冈艺术学报》, 2002年第6期。
② 徐亚湘:《论日据时期来台演出之福建戏班——以〈台湾日日新报〉为分析范围（1899—1936）》,《华南艺术学报》, 2000年第5期。

演出时间	剧团名称	演出地点	演员、特色
1946.05.12—15	闽班新国风	中山堂	—
1946.06.09—18	闽班新国风	芳明馆	—
1946.06.19	闽班新国风	中山堂	—
1946.07.22—29	闽班新国风	嘉义大光明	—
1947.12.22—1948.01.10	南洋厦门霓光社	新世界	福建诗歌台岛名曲
1948.08.12	福建力行剧团	新世界	—
1949.03.16	厦门都马剧团	全成戏院	—
1949.08.02—21	福州班闽声剧社	基隆高砂戏院	—
1949.09.17—21	福州班闽声剧社	新民戏院	—
1949.10.06—11	厦门都马剧团	高雄大舞台	—
1949.10.11—21	福州班闽声剧社	台中国际戏院	平剧闽剧。演员百余名
1949.10.21	福州班闽声剧社	嘉义大光明戏院	—
1949.11.24	福州三山剧社	南都大戏院	(京闽)陈开民领导
1949.12.11	福州三山剧社	高雄大舞台	—
1949.12.21	福州三山剧社	南都戏院	—

注：表格节出自庄曙绮《从报纸广告看战后（1945—1949）台湾商业剧场的演剧生态》，台湾大学 2005 年硕士学位论文，第 96 - 97 页。

1946 年开始又有闽班赴台商演，此时歌仔戏已经成为台湾极具优势的剧种，此外，由于当权官员的推崇，京剧地位极高，去台的福建戏班便以演出闽剧、京剧和歌仔戏为主，出于商业目的考量，经常是几种戏剧轮番上演，亦即一个戏班既能演出 A 剧，又能演出 B 剧，俗称"两下锅""三下锅"。当然，这种情况在日据时期已经屡有出现，战后不过是更加突出而已。除此之外，战后四年福建戏班去台的情况与日据时期相差不大。例如，1946年 4 月闽班新国风继 1937 年之后再次赴台，台湾《民报》介绍了该班的特色："闻自抗战以来，闽中民众，多习国语，故闽腔以外更能平曲，而唱做及武行外，其机关布景尤足惹观……"① 除了以唱作武行和布景作为卖点，更重点提到了能兼演闽剧和京剧。这也是此时期闽班招徕观众的普遍套路。

---

① 台湾《民报》，1946 年 4 月 14 日，第 186 号，第 2 版。

如此，战后四年福建传统戏班在台湾演出的情况及对台湾本地的影响并未脱离日据时期的框架。而在新剧（以普通话演出的话剧）方面，福建漳州人陈大禹联合同乡在台湾自组"实验小剧团"，积极参与剧运，在台湾话剧史上留下了浓墨重彩的一笔。

实验小剧团是由抗战初期福建省剧运主力陈大禹、姚少沧等人赴台后重组，并邀请台湾当地戏剧工作者（如辛金传、王井泉）加入，1946 年年底开始在剧院公开演出话剧。

实验小剧团的演出（表 7）分为国语、闽南语两种：众所周知，话剧口白均采用国语，而光复初期的台湾民众熟悉日语和闽南话，对听国语有不小的障碍。语言问题也是造成当时台湾社会本省和外省民众巨大区隔的重要原因。实验小剧团试图拉近本省和外省剧界的距离，为了让台湾观众能克服语言障碍欣赏到新式话剧的演出，遂将剧团分为国语和闽南语两组，例如，1946 年 12 月该剧团在台湾剧院公演的第一出话剧《守财奴》，其演出安排上就有午场闽南语和晚场国语的区别。该剧国语组演员均为战时在大陆东南从事剧运工作者；闽南语组由陈大禹导演，并全部选用台湾本省演员；本地的"台湾艺术剧社"还负责穿插音乐、舞蹈、独唱。国语组和闽南语组互相观摩，轮流演出，台湾本省和外省演员有了更多交流的机会。此后国语和闽南语双组进行的方式成为实验小剧团的常用套路。

表 7　依报刊所见外省业余剧团演出一览表（实验小剧团部分）

演出日期	地点	剧目	编导及演员
1946.12.17—19	中山堂	守财奴（居仁改）	国语组导演：王淮。闽南语组导演：陈大禹。午场：闽南语。　晚场：国语。
1947.09.19—24	中山堂日	原野（国语、闽南语）	陈大禹导
1947.12.10	新世界	守财奴。（客串音乐跳舞独唱）	陈大禹导。台湾艺术剧社主办
1947.12.12	新世界	恋爱与阴谋	陈大禹导。台湾艺术剧社主办
1947.12.13	新世界	守财奴	陈大禹导。台湾艺术剧社主办
1947.12.14	新世界	原野	陈大禹导。台湾艺术剧社主办

注：表格节出自庄曙绮《从报纸广告看战后（1945—1949）台湾商业剧场的演剧生态》，台湾大学戏剧研究所 2005 年度硕士学位论文，第 107 页。

"二二八事件"是此时期一个重要的转折点。1947年2月底台湾发生了大规模的民众反抗政府事件，3月至5月间国民政府派遣军队镇压屠杀台湾人民、捕杀台籍精英，"台湾重要的剧人或遭杀害，或流亡或入狱，留下来的从此退出演剧，不再过问文化活动"。于是，日据时期形成的台湾知识分子演剧的传统几乎断绝。① 然而我们从表7可以发现，实验小剧团在"二二八"之后仍然有频繁的演出，保证了知识分子演剧的继续存在。在"二二八"事件给台湾本省知识分子演剧造成毁灭性打击的时代背景下，实验小剧团这样的尝试对台湾剧人来说尤为难能可贵："'二二八事件'之后，本省剧人消失殆尽，'实验小剧团'的存在，让本省演员还有残余的挥洒空间。"②

台湾文化界名流王井泉对实验小剧团的这些尝试颇为期许，在1947年该团演出《原野》时，发表了这样一篇文章：

光复，光复，我们听过宋非我先生《壁》的呼喊，我们看过林传秋先生《罪》的挣扎，还有那些中南部的朋友活动的表现，我们都曾经怀着关切的兴奋，期待一个顺利的发展，但是，事实无情，我们还是在寂寞中迴旋、彷徨。

这时，实验小剧团站起来了，他们说，这个实验小剧团是在台湾建立的，他们的基础要建立在台湾民众身上，事实的，他们是在台湾剧艺界的合作下完成这个组织……我们认为，这是台湾文化再生的呼唤，由于这次演出，我们又发生了无限的希望……③

如上所述，实验小剧团积极推进两地剧界合作，此功绩之一。之二，以知识分子的责任感密切关注时事，并主张用戏剧这种深入人心的艺术形式进行民众教育。陈大禹在"二二八事件"之后写作了剧本《香蕉香》，并亲自编导，于1947年11月在中山堂演出。这是第一个以"二二八事件"为题材公开上演的作品。根据陈大禹自己的说法，演这出戏就是希望能借该剧演出，"沟通过去的本省人与外省人的情感隔膜问题"。④ 演出第一天观众爆满，然而戏进行到一半时，本省与外省的观众便吵成一团，军方后来还派了

① 庄曙绮：《从报纸广告看战后（1945—1949）台湾商业剧场的演剧生态》，台湾大学2005年硕士学位论文。
② 同①。
③ 王井泉：《我的感想》，《台湾新生报》，1947年9月19日，第692号，第5版内文。
④ 陈大禹：《破车胎的剧运》，《台湾新生报》，1948年1月1日，第797号。

三辆车，带机关枪把中山堂团团围住，第二天戏院门口就贴了一张告示，说是演员病了，不能上演，但其实是以"具煽动性，加深本省与内地同胞间的隔阂，增加彼此的仇恨"的理由遭到禁演。① 虽然只演出了一场，但是《香蕉香》犹如平地惊雷，以其极强的社会批判性和时代精神成为台湾话剧史上的重要篇章。之三，实验小剧团也对推动台湾剧运充满使命感。1949 年 3 月 4 日，以陈大禹、吴建声和金姬镏为首的戏剧界人士，筹组"台湾戏剧协会"，希望能借由团结台湾剧界，打开台湾剧运的难关。他们在会中提出减低娱乐税，以及开放公众剧场公演话剧等要诉求，改善当时台湾剧运的低潮。该会最后因为陈大禹被捕无疾而终。② 此后，剧团主力陈大禹潜回大陆，剧团濒临解散。

基于以上三点，结合当时的文化环境及戏剧氛围，实验小剧团在战后初期的台湾社会有着特殊的地位，对光复初期话剧在台湾的推展有着极大贡献。

总的来说，1895—1949 年，福建对台湾戏剧的影响涉及方方面面，归结起来，表现为推进旧剧种的本地化进程和新剧种的生成："外来剧种的传入，经过融合改变后，逐渐呈现本土化的现象，同时本土剧种的自然生发，也受到外来剧种的影响。"③ 这是一个方面。另一方面，在此期间，台湾本地歌仔戏也开始向福建输出，并迅速在闽南一带流行起来。故而，在日据到国民党政权去台前的这段时间内，闽、台戏剧交流的概况是——双向交流、互为影响。

四、1949 年以后：以歌仔戏为代表的闽台双向交流与互动

作为台湾传统戏曲的代表剧种，歌仔戏发展至今已有百余年的历史。百年歌仔戏发展史，首先是一部海峡两岸民间音乐交流、融合的历史。闽台二地的音乐戏剧渊源在歌仔戏上体现得淋漓尽致。歌仔戏地域传衍如图 6 所示：

（源流）福建→（形成）台湾→福建↔台湾

---

① 邱坤良：《战后台湾剧场的兴衰起落（1945—1949）》，《台湾近百年史论文集》，财团法人吴三连台湾史料基金会，1996 年，第 164 页。

② "文建会"编：《光复后台湾地区文坛大事纪要》，台湾"文建会"，1995 年，第 28 页。

③ 罗丽容：《南戏·昆剧与台湾戏曲》，新文丰出版股份有限公司，2012 年，第 252 页。

```
┌─────────┐   ┌─────────┐   ┌─────────────┐                        ┌──────────────────┐
│锦歌(歌仔) │──▶│本地歌仔  │──▶│落地扫歌仔阵  │─────────────────┐      │新剧种：歌仔戏     │
│福建漳州  │   │台湾      │   │宜兰平原      │                 └─────▶│                  │
└─────────┘   └─────────┘   └─────────────┘                        └──────────────────┘
              ┌─────────┐   ┌─────────────────────┐                 ▲
              │车鼓小戏  │   │北管、南管、九甲戏、民间歌│                 │
              │福建民间  │   │谣：                 │─────────────────┘
              └─────────┘   └─────────────────────┘
              ┌─────────┐   ┌─────────────────────┐
              │采茶小戏  │   │京剧：身段、装扮、武戏程式、锣鼓│
              │福建、广东│   └─────────────────────┘
              └─────────┘   ┌─────────────────────┐
                            │闽剧：舞台布景、连台本戏、剧目│
                            └─────────────────────┘
```

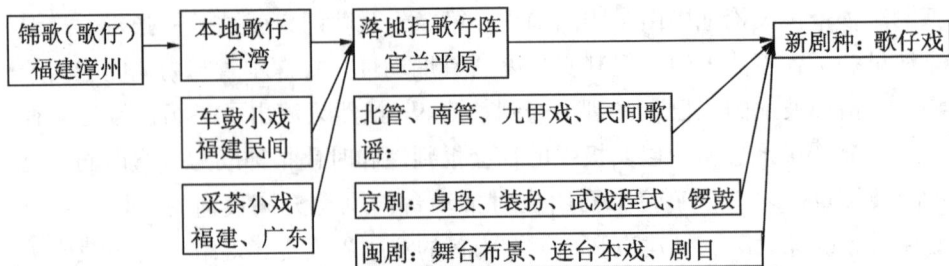

图6　歌仔戏剧种生成

注：本研究制图。

歌仔戏历史流变情况①如下：

本地歌仔戏（19 世纪末 20 世纪初）→野台歌仔戏（民国初年左右）→内台歌仔戏（1925—1937 年，1945—1960 年代）→广播歌仔戏（1954—1955 年间出现，1960 年代兴盛）→电影歌仔戏（1955—1960 年代）→电视歌仔戏（1962—1990 年代）→舞台歌仔戏（1980 年代—1990 年代）

（一）源流考究

此处又涉及台湾的传统音乐。由福建直接输入台湾，并对台湾戏曲产生重大影响的传统音乐，除了文章第二节论及的南音和北管之外，还有锦歌。

歌仔戏的起源可追溯到漳州芗江一带的锦歌（即"闽南歌仔"）。早期在闽南许多地方都没有"锦歌"的称谓，而是一律称为"歌仔"，这一名称也被带入台湾并沿用至今；中国大陆在 1953 年以后将"歌仔戏"改称为"芗剧"，又将漳州芗江地区称"歌仔"为"锦歌"的说法一并采纳，于是，"歌仔"遂称"锦歌"。"歌仔"泛指闽南音乐中比较通俗的歌曲，无论是作为歌唱的民歌，或是作为念诵的童谣，都称为"歌仔"。②

闽南歌仔明末清初随移民传入台湾，并发展成为台湾的本地歌仔。这里需要特别说明的是，"台湾闽南语歌仔，只有一部分是传自闽南，有相当部分是移民到台湾后才创造的。……而歌仔戏最早的曲调'七字调''哭调'等是在这些新创造的歌仔而不是直接从大陆传过去的歌仔的基础上产生的。"③

---

① 历史流变情况仅仅说明在各个历史时期具有突出表现的歌仔戏形式，事实上，各个不同的歌仔戏样式经常是同时并存的。例如，本地歌仔戏直至今日都未曾完全消失。

② 陈耕：《闽台民间戏曲的传承与变迁》，福建人民出版社，2005 年，第 80 - 81 页。

③ 同②，第 86 - 87 页。

后来，本地歌仔吸收车鼓戏和采茶戏的动作表演，开始有了人物的装扮，结合滑稽诙谐的民间故事，在庙埕空地即兴表演，或在迎神队伍中载歌载舞，随神轿游行，形成了最原始的歌仔戏形态，因为是在地面或广场演出，又称为"落地扫歌仔阵"。由于音乐、说白、表演极为通俗，观赏者与表演者很容易交流，所以很快就流传开来。① 这是歌仔戏发展的第一个阶段。

首先，从发源地来讲，目前一般认为歌仔戏发源于台湾北部的宜兰平原，这和移民的结构有关。宜兰人说"本地歌仔"，表示非外来的，这也是歌仔戏的雏形。为何歌仔戏不是起源于最早开发的并且是当时文化中心的南部地区呢？南部如府城、鹿港、艋舺等地是泉州移民的聚居地，当地流行的是南管。而宜兰人口中漳州移民占了93％，并且由于宜兰三面环山的地形，交通不便，所以能保有标准的漳州腔。于是，在漳州流行的歌仔就随着移民传播到宜兰地区。

其次，从音乐源头来讲，【七字调】② 源自闽南歌仔。"闽南歌仔中短小抒情的曲调主要有'七字仔'（又称'四空仔'）、'大调'（又称'五空仔''丹田调'）以及一些从其他曲种移植过来的民间小曲（又称'花调''杂歌'）等。这些歌仔多为七字四句体，十分注重句尾协韵（民间称'罩句'）。"③ 而本地歌仔在音乐上是以歌仔为基础，再吸收老白字戏、车鼓戏中的俚俗歌谣，且此时所使用的曲调种类较为单纯，以【七字调】为主。

从流传下来的《陈三五娘》《山伯英台》《吕蒙正》《什细记》四大出剧本可以发现，"本地歌仔曲调的运用以由锦歌【四空仔】演变而成的【七字调】最为普遍，其数量高达百分之九十以上，且细分为【大七字】【古早七字仔】【七字白】【七字仔拆】【七字仔软】【七字仔反】等多种形式。其他则有源自锦歌【五空仔】的【大调】【倍思】……质言之，本地歌仔所运

① 此前台湾流行的音乐只有南管和北管两种，南管音乐不适应庙会的热闹演出，在清中后期基本被北管所取代，但北管有一个问题，即唱的内容听不懂，歌仔戏用的是闽南语白话，这无疑是其迅速流行的巨大助力。

② 【七字调】以每句七字的歌词结构得名，是闽南歌谣的特色，唱起来较一般歌谣更白话。本地歌仔曲调中的【七字调】大部分直接来源于移民在台湾新创造的歌仔，而非锦歌。追根溯源，锦歌，是本地歌仔的源头，与【七字调】是间接关系。

③ 陈新凤：《从歌仔到歌仔戏——歌仔戏唱腔音乐源流考》，福建师范大学2002年博士学位论文。

用的曲调相当有限，而【七字调】则是本地歌仔最主要的曲调。"① 从闽南传去的歌仔七言体的【四空仔】与【七字调】相比，二者无论在唱词句式、唱腔结构和旋律进行等方面都基本相同，其伴奏的四种乐器也是闽南歌仔传统的"四管齐"。当然，此后，为了使用歌仔戏戏曲表演的需要，【七字调】的节奏、旋律又有了一些紧缩或扩张、改弦或易宫等变化，创造出了不少新的曲调。

再次，歌仔戏的第一部创作剧本就是闽南民间故事《陈三五娘》②。从留存的演出纪录来看，日据以来歌仔戏《陈三五娘》演出频繁，可以说，歌仔戏在梨园戏之后，着力于此剧的演出。蔡欣欣教授也指出目前歌仔戏所演出的《陈三五娘》，无论在故事情节、潮泉土腔的声韵、咬字及若干身段的运用上，大抵都是以小梨园七子班（由闽南传入）的表演方法为基础。③

可见，歌仔戏无论是最早的传入地还是早期的曲调和剧本都是脱胎自闽南地区。

（二）赴台福建戏班助力歌仔戏成长

如果说日据时期福建戏班对台湾戏剧的影响涉及方方面面，那么，将这些方面加以吸收并全部融合的就非成型初期包容度极强的歌仔戏莫属了。

中国戏班在台演出日久，其表演艺术与戏文剧目渐渐为台湾本地歌仔模仿、吸收，歌仔戏从一种载歌载舞的形式趋向综合形态，至 20 世纪 20 年代发展成较成型的戏曲形式。

日据前半期，以福建戏班和上海京班为主的大陆戏班频繁赴台作商业演出，台湾于是出现了大量现代剧场，也养成了民众买票看戏的习惯，这些都为歌仔戏进入内台做好了铺垫。台南"丹桂社"是目前可考台湾歌仔戏第一个进入戏院内台演出的戏班，时间在 1925 年 8 月 26 日。是年 9 月 30 日的《台湾日日新报》就此作了报道："台南大舞台蔡祥氏。者番募集股份。投资二千余圆。购置服色。往北聘请剧员四十余名组织一班。号丹桂社男女

---

① 林茂贤：《本地歌仔研究》，《百年歌仔：2001 年海峡两岸歌仔戏发展交流研讨会论文集》，台湾传统艺术中心，2001 年，第 47–48 页。

② 吕诉上：《台湾电影戏剧》，东方文化，1977 年，第 235 页。

③ 蔡欣欣计划主持：《重要民族艺术艺师廖琼枝歌仔戏保存计划之一·〈陈三五娘〉剧本注释与导读》，台湾传统艺术中心，2004 年，第 16 页。

团。脚色整齐。服色清新。去二十六日开演。艺员认真献技。大受一般欢迎云。"[1]

"福州戏的连本戏与布景也都在此时被歌仔戏吸收，而后再与京班、福州班留台班底结合，更发展出了歌仔戏的武戏剧码，强化了歌仔戏表演的基础与多样性。"[2] 舞台布景与武戏是福州戏班的两大专长，当时歌仔戏班大量聘请福州戏班留台的布景师傅和演员制作布景或担任戏剧指导，更有专程从福建重金延聘布景师傅的情形。进入内台以后，因为招揽观众的需要，炫丽的舞台效果对演出愈加重要，于是，福州布景师对歌仔戏的影响越来越大。甚至出现了过犹不及、喧宾夺主的情况："无论是机关布景与灯光幻术的运用，照理皆应符合剧情之必然与不能妨碍演员表演两个基本原则，但是，在当时由票房价值支配演出内容的商业环境中，这种因生存竞争转现的负面效应，它很难跳脱一种沦为舞台技术夸耀的局限。"[3]

无论如何，在日据时期，福建戏班的频繁演出激发了台湾在地戏班的成长，歌仔戏向福州戏等大戏学习后，在表演及舞台效果上都大为进步，赢得社会大众的喜爱。也就是从这个时候开始，歌仔戏逐渐取代其他剧种的地位，成为台湾第一大剧种。从职业剧团的数量来看，对比 1928 年和 1958 年的数据，由 1928 年的 14 团（表 8）成长到 1958 年的 235 团（表 9），虽然难免有统计口径的差异，仍然不难发现在这个时期歌仔戏班的极速发展，在1958 年的台湾，歌仔戏已经是当之无愧的市场霸主了。

表8　1928 年台湾各州厅剧团数表

（单位：团）

	台北州	新竹州	台中州	台南州	高雄州	台东厅	花莲厅	澎湖厅	总计
正音班	1	—	3	4	2	—	—	—	10
四蓬	3	2	2	1	2	—	—	—	10
乱弹	7	2	4	9	4	—	—	—	26
九甲	—	—	—	6	1	—	—	—	7
白字戏	4	2	1	2	—	—	—	4	13

---

[1] 《赤崁特讯·剧界消息》，《台湾日日新报》，1926 年 9 月 30 日。

[2] 纪家琳：《台湾当代庙宇剧场戏台体制研究》，白象文化事业有限公司，2013 年，第 96 页。

[3] 徐亚湘：《日据时期中国戏班在台湾》，南天书局，2000 年，第 189 页。

	台北州	新竹州	台中州	台南州	高雄州	台东厅	花莲厅	澎湖厅	总计
歌仔戏	1	2	—	5	2	—	1	3	14
布袋戏	2	2	4	15	5	—	—	—	28
傀儡	2	—	—	1	—	—	—	—	3
总计	20	10	14	43	16	—	1	7	111

注：表格出自1928年由台湾总督府文教局印行《各州厅剧团数表》。转引自杨雅琪《玉泉阁布袋戏团研究》，台湾成功大学2004年硕士学位论文。

表9　1958年台湾省职业剧团情况表

（单位：团）

剧种	歌仔戏	布袋戏	京剧	客家戏	皮影戏	傀儡戏	南管戏	潮州戏	都马戏	大陆各地方戏
剧团数	235	188	15	12	9	3	3	1	1	9

注：表格转引自曾学文《台湾戏曲发展的历史阶段》，《民族艺术》，1994年第3期，第40页。

（三）　两岸的歌仔戏交流与互相影响

1. 歌仔戏回传闽南

日据时期，闽、台二地交通完全仰赖海运。1905年以后，有十数艘定期轮船往返基隆、淡水、高雄与厦门、福州之间；到了1912年，基隆、厦门之间一个月更有高达十次的航班，此后这两地便成为出入台、闽二地的重要门户。此外，除了这些大型定期轮之外，民间亦有中小型的帆船及戎克船频繁往返两地。[①] 这些无疑为两地民间交流提供了极大的便利。

据厦门海关提供的厦门口岸出入台湾人数和驻厦门日本领事井上庚二郎于1926年提供的资料，1925年左右在厦台湾籍民数估计8000～10000人，同时每年还有6000多名台胞进出。[②] 另《台湾省通志·政事志外事篇》亦记载，1898—1937年旅居厦门及福州的台湾人，从千人增至近三万人。闽台二地往来之密切由此可见一斑。

---

① 徐亚湘：《论日据时期来台演出之福建戏班——以〈台湾日日新报〉为分析范围（1899—1936）》，《华南艺术学报》，2000年第5期。

② 陈耕：《闽台民间戏曲的传承与变迁》，福建人民出版社，2005年，第134页。

首先，歌仔戏由在厦台胞带入闽南，最早由台胞在厦门当地成立戏班，进而其他本地戏班也纷纷仿效。

根据厦门学者所做的田野调查，至迟在 1918 年歌仔戏就已经传入厦门："1918 年，厦门就有演唱教习歌仔阵的歌仔馆'仁义社'。"① 但是由于日据所造成的隔阂，直到 1925 年，歌仔戏在厦门的影响都局限于在厦台胞的圈子里，传入闽南的歌仔戏发展缓慢。1925 年，闽南第一个歌仔戏班"双珠凤"的成立改变了这种局面："1925 年，旅厦台湾商人曾琛为班主的小梨园戏班'双珠凤'，聘请台湾歌仔戏艺人戴水宝（即矮仔宝）来教戏，并到台湾聘请一些歌仔演员，将双珠凤改为闽南第一个歌仔戏班。首场在厦门鼓浪屿戏院演出《山伯英台》，受到热烈欢迎。"② 歌仔戏以新鲜平民化的表演方式和亲切的乡音土语迅速博得厦门民众的好感，当时本地著名的小梨园戏班受其影响不得不改弦更张："新女班原是小梨园……1925 年，出国到新加坡演出，载誉归来。同年，戏班在厦门与改唱歌仔戏的双珠凤对台，小梨园不受欢迎。翌年，新女班也改唱歌仔戏。"③ 作为颇有实力的传统戏班，面对初来乍到的歌仔戏却毫无招架之力，足见当时歌仔戏在厦门受欢迎的程度。不久，歌仔戏传入了闽南农村："1927 年，同安锦宅在双珠凤影响下，成立闽南农村第一个歌仔戏班。"④

其次，以"霓生社"为代表的台湾高水平歌仔戏班大量涌入闽南商演，使歌仔戏在闽南扎根。

"1926 年，台湾'玉兰社'作为目前已知的第一个到闽南作商业性演出的歌仔戏班在厦门'新世界'戏园演出，连演 4 个月，轰动厦门。"⑤ 此外，台湾"霓生社""霓进社""明月园""凤舞社""丹凤社""小美园""爱莲社"等职业歌仔戏班也纷纷赴厦门及周边地方演出，使歌仔戏在闽南流传开来（表 10）。

---

① 陈耕、吴慧颖：《闽台民间戏曲的传承与变迁》，《海峡两岸五缘论——海峡两岸五缘关系学术研讨会论文集》，2003 年，第 480 页。

② 同①。

③ 颜梓和：《歌仔戏班"双珠凤"的采访资料》，厦门市台湾艺术研究所编《歌仔戏资料汇编》，光明日报出版社，1997 年，第 126 页。

④ 同①。

⑤ 同①。

表 10　日据时期部分来闽歌仔戏班

演出时间	剧团名称	演出地点	演员	备注
1926 年	玉兰社	厦门"新世界"	—	连演四个月
1929 年初 1932 年 1937 年	霓生社	厦门龙山戏院	月中娥、青春好、冲霄凤、勤有功、貌师	三度赴厦,又赴周边巡演
1929 年(另说 1927 年)	霓进社	厦门龙山戏院	瑶莲琴、锦兰笑	—
1929 年	明月园	厦门"新世界"	赛月金	—
1933 年	凤舞社	厦门鼓浪屿戏院	小宝凤、有凤音、叶金玉、天仙菊、黄月亭	—
1934 年	台北丹凤社女优团	—	—	—
1934 年	大湖小美园男女班	厦门、漳州等	—	赴厦门、漳州、汕头等地巡演,历时三年
1937 年	爱莲社	厦门龙山戏院	月中娥、李少楼	后改名"复兴社"

注：本研究制表。
资料出处：厦门市台湾艺术研究所编《歌仔戏资料汇编》,光明日报出版社,1997 年。

尤以在 1929—1937 年三度来厦的"霓生社"影响为大。霓生社于 1916 年在台北组建,历经十年时间,戏班渐趋完善,到 1929 年来厦门公演的时候,已经是一支演员阵容强大、设备完善、行当齐全、服装布景华丽、艺术水平较高的戏班了。1929 年初,厦门龙山戏院聘请霓生社到厦门公演,戏班一行七十多人,更含不少好手。甫一开演,就受到厦门观众的热烈欢迎,在龙山戏院连演一个多月,场场爆满。随后,又在厦门其他地方和同安、石码、海澄演出一年多,造成轰动。这也是台湾歌仔戏班第一次在厦门以外的闽南内地地区演出,可以说,霓生社对歌仔戏在闽南的传播和普及功不可没。在其带动下,闽南各地纷纷成立歌仔戏班。此外,霓生社在闽南时间长、范围广、水平高的演出提高了闽南观众的欣赏水平,确立了闽南人对歌仔戏模式的认同,也使观众对歌仔戏的评判有了参照。厦门观众把歌仔戏分为"土班"和"正班",所谓"土班"就是存留着早期模仿车鼓戏痕迹的戏班;"正班"就是以霓生社为代表的学习京剧表演动作的戏班。一"土"一

"正"，无疑是表明了观众的褒贬嗜好。①

再次，台湾艺人在闽授徒，形成最初的歌仔戏教师队伍。最早一批歌仔戏教师队伍一是从台湾延聘过来教戏的，二是来闽歌仔戏班的留闽演员，三是来闽歌仔戏班在闽演出时因需要所招收的本地龙套和学徒。第一类比如前文提及"双珠凤"聘请台湾歌仔戏艺人矮仔宝来厦门教戏的情况；第二类比如知名演员"戏状元"月中娥、"四大柱"赛月金、味如珍、诸都美、锦上花等人长期留在厦门，一边演出，一边传授技艺；第三类比如"霓生社"在厦门演出时招收了一些本地青年入班参加演出跑龙套，邵江海先生就有此经历。在台湾艺人的传、帮、带之下，培养了一批本地青年演员，他们成长起来之后，和留闽的台湾艺人一起担负起了在闽南教授歌仔戏的任务。从此，本地戏班和艺人都迅速成长起来。

如此，在台闽二地剧界人士的共同努力下，大致在1918—1932年这十五年间，歌仔戏以厦门为切入点和中心，涟漪式地向厦门郊县、泉漳层递扩散，完成了在闽南的传播。②

2. 福建歌仔戏在台湾

论及闽南歌仔戏对台湾的反哺，尤为突出的是"都马剧团"在台湾的活动，时间在1950年代。

"都马剧团"原来是梨园戏"新来春"班，活跃于龙溪、厦门、同安一带。1940年，掌班叶福盛、青衣张一梅、小生八治、老生和尚、龙水等人与班主发生争执，愤而离班。后来与南靖几人合股筹建歌仔戏班，并在漳州一带招聘一些歌仔戏艺人加入队伍。取剧团名称为"都马抗建剧团"。1948年由于国共战事紧张，戏班生意受到影响，于是改名为"厦门都马剧团"，决定到台湾演出。原本预计隔年7月即返回厦门，却因福建解放，两岸隔绝，从此留在台湾发展。都马班初到台湾演出时，并没有受到太大的注意。直到1951年，团长叶福盛在一个偶然的机会下欣赏了越剧《孟丽君》的演出后，激发了灵感，将越剧剧本改编成十本的歌仔戏《孟丽君》，并仿制了越剧的古装头、太子帽、靴子、服装等。戏一推出后，造成轰动，所到之处戏院必定客满。由此引来其他歌仔戏班纷纷仿效。从此都马班对台湾的歌仔

① 陈耕：《闽台民间戏曲的传承与变迁》，福建人民出版社，2005年，第139－140页。

② 陈耕、吴慧颖：《闽台民间戏曲的传承与变迁》，《海峡两岸五缘论——海峡两岸五缘关系学术研讨会论文集》，2003年，第481页。

戏产生了很大的影响。

其一，在歌仔戏中引入越剧装扮。如前所述，在《孟丽君》成功后，原本属于越剧的行头，成为都马班专有特色，并被冠上"都马头""都马裙""都马靴"等名词。而这种服装，无形中取消了一些传统的表演身段，如甩发、水袖等，从而深刻地影响了台湾歌仔戏表演程式的发展变化。

其二，将闽南歌仔【改良调】引入台湾歌仔。与此同时，都马班所专用的【杂碎调】及其他【改良调】，自然也被纷纷仿效，日益盛行。遂有"都马调""都马哭""都马尾""都马走路调"等名称流传。直至今日，【都马调】已和【七字调】并驾齐驱，成为台湾歌仔戏中不可或缺的曲调。

这里，需要对【改良调】稍做说明。抗日战争时期，日本在台湾强制推行"皇民新剧"。于是，来自台湾的歌仔戏在福建曾一度被视为"亡国调""汉奸调"而遭禁演。漳州邵江海、林文祥等人重新从闽南歌仔【杂碎调】【哭调】改创新腔，名为【改良调】，并更名"歌仔戏"为"改良戏"。通过他们编演的剧本，【改良调】在闽南城乡产生广泛影响。而都马班是在1940年由于其演出地点龙溪一带盛行"改良戏"，戏班便由梨园戏改唱改良戏。也因此，在1948年渡台之时的都马班实际上是一唱"改良戏"的歌仔戏班。【改良调】便随之传入台湾。

都马班以不同于台湾本地戏班的独特演出风格确立了在台湾歌仔戏界的地位。1953年，都马班在台湾省地方戏剧协进会主办的"第二届地方戏剧比赛"中获得第一名，报纸杂志纷纷介绍，将其名声推向巅峰。据说，当时其他戏班如果和都马班同地演出，没有上戏的演员都会跑去观摩都马班的演出。

戏班演出的成功激发了都马班的雄心壮志，1955年，他们拍摄了首部闽南语电影，也是台湾电影歌仔戏的开山之作。由都马班团长叶福盛制作、邵罗辉导演的《六才子西厢记》，使用一架十六厘米摄影机和几万尺的胶卷来拍摄。但由于灯光不足、画面模糊、影像与声音搭配不良等原因，导致了这次播映的失败。虽然失败，但《六才子西厢记》的大胆尝试为后来者提供了宝贵的经验和启示，直接影响了麦寮"拱乐社"的陈澄三先生，他在拍摄《薛平贵与王宝钏》时，注意弥补灯光不足的缺点，多采外景录制，影片于1956年推出之后极为轰动并掀起拍片风潮。①

---

① 关于都马班的资料，出自陈耕、曾学文《百年坎坷歌仔戏》，台湾幼狮文化事业股份有限公司，1995年，第121－126页。

论述至此，从明清时期的横向移植，经过日据时期的吸纳融合之后，以歌仔戏新剧种的成熟和强势发展为标志，台湾的音乐戏剧完成了在地化的过程。而在此之后的两岸音乐戏剧关系以"交流"来定义更为恰当，同样是在两岸各自精彩的歌仔戏，见证了这样的改变。

众所周知，民间艺术的表演空间来自于观众，观众是决定其生存的关键因素。如何创新题材、改变旧有的演出方式，持续吸引观众的兴趣，才是民间表演艺术能够维持下去的主要因素。歌仔戏从孕育到成熟再到如今的精致化发展，始终深谙此道，不断迎合，不断改变。

我们试图给歌仔戏一个定位，亦即分析它的"结构运动"：如同一个错综的蚕茧，社会环境中的政治、经济是决定一个剧种是否可以存在的大生态；各种不同的表演艺术（其他大戏、小戏、音乐等）、电影、电视等与歌仔戏之间又形成了一个中型的生态网，它们之间有彼此排斥、共生或替代的可能，由此也决定了歌仔戏生存的方式；各个歌仔戏班之间也形成了一个生态系统，它们可能经由合作、竞争或模仿，形成一种新陈代谢关系，或者一股流行风潮；再者，歌仔戏自身表演体系当中，服饰装扮、音乐曲调、戏曲唱腔、身段程式、故事内容、唱词口白、舞台布景等，也与观众形成一个小型的生态体系。这些不同的元素之间，经过剧场中的互动交流，不停博弈、此消彼长，从而形成一种新的表演风格或新的审美品位。[1] 这也就是歌仔戏不断融合、变动、改良的原因所在。也正是因此，台闽之间的歌仔戏交流才如此生动，直至今日，双方还能互相借鉴、互相影响——歌仔戏正在路上。

（2013 年 9 月）

---

[1] 参考了陈龙廷对布袋戏的解读。陈龙廷《从台湾文化生态的角度来研究台北地区布袋戏商业剧场（1961—1971）》，《台湾文献》，1995 年第 2 期。

第五节　诏安县域文化建设的经验与启示

　　漳州市诏安县位于福建省最南端，是海西对接珠三角的"桥头堡"，素有"福建南大门""漳南第一关"之称。诏安历史悠久，早在唐垂拱年间，陈元光入闽开漳，当时南诏堡就是怀恩县的主要辖区。明嘉靖九年（1530年），诏安独立置县，定名取"南诏安靖"之意。

　　与之相伴相生的是诏安根深叶茂的文化。"中国书画艺术之乡""中国民间文化艺术（绘画）之乡"的美誉在福建省内是诏安独享的殊荣。

　　诏安辖区依山面海，四季常青，气候宜人，花果繁盛，优越的自然地理环境使这片土地上生产的青梅闻名遐迩，"中国青梅之乡"是对它的嘉奖。

　　英勇的人民和优良的抗战传统，"原中央苏区县"的称号铭刻下了数十年前丹诏大地上的战火和血泪。

　　……

　　此番盛名之下，诏安发展文化产业的资源可谓得天独厚。

　　近年来，随着中央海西发展战略推进，各级政府对文化产业的扶持政策不断出台，以及诏安"十二五"发展规划中提出"大力发展文化创意产业，加大对外书画艺术交流，做大书画产业"的思路，诏安文化产业的发展迎来了前所未有的机遇。

一、文化诏安

（一）书画艺术

　　诏安书画，始自唐代。唐朝时，南下戍边的将士在这里定居落户，将中原先进的文化艺术引进诏安。唐宋时期，钟绍京、陈俊卿、朱熹、陈淳等著名文人和书画家都曾在诏安活动。"自宋以来，该地区经历代书画家辛勤耕耘，逐渐增厚文化艺术的积淀，特别是明张瑞图、黄道周的影响至深。至清末，诏安画坛已形成富有地方特点的'诏安画派'了。"① 据考证，这是"福建地方文献中唯一被称为画派的群体"②，可见其人数之多、作品之丰、影响之广。

应该说，诏安画派主要是继承了明清时期中原文人画的传统，主张以书画抒写性灵，同时，又受到临近的浙派和扬州画派职业画风的影响，形成了兼工带写的艺术风格。主要代表人物皆为诏籍人士，有谢颖苏、沈瑶池、马兆麟、汪志周等。至今，中国水墨画和传统书法仍然是诏安画坛的主流。

谢颖苏（字琯樵）是诏安画派当之无愧的代表人物。日本学者尾崎秀真称其为"清朝中叶以后南清第一巨腕"，评价他："盖彼确有一种天才，其魄力气慨之超越，直跃其诗文书画之上。"③ 足见琯樵的人格魅力，他以书画抒写心境性灵，直得文人画的精髓。对 19 世纪中叶遍布粗糙"闽习"绘画的台湾画坛，实有醍醐灌顶之意。正是琯樵以自身鲜明的文人气质，结合其诗书画作品，才真正将明清之际中国大陆的文人书画精髓带到台湾，打破了当地"偏激粗放"的"闽习"风格一统天下的局面，带领清中后期的台湾艺坛达到传统文人书画艺术的高峰。是以，琯樵堪称台湾水墨画史上承前启后的重要画家。

及至当代，沈耀初为诏安画派再续一笔。沈耀初（1907—1990），诏安县仕渡村人，1948 年东渡台湾，客居 40 余年，专心作画，1990 年回到诏安老家，同年病逝。1974 年，沈耀初荣获台湾画学会最高荣誉奖——金爵奖。1985 年，沈耀初被"文建会"选为"当代十大画家"，同时与张大千、黄君璧、林玉山并列为其中的"四大国画家"。蒋孔阳先生评价他："观其作，意高笔简，蹊径独辟。深感这是我国近代花坛中写意派的又一次奇峰突

---

① 梁桂元：《诏安画派的源流与嬗变》，http：// www. fjzhaoan. cn/zazx/ShowArticle. asp? ArticleID = 154,2013 – 10 – 14。

② 沈耀明：《收藏鉴赏文集》，福建美术出版社，2009 年，第 169 页。

③ 陈宗琛：《台湾地区书法之传承与发展》，《书法之美：人与书写艺术——馆藏书法名家作品陈列特展》，高雄市立美术馆，1995 年。

出。"① 沈耀初回乡斥资兴建的"沈耀初美术馆"以其2800平方米的展示面积成为漳州最大的文化主题馆，目前该馆是与吴昌硕、齐白石等同序的中国十大名家名馆之一，也是闽台文化交流的重要平台。

此后，诏安籍的林林、沈福文、沈柔坚、沈锡纯、韩柯、许海钦、董希源②等都是当代驰名中外的著名艺术家。

据统计，仅明清时期，入录《中国美术家人名词典》（俞剑华编）的诏安书画家就多达25位。入载《闽画史稿》（梁桂元著）的诏籍画家人数名列福建省第一。其中，清代有4位诏安书画家的作品被故宫博物院、台湾历史博物馆、东京博物馆收藏。目前，诏安县各级美协、书协会员更是多达500多名。诏安的书画人才密度在全国都堪可一书。1993年，文化部命名诏安为"书画艺术之乡"，2009年，诏安获评"中国民间文化艺术（绘画）之乡"。以诏安历代人文之荟萃，文风之炽盛，这两张国家级文化名片可谓实至名归。

（二）牌坊遗迹

篆刻着先贤事迹的石牌坊是"文化诏安"的另一张名片。诏安县城南诏镇，拥有省级文物保护单位7处，县级文物保护单位25处。南诏镇西起陈元光庙，东至七街水门，全长两公里的范围内分布着"二井四楼六堂八坊十庙"，8座明清石牌坊，集建筑、雕刻、书法、诗词等多种艺术技巧于一体，是封建社会科举、封赠制度的活化石，牌坊街周边还有30多处明清时期古建筑和众多时代不一的老民居。

在封建社会，为了表彰在"忠孝节义"等方面功勋显赫、贡献杰出者，皇帝常常批准在这些人的故里修建功德牌坊，借以号召人们以此为榜样。诏安明清石牌坊群就是如此。夺锦坊、关帝坊、父子进士坊等，历经数百年风雨，或古拙或端庄或沧桑，每一座牌坊自有故事，共同构成了一个城镇的传奇。

---

① 沈耀明：《收藏鉴赏文集》，福建美术出版社，2009年，第178页。
② 林林（1910—2011），擅诗文及书法，原中国书法家协会副主席；沈福文（1906—2000），擅漆艺，原四川美术学院院长；沈柔坚（1919—1998），擅版画，原上海美协主席；沈锡纯（1910—2008），擅国画，福州画院创始人之一；韩柯（1929—），擅油画、版画，许海钦，旅居海外的画家，擅人物花鸟，尤精鲤鱼；董希源（1964—），青年画家，作品被天安门城楼收藏，是当时入藏城楼的最年轻作者。

（三） 客家文化

诏安有句俗语："沈半县，张廖半山。"意即：在诏安姓沈的人占了半数，而在诏安山区中，姓张、廖的则占多数。张、廖就是诏安客家人的两大族群。诏安是漳州客家人的主要聚居地，在诏安，讲客家话的共有 58 个行政村，650 个自然村，人口 158000 多人，总面积 410 万平方公里，占诏安全县 58 万人口的 1/4，占全县 1247 平方公里土地面积的 1/3。

客家土楼是世界上独一无二的山区大型夯土民居建筑。诏安境内现存的土楼有 350 多座，保存基本完好的有 160 多座。其中较大较出名的有官陂大边村的在田楼、新坎村的溪口楼、秀篆陈龙村的龙潭楼、寨坪村的大坪半月楼等。在田楼被新加坡南洋客属总会主办的杂志誉为"现今世界上最大的超级土楼"。

诏安是台湾客家人的主要祖籍地。历史上，诏安有 39 个姓氏近 3000 客民东渡台湾开基创业，繁衍族裔近 60 万人，在台湾中南部占据重要位置。客家人重视生命本源，两岸互通以来，单是游氏、王氏客属台胞组团回乡就近 80 次，台湾云林县近年来每年举办"诏安客家文化节"，组织了一系列活动，亦数次来人赴诏收集客家资料。

（四） 对台渊源

诏安县政协文史委、县台办根据 1987 年以来回乡谒祖的台胞带回的族谱统计，在台湾除了近 60 万的诏安客家人后裔之外，另有诏籍台胞约 60 万人。共通的宗族文化、信仰文化将诏、台二地密切联系起来。

诏安与台湾一衣带水，距澎湖 98 海里，距高雄 164 海里。自宋代以来就不断有诏安人渡海赴台。自古邑人赴台，出诏安湾，横渡台湾海峡，若乘风顺流，快则 1 天，慢则两昼夜，便可抵达台湾。在台湾，以"诏安"命名的地方有多处。如彰化市"诏安厝"（旧名，今分称河美镇诏安里、铁山里）、台南县"诏安厝"（旧名，今分称白河镇诏安里、莲潭里）、云林县"诏安里"及嘉义县"诏安寮"。而诏台人民共同信仰的神灵同样见证了两地的渊源：如"五显大帝"是诏安黄氏一族移居台湾时带去的乡土保护神；而诏安官陂镇乌石龙风景区的靖天大帝，则是 200 多年前由张廖氏裔孙从台湾引香而来。

（五）红色文化

嵌山锁海的重要地理位置使诏安成为历来兵家必争之地，丹诏大地上的人民有着光荣的革命传统。这里是专家考证认同的反清复明组织——天地会的发源地；这里是郑成功父子三代抗荷抗清的重要基地；这里还是抗日战争和国共战争时期闽粤边革命力量的汇聚地。2009年，中共中央党史研究室正式确认诏安县为中央苏区县。

民族英雄郑成功是两岸关系史上首屈一指的重要人物。诏安曾经是郑氏一家三代抗倭抗清、屯兵募粮的军事重地。1633—1640年，郑成功父亲郑芝龙在诏安一带抗击荷兰侵略者；1646—1680年，郑成功、郑经父子驻军诏安及周围地区坚持抗清34年，期间经历过数十次战事。而郑家三代都曾往诏安郑氏宗祠世祥堂拜谒，目前世祥堂经修缮后改名为"郑成功纪念馆"，归郑氏宗亲管理。并与台中市郑成功纪念馆结为姐妹馆。台湾工党主席郑昭明更是三度前来祭祖。

进入20世纪，诏安亦未落下革命的步伐。早在1926年10月，就成立了中共诏安支部，是福建省早期为数不多的党组织之一。此后，在革命战争和解放战争的各个阶段，诏安民众都积极支援，有力地打击了敌人，为中华人民共和国的建立书写了光辉的一页。原中共闽南地委机关驻地诏安乌山大石巷，现存革命遗址文物众多，主要有地委机关各委办公场所、秘密通道、看守所、储藏室及革命史寺石刻等。

二、近年诏安文化建设现状

近年来，诏安县倾力打造闽粤边界生态文化工贸港口之城，文化事业和文化产业呈现蓬勃发展的良好势头。

（一）大型活动助力，打造特色文化品牌

1993年诏安获评"中国书画艺术之乡"，同年，组织出版《诏安历代书画选》。1990—1999年，诏安县文化宣传部门举办各类书画展览共81次，丰富了群众的文化生活，带动了诏安的书画创作。此外，诏安县的书画培训活动更是得到了群众的积极响应。据不完全统计，自1992年以来每年暑假均有300名以上中小学生参加各种书画培训班。2000年暑假培训人数更是达

到了 500 名以上。① 以上种种数据，都生成在一个经济不甚发达的边境小县城。

但这些活动并未带来明显的经济效益。1999 年，诏安县委县政府把藏在保管室里的"书画艺术之乡"的牌匾挂了起来，并围绕它做三篇文章：一是在闽粤边贸城开辟旅游工艺品市场，主要经营书画艺术品和工艺品；二是从 2000 年开始每年举办书画艺术节，并进行书画拍卖；三是组织书画作品外出参加各种展览、展销，引导书画家、画商闯市场。

2000 年，诏安将每年 1 月 6 日定为"诏安书画艺术节"，同时还成立了县书画艺术发展基金、诏安书画院。当年的首届书画艺术节就取得了不俗的成绩，在艺术节上举办了诏安县首次书画作品拍卖会，参加拍卖的 72 幅作品有 62 幅成交，总成交额达 104.6 万元，其中沈耀初大师的两幅作品分别以 32 万元和 42 万元的高价落槌。

此后，从 2000 年到 2011 年，诏安县每年举办一次书画艺术节，从未间断。越来越响亮的艺术节品牌吸引了诸多的参展商和买家、投资商，政府由大投入变成了零投入，参展作品也由清一色"诏安"变成了外地作品居多，经济效益不断提升。艺术节上，大部分作品都标上了价格，既展又销。同时，前来参加艺术节的嘉宾在观赏艺术作品之余，还参观考察了诏安的投资环境，洽谈投资项目。通过艺术节的平台，诏安进一步吸引了外来资本。

书画购买群体与民间实业家群体有大范围的交集，2008 年开始，诏安将"青梅之乡"与"书画之乡"两大品牌嫁接起来，至 2011 年为止，一共举办了 4 届诏安青梅节及书画艺术节。同时一并推出一批投资项目，积极开展对台交流，吸引了大量海峡两岸书画家和境内外客商。青梅节及书画艺术节在原先书画艺术节的基础上提升了规格，由省农办、经贸委和漳州市政府主办，文化搭台，经贸唱戏，重点推介诏安特色产业和招商项目投资洽谈，成为诏安每年最重要的一项经贸和文化活动。4 届的"两节"上，诏安一共签约项目 27 个，总投资达 162.4 亿元人民币。

（二）重点项目带动，书画市场日趋活跃

2012 年开始，诏安在文化产业上的主要动作从"两节"活动转向了重

---

① 沈金耀：《诏安书画艺术之乡——书画艺术 雅韵高致》，http://www.360doc.com/content/11/0414/14/2829705_109574128.shtml,2013 - 10 - 15。

点项目。有的放矢、目光长远。现阶段的成果是在重点项目的带动下,诏安书画市场日趋活跃。

据2012年年底的不完全统计,漳州全市现有各类民办的有一定规模和档次的画廊及装裱商铺共119家,其中诏安县约42家。[①] 随着诏安县书画展示交易中心于2013年2月22日开园,中心的78家店面也正式运营。诏安县画廊的数量由此上升到100多家,直接从业人员达2000多人。

书画,在诏安人的生活中扮演着重要的角色。"乱世黄金,盛世收藏",手头逐渐宽裕起来的诏安人,将书画作为亲友馈赠和家宅装饰的重要物件,大量诏安艺术家中低价位的书画作品迎合了这样的市场需求,作品销售额逐年上升。2012年,诏安县书画作品年销售额达上千万元。

同时,诏安书画市场的短处也是很明显的:品牌辐射力度不够,从业者虽多,但呈松散型,流通规模小。海峡两岸(诏安)文化创意产业园的建设将在很大程度上改变这一现状。这是近年来诏安重中之重的文化项目,规划总投资额为6.5亿元。中国诏安书画城暨诏安书画展示交易中心就是其建设项目之一。书画城位于南诏镇文峰社区,总建筑面积3万平方米,拥有一个600平方米的书画培训中心和78间交易店面,总投资6000万元。2013年,文创园项目完成投资2000万元,完成书画城600平方米大展厅装修,投建一幢画家楼,同时完善周边道路等基础设施配置建设。文创园2015年建成后将成为海峡两岸书画家创作、交流、交易的平台,对扩大诏安书画品牌影响力、加深两岸文化交流起到推动作用。

项目推进,政策配套。诏安通过政策支持和扶助,向民间资本抛出绣球,引导各类民间资本发展文化产业,效果良好。2012年,诏安县制定《推动金融支持书画文化产业发展三年规划》《2012年度推动金融支持书画文化产业发展实施计划》,县内金融机构通过抵押和保证的形式发放贷款141万元,支持书画产业发展,主要用于画廊经营和字画购销。

以文创园项目为例。为促成书画交易中心尽快形成聚集效应,诏安出台优惠措施吸引各地书画家和书画作品经营者前来入驻。根据规定,书画城所有经营书画作品和相关文化产业的经营者,两年内免交店面租金;各级书协、美协会员购买店面均可得到不同程度的优惠。同时,交易中心还与厦门

---

① 许荣勇:《漳州市公共文化设施建设与管理的调查与思考》,2012年漳州市委重点调研课题。

中国国旅集团、汕头乐观旅行社、深圳禾福实业有限公司签订合作意向，将中心纳入各旅行社的旅游线路，使其尽快成为海西文化旅游目的地、闽粤旅游书画参观、购物中心。诏安的民间资本历来便有投资文化艺术的传统，诏安原有的 50 多家画廊便全部是由个体户投资。此番大幅度的优惠政策就很好地吸引了民间资本。书画城 78 家商业店面很快被全部抢租，并全部经营书画及相关行业。据不完全统计，自 2013 年 2 月底开业到 5 月初，大约两个半月的时间里，书画城就已接待游客上千人次，书画作品销售额达上百万元。"同行密集客自来"，书画城这个大招牌在使商家降低广告成本的同时，也让他们能够共同享受成行成市带来的共生效应。

此外，诏安县文体中心的建设、南诏镇"十街八坊"特色文化街区的保护与修复都是当前诏安的重要文化项目，都处于有条不紊的紧张建设过程中；正在规划中的"诏安儿童玩具文化产业园"也是未来诏安的一大项目，它将联同文创园、文体中心等一并成为诏安新兴城市综合体的重要组成部分。

（三）瞄准旅游业，文化事业和文化产业不断壮大

1. 文化事业和文化产业的发展不断壮大

虽然诏安的人均 GDP 在漳州并不突出，但是诏安政府在文化事业的投入上并不见少。根据 2012 年诏安县人民政府公报，截至当年，全县共有艺术馆 1 个，博物馆 1 个，图书馆 1 个，专业艺术团体 1 个。全县拥有广播电台 1 座，电视台 1 座；广播综合人口覆盖率 98.3%，电视综合人口覆盖率98.3%。2012 年，文化系统各类艺术表演团体演出 376 场次，观众 75.2 万人次；各级公共图书馆组织各类讲座 3 次，书刊文献外借 5.3 万册次，总流通人数 1.8 万人次；各级文化馆组织举办展览 5 个，组织文艺活动、培训班和公益性讲座 3 次，共有 0.36 万人次参加；新增农家书屋 217 家。①

另有两个数据作为辅证。"十一五"期间，诏安乡镇综合文化站建设数量为 15 个，居漳州市第二位；2011 年诏安公共图书人均拥有量 0.74 本/人，大大高于漳州 0.31 本/人的平均数，居漳州市第一位。（见表 1、表 2）

---

① 诏安县统计局：《诏安县 2012 年国民经济和社会发展统计公报》，http://www.zhaoan.gov.cn/cms/html/xzfwz/2013 - 04 - 28/114920400.html,2013 年 10 月 23 日。

表1　"十一五"期间漳州市乡镇综合文化站建设（含改扩建）情况

县（市、区）	建设数（个）	文化站总面积（平方米）	平均面积（平方米）
芗城区	1	500	500
龙文区	4	2000	500
龙海市	9	5138	571
漳浦县	26	13350	513
云霄县	8	4338	542
东山县	7	3400	486
诏安县	15	7794	520
平和县	15	8013	534
南靖县	11	6454	587
华安县	9	4400	489
长泰县	9	4918	546
合计	114	60305	529

注：1. 全市有 10 个乡镇没有纳入"十一五"建设工程。

2. 数据来源：许荣勇《漳州市公共文化设施建设与管理的调查与思考》，2012 年漳州市委重点调研课题。

表2　2011 年漳州市各县区公共图书拥有量

	各县（市区）	图书（册）	古籍（册）	报刊（册）	电子读物（件套种）	四项平均之和(本、册、种)/人	2011 年人均数
1	市图书馆	248482	4300	25610	24630	303022	0.43
2	龙海	85417	1123	41780	678	128998	0.16
3	漳浦	62000	500	65565	20500	148565	0.18
4	云霄	45000		16000	0	61000	0.15
5	东山	112900	1800	104	0	114804	0.55
6	诏安	42000	900	8700	390120	441720	0.74
7	平和	69000	30	12700	0	81730	0.15
8	南靖	100000	0	18000	2000	120000	0.33
9	华安	21000	100	3000	0	24100	0.15
10	长泰	51950		32000	125	84075	0.42
	漳州市汇总	837749	8753	223459	438053	1508014	0.31

数据来源：许荣勇：《漳州市公共文化设施建设与管理的调查与思考》，2012 年漳州市委重点调研课题。

在文化企业方面，诏安的策略是主抓重点骨干企业，努力提高文化产业规模化、集约化和专业化水平。到 2013 年 5 月底，诏安共有 8 家以上规模文化企业，分别为：福建嘉达光电有限公司、福建星辉婴童用品有限公司、诏安金太阳纸业有限公司、诏安三通发装饰品有限公司、漳州华达威合金塑胶玩具有限公司、诏安新明星塑胶实业有限公司、诏安县梅州双鹰玩具有限公司、诏安县巧兰电器贸易有限公司。以上 8 家文化企业均为县重点文化企业，这些企业一直在增资扩产、增量提质、产品营销、利税情况等方面摸索着创新的方式方法，从而不断提高企业竞争力。

2013 年 5 月，诏安县与香港嘉达集团、深圳嘉长源集团签订了总投资 15 亿元的诏安电子商务华贸科技园项目投资协议。该项目规划用地 500 亩，计划将原有的嘉达光盘基地项目进一步升级，定位为闽粤商品批发总部基地，将打造一个大型商贸城。项目将进一步壮大诏安文化产业的规模。

同时，在 2013 年 9 月，福建和广东两省签署纪要，两省将在福建诏安县与广东饶平县交界地带规划建设闽粤经济合作区。这将是海西地区乃至东部沿海第一个跨省合作的经济合作区，对推动东部地区转型合作、推进闽粤经济一体化、打造海西重要经济增长极、加快漳州南部和粤东经济发展将起到积极的作用。在省委省政府的高度重视下，诏安又将迎来全新的发展机遇。

2. 齐心协力，全面调动，集中发展旅游业

交通方面来看，诏安县城位于厦门、汕头两个特区之间，与台湾隔海相望，漳州东山港和广东三百门港近在咫尺，国道 324 线、沈海高速、厦深高铁穿行其间，交通十分便捷。此外，丰富的自然生态资源和人文资源是诏安文化产业的内容支撑，也是旅游业发展的基础和优势条件之所在。诏安近年来的一系列动作都反映了其发展旅游业的坚定决心。

2013 年，出台《关于加快旅游产业发展的实施意见》（诏委发〔2013〕3 号），从政策、资金、人才等方面给予保障，重新对全县旅游资源进行整合、规划，打造文化、红色、滨海三大品牌，推动诏安从旅游资源县向旅游产业县转变。

为提高诏安的旅游接待能力，漳州市和诏安县投入 47.67 亿元建设诏安首家四星级酒店"丹诏大酒店"，酒店总面积约 3 万平方米，建设期限为2012—2015 年。

2012—2013 年，海峡两岸书画创意产业园和"十街八坊"修复项目正

在紧锣密鼓的进行中。同期，诏安投入资金 1300 多万元建设乡村农家乐、渔家乐等乡村生态旅游项目。

2013 年 4 月，启动总投资 1400 万元的"中共闽粤边特委机关旧址"红色旅游项目。

2013 年，国家海洋局正式批准诏安城州岛建立国家级海洋公园，十年内该公园将建成，这也是漳州第一个国家级海洋公园。

……

三、存在问题及对策建议

在这一部分，笔者从诏安书画产业存在的问题入手，将之与福州寿山石产业对比，从而提出个人对诏安书画产业化的几点思考，此其一；其二，谈及诏安旅游业现阶段的几个主要问题，并分析其原因；其三，结合前述，提出以书画产业为引领，发展诏安文化旅游的思路。

（一）关于诏安书画产业化的思考

作为全国屈指可数的"书画艺术之乡"，诏安书画市场的规模不大，品牌的辐射力度不强。以实际数据来说，远处来看，艺术市场上齐白石、张大千的一幅作品动辄就过千万上亿，而沈耀初却只有几十万；近处来看，以经营福建本土现代书画为主的厦门谷云轩画廊一年举行两季拍卖，每一次的总成交额都能超过 2000 万元；福州的寿山石就更不用说，上百万的作品比比皆是。此番参照之下，诏安全县一年仅仅一千多万的书画总销售额无疑是十分寒碜的。而在诏安的书画展拍活动上屡有出现的谢颖苏、沈耀初、沈锡纯等大家的作品甚至是国内各拍卖公司和画廊争相追逐的，在诏安只能卖十万二十万，但换一个地方，换一个卖主来吆喝，价格就能破百万。问题很明显了。

福州寿山石市场的发展是一个很好的借鉴。诏安画家的画在诏安卖得最便宜，而产在福州的寿山石在福州卖得比全国其他地方都贵：为什么？

福州的寿山石因其国石盛名、鉴定容易的特点吸引了一群的爱好者，同时也带动了市场需求，长期稳定的市场需求之下，寿山石成了硬通货，从而进一步支撑其国石地位，促进了寿山石雕刻艺术的不断成长：市场的自发运作，形成了寿山石产业的良性循环（图1）。

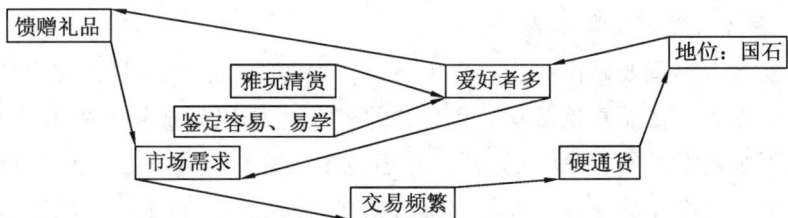

图1　寿山石市场关系图

注：本研究制图。

"文化产业"四个字之于诏安，从来短缺的就不是"文化"，关键在"产业"。如何将诏安的"文化"转化为"产业"，继而支撑诏安文化的延续发展？我们可以就此继续追问福州。

如果说寿山国石是福州的金字招牌，那么中国书画之乡同样是诏安的招牌；如果说因为是原产地所以受众多是福州寿山石成功的原因，那么诏安也有着同样的条件；如果说是政府的重点支持促成了寿山石市场的发展，那么诏安政府所做的却是有过之而无不及——福州寿山石成功的根源在哪里？

——没有市场，那便做出市场。

这里的"市场"可不是一个场馆和几声吆喝。"做市"的前提是物以稀为贵，寿山石的国石地位及其资源的有限无疑提供了最好的条件。"做市"的关键是要遵循市场规律，有一批有远见的投资者，前期以大量的资金投入进行频繁且高价的买入卖出，从而吸引新投资者入市接盘，此后再如此操作几番，形成长线市场，引导市场规模不断扩大。"做市"之后是"做艺"。说到底，一件艺术价值的高下首先是以艺术水平的高低为标准的，价格只是它的市场反应。当寿山石有了高价稳定的市场行情之后，交易链条上的各方都将因此受益，买家鉴赏水平提高，雕刻家更加精工细作，进而促成良性发展。

借鉴寿山石产业发展的经验，要"做"出诏安书画的市场，需要解决哪些困难？又有哪些可行的做法？

正如"让一部分人先富起来"的论断，诏安书画市场要发展，前期必须集中力量做精品。也就是重点支持已经成名在外的如谢颖苏、沈耀初、沈柔福等"尖子生"，投入大量资金，抬高他们作品的交易价格，形成广告效应，吸引游离资本入市。具体做法如下：

1. 著书立说，频繁参展

诏安名人书画要做市，比之寿山石，首先面临的困难就是传统水墨书画的鉴定难度大，作品真伪难辨，创作水平高低也难以形成统一的判断标准。这也是书画艺术品的一个"通病"。尽管这般，在如今体量巨大的中国艺术品市场上，书画作品连续十多年牢牢占据交易额的一半以上，显然这个"通病"还是有应对之道的。在一级（画廊、画店）和二级（拍卖公司）市场上，对有一定年限的传统书画作品最讲究的就是要"传承有序，著录清晰"。参照这个标准，对诏安书画的操作就可以从著书立说和频繁参展开始。先要拟定出打算重点包装的艺术家名单。诏安画派繁衍至今已历五代，这个名单也必须有阶梯性，画家的年代要有延展性，从而保证投资的长效。比如，对于已经过世的艺术家，选择的标准是：水平高、名声响、诏安地区有二三十张作品保有量的。所以，一开始要做的就是组织权威专家学者进行诏安画派和目标艺术家作品、史料的挖掘、整理、保护、研究的工作，然后找有影响力的出版机构出版。这样的学术整理之后，将来要推介的标的就有据可查了。频繁参展也是出于同样的考虑，尤其是参加有影响力的大型展览，"真金不怕火炼"，我们相信诏安画派的精品书画一定是经得起各路专家的挑剔眼光，进而借助这些观者把影响力做大。

这些动作都是为了给标的一个可考的"出身"。对于鉴定困难的传统书画来说，这一点显得尤其重要。例如，在艺术市场上，同一个画家，他被《石渠宝笈》收录的作品的身价比之未被收录者，高了十倍不止。再比如，一件书法作品，共有十册，有三册被故宫博物院收藏，那另外的七册一定是市场争抢的香饽饽。

在形成可靠的出版和展出记录之后，还需要进行持续的宣传，稳固作品的学术认识，扩大作品的民间知名度。条件成熟之后，就可以考虑进入二级市场了。

2. 专场拍卖

当前诏安书画流通规模小，大多以小规模的民间成交为主要手段，亦即，主要成交在一级市场。然而，二级市场（拍卖公司）强势是中国艺术市场的重要特点，诏安书画要走出去，可以也应当由此入手。借助拍卖公司、拍卖专场的品牌和客源优势，推出"诏安书画"专场。例如，中国嘉德的"大观——书画珍品夜场"是目前中国书画收藏拍卖行情的风向标和高端标志，集中了中国传统书画的最强购买力量。诏安可以与嘉德公司协商，在春拍、秋拍上举办一个"诏安书画"专场，推出标的作品。以嘉德的品牌效应和号召力，只要作品的质量过硬，理想的成交结果是完全可以预见的。退而言之，就算当场外来买家不给力，诏安也可以自卖自买，在当今追逐高价的艺术品市场上，其广告效果必定上佳。

3. 资金支持

当然，最关键的是寻求资金支持。有公募和私募两种操作模式。公募就是政府出面，发行政府债券或基金，吸引民间资本买入；私募就是由个人或组织募集民间资金。两种渠道所得资金都将用于投资诏安书画作品。可以参照当前艺术品基金的操作模式进行市场运作。建仓阶段以高价买入标的，形成规模效应，同时带动诏安书画作品市场价位的整体提升和市场的持续运作，几年或十几年之后，在诏安书画作品已经有稳定高效的市场表现之后，将手中持有的这批作品再次投入市场，从而取得收益回报。在公募方面，政府可以选择与有艺术品基金管理经验的大型信托公司如国投信托、西安信托等进行合作，通过他们的渠道来发行基金，并委托他们对标的进行市场运作。在私募方面，首先是要有长远眼光的艺术投资人，政府可以出台相关政策，对他们的投资行为给予适当补助和积极配合，降低他们的投资风险。

归根结底，要使诏安书画产业化，就要由诏安来做诏安书画的市场操盘手，这并非一蹴而就的事情，有钱、有人、有决心，三要素缺一不可。三管齐下，产业化并不遥远。德化何朝宗陶瓷已经按这个模式操作了几年，当前价格全部在百万元以上，并且仍在不断走高。诏安可以与之适当交流并学习借鉴。

（二）关于诏安旅游业的思考

诏安旅游资源丰富异常，书画、青梅、富硒、红色文化、节庆、美食、土楼、滨海、古建筑，等等，山、海、文、食俱全。同时，诏安地处闽南和珠三角两大经济发达区域之间，与台湾隔海相望，区位优势也非常明显。然而，与丰富的旅游资源和独特的区位优势不相称的是诏安旅游业的严重滞后。

旅游业是诏安未来发展的重点和核心思路。但目前诏安旅游业尚处于起步阶段。2009 年，诏安全县年接待游客 26.3 万人次，旅游总收入 7890 万元，不到相邻的东山县的三分之一，是漳州市旅游收入最低的县。2012 年，全县实现旅游总收入 8325 万元，仍然尴尬地处于下游。

1. 无人管，起步晚

事实上诏安政府很早就注意到了在当地发展旅游业的潜力："县旅游编制规划工作早在1998年就请省有关设计部门进行，在全市县区中是最早的一个县。"① 然而，报告出来了，或因不够细致，更因无人指挥，无人贯彻执行，诏安的旅游业在2010年之前几乎无所作为。

关键就在于人，没人管，没人做："改革开放初期没有抓住机遇加快发展，当时县旅游部门管理机构设置不稳定，有一段时间机构还曾被撤销或合并，至2003年管理职能才全面恢复。由此，造成景区管理比较混乱，如九侯山地属金星乡，管理权属建设局，至去年（2009）才划归旅游局。"②

诏安第一家旅游开发公司——乌山旅游开发有限公司2008年才成立。

2010年9月，九侯山风景区（现为国家AAA级景区）开始实行一张20元的景点门票，这是诏安第一张旅游景区门票。

……

不说诏安这样的旅游资源大县，在全国旅游业大热十多年的背景下，诏安的动作不得不说是落后许多了。

2. 广撒网，却无鱼

错过了最有利的发展时机，现在要做大做强旅游业，诏安投入的成本要比邻居东山县、平和县多出许多。联系诏安经济发展相对落后、财政资金相对紧缺的现状，笔者认为现阶段诏安发展旅游业要有重点，有取舍，集中力量做特色；继而以点带面，形成完善的旅游产业链。

在解决了"人"的问题之后，近年来诏安旅游业又走了歧途：由于旅游资源非常丰富，就全部抓起。各级重点景区、自然和非物质遗产、各种名优——几年来诏安取得的一个个牌子同时也说明了诏安旅游工作的一个方式：处处撒网，不落一处。然而，在旅游业的起步阶段，在人力、物力、财力都严重不足的情况下，这样没有重点的做法往往就是事倍功半，贪多嚼不烂。牌子下来了，每年的维护支出亦多出不少，若没有足够的收入，在近几年，肯定是诏安的重大负担。这就是流于形式，名声好了，却不见效益。

事实上，比红色资源，诏安当然是极好的，然而，古田和闽西走在了前头，要作后起之秀，前面多了几座大山，难矣。同样，滨海旅游，隔壁的东

---

① 诏安县旅游局：《诏安县发展旅游业总体规划纲要》，2011年10月。

② 2010年5月记者采访时任诏安县旅游局局长刘便才。

山岛已经发展得很好，再加上其成熟的旅游配套，会分走诏安的一大部分客流。生态农业旅游、宗教旅游、土楼旅游等，都存在同样的问题。

那么，诏安的特中之特是什么？福建唯一的"中国书画艺术之乡"，影响远及日本和南洋诸国的"诏安画派"——从"人无我有，人有我强"的书画艺术入手，可以大大降低前期投入成本。于是，发展诏安书画产业似可成为诏安旅游业破题的关键。

（三）以书画主打，发展特色文化旅游

在发展的初期阶段，务必取舍有度，逐步完善旅游配套；同时，以 8～10 年的时间，集全县之人力、物力、财力于书画产业而不论其他，待书画产业及其旅游市场培育起来后，再以文化旅游带动其他旅游项目，最终将诏安打造成旅游强县。笔者认为，具体的做法是以 8～10 年的时间集中精力做两件事：

1. 完善旅游配套

旅游配套包含的项目有许多：交通、酒店、购物、美食、旅行社、旅游管理和导游人才……这些目前诏安都有相关项目在推进，然而，若一切工作以助力发展书画产业为出发点，"书画为主，其余为辅"才是正解。意思就是要改变如红色风景区、海洋公园的角色定位，建设它们，首先是作为基础设施建设的需要，其次是丰富旅游线路的需要——不以自身作为目的，却能获得不下于书画的经济效益，这就是故意为之的"无心插柳柳成荫"。

正如绍兴的名人文化旅游，有名人故里，亦有小桥流水，苏杭丝绸。名人没有霸占一切，几方并没有谁弱谁强，而是缺一不可。

2. 培育书画产业

当然，这种在当前相当于"自断其臂"的做法肯定不讨喜，考虑到各个行政部门之间的利益纠葛，以及领导人的决心和魄力，前面的方案要付诸实际，困难是非常多的。然而，一个大盘子需要大量的能量才能运转，在力有不逮的情况下，与其平均用力，最后仍然运转不灵；倒不如集中用力，先动一部分。选择书画的理由，一是深厚的积淀和在外的美名；二是"人无我有，人有我强"。

书画牵头，其余为辅。关于书画产业如何培育，前文已有详述。下文主要谈两个问题：

第一，如何处理地方市场与海外市场的关系？

诏安画派的一个市场特点是"墙内开花墙外香",在日本和南洋诸国追逐者众,在国内影响却不及。那么,在培育国内市场时,如何处理与海外市场的关系?首先,一个困难是诸如日本的文化核心市场对国内仍然是重重设防,对于优秀作品甚至是密不透风。再者,目前诏安画派的研究整理海外远远走在了前头,学术标准在他们手中;同时,大部分的优秀作品也在海外。怎么办?

事实上中国书画市场起步阶段就面临着这个问题,起步的时候市场掌握在人家手里,我们就不得不高位接盘——如何不让接过来的盘成为烫手山芋?目前的做法是不断加强著述和展览,加强宣传,巩固并发展作品的学术地位,提高其民间认知度。亦即千方百计扩展作品的潜在市场需求,使作品的供需比不断拉大——有市场,就有价格,只要有人愿意买,多贵都不离奇。因而,无须多做他事,按原来的思路来走就行。因为大部分私人藏家的藏品只要价格合适都是愿意转手一二的,诏安画派的市场能够做起来,对这些藏家手中的其他藏品也是大利好。

第二,如何以古带今,以老带新?

把不可再生的前贤书画资源作为城市名片和文化品牌,带动当地文化产业的发展,从而促进艺坛新生力量的生成。

前贤书画始终是存量有限的不可再生资源,诏安书画产业持续发展的重点必须是年龄结构合理、从业人数众多、作品质量突出的创作。只有源源不断地注入活力,才是产业发展的长久之计。

由于文化重镇不在东南一隅的诏安,所以在家乡浓厚的艺术氛围中成长起来的年轻一代艺术家,在习得熟练的临摹功夫后,还是要走出去,到北京等文化中心城市,与同行多交流,多看、多想、多练,形成自己的艺术风格。然后才开始与艺术经纪人合作,进行市场运作。这时,诏安政府就可以对家乡这些有实力、有想法的年轻艺术家进行打包推荐,办展出画册等。要吸取眼前的教训,展览一定要做出影响来,理想的地点不是诏安,因为本地的知名度和辐射力相对滞后,在这个地方做十次二十次展览比不上在国博、国美的一次,所以往大城市,宁缺毋滥,反而会是更为节省时间成本和人力成本的选择。

发展的思路就是集中精力做好一件事,书画产业如此,旅游业亦如此。下面着重就书画产业与旅游业的联动谈一些看法。

以书画带动旅游。以"书画"为龙头的文化艺术板块,带出茶艺、戏曲、园艺、雕刻、民俗活动、民俗小吃等内容丰富、品种多样的民间文化链，有利于形成完整的旅游产业链。可以先把姿态放低，不拿其他跟别人比，只说"书画诏安"，不说"红色诏安"；只说"诏安书画"，不说"诏安青梅"。先留住一批慕书画之名而来的游客，他们来了，以诏安如此丰富的旅游资源，处处可观可赏，必定流连忘返。所以，这是一种以退为进的招数：横店只打影视城的旗号，然而许多游客过去，却不一定看得到拍戏，但一定玩得、吃得十分痛快。"无心插柳柳成荫"，诏安的旅游配套完善了，游客来，虽是冲着书画，也不妨让美食、美景占去他们大半的时间和金钱。

以旅游客流量带动书画市场。在诏安书画的市场拓展有了一定成效之后，就要考虑市场容量的问题了，只有这部分人愿意买，他们只有这么多钱，这时就需要吸附更多的资源。旅游业可以为此提供不少助力。一方面是以行画和纪念画为主的低端市场，适合走马观花的游客；一方面是精品高价的高端市场，适合较富裕的企业家和收藏家。而与诏安相邻的泉厦和潮汕地区，恰恰是大商人、大收藏家十分集中的区域。据佳士得和匡时两家大拍卖公司的负责人介绍，仅福建地区藏家每年的购买量就占了他们全国成交额的10%以上，可见，在诏安的周边，就有许多有购买力的潜在买家。此外，借助近年来闽籍书画其他版块的飞速成长，与它们同根同源的诏安书画在审美趣味上也与之相近，很容易与它们形成共同的市场。随着诏安旅游和投资环境的不断改善，诏安必将吸引各方投资人士的注目，其中必定不乏艺术品投资人士。

旅游业和书画产业是紧密相关、相辅相成的。一段时间内集中精力先做好书画产业，于其他旅游相关产业来说，是蓄势以待、精耕细作的阶段。塞翁失马，焉知非福？

书画产业及其特色文化旅游发展起来后，诏安下一步的思路可以是以点带面，按照旅游产业链的运作模式和机制，考虑全产业链的运作和有机糅合，实现自然资源与人文资源的整合，让山川、红色文化、古建筑、美食各类资源发挥其最大的优势，产生应有的经济和社会效益，并使之在相互融合中互动发展，真正由旅游资源县转变为旅游产业县。

（2013 年 10 月）

第六节　影院经营的供给侧改革：以中瑞影视为例①

一

这几年国内电影票房实现了爆发式成长，福建电影市场亦不例外，电影产业俨然成为文化产业中最受瞩目的板块。大量资本也争先恐后涌进了电影市场，不论是热门 IP 的交易、电影的拍摄制作、版权的买卖、院线的架构，还是单体影院的经营，这个行业的任何一个环节都需要雄厚的资本。在区域影院资本化浪潮席卷而来的大背景下，福建中瑞影视作为一家影院连锁企业异军突起，2011 年成立，2013 年、2014 年旗下影院连续进入全国百强，2015 年在新三板上市，2016 年该公司又成为首批进入新三板创新层的企业之一：短短数年时间，这个中国电影民营企业中的后起之秀已经成为福建省电影行业的领军者。

就福建电影市场而言，福州是当之无愧的首席票仓，2014 年福州以 3.4 亿元的票房位列全省第一位，2015 年福州票房突破 5 亿元（图 1），蝉联全省冠军。而在单体影院票房方面，金逸、万达和中瑞这些依托于大型城市综合体及周边商圈吸引力的影院已经取得了较为稳固的市场地位，若算上这三大品牌在福州的其他连锁影院，"三巨头" 2015 年贡献了 3 亿元左右的票房，占福州地区票房总量的六成。

与金逸和万达不同，中瑞影视是一家福建土生土长的影城连锁企业，本

---

① 本节中图表均为本研究制图、制表，制作时间 2016 年 10 月。

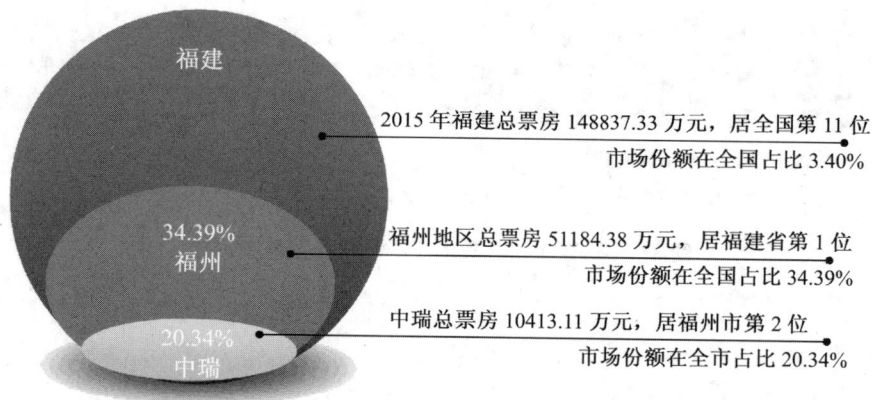

福建

2015 年福建总票房 148837.33 万元，居全国第 11 位
市场份额在全国占比 3.40%

34.39%
福州

福州地区总票房 51184.38 万元，居福建省第 1 位
市场份额在全国占比 34.39%

20.34%
中瑞

中瑞总票房 10413.11 万元，居福州市第 2 位
市场份额在全市占比 20.34%

图 1　2015 年中瑞市场份额占比

土化色彩十分浓厚。这首先体现在中瑞对院线的选择上。中瑞由于专注于行业终端的影院经营，不涉及院线，目前旗下影院所加盟的分别是广东省大地电影院线和福建省中兴电影院线。其中广东大地是全国仅次于万达的第二大院线，以布局二三线城市为主，对福州这样的二线城市储备了丰富的市场经验；而福建中兴则是福建省电影公司牵头福建其他国有电影公司和影院所组成的院线，在福建市场有长期且深入的经营。对于立足福建的中瑞来说，选择这两条院线也是有备而来。定位鲜明、诉求明确的合作带来了双赢的结果：中瑞旗下的中瑞红星影城是大地院线中单体影院的领跑者，票房连续几年位居大地院线首位；位于福建省体育中心的中瑞万星影城在开业的 2014 年就成了福建中兴院线的票房冠军。其次，中瑞影视的定位是区域性影院连锁公司，它最大的特点就是深耕福州市场。旗下已开业运营的 5 家影院分布在福州的各大核心商圈与主要新兴区域（图 2），拥有 54 块银幕，2015 年总票房超过 1 亿元，年观影人次近 300 万，涵盖了福州绝大多数的观影人群，同时也占据了福州 20% 以上的市场份额。2016 年还将陆续落成中瑞影城正荣财富广场大学城店、马尾中环广场店，届时不论是网点布局数量，还是银幕数量、影厅数量，中瑞都将成为福州市而且是福建省整体规模最大的影城连锁公司。

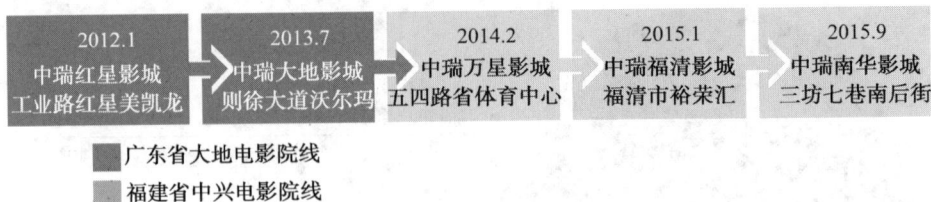

2012.1	2013.7	2014.2	2015.1	2015.9
中瑞红星影城 工业路红星美凯龙	中瑞大地影城 则徐大道沃尔玛	中瑞万星影城 五四路省体育中心	中瑞福清影城 福清市裕荣汇	中瑞南华影城 三坊七巷南后街

■ 广东省大地电影院线
■ 福建省中兴电影院线

图 2　中瑞旗下已开业的 5 家影城及其隶属院线

二

据报道，截止到 2016 年第三季度，已有 22 条城市电影院线在福建省落地，已加入院线可统计票房的影院 225 家、银幕 1151 块。① 其中仅福州的影院数量就有 45 家以上，银幕数约 250 块。影院市场拥挤、过分饱和之类的言论不绝于耳。不论这些论断是否言过其实，福州电影市场竞争愈发激烈已是不争的事实。

福州宝龙金逸影城的发展就是一个明证。该影城自 2007 年落地福州，到 2015 年为止，已经连续 7 年拿下全省影城单体票房冠军。但是，随着万达院线的入驻，金逸影城的地位受到了极大的冲击，资料显示：从 2007 年到 2010 年，金逸影城一直以绝对优势领跑福州市场，2010 年，金逸影城以 6193 万元的票房成绩在当年中国单体票房排名第六。但是，随着 2011 年万达影城进入福州，"宝龙金逸影城当年的票房降至 5244 万元，缩水超过 15%，全国排名也降至 14 位。"② 从表 1 可见，2014 年金逸影城以 5867 万的票房大幅领先于第二位的仓山万达影城，二者之间票房差距超过 800 万元；到了 2015 年，金逸影城虽然仍然位居榜首，但领先优势已极其微弱，仅 84 万元。以此来看，2016 年福州市场票房冠军将花落谁家目前尚未可知。福州影院市场的竞争已经日趋白热化。

近几年来，中瑞、星美、横店等众多影城相继落户，市场的蛋糕被进一步瓜分。应该从两个方面来看这个问题。一方面，国内观众对电影有着庞大的需求量，随着资本的不断涌入、互联网和移动网络的发展，以及影院数量

---

① 刘见闻：《福建电影产业发展势头强劲 票房 12.56 亿全国第九》，《福建日报》，2016 年 11 月 14 日。

② 沈丹：《投资门槛降低　福州影院市场"雪上加霜"》，《海峡财经导报》，2016 年 3 月 31 日。

表1　福州单体影院票房排行

影院	2014 年		2015 年	
	在全国位次	票房（万元）	在全国位次	票房（万元）
福州金逸影城	20	5867	26	6057.88
福州万达影城仓山店	33	5055	27	5983.88
福州万达影城金融街店	53	4541	79	4666.46
福州中瑞影城红星店	94	3789	110	4311.26

和银幕数量的持续增长，这种观影需求被不断释放并催生。按西方发达国家每年人均观影4次左右的数量来看，我国城镇居民年人均观影尚不足1次，市场还是有很大的空间。同样从表1可见，随着福州市场整体票房的增长，除了金逸之外，万达和中瑞也有着十分不错的市场表现，并未见得后来者就不能分得一杯羹。也就是说，市场的蛋糕是可以不断做大的，目前还远远未到唱衰的时候。现在还不是谈论市场饱和与否的时候，只有电影市场的蛋糕做大了，电影的多样化及其文化传播和观众的塑造养成才有可能，从而，可以反过来以此多样性来催化市场。对影院的增加在现阶段也可以从这个角度来理解，对于观众来说，影院越多，观影选择也越多，观影更加方便了，从而就可以促使更多的观众走进电影院。可见，影院数量和电影银幕数量的增加恰恰可以做大福州市场的蛋糕。另一方面，正如前文所言，福州电影市场的"三巨头"（万达、金逸和中瑞）都是依托大型城市综合体与核心商圈的庞大人流量来保证票房，换言之，它们的成功更多依靠的是先发制人的选址优势，随着影院的增多，消费者的观影选择也越来越多，在"家门口"的影院逐渐增多的情况下，如何做出自身的特色，显示出各自的区分度，并以此培养观众的忠诚度，成为每个影院面临的迫在眉睫的课题。

在这样的大背景下，2011年起开始布局福州市场的中瑞影视进行着各种各样的尝试。

从2015年上半年到2016年上半年，中瑞影视在总资产、总收入、总成本和净利润方面都实现了增长（图3）。成本增长是由于在影城建设方面的不断投入，按中瑞目前的布局计划，已建成并投入运营的影城有5家，其中中瑞南华影城还有配套项目正在建设中，中瑞红星影城也将进一步扩容；此外，另有20多家影城在投资建设的计划中，这些影城分布在福州、莆田、厦门等地。不像万达、保利等院线有自己的房地产项目作为依托，诸如中瑞

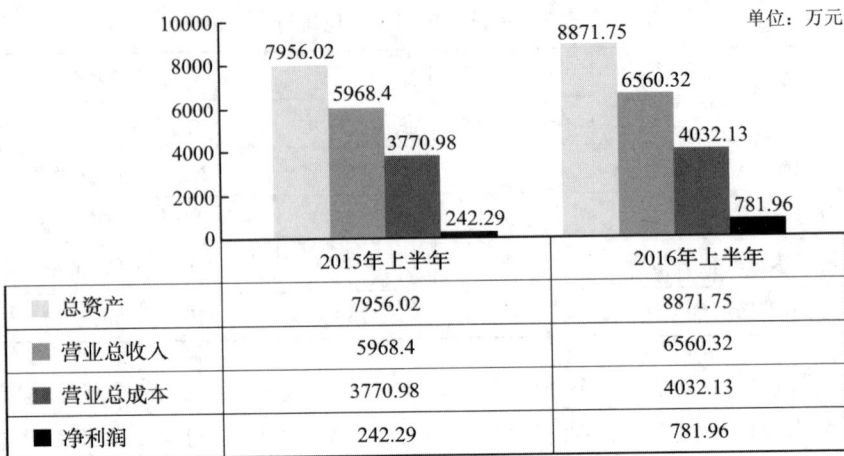

	2015年上半年	2016年上半年
总资产	7956.02	8871.75
营业总收入	5968.4	6560.32
营业总成本	3770.98	4032.13
净利润	242.29	781.96

单位：万元

图 3　2015—2016 年中瑞影视营收情况

等影院投资商需要靠租赁房地产来经营影院，影院与地产开发商或物业方的租金确定方式一般是"固定保底租金和票房提成租金二者取其高"① 的模式，并且租金将随着租赁年限的延长及影院票房的提升而逐年增长。由此可见，在硬件方面的投入将使得中瑞的营业总成本在可预见的年限内会只增不减。但是，随着国内电影市场的逐渐成熟，影院的投资回报期限也有可能被拉长：影院经营成为资本先行的行当。一方面，一个城市的核心商圈毕竟数量有限，不加紧布局，尽快抢滩市场就有可能失去先发优势，后续挤入市场的难度将增大不少；另一方面，要抢滩市场就需要有雄厚的资金支持，并且要做好短期内纯投入不计利润的准备。中瑞也因此加快了上市的步伐，同时不断加大资金的投入力度。2015 年 8 月 6 日，中瑞影视在新三板成功挂牌上市（股票代码 833261）。2016 年 5 月，中瑞又成为《全国股权系统挂牌公司分层方案》落实之后，首批进入新三板创新层的企业之一。创新层是新三板中的绩优股，"创新层的设立能够更好地让符合条件的企业降低融资难度，而在大量机构的参与下，创新层公司的交易也会相对活跃……进入创新层意味着可以得到更多投资人的关注，身价能够快速上涨，并且有望达到主板规模。"②

---

① 《福建中瑞国际影视有限公司 2015 年半年度报告》，第 7 页。
② 浩哥：《平均净利润率 4.2%，新三板对影视文化公司意味着什么？》，http：//www.jiemian.com/article/880679.html，2016 年 9 月 30 日。

中瑞旗下影城的投资回报期在 1～2 年（表 2、表 3），在持续高投入的情况下，这样的成本回收效率无疑十分客观，这样的数据助长了投资者的信心，也为中瑞影视进一步做大做强打下了良好的基础。在市场竞争愈发激烈的情况下，这样的数据背后也体现了中瑞决策者的经商智慧及发现问题、解决问题的能力。

表 2　中瑞各影院经营情况

影院	2015 年营业收入（元）	净利润（元）	比 2014 年增长
中瑞红星影院（2012 年 1 月营业）	48899900		28.09%
中瑞万星影院（2014 年 2 月营业）	40096500	4456800	109.21%
中瑞大地影院（2013 年 7 月营业）	20706600	−800.00	86.7%
中瑞福清影院（2015 年 1 月营业）	8351300	−1340500	
中瑞南华影院（2015 年 9 月营业）	4063600	−739400	

表 3　中瑞下属影院经营情况

（单位：元）

影院/项目	2014 年上半年		2015 年上半年		2016 年上半年	
	营业收入	净利润	营业收入	净利润	营业收入	净利润
中瑞万星	5840817.96	−2370553.03	19425162.82	2223728.21	18133122.93	3037860.62
			比增 232.58%		比增 −6.65%	比增 36.61%
中瑞大地	4114169.62	−1506933.52	10080946.30	389092.51	9453682.11	755962.21
			比增 145.03%		比增 −6.22%	比增 94.29%

中瑞卖品销售收入的变化是一个有趣的例证。中瑞主要收入来源于电影放映、卖品销售和广告服务，不同于票房收入需要上交电影专项基金和与院线等进行分成，卖品销售是影院实打实的收入，在卖品销售上所创造的利润除了必要的税金和成本之外，可以全部纳入影院的利润之中。也因此，可乐、爆米花虽小，却也举足轻重。在国外，卖品销售的占比能够达到 30%，而在国内这个数值基本在 10% 左右。中瑞的营收数据佐证了这样的判断。但是，中瑞的决策者仍然试图在这个板块做出一些不一样的东西。

在 2015 年中瑞影视的收入构成中电影放映以 85.78% 占据了绝对多数，卖品销售约占 10.32%，这一比例比 2014 年的 6.43% 上升了将近 4 个百分点，可乐、爆米花一年为中瑞创收约 1253 万元（表 4）。由此可见中瑞自

2015 年以来在卖品销售上所下的功夫。中瑞旗下影院根据影院规模设置了相应的售卖窗口，为观众提供了便捷、高效的卖品服务。还通过设置不同的卖品组合、推出与影院购票相结合的优惠活动，推动卖品销售业绩。

表 4　中瑞影院 2015 年、2014 年电影放映及卖品销售情况

类别/项目	2015 年收入金额（万元）	占营业收入比例	2014 年收入金额（万元）	占营业收入比例
电影放映	10413.11	85.78%	6272.9	91.46%
卖品销售	1252.89	10.32%	440.68	6.43%

表 5　2016 年上半年中瑞影院电影放映及卖品销售情况

（单位：万元）

项目	收入		成本		利润	
电影放映	5420.47	82.63%	3729.07	92.48%	1691.41	66.9%
卖品销售	631.67	9.63%	185.95	4.61%	445.71	17.63%

在 2015 年的 10.32% 之后，2016 年上半年中瑞的卖品销售收入在整体收入中的占比不增反减（表5），这是因为中瑞在出售可乐、爆米花的同时，又利用影院的经营场所做起了美食城的生意。以位于省体育中心的中瑞万星影城为例，底下一层是中瑞美食城，二层才是中瑞影城。美食城采用招商的模式，吸引了众多贩卖食品的小商户入驻，观众可以持中瑞的会员储值卡在美食城进行一卡通消费。而影院方面赚取的就是小商户的租金和食品销售的分成。这些举措虽然会瓜分走一部分影院自营卖品的收入，短期内也会加大影院的投资成本，但是，从长期来看，美食城能够让中瑞的影院经营模式逐步成熟，有助于养成观众的文化生活习惯，建立省体育中心的消费链条：消费者可以在体育中心健身过后喝点饮料吃点零食，然后进入影院观影，以此消磨掉一个悠闲的午后。

影院经营中也存有隐忧。在放映场次增长的情况下，场均人次和总体票房却大多出现了下降的趋势（表6）。相应地，全国市场的总数据和福州地区的数据也和中瑞提供的数据相符，2016 年上半年国内电影的平均票价为 34 元，比 2015 年的 34.98 元下降了近 1 元；福州市场的平均票价则从 2015 年的 38.4 元降到了 37 元。追根究底，影片质量因素成为票房下降的根本原因，2016 年上映的影片质量难以满足审美品位日趋成熟的观众的需求，难以吸引他们走进电影院。可见处在行业末端的影院的经营情况还是在相当程度上受制于上游的影片供给质量。整个行业链条环环相扣，影院加强自身建设是一个方面，同时也离不开上游制作环节对每一部影片的精耕细作。

表6　中瑞各影院经营情况

影院	2015 年			2016 年 1—10 月		
	人次	场次	场均人次	人次	场次	场均人次
中瑞红星影院	1083185	19270	56.21	715346	20059	35.66
中瑞万星影院	859659	19107	44.99	634918	19463	32.62
中瑞大地影院	542368	17959	30.2	414911	17599	23.58
中瑞福清影院	231229	10099	22.90	284385	11228	25.33
中瑞南华影院	107908	3110	34.70	598484	28670	20.87
合计	2824349	69545	40.61	2648044	97019	27.29

以 2016 年暑期档为例，近五年来全国电影总票房首次在大热的"暑期档"出现了负增长，7 月份总票房共计 45.1 亿元，同比下降约 18.2%。与此相应的，暑期档上映的电影，豆瓣均分低于 6 分，口碑堪忧。这样的两组数据表明了观众对电影的不买账，观众的审美品位在提升，观影需求正逐步升级。有分析指出："这是在资本'过度炒热'下，许多非专业人士纷纷进场赚快钱后的一种'报复性'下降，是市场对不尊重电影内容这一本质规律的'惩罚'。"[①] 业界也正寄望于此番"报复性下降"能够倒逼电影制作者更专注于影片本身，用专业的精神制作出更优质的影视作品。

三

影片质量是电影市场供给侧改革的一个重要方面，回到影院自身，供给侧改革同样势在必行。如前文所言，影院毕竟处于供应链的末端，即便隶属于不同的院线，在电影放映方面也难以产生较大的差异。产品的差异化不体

---

① 李秋志子：《票房差，你跟我说因为电影市场迎来拐点，蒙谁呢！》，http://it.sohu.com/20161026/n471328529.shtml,2016 年 10 月 26 日。

现在院线系统的水平方向上，而是在不同影院提供不同观影体验这样的垂直方向上。"不同院线所使用的播放设备，播放技术存在不同，以及影院提供的场内外服务，影片观看环境等方面的不同。……影院可以通过差异化服务来影响观众的感知价值，而电影作为一个动态的经验产品，持续性的经验累积会使潜在观众修正或调整下一阶段的期望价值，从而影响对下一部电影的价值预期和观看电影的地点选择。"① 影院"守株待兔"的昨天已经渐行渐远，在今天，"守株待兔"有可能直接导致"门可罗雀"的尴尬局面，消费者的选择越来越多，影院自身的作为变得愈发重要。在竞争激烈、同质化严重的情况下，如何做出特色？这是每一位影院经营者都必须面对的问题。

如果将传统的电影产业链归纳为制片—发行—放映—观影这四个环节，影院恰恰处于产业供给链的末端，是产业链前端一系列动作落地的载体，发挥着举足轻重的作用。首先，影院经营环节打通了上游内容制作发行和下游的排片售票；其次，影院经营是直接对接消费者、直接服务于观影人群的一环，客户也基本集中在影院手中。以此来看，一个有着良好前景的影院必然要具备两个特质：收入和利润的可预期性，以及数量庞大的精准的受众群。在万达、金逸、星美等行业大佬纷纷加紧布局、抢滩福州市场的情况下，市场竞争越来越激烈，资本并不如他们雄厚的企业要如何做到以上两点并脱颖而出呢？中瑞的回答是：做福州人的影院——短期内无法与主要院线公司在大地域版图内进行竞争，中瑞的目标诉求是在福州乃至福建的局部区域内形成独特优势，积极打造局域的品牌声誉和竞争力，并借此不断壮大。位于国家 AAAAA 级旅游景区福州三坊七巷的中瑞南华影城成为中瑞进行此般尝试的一个样板。

中瑞南华影城依托古色古香的历史文化名街，其建筑装修风格配合三坊七巷的古韵古风，融合了福州地域文化特色和知名电影元素，是福州首家特色主题影院，也是国内最具特色的情景式影城之一。其主体部分包含中瑞南华影城和中瑞电影艺术馆，总建筑面积近 10000 平方米，既是三坊七巷的一道亮丽风景，也是福州市电影文化的地标性建筑。

1. 主打特色影院模式，深耕细分市场

北京大学戴锦华教授指出："在中国巨大的人口基数上，任何一种小众都不可小觑。……健全的市场一定是分众的……不同的文化需求、艺术需求

---

① 金雪涛：《从市场结构特征看我国电影院线的差异化竞争策略》，《当代电影》，2009 年第 2 期。

的观众都是市场。"① 正如服装市场上有时装、礼服、休闲装等不同类型，一个成熟的电影市场必然也会产生分层，针对不同的客群提供不同的产品和服务。以美国为例，在首轮商业影院之外，诸如私人影院和电影吧等二级市场在整个电影市场中的占比达到了 78.68%，同一类型的影片不可能满足所有的观众，同质化的商业影院也不可能符合所有观众的需求，个性化、细分化的影院占据了美国市场的大半江山。从长远来看，个性化的影厅不仅有助于实现资源的优化配置，避免浪费，也能够吸引固定的观影群体，有助于市场的稳定和扩大。影院可以在长期的跟踪中对会员进行需求定位，并据此为不同会员提供更为体贴周到的服务，提高会员忠诚度，并由此提升影院的整体管理品质。

中瑞南华影城 21 个影厅的数量是到 2016 年为止国内影厅数最多的影城，在 6 个大放映厅之外，打造了 15 个风格主题影厅，满足各类人群的不同观影需求，其中有好莱坞主题影厅：泰坦尼克号厅、复仇者联盟厅、阿凡达厅等，更有功夫系列：李小龙厅、成龙厅，还有适合孩子的小黄人厅、大白厅等。15 个主题影厅从室内外的墙面到每一张座椅都围绕不同电影文化主题做了不同的装饰和订制；主题影厅配合相应主题的电影，能够制造出最佳的观感，让观众身临其境，全身心沉浸在极具张力的电影语言之中。它给消费者带去的不仅是影片自身内容的观感，同时还是影院环境、电影文化等全方位的体验和享受。影院方面表示，这些主题影厅可以接受包场、预订或者承接小型活动，在正常的排片观影之外，主题影厅还可以出租，可以根据顾客的要求提供个性化的观影服务。顾客可以自选时段、自选影厅、自选影片，集观赏热映影片和互动体验两大功能于一体。这种多厅经营的模式走在行业前列，以其对细分市场的把握，实现对资源的合理利用，提升产品与消费者之间的匹配度，是对目前影院上座率不足这个问题的一个有力回应。营业数据显示，自 2015 年 9 月影城运营以来，主题影厅贡献了超过一半的票房，表明了观众对这种个性化定制模式的接受和认可。

2. 延伸产业链条，提升受众品牌黏性

在国内票房告别高速增长的同时，有欧美日韩的成功经验在前，后电影及衍生品市场成为国内影视企业争相发力的领域，这也带动了国内传统影院

---

① 《2016 年票房过山车式下滑 中国电影凛冬将至？》，《第一财经日报》，http://money.163.com/16/1109/10/C5E33RF6002580T4.html,2016 年 11 月 9 日。

向电影"生态圈"的转型。中瑞从电影制片、放映设备技术开发、互动式手游开发，到影视周边卖品和影视名人蜡像馆，打造了一条电影产业的长链条，使其环环相扣、互相生发，形成自发流动的电影"生态圈"，实现业态的优化组合与搭配。

有人说，做影院的要义是怎么不做影院。中瑞在与放映环节相关的技术开发上投入了大量的精力。ZMAX激光巨幕放映技术的研发推广是其标志性成果，不仅受到国内外电影技术研发机构的专业认证，更获得业内权威部门的高度赞扬和认可。中瑞旗下影城目前拥有激光巨幕数量在全国位列第一，ZMAX激光巨幕极佳的放映效果更是得到了福州观众的欢迎和追捧，目前已经成为福州电影市场的一道亮丽风景。

针对电影与游戏的精准用户大范围交集的情况，中瑞影视独家创新了映前手游系统，以"电影＋游戏"的方式充分利用电影开映前的时间和候影区及影厅内的用户实现互动，将社交行为搬上了电影银幕，通过这样的交互式的对话沉淀出一批最忠实的客户。例如他们针对电影《奇幻森林》开发了一款映前手游，在电影开场放映之前，中瑞员工带动现场观众共同玩起了"奇幻寻宝"的互动游戏，观众只需拿出手机对准电影屏幕扫码，就可以进入"奇幻森林"寻找宝藏。"电影中独特逼真的CG动画特效和极富趣味的'大小屏互动'体验，让大家玩得乐此不疲。"[1]

中瑞南华影城还不断尝试对影院进行合理布局，开发不同类型的电影体验空间。如在主题影院之外，开设了面积达2000平方米的蜡像馆，以影视人物、场景为原型，既是电影放映链条的延伸，也与三坊七巷旅游景区实现了相互呼应和补充。

诸如结合不同类型电影所设计的不同风格的放映厅，根据电影故事所开发的互动手机游戏，又如以电影人物形象所展示的蜡像馆、画作等周边产品……中瑞的这些探索为观众提供了多样化的电影呈现方式，也展示了电影生态的丰富性和电影文化的多元性。如果这些工作持续下去，观众的热情被不断带动，电影文化的多样性就有希望成为整个市场的内生动力。

3. 与在地文化结合，让更多市民走进影院

电影营销就是要对观众进行细分，实现潜在观众到实际观众的"高转化

---

[1] 张福财：《中瑞国际影城：走互动营销特色化之路》，《中国新闻出版广电报》，2016年5月23日第3版。

率"。若想完全激发一个城市电影票房的潜力，除了加速终端建设外，培养当地百姓的观影习惯也是非常重要的。法国社会学家布迪厄的区隔理论认为，不同出身背景的观众会有不同的欣赏口味。大数据印证了这样的判断，影片的地域背景对票房表现影响显著。比如《澳门风云2》和《港囧》，这两部影片由于其地域特色的优势，在闽粤地区的票房排名明显好过北方城市。① 再比如三四线城市和一二线城市的观众对国产电影和进口大片的接受度不同，三四线城市和中原地区是近几年国产电影的大票仓。那么，福州的电影市场有哪些在地的特点吗？如何抓住这些特点争取到更多的观众走进电影院，对中瑞这个以福州市场为根据地的连锁影院来说至关重要。如果能够借助影院的载体，向每年300万人次的观影群体传播本土文化，培养观众对本土文化的认同感，这反过来又能够进一步催生本土电影和影院的市场份额。如此前景无疑是多赢的。

南华影城的装修就结合了镇海楼、乌塔、白塔等福州地理文化标识，展示出独特的地域色彩，观众一进入影院就能感受到浓郁的福州特色和电影文化氛围，与其所在地三坊七巷相应相合，成为景区中的又一道风景线。许多年轻人不知道的是，南华影城的地域文化不仅仅是后期的人为"创造"，而是有着确实的历史积淀。中瑞南华影城建在南华剧场旧址之上，作为三坊七巷里曾经唯一对外营业的正规戏剧舞台，南华剧场承载着老福州人观剧的记忆。始建于民国五年（1916年）的南华剧场几十年前是闽剧的主要演出场所，各路名家在此轮番上阵，好戏不断，场场爆满。在这样的场所上建起影院，无疑是福州观影文化的一个生动延续。

2015年，福建省人民政府选择了极具历史渊源的中瑞南华影城作为第二届丝绸之路国际电影节的主场地，南华影城也同时承接了电影节的多个周边活动。这是福建省迄今为止举办的规格最高、规模最大的电影节，是福建电影文化史上里程碑式的事件。丰富的观影活动是一个城市生动的文化场景，世界上的主要城市都有电影节活动，比如：巴黎每年大大小小的电影节有190个，伦敦也有61个，首尔的电影节数量也不少，达到了29个。电影节举办期间中外明星汇聚一堂，短期内大大提高了举办地群众对电影的关注度和参与度，若能够定期举办下去，必然能够助推市场的繁荣发展。

---

① 1905电影网：《1905年终策划：2015年中国电影市场大数据报告》，http：//www.1905.com/news/20160105/965909_3.shtml，2016年1月5日。

值得一提的是，中瑞南华影城作为全国第一家建立在国家 AAAAA 级旅游景区的影城，以其动态、时尚化的展示和互动模式向游客呈现了福州文化的生动面向，在其他经营场所特色产品和艺术品的静态展示之外，丰富了三坊七巷的空间布局和业态布局，在培养在地的文化氛围和生活模式的同时，有助于形成三坊七巷的旅游文化生态链。

　　从商业影院本身来说，其上游是发行商和制作方，下游是电影消费者，只有在整个生态链的流向趋于动态稳定的时候，每个环节才能真正成为有机的组成部分，带动整个区域的电影发展。于福州而言，当下经营与维持电影院的压力与日俱增，影院必须努力寻求在城市电影生态链中的地位并谋得平衡，从不同角度发掘各自的影院形象和维持之道。中瑞以多厅影院的模式，走特色化、定制化经营路线，以电影文化呈现形式的多样性和在地文化的真实性来推进城市电影生态的良性运作，这样的探索是否能够与本地文化形成有效的互动和生发，并最终助推企业业绩的成长，一切仍然有待时间的检验。

（2016 年 11 月）

第七节 文化对茶产业的引领：清雅源经营模式分析

中国是茶叶原产地和第一生产、消费大国，有上千年的种茶和饮茶历史。中国茶叶流通协会发布的 2014 年中国茶产业形势报告指出，2013 年全国茶叶总产量达 189 万吨，同比增长 6.5%，全国茶叶农业总产值首次突破 1000 亿元。然而，目前全球每年茶叶的总需求量约为 300 万吨，而每年的供给量已达 350 万吨左右，出现了茶叶产能过剩的局面。此外，受欧美不断提高准入门槛及政策变化等影响，"卖茶难"愈来愈成为突出问题，高档名优茶价格一路下挫。外贸不畅，内销滞胀；企业的成本却依然居高不下——茶企面临着很大的压力。面对新一轮的市场调整，暗流涌动之中众多茶企亟待破茧而出。

各家茶企分别有着各自的应对之策，万变不离其宗的是做好品质，提升附加值。中国工程院院士、中国茶叶学会名誉理事长陈宗懋说过："如果把茶产业比喻为一架飞机，茶文化和茶科技就是这架飞机的两翼，有力地促进和保障了茶产业的起飞。"文化和科技无疑是突破当前困局的两个关键。总部位于厦门的清雅源茶业集团试图以科技为本，以文化带动，同时以两岸交流为亮点，全面带动茶产业发展。清雅源模式的主要思路如何，具体动作如何，收到成效如何，是否能够适应当前的市场调整？这些都是本文主要涉及的问题。

一、清雅源茶业简介

"清雅源"原名"清雅园"，是中华老字号会员单位、福建百年老铺。

起源于南宋淳熙十年（1183 年）福建永春人庄夏创立的"清雅园"茶庄。相传宋孝宗素知庄夏善制佳茗，遂御笔赐"金御叶"茶名，并命庄夏岁岁进贡。1921 年庄夏后人、制茶名人庄铭洛在福建省安溪县创立安溪庄氏茶庄，系今清雅源茶业集团的前身。1992 年金秋，庄迦力携清雅源回国，由第四代掌门人庄慧萍接手管理，进入公司化运作。真正发力则是在 2008 年全国连锁加盟运营之后，短短几年发展出 450 家直营店和加盟店的规模。

清雅源的总体经营思路是围绕建设从茶树种植加工到终端门店体验的垂直一体化产业链，搭建集团框架；广泛铺设品牌零售终端，进行全渠道布局，打造通路品牌；通过资本化运作重组各区域茶叶品牌，推出丰富的产品线路，不断开发满足市场需求的差异化商品。概而言之，集团化、品牌化和多元化是清雅源茶业的发展方向。经过几年的高速发展，清雅源现已成为以福建清雅工贸有限公司、清雅源食品加工厂、清雅源茶具茶器生产工厂、厦门清雅源生物科技有限公司、厦门天禾露电子商务有限公司、清雅源商学院为核心的集团化企业。目前，清雅源已在福建购入 10000 多亩原生态茶园，在台湾、安徽、云南、四川、浙江等地分别建立茶园基地，并与多个茶叶生产基地和专业生产合作社达成战略合作伙伴关系。茶叶深加工厂房面积达 2 万多平方米，拥有多位顶尖的制茶大师、资深品茶专家及 1500 余名专业生产员工。产品种类丰富，旗下茶叶系列涵盖铁观音、红茶、普洱等六大茗茶，共 106 个品种。技术开发方面，清雅源将与中科院合作研究的壳寡糖技术应用于茶叶生长过程中，推出了市场上首款醇香型铁观音"金御叶"；并计划在未来一年内将该技术应用到清雅源旗下所有产品中，杜绝茶叶重金属及农残风险，使茶叶品质、产量得到全面提升。"全国农产品加工示范企业""十大名牌企业""十强连锁企业"等诸多赞誉体现了各界对清雅源数年市场建设的肯定。

然而，这样的经营思路并非独此一家，这样的历史和成绩在作为茶叶大省的福建也还算不上十分抢眼。要建立清雅源的品牌认知度，只有"出奇"方能"制胜"。茶叶本身不仅仅是饮品，而且还是文化产品，对茶叶"文化产品"这一面向的发掘，无疑将是茶企品牌战略制胜的关键。不可否认，科研方面的投入、从种茶到销售的全程跟踪是提升茶叶品质的必要动作，从而也是许多茶企的共同动作。如此，要在"特色"上做文章就不得不在"文化"上下功夫了。故而，清雅源在致力于集团化、品牌化和多元化建设之外，在文化带动方面也有着诸多尝试。例如，更多人了解清雅源是通过清雅源多年来在两岸文化交流中的大手笔。从 2009 年的"连心茶"，到 2012 年的陆茶入台、2013 年的"两岸红"、2014 年的苗栗茶园基地，清雅源在茶业界对台合作方面屡屡有大动作，数次当了"第一个吃螃蟹的人"，引来商界、政界多番注目，也很好地提升了产品的文化附加值。

对于清雅源来说，目前与台湾方面不断深入的合作，仅仅是其全球战略的第一步，清雅源计划通过在台设立办事处、建立茶园基地等举措，不断扩大区域影响力，发扬中国丰富的"礼茶"文化内涵，经由我国港台地区发展到东南亚及全球华人圈，从而发展成国际品牌。

二、茶产业的文化之翼

"文化，是经济发展的直接组成部分，不是游离于经济之外的独立物，文化是经济发展的深层推进力，文化是市场竞争的最后力量。"[1] 茶叶市场的发展与茶文化的推广是分不开的。从历史来看，中国是茶的原产地，制茶饮茶有几千年的历史；中国人至晚在唐代，就在世界上首先将饮茶作为一种修身养性之道。可以说，茶是文化的符号，茶文化是中华文化的重要组成部分，做茶就是做一种文化。

大量事实证明，茶文化对茶经济具有明显的促进作用。大的方面来说，20 世纪 90 年代以来，茶文化热的兴起和茶叶科研推广工作的进行直接引导了我国的茶叶消费，刺激了茶叶生产，挽救了一度岌岌可危的茶产业。小的方面来说，多个茶品种或茶品牌的成功关键就在于文化创意。如台湾的"开喜乌龙茶"，又如福建的红茶"金骏眉"。在"金骏眉"之前，中国红茶市场规模小、价位低。而金骏眉却在这样的市场环境中异军突起，在短短几年时间之内，从无到有，从最初的每 500 克 3000 元到如今的数万元，文化营销业绩显著。首先，通过原产地武夷山丰厚的儒释道文化的注入提升产品的文化内涵；其次，从外形上打造野生茶、自然茶的形象，同时引进铁观音生产技术，改善口感，从内质上使红茶增香；再次，产品定位的高品质化，营销路线的高端化，一改以往中国红茶低价低质的形象，极大地提高了武夷红茶的附加值。[2] 安溪铁观音是另一个成功的案例。从 1990 年以前铁观音主

---

① 龚永新：《弘扬茶文化 推动茶文化产业建设》，《湖北广播电视大学学报》，2006 年第 4 期。

② 杨江帆：《茶文化创意与茶产业发展》，http://www.chaba.org/Article/news/3777.html.

要供应出口，到如今铁观音内销价格和数量远远超过外销，这一巨大转变主要得益于安溪县政府在全国范围对乌龙茶文化的推广。在国家大力提倡发展文化创意产业的背景下，茶行业同样需要以文化创意带动产业转型升级。这已经成为业界的共识。

我国有着丰厚的茶文化底蕴。列入"国家非物质文化遗产保护名录"的茶相关类目就有多个，包括"绿茶、红茶等茶品种和茶点、凉茶的制作工艺，采茶戏、茶山号子等艺术形式，茶艺、茶宴等生活民俗形态"。[①] 自古以来，茶在中国人的生活中占据着举足轻重的位置。百姓的日常生活离不开它，文人雅士的诗文唱和同样少不了它。所谓"开门七件事：柴米油盐酱醋茶"，"人生有八雅：琴棋书画诗酒花茶"，从下里巴人到阳春白雪，茶是中国人生活中的必需品。当今社会发展茶产业，复兴茶文化，可以从茶的雅、俗两个文化特质入手来做文章，提高和普及两手抓。

（一）茶之雅

以我国十大名茶为例，同为名茶，优质的西湖龙井比之优质的信阳毛尖价格要高出不少。这主要得益于西湖龙井有效的品牌建设和文化价值的挖掘。人们花大价钱购买西湖龙井，在消费茶叶的时候，同样是在消费其中深厚的历史文化。

茶作为文化产品可以满足人们的精神需求。传统文化中"以茶可行道，以茶可雅志"，酒是进而欢愉，茶是退而问道。饮茶代表着与心灵的沟通。因此，茶叶被视为相当正式的饮料。大型会议、商务洽谈通常都以茶来招待宾客；人情往来，走亲访友，茶叶也是馈赠佳品。千年来积淀的茶道文化在茶事活动中融入哲理、道德，通过品茗来修身养性、品味人生，达到精神上的享受。除茶叶外，对水质、茶具、环境、氛围、冲泡技巧和人际关系都有相当严苛的要求。从雅之一面来说，饮茶是品位的象征，是中国慢文化和雅文化的集中体现。我们知道，影响商品价格的除了其实际价值即产品品质之外，还有供求关系及额外的附加价值。可以说，高品质茶能否卖出高价位重点就在其能否建立让市场认可的文化价值。目前市面上的高价茶无不是具有高文化附加值。

[①] 林玮：《"茶文化"产业价值实现形式的演进》，《湖南农业大学学报（社会科学版）》，2012年1期。

（二）茶之俗

有喝个讲究的工夫茶，亦有喝个解渴的大碗茶；茶，可以轻酌慢饮，亦可开怀畅饮。疲累的行人可以在路边的茶摊花一二铜板买碗茶水休憩片刻；亲近的邻里可以在小院门前吃茶闲聊；无所事事的闲人可以在茶馆喝茶看戏……作为古老的茶叶大国，在过去，茶深深地植入了中国老百姓的日常生活。

如今，我国的茶叶产量居全球第一位，占世界总产量的1/3。然而，中国人却并不是喝茶最多的。根据调查机构 Euromonitor 提供的统计数据，中国年人均茶叶消费量为 566 克，全球排名第 19 位，而排名第一的土耳其是我们的 5.6 倍。这样的数据应该引发我们的思考：我们在告别传统的生活方式的同时，是不是也在告别传统的文化？一个无可否认的事实是："不管是从文化发展还是茶叶经济推广的角度来说，只有全民皆可参与的'全民文化'才是真正有生命力的文化。"普及传统茶文化，推动市场向更广泛人群拓展，是茶企义不容辞的责任。

作为产茶大国，我国的茶叶价格层次丰富，市面上从每 500 克十几元到上万元的茶叶都有，这样的价格可以满足不同收入阶层的消费需求。可见中国人喝茶少关键问题不在价格。应该看到我国的茶文化是植根于传统农业社会土壤之上的，不论是"雅"茶文化还是"俗"茶文化，中国人喝茶都有一冲二泡慢饮的过程，除了必要时的解渴之外，茶都是休闲饮品，是消耗时间的方式，同时亦是闲适的代名词。这与当代社会的快节奏显然并不适应。"快"或者"慢"？时间成为关键的矛盾。

（三）雅俗共赏是为茶

"雅"茶文化的传承容易理解，与"国学复兴"差不多的套路；然而"俗"茶文化的传承可能就不是那么容易，不能照搬照抄，而是需要结合现实状况做出更多的改变。只有让茶从传统文化转变成时尚文化，才能使其回归到"开门七件事"上。

为适应生活节奏的转变，让茶植入当代生活，茶企的做法一般有四。一是针对时间矛盾，推出饮用便捷的袋泡茶、即溶茶和茶饮料，大名鼎鼎的立顿就是通过这种方式占据了绝大多数的市场份额，在没有一亩茶园的情况下总销售额远远超过中国所有茶企的总和。二是针对消费群体和消费方式的转变，开发电商渠道。三是开发茶叶深加工产品，扩大茶产品的应用范围。日本茶叶年产量仅 9 万吨左右，但茶产品人均年消费量却约为 1500 克，是中国的近 4 倍。这主要就得益于茶叶深加工产品开发延伸到生活的各个领域，在日本除了常规泡饮的茶叶之外，还有琳琅满目的茶药品、茶食品、茶工业用品等。这方面，台湾的珍珠奶茶也是一个成功的案例。四是文化上的亲民策略。比如响应人们对健康的追求，宣传茶饮的保健功能，让茶成为生活中的必需品。现代科学研究表明，茶叶中含有多种有益于人体健康的营养成分与药效成分。我国茶类众多，每种茶类都有各自的优势，能够满足各类人群的健康饮茶需求。现在，喝茶有益健康已经成为人们的共识。再如针对传统喝茶注重"闲适"的特点，从"闲暇"和"舒适"两方面分别入手，一方面占领闲暇时间，开发茶文化旅游产品；另一方面注重消费者体验，启动个性化定制。前面三个（便捷用法、电商渠道、深加工）已经是大部分茶企的共同选择，可复制性很强。已有众多茶企涉足电商领域，中国茶叶流通协会调查显示，目前，国内规模较大的茶叶企业大部分已在天猫开设旗舰店，比例高达 87%，而中小型企业、个体商户更是数不胜数。在茶饮料及深加工产品方面，仅以台湾为例，更是有 95% 的台湾饮料企业都推出了茶饮料。唯有文化上的攻略具有不可复制性，也是茶企品牌差异化战略的核心。

当然，以上这些做法都仅仅是尝试，茶要重新成为"国饮"还有相当长的路要走。

三、清雅源的文化经

清雅源的文化战略是紧扣茶叶雅俗共赏的特性，围绕"分享型礼茶"概念树立品牌形象，发扬传统茶文化，并以大规模的对台动作打响品牌知名度，增加产品的文化附加值，同时通过文化创意开发相关产品，延伸产业链。

（一）礼茶文化

"礼"是我国传统雅茶文化的精义。在品牌文化建设上，清雅源的企业文化核心是"以礼立世，礼重天下"，以"持清雅之操，复中华之礼"为使命，全力打造"中华第一礼茶"。围绕这一点，文化方面清雅源主要从品牌店建设、两岸茶业界合作推进、茶文化推广几个途径共同着手。

1. 品牌店就是形象店

目前清雅源的渠道体系主要包括连锁体系、商超体系和电商体系三块，其中连锁体系的品牌直营店和分店的铺设是清雅源发展的重中之重，礼茶文化同样落实到清雅源的450家中高端加盟店上。犹如欧洲一些名店名品的推广策略，清雅源认为每一家好的门店就是最好的广告。

针对其他商家连锁企业"连而不锁"的问题，清雅源以贴心周到的服务做到真正的管理输出、产品输出和服务输出，以文化凝聚400多家加盟商。清雅源建立了完善的经营管理、营销推广、市场开发、终端管理服务和售后服务体系。同时围绕着"分销、助销和促销"，打破传统茶企"直营店＋加盟店"的简单格局，重新建立了"专柜＋社区店＋商业店＋旗舰店＋会所"的分销管理体系，使加盟店的营运更有效率，并得到与直营店同样的支持，真正实现对门店和加盟店的助力和扶持。

具体说来，与其他的茶叶连锁品牌相比，清雅源的准入门槛相对较高。加入清雅源茶叶连锁的投资一般较大，并非所有人都可以承受。这是因为清雅源采用了优质的店堂装修和高质的产品，导致了投资的先期成本也比较高。但是清雅源也因高投入而给用户带来了高质量的服务，同时由于高质量的服务给各加盟店带来了可观的收益。这同清雅源的一贯理念——拒绝暴利、追求品牌价值最大化、追求长远的商业伙伴关系息息相关。如果有加盟者加入，清雅源总部都会根据各店的具体情况，做出准确的评估并向加盟者提供投资预算，以便使加盟者了解其远期盈利。到目前为止，清雅源加盟店的盈利一般在营业额的40%～50%。

首先是店堂文化。"茶尚俭，最宜精行俭德之人"，作为清雅源茶文化的外在表现形式，门店的装潢布置注重内涵，讲究简单而富有格调，处处体现原汁原味的中华传统文化，重视体现人情味，传达深沉的人文关怀。这就有别于"奢侈、厚重"的大众路子。清雅源门店通过个性化的店内设计，搭配暖色灯光、柔和音乐及周到礼仪，将中华雅茶文化具象为顾客可以自由体验的氛围。

其次是服务礼仪。如果店里的产品与服务不够好，做再多的广告吸引客人来，也只是让他们看到负面的形象。在每一家清雅源门店，每一位员工都拥有最专业的知识与服务热忱。清雅源的一个主要的竞争战略就是在门店中同客户进行交流，特别重视同客户之间的沟通。为创造全新的饮茶体验，每一个服务员都要接受一系列培训，如基本销售技巧、茶文化基本知识、茶的制作技巧等。要求每一位员工都能够预感客户的需求。打造专业、专心、专长的行业标准。

2. 推进两岸茶业界合作

马来西亚前总理马哈蒂尔说过："如果有什么东西可以促进人与人之间关系的话，那便是茶。茶味香馥甘醇，意境悠远，象征中庸和平。在今天这个文明与文明互动的世界里，人类需要对活交流，茶是对话交流最好的中介。"这段简明透彻的发言充分表明了茶的重要社会功能。台湾茶与大陆茶同种同源，以茶作为两岸文化交流的媒介是物得其用、众望所归。秉承传统雅茶礼文化，清雅源以铁肩担道义的使命感，走在两岸茶业界交流合作的前头。

近年来，作为海峡两岸茶文化传播的使者，清雅源以多件对台事务受到越来越多的关注，如"陆茶入台破冰之旅"，清雅源实现国内第一大宗台湾茶采购协议，并成为第一个在台湾设立办事处的大陆茶企；海峡两岸首次以大陆红茶和台湾高山茶联合创制新品种"两岸红"；开创新的两岸茶产业合作模式，成为首家到台湾建立茶叶示范基地的大陆茶企……清雅源的对台合作不断走向深入，这一系列大动作提高了品牌的知名度和美誉度，"故宫博物院收藏茶""中华人民共和国成立六十周年庆典专供用茶"等提升了产品的文化附加值。

首先是以过硬的产品质量结合强大的文化营销为产品赢得权威认可，从而提升文化附加值。例如2009年问世的"连心茶"，被中华海峡两岸交流促进会作为向中华人民共和国成立60周年献礼的内供礼品，2010年3月正式被故宫博物院收藏。权威机构的认可、品牌形象的强化都有力带动了产品的知名度和美誉度。而2013年问世的"两岸红"，以大陆高山红茶和台湾高山红茶东方美人茶的黄金比例拼配而成，独具花果甜香，口感细腻柔和，香远回甘。在2014年获得国家知识产权局的发明专利授权，同样是故宫博物院的一款永久收藏茶。

其次是在包装和创意上做文章。将文化理念注入产品，同时通过产品宣导文化理念。简单说来，"连心茶"就是将两岸的两种顶级茶叶通过具有中华文化韵味的包装结合在一起，凸显强烈的"和平统一"的文化诉求。具体地说，"连心茶"采用独特的技术性外包装，外观古典、朴实；内设四只茶叶罐，其中两罐大陆茶采用著名的"清雅源"系列顶级茗茶，两罐台湾茶采用著名的高山茗茶；四个茶叶罐是采用被誉为中国瑰宝的中国红瓷，融合台湾瑰宝趾交趾陶制作而成；封盖雕红色飞龙；罐身各印着中国四大发明家蔡伦、张衡、孙思邈、毕昇；中心思想是"放眼四大发明、复兴民族大业"。盒下还有一本印制精美的《海峡两岸茶文化史册》，记载着两岸人民同根生，两岸茶缘渊源长。更奇妙的是，折叠式的外盒既是"连心茶"的外包装，又可以作为《史册》的"书夹"。其传统与现代、品质与工艺、产品与文化的完美结合，令人叹为观止。与之相似，后来的"两岸红"台湾版产品以吉祥轮托起"五缘"，既代表一种阖家团圆、四季平安的祝福，也象征着生命富有活力，流转不息。精美且富有文化韵味的外包装为"两岸红"吸引了大批顾客，在大陆，该产品的销量领先于同系列其他产品；在台湾，首批5万盒的产品进入台北圆山饭店后很快售罄。

3. 承担社会责任

伴随着清雅源发展壮大的还有企业的公益之心，清雅源不仅关注企业发展，更加关注社会民生、关注慈善事业，以社会责任为公司发展的重要目标。企业不仅以实物及现金方式赞助大小公益活动，也将公益课程纳入员工日常培训中，将公益落实到实际行动中。例如2009年成立清雅源（连心）基金会，成为国际慈善爱心企业。同年成立海峡两岸茶文化研究中心，促进两岸文化和商业的沟通。2012年清雅源与厦门海洋职业技术学院关于校企产、学、研合作协议签订，开启福建省首家高校培养大规模学生前往台湾学习工作的先河。

（二）闲适文化

清雅源集团网站提供的信息显示，所谓"分享型礼茶"，"分享"指的是"把自己认为好的东西与好友分享"及"在产品本身注入安全健康概念"。事实上，"分享"本身就是传统茶礼、茶文化的重要特质，是从打破俗茶和雅茶区隔的核心概念。"分享"强调的是体验，也就是贴心周到。

闲适、走心，是传统俗茶文化的精髓。如果说提"礼茶"更多关注的是提升产品的文化附加值，那么提"闲适"追求的就是让消费者心甘情愿地为这个文化附加值掏钱。提出"分享型礼茶"，清雅源通过"分享"打亲民牌，从健康、舒适、休闲三方面延续传统茶文化，打通雅俗区隔，从而让茶植入民众的日常生活。

前文论述过，"喝茶有益健康""送礼送健康"，将茶叶定位为健康饮品，是目前许多茶企共同引导的方向。无非就是一种理念的宣导和产品质量的把控。从这方面来说，清雅源也就是宣传力度更大、质量把控更严苛、科研投入更大，还谈不上有特异之举。当然，除了要喝得放心，还要喝得舒心。可以重点关注下分享型礼茶的"闲适文化"。

将"闲适"进一步分解，一是休闲，一是舒适。

1. 涉足茶文化旅游业

从休闲方面来说，茶文化与休闲文化的结合发展出一个新的产业"茶文化旅游业"，台湾称为"休闲茶业"，在茶商的运作下成为本土茶业对抗外来茶业竞争的重要武器。目前台湾观光休闲茶业主要是以自然生态资源集合茶文化进行行销，整合多种资源，实现茶业从一级产业到三级产业的转型升级。

相较而言，大陆的茶文化历史遗存十分丰富，有不少旅游胜地就是名茶产地，如福建武夷山的宋代斗茶遗址"竞台"、建瓯的宋"北苑贡茶"摩崖石刻、杭州龙井的 18 棵御茶树。运作较为成功的就有云南的茶旅产品，以当地大片的野生古茶树林和异彩纷呈的茶俗现象吸引了许多游客。

近处来说，深耕大陆市场的台湾茶企天福茶业就十分注重将休闲旅游与茶文化结合起来，并通过推广茶文化达到推广自身品牌的目的。例如在大陆许多城市开放了台湾自由行，许多大陆游客计划台湾行的大背景下，天福与台湾当地旅行社合作，推出嘉义阿里山高山茶、南投鹿谷冻顶乌龙、南投日月潭红茶、新竹峨眉东方美人茶四条茶乡旅游线路，引导大陆游客到台湾深度旅游。通过向游客展示台湾的茶文化和现今的茶生产工艺、原生态的种植环境，在游客心目中树立了台湾茶的良好形象，从而在带动景区茶叶销售的同时也很好地推广了自身品牌。

清雅源正式涉足茶文化旅游业是从 2014 年开始的。依托企业与台湾相关方面多年的深度合作关系，清雅源在 2015 年 7 月推出了茶文化台湾之旅。茶旅将目标人群定位为茶行业相关人士，联合同期举办的茶王赛、茶业高峰论坛等业内活动，突出了商务功能。行程包括茶业高峰论坛、茶王赛、茶文化园区考察、茶美食料理店、茶艺术中心、高校研发中心及首次对外的特殊景点等。通过对受众的明确定位和相关专业活动的设计，以及名人、专家的引导，清雅源的茶旅产品为两岸茶企、茶农和商界精英提供了交流互动的平台，同时深入探索台湾茶种植和管理技术，与专家面对面探讨种茶经验。清雅源茶业集团董事长洪明楷总结了这次茶文化之旅的三大特色："第一，特殊景点首次对外开放，具有联盟的实力和专业定制旅行的文化价值。第二，与两岸政商大佬同行。第三，建立高端人脉平台，两岸政要以及商界精英的交流，其中隐含的是商业合作机会。"专业和深度是其突出特点，从而区别于市面上其他的台湾游产品。

除了台湾茶旅产品之外，清雅源正在计划借助自有茶山基地，加强针对普通游客的茶园观光旅游建设，向游客正面展示企业的实力。并计划开发具有使用价值、收藏价值和欣赏价值的茶文化纪念品，实现产业链的延伸。

2. 提供舒适的饮茶体验

从舒适方面来说，主要是要注重消费者的个性化体验。在当前茶叶消费群体向年轻化和中低端化发展的情况下，需要通过转变文化形式同消费主力达到同步。事实上这正是传统茶文化的现代延伸。

一方面，时代在演进，快节奏的生活让许多人没了细细品茗的时间，甚至也少了面对面聊天的时间，加之咖啡、碳酸饮料的冲击，"不讲究"的俗茶也失去了市场：茶叶和茶文化的没落似乎是历史和社会发展的必然？

另一方面，举国上下推进反腐倡廉，遏制三公消费，再加上面临前几年游资炒茶之后的市场调整，以往作为销售大宗的茶礼品市场尤其是高端茶遇冷，甚至出现了相当规模的茶叶店关店潮。严峻的市场环境使得茶企将更多目光转向真实的消费主力军——购买力一般的普通大众包括 70 后、80 后甚至 90 后的年轻人。

业界在不断思索突破困局的方法。传统茶文化雅俗共赏的特质给我们带来了启发。传统雅茶文化的诸般讲究是为了创造适宜的饮茶环境，俗茶文化的不拘小节是为了图个便捷舒爽，不论雅还是俗，喝茶都是一件舒心的事情。同样的，在当代社会要做到推广茶文化，普及茶饮，关键的是要"走心"，亦即让消费者觉得喝茶是很舒心的事，主要就是要注重消费者的个性化体验。所以，提供舒适的饮茶体验是传统茶文化的现代延伸。从这里入手，饮茶有可能重新成为当代社会的流行文化和时尚文化。立顿和星巴克是两个颇具启发性的案例。

作为全球最大的茶叶品牌，立顿的成功源于对消费者需求特性的洞察。立顿并没有拘泥于告诉消费者自己的茶有多营养，更多的是从消费者的身心状况和生活习惯出发，倡导一种能与之产生共鸣的消费习惯和生活方式。"立顿每年要拿出占销售额 0.7% 的资金来研究顾客的需求。"其研究的内容包括消费者的饮茶习惯，对茶的冲泡、选配和包装形式的偏好，影响消费者选择茶叶的各种因素及饮茶的流行趋势等。根据消费者不同的需求和购买行为，立顿研发出不同的产品。例如根据企业精英和白领的需要，生产符合他们消费习惯和承受价位的茶；根据时尚女性的需要，研发具有美容减肥功效的女性丽颜茶；根据年轻人的需要，制作不同口味的奶茶和水果茶。针对中国市场，立顿采取差异化战略，一反中国消费者心目中"茶叶是中老年人悠闲生活饮品"的理念，将目标消费群体定位为年轻人和白领，针对这些人的需求，推出便捷、好喝、健康的茶饮，并迅速成为时尚文化的一个代表。①

星巴克使咖啡文化席卷全球。它在美国的传播，让美国人认识并接受了30种以上的咖啡；它在中国的传播，"为小资、白领们提供了一种香草拿铁与焦糖玛奇朵的生活方式"。这种文化营销成功的关键在于星巴克咖啡十分强调将店堂消费体验与消费者的功能和情感需求融为一体。星巴克旗下第一家"茶吧"2013年在美国正式开业，茶吧复制了这种成功经验，以用户体验作为经营模式的根本："星巴克把第一家具有象征符号色彩的泰舒茶专卖店建成茶瓦纳的'实验室'，使之成为星巴克'茶文化'的用户体验中心。这里有各种茶具、搅拌机、80多种全叶原茶，和为数众多的水果、香料、植物萃取液。茶叶爱好者们可以在这里自由拼配，DIY出真正定制款茶。这种将茶与体验经济密切结合的发展方向，有可能就是'星巴克高端茶文化'的雏形。"②

在这方面，清雅源亦有相关尝试。首先是前文提及的在终端门店的一对一贴心服务。其次是将消费群体按需求不同分类，礼品消费者、家用消费者、团体消费者、收藏消费者、服务场所消费者等，进而根据这些群体对茶叶不同的功能诉求提供不同的产品。清雅源多元化的产品线路可以满足这一点。再次是通过举办茶文化活动、微博营销等各种活动吸引人群品茶。例如通过高端茶产品介入象棋赛、围棋赛、高尔夫球赛等，用文化诉求精准打动目标高位人群，树立消费标杆。实事求是地说，这些动作并不具有太大差异性。

立顿对消费者特性的洞察借助于巨大的资金投入，而星巴克的营销理念来自其多年来卖咖啡的运作经验，对于清雅源或者中国茶企来说这二者可以提供启示，但却并不一定是可以复制的模式。中国传统雅俗共赏的茶文化的现代转化还是一个刚刚起步的课题。而破题的关键——如何提供舒适的饮茶体验，恰恰是其难点所在。

（2014年10月）

---

① 《"立顿"茶：根据顾客需求确立定位》，http：// finance. china. com. cn/roll/20130826/1757897. shtml.

② 林玮：《星巴克凭什么也卖茶？——星巴克与茶叶手拉手的背后》，http：// www. zh－hz. com/dz/html/2013－07/02/content_79096. htm.

第八节　艺术品："软资产"还是"硬通货"？

一、市场大观

2010 年，热钱过剩、流通性宽裕成为中国艺术品市场成长的充分条件。这一年被媒体描述为"艺术金融的创世纪元年""中国艺术市场史上浓墨重彩的一年"，中国艺术品拍卖市场的总成交额达 573 亿元，比上一年度增长150%，仅秋拍一季就成交了 16 件亿元以上拍品。法国"艺术价格网"公布的数据显示，2010 年中国艺术品拍卖成交额占全球市场份额的33%，居世界第一；从 2007 年的全球第三到 2010 年全球第一，中国仅用了短短 3 年的时间。

从 2011 年上半年的艺术品市场表现来看，较之 2010 年度则是有过之而无不及。

1 月 26 日，白庚延《黄河西来决昆仑咆哮万里触龙门》（简称《黄河咆哮》）、《燕塞秋》分别被拆分成 600 万份和 500 万份，以每份 1 元的价格在天津文化艺术品交易所发行。30 个交易日后，两幅画的身价翻了 16 倍，接近亿元大关。

3 月 22 日，纽约苏富比中国瓷器工艺品珍藏专场，一个描金印花粉彩壶估价仅 800 美元，最终以高出估价 2 万多倍的 1800 万美元成交；3 月 26日，一件乾隆玉玺在法国以 1240 万欧元成交，打破印章类拍品价格世界纪录；在 4 月 8 日结束的香港苏富比春拍上，中国书画拍卖会 6.48 亿港元的成交价远远高出 1.5 亿港元的估价，创造了该拍卖行中国书画历年最高的季度总成交额……

"两岸猿声啼不住，轻舟已过万重山"的价格使众人在 2011 年翘首以待 10 亿元拍品的诞生。

大量资金汹涌入市，中国艺术品市场水涨船高，它们无疑都是看中了艺术品的高增值率。那么，传统意义上属于雅玩范畴的艺术品"软资产"具备人们所期待的升值空间么？

二、艺术品投资：一半是海水，一半是火焰

艺术品交易所、艺术品信托产品、艺术品基金、艺术品份额化交易、艺术品资产包……各类名词层出不穷，2010 年以来，各路人马纷纷试水，尝试将文化艺术品与金融资本对接，艺术品投资成为国人继股票、房地产之后的另一个重要投资途径，将之作为资产配置的观念越来越深入人心，逐渐为财富阶层所接受。

同时，一个个疯狂的数字是买卖双方负和博弈的结果，热钱的饥渴表露无遗。新买家以蛮横霸道的出场方式用高价改变着市场的交易规则和买卖格局，传统藏家迅速被边缘化。而新买家中九成的人对艺术品本身知之甚少，入市，仅仅是逐利而来，将艺术品当成投资品。

此外，各类艺术品证券、艺术品股票也让一向只能观望市场的"平民"有了入市的可能。众所周知，艺术品作为投资品最大的障碍就是流动性差、变现周期长；于普通投资者而言，其难以企及的高价位也让许多人"望价兴叹"。艺术品份额化交易就有效解决了这些问题：以天津文交所为例，拆分认购和"T+0"的操作方式降低了资金和专业门槛，同时也缩短了投资周期，增强了流通性。无疑，份额化交易打开了社会大众对艺术品的投资通道。

但是，其中的风险却也是显而易见的：在众多入场资金的追捧下，"股票"价格一路走高，频频失控，高峰时，天津文交所以 1.35 亿元的注册资金、4720 万元的实收资本操纵着市值十几个亿的艺术品"股票"，"股价"暴涨暴跌，成为实实在在的"妖股"。这似乎就是一个击鼓传花的游戏，谁都希望从中赚一把，又都希望找到下一个接盘者，尽快将风险转嫁。现在，"妖股"成了烫手山芋，最终投资者的利益得不到任何保障。我们假设 20001（《黄河咆哮》）和 20002（《燕塞秋》）两支股票不再交

易，那么，现在的持有者就只能按各自股比占有《黄河咆哮》和《燕塞秋》的一定份额，要变现，只能将画售出再分享收益。可怕的是，这两幅画的价格包含了太多的泡沫，有业内人士分析：如果放在拍卖场上，两幅画的成交价不会超过高峰价格的10%。这就相当于说，投资者的资金投入整整缩水了九成！

由此可见，高收益总是与高风险相伴随，艺术品投资，最根本的还是要认准艺术品的质量和实际价值，不可被市场带动，盲目追高。

三、确定艺术品的资产身份

股市低迷、楼市调控，通胀压力增大，加上美元贬值和国内适当宽松的货币政策使2010年至2011年的中国聚集了大量的热钱，这些从股市、楼市和国际市场上撤出的资金迫切寻找着新的投资渠道，处在成长初期的中国艺术品市场以其高升值空间和投资回报吸引了投机者的视线。艺术品市场作为一块潜力巨大的海绵，吸收了相当部分的热钱。

实际上，从投资角度来看，艺术品并不是理想的投资品种，除开流通性差、变现难不说，显见的还有估值风险、鉴定风险。可以确定的是：并不是所有的艺术品都适合投资，并不是所有的艺术品"软资产"都具备成为"硬通货"的条件。投资艺术品，首先要做的是对特定艺术品的资产身份进行确认，从标的物选择上进行把关。除去极高端的稀世珍品，那些存世量大、交易量大、认可度高的知名艺术家作品成为入场首选。

首先，作品的存世量要大。存世量是交易量的基础，二者成正比例关系。存世量大、交易量大即说明容易找到合适的等价对比，价值定位相对清晰，入手价格会有比较合理的参照，避免了溢价风险。同时，经过多次换手，这些作品的出处传承也相对明确。

以齐白石、张大千二人作品为例，2011年上半年，二人作品在中国近现代书画家作品价格指数排名中分列第四、第六位；他们是近现代书画的指标股，不仅价高，市场流通量也非常大，非常适合长线收藏和投资。为什么这么说呢？二人作品存世量大，在真假鉴定和价格地位上有明确的参照，规避了鉴定和估价风险。二人作品市场需求量大，有充分的市场流动性，形成了各自的收藏群体和潮流，在长期的交易换手过程中，作品的出处传承愈加明确。这些都决定了齐白石、张大千作品的艺术品资产身份，它们具有长期可流通性和相当的价格成长空间。

其次，要在最大程度上提高换手率，降低交易风险，通常要选择名家作品。名家艺术地位稳固、作品艺术价值高，增值潜力大、投资风险小，只要相应市场启动，名家名作将成为市场中的"龙头股"，价格可望率先攀升。那些社会认可度不高的作家，在质量上不好把关，没有公认，很难在价格上有大的突破。

从近期市场表现来看，资金愿意为安全性高价埋单，出于避险考虑，入场资金持续追高，艺术史上成就公认的重要艺术家的重要作品是市场追逐的焦点。这些作品社会认可度高、流通性大，是艺术品的"硬通货"。

四、算算"投资回报率"这笔账

不必讳言，大量流动资金入市，投资者选择了艺术品，便是看中其高增值率。如何估算艺术品的投资回报呢？

将艺术品作为抗通胀品种，其投资回报率的计算就离不开通胀指数。目前获得业界大多数认可的是以 M2①（广义货币的增长率）作为通胀的主要参考指标。也就是说，如果某个投资品种的投资回报率可以跑赢 M2，那么该项投资就不大可能贬值。

2001—2010 年 M1、M2 与房地产投资、艺术品成交额增幅对比（表1）显示：这十年间，房地产开发投资和艺术品拍卖成交额分别增长了 6.61 倍和 40.73 倍，均超过 M2 增速；从平均数值来看，艺术品拍卖成交额以年均58% 的增幅将 M2 远远甩在了身后。说明在这十年间艺术品市场高速发展，其投资回报率超过房地产板块。

---

① 我国对货币层次的划分是：

M0 = 流通中的现金；

狭义货币（M1）= M0 + 活期存款（企业活期存款 + 机关团体部队存款 + 农村存款 + 个人持有的信用卡类存款）；

广义货币（M2）= M1 + 城乡居民储蓄存款 + 企业存款中具有定期性质的存款 + 信托类存款 + 其他存款。

M1 反映着经济中的现实购买力，指示着消费和终端市场情况；M2 不仅反映现实的购买力，还反映潜在的购买力，指示着投资和中间市场的情况。

项目 年份	M1 比增 (%)	M2 比增 (%)	房地产 开发投资 (亿元)	房地产 开发投资 比增 (%)	艺术品 拍卖成交 额 (亿元)	艺术品拍卖 成交额增速 (%)
2000	16.00	12.30	4984.05	21.47	12.5008	
2001	12.65	17.60	6344.11	27.29	13.7416	9.93
2002	16.82	16.80	7790.92	22.81	20.3031	47.75
2003	18.67	19.58	10153.80	30.33	26.6282	31.15
2004	13.58	14.67	13158.25	29.59	77.5254	191.14
2005	11.78	17.57	15909.20	20.91	156.2089	101.49
2006	17.48	15.68	19422.92	22.09	165.9367	6.23
2007	21.05	16.74	25288.84	30.20	231.7134	39.64
2008	8.95	17.78	31203.19	23.39	201.4713	−13.05
2009	32.35	27.68	36231.71	16.12	225.3124	11.83
2010	21.20	19.70	48267	33.20	573.4063	154.49
十年比增（倍）	4.03	3.59	6.61		40.73	
增幅均值（%）	17.45	18.38		25.59		58.06

以上简要说明了整个市场的总体状况，考虑到艺术品拍卖成交总额由于进场标的物的种类、数量、质量等每年均有较大差别，总体成长额度可能比起实际来有一定差别，下面需要针对具体的艺术品做出市场走势分析。笔者选取上文提到的两位"硬通货"作者——齐白石和张大千为例，以二人作品十年拍卖数据统计来看看具体作品的投资回报率如何（表2、表3）。当然，以下数据仍为平均市场行情，具体到个别标的物会有一些出入。

表2、表3 数据表明：齐白石作品均价在十年间上涨了11.49倍，年均增长38.73%；此间张大千作品均价上涨9.46倍，年均增长35.28%；从总体盘面来看，二人均不愧为"蓝筹股"：业绩优良、交投活跃、红利丰厚。

然而，由于艺术品本身的特殊性，这笔账还需要更仔细地掐算。期间作品的保管费、交易费用要扣除（假设交易费用为成交价格的12%，保管费

---

① 本文表格均为本研究制表。数据来源：国家统计局、中国人民银行、雅昌艺术市场监测中心；"十年比增"项为2001—2010年数据统计结果，不计2000年数据；雅昌艺术市场监测中心数据来自历年市场报告。

表2　齐白石十年拍卖数据统计

年份 \ 项目	成交额(元)	均价(元/平尺)	成交率(%)	上拍数量	成交数量	均价增幅(%)
2000	27698340	45934	70	267	188	
2001	22842785	57684	68	225	154	25.58
2002	40281274	59765	72	312	224	3.61
2003	102642310	97569	82	353	288	63.25
2004	244990011	130661	81	740	601	33.92
2005	435481360	221732	81	681	554	69.70
2006	212913760	140816	60	675	407	−36.49
2007	289907215	195355	74	606	450	38.73
2008	200989685	186620	71	455	322	−4.47
2009	725052189	348918	86	790	680	86.97
2010	1953750261	720409	84	985	829	106.47
十年比增(倍)		11.49				
增幅均值(%)						38.73

用为成交价格的3%),扣除后还不是实际增值率,实际增值率＝净增幅/通胀率,亦即,扣除交易成本和通胀因素(假设通胀率≈M2增幅),齐白石十年间的实际增值率为:$11.49 \times (1-15\%) \div 3.59 \times 100\% = 272\%$,从齐白石作品的平均走势来看,如果你在2001年花100000元买进了一幅齐白石作品,十年后的2010年这幅作品升值了272000元,你当初的100000元变成了372000元。

张大千作品同样,其十年间的实际增值率为:$9.46 \times (1-15\%) \div 3.59 \times 100\% = 224\%$。在平均投资回报上略低于齐白石。

而同期,相同额度的房产投资在2010年为:284000元,实际增值率为184%。

当然,以上计算的都是十年的数据,如果持仓时间短暂,或者出仓时机不对,尽管投资的是蓝筹股,也有可能要承担亏损。因为,不管是齐白石、张大千,还是整个艺术品交易市场,其行情都不是直线向上的,这十年间是艺术品市场快速成长的十年,尚且都出现了两三年的负增长,其他年份就更不好说了。

表3 张大千十年拍卖数据统计

项目 年份	成交额(元)	均价 (元/平尺)	成交率 (%)	上拍 数量	成交 数量	均价增幅 (%)
2000	44713553	64615	71	219	156	
2001	59775267	56074	62	229	141	-13.22
2002	55835913	72046	63	256	162	28.48
2003	45707669	55877	78	264	206	-22.44
2004	189117084	88497	80	604	486	58.38
2005	292828560	130610	80	514	410	47.59
2006	207180984	112111	71	546	385	-14.16
2007	219332393	130245	72	432	310	16.18
2008	219044383	130229	73	427	313	-0.01
2009	455724774	193104	84	637	538	48.28
2010	2007840760	586402	85	828	704	203.67
十年比增(倍)		9.46				
增幅均值(%)						35.28

此外，即便是大师作品也是良莠不齐，具体到每件作品的实际增值能力，非严谨的价值评估难以定论。

可见，尽管整体市场火爆，从事艺术品投资，还是要保持稳健心态，做好长线投资准备，以闲散资金投入为宜；同时，由于艺术品作为资产配置的特殊性，除非个人极有把握，针对艺术品板块的投资也不宜占个人资产过大比重，权重应当控制在整体资产规模的10%~25%。

(2011年5月)